LE CHEVALIER COËN
ET LE MYSTÈRE DE LA PAROLE PERDUE

ÉDOUARD GUIMEL ET THOMAS DALET

LE CHEVALIER COËN
ET LE MYSTÈRE DE LA PAROLE PERDUE

PG EDITEURS

2, rue d'Estrées, 35400 Saint-Malo
pascalgalode@aol.com

À Sarah, à Shekina.

A Sophie Scholl et aux
martyrs de la Rose blanche.

À ceux qui cherchent,
qui persévèrent et qui souffrent.

Si vous n'avez pas été rônin sept fois, vous ne pourrez revendiquer le titre véritable de samouraï. Trébuchez et tombez sept fois, mais relevez-vous à la huitième.

Jocho YAMAMOTO, *Hagakuré*

Comme il cheminait et qu'il approchait de Damas, soudain resplendit tout autour de lui une lumière venant du ciel. Il tomba à terre et entendit une voix qui lui disait : « Saül, Saül, pourquoi me persécutes-tu ? » Il répliqua : « Qui es-tu, Seigneur ? » Et la voix : « Je suis Jésus que tu persécutes ; allons, lève-toi et entre dans la ville et on te dira ce qu'il te faut faire. » Les gens qui faisaient route avec lui restaient muets de stupeur : d'une part, ils entendaient la voix, de l'autre, ils ne voyaient personne. Saül se releva de terre, mais quoiqu'il eût les yeux ouverts, il ne voyait rien. On le prit par la main pour l'introduire à Damas, et il resta trois jours, aveugle, sans manger ni boire.

Actes des Apôtres, chapitre IX

Dieu dit à Moïse : « Je suis celui qui "suis". » Et il ajouta : « C'est ainsi que tu répondras aux enfants d'Israël : "Celui qui s'appelle 'Je Suis' m'a envoyé vers vous." »

L'Exode, 3.14

ALPHA

Genèse

Landsberg, Bavière
10 juin 1924

Confortablement installé dans la meilleure des cellules de la forteresse, Adolf Hitler acheva de dévorer, pour la troisième fois, le récit de Guido von List.

Il reposa le livre sur sa table de nuit, et s'imagina alors cheminant aux côtés de l'écrivain du siècle passé, à l'écoute des chuchotements du dieu Wotan dans les arbres touffus des sombres forêts du Waldviertel.

Son aventure avait commencé le 9 novembre 1923, avec la marche qu'il avait organisée en plein Munich pour asseoir la révolution nationale.

Ce jour-là, la foule avait longuement applaudi le cortège de la *Stosstrupp* Hitler descendant la Residenzstrasse.

Un court instant, il s'était vu rallier toute la Bavière, mais le putsch avait rapidement été écrasé sous le feu conjugué des cordons de police et des unités de la *Reichswehr*.

Malgré les promesses d'une remise de peine confortées par ses connaissances auprès de la société secrète Thulé, sa tentative avortée lui avait valu cinq ans d'emprisonnement.

Depuis lors, il occupait l'essentiel de son temps à entretenir son mysticisme germanique. Au fil de sa détention, l'auteur romantique autrichien avait littéralement capturé son imaginaire.

À travers l'écrit, Hitler parcourut à nouveau les ruines de Carnuntum où, jadis, les tribus des antiques Germains avaient vaincu les légions romaines, puis, poussé par les mots, il s'attacha à décrypter les signes sacrés véhiculés par les runes.

Il reconnut d'abord en chacune d'entre elles une relique de ces forces invisibles qui avaient su résister au christianisme, puis il laissa son esprit vagabonder et s'étonna de la soudaineté de son inspiration.

En une fraction de seconde, il dessina sur une feuille de papier ce qui lui apparut comme une lettre qui avait tout d'un S stylisé.

Au début, il n'eut aucune idée de ce qu'il avait pu représenter ni de ce qui avait été à l'origine de son étrange dessin puis, soudain, la rune Sigel, celle que les anciens Germains associaient à la victoire et à la force-foudre, lui apparut, resplendissante, et Hitler vit en ce dessin comme une révélation.

Il reproduisit alors une seconde fois la typographie de la rune, comme pour mieux en augmenter le pouvoir, et cela lui rappela aussitôt les circonstances au cours desquelles il avait conçu l'emblème du parti.

Tout était né de sa rencontre avec le romancier et rédacteur en chef Dietrich Eckart dont les textes encensaient les grands mythes nordiques et prônaient sans détour un antisémitisme métaphysique.

Membre du groupe Thulé, Eckart, sur les conseils d'Alfred Rosenberg, avait invité à plusieurs reprises Adolf Hitler au sein de l'organisation secrète pangermaniste où l'occulte côtoyait l'extrémisme politique.

D'emblée, il avait été conquis par les symboles du groupe dont le nom même faisait référence à la mythique Atlantide mais, plus encore, Hitler avait été fasciné par l'emblème du svastika adopté par les membres de la *Thule-Gesellschaft*.

Sous le coup d'une inspiration guidée par la Providence, il avait aussitôt transformé la forme arrondie du vieux symbole indo-européen en une croix anguleuse dont il avait intentionnellement renversé les branches, dessinant ainsi une croix sénestrogyre au puissant caractère maléfique.

Le bruit d'une lourde clé que l'on tourna dans la serrure de sa cellule l'extirpa brutalement de ses souvenirs.

Se rappelant l'heure de sa promenade matinale dans la cour de la vieille forteresse, il se leva et dissimula d'un geste vif le dessin des deux runes dans la poche droite de son pantalon.

Fidèle à son habitude, le geôlier baissa la tête pour saluer son prisonnier de marque et pénétra dans la chambre soigneusement rangée. Il déclara d'un ton tout empreint de crainte et de respect :

– Détenu Hitler, je viens m'enquérir de vos besoins pour cette journée.

Devant le silence affiché par le prisonnier et tout en évitant soigneusement de fixer le regard bleu acier qui le dévisageait avec mépris, le gardien ajouta :

– Je viens aussi vous avertir que la demande du détenu Hess a été agréée. À titre exceptionnel, celui-ci est autorisé à se rendre dans votre cellule après la promenade, et ce pour une durée de trente minutes.

– Très bien, fit le prisonnier en masquant sa surprise à son interlocuteur avant de lui emboîter le pas.

De retour de sa marche, Adolf Hitler s'allongea sur son lit et feuilleta quelques articles de presse de la revue *Ostara* qu'il conservait religieusement.

Comme par enchantement, le nom de l'ancestrale déesse germanique du Printemps s'associa dans son esprit à celui de Lanz von Liebenfels à qui il devait tant.

Il se revit alors, quatorze ans plus tôt, dans sa misérable condition de sans-abri, parcourant Vienne à la recherche d'un hypothétique client pour ses aquarelles et d'un hospice pour la nuit.

Sa rage de vivre, il l'avait entretenue grâce à l'auteur des textes qui glorifiaient la terre des Nibelungen et dont les mythes avaient su, hier, nourrir en lui cette certitude de devenir un jour le nouveau Frédéric le Grand.

Il réalisa que, paradoxalement, ces années sombres avaient été le creuset des jours les plus riches de sa vie et se souvint que rien n'avait égalé le plaisir de sa rencontre avec l'écrivain, pas même les trop rares heures qu'il passait à l'opéra lorsque Wagner était au programme.

Ses souvenirs et sa foi en la Providence le confortèrent dans l'idée que Munich n'avait été qu'un nécessaire accident de parcours, son avenir était en marche, mais il allait devoir faire preuve de patience.

Il en était certain : jamais la Providence ne l'abandonnerait.

Convaincu, il ferma les yeux et s'assoupit.

Hitler reconnut le pas décidé de Rudolf Hess dans le couloir, il se redressa sur son lit et attendit avec curiosité l'entrée de son compagnon de route.

– Détenu Hitler, déclara le geôlier en demeurant à l'extérieur de la cellule, votre visiteur est arrivé, fit-il en refermant immédiatement la porte derrière le deuxième des putschistes.

– Rudolf, que me vaut donc l'honneur de cette visite ? Qu'avez-vous donc de si urgent et de si secret à me faire part qui ne puisse attendre notre prochaine promenade ?

– Mon Führer, fit Hess d'un ton excité, je suis porteur d'une extraordinaire requête qui est aussi une excellente nouvelle pour votre avenir et pour celui de notre cause. Le général Karl Haushofer, avec qui j'entretiens les meilleures relations, souhaiterait venir parler avec vous, ici à Landsberg.

– Et pour quelle raison ? interrogea, intrigué, le chef du parti national-socialiste.

– Mon Führer, reprit son collaborateur avec entrain, je ne vous ferai pas l'injure de vous rappeler que Karl Haushofer est aujourd'hui l'animateur le plus influent du groupe Thulé auquel j'appartiens, comme vous le savez.

Un court instant, l'image de l'hôtel des Quatre-Saisons s'imposa à la mémoire d'Adolf Hitler. Il se revit aussitôt au sein du quartier général munichois de la *Thule-Gesellschaft* où Dietrich Eckart lui avait communiqué les arcanes du groupe néopaïen.

Là, en sa compagnie, il lui était parfois arrivé de participer aux séances de magie cérémonielle qu'affectionnait le rédacteur en chef du périodique ultranationaliste *Auf gut Deutsch*, mais la politique l'avait détaché du groupe et de ses doctrines occultes.

Eckart était mort quelque temps avant la tentative de putsch des nationaux-socialistes et c'est avec une curiosité modérée qu'Hitler avait appris que Thulé s'était trouvé un nouveau mentor en la personne de Karl Haushofer.

Ancien officier d'artillerie en poste à Tokyo, Haushofer avait pour Hitler tout de l'aventurier et du mystique moderne sur qui couraient les plus invraisemblables rumeurs.

On affirmait notamment qu'il devait une partie de son talent et de sa grande influence à ses excellentes relations avec l'ordre du *Golden Dawn*, du mage britannique Aleister Crowley.

Adolf Hitler vit immédiatement tout l'intérêt qu'il pouvait tirer d'une rencontre avec un tel homme. Haushofer pouvait s'avérer être beaucoup plus qu'un simple allié.

– Venez-en au fait, Rudolf, je vous en prie.

– Mon Führer, grâce aux expériences spirituelles acquises par Haushofer au Tibet auprès de la secte secrète des Bonnets noirs, Thulé rassemble aujourd'hui autour d'elle les forces magiques de nos pères aryens.

– Continuez, fit-il en redoublant d'attention tandis que Rudolf Hess renchérissait de plus belle.

– Toutefois, mon Führer, Karl Haushofer est le père d'une doctrine particulièrement révolutionnaire et c'est de cela dont je viens vous parler.

– Très bien. Et quelle est donc cette doctrine ? fit Hitler, gagné par l'excitation contagieuse de son collaborateur.

– Il s'agit de la *Geopolitik*, mon Führer, dont le principe repose sur l'affirmation qu'un État doit pouvoir étendre ses territoires jusqu'à ce qu'il obtienne la juste dimension pour les besoins de son peuple. C'est ce que Karl Haushofer nomme le *Lebensraum* ou l'Espace vital.

– Et d'après vous, Rudolf, quel est le *Lebensraum* de la nation allemande ? enchaîna immédiatement Adolf Hitler.

– Mon Führer, pour Thulé et ses membres, notre nation est le centre du monde et notre Espace vital doit s'étendre jusqu'aux confins de l'Oural. Le *Lebensraum* de l'Allemagne, ce sont les lointaines possessions en terre slave des chevaliers teutoniques.

– Parfait, mais n'estimez-vous pas que, pour appliquer une telle doctrine, il faut aux dirigeants de l'Allemagne un solide appareil d'État ?

– Bien évidemment, mon Führer, c'est une condition nécessaire mais nullement suffisante.

– Que voulez-vous dire, Rudolf ?

– J'affirme tout simplement, mon Führer, que la *Geopolitik* n'est qu'une simple couverture officielle sous laquelle se dissimulent les plus grandes ambitions de l'organisation secrète de la *Thule-Gesellschaft.* Et je confirme aussi, mon Führer, que nous disposons de puissants moyens pour parvenir à nos fins.

– Je serais curieux de savoir à quels moyens vous faites allusion, Rudolf, déclara Hitler dont la curiosité avait fait maintenant place à un vif intérêt.

– Sachez, mon Führer, que Thulé dispose d'informateurs et d'agents parmi les plus talentueux des astrologues et des occultistes de notre pays, sans parler des généraux, des banquiers et des dirigeants politiques, cela va de soi. Acceptez de rencontrer Karl Haushofer, mon Führer. Je vous en conjure. Joignez vos ambitions aux nôtres et, ensemble, redonnons au peuple allemand toute sa grandeur.

Hitler garda le silence pendant une dizaine de secondes puis il annonça sa décision d'une voix claire :

– Vous m'avez convaincu, Rudolf, faites savoir au général Haushofer que j'accepte de le rencontrer.

– Merci, mon Führer. Merci pour l'Allemagne, répondit aussitôt Hess, le visage éclairé par un immense sourire.

15 juin 1924, 14 h 38

Après s'être assuré une ultime fois que le visiteur ne transportait rien qui puisse faciliter un éventuel projet d'évasion, le gardien rendit la serviette en cuir à son propriétaire. « Veuillez me suivre », ajouta-t-il d'un ton déférent à l'adresse de Karl Haushofer.

Les deux hommes parcoururent les couloirs sombres et frais de la forteresse pendant quelques minutes, une sensation de réel abandon et de profond silence écrasait chaque recoin de la vieille prison. Ils arrivèrent devant une épaisse porte métallique. Le geôlier fit alors reculer le visiteur de quelques pas et vérifia par l'œil-de-bœuf que le prisonnier était prêt à recevoir son invité.

Debout, les mains dans le dos, Adolf Hitler patientait, imperturbable, devant la fenêtre lourdement grillagée de sa chambre.

Au premier grincement de la clé dans la lourde serrure, il fit volte-face, puis il attendit que la porte se soit refermée derrière son visiteur pour lui tendre la main.

– Soyez le bienvenu. J'espère que vous me pardonnerez de vous recevoir dans un lieu aussi inconfortable que cette cellule de condamné.

La poigne franche de Karl Haushofer se referma aussitôt sur la main du détenu.

– Tranquillisez-vous, Herr Hitler. Je puis vous assurer que les choses vont bientôt spectaculairement changer pour vous et pour toute l'Allemagne.

Un éclair de triomphe brilla dans le regard bleu acier du chef des nationaux-socialistes.

– Vous m'intriguez, Herr Haushofer. Comment un homme dans ma situation pourrait-il aujourd'hui espérer libérer notre pays de la gangrène bolchevique et de ces ventres mous de démocrates ?

– Herr Hitler, laissez-moi répondre à votre question par une autre. Que diriez-vous si je vous affirmais que vous serez officiellement libéré le 14 décembre prochain ?

– Je vous répondrais que cela est impossible. Auriez-vous déjà oublié que je viens d'être condamné à cinq ans de forteresse pour les événements qui ont suivi notre marche à Munich ?

– Nullement, nous savons tout cela, et bien d'autres choses encore sur votre personne et que vous ignorez à ce jour.

– Voilà bien des mystères, Herr Haushofer, lança-t-il en invitant son hôte à prendre place sur la petite chaise qui faisait face à son lit.

– Herr Hitler, laissez-moi vous expliquer plus en détail la raison de ma venue, dit-il en s'asseyant aussitôt. Comme vous le savez, tout comme vos partisans Rudolf Hess et Alfred Rosenberg, j'appartiens à la *Thule-Gesellschaft*, mais ce que vous ignorez, c'est que vous êtes l'objet de la part de notre groupe d'une étude que je qualifierai de très spéciale.

– Une étude ! Mais de quel genre d'étude voulez-vous parler ?

Karl Haushofer fit mine d'ignorer la pointe d'inquiétude qui fusa de la réplique du leader nazi.

– Je veux parler de spiritisme.

Assuré de son effet, l'occultiste poursuivit :

– Depuis plusieurs mois maintenant, à chaque séance de notre groupe, l'esprit du prince von Thurn apparaît en clamant que vous êtes cet unique médium qui concrétisera bientôt les messages des puissances du Bas-Astral pour la plus grande gloire du peuple allemand.

Adolf Hitler fit un court effort de mémoire. La date du 7 avril 1919 s'afficha aussitôt dans ses souvenirs, et une sensation de profonde impuissance accentua sa frustration. En une fraction de seconde, il se revit au cours des sombres journées qui avaient suivi la proclamation de la république des soviets en Bavière. Rien alors ne semblait pouvoir s'opposer au mouvement spartakiste. L'élimination de Thulé, qui avait été parmi les priorités des révolutionnaires, avait justifié la perquisition du 26 avril 1919. Les gardes rouges avaient alors investi le siège du groupe et arrêté trois de ses membres. Quatre jours plus tard, après un jugement des plus expéditifs, le prince von Thurn, la comtesse von Westarp et le baron von Seidlitz avaient été passés par les armes, gagnant dès lors le titre de martyrs auprès de l'organisation nationaliste.

Hitler se souvenait maintenant parfaitement des propos que Dietrich Eckart lui avait alors tenus au cours d'une de leurs soirées d'étude ésotérique. Le responsable de Thulé lui avait confirmé que les événements sanglants du 30 avril 1919 avaient précipité la décision de l'organisation : abandonner définitivement le caractère académique de ses études pangermanistes au profit du spiritisme et de la magie noire.

Adolf Hitler confirma l'affirmation et l'enthousiasme de Karl Haushofer :

– Puisque vous semblez connaître ma destinée, laissez-moi vous confier à mon tour un secret : savez-vous que, depuis mon emprisonnement, je suis quotidiennement saisi d'étranges visions !

Devant le regard stupéfait affiché par l'occultiste, il précisa :

– Sous l'emprise de ces états seconds, je suis comme dépersonnalisé et incapable de ressentir la moindre émotion. Pendant un bref instant, j'ai seulement conscience d'être devenu le véhicule d'une puissance surnaturelle.

– Cette puissance, reprit Haushofer sur un ton surexcité, connaissez-vous son nom ?

– Ahriman, hurla Adolf Hitler avec terreur, cette puissance se nomme Ahriman.

– Herr Hitler, poursuivit le professeur, je dois absolument savoir ce qu'Ahriman vous révèle dans votre transe.

Une lueur cruelle embrasa subitement le regard bleu acier tandis que la respiration du détenu se faisait plus haletante. À travers le mince filet dessiné par ses fentes palpébrales, ses yeux lancèrent des éclairs puis se révulsèrent brutalement.

En quelques secondes, Adolf Hitler fut comme possédé. Ses doigts furent aussitôt saisis de trépidations saccadées alors que ses membres se contorsionnaient sous l'effet de puissantes convulsions.

Une voix sourde et caverneuse accompagnait chacun de ses gestes pendant que son corps se tordait sur son lit de détenu.

« Je suis celui qui bientôt créera l'homme-Dieu germanique au sang noble et pur, clama la voix. Grâce à mon génie, j'établirai demain une race de surhommes qui dirigera le monde comme aux plus grandes heures de vos ancêtres hyperboréens. Je fonderai un État puissant qui sera dirigé par un ordre nouveau dont les lignées ignoreront les siècles, et je redonnerai au sang aryen tous ses pouvoirs et toutes ses facultés magiques. J'engendrerai alors une race supérieure, une race qui régnera sans partage : la race des seigneurs. »

Soudain, l'infernale voix se tut, et le monstrueux monologue fut interrompu. Les mouvements du corps d'Adolf Hitler se firent alors moins violents, ses membres se relâchèrent. Des yeux hagards s'allumèrent au fond de ses orbites.

Le front en sueur, le possédé porta la main à sa tempe droite et grimaça de douleur quelques instants, puis il redressa la tête en fixant son interlocuteur d'un regard vide

Admiratif, Karl Haushofer s'exclama :

– Fantastique ! L'esprit du prince disait donc vrai. Le temps est enfin venu.

Il enchaîna avec un grand empressement :

– Herr Hitler, maintenant que je sais que vous êtes bien l'élu que notre groupe attendait, laissez-moi vous expliquer la raison de ma venue : lorsqu'il y a quelques années vous avez rencontré Dietrich Eckart, certains d'entre nous ont été frappés par votre magnétisme qui, comme nous l'avions prévu, s'est affirmé au fil du temps. Grâce à nos séances de spiritisme, nous avons rapidement acquis cette conviction que vous étiez un médium, un être prédestiné porteur d'un pouvoir unique : celui d'établir un pont psychique entre la *Thule-Gesellschaft* et les puissances surnaturelles de l'au-delà, les génies de la race et du sol, ajouta-t-il avec emphase. Aussitôt après que votre nom a été révélé par l'esprit du prince, nous vous avons soigneusement étudié. Votre lieu de naissance, votre horoscope, votre thème astral n'ont bientôt plus eu aucun secret pour notre groupe et nous ont aidés à comprendre votre nature et vos dons.

Malgré les courbatures qui cheminaient dans ses membres, Adolf Hitler enregistrait chaque mot du maître occultiste.

– Apprenez, cependant, qu'il vous manque encore un enseignement adapté et des exercices ascétiques pour développer vos pouvoirs métapsychiques. Herr Hitler, je suis là pour combler ces lacunes et pour couronner votre destinée. Rejoignez-nous, servez la cause de Thulé et je ferai de vous le plus puissant des mages noirs que l'Occident ait jamais connus, ajouta-t-il sur un ton sifflant.

15 juillet 1924, 16 h 45

Avant de prendre congé de son disciple, Karl Haushofer récapitula les grandes lignes du sujet d'étude de la journée.

Par les exercices mentaux qu'il lui fit faire, il s'étonna de la rapidité d'assimilation d'Adolf Hitler. À chaque nouvelle visite, celui-ci semblait manifester de nouveaux progrès dans le renforcement de son énergie psychique supérieure : le Vril. Satisfait de ses réponses, il lui rappela la nécessité d'intégrer dans son quotidien une stricte hygiène de vie excluant toute consommation de viande, d'alcool et de tabac.

Sur la base des enseignements occultes des mages noirs du Tibet, il lui établit alors un programme de méditations nocturnes destinées à réactiver sa faculté spirituelle de divination.

Pendant des mois, jour et nuit, Adolf Hitler conjugua ses exercices d'ascèse et ses prises de strychnine et de peyotl aux lectures recommandées par Karl Haushofer.

Nietzsche et Schopenhauer furent parmi ses premiers auteurs, mais sa fulgurante progression l'orienta vers les écrits de Rudolf von Sebottendorf et du rosicrucien britannique sir Bulwer-Lytton dont il partageait la conception du surhomme.

Ses réflexions lui permirent d'entreprendre l'étude de la *Geopolitik*. En quelques semaines, il réussit si bien à en approfondir les postulats qu'il en rédigea même une version personnalisée qu'il intitula *Mein Kampf*.

À chaque nouvelle transe, telle une monstrueuse tumeur, sa mégalomanie enflait, dévorant un peu plus les derniers vestiges de sa personnalité.

Au cours de la dernière d'entre elles, Ahriman lui suggéra l'insensé projet de conquérir l'expression du pouvoir divin : la parole perdue.

Adolf Hitler n'eut de cesse, alors, de rechercher à satisfaire son obsession. Il se jura d'y parvenir par n'importe quel moyen.

8 novembre 1924, 15 h 26

Karl Haushofer félicita longuement son disciple pour l'ultime démonstration de ses performances de mage noir.

La contre-initiation luciférienne d'Adolf Hitler était achevée.

Berlin
1er juillet 1935

Heinrich Himmler triomphait. Son alliance avec Walther Darré du ministère de l'Agriculture et la promesse qu'il venait de faire au Führer avaient porté leurs fruits : la constitution de l'*Ahnenerbe*, la société d'études pour l'histoire ancienne de l'Esprit, avait été promulguée.

Le Reichsführer décrocha son téléphone et exigea que l'on aille quérir son protégé. Il tenait personnellement à informer Hermann Wirth des exigences d'Adolf Hitler.

Membre du parti national-socialiste depuis 1925, le professeur Wirth s'était établi une sérieuse réputation de germaniste parmi les dignitaires nazis, suscitant, de fait, la jalousie immédiate d'Alfred Rosenberg.

Son projet de créer un « Institut pour l'étude de l'écriture et des symboles » avait secondairement renforcé l'antipathie du membre de Thulé à son égard. Rosenberg avait réagi en contestant ses écrits au sein même du parti avant de les interdire purement et simplement.

Malgré cet isolement, les théories du germaniste avaient toutefois su retenir l'attention de l'ordre de la SS et du ministère de l'Agriculture. Pleinement occupées à élaborer les projets de conquête et d'aménagement de l'Espace vital et ravies d'apporter une base scientifique à leurs doctrines, les deux institutions avaient immédiatement été conquises par les thèses du nouveau paria.

Il n'avait fallu qu'une seule rencontre avec le Reichsführer Himmler pour abolir définitivement le bannissement d'Hermann Wirth.

Le chauffeur exhiba le laissez-passer signé de la propre main du numéro deux de l'*Ordensstaat*.

Après avoir scrupuleusement dévisagé le passager arrière de la voiture, l'homme en uniforme noir de la *Leibstandarte* Adolf Hitler examina le document puis, d'un martial claquement de bottes, le SS de la garde prétorienne du Führer salua le professeur.

La rutilante Mercedes décapotable poursuivit sa route sur une centaine de mètres et déposa le germaniste hollandais devant le quartier général d'Heinrich Himmler.

L'aide de camp du Reichsführer ouvrit la porte de la luxueuse automobile au fanion noir zébré par les deux runes Sigel. Il salua le protégé de l'un des hommes les plus puissants du Reich et l'invita à le suivre.

Hermann Wirth rendit aussitôt le salut hitlérien et grimpa l'escalier d'entrée d'un pas hésitant.

Il dut à nouveau montrer patte blanche pour franchir plusieurs cordons de sécurité avant de patienter une dizaine de minutes dans l'antichambre d'Himmler. L'appel téléphonique interne confirma au secrétaire particulier, ainsi qu'à l'aide de camp, que le Reichsführer était disposé à le recevoir.

Il pénétra dans l'antre du maître de l'Ordre noir.

Assis derrière son bureau, Heinrich Himmler fit mine de ne pas prêter attention à l'entrée du visiteur.

– Mon cher Hermann, déclara le chef des SS tout en nettoyant les carreaux de ses lunettes, vous n'imaginez pas combien il fut difficile de convaincre le Führer du bien-fondé de votre projet. Il semble, en effet, que vous vous soyez fait un ennemi redoutable en la personne de l'auteur du *Mythe du XXe siècle*, ajouta-t-il ironiquement pour désigner Alfred Rosenberg.

Immobile, Wirth garda le silence.

– J'ai pu néanmoins, grâce à l'immense intérêt que porte le Führer à tout ce qui renforce les traditions aryennes de notre nation, lui confirmer que la mission principale de l'*Ahnenerbe* était de bâtir le centre traditionnel et ésotérique du Troisième Reich. Suis-je dans le vrai, Hermann ? lança-t-il en réajustant soigneusement ses petites lunettes rondes.

– Vous l'êtes, Reichsführer, répondit le germaniste.

– Très bien, voilà une réponse qui me satisfait. Naturellement, je me suis aussi souvenu que vous étiez d'abord un scientifique. C'est pourquoi j'ai aussi proposé à notre Führer l'ouverture de plusieurs départements que je qualifierais de plus « rationalistes ». Apprenez cependant, Hermann, que certains proches du Führer s'attachent, dans l'ombre, à rassembler des forces dont vous n'avez aucune idée.

Le professeur comprit immédiatement l'allusion et l'avertissement du Reichsführer. Trois ans plus tôt, tout comme un grand nombre des dignitaires du parti, il s'était livré aux orgies qui accompagnaient les séances de magie sexuelle d'Eric Hanussen, l'astrologue auprès duquel Adolf Hitler perfectionnait sa diction et son pouvoir hypnotique.

La date du 26 février 1933 sonna comme une menace quand le flash-back de l'inauguration du Palais de l'occultisme zébra sa mémoire.

Cette nuit-là, le Tout-Berlin s'était précipité au 16 de la Lietzenburgerstrasse pour découvrir l'étendue des pouvoirs du magicien qui s'était alors placé en état d'hypnose. La soirée s'était parfaitement déroulée jusqu'à l'instant précis où le mage avait prédit, dans un état de transe avancé, l'incendie du Reichstag.

Hermann Wirth se souvint aussitôt de la stupéfaction et de la colère qui s'étaient abattues sur les visages de Rudolf Hess et d'Hermann Goering. En quelques minutes, par sa vision, le mage avait compromis toute la politique de manipulation que les nazis orchestraient depuis des mois à l'encontre de leurs opposants et de leurs détracteurs.

La réponse du parti ne se fit pas attendre : le Palais de l'occultisme fut définitivement fermé et la Gestapo accusa l'astrologue d'être un agent de l'*Intelligence Service* avant que son corps ne soit retrouvé dans un bois, à moitié dévoré par les bêtes sauvages, un jour d'avril 1933.

L'affaire Hanussen sonna le glas de l'influence des médiums auprès des hauts dignitaires du régime. Seul Hans Heinz Ewers, biographe de Horst Wessel, l'auteur des paroles du *Horst Wessel Lied*, l'hymne du parti nazi, conserva la confiance de ses pairs.

– Voyez-vous, Hermann, reprit Himmler, il se trouve que, de par ses missions, l'*Ahnenerbe* aura en charge les affaires les plus secrètes du Reich. Vous serez donc sous mes ordres et je superviserai votre travail. J'attends de vous que vous me fassiez parvenir chaque semaine un rapport complet sur toutes les activités de l'Institut. Me suis-je bien fait comprendre, Hermann ?

– Parfaitement, Reichsführer.

– Très bien. Vous pouvez donc disposer, ajouta-t-il en se replongeant dans son épais classeur.

Le germaniste étendit son bras droit en guise de salut et sortit, ravi de fuir l'atmosphère asphyxiante du bureau du Reichsführer.

Dès le départ du professeur, Heinrich Himmler se concentra à nouveau sur les directives de la Chancellerie qui exigeaient la création d'un département ésotérique au sein du nouvel institut.

Adolf Hitler insistait, en effet, sur la nécessité d'attribuer à l'*Ahnenerbe*, à côté des études archéologiques et de littérature germanique, des tâches que seuls des occultistes et des hommes de confiance pouvaient convenablement remplir.

Himmler se remémora alors les singuliers propos que lui avait tenus le Führer lors de leur dernière rencontre. Hitler lui avait affirmé que seule la tradition tibétaine permettrait au Troisième Reich de trouver la porte secrète du royaume du Prêtre Jean.

Emporté par son imagination, le Führer avait ensuite souligné la nécessité d'apporter au tronc mort de la tradition en Occident la sève fertile des traditions aryennes de l'Orient, avant de se confier plus intimement.

– Heinrich, je ne ferai pas l'affront de révéler à la réincarnation du roi Henri Ier que vous êtes qu'il existe autour de nous des reliques sacrées. Vous savez, tout comme moi, que ces objets sont vecteurs d'une parcelle de la puissance divine. La lance de Longinus, sur laquelle nous avons pu mettre la main, est l'une d'entre elles, mais il en existe beaucoup d'autres. Toutefois, seule la possession de deux de ces reliques assurera au Troisième Reich un avenir millénaire.

– Et quelles sont exactement ces reliques, mon Führer ?

– La première est un rituel tantrique qui, selon la légende, assure « l'initiation guerrière absolue », celle qui apportera à vos SS la puissance d'Odin et la force des plus héroïques guerriers du Ragnarök. La seconde, enchaîna-t-il après un court silence, est une stèle d'or massif sur laquelle Énoch grava le nom de Yahvé, la parole perdue des francs-maçons.

– Mais, mon Führer, vous parlez du nom du Dieu des juifs !

– Mon cher « Ignace de Loyola », reprit-il, ne comprenez-vous pas que c'est grâce à la puissance de ce nom que les enfants des douze tribus d'Israël et leurs vassaux règnent depuis toujours sur nous tous ? Cette stèle, Heinrich, va nous permettre de détruire la nation juive tout entière et de mettre un terme à ses innombrables complots.

Adolf Hitler croisa subitement ses bras devant lui tandis que ses yeux s'assombrissaient.

– Mon cher Heinrich, vous avez carte blanche pour me rapporter le rituel de Kalachakra mais, par-dessus tout, il me faut la parole perdue, il me faut le pouvoir de Dieu, vous entendez ?

En refermant l'épais document, le chef des SS approuva l'opinion du maître du Troisième Reich de ne confier l'*Ahnenerbe* qu'à des hommes de toute confiance dont il excluait Hermann Wirth, trop enclin à épouser les conceptions du ministère de l'Agriculture. Selon lui, l'*Ahnenerbe* devait d'abord satisfaire les projets du Führer, mais aussi servir à renforcer la formation doctrinale de ses SS. C'est pourquoi, après son entretien avec Hitler, le Reichsführer avait ordonné d'établir un centre culturel de l'Institut auprès de chaque compagnie de l'Ordre noir.

Trois noms lui vinrent en mémoire pour mener à bien les missions spéciales du nouvel institut : Sievers, Hielscher et Schaeffer. À leur énoncé, une lueur de satisfaction enflamma son regard.

Heinrich Himmler se mit immédiatement en quête d'un stratagème pour se débarrasser de l'inutile Hermann Wirth.

Bourges
7 novembre 2001, 18 h 55

L'homme trembla et le froid régnant de ce milieu d'automne n'en était pas la seule cause, une réelle angoisse l'envahit et tétanisa doucement ses muscles comme ses pensées.

Voilà plus d'une heure qu'il patientait nerveusement dans sa limousine.

Il tourna le chauffage au maximum. Le bruit assourdissant ajouta à sa confusion et amplifia son malaise. Que n'affirmait-on pas sur ces francs-maçons et leurs étranges réunions !

Tel un court-métrage qu'il visionnerait au ralenti, le film de ces derniers mois défila doucement dans sa mémoire.

Il se souvint que l'aventure avait débuté, un beau matin, sans crier gare, par des interrogations irrationnelles.

Au début, il n'y prêta pas attention, trop occupé qu'il était par ses responsabilités professionnelles. La médecine et l'anesthésie étaient, pensait-il, ses uniques passions.

Il s'y consacrait nuit et jour, à tel point que son dévouement et sa réussite matérielle suscitèrent rapidement l'agacement puis la jalousie de ses confrères.

Qu'en avait-il à faire ? Ne concrétisait-il pas chaque jour sa raison de vivre ?

C'est du moins ce qu'il pensait jusqu'à l'arrivée brutale de ces questions sur la vie et la mort.

Quelque chose changea en lui et le dérangea au point qu'il en vint à se confier à Daniel, son meilleur ami, celui qui avait si souvent partagé les moments de sa vie, les plaisants comme les autres.

Par son écoute et ses réponses, Daniel l'apaisa. Il lui conseilla de singulières lectures avant de lui tenir d'étranges propos.

Ce jour-là, bien que Marc découvrît un aspect inconnu de Daniel, il se surprit à partager ses idées mais il fut étonné d'apprendre, de la bouche même de celui-ci, son appartenance à la franc-maçonnerie.

Marc vérifia sa montre et ouvrit la portière de la Jaguar. Il redressa le col de son imperméable, le froid et la pluie lui fouettèrent aussitôt le visage.

Arrivé devant la porte du numéro 1 de la rue des Acacias, il prêta l'oreille. Rien ne laissa paraître une quelconque activité au sein de ce bâtiment grisâtre. Il soupira et frappa trois grands coups.

Un long silence lui répondit avant qu'il ne perçoive un bruit de pas et des chuchotements qui ajoutèrent une touche de mystère à l'atmosphère lugubre des lieux.

La porte s'ouvrit et laissa place à un homme de grande taille qui lui décocha un regard froid et perçant.

– Vous êtes monsieur Marc Letellier ? lui lança-t-il, entrez, vous êtes attendu.

Marc suivit l'homme jusqu'à une nouvelle porte derrière laquelle des voix et des rires apportèrent un peu de chaleur et de vie.

– Veuillez m'attendre ici, ordonna l'homme au regard perçant.

Marc hocha la tête en guise de réponse.

L'homme revint quelques secondes plus tard. Il lui demanda alors de lui remettre sa montre ainsi que sa chevalière en or massif puis, sans ménagement, il lui appliqua un bandeau noir sur le visage. Marc paniqua aussitôt à l'idée d'être privé de lumière dans un environnement aussi hostile mais il se ressaisit et accepta la main de son guide. Les voix et les rires se turent comme par enchantement. Il sentit qu'il descendait des escaliers, les marches paraissaient hautes, si bien qu'il redoubla de prudence pour ne pas glisser.

Au bout d'une éternité, il arriva au sein de ce qui lui semblait être une cave. L'image des catacombes s'imposa à son esprit. On le fit entrer dans une pièce obscure avant de lui défaire son bandeau. Là, l'homme lui remit quelques feuilles blanches ainsi qu'un stylo et lui demanda de rédiger son testament. Marc craignit immédiatement le pire et maudit le jour où il s'était confié à Daniel. L'homme aux yeux inquisiteurs l'abandonna tout de go en lui demandant de réfléchir sur ce qui l'entourait. La porte se referma sur Marc.

Seul dans la pénombre, un millier de questions l'assaillirent, deux d'entre elles l'angoissèrent tout particulièrement : qu'était-il venu faire ici et qu'allait-on faire de lui ? Il respira profondément et étudia son proche environnement. Là encore, il n'y avait rien de rassurant : sur une petite table en bois siégeaient un crâne humain, une tranche de pain rassis et trois coupes remplies respectivement de soufre, de sel et de mercure. Sur le mur de droite, il reconnut la croix ansée dessinée au sein d'un pentagramme, surplombant un cartouche illustré de la devise alchimique *V.I.T.R.I.O.L.* Sur le mur de gauche, étaient inscrits en gros caractères plusieurs avertissements plus énigmatiques les uns que les autres :

« En vérité si je renais, Osiris renaît », « Connais-toi Toi-Même », « Si l'intérêt te guide... Si la curiosité t'a conduit... VA-T'EN », « Vigilance – Persévérance ».

Malgré sa confusion, Marc se souvint que l'homme allait revenir chercher ses écrits. Il tenta donc de calmer son angoisse et se confia à lui-même. Bien que l'inspiration se fît attendre, il parvint à ouvrir son cœur. Il exprima une partie de son être, celle qu'il ignorait quotidiennement depuis tant d'années.

Là, au plus profond de la terre, un embryon de paix intérieure prit forme. Les mots défilèrent les uns après les autres si bien qu'il était prêt quand l'homme frappa à la porte.

Marc ne s'étonna pas d'avoir à nouveau les yeux bandés mais, cette fois-ci, il fut plus serein. Son introspection épistolaire y était sûrement pour quelque chose. En revanche, pourquoi fut-il obligé de se dépouiller ? Pourquoi donc dut-il se dévêtir comme un condamné ? Renonçant à se poser davantage de questions, il haussa les épaules. Pour la première fois de la soirée, il se sentit prêt.

L'homme mit sa poitrine à nu et remonta jusqu'au genou la jambe droite de son pantalon, puis il fut déchaussé. On remplaça son soulier gauche par une pantoufle et on lui enserra le cou avec une corde rugueuse.

Dans le temple, une profonde ferveur saisit l'assemblée, chaque frère et sœur perçut l'excitation qui accompagnait l'initiation d'un profane. Même les flambeaux du vénérable, des deux surveillants et du secrétaire brillaient plus intensément, comme si une entité invisible s'évertuait à montrer à tous sa présence et sa force. Les gestes du vénérable exprimèrent le sacré, ses mots résonnèrent dans les cœurs et dans les esprits : « Que ce parfum de suave odeur apaise nos âmes, atténue nos passions et qu'il nous rende fraternels les uns pour les autres en élevant nos esprits et nos cœurs, déclara-t-il en versant par trois fois le parfum sacré. Architecte suprême de tous les mondes, toi qui as dit : "J'ai créé toutes les formes avec ma parole, alors qu'il n'y avait 'encore ni le Ciel, ni la Terre' ", reçois en cet instant et en ce lieu nos hommages et notre fidélité ; éclaire nos travaux, dissipe les ténèbres qui nous voilent ta Vérité, afin que se révèlent à nous les plans parfaits de ta sagesse éternelle gouvernant tous les mondes... Mes sœurs et mes frères, poursuivit-il, l'œuvre d'architecture qui fut confiée à notre ordre à l'aube des temps est réalisée à l'aide de trois outils qui portent le beau nom de "joyaux de la Loge". Ce sont le compas, l'équerre et la règle. »

L'expert montra les trois outils à tous tandis que le vénérable déclarait :

– Sans eux, nous ne pouvons rien réaliser. En conséquence, permettons aux trois symboles de se manifester. Les trois joyaux rayonnent de nouveau au centre du Naos.

L'expert se déplaça alors vers le plateau du vénérable et y disposa le Livre sacré, le compas et l'équerre dans un ordre bien précis. Le vénérable attendit que l'éxpert ait regagné sa place, puis il prononça à l'adresse des surveillants :

– Premier surveillant, quel âge avez-vous ?

– Trois ans pleins, vénérable maître.

– Second surveillant, reprit-il, à quelle heure les maçons d'Égypte ont-ils coutume d'ouvrir leurs travaux ?

– Lorsque le soleil culmine sur les sables de Memphis, lorsqu'il est midi et que l'ombre est la plus courte, alors, les maçons d'Égypte ouvrent leurs travaux, vénérable maître.

– Puisque le temple de la sagesse d'Égypte est juste et parfait, déclara le vénérable, puisqu'il est l'heure et que nous avons l'âge, debout et à l'ordre, mes sœurs et mes frères, face à l'Orient.

Le vénérable se déganta, il saisit l'épée flamboyante de sa main gauche et frappa de sa main droite plusieurs coups de maillet que répétèrent immédiatement les deux surveillants. Lorsque le silence fut revenu, il énonça l'ouverture des travaux selon la formule consacrée : « À la gloire du Grand Architecte de l'Univers, au nom et sous les auspices de la Grande Loge mixte de France et de l'ordre égyptien du Rite ancien et primitif de Memphis-Misraïm, en vertu des pouvoirs qui m'ont été conférés, je déclare ouverts les travaux de cette respectable loge assemblée sous le nom de "Akhenaton à l'Orient de Bourges". »

Privé de la vue, Marc se laissa mener, le nœud coulant lui serrait la gorge au point qu'il crut étouffer. Des images de potence et de suppliciés défilèrent devant lui mais il refusa de se laisser envahir par la peur. Arrivé à la porte du temple, son guide lui demanda de porter rapidement toute une série de coups. Le premier d'entre eux mit un terme aux effroyables visions. La cérémonie commença.

– Qui frappe à la porte du temple en profane ? interrogea le vénérable à l'adresse de l'expert.

– C'est un profane qui demande à être reçu franc-maçon, répondit ce dernier.

– Comment ose-t-il l'espérer ?

– Parce qu'il est libre et de bonnes mœurs.

– Dans ce cas, lança le vénérable, qu'il entre mais, par prudence, j'invite cette respectable assemblée aux mesures discrétionnaires habituelles.

Les frères et sœurs de la loge exhibèrent leur épée. Le couvreur ouvrit la porte du temple, puis l'expert prononça à l'adresse de Marc :

– Monsieur, devant ce seuil, baissez la tête et courbez-vous car cette porte est extrêmement basse.

Courbé en deux, Marc fut introduit et assis sur un tabouret, à l'entrée de la loge.

La voix du vénérable l'interpella immédiatement :

– Monsieur, la fraternité séculaire à laquelle vous avez demandé à être affilié vous a fait confiance jusqu'ici. Mais avant de procéder à la rituélie de réception, je vous demande, au nom de tous, ici présents, et en mon nom, de réitérer solennellement votre premier serment de silence. Jurez-vous, quoi qu'il arrive, que cette cérémonie soit interrompue ou continuée intégralement, de ne rien révéler à quiconque, pas même à un proche parent, pas même à un confesseur, de ce que vous allez voir ou entendre, faire ou subir ?

– Je le jure, proclama Marc face à l'assemblée.

– Monsieur, scanda le vénérable, héritière des antiques cénacles ésotériques, la franc-maçonnerie a conservé le secret d'un très ancien breuvage, véritable philtre composé de plantes cueillies à certaines époques lunaires, travaillées et infusées à certaines autres, et finalement consacrées selon des rites ancestraux. Ce breuvage a pour but de vous dépersonnaliser. Quelques semaines après son ingestion, inoffensive quant à la santé physique, votre personnalité passée se dissoudra lentement. Insensiblement, avec les jours, vous deviendrez un autre être. Lentement mais sûrement, l'égrégore qui anime et conduit notre antique société vous imprégnera et substituera sa volonté à la vôtre et, au prochain anniversaire de votre réception, il ne restera plus rien de l'homme que vous êtes actuellement. Vous ne serez plus alors, selon l'antique et très occulte formule, que “pareil au cadavre que la main du laveur des morts tourne et retourne à son gré”. Une dernière fois, consentez-vous à mourir à votre vie passée ? Monsieur, y consentez-vous ?

– J’y consens, répondit Marc, serein.

– Puisqu’il en est ainsi, frère expert, faites boire au néophyte la boisson d’oubli.

L’expert introduisit dans la main gauche de Marc une coupe en insistant.

– Buvez, buvez lentement.

Marc vida la coupe. Le breuvage avait un goût infâme, une violente nausée le saisit aussitôt. Il parvint néanmoins à se reprendre mais une singulière torpeur s’empara de lui avant qu’une douce confusion ne s’installe dans sa tête.

– Monsieur, fit le vénérable, je vous félicite pour votre courage. Sachez cependant que les épreuves qui vous attendent, pour symboliques qu’elles soient, se doublent, en des “plans” plus subtils, de réalisations immédiates et durables. Ce n’est pas à votre courage physique que je fais appel, mais à votre audace morale. Il est des seuils qui, une fois franchis, ne permettent plus de revenir en arrière. Selon l’adage populaire, il n’y a que le premier pas qui coûte... Mais vous ignorez encore ce qu’il coûte. Encore une fois, avant de continuer à “vivre” cette cérémonie, je vous demande de réfléchir. Monsieur, consentez-vous ?

– J’y consens, répondit Marc une nouvelle fois.

– En ce cas, frère expert, faites faire au néophyte son premier voyage.

Même dans ses rêves les plus fous, Marc n’aurait pu imaginer que de telles épreuves initiatiques puissent encore avoir lieu en ce XXIe siècle. Saisi sans ménagement, il dut d’abord accepter d’être trempé avant d’être exposé à un courant d’air qui lui glaça les os, puis de traverser une fournaise. Après le dernier voyage, l’épuisement se fit sentir, il fallait pourtant tenir et ce n’était pas la nouvelle interpellation du vénérable qui le rassura.

– Deux dernières épreuves, les plus importantes peut-être que vous avez à subir pour nous prouver votre sincérité et votre dévouement futur à notre ordre, vous attendent. Les voici : il est de tradition chez nous de marquer nos nouveaux membres d’un sceau au fer chaud, sur le bras gauche. Le paradigme ésotérique qui figure sur ce sceau est à la fois une marque discrète imprimée en votre chair et une signature essentielle que vous déposez au sein même de l'Invisible. C'est la manifestation de l'accord que vous apportez à la constitution d'un pacte avec les puissances animatrices et conductrices de notre ordre. Dans votre âme comme dans votre chair, une dernière fois, acceptez-vous ?

– Oui, monsieur, acquiesça Marc.

– Puisqu'il en est ainsi, expert, veuillez marquer le récipiendaire en sa chair même et au feu du sceau de notre auguste fraternité.

Le frère expert fit couler de la cire chaude le long du bras gauche de Marc avant d'y écraser la flamme de son flambeau. Une vive sensation de chaleur parcourut Marc. Un flot de satisfaction mêlée de joie traversa alors l'assemblée.

– Je vous félicite pour votre courage, déclara la voix, qui lui paraissait plus lointaine, plus douce aussi. Il vous reste maintenant une dernière épreuve. Le serment solennel que vous devez prêter, transcrit sur vélin selon l'usage, doit, pour être à même d'être projeté par le feu au sein de l'Invisible, être signé de votre sang. Et tous les pactes véritables le furent toujours ainsi. Acceptez-vous donc la nécessaire blessure qui doit être infligée à votre chair et qui sera pour nous, en même temps, l'ésotérique engagement que, s'il le fallait, un jour lointain, vous n'hésiteriez pas à verser votre sang volontairement et librement pour la défense de la maçonnerie tout entière ?

– Oui, monsieur, déclara Marc.

Le frère maître de cérémonie procéda au prélèvement allégorique du sang remplacé par une teinture rouge qu'il déposa préalablement sur le bout de l'index gauche de Marc.

– Monsieur, je vous félicite pour votre courage. Expert, renchérit la voix du vénérable, veuillez reconduire le récipiendaire hors de cette enceinte et veiller sur lui.

Quelques minutes plus tard, les yeux toujours bandés, Marc fut de retour dans la loge. On le fit asseoir au centre du temple.

À peine était-il installé que la voix du vénérable l'apostropha :

– Puisque telle est votre volonté, quoi qu'il arrive, de devenir maçon et que c'est librement que vous acceptez les conséquences de toute cette rituélie ésotérique, sur vous-même et en vous-même, il vous appartient donc de continuer votre lente assimilation à l'âme de notre auguste fraternité... Tout à l'heure, vous avez bu le breuvage d'oubli, destiné à vous dépersonnaliser, à vous enlever toute volonté propre.

« Voici une seconde coupe, celle du breuvage de mémoire, l'eau de Mnémosyne... Quand vous l'aurez absorbée, votre possession sera totale, absolue. L'âme collective de la franc-maçonnerie tout entière sera passée en vous. En n'importe quelle région du monde, vous ne ferez plus qu'un avec tous vos sœurs et frères, leurs amitiés, leurs répugnances seront les vôtres... Alors que l'eau d'oubli faisait de vous un corps mort, sans volonté propre, l'eau de mémoire fera de vous le Maçon militant, le véritable Enfant de la Veuve...

Dès les derniers mots du vénérable, Marc sentit que l'on glissait une coupe dans sa main droite.

– Monsieur, en trois fois, buvez, fit la voix.

Il vida la coupe en trois longues gorgées. Il crut reconnaître un parfum de gentiane. La voix du vénérable se fit alors plus solennelle :

– Je vais lire avec vous le texte du serment traditionnel que vous devez prêter devant cette respectable assemblée, et les symboles du Grand Architecte de l'Univers vous serviront alors de signes d'appui pour le répéter à haute et intelligible voix après moi. Expert, clama la voix, daignez, je vous prie, veiller à ce que le récipiendaire tienne constamment sa main gauche armée du poignard rituel, la pointe de la lame sur son cœur, et la main droite posée sur le compas, l'équerre et le livre sacré qui est dans cette loge...

Marc sentit la pointe froide de la dague appliquée contre sa poitrine, mais sa détermination à rejoindre l'aristocratie religieuse que représentait pour lui la franc-maçonnerie balaya ses craintes. N'était-il d'ailleurs pas trop tard, maintenant qu'il avait scellé son engagement dans sa chair ?

Il jura de ne rien révéler de ce qu'il verrait avec une sincérité amplifiée par la certitude de son choix.

L'expert le redressa de son tabouret et lui fit faire quelques pas dans la direction de la voix du vénérable, puis, soudain, il sentit diminuer la luminosité autour de lui.

– Premier surveillant, reprit la voix, que demandez-vous pour le récipiendaire ?

– Vénérable maître, les membres de l'ordre sont prêts à le reconnaître pour frère, ils demandent que la lumière lui soit donnée.

– Puisqu'il en est ainsi, que la lumière lui soit donnée à mon troisième coup de maillet.

Au dernier coup du vénérable, Daniel retira brusquement le bandeau qui couvrait les yeux de son filleul. Tout d'abord, Marc ne distingua pas grand-chose, il régnait dans le temple une semi-obscurité. Il fit volte-face et s'efforça de détailler l'assemblée. Des formes puis des visages se dessinèrent lentement dans la pénombre jusqu'à ce qu'il reconnaisse celui de son parrain. Daniel lui porta chaleureusement l'accolade fraternelle et le félicita.

– Expert, clama l'homme chauve installé sur une chaire posée sur une estrade, veuillez reconduire notre récipiendaire hors de cette enceinte pour qu'il reprenne ses vêtements. Nous attendrons son retour pour poursuivre notre cérémonie.

Marc ne mit que quelques minutes à se rhabiller avant d'être introduit une dernière fois au sein du temple. On brûla alors devant lui un exemplaire de son testament philosophique, puis il fut investi franc-maçon et reçut l'enseignement du premier grade. La cérémonie s'acheva aussitôt après le discours de bienvenue de l'orateur. Le monde profane reprit alors ses droits et une frénésie stérile agita de nouveau sa vie.

Fidèlement à la fraternité maçonnique, l'initiation de Marc fut fêtée par un grand banquet. En tant qu'invité d'honneur, il fut installé auprès du vénérable mais, malgré ses connaissances académiques, il n'arriva pas un seul instant à suivre la moindre des conversations. Des noms propres comme Cagliostro ou

Louis Claude de Saint-Martin, des titres inquiétants comme ceux de « chevalier de l'Aigle noir » ou de « sublime commandeur des Astres » excitèrent cependant son imagination.

– Alors, mon frère, comment te sens-tu ? Pas trop bousculé par ce que tu viens de vivre ?

Le ton enthousiaste tira brutalement Marc de ses pensées. Il reconnut l'homme qui l'avait si froidement accueilli à la porte du temple. Quelle transformation ! C'était comme si, soudainement, il était passé de l'obscur minuit au lumineux midi !

– J'avoue n'avoir jamais été autant ébranlé de ma vie, j'imagine que c'est ce que vous appelez le choc initiatique ?

– En effet, mais ce soir tu n'en as apprécié qu'un infime aspect. D'autres révélations viendront en temps venu. À propos, je me présente : Pierre Jubeleau, mais appelle-moi Pierre.

– Enchanté, répondit Marc, visiblement conquis par le ton emphatique de l'homme.

– Savais-tu, lui dit-il, que nous te connaissions bien avant ton admission parmi nous ?

Marc fronça les sourcils et s'interrogea sur les derniers propos de Pierre Jubeleau. Celui-ci rassura aussitôt son interlocuteur :

– Comme tu t'en apercevras bientôt, nous formons une grande famille dont ton propre père est l'un des prestigieux piliers. Apprends, mon frère, que c'est lui qui a demandé à Daniel de te guider vers la lumière lorsqu'il t'a senti prêt.

Marc resta privé de souffle pendant quelques secondes. Était-il possible que son père, maître Matthieu Letellier, sénateur et l'un des plus grands notables de la région, appartienne lui aussi à la confrérie ? À première vue, cela lui parut inconcevable. Pourtant il se souvenait de ces absences répétées qui l'avaient tant fait souffrir dans sa première jeunesse.

– Qu'entends-tu, mon frère, par « prestigieux » ? enchaîna-t-il pour masquer son émotion, n'est-ce pas un qualificatif un peu trop profane pour un franc-maçon ?

– Félicitations, je vois que tu apprends vite et je suis ravi de constater que nous ne nous sommes pas trompés sur ton compte. Sache, néanmoins, que dans toutes les sociétés initiatiques il existe des degrés spirituels d'élévation et de perfectionnement. Ton père évolue dans les hautes sphères, parmi les plus avancés d'entre nous. C'est un vrai chevalier kadosch au sens propre comme au sens figuré.

– Kadosch, que veut dire ce terme ? questionna Marc.

– Kadosch vient de l'hébreu et signifie « sacré » mais pardonne-moi, je ne peux t'en dire davantage car nul n'a accès aux secrets qu'il n'est pas censé connaître.

– Je comprends, répondit Marc qui, intérieurement, brûlait de poser d'autres questions.

Le vénérable interrompit soudain les conversations en frappant d'un coup sec le verre de cristal avec le manche d'ivoire de son couteau.

– Frères et sœurs, faites silence !

Les rires et discours se turent aussitôt.

– Frères et sœurs, levons-nous et portons tous un toast aux dirigeants qui, de par le monde, protègent et servent dignement la franc-maçonnerie. À nos dirigeants, clama-t-il.

– À nos dirigeants et à ceux qui protègent notre ordre, reprirent en chœur les membres de la loge qui vidèrent leur verre d'un seul trait.

– Frères et sœurs, portons maintenant un toast à nos frères et sœurs qui, aujourd'hui dans la peine et la souffrance, se rappellent à notre mémoire. À tous nos frères et sœurs, poursuivit il.

– À tous nos frères et sœurs, reprit l'assemblée.

La soirée tendait à sa fin. Plusieurs personnes déjà s'éclipsaient en se donnant l'accolade, le signe universel d'appartenance et de fraternité des initiés.

À son tour, Marc prit congé de tous en répétant les gestes appropriés et, quand il referma la porte sur lui, la nuit l'emporta aussitôt.

De retour chez lui, bien qu'épuisé, il ne trouva pas spontanément le sommeil et, lorsqu'il parvint à s'endormir, ses rêves furent peuplés par de singulières visites : un scarabée d'or voyageait sur les bandelettes d'une momie, tandis qu'un lion à tête humaine rugissait dans le lointain. Il se réveilla en sursaut. « Tout cela est ridicule », se dit-il en pensant à la greffe cœur-poumons qui l'attendait en fin de matinée.

Il se remémora alors brièvement le panel de difficultés qu'il avait affrontées, avec son collègue de longue date, le docteur Joseph Lévi, pour convaincre la direction et les actionnaires de leur clinique de la faisabilité de la lourde transplantation. Le défi était de taille et plus qu'audacieux pour un petit établissement d'une ville de province. Toute erreur leur était interdite, leur premier coup devait être un coup de maître.

Trois heures sonnèrent au carillon de l'église Saint-Henri. Il se rendormit et les rêves recommencèrent : Marc cheminait sur un fleuve aux rives sablonneuses et dont l'extrémité s'achevait par une gorge étroite. Tout le long du parcours, il avait affronté de terrifiants serpents et crocodiles mais avait su rester en vie en prononçant les formules magiques du dieu Toth. Sa barque arriva dans une grande salle qui avait tout d'un tribunal. Au bout de celle-ci, siégeaient majestueusement sur leur trône le dieu Osiris et la déesse Isis. Un peu plus loin, il distingua une balance sur laquelle on pesait le cœur d'un nouveau défunt avec la plume de Ma'at, la déesse de la Vérité, de la Justice et de l'Ordre divin. Marc comprit aussitôt qu'il assistait à la pesée des âmes. Il s'interrogea : « Qu'est-ce que cela pouvait bien signifier ? Était-il mort ou sur le point de l'être ? »

Le dieu à tête de chacal dénommé Anubis poursuivit la pesée puis Toth enregistra le résultat de l'opération. La balance d'Osiris pencha du côté du cœur, confirmant à tous que l'âme du défunt était lourde de péchés. Alors, sous les plateaux de la balance, apparut un monstre à tête de crocodile, aux pattes avant de lion et à l'arrière-train d'hippopotame qui déchira, d'un violent coup de mâchoire, le cœur du défunt condamné ! Anubis se dirigea alors, menaçant, vers Marc... Il hurla de terreur et se réveilla en sueur, son cœur palpitait si fort qu'il eût juré qu'un joueur de tambour était dans la chambre.

Le sommeil revint difficilement cette nuit-là, l'image du dévoreur des âmes resta si profondément gravée dans ses souvenirs qu'il n'osa plus fermer les yeux.

Sur le coup de sept heures, il se décida à sortir du lit pour avaler un grand bol de café noir avant de prendre une douche bien brûlante.

Trente minutes plus tard, lavé et rasé de près, il se sentit un autre homme. Le défi qui l'attendait avait commencé à faire son effet, son adrénaline atteignait des sommets. Il ricana de son imagination débordante, prit ses clés de voiture posées sur le guéridon puis, d'un pas assuré, il sortit.

Sur le parking de la clinique, Marc nota l'accélération discrète de son rythme respiratoire, sa tête se mit à tourner légèrement. Il se promit une courte sieste avant l'intervention.

Dans le hall d'entrée, il rencontra Joseph. Un grand sourire illumina le visage du chirurgien quand il accompagna sa poignée de main de l'attouchement des francs-maçons.

–Je suis au courant pour ta soirée d'hier. Bienvenue parmi nous et tiens-toi prêt à réaliser de grands projets maintenant que tu fais partie de la famille, lui glissa-t-il.

Marc demeura interloqué par la révélation. Pas plus que pour son père, il n'avait soupçonné l'appartenance de Joseph à la franc-maçonnerie. Pourtant les deux hommes se connaissaient depuis si longtemps. Il se félicita de la disparité du recrutement de l'ordre maçonnique, un sentiment de fierté fit place à sa stupéfaction.

–Je suis impatient de me mettre à l'œuvre, répondit-il, à commencer par notre greffé de cet après-midi.

–Je partage ton enthousiasme et je ne suis pas le seul. Nathalie piaffe d'impatience, il a presque fallu lui interdire l'accès en salle de soins. Ils sont intenables ce matin, et dire qu'il va falloir les supporter jusqu'à quatorze heures, ajouta-t-il en soupirant. (Il lui serra de nouveau la main.) Je suis content que tu sois parmi nous. Bon, je te laisse, on se revoit au staff, mon frère.

– À tout de suite, Joseph.

Confortablement installé dans son bureau, Marc étudia le dossier de son patient. Il se délecta à l'idée de savoir que, dans quelques heures, le succès engendré par la transplantation d'organes changerait sa vie. Il s'imagina invité au prochain congrès mondial d'anesthésie, dans le saint des saints de la Harvard Medical School.

La migraine qui explosa dans son crâne le ramena brutalement à la réalité, le vertige s'accentua comme s'il avait bu plus que de raison. Des points lumineux étincelants envahirent son champ visuel et une douleur lancinante accompagnée de brusques haut-le-cœur lui fit porter ses mains à l'abdomen. Ses intestins, parcourus de spasmes violents, se libérèrent subitement et un flot de bile teintée de sang souilla définitivement le dossier médical. Marc fut pris de convulsions qui agitèrent ses membres. Il défaillit et chuta lourdement de sa chaise. Sa respiration se fit haletante, et une puissante angoisse succéda à sa douleur lorsqu'un épais voile noir descendit sur ses yeux.

Le spectre de la mort et le souvenir d'Anubis se gravèrent alors dans ses pensées. Il tenta bien de repousser ces sinistres images mais le mal fut le plus fort. Il dut se l'avouer : Seth triomphait...

Vaincu, il cessa son inutile combat et la dernière image qu'il emporta de sa vie fut celle de l'icône où le regard du Christ rayonnait de tendresse.

Tsaphiel

Château de Wewelsburg, Westphalie
21 juin 1939

Installé dans la salle du culte, le cénacle semblait absorbé par l'immense mandala du Soleil noir sculpté à même le sol. À l'énoncé des premiers mots du Reichsführer, le gigantesque dessin de la roue solaire dont les douze rayons reproduisaient les runes de la Victoire vibra dans la salle des Obergrüppenführer.

« Messieurs, comme vous le savez, les peuples ne connaissent qu'une infime portion de la véritable histoire de l'humanité. Depuis l'aube des temps, l'authentique histoire des civilisations humaines n'est transmise qu'à certaines élites initiatiques dont l'ordre SS fait aujourd'hui partie. Grâce à la pratique de rites occultes qui ont été révélés à notre Führer, ce savoir ancestral, qui est la source d'une puissance suprême, nous est aujourd'hui accessible et nous permettra bientôt d'écrire l'avenir de cette humanité déchue. C'est pourquoi j'ai, au cours de ces derniers mois, chargé un certain nombre d'entre vous de missions de la plus haute importance pour le futur de l'Ordre noir. Aujourd'hui, le temps est venu de faire le point quant aux résultats de nos expéditions qui engagent la réussite des prochaines conquêtes du Troisième Reich mais, avant de vous entendre, j'ai une excellente nouvelle à vous rapporter, fit-il en ôtant ses petites lunettes rondes. Grâce aux contacts permanents que la *Thule-Gesellschaft* entretient avec la société secrète du *Golden Dawn* dans laquelle, vous le savez, siège un certain nombre de responsables de l'*Intelligence Service* et du Parlement britannique, le ministre Rudolf Hess vient de me confirmer que l'Angleterre ne s'opposera pas militairement à notre invasion de la Pologne. »

Un tonnerre d'applaudissements retentit alors dans la salle aux douze piliers.

– Standartenführer Schaeffer, déclara alors Heinrich Himmler en se tournant brutalement vers le responsable de la première des missions de l'Ordre noir.

À l'annonce de son nom, l'officier SS se leva en faisant le salut hitlérien.

– Avez-vous accompli ce que le Führer et moi-même attendions de vous ? poursuivit Himmler sur un ton plus menaçant.

– Parfaitement, Reichsführer. Grâce aux contacts locaux de l'*Ahnenerbe* et de l'ambassadeur von Salzman, notre expédition au Tibet fut une complète réussite. Selon vos ordres, nous avons rencontré les plus grands dignitaires de la caste des brahmanes ainsi que certains meneurs nationalistes indiens avant d'être reçus par les proches du défunt Thupten Gyatso.

– Je conclus donc que vous leur avez offert le petit cadeau que je vous avais confié, interrogea Heinrich Himmler.

– Absolument, Reichsführer. Je peux d'ailleurs vous confirmer que l'entourage du treizième dalaï-lama a été extrêmement touché par l'exemplaire de *Mein Kampf* dédicacé par notre Führer. Les dignitaires tibétains m'ont remis, en retour, une pierre magique dans laquelle est taillé le svastika originel ainsi que le traité d'amitié qui reconnaît Adolf Hitler comme le chef des Aryens.

– Excellent. Avez-vous aussi rapporté le rituel de Kalachakra ?

– Oui, Reichsführer. Je viens de donner l'ordre de le faire immédiatement déposer dans la crypte, annonça l'officier SS pour désigner la pièce voûtée en forme de caveau construite sous la salle des Obergrüppenführer, et dans laquelle étaient célébrées les cérémonies les plus secrètes de l'Ordre noir.

– Standartenführer Schaeffer, déclara Heinrich Himmler, je suis satisfait de vous. Vous avez particulièrement mené à bien votre mission. En guise de quoi, je vous invite à rester parmi nous ce soir pour recevoir le titre honorifique de notre ordre. Vous pouvez maintenant prendre place.

– Je vous en remercie, Reichsführer, répondit fièrement l'officier SS en se rasseyant.

– Sturmbannführer Hagen, enchaîna Himmler sur un ton inquisiteur, avez-vous abouti dans nos recherches en Palestine ?

Le second officier se leva aussitôt et répéta le salut nazi.

– Oui, Reichsführer. Suite à la rencontre entre notre consul et le grand mufti de Jérusalem Al-Hajj Amin al-Husseini, l'Obersturmbannführer Adolf Eichmann et moi-même avons achevé, avec les nationalistes arabes, notre projet d'élimination du foyer national juif en Palestine. Cette rencontre a profondément ancré notre capital de sympathie dans le monde arabe, au point que notre promesse de poursuivre nos livraisons d'armes aux rebelles a convaincu le mufti de devenir notre principal agent au Moyen-Orient.

– Très bien, je vois que la collaboration entre l'Ordre noir et l'Abwehr commence à porter ses fruits.

– Absolument, Reichsführer, affirma le SS en hochant la tête. Nous avons aussi transféré d'importantes sommes d'argent, sous forme de donations caritatives, à l'opposant Rashid Ali et au groupe d'officiers irakiens qui nous sont favorables.

– Et à quelle fin ? interrompit brutalement Heinrich Himmler.

– Dans celle de faciliter l'installation du grand mufti à Bagdad pour que celui-ci puisse diffuser plus largement sa propagande contre les juifs et lancer le jihad contre l'Angleterre.

– Messieurs, fit Himmler, s'adressant au cénacle, j'attire votre attention sur le fait qu'il nous faudra réfléchir à l'idée que le grand mufti de Jérusalem puisse rencontrer notre ministre des Affaires étrangères, Herr von Ribbentrop. Sturmbannführer Hagen, interpella le chef de l'Ordre noir, parlez-nous maintenant de la raison officieuse de votre mission. Avez-vous pu localiser cette mystérieuse parole perdue ?

Le SS formula sa réponse en pesant chacun de ses mots.

– Non, Reichsführer. Nos recherches ont été vaines : la parole perdue a quitté la Terre sainte il y a huit cents ans !

– Comment cela se peut-il ? s'exclama Himmler, furieux.

– Nos sources nous ont révélé que, après la conquête de Jérusalem par les croisés, Hugues de Payns et les premiers templiers creusèrent pendant neuf ans sous les ruines du temple d'Hérode et que, après avoir été trouvée, la stèle sacrée fut secrètement ramenée sur les terres du comte de Champagne.

– Ainsi, la parole perdue serait en France ?

– Pas tout à fait, Reichsführer. Les services de l'amiral Canaris nous ont confirmé que, dans les jours qui ont précédé la rafle du roi Philippe le Bel, le dernier grand maître, Jacques de Molay, réussit à sortir du royaume les deux plus précieux trésors de l'ordre des Templiers : l'arche d'alliance et la parole perdue.

Himmler perdit soudainement patience :

– Et où donc se trouve aujourd'hui la stèle sacrée des juifs ?

– Nul ne le sait avec exactitude. Néanmoins, il existe un autre moyen d'acquérir la parole perdue.

– Et lequel ? questionna aussitôt Himmler.

– Reichsführer, je sais aujourd'hui que la parole perdue fut mentionnée par écrit dans les deux ouvrages des *Arcana arcanorum*.

– Qu'est-ce donc que cela ? fit Heinrich Himmler.

– Il s'agit d'un système d'enseignements théurgiques que pratiquent les juifs et les francs-maçons adeptes de Cagliostro. On affirme qu'au cours de leurs assemblées, grâce à leurs invocations, les rabbins kabbalistes et les dirigeants de la franc-maçonnerie égyptienne de Memphis-Misraïm mobilisent les plus puissants des esprits célestes.

– Continuez, fit le Reichsführer.

– La totalité des *Arcana arcanorum* est regroupée au sein de deux sources livresques qui contiennent la parole perdue !

– Et pourriez-vous nous dire où se trouvent ces écrits, Sturmbannführer ?

– Le premier d'entre eux appartient à la bibliothèque talmudique du séminaire théologique juif de Lublin. Quant au second, il fait partie des quatre rituels originaux de Cagliostro qui se trouvent encore dans la Loge maçonnique lyonnaise, la Sagesse triomphante. Reichsführer, clama soudainement l'officier nazi, j'affirme devant cette assemblée que la parole perdue est dans l'une de ces deux sources.

Le maître de l'Ordre noir exhiba un petit mouchoir blanc puis, tout en réfléchissant à ce qu'il venait d'entendre, il fit briller sa bague à tête de mort. Il annonça alors au cénacle :

– Très bien, Sturmbannführer. Je vous charge de retrouver ces *Arcana arcanorum*, mais j'exige que vous poursuiviez vos recherches et trouviez la stèle sacrée. Me suis-je bien fait comprendre ?

– Parfaitement, Reichsführer, répondit le SS en se raidissant.

Quartier du Châtelet, Paris
9 novembre 2001, 1 h 20

À quel âge devient-on adulte ? La question me harcelait depuis le départ d'Anne, il y a cinq ans, et ce n'était pas ce soir que j'allais trouver la réponse. Je n'avais, en effet, rien trouvé de mieux, pour fêter ce triste anniversaire, que d'aguicher une créature de la nuit, danseuse exotique et « masseuse » à ses heures perdues.

Mon mariage avait rapidement battu de l'aile, probablement parce que le quotidien d'un flic de la brigade criminelle n'est que peu compatible avec cette vie familiale qu'Anne avait longtemps espérée. Ce n'était pourtant pas faute de lui avoir expliqué, avant de l'épouser, tous les impondérables du quotidien d'un commissaire de police. Au début, elle fut suffisamment amoureuse pour faire face à la solitude et à l'angoisse du coup de fil fatidique. Nous avions rapidement décidé de ne pas avoir d'enfants tant que ces conditions demeureraient inchangées. J'essayai bien d'obtenir une mutation dans un bled du Gers mais il faut croire que mes supérieurs furent satisfaits de mes prestations et peu convaincus par mon désir de quitter la capitale car rien n'avait jamais abouti.

Il est vrai que j'aimais cette « faune » qui peuple les nuits parisiennes, sans compter que toutes ces planques et toutes ces filatures avaient fini par faire de moi un authentique oiseau de nuit. Anne avait rapidement compris que les choses ne changeraient pas, j'avais vu au fil des jours son désir se flétrir puis se transformer en une insupportable indifférence.

C'est à ce moment-là, il me semble, que mon appétence pour la vodka et pour les femmes faciles s'est mise à croître de manière vertigineuse. J'ai alors basculé dans une spirale sans fin de conquêtes stériles où régnaient l'alcool et la débauche.

Je crois cependant avoir touché le fond le soir où, rentrant « chargé », j'ai trouvé cette simple note griffonnée à la hâte sur un vieux papier journal : « ADIEU ».

Dans mon semi-coma d'alcoolique, j'ai alors éclaté en sanglots en serrant la photo où Anne étincelait de bonheur dans sa robe de mariée. Rien n'a plus jamais été pareil après cette soirée. Une partie de moi-même avait disparu, morte, quand Anne avait refermé sur elle la porte de notre cinq pièces.

Après, je ne me souviens pas d'avoir vécu, ni même survécu. Je me suis tout simplement abruti de travail, ce qui m'a conduit à côtoyer tout ce qu'une âme humaine peut comporter de torturé et de désaxé. Je me suis déshumanisé en quelque sorte, n'attendant plus rien de mes semblables, que le pire. C'est probablement la raison pour laquelle je ne me suis pas collé une bastos de 44 dans le crâne. Ce n'était pourtant ni les motifs, ni les occasions qui me manquèrent

Oui, à quel âge devient-on réellement adulte ? Pour ma part, je venais d'atteindre mes quarante ans, mais l'âge de raison demeurait l'inconnu de ma pitoyable existence.

– Alors, Sweetie, tu m'offres un autre verre avant de monter ?

Ma compagne d'un soir s'impatientait, son souteneur aussi, très probablement. J'avais pourtant besoin de me confier mais trouver l'âme sœur dans ce genre de lieu, c'était comme partir à la recherche de fraises des bois en plein mois de décembre. Bon Dieu, j'étais pitoyable et, malgré les vapeurs de vodka qui embrumaient sérieusement mon esprit, j'avais honte de moi. Ce qui me restait d'amour-propre me fit alors l'effet d'une décharge électrique et me poussa brutalement à planter là Laura, malgré ses atouts convaincants. La fille m'insulta quand elle comprit que le client que j'étais avait changé d'avis. Tout y passa en matière de qualificatifs orduriers et ma virilité fut sérieusement mise en cause...

Je n'en avais cure, blasé que j'étais de côtoyer tous ces égarés de la vie dont, d'ailleurs, je faisais partie. Je n'avais néanmoins pas manqué de remarquer en me levant le regard furtif qu'elle lança à deux types accoudés au fond du bar. Cela puait le traquenard et la baston vicieuse à plein nez mais j'avais quelques sérieux jokers en poche qui, plus d'une fois, m'avaient permis de retourner à mon avantage des situations plus pourries que celle-ci.

Feignant de tituber, je notai le grand sourire complice que les deux hommes s'échangèrent. Ils s'imaginaient déjà m'exploser la tête sans prendre de risque. J'en remis une couche avant de quitter ce bouge dont la lueur glauque, émanant du néon du bar, perçait difficilement les cumulus tabagiques des clients. Le parking de la boîte était sombre, un lampadaire clignotait de temps à autre. C'était l'endroit parfait pour dépouiller promeneurs égarés comme fêtards éméchés.

Des bruits de pas accélérés résonnèrent sur la chaussée, la mise à mort commença :

– Hé, mec, hurla le plus grand des deux, t'aurais pas oublié quelque chose ?

Je décidai de jouer mon rôle de proie jusqu'au bout en exhalant une puissante haleine de vodka.

– Je suis désolé, les gars, mais je ne me souviens pas de grand-chose quand je suis en compagnie de ma meilleure amie Smirnoff, balbutiai-je.

– Ouais, trou duc', ça, on l'a constaté, me lança le plus petit avec un regard de prédateur.

Je compris que j'avais en face de moi le plus dangereux de mes deux agresseurs, c'était sûrement le mac de la fille. Ils se rapprochèrent doucement, j'étudiai scrupuleusement mon environnement pour ne pas me laisser enfermer dans un coin, me retrouver dos au mur ou contre une voiture. Heureusement pour moi, ces petites frappes négligèrent la première des règles de tout bon combattant : ne jamais sous-estimer son adversaire. À aucun moment, ils ne se méfièrent.

– Tu t'imagines pas, ducon, qu'après avoir baragouiné Laura pendant trente minutes, tu allais te tirer sans passer à la caisse. Elle bosse, mec, et pour moi, et comme t'as dû l'apprendre avant de retrouver ce soir Smirnoff, le temps, c'est du fric, alors allonge et magne.

Je décidai de leur laisser une dernière chance en exhibant ma carte bleu, blanc, rouge.

– Écoutez, les gars, je suis flic et j ai eu mon compte d'emmerdes pour la journée, alors restons-en là, OK ?

La carte tricolore leur fit l'effet d'un chiffon rouge qu'un toréador suicidaire agiterait frénétiquement au museau d'une douzaine de taureaux en rut. Ils avaient maintenant une excellente raison de me battre à mort. Le plus grand des deux se précipita sur moi un cutter à la main en me crachant un «Je vais te crever, enflure» où déborda la haine d'un homme qui avait dû connaître la violence des quartiers de haute sécurité.

Depuis la sortie de la boîte, j'étais dans un état d'esprit conscient mais vide de pensées, qui reliait instantanément ma volonté à mes actes. Telle la lame effilée d'un sabre de samouraï qui ne demanderait qu'à sortir de son fourreau, j'étais prêt à trancher et à corriger sans aucun état d'âme.

Je pivotai sur moi-même en saisissant l'avant-bras de l'homme qui, emporté par son élan et la certitude d'une victoire rapide, ne contrôlait plus sa course. Le mouvement de mes hanches, couplé à la forte torsion externe que j'appliquai sur son poignet, eut un effet dévastateur. Un craquement sec se fit entendre et l'homme hurla de douleur, la main droite pendante.

Agenouillé, je ne lui laissai aucune chance de se relever en lui décrochant aussitôt une série de coups de genou au niveau du menton et de l'arête nasale. Sous l'effet de la fulgurante douleur, il s'évanouit instantanément dans un large filet de sang, la mâchoire et le nez brisés.

Me fixant d'un regard où la crainte se mêlait à la rage, mon deuxième adversaire demeura pétrifié. À son indécision s'ajouta la consternation d'être brutalement passé du statut de prédateur à celui de proie. Je décidai aussitôt de profiter de la confusion qui déferlait dans son mental pour le pousser à commettre la faute ultime.

Cassant brutalement le rythme du combat, je m'avançai, déterminé, vers lui en maintenant ma garde, cheminant rapidement dans sa direction. Réagissant exactement comme je l'espérais, il sursauta... Ce dixième de seconde lui fut fatal car, entre-temps, sa garde s'était décomposée. Avant même que je ne commence à frapper, il sut qu'il était vaincu. Mon coup de pied partit comme un ressort et pénétra ses parties génitales. Une onde intensément douloureuse irradia dans tout le bas-ventre de l'homme, qui se plia instantanément en deux. Je n'en espérais pas davantage. Ma série de frappes en sabre percuta la base de son cou au moment où il tenta de se redresser pour recomposer un semblant de garde. La violence et la répétition de mes coups lui écrasèrent la carotide et la jugulaire, interrompant sauvagement sa vascularisation cérébrale. Il perdit presque aussitôt connaissance et s'écrasa tel un pantin désarticulé sur la chaussée.

Le silence et la paix revinrent aussitôt. L'onde de violence se dissipa et un embryon d'harmonie vibra tout autour de moi. Il rayonnait pourtant encore en moi cette vigilance parfaite qui explique que, même lorsque ses adversaires gisent à ses pieds, le bushi et son sabre soient toujours menaçants. Il n'y eut cependant aucune autre attaque, faute de combattant.

Cette lame d'acier, que demeure l'esprit du combattant, venait d'œuvrer au nom d'une certaine justice. L'heure était maintenant arrivée de la ranger au fourreau, dans ce corps par lequel elle s'éveille. En rengainant, je ne pus toutefois que déplorer le triste spectacle des deux corps contusionnés qui s'offrait à mes yeux. Mes deux agresseurs porteraient longtemps encore, imprimées dans leurs chairs, les séquelles douloureuses de leur propre haine.

Malgré l'heure tardive et la distance à parcourir, je décidai de rentrer à pied. Nullement pressé et encore « imprégné », j'avais besoin de marcher pour mieux exorciser certains souvenirs. En chemin, celui d'Anne m'envahit. Je la revis, comme aux plus beaux jours de notre mariage, accoudée au balcon et s'imprégnant du rire des enfants qui s'éclaboussaient sous la fontaine de notre douillet logement du 5, square du Temple. J'avais toujours aimé ce quartier du nord-est de Paris où l'histoire, le cynisme et le mystère résonnent au détour de chacune des rues. Je me plaisais souvent à imaginer que je vivais à l'endroit où quelques siècles plus tôt des chevaliers, croix vermeille au vent, montaient la garde, fiers comme des archanges dans leurs blancs manteaux. Les souvenirs, les regrets et les rêves, c'était tout ce qu'il me restait de cette vie. En arpentant la rue de la Chevalerie-du-Temple, je me surpris néanmoins à implorer le Grand Architecte pour qu'il m'accorde cette rédemption qui me fuyait depuis tant d'années.

Le déclic qui fit basculer ma vie venait en fait, à l'instant, de se réaliser, mais ce n'est que bien plus tard que je pris conscience que le Grand Géomètre de l'Univers m'avait entendu cette nuit-là.

La fraîcheur du petit matin éclaircit doucement mes pensées. J'étais comme un pêcheur de perles resté trop longtemps au plus profond des abysses, il me fallait maintenant remonter vers la lumière, en respectant le rythme premier des choses, à commencer par moi-même. Mon excursion nocturne et solitaire avait été plus brève que je ne me l'étais imaginé, comme si ma nostalgie et mes espoirs avaient inscrit le temps et l'espace dans une autre dimension.

La lourde porte cochère de mon immeuble me fit soudainement face, je tapai le code, 1717, et montai l'escalier d'un pas alerte. La couleur verte du tapis de l'entrée sonna presque comme une marque d'espérance et, en pénétrant dans l'appartement, j'eus l'envie soudaine de prendre un bain chaud, histoire de me relaxer.

Devant la glace, je reconnus avec difficulté l'homme qui me faisait face, je n'avais pourtant pas changé à ce point depuis mon arrivée à Paris, vingt ans plus tôt.

Fils unique, je suis né à Chambéry. Ma mère avait pris la décision, dès ma naissance, d'abandonner son activité de bibliothécaire pour se consacrer à ma scolarité. Mon père, archéologue, avait su me faire partager sa passion pour la Grèce antique et je l'ai longtemps suspecté de m'avoir bercé avec les tirades de *L'Iliade* et de *L'Odyssée*. J'ai adoré mes parents jusqu'à leur tragique disparition dans ce putain d'accident d'autocar un soir d'été.

C'était des gens simples et bienveillants qui m'ont laissé quelques photos jaunies et une tombe que je n'oublie jamais de fleurir au moment de leur anniversaire. Haut d'un bon mètre quatre-vingts pour soixante-dix kilos, j'avais hérité de mon père sa musculature ainsi que sa souplesse que j'entretenais irrégulièrement par la pratique du Krav Maga. Ma mère, quant à elle, m'avait légué ses yeux verts en forme d'amandes et la couleur brune de ses cheveux que je portais aujourd'hui en brosse.

Une barbe achevait de me donner un aspect viril, malgré cette lueur d'angoisse qui brillait dans mes yeux et qui faisait de moi un cherchant éternellement épuisé par l'ampleur de sa quête.

La chaleur et la douceur de l'eau me firent un bien immense, le moment était enfin venu d'abandonner pour quelques heures tout ce qui me rattachait à la brigade criminelle.

Il est vrai que j'avais été servi ces derniers temps, c'était comme si j'attirais les enquêtes les plus délicates du Quai des Orfèvres.

La dernière en date m'avait amené à démanteler un vaste réseau de trafic d'organes. Il nous avait fallu des mois de travail pour infiltrer les triades du 13e arrondissement avant de remonter toute la filière qui s'étendait jusqu'à Hong Kong via Londres.

Nous avions, avec l'aide de Scotland Yard, réussi à faire tomber quelques-uns des plus gros poissons de la mafia chinoise, sans compter qu'un tel scandale n'avait pas manqué d'éclabousser plusieurs grands dignitaires du parti à Pékin.

Bien que satisfait du résultat de notre travail, j'étais épuisé et c'est donc en toute logique que je m'apprêtais à demander un congé, lorsque je reçus cet énigmatique coup de fil de mon divisionnaire : « Gibelain, j'ai besoin de vous voir demain à la première heure. » Le ton du commissaire Macabone n'autorisait aucune discussion. Je sus que c'était sérieux.

Mon bain chaud m'aida cependant à trouver le sommeil et, dès neuf heures, je me présentai, frais et dispos, au bureau de mon supérieur.

– Gibelain, asseyez-vous et écoutez-moi bien. Depuis hier soir, je suis harcelé par le préfet qui me demande de mettre mon meilleur élément sur une affaire dont je ne comprends d'ailleurs pas l'importance.

Secrètement, je me sentis flatté car il n'était pas dans les habitudes du « Corse », comme nous le surnommions, de distribuer des compliments.

– De quoi s'agit-il, patron ? demandai-je.

– D'un meurtre, qui a cependant cette particularité de s'être produit dans un monde qui m'est totalement inconnu mais que vous, au contraire, connaissez.

Je nageais en plein brouillard. De quoi Macabone voulait-il parler ?

Il enchaîna :

– Il y a trois jours, à Bourges, le docteur Marc Letellier a été assassiné en sortant d'une cérémonie maçonnique. Tout nous laisse supposer qu'il s'agit d'un empoisonnement, même si aucun composant n'a jusqu'à maintenant été retrouvé.

Cette annonce me fit l'effet d'un violent coup de poing à l'estomac. Comment était-il possible qu'un frère ait pu commettre un acte aussi monstrueux dans un lieu sacré ? Je suspectai aussitôt une nouvelle machination destinée à compromettre la franc-maçonnerie. Il y en avait tellement eu ces dernières années. Mais le caractère franchement diabolique de l'annonce de Macabone me fit froid dans le dos.

– Gibelain, poursuivit le divisionnaire, je vais être franc avec vous. Quand vous êtes rentré chez nous, j'ai contacté certaines connaissances que j'ai gardées aux renseignements généraux et j'ai su que vous apparteniez à une Loge maçonnique.

Sa révélation ne m'étonna pas le moins du monde. J'étais persuadé que l'ensemble du service avait fait l'objet d'une enquête semblable. Macabone était le genre de flic à posséder un dossier sur le simple gardien de la paix en faction que je saluais chaque matin.

– À l'époque, je me méfiais de vous car je vous suspectais d'être une taupe mais, dès vos premières enquêtes, j'ai su que vous étiez un homme intègre. En tout cas, il y a une chose que je peux vous affirmer dès aujourd'hui, Gibelain : c'est que si vous réussissez à régler cette affaire, il y aura de la promotion sérieuse dans l'air car je n'ai jamais vu une telle agitation au ministère de l'Intérieur. J'avoue ne rien piger à vos subtilités ésotériques, ajouta-t-il avant de se lever, signifiant par là que l'entretien touchait à sa fin, mais il y a une chose à laquelle je crois, c'est qu'il n'y a qu'un franc-maçon qui soit capable d'enquêter et de conclure dans cette histoire de meurtre rituélique.

Il me serra la main avant de se diriger vers la porte.

– Vous trouverez le rapport d'enquête sur votre bureau ainsi que vos billets de train et vos réservations d'hôtel. Vous partez dès demain, alors bon courage, et tenez-moi régulièrement au courant car, secret maçonnique ou pas, c'est d'abord une enquête de police.

– Vous pouvez compter sur moi, patron, lui répondis-je.

– OK, alors bonne chasse.

Franc-maçon, je l'étais depuis quatre ans maintenant et même si je pensais avoir été influencé par mon père, véritable « maçon sans tablier », c'est l'aura de mon précédent divisionnaire qui m'avait poussé à frapper à la porte du temple. Après quelques balbutiements, j'avais rapidement adhéré à cette école où l'on venait se perfectionner tant spirituellement que philosophiquement et c'est ainsi que, au fil des ans, la franc-maçonnerie avait réussi à faire de moi un homme plus vertueux, même si le travail était loin d'être achevé...

Aujourd'hui, je réalise combien un tel cheminement fut déterminé par mon rite. Un rite maçonnique est un système organisé en degrés où l'on délivre progressivement divers outils et moyens permettant à l'initié d'acquérir et de renforcer son équilibre intérieur et sa force morale.

Des rites, il y en a de multiples et variés en franc-maçonnerie et, si certains privilégient le mysticisme comme d'autres approfondissent le sentiment chrétien, il en existe aussi qui soulignent les valeurs humanistes.

Je découvris à la même époque la particularité maçonnique française avec ses nombreuses obédiences dont la plupart sont qualifiées d'« irrégulières » par la Grande Loge unie d'Angleterre. Très sommairement, j'avais compris que cette notion de régularité reposait sur des bases que cette Grande Loge, véritable gardienne de la tradition maçonnique universelle, désignait sous le terme de *landmarks*. Ces derniers sont extrêmement précis et inamovibles. La croyance obligatoire en Dieu, encore appelé Grand Architecte de l'Univers, la présence de la Bible ouverte sur l'autel de la loge, le fait qu'un franc-maçon ne puisse être que de sexe masculin n'en sont que quelques éléments.

Bien évidemment, une telle attitude ne devait pas manquer de soulever de multiples polémiques. Refusant, entre autres, ce qu'il considérait n'être qu'une volonté d'ingérence des francs-maçons anglais, le Grand Orient remania alors le premier des *landmarks*. La principale des obédiences françaises n'y alla d'ailleurs pas par quatre chemins puisqu'en 1877 elle radia tout simplement de sa Constitution la croyance en ce Grand Architecte de l'Univers.

La réaction de la Grande Loge unie d'Angleterre fut immédiate et se traduisit par la rupture de tous liens maçonniques entre les deux obédiences. Malheureusement pour le Grand Orient, ceci eut aussi comme conséquence d'être déclaré hors norme ou irrégulier au niveau international. La franc-maçonnerie française devait ainsi connaître jusqu'en 1913 une longue période d'isolement où le politique et le profane supplantèrent, hélas trop souvent, le symbolique et le sacré.

Quant à moi, j'avais délibérément choisi d'appartenir à une obédience régulière dans l'unique intention de pouvoir officiellement assister aux travaux des Loges maçonniques du reste du monde. Certaines de mes enquêtes m'amenaient parfois à séjourner à l'étranger et je savais que, sans l'aval de régularité de la Grande Loge unie d'Angleterre, il était inutile d'espérer avoir accès aux temples autrement qu'en visite guidée touristique.

Cela, néanmoins, ne m'empêchait pas de me considérer lié par le même idéal aux frères et sœurs des autres obédiences dont certaines demeurent les plus dignes héritières spirituelles du siècle des Lumières.

Je regagnai mon bureau tranquillement quand la voix de Paul, notre jeune inspecteur stagiaire, résonna dans le hall :

– Bonjour, chef, quelqu'un a tenté par deux fois de vous joindre lorsque vous étiez chez le divisionnaire. Il n'a pas voulu laisser de nom ni de message mais il téléphonera dans la matinée. Cela avait l'air d'être urgent, j'ai supposé que c'était un de vos indics.

– Curieux, répondis-je, d'habitude, ils me laissent toujours un numéro ou un surnom pour que je les rappelle au plus vite. Merci quand même, Paul. »

À ce moment précis, le téléphone retentit. Je bondis alors pour m'en emparer.

– Allô, Jean, ici Jacques, comment vas-tu ?

Jacques était le vénérable de Beaucéant, ma Loge-mère ; il était exceptionnel qu'il me téléphone au bureau, je craignis immédiatement le pire.

– Bonjour, Jacques, est-ce toi qui as essayé de m'appeler ?

– Oui, il faut que je te parle au plus vite, mais pas au téléphone, cela a rapport avec l'enquête que tu as sûrement devant les yeux.

– Tu veux parler du meurtre du docteur Letellier ?

–Exactement, cette affaire fait grand bruit, à tel point que certains ont décidé de t'investir de pouvoirs spéciaux, mais je ne peux pas t'en dire plus, on peut se voir ce midi ?

–Absolument, que dis-tu de midi et demi au Petit-Bouchon ?

–C'est parfait, à plus tard.

–À plus tard, Jacques.

En raccrochant, je ne pus m'empêcher de remarquer le ton grave que prenait cette affaire qui semblait dépasser les frontières de ma vie professionnelle pour envahir celles, plus intimes, de ma spiritualité.

À midi trente pile, je poussai la porte du Petit-Bouchon. Jacques m'attendait déjà, il avait choisi une table isolée de façon à ce que notre conversation reste la plus discrète possible.

–Prends place, Jean, j'ai commandé comme d'habitude.

–Merci. Bon alors, explique-moi comment tu es lié à cette affaire ?

Je ne comprenais pas, en effet, comment Jacques, antiquaire de profession, pouvait être au courant d'une histoire de meurtre dont j'ignorais tout encore quelques heures auparavant.

« Voilà, enchaîna-t-il, hier matin, j'ai reçu un appel du grand secrétaire m'informant que notre grand maître national en personne souhaitait me rencontrer au plus vite, il m'a même fixé immédiatement un rendez-vous. Laisse-moi donc te répéter les propos du grand maître :

–Mon frère, un terrible événement vient de frapper l'ordre maçonnique tout entier. Un jeune initié, appartenant à une obédience autre que la nôtre, vient d'être assassiné au lendemain de sa cérémonie d'initiation et tout laisse supposer que le meurtrier est un franc-maçon.

–Comment, très respectable frère, en êtes-vous arrivé à cette effroyable conclusion ? répliquai-je intimidé.

–L'assistant du médecin légiste, qui est l'un des nôtres, suspecte la présence de méthanol qui aurait été déposé dans un verre lors des agapes, puisque la "coupe d'oubli" a été analysée sans résultat. Il en a informé immédiatement sa Grande Loge et, le jour même du meurtre, le grand maître de l'obédience était au courant de l'affaire et prenait un ensemble de dispositions.

– Lesquelles, très respectable frère ?

– Celles qui, tout d'abord, vu la gravité d'un tel acte, nous ont amenés à dépasser la notion de régularité qui, en temps normal, nous interdit de nous recevoir en loge. Nous avons ainsi décidé de créer une "union sacrée" pour traquer et châtier le crime qui aujourd'hui frappe nos frères et sœurs. Notre deuxième disposition a été de trouver, parmi nos membres respectifs, celui le plus à même de résoudre avec discrétion et efficacité cette enquête difficile. Je ne vous cache pas que le choix fut délicat car plusieurs noms ont circulé. Néanmoins, un certain Jean Gibelain a semblé faire l'unanimité autour de lui et je crois savoir qu'il est à Beaucéant, n'est-ce pas ?

– C'est exact, très respectable frère.

– Vous comprendrez qu'il est impératif pour nous tous qu'il conduise cette enquête et nous avons pris nos dispositions pour qu'il en soit ainsi. Toutefois, vous qui le connaissez personnellement, pensez-vous qu'il soit l'homme de la situation ?

– Notre frère maître écossais de Saint-André Jean Gibelain a toutes les qualités tant professionnelles qu'humaines pour mener sa tâche avec succès. Je n'ai aucun doute sur la question, très respectable frère.

– Notre troisième et dernière disposition est exceptionnelle en soi. Considérant toutes les possibilités, y compris les plus impensables, nous avons décidé et obtenu des Suprêmes Grands Conseils que notre frère Jean Gibelain bénéficie du privilège d'entrée aux travaux des Loges des hauts grades maçonniques. Tout doit être fait pour aider notre frère à établir rapidement la lumière sur cette ignominie. »

Jacques s'arrêta brutalement. J'étais abasourdi par ce qu'il venait de me raconter, mais ce qui m'angoissait, c'était l'idée de ne pas être à la hauteur car, devant autant d'espoir, la justice reposait maintenant sur mes fragiles épaules et l'échec m'était interdit. Ils avaient vraiment décidé de mettre le paquet. Pensez donc : autoriser un franc-maçon d'une Loge verte à avoir un accès direct aux Loges noires sans passer par les multiples cérémonies mystiques que cela impliquait, c'était comme si les portes du Vatican s'étaient ouvertes spontanément au plus commun des curés de campagne.

Jacques reprit :

– Voilà toute l'histoire... Ah, encore une chose, on m'a chargé de te remettre ces documents, fit-il en sortant de son cartable plusieurs ouvrages. Il s'agit des rituels de l'obédience mixte de Memphis-Misraïm. Étudie-les, car nous ne pratiquons pas ce rite et ils pourraient te servir pour comprendre la psychologie de l'assassin. Enfin, voici les coordonnées de ton « garant d'amitié », il mettra à ta disposition toutes les informations dont tu auras besoin et t'accompagnera lorsque tu souhaiteras te rendre dans les ateliers supérieurs. Cette fois-ci je pense t'avoir tout dit.

Un nom m'interpella.

– Une petite minute, Jacques, cet homme porte le même nom que la victime, répliquai-je, stupéfait, es-tu bien sûr de m'avoir tout dit ?

Jacques inspira profondément avant d'ajouter :

– Matthieu Letellier est un frère très influent qui a insisté pour te guider dans le monde maçonnique de Bourges. J'ai cru comprendre qu'en haut lieu on ne pouvait pas lui refuser cette demande, au vu des circonstances dramatiques que tu connais.

J'avoue que j'étais peu enthousiasmé par cet aspect des choses, qui menaçait l'objectivité et l'indépendance de mon enquête, mais le regard que me lança Jacques ne me laissa aucun espoir de changer quoi que ce soit. Je rangeai alors les documents dans mon attaché-case et décidai d'honorer mon cassoulet ainsi que l'excellent cahors qui l'accompagnait. J'avais tout le temps de me familiariser dans le train avec Memphis-Misraïm et ses spécificités locales.

Raphaël

Aérodrome d'Augsbourg
9 mai 1941

Rudolf Hess fit le tour du Messerschmitt BF 110 et s'assura que l'appareil avait bien été équipé de ses deux réservoirs supplémentaires. Rien ne devait être laissé au hasard, il en allait du succès de la mission secrète que lui avait confiée le Führer.

Il s'installa dans le bimoteur, vérifia de nouveau son plan de vol et mémorisa le tracé qui devait le conduire à survoler le territoire du Reich avant de traverser la mer du Nord.

Tout avait été organisé pour que son périple de mille quatre cents kilomètres puisse se dérouler le plus discrètement possible. Une dizaine de minutes après son décollage, il devait rejoindre une escadre de bombardiers Heinkel 111 en route vers Londres.

Bien que son expédition ait été pensée dans les moindres détails, celle-ci comportait le risque d'être abattu et capturé par les Britanniques. Prévoyant, Rudolf Hess avait décidé de dissimuler son identité sous un faux nom jusqu'à ce qu'il soit assuré de rencontrer le duc de Hamilton en personne.

Adolf Hitler avait approuvé sa décision tout en lui confirmant qu'il n'avait droit à aucune marge d'erreur. Au moindre échec, son image publique de dauphin du Führer serait battue en brèche par l'implacable Goebbels.

Rudolf Hess ajusta son casque, le rampant de la Luftwaffe referma alors sur lui la verrière du Messerschmitt. Il mit immédiatement en route le bimoteur.

Son vol se déroula paisiblement. Au-dessus de la mer du Nord, il abandonna les bombardiers et prit la direction de l'Écosse. Il vola en rase-mottes pour échapper aux Hurricane de la *Royal Air Force* et atteignit Glasgow sans encombre.

Rudolf Hess survola la cité écossaise et repéra immédiatement la propriété de lord Hamilton, il reprit alors de l'altitude et abandonna le Messerschmitt. Du ciel, il vit que son parachute avait attiré l'attention et, pour comble de malheur, il se tordit la cheville en touchant le sol. Rudolf Hess comprit qu'il n'échapperait pas à son poursuivant. Il leva les bras au ciel quand le fermier Mac Lean s'approcha de lui en le menaçant de sa fourche.

Interrogé dans l'infirmerie, le pilote allemand affirma s'appeler Alfred Horn et insista pour parler au duc de Hamilton en prétendant qu'il était porteur d'un message de paix du Führer !

Dubitatif, l'officier de la *Home Guard* hésita à contacter le Wing Commander de la *Royal Air Force*, mais devant la détermination du prisonnier, il se ravisa et composa le numéro de téléphone du domaine de Dungavel. À l'autre bout du fil, lord Hamilton le félicita pour sa décision et prit immédiatement la route de Maryhill Barracs.

Dès que le duc entra dans sa cellule, Rudolf Hess afficha un grand sourire. D'emblée, il révéla sa véritable identité au dignitaire du *Golden Dawn* en lui mentionnant les raisons de sa venue. Sceptique, lord Hamilton crut avoir affaire à un affabulateur jusqu'à ce que son interlocuteur ne lui rappelle une singulière lettre reçue en décembre 1940 :

– Sir Douglas, au nom de la *Thule-Gesellschaft*, je viens renouveler l'offre de paix que vous a proposée le général Karl Haushofer.

Un instant troublé, le parlementaire mit quelques secondes à se remémorer l'étrange courrier du mentor d'Adolf Hitler. Dans sa missive, Haushofer avait longuement fait mention de son appartenance au *Golden Dawn* avant de souligner les liens de filiation qui, malgré la guerre, unissaient encore la société secrète anglaise à celle de Thulé. L'occultiste allemand avait ensuite relaté que, sur ses conseils, le Führer était toujours disposé à épargner l'Angleterre et citait, pour meilleure preuve, l'épisode de Dunkerque.

Selon le membre de la Société Thulé, Adolf Hitler avait délibérément ordonné aux armées du Reich de stationner aux portes de la ville pour permettre le sauvetage du corps expéditionnaire britannique et de quelques unités de l'armée française. Karl Haushofer avait insisté sur le fait que le geste du Führer n'avait été que l'expression de la volonté de la *Thule-Gesellschaft* de négocier une paix séparée via les groupes ésotériques britanniques. En retour, il avait demandé au parlementaire, membre du *Golden Dawn*, de soumettre ses propositions au Premier ministre, sir Winston Churchill.

Refusant de cautionner le désir du Führer de contraindre la Grande-Bretagne par la force à accepter sa paix, lord Hamilton n'avait jamais transmis la requête de la Société Thulé et doutait depuis lors de la sincérité d'Haushofer, du moins jusqu'à cet instant précis.

– Venons-en au fait, Herr Hess, quelle est donc la raison exacte de votre venue ? lança-t-il.

– Le Führer est prêt à signer la paix avec la Grande-Bretagne sous deux conditions !

– Vous m'intriguez, fit lord Hamilton, et qu'est-ce qui aujourd'hui pousserait le maître du Troisième Reich à négocier avec nous ?

– Deux raisons dont la première serait de nous laisser les mains libres à l'Est.

– Je vois, fit le parlementaire britannique avec un accent d'ironie. Vous attendez de notre part que nous vous laissions établir en toute tranquillité de l'Atlantique à l'Oural le *Lebensraum* de la civilisation aryenne.

– Je constate que, malgré le *Blitz*, vous n'avez rien perdu de votre humour, répondit Rudolf Hess en ricanant. Je pense cependant que la seconde de nos conditions retiendra l'attention de votre Premier ministre franc-maçon car, voyez-vous, sur les conseils de la Société Thulé, le Führer s'est mis en tête de retrouver la source du pouvoir des juifs : la parole perdue.

– Vous voulez parler de la stèle sacrée sur laquelle est gravé le nom de Dieu ! s'exclama le membre du Parlement.

– Lord Hamilton, fit Rudolf Hess en hochant la tête, je suis venu à la fois proposer la paix à votre pays et offrir aux Saxons du *Golden Dawn* l'opportunité de nous rejoindre dans la quête de la parole perdue. »

Abasourdi, le *Wing Commander* se gratta le menton pendant quelques secondes.

– Très bien, conclut-il, vous comprendrez que je ne peux pas prendre la décision de répondre à vos propositions, soyez toutefois certain que celles-ci seront transmises à sir Winston Churchill dans les plus brefs délais. Je reviendrai personnellement vous informer de sa réponse, déclara-t-il en faisant signe à la sentinelle que son entrevue était terminée.

Ditchley Park (Oxfordshire)
11 mai 1941

Les révélations de lord Hamilton plongèrent Winston Churchill dans un état de profonde préoccupation. Le Premier ministre se leva du large fauteuil en cuir et fit quelques pas vers le balcon de la résidence puis il revint vers ses deux interlocuteurs en exhibant un nouveau cigare de sa *dinner jacket.*

– Messieurs, mon appartenance à la loge United Studholme n° 1591 m'a toujours laissé penser qu'Adolf Hitler était un contre-initié. Les révélations de lord Hamilton viennent malheureusement de confirmer à l'instant mes plus grandes craintes. Un sérieux péril nous menace et il nous faut immédiatement réagir si nous voulons sauver ce qu'il nous reste encore de liberté.

– Sir Winston, pourriez-vous m'expliquer ce que tout cela signifie ? interrogea l'ancien secrétaire d'ambassade de Grande-Bretagne en Allemagne.

– Voyez-vous, reprit le Premier ministre en exhalant une épaisse bouffée de son cigare, pour réduire les choses à leur plus simple expression, je dirais que la contre-initiation est le pendant luciférien de l'initiation maçonnique, son extrême opposé. Un contre-initié est une sorte de médium possédé par de redoutables forces occultes qui le poussent à étendre son aura diabolique sans la moindre considération pour la vie humaine, bien au contraire. Je peux vous affirmer que donner la puissance de ce que les francs-maçons désignent sous le terme de « parole perdue » à un individu comme Adolf Hitler reviendrait à instaurer définitivement l'empire du mal sur la terre.

Lord Hamilton prit subitement la parole :

– Ce que sir Winston veut nous faire comprendre, c'est que bien plus qu'un simple impérialisme géopolitique, le *Lebensraum* a pour ambition d'établir une infernale emprise sur les consciences de millions d'êtres humains. La proposition de la *Thule-Gesellschaft* n'est qu'un sinistre marché de dupes.

Le Premier ministre approuva le commentaire du duc en hochant la tête et déclara :

– Je ne vous le fais pas dire. Voilà pourquoi, messieurs, nous allons prendre les mesures les plus radicales pour nous opposer à ce monstrueux projet. Hamilton, ordonna-t-il en éteignant son cigare, vous repartez immédiatement pour l'Écosse où vous assurerez le transfert de Rudolf Hess à la Tour de Londres. J'exige que le prisonnier soit installé dans la Tour blanche, nous veillerons plus tard à lui trouver un autre lieu de détention dans la région du Hampshire.

Winston Churchill se tourna ensuite vers le diplomate.

– Kirkpatrick, dès son arrivée dans notre capitale, vous interrogerez Hess et vous me ferez le point sur l'état d'avancée des recherches de la Société Thulé. J'attends de vous le rapport le plus complet sur ce que les nazis possèdent sur la parole perdue, je veux tout savoir et dans les moindres détails. Messieurs, je ne vous retiens pas, fit le Premier ministre en se rasseyant, tâchez maintenant de m'obtenir quelque chose et prions pour que le projet d'Adolf Hitler n'aboutisse jamais.

Berlin
17 mai 1941

Lorsqu'il apprit l'échec de la démarche de son messager, le Führer entra dans une rage folle. Sous prétexte que Rudolf Hess avait décollé de sa piste d'essai, Adolf Hitler fit arrêter l'industriel Messerschmitt.

Il chargea ensuite Joseph Goebbels de lancer la plus grande campagne de désinformation du Troisième Reich en soulignant la fragilité mentale de son dauphin.

Paris
11 novembre 2001, 16 h 30

Dès mon départ, je me plongeai dans l'étude du rite ancien et primitif de Memphis-Misraïm dont les sommets dévoilent la gnose des mystérieux rose-croix. En relisant la plaquette d'introduction, je compris à quel point j'étais éloigné du cheminement proposé par la maçonnerie égyptienne qui se différenciait de tout ce que je côtoyais depuis des années dans l'ordre maçonnique régulier.

J'appris ainsi que le rite ancien et primitif était le fruit du mariage de deux autres rites maçonniques rassemblés sous l'inspiration du grand commandeur italien Giuseppe Garibaldi.

Le premier d'entre eux, le rite Misraïm, dit rite égyptien, était une prodigieuse synthèse des écoles initiatiques d'Orient et d'Occident qui puisait ses origines dans l'Italie du XVIIIe siècle du très controversé Alexandre de Cagliostro. Ce rite devint si rapidement populaire que les maçons italiens fondèrent à Milan en 1805 un Suprême Conseil qui eut juridiction sur pas moins de quatre-vingt-dix grades. Ces derniers furent répartis en quatre séries d'études axées sur le symbolisme, la philosophie, le mysticisme et la kabbale. « Mon Dieu, m'interrogeai-je, était-il possible qu'une vie suffise pour acquérir tant de connaissances ? »

Poursuivant ma lecture, je découvris alors que le rite de Memphis, dit rite oriental, avait, quant à lui, été élaboré par Jacques-Étienne Marconis de Nègre sous l'influence de son père, ancien officier bonapartiste de la campagne d'Égypte. Initié au sein de la Loge militaire Isis, celui-ci avait, dès son retour en Italie, fondé en 1798, avec plusieurs de ses frères d'armes, la Loge des disciples de Memphis au rituel fortement marqué par l'Égypte antique avant de créer, en 1839, le rite oriental et ses quatre-vingt-quinze grades en regroupant l'ensemble de son corpus initiatique. À l'énoncé de ce chiffre, je fus à nouveau pris d'un vertige que la curiosité dissipa toutefois rapidement devant la lecture de l'enseignement proposé par Marconis de Nègre, échelonné en trois séries distinctes.

Dans la première d'entre elles, qui regroupait les initiés des 1er au 35e grades, on y étudiait la morale, la signification des symboles et l'histoire première de la franc-maçonnerie.

La seconde série, établie du 36e au 68e grade, comportait deux classes : les sénats et le consistoire où l'ésotérisme des sciences de la nature et l'histoire de l'ordre faisaient l'objet de recherches approfondies.

Enfin, dans la dernière série proposée aux adeptes des 69e au 95e grades, il n'existait qu'une seule classe dénommée conseil et qui se consacrait à développer l'élément mystique de la franc-maçonnerie universelle, à cultiver les spéculations théosophiques et à étudier l'art royal, la science secrète des francs-maçons.

Devant autant de concepts, ma tête bourdonna. Des questions dérangeantes commencèrent à prendre forme dans un coin reculé de mon crâne. Je fus aussitôt saisi par la crainte de voir apparaître des termes comme « magie blanche » ou « luciférisme ». Mes méninges entrèrent en ébullition.

Bien que chrétien, j'avais décidé de devenir franc-maçon le jour où mes convictions religieuses ne parvinrent plus à satisfaire mes questions sur le sens de la vie en général et de la mienne en particulier. La disparition tragique de mes parents et la mort de mon couple achevèrent d'ébranler mes croyances et il s'en fallut de peu que je ne devienne athée. Entré en franc-maçonnerie contre l'avis de beaucoup, j'avais retrouvé, avec la pratique du rite écossais rectifié, un élan chrétien chevaleresque rédempteur. Non seulement mon appartenance maçonnique sauva ma foi mais, mieux encore, elle l'enrichit et confirma l'absence d'incompatibilité entre franc-maçonnerie et religion. Mon expérience personnelle m'avait, jusqu'à cet instant, renforcé dans l'idée qu'en tant que franc-maçon j'étais aussi membre d'un ordre initiatique complémentaire de la religion du Christ et non de celle de l'Ange déchu. Or, cette lecture me faisait brutalement douter. Existait-il plusieurs franc-maçonneries ?

Devant ces questions, je ne sus comment réagir mais je pressentis que cette enquête m'apporterait bientôt son lot de réponses. Secrètement, je priai pour qu'elles soient conformes à mon engagement.

Un réel sentiment de lassitude remplaça ma curiosité et je dus presque me forcer pour achever ma lecture, dont il ressortait que la finalité de l'ordre maçonnique oriental du rite ancien et primitif de Memphis-Misraïm était avant tout l'approfondissement des courants spirituels qui traversèrent la franc-maçonnerie tout au long de l'histoire de l'humanité. Il fut alors question de gnose alexandrine, de kabbale hébraïque, d'alchimie et d'astrologie ! L'attention soutenue qu'exigea cette étude eut raison de ma curiosité. Estimant en savoir suffisamment, je refermai le document de Jacques.

J'abandonnai alors l'aspect purement ésotérique de mon enquête pour m'intéresser aux trente-trois protagonistes de la Loge de Marc Letellier. La liste était réellement impressionnante et couvrait un large éventail de professions, de classes sociales et d'origines ethniques. J'avais devant les yeux la preuve vivante que la maçonnerie était bien universelle. Quel autre lien affectif, en effet, aurait pu unir un industriel à un syndicaliste ou un universitaire engagé à un politicien ?

Poursuivant mon travail, je décidai d'étudier un par un mes suspects potentiels en commençant par les onze femmes de la Loge Akhenaton.

Des noms tels Leroy, Fournier, Senghor, des prénoms comme Sarah, Agnès ou Aminata se succédèrent. La plupart des sœurs étaient diplômées des meilleures universités et assumaient d'importantes responsabilités sociales et professionnelles. D'autres étaient connues du grand public pour leurs exploits sportifs et il y avait même la fille aînée d'un ancien Premier ministre. Toutes demeuraient, de près comme de loin, des figures de proue de la région. Quelle raison aurait donc bien pu pousser au crime un sénateur, un procureur de la République ou une chorégraphe en vogue ? Je n'en avais pas la moindre idée mais je commençais à suspecter derrière ces visages séduisants l'ombre d'un scandale financier ou d'un amour trahi.

Pour une raison inexpliquée, Agnès Meme retint mon attention. Était-ce son joli sourire ou l'éclat particulier de ses yeux couleur noisette qui m'interpella ? Je ne saurais le dire mais je ne pus m'empêcher de compulser la fiche des renseignements généraux. Cette femme avait réellement ce petit plus qui excitait ma curiosité de mélomane et je me mis à étudier avec soin son CV : premier prix au concours national du florilège vocal de Toulouse, responsable de la musique de chambre de Narbonne, directrice musicale du chœur de chambre de Tours, chef du chœur de l'ensemble vocal Quatuor Coronati. J'étais réellement impressionné par autant de dons et de réussites, ce qui, paradoxalement, accentua ma suspicion à son égard.

Je notai soigneusement dans un coin reculé de ma mémoire son visage et son itinéraire talentueux avant de parcourir les fiches des frères de la Loge.

Là encore, tout le « gratin social » de Bourges était résumé depuis l'architecte jusqu'au journaliste en passant par le haut fonctionnaire, le banquier, le militaire, l'avocat, le médecin et le « capitaine d'industrie ».

À la différence des sœurs, plusieurs noms et visages ne m'étaient pas inconnus. Deux d'entre eux résonnèrent dans mes souvenirs d'enquêteur.

Le premier se nommait Alain Dubreuil. Sa maîtrise en sciences économiques, son DESS en finances bancaires et son diplôme d'expert-comptable l'avaient rapidement propulsé aux sommets. En l'espace de cinq ans, il devint à la fois le plus jeune directeur général du cabinet international d'audit Jones and Pranctle et le président du conseil national de l'ordre des experts-comptables. Mais plus dure devait être la chute : suspecté d'être à l'origine d'un délit d'initié par la Commission des opérations boursières, la rumeur et le doute eurent raison de sa notoriété comme de sa fulgurante ascension parisienne. Je l'imaginai aussitôt incriminé dans un nouveau scandale financier aux forts relents mafieux, prêt à tout pour ne pas tomber.

Mon deuxième protagoniste, journaliste de profession, répondait au nom de Thomas Lombard. Lui aussi avait rapidement su tirer son épingle du jeu en décrochant, dès sa sortie de l'école de Strasbourg, la direction de la rédaction du magazine *Juste Milieu*, édité par la chambre de commerce et d'industrie du Cher. Le juste milieu, il faut croire qu'il l'avait rapidement perdu car, dévoré par l'orgueil et l'arrivisme, Thomas Lombard n'avait pas manqué d'être mêlé à toutes sortes de bassesses et d'actes condamnables. Associé aux paparazzi sans scrupule, le bruit courut qu'il avait lui-même vendu les photos de Lady Diana Spencer agonisante, ce qui lui avait permis de se faire une petite fortune sans être dérangé le moins du monde par l'amoralité de sa démarche.

Les dieux de Thomas Lombard avaient pour noms pouvoir et manipulation, et je me doutais qu'il n'aurait pas hésité un instant à écarter tous ceux qui auraient pu lui faire de l'ombre, y compris par le meurtre, quitte à mieux vendre son histoire par la suite. « Le crime ne profite jamais », j'avais quelques doutes quant à cet adage, surtout quand il s'appliquait à Thomas Lombard.

Comment de tels personnages avaient-ils pu entrer en franc-maçonnerie avec un passé aussi sulfureux ? Les bras m'en tombaient... Quelqu'un avait gravement négligé son rapport d'enquête maçonnique le jour où, au sens propre comme au sens figuré, les profanes Alain Dubreuil et Thomas Lombard avaient frappé à la porte du temple.

Perdu dans mes réflexions, je n'avais pas réalisé combien le temps avait filé. Les richesses ésotériques de Memphis-Misraïm couplées aux fiches des renseignements généraux sur les membres de la Loge Akhenaton avaient su rendre ce voyage bref et intéressant. J'avais aussi l'impression d'avoir un peu avancé dans la mesure où je tenais deux suspects potentiels. Le tout était maintenant de m'attacher à enquêter au plus vite. Bien que d'un naturel prudent, je me laissai aller à un optimisme réservé, mais il faut croire que cela eut du bon car je m'assoupis brutalement.

Quelques notes musicales précédant l'annonce du contrôleur me tirèrent du sommeil du juste. Je levai les yeux et vis que nous arrivions dans la capitale du Berry avec sa célèbre cathédrale gothique, chef-d'œuvre du XIIIe siècle.

Même dans mes plus lointains souvenirs, je ne me rappelais pas avoir traversé Bourges et ses environs. Pourtant cette ville ne m'était pas totalement inconnue puisque son école d'artillerie avait compté dans ses rangs celui qui fut mon grand-père. Un court instant, je fermai les yeux et le vis en uniforme, sillonnant les rues avec sa bonhomie et sa joie de vivre habituelles.

Le train s'arrêta brutalement. Je me levai et pris ma valise avant de gagner la sortie. Au vu du nombre de passagers qui demeurèrent assis, j'en conclus que Bourges était loin d'être une destination privilégiée. Il est vrai que la fine couche de neige qui recouvrait la chaussée, alliée au froid glacial qui sévissait, m'incitait peu à abandonner le confort douillet du compartiment. Le visage de Matthieu Letellier me ramena immédiatement à la réalité.

L'homme devait avoir une parfaite description de ma personne car il s'avança vers moi sans hésitation et je vis dans son regard toute la profondeur du deuil qui venait de le frapper.

– Bienvenue à Bourges, mon frère, j'espère que tu as fait bon voyage, me dit-il quand nous échangeâmes la poignée de main maçonnique.

– Je suis heureux que tu te sois déplacé pour venir m'accueillir, répondis-je, et ce d'autant plus que personne ne m'avait averti que tu serais à la gare.

– Je me suis dit qu'arriver dans une ville inconnue par ce froid était on ne peut plus déprimant, sans oublier le fait que je suis ton garant d'amitié. Et puis, tu sais à quel point je suis meurtri par cette affaire.

Je lui étais sincèrement reconnaissant car, à première vue, cette ville ne semblait pas déborder d'hospitalité. Il reprit :

– Je t'ai trouvé un hôtel proche de la loge et faisant face à la cathédrale, tu t'y plairas, j'en suis certain.

Dès ma descente du train, j'avais perçu que la fraternité maçonnique n'était pas l'unique raison de la sollicitude de Matthieu Letellier. J'avais suffisamment « morflé » dans ma vie pour reconnaître la souffrance sous toutes ses formes. Cet homme avait un réel besoin de compassion et d'écoute, c'était criant de vérité.

– Mon frère, je te prie d'accepter toutes mes condoléances. Je ferai le maximum pour faire éclater la vérité, crois-moi sur parole.

L'homme retint avec peine un sanglot avant d'ajouter :

– Merci pour tes paroles réconfortantes. Je veux que tu saches que, durant ton séjour parmi nous, je n'interviendrai d'aucune manière dans ton travail. Je reste à ton entière disposition pour répondre à toutes les questions que tu pourras te poser sur le passé de Marc, y compris familial, mais il se fait tard et tu dois commencer à être fatigué.

Il ouvrit la porte de sa luxueuse Mercedes S 500, je m'y engouffrai précipitamment. Quelques minutes plus tard, Matthieu me déposa au bas de l'hôtel de Grande-Bretagne. Il promit de me téléphoner dès le lendemain pour me présenter au vénérable de la Loge Akhenaton. Je le remerciai et pris congé de lui. Il me fallait maintenant préparer ma chasse à l'homme.

Le lendemain matin, sitôt mon petit déjeuner avalé, je décidai de rendre visite à mes collègues, histoire de me présenter et de prendre la température. J'avais programmé de rencontrer le médecin légiste l'après-midi.

Rien, pourtant, ne m'obligeait à effectuer si rapidement de telles démarches, car mon rapport d'enquête était on ne peut plus complet, mais l'expérience m'avait démontré la valeur et la richesse des intuitions nées des tout premiers contacts. La première des impressions était bien souvent la bonne, et j'avais besoin de savoir sur qui je pouvais réellement compter.

Le commissariat central m'étonna par le calme et le silence qui y régnaient. On était loin de la frénésie du 36, quai des Orfèvres, qui rythmait mon quotidien. Je dus déranger quelque peu cet ordre des choses car l'agent de service me toisa d'un regard peu amène.

– C'est à quel sujet ? me lança-t-il d'un ton déplaisant.

Je répliquai aussitôt d'une voix où tonna l'autorité. Ma carte acheva de rétablir dans l'esprit du préposé le juste schéma hiérarchique :

– Commissaire Jean Gibelain, du Quai des Orfèvres, conduisez-moi à votre supérieur et épargnez-moi votre condescendance déplacée.

Surpris et gêné, l'autre s'exécuta. Nous traversâmes un petit couloir avant de nous immobiliser devant une porte grise portant l'inscription « Commissaire Nicole Allard ».

– C'est ici, dit-il en maugréant à moitié.

Je frappai à la porte. Un « Entrez » sec me répondit immédiatement. J'eus aussitôt un mauvais pressentiment quant à ma future coopération avec les collègues locaux. Une femme d'une quarantaine d'années me fit face et me dévisagea avec une hostilité teintée de jalousie. Elle n'avait probablement pas encore achevé de digérer le fait d'avoir perdu l'enquête qui aurait été le couronnement de sa carrière. J'essayai toutefois de mon mieux de rendre nos relations constructives en adoptant d'emblée un ton cordial, motivé aussi par le fait qu'elle avait un « je-ne-sais-quoi » qui me rappelait Anne.

– Commissaire Jean Gibelain, enchanté de faire votre connaissance, lançai-je, accompagné d'un sourire forcé.

Sa réponse ne laissa place à aucune ambiguïté.

– Arrêtez votre numéro de charme, commissaire, je ne suis pas née de la dernière pluie. Je tiens à vous préciser que nous n'avons nul besoin de vos lumières pour résoudre cette affaire, sans compter que votre réputation de tête brûlée vous a précédé. Je vais être franche avec vous. Ne comptez sur aucune participation de ma part ou de mon service, même si je sais bien que je ne peux pas vous empêcher de consulter nos rapports.

Cela avait le mérite d'être direct et je m'en félicitai car j'allais m'épargner une perte de temps et d'énergie à convaincre des envieux et des incapables. Ma réponse fut tout aussi cinglante et la déstabilisa, elle n'était probablement pas habituée à se faire remettre à sa place :

– OK, j'étais venu avec l'idée de vous faire partager mes informations, mais manifestement, vous semblez vous satisfaire dans votre médiocrité routinière. Alors, tranquillisez-vous, on ne va rien changer du tout. Une dernière chose encore, après cette agréable présentation, sachez que je n'hésiterai pas à relater en haut lieu le moindre de vos coups tordus qui pourrait entraver mes recherches. Bonne journée, commissaire.

Je sortis en la plantant là.

En regagnant ma voiture de location, je décidai d'informer Macabone de l'échec de mon premier contact. Le divisionnaire ne fut pas le moins du monde étonné par mes révélations et instaura le doute dans mon esprit en me suggérant que ceci avait peut-être été provoqué pour mieux m'écarter de l'affaire.

Je venais à peine de raccrocher que mon téléphone portable sonna. C'était Matthieu :

– Mon frère, je te confirme que notre vénérable souhaite te rencontrer rapidement. Il attend ton appel, dès maintenant.

J'ai toujours détesté les coups de fil qui ont pour but de me mettre la pression. Celui de Matthieu en était un. Sans lui faire mention de ma visite chez le légiste, je l'assurai que je contacterais Gilles Rousseau un peu plus tard.

– Une dernière chose, Matthieu. Te souviens-tu de ce que tu m'as dit hier soir à propos de la vie de Marc ?

– Absolument, déclara-t-il.

– Très bien, alors si tu te sens prêt, j'aimerais que demain tu puisses me consacrer une partie de ton après-midi pour que nous évoquions ce sujet. J'ai conscience que cela sera difficile, mais c'est indispensable.

Matthieu hésita une fraction de seconde avant de répondre.

– Pas de problème, tu peux compter sur moi, fit-il en raccrochant brusquement.

En pénétrant dans l'unité de médecine légale, je fus saisi d'un haut-le-cœur. Ce n'était pourtant pas faute d'avoir côtoyé la mort ces dernières années, et parfois sous ses aspects les moins reluisants, mais je n'ai jamais pu m'habituer à cette odeur mélangeant formol et décomposition. Ici et là, je croisai des hommes et des femmes en blouse blanche, ce qui ne manqua pas d'ajouter au caractère sinistre du lieu. Après avoir franchi plusieurs portes battantes, je m'arrêtai devant une vaste salle peuplée de lits roulants sur lesquels reposaient des corps. Un frisson chemina le long de mon échine et envahit tous mes membres. Le froid n'en était pas la seule cause.

Le docteur Poirier était déjà à la tâche. Il s'évertuait à disséquer un cadavre sous l'œil mi-admiratif mi-horrifié de plusieurs étudiants. Dès mon arrivée, il interrompit son cours d'anatomie pratique.

– Commissaire Gibelain, je présume ? On m'a averti de votre venue, c'est une sale affaire que nous avons sur les bras. Je connaissais un peu le docteur Letellier et sa disparition comme son examen *post mortem* m'ont beaucoup affecté. J'ai d'ailleurs bien failli refuser de faire celui-ci mais personne ne pouvait me remplacer, faute de personnel. Venez, que je vous montre.

Nous gagnâmes le fond de la salle. Il ouvrit alors brutalement un tiroir où était allongé un homme jeune et de constitution robuste. De grandes incisions parcouraient son thorax et son abdomen. Sur un plateau attenant étaient déposés plusieurs organes parmi lesquels je reconnus un foie, un estomac, un rein, un morceau de poumon ainsi qu'un globe oculaire. L'ensemble baignait dans une solution gluante rosée. Quelques flaques de sang séché avaient coulé le long du corps et le cadavre semblait coller aux parois du tiroir, c'était à vomir.

Nullement indisposé par l'horreur de la scène, le docteur Poirier, pince et scalpel à la main, me fit partager sa science.

– Voyez-vous, commissaire, j'ai tout de suite soupçonné, au vu du degré de contracture des membres de mon collègue, que celui-ci avait été empoisonné. Le tout était de déterminer l'agent responsable d'un tel état en considérant le fait que l'intoxication ait pu se faire par l'inhalation de vapeurs, l'absorption percutanée ou l'ingestion. D'emblée, je n'ai pas totalement exclu les deux premières hypothèses même si on ne les rencontre qu'exceptionnellement dans le milieu médical, contrairement aux professions du secteur industriel, par exemple.

Il parlait d'un ton neutre et me fit penser à l'un de ces jouets qui ne s'animent que lorsque la clef a été remontée.

– Un échantillon sanguin m'a mis alors sur la voie lorsque j'ai retrouvé un PH affirmant un état d'acidose métabolique avancé et couplé à la présence d'un trou osmolaire majeur. Après élimination des causes classiques que sont l'acidocétose et l'insuffisance rénale, j'ai alors réalisé quelques prélèvements, ajouta-t-il en saisissant le globe oculaire, le rein et le poumon de ce qu'avait été Marc Letellier !

Imperturbable, le médecin légiste poursuivit son commentaire, s'imaginant en cours de toxicologie.

– L'existence d'une démyélinisation sélective du nerf optique et d'un œdème papillaire, la présence d'acide formique dans les sécrétions bronchiques et dans les glomérules rénaux m'ont amené à envisager l'incrimination d'un agent toxique chimique, type alcool.

Son jargon technique commençait à m'irriter, mais j'estimai que, après l'épisode du commissariat, je m'étais déjà suffisamment mis de personnes à dos dans cette bonne ville de Bourges. Je décidai donc de laisser finir le docteur Poirier.

– La symptomatologie neurologique décrite au cours des derniers instants de mon confrère, les marques de toxicité oculaire confirmées sur le prélèvement anatomique m'ont orienté vers un diagnostic d'intoxication au méthanol, que j'ai immédiatement confirmé par une chromatographie en phase gazeuse.

Il s'arrêta enfin, visiblement très satisfait de sa perspicacité.

Le méthanol. Ce nom m'était familier depuis que certains individus sans scrupule n'avaient pas hésité à utiliser cet alcool incolore et d'odeur agréable pour frelater certains vins blancs ! Le résultat ne s'était pas fait attendre : des cécités et des troubles parkinsoniens, et parfois irréversibles.

Le légiste reprit alors son speech.

– J'ai retrouvé dans l'organisme de la victime des doses égales à trois fois la valeur létale moyenne, ajouta-t-il avant de conclure d'un air faussement atterré, celui qui a fait cela avait délibérément choisi de tuer. Le docteur Letellier n'avait aucune chance de survivre à son intoxication, c'est monstrueux.

J'acquiesçai d'un hochement de tête et, après un bref remerciement, je quittai soulagé cet infernal royaume des morts.

Dès ma sortie de l'hôpital, mon premier réflexe fut de rappeler Matthieu car la journée avait été longue et j'avais à mon tour besoin de parler :

– Matthieu, il faut que je te rencontre aujourd'hui pour ce que tu sais. Quand penses-tu être disponible ?

Il perçut immédiatement mon ton ferme et chaleureux.

– Retrouvons-nous dans une heure à la loge, au numéro 1 de la rue des Acacias, nous pourrons parler en toute tranquillité.

– Excellente idée, à plus tard.

Par souci de discrétion, la règle veut que la plupart des loges maçonniques soient établies en des lieux si communs qu'il ne viendrait à l'idée d'aucun profane d'en soupçonner l'existence. Akhenaton ne dérogeait pas à cette loi. La ruelle semblait déserte et sans vie, tout ici respirait l'austérité, à commencer par le bâtiment qui abritait la loge. Garé devant la porte d'entrée, je n'eus pas longtemps à patienter. La grosse berline de Matthieu apparut dans mon rétroviseur et s'immobilisa derrière moi. Alors qu'il sortait de sa voiture, je vis qu'il avait les traits sérieusement tirés. Je fus alors pris d'un sentiment de culpabilité mais l'heure était venue d'oublier le franc-maçon que j'étais pour permettre au policier de poursuivre son travail.

Une fois entrés, nous décidâmes de nous installer dans la « salle humide ». Je sortis mon carnet et débutai alors mon interrogatoire :

– Matthieu, pourrais-tu me dire comment était organisée la vie de Marc et quels étaient ses centres d'intérêt, ses passions ?

J'avais choisi, en effet, d'éviter l'emploi du mot « vices ». Il comprit mon sous-entendu et répondit :

– Marc était un solitaire qui menait, depuis son divorce, une vie quasi-monacale : il ne buvait pas, ne fumait pas et, quant au reste, je ne lui ai guère connu d'aventure ces dernières années. Peut-être restait-il profondément marqué par la trahison de sa femme ?

Matthieu poursuivit sans s'arrêter. La retenue qu'il avait jusqu'à présent affichée s'effondra comme un château de cartes.

Mon fils avait reporté tout ce qui lui restait sur sa carrière et sur ses deux enfants qu'il ne voyait, hélas, pas suffisamment depuis que leur mère s'était s'installée à Tours. Sa disponibilité avait rapidement suscité quelques réactions de jalousie mais rien de bien sérieux.

Je l'interrompis immédiatement.

– Quel type de réactions ?

– Des protestations auprès de certains directeurs d'établissement quand il enchaînait les tours de garde, des remarques de certains de ses collègues qui n'hésitaient pas à le qualifier de stakhanoviste de l'anesthésie quand il empiétait sur leur clientèle.

– Comment réagissait-il ? demandai-je.

– Avec indifférence car son travail lui avait redonné goût à la vie.

Un sanglot étouffa les derniers mots de Matthieu.

– Penses-tu qu'il avait des ennemis, malgré tout ?

–Je ne lui en ai jamais connu. Marc était un garçon peu expansif, mais scrupuleux. Il a toujours été en règle avec tout le monde et n'avait aucune dette ni rentrée d'argent occulte, je t'ai d'ailleurs apporté ses relevés bancaires.

Je le crus sur parole, le rapport des renseignements généraux ne faisant état d'aucun trafic ou malversation. C'était à se demander s'il n'avait pas été victime d'une erreur de personne !

–Et sa vie privée après son divorce ? Voyait-il quelqu'un ?

–Pas depuis sa rupture avec Agnès Meme, l'année dernière. D'ailleurs tu sais peut-être qu'elle fait partie de la Loge ?

Le joli visage de la musicienne aux yeux couleur noisette me revint en mémoire.

–Oui, je sais. Donc, Marc et Agnès se retrouvaient en tenue. Est-ce que cela a posé des problèmes ?

–Absolument aucun, ils s'étaient séparés en bonne intelligence.

Je désirai pourtant en savoir davantage, il y avait peut-être une piste à creuser.

–Quel fut le motif de leur rupture ?

–Je crois que Marc n'a jamais considéré Agnès pour ce qu'elle était réellement. Il la voyait trop comme une imitation de son ex-femme alors qu'elle avait une personnalité et des projets radicalement différents. Un travail de deuil conjugal s'imposait avant qu'il ne s'engage à nouveau. C'est pourquoi il n'a plus cherché à refaire sa vie.

–Et quelle fut la réaction d'Agnès ? enchaînai-je

–Même si c'est elle qui est partie, je crois qu'elle lui en a longtemps voulu, jusqu'à ce qu'ils aient une discussion sérieuse.

–Quel poste en Loge occupe-t-elle ?

–Celui de sœur grand expert.

Sa réponse me fit l'effet d'une poignée de châtaignes.

–Tu veux dire qu'Agnès avait la responsabilité directe de la préparation de la coupe d'oubli !

Ma piste se précisait, il me fallait vérifier maintenant si les analyses de la coupe d'oubli avaient confirmé la présence de méthanol. Matthieu devina mes pensées :

–N'importe qui a accès à la liqueur de préparation que nous utilisons, d'ailleurs constate-le par toi-même.

Il ouvrit la porte du réfrigérateur et sortit une bouteille au contenu saumâtre. Mon hypothèse partait en lambeaux. Estimant en savoir assez, j'interrompis alors l'interrogatoire et priai secrètement pour que le vénérable puisse m'ouvrir certaines pistes où les noms d'Alain Dubreuil et de Thomas Lombard figureraient en gros caractères.

Hamaliel

Prague
30 décembre 1941

Depuis son arrivée trois mois plus tôt, Reinhard Heydrich, le bras droit du Reichsführer, faisait régner une terreur sans nom sur les territoires de la Bohême et de la Moravie.

Dès son installation dans sa résidence de Panenske Brezany, le chef du RSHA ordonna de faire brutalement déplacer toute la population juive du protectorat dans le ghetto de Terezin avant d'organiser sa déportation vers Auschwitz. Des milliers de victimes, parmi lesquelles l'ancien Premier ministre et une grande partie de l'intelligentsia du pays, disparurent ainsi tragiquement dans les camps de la mort.

Quelques jours avant de rejoindre la capitale tchèque, le commissaire du Reich fut mis dans la confidence par Heinrich Himmler de la mission de l'Ordre noir. Le Reichsführer lui révéla le grand intérêt que portait Adolf Hitler pour de mystérieux ouvrages dans lesquels était inscrit le nom d'une divinité antique dont la simple prononciation engendrait une terrible puissance.

Ambitieux à l'extrême, Heydrich réalisa immédiatement l'énorme bénéfice que représentait la découverte de tels écrits pour sa carrière. Il se renseigna aussitôt sur le responsable de la mission du maître des SS et finit par rencontrer le Sturmbannführer Hagen.

Après avoir gagné sa confiance, il obtint par ce dernier de précieuses informations faisant état d'une stèle d'or sur laquelle était gravée la parole perdue, le nom propre du Dieu des juifs.

Le Sturmbannführer lui confirma l'échec de toutes les tentatives de recherche de la stèle sacrée que l'Ordre noir avait effectuées depuis deux ans, ce qui avait eu pour effet d'enflammer la haine d'Adolf Hitler et de précipiter les préparatifs de la « solution finale ». Un projet de conférence était d'ailleurs en cours pour le mois prochain à Wannsee.

Hagen affirma aussi au commissaire du Reich que le nom divin existait quelque part, inscrit dans un ouvrage talmudique ainsi que dans une série de rituels maçonniques. Stimulé par la perspective d'être le premier à pouvoir retrouver les écrits des *Arcana arcanorum*, Heydrich proposa un marché à l'officier SS. Après lui avoir promis d'user de son influence pour convaincre le Reichsführer de lui attribuer le poste de directeur adjoint de la section ésotérique de l'*Ahnenerbe*, le patron du RSHA exigea du Sturmbannführer la plus grande discrétion pour ses prochains voyages qui devaient le conduire de Lublin jusqu'à Lyon.

Celui-ci accepta immédiatement la proposition du « boucher de Prague », puis les deux hommes convinrent de débuter leurs recherches par la Pologne.

Heydrich remit à l'officier les coordonnées de plusieurs hommes de confiance qui travaillaient dans l'entourage proche d'Hans Frank, le gouverneur général du Reich en terre polonaise.

Tous étaient membres des escadrons incendiaires et le chef du RSHA insista pour que le Sturmbannführer ne fasse exclusivement appel qu'à ces derniers pour perquisitionner la bibliothèque talmudique. L'officier recopia les coordonnées des membres des *Brenn Kommandos* et prit congé du commissaire du Reich.

En sortant, Herbert Hagen accompagna son salut nazi et son claquement de bottes par un serment : celui d'être de retour à Prague pour le printemps avec les écrits sacrés.

Londres
5 mai 1942

Lord Hamilton relut à voix haute les dernières notes de l'*Intelligence Service* faisant état des sévices quotidiens infligés par les hommes de Heydrich à la population tchèque. Le président Benes et son gouvernement en exil frissonnèrent d'horreur devant la réalité des descriptions.

Ils écartèrent alors unanimement les demandes de la Résistance qui insistait pour que l'on exécute Emmanuel Moravec et tombèrent d'accord pour faire du « boucher de Prague » la cible principale de l'opération Anthropoïde.

Prague
26 mai 1942, 20 h 35

Le Sturmbannführer Hagen acheva son récit et leva sa coupe de champagne en direction de Reinhard Heydrich :

– Voyez-vous, Gruppenführer, il m'a fallu faire preuve d'une grande patience pour arracher à ce rabbin le premier ouvrage des *Arcana arcanorum.* Figurez-vous que cet entêté a su résister pendant plusieurs semaines à nos interrogatoires. Il est vrai que j'avais donné la consigne de le ménager jusqu'à ce qu'il nous révèle la cachette de l'écrit.

– Et qu'est-ce qui a poussé le juif à vous remettre le recueil ? demanda Heydrich.

– La promesse d'épargner sa bibliothèque, répondit Hagen.

– Ces gens m'étonneront toujours par leur aveuglement à croire que nous les épargnerons. Qu'avez-vous donc fait de lui après avoir récupéré l'ouvrage ? poursuivit le chef du RSHA.

Hagen ricana à l'avance de sa réponse.

– Je lui ai offert un aller simple vers Dachau, mais connaissez-vous le plus drôle, Gruppenführer ?

– Non, mais à l'intonation de votre voix, j'ai comme l'impression que nous allons follement nous amuser.

– En effet, Gruppenführer. Le plus drôle, c'est quand ce vieux fou s'est mis à réciter son rituel de la *pulsa denura.* Vous auriez dû voir sa tête lorsqu'il m'a lancé sa malédiction, fit-il en éclatant de rire

22 h 06

Après avoir fêté la découverte de l'écrit talmudique, le chef du RSHA décida que, dès le lendemain matin, le Sturmbannführer Hagen se rendrait à Lyon.

Heydrich rédigea alors toutes les instructions nécessaires au chef de la Gestapo locale, l'Obersturmführer Klaus Barbie, pour que l'officier SS puisse perquisitionner les locaux de la Loge maçonnique de Cagliostro : la Sagesse triomphante.

Il fit ensuite savoir à Hagen qu'il le déposerait personnellement à l'aérodrome et qu'il garderait, jusqu'à son retour, le recueil de Lublin.

« D'ici là, il peut toujours commencer à rechercher le nom du Dieu des juifs », persifla haineusement le « boucher de Prague ».

Prague, résidence de Panenske
27 mai 1942, 10 h 10

Herbert Hagen s'installa sur le siège avant de la Mercedes vert foncé, il serra la sacoche dans laquelle étaient rangés le précieux ouvrage et son laissez-passer.

Le chauffeur d'Heydrich referma la portière derrière lui et se posta devant la porte arrière du véhicule. Il se mit immédiatement au garde-à-vous en attendant la sortie du commissaire du Reich.

Prague, 8e arrondissement
10 h 30

Postés à l'arrêt du tramway, les deux agents de l'*Intelligence Service* patientaient nerveusement. Anxieux depuis une dizaine de minutes, Josef Gabcik jeta un regard lourd d'interrogations à son binôme Jan Kubis : quelque chose ne tournait pas rond, la voiture du chef nazi accusait trop de retard.

Soudain, les guetteurs Josef Valcik et Adolf Opalka lancèrent le signal tant attendu. Gabcik et Kubis se postèrent aussitôt dans le tournant de la rue Kirchmayer. À l'instant où la Mercedes arriva à sa hauteur, Gabcik sortit la mitraillette Sten qu'il dissimulait sous son imperméable. Il visa le « boucher de Prague », confortablement assis à l'arrière du véhicule, et appuya sur la gâchette. L'arme demeura tragiquement silencieuse !

Vif comme l'éclair, Kubis réagit. Il lança de toutes ses forces sa grenade vers l'automobile. L'explosion déchiqueta la carrosserie et le passager avant de la Mercedes et cribla Heydrich et son chauffeur de multiples éclats.

Meurtris, les deux SS n'en sortirent pas moins de l'automobile en flammes. Ils ouvrirent le feu et se lancèrent immédiatement à la poursuite des résistants tchèques. Leur course ne dura cependant pas bien longtemps car, la rate et le diaphragme perforés par les éclats de grenade, le « boucher de Prague » chancela au bout d'une dizaine de mètres et s'effondra brutalement sur la chaussée.

La rage au cœur, le chauffeur SS choisit de faire demi-tour et attendit les premiers secours, le Lüger à la main.

Prague, hôpital de Na Bulovce
4 juin 1942

La nouvelle du décès par septicémie d'Heydrich fit le tour de la ville, soulevant aussitôt des vagues d'enthousiasme mesuré et de crainte profonde parmi la population.

Au même instant, à Londres, sir Winston Churchill répétait, doigts écartés, le signe magique de la victoire et félicitait longuement lord Hamilton. L'opération Anthropoïde venait de sauver la parole perdue des griffes d'Ahriman.

Bourges
12 novembre 2001, 15 h 42

De retour dans ma chambre d'hôtel, je branchai mon ordinateur portable pour me connecter au site de l'unité de la police scientifique.

Les comptes rendus d'analyse venaient tout juste d'être publiés et, comme je m'y attendais, aucune trace de méthanol n'avait été mise en évidence dans la coupe d'oubli. Il me fallait donc définitivement écarter la piste du crime passionnel et admettre qu'Agnès Meme n'avait joué aucun rôle dans cette sombre affaire.

En fait, les analyses étaient formelles : seul le verre de la victime avait révélé une forte présence du toxique. Pourtant, aucune trace du poison n'avait été trouvée dans les autres coupes alors que le champagne avait coulé à flots ce soir-là. Je n'avais plus aucun doute : l'empoisonnement s'était déroulé au cours des agapes, le crime de Marc Letellier avait bien été prémédité.

Je repris alors les unes après les autres chacune des fiches des frères de la Loge, histoire de trouver le chaînon manquant. Les enquêtes de police tiennent parfois à si peu de choses...

Des visages, des emplois du temps et des témoignages défilèrent à nouveau devant moi, mais en toute inutilité car, à ma grande déception, aucun déclic ne vint m'éclairer. Le temps était venu de passer à l'étape suivante et d'interroger le vénérable.

En consultant ma montre, je vis qu'il n'était que dix-sept heures et je pris aussitôt la décision de téléphoner à Gilles Rousseau qui, à ma grande satisfaction, accepta de me rencontrer à son domicile le soir même.

Le vénérable d'Akhenaton logeait dans une rue adjacente à la cathédrale et je n'eus que quelques centaines de mètres à parcourir depuis l'hôtel pour être au rendez-vous.

Après avoir sonné à la grille d'une demeure qui avait tout d'un hôtel particulier du XIXe siècle, un sexagénaire élégant vint à ma rencontre et me gratifia d'un chaleureux « Bienvenue, mon frère ».

Manifestement, il m'attendait avec impatience, pour une raison que je compris rapidement.

Après les politesses de circonstance, j'entrai dans le vif du sujet :

– Gilles, j'ai besoin de me faire une idée sur ta Loge et sur ses membres. Peux-tu me les décrire ?

– Notre Loge Akhenaton est née il y a vingt ans environ. Nous avons connu une réussite immédiate, à tel point que nous avons dû sélectionner dans les premiers mois des dizaines de demandes d'entrée !

Il parlait avec une pointe de nostalgie comme si cette époque était à jamais révolue. Il reprit :

– Le bon côté des choses, c'est que cela nous a permis d'initier des hommes et des femmes en grande recherche spirituelle. Akhenaton a toujours été réputée pour la qualité de ses travaux.

Je n'en doutais pas un instant mais je me retins de lui dire que ce n'était pas la qualité maçonnique de la Loge qui avait poussé l'obédience à faire enquêter un commissaire parisien en plein Berry.

– Comment s'opérait cette sélection ? enchaînai-je.

Les noms de Alain Dubreuil et de Thomas Lombard clignotaient dans mon esprit.

– De la manière habituelle, en affichant noms et photos des candidats sur le parvis du temple.

Il ajouta :

– Tu sais, Bourges est une petite ville, tout le monde ici se connaît, nous n'avons pas eu de mal à écarter les intrus.

Cette dernière phrase me laissa plus que sceptique.

– Gilles, as-tu déjà entendu parler depuis la création de la Loge de détournements de fonds ? Y a-t-il eu ces derniers temps quelques combines où de grosses sommes d'argent auraient pu être engagées ?

Il me regarda, ébahi par ma question et par les sous-entendus qu'elle impliquait avant de répondre catégoriquement :

– Non, mon frère, j'ai été en charge du trésor de notre Loge, je peux t'affirmer que tout a été fait dans les règles et j'y veille sérieusement. Tu peux me croire sur parole, mais si tu le souhaites, je peux mettre à ta disposition toute la comptabilité d'Akhenaton.

Je ne me le fis pas dire deux fois et saisis l'offre sur-le-champ. Il se leva d'un bond et alla chercher dans un tiroir de sa bibliothèque plusieurs disquettes informatiques. J'avais dans mes mains de quoi passer quelques nuits blanches.

Le reste de l'interrogatoire ne m'apprit pas grand-chose. Gilles Rousseau me paraissait autant affecté par la disparition tragique de Marc que par la tache indélébile qui salissait sa Loge comme son vénéralat. À chaque question qui avait trait à la vie profane d'un membre de sa loge, il adoptait une réaction de défense, à telle enseigne que j'en vins à le suspecter de faire de la rétention d'information. Au bout de quelques réponses stériles, je compris qu'il ne m'apprendrait rien qui puisse compromettre à nouveau son office de vénérable. À l'écouter, la mort de Marc ne pouvait être que l'acte d'un dément extérieur à Akhenaton. On aurait dit qu'il regrettait presque de l'avoir initié. Il m'apparut alors comme une victime de cette « cordonite » qui frappe parfois les plus talentueux des francs-maçons.

Vingt heures venaient de sonner et la faim commençait à me tirailler. J'usai alors du prétexte d'avoir à téléphoner à mon supérieur pour prendre congé de lui. Il fut soulagé de me voir partir.

Sur le chemin de l'hôtel, en repensant au comportement de Gilles Rousseau, je ne me fis aucune illusion quant aux indices dissimulés dans les comptes de la Loge. Le mobile financier ne me paraissait pas plus crédible que le crime passionnel.

Après m'être restauré, je remontai dans ma chambre et étudiai les documents comptables du vénérable, travail on ne peut plus rasoir, et soporifique à souhait. J'allais succomber à l'appel de Morphée quand la sonnerie du portable me tira de ma torpeur, c'était Matthieu.

– Bonsoir, Jean, comment s'est donc passée cette première journée ?

Le souvenir du corps de Marc à la morgue envahit brutalement mes pensées. Je l'en chassai avant de pouvoir répondre :

– Sans grande surprise, mon entretien chez le vénérable s'est révélé décevant même si j'ai pu glaner quelques informations qui m'ouvriront peut-être quelques pistes.

C'était très improbable mais je savais que Matthieu puisait sa raison de vivre dans l'espoir de connaître un jour la vérité, je n'avais pas le droit de lui ôter celui-ci.

– Parfait. Je viens d'avoir Gilles Rousseau, tu lui as fait grosse impression. Il m'a donné son accord pour que tu assistes demain soir à l'élévation d'une de nos sœurs. J'ai pensé que cela te serait profitable car la majorité de la Loge sera présente, et tu pourras te familiariser avec la complexité de notre rite.

– En effet, répondis-je, il m'est totalement inconnu.

– Très bien, alors je compte sur ta présence pour demain à dix-neuf heures. Rendez-vous à la loge.

– C'est noté. Bonne nuit, Matthieu.

Cet appel m'avait redonné espoir au moment où je commençais à sérieusement douter du bien-fondé de ma venue à Bourges et de mes maigres résultats. L'idée de retourner en loge me rendit joyeux car je savais que j'en ressortirais plus inspiré, le fait de communier avec d'autres êtres humains renforçait toujours mon énergie vitale.

Ma journée du lendemain fut occupée à vérifier la conformité des chiffres énoncés dans les disquettes avec ceux figurant dans les registres et dans les comptes bancaires. Je dus passer une partie de ma matinée dans plusieurs banques de la ville à éplucher tous ces nombres qui finirent par me donner le tournis sans m'apporter le moindre résultat. Le trésor d'Akhenaton était un modèle de comptabilité. Au fur et à mesure que la journée s'écoulait, l'impatience de me rendre en tenue à la cérémonie s'accentuait, et c'est avec un enthousiasme teinté d'appréhension que je pris le chemin du temple en fin de soirée.

Ponctuel comme toujours, Matthieu m'attendait devant l'entrée, des frères et sœurs arrivèrent discrètement en petits groupes, nous saluant au passage. En entrant dans la salle humide, j'eus la désagréable impression de susciter l'attention de tous. Pour le flic que j'étais, et qui tenait à rester dans l'ombre, c'était loupé car, visiblement, les visiteurs devaient être peu nombreux et mes décors maçonniques bouleversaient les habitudes locales.

Il est vrai que je détonnais avec mon tricorne et mon épée qui évoquaient davantage la France de l'Ancien Régime que l'Égypte pharaonique.

Matthieu dut sentir une discrète tension de ma part car il me glissa à l'oreille :

– J'ai comme l'impression que tu vas devoir présenter le rite écossais rectifié au cours des agapes. Attends-toi à être bombardé de questions comme au commissariat.

Il sourit avant de conclure dans un murmure :

– À ton tour d'être sur le gril, mon frère.

Un groupe de sœurs me dévisagea tout particulièrement. L'une d'entre elles m'apostropha par un sonore « Bonjour, mon frère », suivi d'un très inquisiteur « D'où viens-tu ? »

Matthieu intervint avant même que je puisse commencer à formuler ma réponse :

– C'est un frère parisien appartenant à une autre obédience et qui vient nous visiter.

Un « Ah bon » hautement suspicieux lui fit écho. La sœur n'était pourtant pas décidée à abandonner si facilement la partie. Elle renchérit immédiatement :

– Mon frère, veux-tu bien signer le livre de présence ?

Matthieu la fusilla du regard et répondit sèchement :

– Non, il ne le peut pas, et ajouta tout en lui rendant son stylo, et je prends ceci sous mon entière responsabilité.

En terme d'hospitalité maçonnique, j'avais connu mieux. Je mis cependant cette réaction sur le compte de la méfiance ambiante qui, depuis la tragédie de Marc, résonnait dans tous les esprits. Sans prêter attention aux reproches que ne manqua pas de soulever son intervention, Matthieu me prit par le bras et me conduisit à l'intérieur du temple.

Celui-ci était immense. Personne n'aurait pu imaginer combien un bâtiment aussi insignifiant vu de l'extérieur puisse recéler autant de richesses architecturales et décoratives. Je me sentis immédiatement transporté dans une autre dimension historique et spirituelle. Tout ici semblait respirer l'Égypte d'Aménophis IV, alias Akhenaton, le premier des pharaons qui instaura dans l'histoire de l'humanité le culte monothéiste. De part et d'autre de la large porte d'entrée à double battant, veillaient deux imposantes colonnes. Celle disposée à droite en entrant était de couleur blanche tandis que la gauche, de par sa couleur rouge sang, capturait spontanément le regard.

Le temple était tendu de draperies noires, parsemées de dessins de crânes et de tibias entrecroisés et de larmes d'argent. Un immense rideau noir était tiré à hauteur de l'estrade où siégeait habituellement le vénérable. Une première colonnette avait été installée près de la pierre cubique, tandis que deux autres avaient été déplacées à proximité des plateaux des surveillants recouverts d'une nappe sombre. Au milieu de la loge, à l'emplacement du pavé mosaïque, on avait étendu un drap funéraire frangé d'argent et déposé dans un ordre bien précis un compas, une équerre, une règle et un levier.

Les frères et sœurs s'installèrent progressivement sur les diverses rangées de sièges disposés de chaque côté de la loge. Avant de s'asseoir, tous prirent le plus grand soin à retourner leur cordon et leur tablier.

Les officiers en firent de même avec leur sautoir de couleur bleu turquoise. Le silence et le recueillement s'imposèrent et la cérémonie commença.

Les travaux maçonniques se déroulèrent sereinement jusqu'à ce que le premier surveillant apostrophe le vénérable avec véhémence :

– Très respectable maître, on frappe en compagnon à la porte du temple.

Le vénérable en question prit alors un air sévère et méfiant et énonça :

– Quel est le compagnon assez téméraire pour oser pénétrer dans ce lieu sacré ? Vient-il insulter notre douleur ? Vénérable premier surveillant, demandez-lui son nom et ce qu'il veut.

Le premier surveillant se tourna alors vers le frère couvreur :

– Vénérable couvreur, veuillez voir qui frappe à la porte du temple et demandez-lui ce qu'il désire.

Le frère couvreur ouvrit la porte et la laissa entrebâillée.

– Qui frappe à la porte du temple, et que vient-il chercher en ce lieu ?

La voix du frère expert répliqua de l'extérieur :

– Très respectable maître, je vous amène un compagnon que j'ai surpris aux abords du temple ; il m'a paru plongé dans une profonde méditation et c'est pourquoi, au lieu de le châtier et de le chasser, je vous l'ai amené.

– Serait-ce un des coupables du meurtre que nous déplorons ? interrogea le vénérable maître. Comment a-t-il osé approcher de ce lieu, et dans quel but ?

– Le compagnon Sarah Richard, encouragé par les témoignages de satisfaction de ses maîtres, espère obtenir une augmentation de salaire en récompense de son zèle au travail.

La réponse du vénérable sonna, lourde de menaces :

– Vénérable expert, introduisez-le donc en notre temple, et nous l'interrogerons. Malheur à lui s'il a eu l'audace de vous mentir !

Le frère couvreur ouvrit aussitôt la porte, et le frère maître de cérémonie fit entrer la jeune femme à reculons de façon à ce qu'elle ne puisse apercevoir l'intérieur du temple.

La voix du vénérable retentit à nouveau :

– Sœur compagnon, veuillez nous dire votre âge, votre profession, le lieu de votre travail.

Sarah Richard répondit spontanément à la demande.

– Sœur compagnon, avez-vous bien réfléchi à la demande que vous faites ? Avez-vous les mains et la conscience pures ?

Sarah déclara alors sur un ton solennel :

– Vénérable maître, voici mes mains, elles sont pures...
Voici sur ma paume mon cœur hérité de ma mère, et il est pur...
Qu'il soit pesé, ce cœur, dans la Balance de Vérité, car il est pur...
Car l'Eau Vive, jamais je ne l'ai souillée.
La Flamme de l'Intelligence, jamais je ne l'ai soufflée.
Les Énergies, jamais je ne les ai abolies.
La Clarté, jamais je ne l'ai voilée.
La Divine Lumière, jamais je ne l'ai masquée.
La Beauté, vérité des formes, jamais je ne l'ai offensée.
Ma Vie, point ne l'ai sauvée aux dépens de celle d'autrui.
Point dans mes filets je n'ai capturé ces Poissons divins, les Symboles, ni ces Oiseaux de Mystère, les Formules.
Fidèle de ma Régente, la Dame de Vérité, dont l'Étoile flamboie en ce moment devant mes yeux, je suis restée.
Jamais, je n'ai altéré la Vérité...
Car je suis pure.
La dureté de ce cœur, je ne l'ai point connue...
L'eau fraîche, je l'ai donnée à qui avait soif.
Le froment à qui en manquait et le lin à qui était nu...
Donc, en cette Salle de Vérité, devant le Tribunal du Véridique, soutenu par ma Patronne, la Dame de Vérité, dont l'étoile

flamboie devant mes yeux, que mon cœur hérité de ma mère soit léger, léger, car je suis pure... Je suis pure...

– Récipiendaire, reprit le vénérable, une grande épreuve a frappé la maçonnerie d'Égypte et ce sont des maçons que nous soupçonnons d'être les auteurs de cette horrible chose. Nous avons été trahis par ceux que nous avions comblés de bienfaits. C'est pourquoi notre méfiance demeure à l'égard de tous les compagnons en général.

Bien qu'émue, la jeune femme reprit contenance et formula, d'une voix qui réveilla au plus profond de moi-même une émotion que je croyais à jamais éteinte depuis le départ d'Anne :

– Vénérable maître, je me présente avec mon cœur sur ma paume ; mon cœur hérité de ma mère. Mon répondant est le Guide des Chemins, Chef de la Montagne d'Occident, Conducteur des Morts vers la Vie. Et ma Patronne est la Dame de Vérité, Régente de Thèbes. J'invoque en esprit mon Créateur, Celui dont je suis née, le Stable, le Caché, afin que, le Verbe s'étant fait Réalité, par la vertu de la voix juste, venue en Épervier, je sorte en Phénix.

– Vénérable expert, veuillez examiner les mains de ce compagnon et apportez-moi son tablier, afin que je puisse m'assurer qu'il est pur et sans tache.

Le frère expert examina soigneusement les mains de Sarah puis il lui retira son tablier qu'il porta au très respectable maître :

– Très respectable maître, les mains du compagnon paraissent sans tache. Voici d'ailleurs son tablier.

– Son tablier ne porte en effet nulle trace de souillure, approuva le vénérable avant de poursuivre. Vénérable expert, veuillez faire asseoir le récipiendaire face à l'Occident.

Pour la première fois depuis le début de la cérémonie, je crus percevoir comme une discrète appréhension quand Sarah fut installée, le dos tourné au vénérable. Sa réaction ne me laissa pas insensible et ajouta à cette confusion qui m'avait envahi depuis que j'avais entendu le timbre de sa voix. Dès cet instant, j'avais vainement essayé, malgré l'obscurité ambiante, de percevoir ses traits mais tout ce que je pus distinguer furent ses jolies jambes. La flamme du désir s'éveilla doucement en moi... « Bon sang, reprends-toi », me sermonnai-je en repoussant vainement ces émotions qui m'éloignaient de l'enquête.

Le vénérable continua, imperturbable :

– Sœur compagnon, puisque vous vous dites innocente de ce crime, donnez-nous-en la preuve certaine. Approchez-vous de ce cadavre encore chaud. Si vous êtes l'assassin que nous recherchons ou si vous êtes sa complice tacite, les plaies saigneront de nouveau. Mais si vous n'êtes rien de tout cela, vous ne devez pas craindre que notre frère mort se lève pour crier vengeance.

Sarah passa tout près de moi. Un délicieux parfum flotta autour d'elle et affola mes sens. Mon cœur se mit à palpiter, étais-je réellement en train de tomber amoureux ? Au fond, j'avais toujours été ce grand sentimental dissimulant sa sensibilité derrière une façade de macho et qui n'avait que rarement autorisé une femme à visiter ses jardins les plus secrets.

Seule Anne avait connu ce privilège. Sa voix douce et sensuelle, ses jambes et son corps de déesse grecque avaient finalement eu raison de l'aventurier que j'étais alors, mais tout cela était si loin aujourd'hui...

Le vénérable maître saisit dans sa main droite son maillet et étendit au-dessus de la tête de la jeune femme son épée, qu'il tenait fermement de sa main gauche, puis il éleva Sarah Richard au grade de maître.

Le temple s'illumina aussitôt et je pus alors contempler Sarah qui rayonnait de bonheur, sa joie me fit chaud au cœur et je ne pus m'empêcher de lui sourire. Il est vrai qu'elle était splendide dans ses décors, ses yeux bleus couleur lagon et le blond vénitien de ses longs cheveux s'harmonisaient avec l'or resplendissant de ses longues boucles d'oreilles. La courbe de ses hanches, alliée au dessin généreux d'une poitrine gonflée par l'émotion, emportèrent mes dernières défenses. Le désir enflamma puissamment mon cœur et je sentis poindre les traits de la passion. Je me vis alors tel le pharaon Akhenaton contemplant son épouse Néfertiti à la beauté légendaire. Les rêves de partager mes nuits avec cette déesse m'emportèrent, tandis que mes paroles trahissaient mes pensées les plus secrètes :

– Cette femme a un tour de poitrine qui aurait fait le bonheur de Michel-Ange.

Devant le regard courroucé de ma voisine, je maudis mon emportement. Bon sang, je déconnais vraiment à pleins tubes. Voilà que, en plein milieu d'une cérémonie à laquelle j'assistais pour mieux poursuivre mon enquête, je me mettais à reluquer une sœur et à délirer sur ses mensurations. J'étais pathétique ! L'envie me prit soudain d'envoyer tout valser et de retrouver mes nuits sulfureuses parisiennes où je me partageais entre l'alcool et les coups faciles.

Alors que le frère orateur expliquait à Sarah le sens de la légende de la mort d'Imhotep, chef des scribes de la cour et premier architecte royal, je réfléchissais de mon côté sur le stratagème à employer pour quitter Bourges et son bourbier dans lequel Jacques, l'obédience et le divisionnaire Macabone m'avaient plongé. Il fallait que je me tire de là, et vite.

Une colère froide faite des ressentiments que j'avais accumulés depuis le départ d'Anne succéda à mon emportement lyrique des premiers instants : « Putain, ça ne finira donc jamais, combien de temps me faudra-t-il encore payer pour mes conneries passées ? » La phrase tourna en boucle dans mon esprit comme un cercle vicieux que je fus incapable de briser jusqu'à l'instant magique où les yeux brillants de Sarah se portèrent sur moi. Je rougis alors violemment et baissai la tête. Je sus alors que, malgré les larmes et les sourires qui résumaient toute ma vie, il restait au plus profond de moi quelque chose de bon qui valait la peine d'être sauvé.

La soirée tirait à sa fin et j'étais comme dans un état second où s'imbriquaient l'espoir et la perplexité. Matthieu perçut mon désarroi et me tapota l'épaule, me faisant signe que presque tous les frères visiteurs avaient présenté leurs salutations. Je levai immédiatement la main. Le premier surveillant s'écria :

– Vénérable maître, un frère de la colonne du midi demande la parole.

Je me mis à l'ordre et me tournai vers l'orient en déclarant :

– Vénérable maître, et vous tous, mes sœurs et frères, je tiens ici à vous féliciter pour cette magnifique cérémonie où la beauté naturelle illumine si bien la force et la sagesse de cette Loge.

Je perçus l'ombre d'un sourire éclairant le visage de Sarah.

–Je ne puis vous présenter les salutations de ma respectable Loge. Sachez néanmoins que ce soir j'ai compris en votre compagnie tout ce que représente la dimension universelle de la franc-maçonnerie...

Comme s'il voulait juger la sincérité de mes propos, Gilles Rousseau me fixa intensément avant de conclure mes propos :

– Merci, mon frère. Nous avons été heureux de vous accueillir parmi nous. Sachez que vous y serez toujours le bienvenu.

Comme Matthieu l'avait annoncé, j'eus à subir, pendant les agapes, un flot de questions sur la spécificité du rite écossais rectifié, auquel je répondis de mon mieux. J'en profitai dans le même temps pour observer les frères et sœurs de la Loge. De temps à autre, je jetai un coup d'œil furtif à Sarah qui semblait étourdie par l'agitation qui régnait autour d'elle. Plus d'une fois, elle croisa mon regard et nous échangeâmes un discret sourire du coin des lèvres.

Matthieu s'aperçut de nos échanges et me glissa doucement à l'oreille : « Sarah est avec nous depuis quatre ans. C'est une jeune femme qui a traversé de dures épreuves, son ex-mari était un homme violent et il a fallu l'intervention de notre frère hospitalier qui est commandant de gendarmerie pour mettre un terme à son calvaire. Malgré cela, elle a su faire face et garder son emploi d'orthophoniste, elle s'est aussi beaucoup impliquée dans notre ordre. Elle peut t'être utile car elle connaît nombre de petits secrets, mais, s'il te plaît, agis avec délicatesse et tact car elle est fragile. »

Matthieu devait sûrement faire référence à mes ratés de la soirée, j'encaissai sa critique sans broncher. Petit à petit, les agapes prirent fin. Je profitai de l'accalmie et du vide qui s'étaient créés autour de Sarah pour me rapprocher d'elle. Elle remarqua mon manège mais n'en laissa rien paraître.

– Bonsoir, ma sœur, puis-je m'asseoir à tes côtés quelques instants ?

Le regard bleu turquoise me scruta de fond en comble. J'y perçus un mélange savamment dosé de méfiance, de curiosité et d'intérêt. Mon rythme cardiaque s'accéléra.

–Je t'en prie.

La phrase était sortie spontanément sur un ton défensif, il en fallait toutefois davantage pour me décourager, surtout quand le plaisir se mêlait si harmonieusement au travail.

– Mon nom est Jean Gibelain. J'appartiens à une autre obédience maçonnique, ajoutai-je en lui tendant la main qu'elle prit sans aucune hésitation.

–J'avais remarqué, me dit-elle, accompagnant sa phrase d'un sourire taquin. Et qu'est-ce qu'un frère appartenant à une obédience qui refuse l'entrée du temple aux femmes peut-il bien faire à nos côtés ? ajouta-t-elle sur un ton curieux et provocateur.

Sans s'en rendre compte, elle venait de me lancer la perche que j'attendais. Je n'allais pas laisser passer une aussi belle occasion. J'en profitai aussitôt pour tenter mon approche :

– Et pourquoi n'en parlerions-nous pas demain soir devant un bon verre ? Nous aurions ainsi tout le temps pour commenter les décisions de la Grande Loge unie d'Angleterre sur la question de la régularité, entre autres.

Elle éclata d'un rire joyeux à l'énoncé du « entre autres ». Son discret rouge à lèvres fit pleinement ressortir la blancheur de ses dents et son visage s'illumina. Elle avait tout d'un ange.

–Je ne sais pas si je devrais, ajouta-t-elle, mais je pense que je vais me laisser tenter par tes révélations.

Sarah avait décidément beaucoup d'humour. Pendant un bref instant, je me demandai si cette rencontre n'était pas cette seconde chance que j'avais fini par ne plus chercher.

–Je suis descendu à l'hôtel de Grande-Bretagne, ils ont, paraît-il, un très bon restaurant, accepterais-tu d'être mon invitée pour demain soir ?

–Je pense que je peux me libérer, répondit-elle.

– Est-ce que dix-neuf heures trente te conviendrait ?

Elle réfléchit quelques secondes, je lus dans son regard la crainte de voir cette invitation l'engager. J'essayai immédiatement de la rassurer :

– Sache, ma sœur, que je comprendrais parfaitement ton refus si cela devait te poser problème.

L'accent de sincérité qui résonna dans mes derniers mots finit par la convaincre. Elle accepta.

Minuit sonna. Nous nous levâmes de table et prîmes congé l'un de l'autre en nous portant l'accolade des initiés. La fraternité maçonnique ne fut cependant pas la seule raison du frisson de plaisir qui m'envahit lorsque je sentis son souffle chaud sur ma nuque.

Z'rahhiel

Waischenfeld (Franconie)
27 avril 1945

À l'image du bâtiment principal de l'*Ahnenerbe* ravagé par les bombes des forteresses volantes, l'État SS n'était plus que l'ombre de lui-même.

Trois semaines plus tôt, devant l'avancée des troupes américaines, Heinrich Himmler avait ordonné de dynamiter le quartier général de l'Ordre noir. La rapide progression des Alliés interrompit la destruction totale du château médiéval et permit d'épargner la tour nord du Wewelsburg, mais l'évacuation des documents secrets de l'institut SS vers un autre lieu de repli fut rendue impossible. La quasi-totalité des écrits secrets nazis disparut sous les bombes incendiaires, tandis que les dirigeants du cœur ésotérique du Troisième Reich étaient arrêtés les uns après les autres.

La rune de vie de « l'héritage des ancêtres » s'éteignit définitivement.

Berlin
30 avril 1945

Sanglé dans sa tenue camouflée aux multiples taches brunes et vertes, l'Untersturmführer Michel Gibelain se cramponna à la tourelle du Tigre royal qui faisait route vers la place Belle-Alliance.

Dix minutes plus tôt, son estafette lui avait remis l'ordre ultime du Brigadeführer Krukenberg exigeant que le reste du bataillon de la division Charlemagne puisse barrer au plus vite l'accès de la Chancellerie aux chars russes.

En route, ils croisèrent plusieurs épaves de T-34 dont les flancs étaient perforés par les impacts mortels des *Panzerfausten* et furent longuement salués par leurs servants, des adolescents du *Volkssturm*.

Les Tigres royaux stoppèrent leur course. L'Untersturmführer et son groupe abandonnèrent aussitôt les chars pour se mettre en position dans la Wilhelmstrasse. Michel Gibelain repéra immédiatement le bâtiment. Malgré sa façade ravagée par les obus de l'Armée rouge, il dégageait encore un parfum raffiné et mystérieux.

Il grimpa le petit escalier menant à la porte principale mais se heurta à la poignée qui lui refusa l'entrée de la demeure. Il tenta bien de faire le tour du large bâtiment, mais n'eut pas davantage de succès.

Déterminé à abriter sa section avant l'arrivée des soldats russes, il pointa alors son Sturmgewehr MP 44 vers la porte d'entrée et fit feu. La rafale du fusil d'assaut déchira la lourde porte qu'il enfonça ensuite à coups de pied.

Michel Gibelain pénétra dans la bâtisse abandonnée et investit le salon dont il tira les rideaux. La lumière du jour éclaira la vaste pièce plongée dans la plus épaisse obscurité et dans le plus parfait silence.

L'Untersturmführer fut étonné par le luxe qui s'étalait brutalement autour de lui. D'imposants vases Ming côtoyaient les plus riches vaisselles en porcelaine de la période Tang. Intrigué, il se décida à inspecter la maison de fond en comble après avoir installé ses hommes aux deux étages supérieurs du bâtiment.

Au cours de l'un de ses passages, il remarqua la forme d'une excavation habilement dissimulée derrière une tenture dont le dessin représentait un étrange pictogramme. Il inspecta alors la tapisserie dont il sonda doucement chaque recoin avec la crosse du Sturmgewehr.

Après quelques instants, il identifia une discrète voussure au milieu de la représentation, il pressa celle-ci avec mille précautions. Un discret déclic se fit entendre et la portion du mur soutenant la tenture bascula spontanément. Un souterrain éclairé par la flamme vive d'une dizaine de torches s'offrit à ses yeux ébahis !

Le Waffen SS se rangea le long du mur et amorça sa grenade à manche qu'il lança dans l'obscur boyau. La grenade dévala les marches de l'escalier avant d'exploser brutalement, éclairant pendant quelques secondes le sombre cloaque.

Michel Gibelain prêta attentivement l'oreille mais seul le silence répondit à son écoute. Les sens aux aguets, il s'engouffra dans le mystérieux souterrain dont il dévala les marches avec la plus grande prudence.

Arrivé au bas des marches, il buta contre les restes d'un recueil qui avait été emporté par le souffle de l'explosion. Il ramassa la couverture du livre déchiré dont il traduisit aussitôt le sous-titre allemand : *Le Rituel guerrier de Kalachakra.*

Il laissa tomber le feuillet sacré et descendit les deux derniers mètres de l'escalier pour aboutir dans une vaste salle circulaire parfumée par d'exquises senteurs d'encens.

Ce qu'il vit alors le stupéfia : tout autour de la pièce, autour d'une pierre en forme de croix gammée, étaient disposées les dépouilles de six moines asiatiques en tenue de grande cérémonie !

L'Untersturmführer abaissa son arme et se rapprocha de l'étrange assemblée : les hommes semblaient plongés dans un profond sommeil. Il observa minutieusement les corps et constata la similitude de leurs habits d'apparat. Tous les prêtres portaient un long bonnet jaune, même si les mains d'un seul d'entre eux étaient couvertes par de larges gants verts effilés.

Michel Gibelain remarqua qu'à la tête de chaque dépouille était déposée une épaisse statue de jade représentant un personnage ou un animal mythique. Une singulière expression de cruauté déformait les traits de chacune des représentations. Malgré son fanatisme, le Waffen SS réalisa qu'il avait sous les yeux l'image d'un suicide collectif dédié à des puissances infernales d'un autre monde. Il frissonna en pénétrant au centre du cercle mortuaire.

En constatant que le svastika en pierre avait été endommagé par les éclats, il maudit sa décision d'avoir agi si précipitamment en faisant usage de sa grenade. Furieux contre lui-même, il collecta les pages du rituel répandues dans toute la pièce.

C'est alors que lui vint l'idée de sauvegarder ces reliques d'un autre temps.

L'explosion des premiers obus de mortier interrompit ses pensées. Il remonta précipitamment l'escalier du souterrain et referma le passage secret derrière lui.

Les salves de 12 mm s'abattirent sur la maison à un rythme effréné, les gerbes d'éclats brûlants pulvérisèrent le luxueux salon et ses riches porcelaines. Une avalanche de plâtras se déversa sur l'Untersturmführer tandis que les murs de la demeure vacillaient autour de son petit groupe. Michel Gibelain et ses hommes se précipitèrent vers l'embrasure de la chambre.

Soudain, le crépitement d'une mitrailleuse Maxim mise en batterie depuis l'immeuble opposé retentit, fauchant instantanément les trois Waffen SS du poste d'observation. L'Untersturmführer plongea sur le sol et se couvrit la tête à deux mains. Les impacts hachèrent menu tout ce qui tenait debout dans la pièce et projetèrent des débris de verre et de bois dans un épais nuage de poussière blanche.

Profitant de la riposte de son groupe installé au second étage, il engagea un chargeur plein dans le Sturmgewehr et rampa à travers la chambre. Il sortit des décombres à l'instant même où, aux cris de « Hourra Staline ! », les premiers fantassins russes faisaient irruption dans la demeure.

L'Untersturmführer arrosa frénétiquement le hall d'entrée et la porte principale. Les trois soldats de l'Armée rouge s'abattirent les uns après les autres, comme des dominos, devant l'escalier. Le Waffen SS pressa à nouveau la gâchette du fusil d'assaut. Sa seconde rafale faucha en pleine course le chef du groupe d'appui-feu soviétique qui s'effondra sur le perron.

Postés dans l'immeuble adjacent dans la Wilhelmstrasse, les tireurs d'élite russes prirent alors Michel Gibelain pour cible. Une pluie de plombs impacta l'escalier l'obligeant à se replier vers l'étage supérieur. En route, il hurla à ses hommes de faire feu à volonté. La MG 42 des Waffen SS déclencha aussitôt un feu d'enfer. Les tirs ennemis baissèrent d'intensité et se firent plus sporadiques. Le répit ne fut toutefois que de courte durée. L'arrivée soudaine de trois chars T-34 souleva des cris de rage et d'effroi parmi les défenseurs. Les blindés défoncèrent avec fracas les derniers barrages antichars des hommes du *Volkssturm* et stoppèrent devant le bâtiment. Les tourelles pivotèrent dans un bruit sourd et ajustèrent le deuxième étage. Les Soviétiques concentrèrent alors leurs tirs sur la bâtisse. Les feux des blindés lézardèrent la façade avant de la maison et emportèrent son second niveau.

À l'intérieur du bâtiment, seul survivant, Michel Gibelain ramassa les Panzerfausten du groupe. Suffoquant et couvert de plâtre des pieds à la tête, il dévala ce qui restait de l'escalier et prit position dans le hall. Il ajusta le premier char lorsque, tirée à bout portant, la rafale du PPSH-41 lui perfora la poitrine. L'Untersturmführer s'effondra sur le plancher.

Au même instant, la bâtisse se désagrégea, enfouissant à jamais le Waffen SS et son secret.

Bourges
14 novembre 2001, 9 h 21

Bien qu'aucune piste sérieuse ne se soit dessinée à l'horizon, un sentiment de bien-être m'envahit. Inutile de préciser que Sarah y était pour beaucoup.

Je m'étonnais de constater comment le fait d'échanger quelques banalités avec une inconnue pouvait à ce point transformer ma vision des choses et de la vie. Le plus paradoxal fut que cette agréable surprise contrastait singulièrement avec mon manque de résultats professionnels. L'adage « Heureux en amour, malheureux en affaire » me collait décidément très bien à la peau.

En consultant les messages téléphoniques de ma boîte vocale, je relevai deux appels de Macabone qui avait tenté de me joindre alors que j'étais en pleine cérémonie. Je savais ce que cela signifiait. On n'allait pas tarder à me mettre la pression alors que cette enquête exigeait des trésors de minutie et de réflexion. La moindre précipitation pouvait tout faire foirer.

Plus je réfléchissais sur les données de l'enquête, plus j'étais persuadé que le meurtre de Marc avait été soigneusement préparé.

Bien que l'identification criminelle n'ait trouvé aucune empreinte digitale sur la coupe de champagne en dehors de celle de la victime, j'étais certain que l'assassin avait remis en mains propres la coupe empoisonnée à Marc, ne fût-ce que pour éviter qu'un autre frère ne s'empare du breuvage mortel.

Le docteur Marc Letellier avait été, dès le début, la cible à abattre, j'étais intimement convaincu que tout le mobile de ce crime odieux tournait autour de Marc. Le meurtrier était aux premières loges et avait soigneusement orchestré son crime, aucun frère n'avait été vu portant des gants en début comme en fin d'agapes. Il avait dû faire preuve d'un grand pouvoir de suggestion à l'égard de sa victime et sa détermination en faisait, plus que jamais, un adversaire redoutable.

J'avais toutefois beaucoup de mal à comprendre la raison d'un tel machiavélisme, si méticuleusement exprimé, pour détruire la vie d'un homme simple et irréprochable. C'était comme si Marc avait été l'objet d'une vengeance.

La révélation jaillit soudainement, fulgurante comme l'éclair : et si le crime de Marc n'avait eu pour seul but que de détruire Matthieu ? Je restai ébranlé quelques secondes par cette nouvelle hypothèse qui remettait tout en question. Depuis le début de cette affaire, je n'avais jamais considéré le fait que le meurtrier pouvait s'en être pris à Marc pour atteindre son père, ce qui, pourtant, pouvait expliquer bien des choses, à commencer par l'absence de mobile apparent. Bon sang, comment avais-je pu être aussi aveugle ?

Je sentis au fur et à mesure de ces réflexions que je faisais complètement fausse route depuis mon arrivée. « Quel idiot », murmurai-je en pensant au caractère froid et sophistiqué du meurtre et en réalisant alors que rien ne cadrait avec un crime passionnel ou un règlement de comptes entre maffieux. Empoisonner un homme en public en sachant que, dans les vingt-quatre heures, sa mort allait être précédée de cécité et de paralysie, tout cela dénotait décidément un sadisme que seul un profond désir de vengeance pouvait engendrer.

Sur le moment, je fus pris d'une envie frénétique de téléphoner à Matthieu pour l'informer de ma découverte, mais je me repris aussitôt. Peut-être était-il préférable d'écouter d'abord ce que Sarah avait à me dire sur les membres d'Akhenaton ?

En fin de matinée, je me rendis au commissariat central pour essayer d'étayer un minimum la nouvelle orientation que j'avais décidé de donner à mon enquête. Je ne fus pas surpris de voir mes collègues m'éviter soigneusement. Visiblement la consigne d'en faire le moins possible pour m'aider avait été reçue cinq sur cinq. La guerre des polices battait son plein et j'imaginais sans peine le commissaire Nicole Allard se régalant de mon absence de résultat.

Je hochai les épaules. S'il n'y avait que cela pour la faire jubiler, alors il fallait qu'elle prenne son pied, et vite, car ça n'allait pas durer.

Bien évidemment, mon passage au commissariat ne m'apporta aucun élément supplémentaire, quelqu'un avait délibérément bâclé cette enquête dès le début pour me piéger.

L'après-midi se déroula sans autre particularité qu'un nouvel appel téléphonique de Macabone : « Nom d'un chien, Gibelain, mais qu'est-ce que vous foutez ? J'ai le préfet sur le dos tous les jours. »

Je le laissai vider son sac et lui annonçai, pour l'apaiser, que j'avais un début de piste. Il se calma dans la foulée avant que je ne raccroche quelques secondes plus tard en promettant de le rappeler d'ici le lendemain.

Les heures passèrent et je fus de plus en plus impatient de retrouver Sarah pour des motifs fort éloignés de l'enquête, même si j'étais sûr qu'elle détenait une pièce importante du puzzle et qu'elle n'en avait probablement pas conscience.

Il me revenait donc la délicate tâche d'arriver à la faire parler, et je savais que cela n'allait pas être facile car les sentiments et le boulot dans la police font rarement bon ménage.

Je patientais depuis dix minutes dans le hall de l'hôtel quand elle apparut. Elle était vraiment superbe dans son tailleur noir sous lequel un chemisier blanc mettait en valeur une poitrine plus que prometteuse. Elle portait à la main un manteau en cachemire et le galbe de ses jambes était parfaitement dessiné par de longs bas noirs. Mon Dieu, quelle allure elle avait !

Elle m'aperçut et son visage s'illumina d'un grand sourire. Je l'embrassai et sentis le désir prendre possession de tout mon être. Elle était vraiment très excitante !

– Bonsoir, Sarah, j'espère que ta journée n'a pas été trop chargée après la soirée d'hier ?

Ma question était vraiment sincère. Il ne s'agissait pas seulement d'une simple formule de politesse. Cette femme, qui était encore une parfaite inconnue il y a quelques heures, m'avait manqué et je sus brutalement que je venais de tomber amoureux.

Sarah lut dans mes yeux la flamme qui déjà incendiait certaines parties intimes de mon corps. Elle répondit d'une voix troublée :

– Ne m'en parle pas, je suis exténuée.

Son regard me paralysa au point que je fus incapable de chasser l'envie de poser mes mains sur ses épaules. Au bout de quelques secondes, je parvins toutefois à me reprendre et à balbutier :

– J'imagine que tu dois être affamée après tant d'émotions.

Une image coquine flasha dans mon esprit.

– Je ne te le fais pas dire, répondit-elle, je n'ai pratiquement rien mangé ce midi.

– Tant mieux, ajoutai-je en la prenant par le bras, tu apprécieras d'autant plus cet excellent restaurant.

Le maître d'hôtel nous accompagna jusqu'à notre table.

Une fois installés, je lui commandai une coupe de champagne tout en demeurant fidèle à mon habituelle Smirnoff. Je rompis alors la glace :

– Bien, fis-je, comme hier soir nous n'avons pas eu le temps de faire connaissance, j'aimerais aujourd'hui que tu me parles de ta vie.

Sarah m'expliqua sans fausse pudeur qu'elle avait été mariée pendant cinq ans à un homme alcoolique et jaloux qui avait fait de son existence un enfer. À travers le ton de sa voix ponctuée de sanglots, je compris qu'elle avait gardé de toutes ces années des cicatrices morales et physiques qui expliquaient sa grande méfiance de la gent masculine.

Parler exorcisa ses vieux démons. Elle déploya de prodigieux efforts pour se contenir bien que je n'aie décelé aucune animosité à mon égard. À vrai dire, elle me donna l'impression d'être détendue et, je dus me l'avouer, je me sentais bien en sa compagnie.

Tout en dégustant ma viande de chevreuil, je me mis à lui raconter les bons et les mauvais souvenirs de ma vie, en passant sous silence la façon dont j'occupais la plupart de mes nuits. Je ne voulais pas la brusquer et encore moins la perdre, mais il me fallait prendre une décision, et vite : Sarah ou l'enquête. Je savais que je risquais gros car rien ne permettait d'exclure le fait qu'elle pouvait être directement liée au meurtre, voire à l'assassin. J'étais déchiré par le doute et l'indécision, mais son sourire et l'éclat de ses yeux eurent raison de ma retenue. Pour la première fois de ma carrière, je fis alors la folie d'abattre d'entrée de jeu mes cartes avec l'espoir de gagner sur les deux tableaux. Le cœur a parfois ses raisons que la raison ne saurait comprendre.

– Sarah, fis-je et la gravité de mon ton la surprit, Sarah, je dois t'avouer quelque chose. Le motif de ce dîner comme de ma venue à Bourges est lié à la disparition tragique de votre apprenti.

Ses traits se durcirent et son visage se figea. Je devinai sans difficulté ce qu'elle pouvait penser de moi : je crus qu'elle allait se lever. Je la retins aussitôt par le bras.

– Sarah, écoute-moi, s'il te plaît.

Je pris alors sa main et sentis l'apaisement la gagner.

– Il faut que tu saches que le meurtre de Marc a ébranlé l'ordre maçonnique tout entier.

Elle me suivit du regard avec attention.

– Les grands maîtres de nos obédiences ont estimé le sujet suffisamment grave pour créer l'union sacrée. Ils m'ont chargé, en tant que franc-maçon et commissaire de police, de résoudre cette enquête. Je suis persuadé qu'ils ont perçu qu'un terrible danger menace les bases mêmes de notre Fraternité et je partage aujourd'hui leurs craintes.

Un silence angoissé suivit mes propos. J'ajoutai :

– Un meurtre est toujours odieux, mais celui-ci a l'unique particularité de s'être produit en loge, or, comme tu le sais, c'est un espace sacré. En s'attaquant à la paix ainsi qu'à l'harmonie qui règnent dans nos cœurs et dans nos esprits, l'assassin a volontairement cherché à détruire les fondements de la franc-maçonnerie.

J'étais décidé à lui faire part de mes impressions les plus personnelles car, pour une raison que j'ignorais encore, j'avais totalement confiance en elle.

–Je suis arrivé à la conclusion que le meurtrier est organisé et dangereux et tout me porte à croire que la disparition de Marc s'intègre dans un plan que je n'hésiterai pas à qualifier de démoniaque.

Elle sembla profondément attentive et me donna l'impression de réfléchir.

– Vois-tu, je pense que ce meurtre relève d'une vengeance ou d'un complot, voire des deux à la fois, même si le pire est encore à venir.

Elle sursauta :

– Que veux-tu dire par là ?

– Sarah, je suis tenu au secret de l'enquête et je ne peux pas te parler directement des indices que j'ai en main. Sache cependant que la mort de Marc a nécessité beaucoup de préparation, de méthode et de sang-froid, et je ne te cacherai pas que tous ces éléments sont les ingrédients d'une parfaite conspiration.

Elle me fixa bouche bée, sa main serra fortement la mienne.

La menace qui planait autour de notre idéal et de nos personnes amplifia ce qui, à première vue, aurait pu être interprété comme un simple désir physique. Nous venions de trouver une raison de nous aimer : la lutte du bien contre le mal, de l'amour contre la haine.

Je me rapprochai d'elle et déposai alors un baiser sur ses lèvres humides.

–J'ai besoin de toi pour m'aider à trouver l'assassin de Marc.

– Que veux-tu savoir ? répondit-elle en me caressant le visage.

– Tout ce qui peut avoir trait aux conflits internes des frères et sœurs : jalousie, rivalité, affairisme, malversations, vexations, trahisons. Y aurait-il un événement de ce genre qui te reviendrait en mémoire ?

– Pas à ma connaissance mais il y a toutefois un événement qui, l'an dernier, a perturbé l'harmonie de notre Loge.

– De quoi s'agit-il, Sarah ? C'est peut-être important.

– Disons que je ne pourrais pas t'en parler précisément car cela s'est passé au niveau des ateliers supérieurs. Cependant, il semble qu'une cérémonie prévue de longue date ait été brutalement annulée et que l'amour-propre de certains frères en ait souffert. Cela s'est ressenti d'ailleurs dans nos travaux en Loge bleue.

Un sentiment de satisfaction mesurée m'envahit doucement. Grâce à Sarah un mobile de vengeance venait de prendre forme, vérifiant en partie mon hypothèse qui voulait que Matthieu Letellier soit au centre de l'énigme. Sarah était décidément formidable et, pour la première fois depuis mon divorce, je me fis la promesse d'aimer une femme avec sincérité si l'occasion m'en était donnée.

– Es-tu au courant d'agissements contraires à notre éthique que certains de nos frères ou sœurs auraient pu avoir en loge ou à l'extérieur ?

Elle répondit aussitôt :

– Absolument pas et de toute façon notre conseil de maître ne l'aurait pas toléré. Akhenaton est une Loge rigoureuse où fraternité et justice n'acceptent aucun compromis.

C'était bien l'impression que j'avais. Aucun des rapports que m'avaient remis les renseignements généraux, aucune de mes rencontres et de mes observations ne m'avait permis de penser le contraire.

Je n'aspirais pas à transformer cette soirée romantique en un long et ennuyeux interrogatoire de police. Au moment du dessert, je me hasardai à lui poser une dernière question :

– Sarah, j'ai besoin encore une fois de tes lumières. Sais-tu qui, parmi vous, pourrait être le plus au courant de la vie maçonnique et profane des frères et sœurs d'Akhenaton ? »

J'étais désolé d'avoir à lui montrer cet aspect de ma personne qui m'amenait parfois à faire fi de la vie privée des gens, fussent-ils francs-maçons, mais je sentais le crime rôder et l'assassin à l'affût d'une prochaine victime. L'idée insupportable qu'elle puisse être sur sa liste me traversa l'esprit. Troublé par cette perspective, je glissai une main sous la table et caressai légèrement le haut de ses cuisses. Je la sentis frémir, elle répondit avec difficulté :

– Thomas Lombard, voilà ton homme, sa profession de journaliste fait qu'il est au courant de tout et de n'importe quoi, soupira-t-elle, changeons de sujet, s'il te plaît.

Le ton de sa voix se modifia brutalement. Je gardais alors dans un coin de ma mémoire l'image de Thomas Lombard et je me promis de l'inscrire sur ma liste de suspects à rencontrer au plus vite.

L'excitation m'envahit et la magie de l'instant me fit penser à tout autre chose. Sarah me serra fortement la main, interrompant ma caresse :

– Jean, si tu demandais l'addition ?

L'impatience nous gagna subitement et je me dépêchai d'appeler le maître d'hôtel. En sortant du restaurant, je remarquai qu'un des boutons de son chemisier s'était défait, je jetai alors discrètement un coup d'œil coquin et profitai aussitôt de la vue dégagée de sa voluptueuse poitrine. Tout en moi brûla alors du désir de la posséder.

– Que regardes-tu avec autant d'insistance ?

Le ton était malicieux, je le pris comme une invitation.

– Que dirais-tu si nous allions chez moi finir cette soirée ?

Elle accéléra le pas en m'entraînant vers le parking de la cathédrale.

Une fois dans sa voiture, Sarah m'embrassa à pleine bouche. Sa langue chercha la mienne dans un ballet effréné. Mon cœur palpita si intensément que je crus qu'il allait éclater tant la sensation de cette langue chaude et agile m'excita. Pendant qu'elle conduisait, je défis les boutons de sa jupe et ma main caressa délicatement son mont de Vénus. Elle gémit, je me jurai aussitôt de lui faire entrevoir le septième ciel.

Notre précipitation la fit accélérer dans les rues étroites du vieux Bourges. Je ne me souviens toutefois plus vraiment du temps qu'il nous fallut pour arriver à son appartement. J'étais tellement excité que rien n'aurait pu alors m'empêcher d'atteindre mon but. Je la voulais et tout de suite !

À peine entrée, elle m'administra une superbe fellation et je dus dépenser des trésors de self-control pour résister à la douceur exquise de sa bouche. Au bout de quelques minutes, elle s'interrompit :

– Prends-moi, maître, je suis tout à toi, me lança-t-elle.

Obéissant à son ordre, j'arrachai les boutons de son chemisier pour découvrir enfin sa poitrine que je pris à pleines mains, savourant le plaisir unique de voir ses superbes seins se dresser sous mes caresses. Elle gémit et sa respiration s'accéléra. Sans plus attendre, je descendis sa petite culotte de dentelle noire le long de ses jambes. Elle se tourna et se mit à genoux, puis cria quand je la pénétrai. La tête dans ses mains, toute offerte, elle se cambra et recula en donnant de grands coups de reins. J'effleurai avec mes doigts les pointes de ses seins, ce qui eut pour effet de la faire hurler de bonheur.

J'étais en nage mais heureux de constater que j'arrivais à contrôler mon influx sexuel pour permettre à Sarah d'atteindre le point d'orgue de sa jouissance. Des filets de sueur inondèrent nos corps enlacés, j'empoignai ses hanches à pleines mains et lui fis l'amour comme un animal.

Mon cœur semblait sur le point d'exploser tandis que Sarah criait de plus en plus fort, la bouche grande ouverte. Elle paraissait si offerte que le désir de satisfaire un vieux fantasme eut raison de moi. Prudemment, mon sexe se rapprocha de ses reins sans rencontrer une quelconque résistance. Elle murmura un vague « Doucement ». Je compris alors qu'elle avait aussi peur que moi mais nos désirs mutuels nous emportèrent.

Devant le spectacle de son corps docile, je ne pus me retenir plus longtemps et explosai de jouissance, et ce fut l'extase ultime, ce point de non-retour où le bonheur est si intense qu'il s'assimile parfois à la mort.

Quand je repris connaissance, Sarah était tout entière blottie contre moi. Nos corps nus reposaient sur les vestiges du lit. Dans son regard, je devinai toutefois une interrogation. « Notre nuit d'amour fut magique, je n'ai jamais rien connu de tel auparavant, déclara-t-elle avec une pointe d'émotion, ne penses-tu pas que le fait d'être unis par une quête et un désir identique d'absolu et de vérité puisse avoir nourri notre envie l'un de l'autre et rythmé notre passion ? »

Par principe, je m'étais toujours méfié des premières paroles prononcées après avoir fait l'amour, elles pouvaient être si blessantes. Je décidai donc de respecter un prudent silence mais j'avais oublié que Sarah n'était pas femme à se contenter d'un vague assentiment, elle insista :

– C'est la première fois que je fais l'amour avec un franc-maçon.

Je l'interrompis aussitôt :

– C'était ma toute première fois aussi et j'ai trouvé cela unique et merveilleux.

Chacun de mes mots était on ne peut plus sincère.

Le souvenir de mon mariage louvoya insidieusement dans mes pensées. Avec Anne, l'amour avait été aussi intense au début avant de devenir doux et rassurant. Puis étaient venues ces années de tendresse et de non-dits qui précédèrent le temps des larmes et des trahisons. Mais ce soir, dans les bras de Sarah, je m'étais remis à espérer et à croire aux vertus de la lumière du Grand Architecte. Oui, c'était peut-être notre identité commune de franc-maçon qui nous avait permis de nous transcender l'un l'autre en amplifiant l'égrégore amoureuse. Le sujet valait en tout cas la peine d'y réfléchir et, pourquoi pas, d'y consacrer une planche en loge !

Elle se leva et je pus à nouveau admirer la cambrure parfaite de ses reins, j'eus à nouveau immédiatement envie d'elle.

Comment pouvait-on être aussi heureux après tant d'épreuves ? L'image du pavé mosaïque répondit à ma question avant que le sommeil ne m'envahisse sous les yeux amusés de Sarah.

Le soleil brillait déjà de mille feux quand je me réveillai. J'étais seul dans ces draps imprégnés du parfum de nos ébats amoureux.

L'appartement de Sarah était à la fois raffiné et cosy. Çà et là, quelques photos de famille maintenaient toute une rangée d'ouvrages parmi lesquels je reconnus *Le Livre du Maître* d'Oswald Wirth et *Jonathan Livingstone le goéland* de Richard Bach. Quelques poteries et tableaux complétaient ce décor digne d'une jeune femme pour qui la vie n'avait pas toujours dû être facile. Une vieille photo froissée la montrait tendrement enlacée avec un homme au physique de nageur. Je me souvins alors des propos tenus par Matthieu au moment des agapes.

Sur la table de la cuisine, elle m'avait laissé un gentil petit mot : « Merci pour cette merveilleuse soirée. Sais-tu que tu dors comme un bébé ? Claque bien la porte en sortant et bonne journée, je t'embrasse. » Elle avait signé de son prénom suivi de trois petits points disposés en triangle, allusion non voilée à notre appartenance commune. En relisant sa note, je sentis combien Sarah me manquait, mais qu'en était-il de son côté ?

Je souris en pensant que l'amour n'était finalement qu'une succession de bonheurs furtifs et de frustrations, doué de l'étonnante capacité de nous faire voyager de la sérénité au plus profond désespoir.

Midi sonna, il était temps de rentrer à l'hôtel et de préparer ma rencontre avec Thomas Lombard. L'infernale traque se poursuivait.

L'homme patientait depuis trente minutes sur sa grosse BMW noire R 1100 S, son cuir moulant laissait percevoir une forte musculature et la visière fumée de son casque intégral interdisait à quiconque de distinguer le moindre regard. Un vieil air lui revint en mémoire et, pour tuer le temps, il se mit à chanter :

La SS marche en pays ennemi
Et chante le chant du diable
Là où nous sommes c'est toujours en avant
Et le diable en rit avec nous.
Ah ! Ah ! Ah !

Il se souvenait tant de cette extraordinaire soirée passée avec ses frères de l'Ordre noir dans ce qui restait de la tour nord du Wewelsburg, là-bas, de l'autre côté du Rhin, au sein de la forêt mythique de Teutberg. Quelle idée de génie le grand commandeur avait eue de faire renaître l'esprit de la Nouvelle-Thulé dans la forteresse du grand maître des SS !

Son cœur palpita à l'idée qu'il s'était tenu à l'endroit même où se rassemblaient, hier, les fiers descendants de la tribu de Siegfried. Combien de fois le grand commandeur leur avait expliqué à tous que le Burg, comme il se plaisait à l'appeler, avait été reconstruit selon la règle du nombre d'or ? Combien de fois avait-il approuvé la décision du Reichsführer, insistant pour que l'orientation géographique du château soit délibérément antichrétienne ?

Il ne s'en souvenait plus mais, au plus profond de son être, il rayonna de bonheur à l'idée de savoir que l'orientation nord-sud du Burg n'avait été choisie que dans l'unique intention de se démarquer avec force de l'axe est-ouest des églises chrétiennes. Il ricana en se remémorant que l'antique forme triangulaire de la forteresse symbolisait la lance de Longinus transperçant le flanc droit du Christ.

De toutes ses forces, il épousait aujourd'hui les convictions du Grand Heinrich qui avait si bien renforcé l'aspect païen et magique de ces lieux. Il partageait tant l'idéal du maître de l'ordre SS !

Oui, le Wewelsburg était enfin redevenu le centre symbolique du monde, l'*axis mundi* !

Il se remémora avec émotion l'image de cette tour, aujourd'hui unique vestige de la place forte. Le symbolisme de sa présence en ce lieu lui arracha une exclamation quand il réalisa que l'endroit où s'était tenue leur première réunion secrète était aussi celui qui pointait vers la Thulé mythique. L'évocation de Thulé le transporta vers d'autres espaces-temps, vers la terre natale des Aryens dont jadis l'axe central était figuré par une représentation du Soleil noir.

Tout redevint lumineux dans ses souvenirs et dans les explications du grand commandeur quand celui-ci leur confirma que l'Ordre noir avait possédé un temps la lance de Longinus. L'homme ferma les yeux et revit la scène : c'était comme s'il voyageait maintenant dans une vie antérieure. Gibelain, Sarah Richard et même le grand commandeur avaient disparu. Le temps lui avait ouvert ses portes et il se tenait debout, en ce 21 juin 1939, devant le Reichsführer. Ce dernier leur rapporta comment il communiquait chaque soir avec Arthur, le roi légendaire et créateur de la Table ronde. Sa respiration s'accéléra quand le maître des SS révéla, entre deux silences, sa décision d'élargir son cénacle personnel de douze chevaliers incorruptibles voués corps et âme à l'idéal de l'Ordre noir.

Des larmes de fierté perlèrent le long de ses joues quand il entendit son propre nom résonner dans les pièces décorées à l'effigie de ses héros : Otton le Grand, Frédéric Barberousse, Frédéric Hohenstaufen.

Il se laissa guider vers l'aile nord du château dont les cellules servaient de salles d'étude et de méditation. Il savait qu'il allait devoir, des heures durant, se consacrer à toutes sortes de recherches pour capter les forces naturelles et surnaturelles du monde. Il se devait d'apprendre à mettre en pratique les grandes lignes du spiritisme, de la sorcellerie et de la magie noire, pour que les forces obscures puissent déferler sur le monde.

Il avait fait sienne la décision du Reichsführer d'élever un sanctuaire d'où surgirait le corps glorieux de l'homme-Dieu germanique. Enfermé dans un cachot où brillait la double rune

SS, il revit les longues soirées passées à étudier avec ses camarades de l'Ordre noir les grandes théories hyperboréennes. Pendant que des litanies païennes retentissaient avec fracas dans les couloirs du Burg, il se préparait à faire revivre le mythe du sang aryen. La cérémonie exigeait aussi qu'il se mette en condition mentale pour affronter avec succès l'épreuve sanglante d'un combat contre un chien enragé !

Il inspira profondément et se mit à répéter les exercices de yoga pratiqués depuis des millénaires par les écoles guerrières de l'Inde védique. Certains exercices s'accompagnaient de récitations. On lui avait enseigné, en effet, que les sons étaient considérés comme des ondes qui agissaient sur certaines forces magiques.

L'enseignement de l'Ordre noir s'enracinait dans le savoir des sociétés ancestrales de Thulé et du Vril qui avaient recherché une vérité matérielle au sein du spiritisme supérieur, et confirmé, à travers l'étude des pouvoirs magiques occultes, la prépondérance du rayonnement psychique de certains êtres sur le monde.

En évoquant ces connaissances, il se rappela l'avertissement de Rudolf Hess : une mort particulièrement brutale était promise à tout initié qui oserait dévoiler le moindre secret de la cérémonie.

Il ouvrit les yeux à l'instant même où Gibelain sortait soudainement de l'immeuble pour s'engouffrer dans un taxi. L'homme mit en marche sa puissante machine et fit rugir les cylindres. Il serait toujours temps de revenir s'occuper de la fille plus tard. Cette simple perspective illumina son visage d'un sourire carnassier.

Le grand commandeur savait décidément bien faire les choses, la Nouvelle-Thulé allait bientôt régner pour mille ans et les vieux rêves ne s'éteindraient jamais. Victoire et salut, ces deux mots résonnèrent en lui avant qu'il ne démarre en trombe.

Une fois arrivé à l'hôtel, je gagnai sans plus attendre ma chambre et sautai dans la douche. Tandis que l'eau chaude ruisselait sur mon corps, je repensai à ma soirée. Je baignais dans un sentiment de joie et j'eus comme l'impression de revenir enfin à la vie après cinq années de coma.

Ma rencontre avec Sarah avait réveillé tant d'espoirs ! Se pouvait-il que la vie reprenne le dessus après toutes ces années noires ? Je voulais y croire, j'avais tant à y gagner.

De plus, l'enquête progressait indubitablement et j'étais convaincu maintenant que toute cette histoire avait un lien direct avec l'univers ésotérique des hauts grades de la franc-maçonnerie.

Je n'aspirais pourtant pas, malgré son implication, à interroger de nouveau Matthieu. Il me paraissait plus judicieux pour l'instant de rencontrer Thomas Lombard afin d'accumuler plus de détails et affiner ma piste. Je consultai mon agenda et notai son numéro de téléphone, il me fallait perdre le moins de temps possible pour donner aux excités du Quai des Orfèvres de quoi me foutre la paix quelques jours.

Je venais à peine de finir de me raser quand mon portable sonna. C'était Macabone.

– Gibelain, vous en êtes où, bon Dieu ? J'attends votre appel depuis ce matin !

La patience n'avait jamais été le point fort du Corse.

– Désolé, patron, mais j'avais quelques éléments sérieux à vérifier avant de vous faire part de quoi que ce soit.

– Admettons et venons-en aux faits, lança-t-il sans paraître le moins du monde convaincu par mon excuse.

Je me voyais mal lui raconter combien le Kama-sutra avait pris le pas sur l'enquête ces dernières heures. Je lui exposai ma nouvelle version des choses, qu'il parut approuver. Il estimait, lui aussi, indispensable que je puisse rencontrer Lombard au plus vite. Il ne manqua pas, toutefois, de conclure l'entretien par un tonitruant : « Mais démerdez-vous pour m'obtenir des résultats, et vite ! Le ministère de l'Intérieur me gonfle, la prochaine fois je refilerai ce genre d'affaire à la DST. Bougez-vous le cul, Gibelain, c'est un ordre ! »

Il raccrocha brutalement sans que je ne lui en garde une quelconque rancœur. C'était notre façon de communiquer qui, bien que directe, n'excluait pas la réelle estime que nous nous portions. Je savais que la pression qu'il supportait devait être énorme, sans compter qu'il jouait aussi sa place à deux ans de la retraite. Il avait donc des raisons de s'impatienter.

Thomas Lombard était manifestement un homme très occupé car je dus réitérer quatre fois mon appel avant que sa secrétaire ne daigne enfin nous mettre en communication.

Il se remémora parfaitement qui j'étais, en ironisant sur ma façon de présenter les salutations en loge. Nous échangeâmes alors quelques propos de circonstances et il fut question de Sarah qu'il trouvait fort attrayante. Après quelques banalités d'usage, je finis par entrer dans le vif du sujet :

– Thomas, le bruit court que tu es en général bien renseigné sur ce qui se passe sur Bourges et ses environs.

Je l'entendis alors ricaner à l'autre bout du fil. Il répliqua :

– Et peut-on savoir le nom de celui ou de celle qui fait courir ce bruit en question ?

– Désolé, frangin, mais tu sais bien qu'un flic ne dévoile pas ses sources, surtout en pleine enquête criminelle.

– Je me doutais bien que ta visite parmi nous n'avait rien de touristique, déclara-t-il d'un rire franc.

– Bingo, frangin, en fait, j'aurais besoin de te rencontrer au plus vite pour parler de la mort de Marc, que je pense liée à un événement qui concerne certains membres de la Loge.

Thomas avait certes un passé douteux mais le moins que l'on pouvait affirmer, c'est qu'il avait oublié d'être con, il comprit tout de suite mon allusion.

– Tu veux parler des hauts grades ?

– Tout à fait, pourrais-tu me rancarder à ce sujet ?

– Et que veux-tu savoir précisément ?

– J'aimerais connaître quelques détails sur une certaine cérémonie qui aurait été annulée à la dernière minute, ce qui aurait manifestement déplu à plusieurs, au point de...

Il ne me laissa pas le temps d'achever ma phrase :

– Au point d'assassiner Marc Letellier, je vois ce que tu veux dire. Rejoins-moi à seize heures au journal, j'aurai peut-être quelques infos.

Bien que satisfait, je demeurai songeur avant de raccrocher. Qu'est-ce que tout cela allait me réserver ? Je m'étais toujours méfié des périodes heureuses de la vie car, dans mon cas, elles n'avaient que trop souvent exprimé le concept bouddhique de Mujô, la loi d'impermanence que je résumais ainsi : « Ce qui prospère nécessairement déchoit. »

À 15 h 55, je passai donc la porte d'entrée du *Juste Milieu*. L'endroit me parut calme et je fus surpris par son atmosphère feutrée, bien éloignée de l'image sulfureuse que Thomas Lombard avait laissée auprès des renseignements généraux. Une jeune femme prit note de mon nom puis décrocha son téléphone, un « Faites entrer » lui fit écho.

Thomas était derrière son bureau et se leva immédiatement. Dès que la secrétaire eut refermé la porte, nous nous saluâmes en francs-maçons.

– Tu prendras bien quelque chose avant que nous ne commencions à parler sérieusement ? me lança-t-il.

– Thomas, laisse-moi te dire que tu sais parler aux frangins. Une Smirnoff fera l'affaire.

– Ah bon, je croyais qu'un flic ne buvait jamais pendant le service.

– Tu sais, la fraternité exige beaucoup de sacrifices !

Il ouvrit son bar personnel situé près de la bibliothèque Louis-Philippe qui me faisait face. Je m'installai confortablement dans son fauteuil club et le fixai avec intensité.

L'homme gara sa moto quelques secondes après que Gibelain fut entré dans le bâtiment qui servait de local au journal. Tout se déroulait comme le grand commandeur l'avait annoncé, ce Gibelain était décidément bien prévisible pour un policier hors pair, d'abord la fille puis le journaliste véreux. La luxure et la corruption, voilà tout ce que leur monde pouvait produire. Il ricana en pensant qu'ils étaient condamnés. L'histoire allait bientôt offrir à la Nouvelle-Thulé une seconde chance. Demain, l'ordre nouveau allait rétablir l'union du glaive et de la foi, comme aux plus beaux jours de Nuremberg. Oui, la révolution aryenne était en marche et il était convaincu d'appartenir à cette caste sacerdotale qui, dépositaire d'un Graal sanglant, portait la marque de l'Ordre noir. Élevé dans l'ombre de ses héros, il s'était depuis toujours préparé à épouser la mort du guerrier, celle dont la saga s'ouvre et se ferme sur des noces de sang.

Il vérifia que le silencieux de son mini-Uzi était bien en place et serra son ceinturon sur lequel brillaient quatre mots : « Mon honneur s'appelle Fidélité. »

Thomas Lombard était un homme extraverti, affairiste et aventurier à ses heures perdues. Notre discussion prit d'emblée un caractère franc :

– Thomas, pourrais-tu me parler d'Alain Dubreuil ? A-t-il été mêlé de près ou de loin à quelques scandales financiers comme par le passé ?

Il me lança un sourire ironique et répondit :

– Je vois ce que tu veux dire. Tu fais référence à ce qui s'est passé à Paris il y a une dizaine d'années ?

– On ne peut rien te cacher.

– Alain a bien changé depuis cette époque, il s'est acheté une conduite le jour où il est devenu papa de deux petites jumelles. Aujourd'hui, il est patron d'une entreprise de gestion immobilière et son emploi du temps est réglé comme du papier à musique. Hormis son travail et sa famille, je ne lui connais que la franc-maçonnerie comme autre activité. Il a même été notre trésorier plusieurs années de suite, c'est te dire, conclut-il.

Avant de venir interroger Thomas, j'avais pris soin de contacter à nouveau les renseignements généraux, histoire de ne pas me faire mener en bateau et de m'assurer que ses propos seraient fiables. Il disait vrai quant à la vie et à l'éthique d'Alain Dubreuil, qui avaient radicalement changé dès son arrivée à Bourges. Je pouvais donc continuer mon interrogatoire sans avoir à systématiquement remettre en question les dires de Thomas.

– Bien, je sais que jusqu'à la disparition tragique de Marc, Akhenaton était une Loge reconnue pour son rayonnement. J'ai toutefois entendu parler d'une vive tension dans les ateliers des hauts grades qui aurait perturbé l'harmonie et la fraternité des tenues en Loge bleue, qu'en est-il réellement ?

Il porta son index au menton comme s'il hésitait à me répondre. Après tout, je n'appartenais ni à sa Loge et encore moins aux ateliers supérieurs. Après quelques secondes, il me fit cette réponse :

– Avant tout, sache que, du fait de quelques scandales, je suis un chevalier kadosch en probation. Cependant, même si je ne suis plus autorisé aujourd'hui à me rendre en aréopage, je peux t'affirmer qu'on t'a exagéré le tableau car, en fait de tension, il n'y a eu que quelques éclats de voix bien fraternels.

– Peux-tu cependant m'en dire davantage ?

Je tenais à avoir le fin mot de cette histoire, persuadé qu'il existait une relation avec la mort de Marc.

– Très bien, mais cette fois-ci, c'est au flic que je m'adresse. Tu dois savoir que le patron des hauts grades dans la région, c'est Matthieu Letellier qui, sous des dehors charmants, sait aussi se montrer despotique. Cela l'a parfois amené à se voir contesté par plusieurs frères dont notre premier surveillant qui est un homme remarquable et profondément fraternel.

Je l'interrompis aussitôt :

– Comment se nomme-t-il ?

– Pierre Jubeleau.

– Continue, mon frère, déclarai-je.

– Pierre est arrivé chez nous il y a quatre ans pour raisons professionnelles, il est imprimeur. Membre d'une Loge strasbourgeoise, les Cœurs unis, il fréquentait déjà dans sa province les ateliers supérieurs puisqu'il était souverain prince de Rose-Croix d'Heredom et chevalier de l'Aigle blanc et du Pélican. Dès son arrivée, je crois que Matthieu a vu en lui un rival sérieux, surtout quand Pierre s'est mis à vouloir réformer certaines habitudes. Matthieu s'est alors opposé à ce qu'il devienne grand élu chevalier kadosch, et comme il est très influent, il a réussi à faire traîner les choses plusieurs années de suite.

– Comment a alors réagi Pierre Jubeleau ?

– En vrai maçon, il nous a tous donné une leçon, ce qui n'a fait qu'exaspérer davantage Matthieu. Contre tous nos principes, ce dernier s'est mis à faire opposition à toutes nos propositions de date pour la cérémonie de passage de Pierre en trouvant des excuses qui ont fini par se retourner contre lui.

– Et comment cela ? demandai-je.

– Certains d'entre nous se sont confiés au Suprême Conseil qui a sommé Matthieu de fixer une date inéluctable.

– Il n'a donc plus le choix.

– Absolument, déclara Thomas, j'ai même entendu dire que la cérémonie aurait lieu ces prochains jours. Il était temps car la fronde menace de scinder Akhenaton en deux groupes et d'emporter les partisans de Matthieu d'un côté et ceux de Pierre de l'autre.

– En fait, vous ne faites que répéter le conflit des *moderns* et des *ancients* de la franc-maçonnerie anglaise du XVIIIe siècle.

– En quelque sorte, répliqua Thomas avant d'ajouter, dans un lourd soupir : orgueil, orgueil, quand tu nous tiens...

Ce Jubeleau m'intrigua au point que je regrettai de ne pas lui avoir prêté plus d'attention lors de la cérémonie de Sarah. J'avais vaguement le souvenir d'un homme grand et svelte, quelque peu dégarni, dissimulant un regard bleu acier derrière une paire de petites lunettes rondes et argentées. J'essayais de me faire une idée plus précise sur le personnage quand la phrase de Thomas retentit comme un coup de tonnerre dans un ciel d'été :

– Il y a quelque chose que je n'ai jusqu'à présent révélé à personne, mais il faut que je te le dise. Cela a peut-être un rapport avec le meurtre de Marc.

Je fus étonné de voir combien le visage de Thomas pâlit à cet instant. Quelque chose effrayait cet homme pourtant habitué à évoluer dans des sphères peu recommandables.

– Parle, mon frère, je t'écoute.

Thomas prit son souffle comme s'il s'apprêtait à fournir un effort considérable et me fit part du secret qui le rongeait.

– Tout a commencé le jour où un de mes collègues allemands free-lance a décidé de faire un reportage sur certains milieux d'extrême droite. Pour cela, il n'a d'ailleurs pas hésité à infiltrer plusieurs d'entre eux en se faisant passer pour un nostalgique du Troisième Reich.

Cette conversation m'intrigua même si, je dus me l'avouer, je ne voyais pas vraiment où Thomas voulait en venir.

– Après plusieurs mois passés à leur côté, Hans a tellement bien su gagner leur confiance qu'ils lui ont proposé de le faire rentrer au sein de la Nouvelle-Thulé.

Thulé, ce nom résonna dans mes souvenirs comme celui d'une communauté occulte raciste qui avait grandement nourri l'expansion du parti national-socialiste dans l'Allemagne des années vingt et trente. Hitler lui-même avait utilisé certains de leurs symboles comme signes de ralliement comme pour mieux focaliser autour de lui la haine raciale et le fanatisme ambiant.

La croix gammée en fut peut-être le plus dramatique exemple. Emblème du culte solaire à l'origine, son image fut souillée à jamais par l'horreur et la barbarie des nazis. Que diable tout cela venait-il faire dans mon enquête ? Imperturbable, Thomas poursuivit ses révélations :

– La Nouvelle-Thulé est une organisation ésotérique et paramilitaire ultrasecrète qui regroupe les plus fanatisés des admirateurs des thèses de la race des seigneurs. Ils se définissent comme une sorte d'Ordre noir où l'on encense les vertus de la force brutale et où l'on y cultive les mythes païens des vieux Germains. Tout est hiérarchisé sous l'autorité d'un homme qu'ils désignent sous le terme de grand commandeur.

J'interrompis Thomas :

– Mais quel rapport une telle organisation a donc avec la franc-maçonnerie en général et Akhenaton en particulier ?

– En fait, tout le programme politique de ces néonazis est résumé dans les entretiens qu'Adolf Hitler eut avec Hermann Rauschning, le président du Sénat de Dantzig. Laisse-moi t'en lire quelques paragraphes, c'est effrayant, on croirait entendre *Mein Kampf.* « ... Ce qu'il y a de dangereux chez ces gens-là (les francs-maçons), c'est le secret de leur secte, et c'est justement ce que je leur ai emprunté. Ils se reconnaissent entre eux par des signes spéciaux, ils ont développé une doctrine ésotérique qui n'est pas formulée en termes logiques mais en symboles qu'on révèle graduellement aux initiés. L'organisation hiérarchique et l'initiation par des symboles et par des rites, c'est-à-dire sans fatigue pour l'intelligence, voilà ce que les francs-maçons ont inventé de dangereux et de grand, et c'est l'exemple qu'ils m'ont fourni. Ne voyez-vous pas que notre parti doit être constitué exactement comme leur secte ? Il doit être un ordre, un clergé laïque et hiérarchisé. Mais il n'y a pas de place dans le monde pour deux ou plusieurs organisations semblables. Ou bien nous, ou bien les francs-maçons, ou bien l'Église. Mais jamais deux ensemble. Cela s'exclut. Aujourd'hui, c'est nous qui sommes les plus forts, et c'est pourquoi nous éliminerons les deux autres, l'Église et la Maçonnerie... »

Thomas referma l'étrange fascicule que lui avait remis le journaliste allemand. J'étais abasourdi par ce que je venais d'entendre. Était-il possible, soixante ans après que le monde eut connu une des plus abominables périodes de son histoire, qu'une organisation ait à nouveau décrété la guerre au genre humain ? Sur l'instant, je ne pus le croire et pourtant, malgré ses imperfections, Thomas n'était pas homme à inventer pareille fable.

Le conflit entre la lumière et les ténèbres n'en était qu'à ses débuts. Il fallait absolument tuer la « bête » avant qu'elle ne nous dévore à nouveau.

– Thomas, est-ce que ton ami Hans a pu obtenir d'autres informations sur cette organisation ?

– Très difficilement, car ils fonctionnent en petits groupes indépendants que seul le grand commandeur connaît et régit. Ainsi, ils limitent au maximum les risques de fuite et d'infiltration. Les quelques noms dont je dispose grâce à lui sont ceux de « soldats », comme ils se plaisent à le dire, car nul ne connaît, bien entendu, l'identité du grand commandeur.

– A-t-il pu t'en dire davantage ?

J'étais admiratif du travail qu'avait réalisé cet homme qui avait mis sa vie en péril en infiltrant une société secrète criminelle.

– Non, car après s'être senti surveillé, il est rentré en Allemagne en me remettant toutefois quelques éléments de son enquête.

– Lesquels, s'il te plaît ?

– Hans m'a d'abord certifié qu'il existait en France deux, voire trois de ces cellules combattantes néonazies.

– Et ensuite ?

– Que toutes entretiennent des liens privilégiés avec le Hezbollah libanais. Je peux même t'affirmer aujourd'hui que le grand commandeur se rend régulièrement à Beyrouth.

– Et dans quelle intention ? questionnai-je, intrigué.

– Jean, tu sais comme moi qu'il a toujours existé, depuis les années trente, des liens historiques entre les nazis et les plus extrémistes des Arabes. Le grand mufti de Jérusalem en personne était d'ailleurs à l'origine du recrutement de plusieurs dizaines de milliers de musulmans bosniaques et albanais pour les Waffen SS.

– Continue, je t'en prie.

– Malgré le procès de Nuremberg et la condamnation mondiale des crimes du Troisième Reich, ces liens ont persisté, tantôt sous une forme directe comme avec les Chemises vertes fondées par d'anciens nazis dans l'Égypte de Nasser, tantôt sous une forme plus indirecte ayant inspiré des mouvements nationalistes comme pour celui du Syrien Anton Saada. En fait, non seulement l'alliance « brun-vert » ne s'est jamais éteinte, mais elle s'est renforcée avec la chute de l'Union soviétique, la première guerre du Golfe et, bien évidemment, avec les attentats du 11 septembre 2001. Fidèles aux aspirations d'Adolf Hitler qui tendaient vers le « plutôt islamique que judéo-maçon », les partisans de la guerre des races ont trouvé en l'islamisme non seulement un allié historique mais, mieux encore, un héritier.

– Odin et Allah, pourfendeurs du complot judéo-maçonnique, formulai-je. Je comprends maintenant la raison des visites du grand commandeur au Liban.

– C'est exactement cela, frangin. Grâce aux connaissances du Standartenführer SS Baurnann, grand chantre de la liquidation du ghetto de Varsovie, le grand commandeur, aujourd'hui reconverti comme instructeur auprès du Front de libération de la Palestine, a pu rencontrer il y a six mois le cheikh Nasrallah. Hans m'a même affirmé que, depuis lors, il envoie régulièrement les plus radicaux de ses soldats se familiariser aux techniques du terrorisme. Un certain Jalâl ben Sabbah serait d'ailleurs spécifiquement en charge de leur formation.

– Thomas, tout cela est extrêmement intéressant, mais où veux-tu en venir avec ces révélations ?

– Jean, tiens-toi bien. Ce grand commandeur, dont on ne connaît que le nom d'emprunt, j'ai aujourd'hui la conviction qu'il a infiltré notre Loge et je pense bientôt pouvoir le démasquer.

Une question me brûla les lèvres :

– OK Thomas, je suis tout à fait disposé à t'aider pour faire échouer ce complot infernal, mais pourquoi diable des gens aussi puissants et déterminés s'intéresseraient-ils autant à Akhenaton et non aux Loges de Lyon ou de Marseille ?

– Excellente question, mon frère. Bien qu'il me soit impossible de t'exposer en détail l'histoire de notre obédience, sache qu'Akhenaton est apparentée aux Loges fondatrices du rite ancien et primitif de Memphis-Misraïm. On prétend même que les *Arcana arcanorum* de Cagliostro y seraient encore dissimulés depuis le saccage, sous l'Occupation, des Loges lyonnaises.

Cette heure passée avec Thomas avait été instructive et avait confirmé mon intuition de départ car je n'avais jamais considéré cette affaire criminelle comme classique. Indépendamment du fait que la victime et son environnement étaient francs-maçons, quelque chose m'avait dérangé depuis le début. Le journaliste avait renforcé ce sentiment et m'avait apporté un faisceau d'éléments révélant que le mal était tapi dans l'ombre, prêt à nous dévorer de l'intérieur avant de s'étendre au reste de la société. J'avais pourtant encore de nombreuses interrogations, et des plus dérangeantes : est-ce que Marc avait été tué parce qu'il appartenait au groupuscule néonazi ? Après tout, cela n'avait rien d'insensé quand on se souvenait que sa vie avait été irréprochable. Un agent en mission secrète se doit d'être le plus discret possible et l'existence de Marc demeurait une référence en la matière.

Je partis sur cette hypothèse, bien qu'incapable alors de situer le personnage de Matthieu dans ce puzzle. Les questions se bousculèrent dans mon crâne : aurait-il pu être le grand commandeur ? Et quel rôle pouvait bien jouer ce Pierre Jubeleau ? Je m'apprêtais à bombarder Thomas de nouvelles questions quand le téléphone sonna. C'était sa secrétaire.

– Monsieur Lombard, je suis désolée de vous interrompre, mais j'ai en ligne le rédacteur en chef qui souhaiterait vous parler de toute urgence.

– Passez-le-moi, déclara-t-il.

Thomas parut contrarié par l'interruption de notre conversation. Je vis que, à sa manière, il menait son enquête et voilà qu'une circonstance de mauvais aloi venait tout compromettre. Il poussa quelques soupirs d'exaspération et raccrocha avant de déclarer :

– Mon frère, je suis navré mais je ne vais pas pouvoir poursuivre cette discussion. L'équipe du journal n'a rien trouvé de mieux que d'attendre le vendredi soir pour modifier une série d'articles qui doivent paraître lundi à la première heure.

Je décidai de me lever en convenant avec lui de nous revoir dimanche soir à son bureau.

– Passe à dix-huit heures si tu veux mais donne-moi un coup de fil en début d'après-midi sur mon portable.

Arrivé à la porte de son bureau, je fis soudain volte-face et lançai :

– Une dernière chose, Thomas, donne-moi une bonne raison pour ne pas te compter parmi les suspects ?

Il éclata d'un rire franc et répondit aussitôt :

– Le soir de la cérémonie de Marc, j'avais rendez-vous à Paris avec le patron d'une grande filiale de presse pour un dîner d'affaires. Je m'étais fait excuser auprès de notre vénérable plusieurs jours auparavant.

– C'est une excellente raison, déclarai-je.

– À dimanche soir, frangin.

... L'homme patientait depuis plus d'une heure mais le temps n'avait plus d'emprise sur lui quand ses souvenirs l'emportaient vers cette soirée qui avait vu naître la Nouvelle-Thulé dans la tour nord du Wewelsburg.

Réunis sous le double symbolisme de la croix gammée et du dieu Wotan, cintrés dans leur uniforme brun aux lourds baudriers, ils entouraient le grand commandeur. Celui-ci se tenait au centre d'un soleil noir dessiné sur le sol et répétait quelques syllabes associées à des signes de mains et de doigts. Tous savaient que leur maître était en train d'exercer quelques passes destinées à capter ces fluides subtils qu'il intégrerait secondairement à leurs corps physiques. Déjà, ils percevaient des phénomènes étranges qui s'exprimaient sous la forme tantôt d'odeurs, tantôt de couleurs. Soudain, ils aperçurent sur les longs draps blancs décorés des runes Sigel l'ombre noire d'Ahriman tandis que le grand commandeur clamait haut et fort à leur intention :

– J'ai l'intention d'engager la Nouvelle-Thulé dans la guerre aussi longtemps que je tiendrai le marteau de fer car, frères de l'Ordre noir, n'oublions jamais que notre Dieu est le père du combat et que sa rune est celle de l'aigle.

Au début, le débit et la voix leur apparurent à tous comme normaux, mais bientôt les pensées se développèrent et le rythme des paroles s'accéléra :

– Mes frères, ne comprenez-vous pas que toutes leurs religions se valent ? Demain, elles n'auront plus aucun avenir dans ce nouvel ordre que nous établirons. Notre race vomira bientôt le christianisme et sa morale servile de la pitié et, tous ensemble, nous déchirerons son avatar judéo-maçonnique. Nous apporterons alors à la jeunesse aryenne une foi nouvelle, forte, héroïque, une foi qui puisera sa source en un Dieu immanent dans la nature, immanent dans notre nation et indiscernable du destin et du sang de celle-ci.

Après une légère pause, les phrases se succédèrent sans interruption, scandées par les pas de plus en plus rapides que le grand commandeur décrivait tout autour d'eux :

– Crachons sur leurs subtilités, il est temps d'ouvrir les yeux, ne voyez-vous pas que leur Ancien ou leur Nouveau Testament n'est qu'un gigantesque bluff judaïque. Frères de l'Ordre noir, la Nouvelle-Thulé n'a nul besoin d'hommes qui louchent vers l'au-delà, nous exigeons des hommes libres, des hommes qui savent et qui sentent que Dieu est en eux. Comment procéderons-nous pour abattre toutes ces engeances de chrétiens, de juifs ou de francs-maçons ? C'est tout simple, nous reproduirons à la lettre le programme de leurs églises, de leurs synagogues et de leurs temples, ceux mêmes qui ont souillé et dénaturé les nobles valeurs païennes de nos pères.

Le grand commandeur s'immobilisa et ses yeux fixèrent au plafond un point invisible. Il semblait attendre une grâce spéciale.

– Pâques ne sera plus la résurrection mais l'éternelle rénovation de notre peuple, Noël sera la naissance de notre Sauveur qui est l'esprit d'héroïsme et d'affranchissement de notre race. Frères de l'Ordre noir, je vous le jure devant Ahriman, bientôt notre croix gammée balaiera leur croix et leur compas, bientôt c'est le sang pur de notre peuple qu'ils célébreront à la place de celui de leur messie juif ; bientôt ils feront de leur hostie le symbole sacré des fruits de notre terre aryenne et de notre fraternité.

Il ajouta dans un spasme :

– Je vous l'affirme, tous mangeront notre pain et vous verrez leurs églises de nouveau remplies, mais ce sera notre culte qu'ils célébreront.

Il s'interrompit, donnant l'impression de jauger son auditoire et d'y deviner émotions et aspirations, avant de poursuivre :

– Nous les forcerons tous à détruire leurs croyances que nous saignerons de toute autorité et de tout contenu et nous commencerons par les francs-maçons.

Au même instant, l'envol discret d'un hibou retint l'attention du grand commandeur. Dans sa transe, il réalisa qu'ils étaient épiés. Ses yeux exorbités percèrent alors l'obscurité ambiante et reconnurent la silhouette furtive de Thomas Lombard. Dans une rage féroce, il ordonna à son bras droit de se lancer à sa poursuite et de l'éliminer au plus vite, mais le journaliste faussa compagnie à ce dernier dans l'immense parc du château. Lorsque l'exécuteur revint lui annoncer l'échec de sa mission, il le gifla violemment. Malgré son physique imposant, le soldat chancela sur lui-même. Il lui ordonna alors de réfléchir à la manière d'éliminer au plus vite Thomas Lombard.

Voilà comment l'homme à la moto en était arrivé à patienter devant les locaux du quotidien. Soudain, il vit Gibelain sortir du siège du journal et détourna la tête pour ne pas retenir l'attention du policier. Tout au long de sa planque, il avait pris soin de porter son casque pour ne pas être reconnu par la vidéosurveillance. En arrivant dans le parking, il ôta discrètement la plaque d'immatriculation de sa moto. De cette façon, il n'aurait rien à craindre d'un éventuel témoin en cas de départ précipité.

La nuit tomba, le personnel quitta le journal. Il patienta comme l'exigeaient ses instructions, il n'était pas question d'intervenir tant qu'il restait une personne autre que Thomas Lombard dans le bâtiment. L'homme savait que le patron de *Juste Milieu* veillait souvent jusqu'à une heure avancée de la nuit et il disposait encore de quinze minutes avant l'arrivée des vigiles.

Il consulta sa montre, abaissa le cran de sûreté de son pistolet-mitrailleur dissimulé sous son large blouson et vérifia que sa dague était bien fixée à sa cheville, prête à être rapidement extraite.

Il éprouva un vif sentiment de plaisir et de fierté et se répéta la phrase qui avait accompagné son intronisation dans l'Ordre noir :

Nous croyons dans la mission de notre sang
Nous croyons au peuple porteur de la race.

D'un geste vif, il pénétra dans le bâtiment. Parvenu silencieusement devant la porte du bureau, il ouvrit celle-ci violemment et pointa l'arme sur Thomas Lombard encore sur le coup de la surprise. Il savoura l'instant où le regard de sa victime s'emplit de terreur et pressa sadiquement la gâchette de son Uzi 9 mm. La rafale perfora la poitrine de Thomas qui, sous la violence du choc, fut projeté contre le mur. Son corps glissa doucement vers le sol en dessinant une longue traînée de sang sur la tapisserie d'Aubusson.

L'homme sortit sa dague à tête de mort, souriant à l'idée qu'elle n'avait probablement pas servi depuis la Nuit des longs couteaux.

Il tenait enfin sa revanche.

Oui, le passé commandait bien à l'avenir et le monde allait changer, c'était écrit.

Uriel

Munich
14 mars 1946

Karl Haushofer vida son verre d'une seule gorgée. L'ancien mentor d'Adolf Hitler reposa la tasse d'eau sur le petit plateau en bois blanc et sortit délicatement des deux feuillets de papier de soie le wakizashi dont il avait affûté la lame.

Quelques minutes plus tôt, il était entré dans la chambre conjugale. Profitant du sommeil de son épouse, il avait glissé une capsule de cyanure dans la bouche de la vieille femme en maintenant avec fermeté sa mâchoire. Les molaires avaient alors écrasé la fragile pellicule et libéré le poison. La mort avait été foudroyante.

Tout en saisissant le couteau de sa main droite, il se souvint de l'instant précis où tous deux avaient choisi de mourir. La veille, au cours de leur déjeuner, sa conjointe était brutalement sortie du mutisme dans lequel elle vivait recluse depuis des mois. Elle lui avait alors révélé qu'elle demeurait hantée par la vision du corps d'Albrecht, pendu dans la prison de Ploetzensee par une corde à piano à un crochet de boucher.

Incapable d'affronter le regard accusateur de son épouse, Karl Haushofer avait aussitôt baissé la tête. Une immense culpabilité l'avait submergé en repensant à la journée du 20 juillet 1944. Comment lui, le contre-initiateur du Führer, avait-il pu laisser son propre fils participer à l'attentat fomenté contre le maître du Troisième Reich ? Mais bien plus grave que la mort d'Albrecht, l'occultiste avait surtout été incapable de mener à bien la mission confiée par la société secrète des Bonnets noirs, aujourd'hui disparue sous les décombres de la Wilhelmstrasse.

La bataille de Berlin avait sonné le glas de la Loge 66 avec laquelle l'*Ahnenerbe* et le cercle intérieur de l'ordre SS, les SS Schwarze Sonne, autrefois établis dans la forteresse du Wewelsburg, avaient entretenu des relations des plus mystérieuses. L'entrée des troupes soviétiques dans la capitale du Reich avait précipité la décision du maître de la Loge de magie noire, celui que tous vénéraient sous le titre de gardien de la clef, de disparaître selon l'antique rituel du grand mage Tsongkhapa, le père fondateur des Bonnets noirs. Avec la mort du mage aux gants verts s'était brisé le grand rêve luciférien de s'emparer de la parole perdue comme de retrouver la dernière porte d'accès himalayenne au royaume souterrain de l'Agartha, la terre ancestrale des Aryens.

Son échec lui imposait maintenant d'accomplir le sacrifice ultime, par fidélité au serment contracté lors de son intronisation dans la société secrète tibétaine.

Soudain, Karl Haushofer enfonça la pointe de l'arme blanche au plus profond de son abdomen !

À la manière des bushi du Japon médiéval, il s'éventra lentement de la gauche vers la droite puis, dans un ultime cri de rage, il ôta le wakizashi de l'atroce blessure et bascula vers l'avant en se vidant de son sang.

Bourges
17 novembre 2001, 15 h 36

En ce dimanche après-midi, je contactai mon collègue des renseignements généraux, l'inspecteur Paul Schibeau.

Paul, avec qui j'avais fait l'école de police, était resté l'un de mes plus proches collaborateurs. Il n'hésitait jamais à me donner un coup de main et ses conseils m'avaient plus d'une fois permis de conclure rapidement des enquêtes.

Après quelques minutes au téléphone, Paul me confirma que j'avais affaire à une société secrète très structurée. Il me recommanda la plus grande prudence avant de m'envoyer par le Net tout ce dont il disposait comme informations sur la Nouvelle-Thulé.

Sitôt après avoir raccroché, j'allumai mon ordinateur portable avec grande impatience. Je n'eus pas à patienter bien longtemps car, fidèle à sa parole, Paul me fit parvenir en un temps record les précieuses informations.

La Nouvelle-Thulé avait été fondée par un universitaire lyonnais, le professeur Alain Legris. Passionné d'occultisme depuis l'adolescence, Alain Legris avait commencé son voyage ésotérique en intégrant l'obédience de l'AMORC mais, vite déçu par le factionalisme ambiant, il avait abandonné sans regret cette dernière.

Pour Legris, en effet, toutes les quêtes spirituelles se valaient du moment qu'elles remplissaient la condition d'authenticité. Dans sa conception, templiers, francs-maçons, alchimistes, kabbalistes et rosicruciens pouvaient parvenir au même degré d'éveil de la conscience, quel que puisse avoir été leur cheminement initiatique. Partant de ce principe, l'universitaire avait eu l'idée de fédérer plusieurs organisations ésotériques en organisant à Lyon, en plein été 1970, un séminaire où rose-croix, bouddhistes, soufis et francs-maçons du rite égyptien avaient réfléchi sur le thème de la spiritualité à travers l'initiation.

Malheureusement pour Legris, le colloque ne répondit pas à ses attentes. Fédérer des sociétés ésotériques s'avéra impossible, même si les participants convinrent que seul l'homme demeurait le vecteur principal de tout syncrétisme.

Bien qu'il fût humaniste, les fréquentations d'Alain Legris finirent toutefois par avoir raison de ses bonnes intentions. En s'associant à Francis Arnaud, ancien membre d'Occident chrétien avec lequel il pratiquait l'art de la magie, il créa une structure axée sur l'étude des mythes et des thèmes occultes aryens. Prudents, les deux hommes conservèrent le secret le plus absolu sur leur organisation. Aucun statut ni compte bancaire ne furent établis. Bien évidemment, ils ne manquèrent pas d'attirer autour d'eux les activistes et nostalgiques de tous bords. Ce fut ce jour-là, je crois, qu'Alain Legris perdit définitivement son âme.

En septembre 1992, l'universitaire lyonnais et son associé donnèrent à leur organisation le nom de Nouvelle-Thulé. Au sein de cette dernière, on retrouva un leader fasciste italien, un prêtre intégriste proche de monseigneur Lefebvre, deux vénérables du rite de Memphis-Misraïm ainsi qu'un membre de l'AMORC.

Ma première réaction fut d'être horrifié de constater que des initiés côtoyèrent, sans la moindre aversion, des personnages aussi sulfureux que Francis Arnaud. Ex-adhérent du club de réflexion GRECE (Groupe de recherche et d'études pour la civilisation européenne), c'était un personnage étrange et malfaisant qui sut s'entourer des membres du groupe terroriste de Mark Frederiksen.

Parmi ces derniers, un certain Luc Bélial se distingua particulièrement par son radicalisme et sa grande appétence pour la violence. Hacker et néonazi, Bélial se lassa vite de son occupation principale qui consistait à saturer de messages haineux le site du B'nai B'rith pour se consacrer aux entraînements paramilitaires organisés par le mouvement clandestin NSDAP-AO. Sous la bénédiction de Francis Arnaud, il se rendit à de nombreuses reprises à Lincoln, en plein Nebraska, et se perfectionna dans l'usage des armes à feu et des techniques les plus sauvages du corps-à-corps.

Grands adeptes du syncrétisme, terroristes et fondateurs du groupuscule Alternative nationale, Francis Arnaud et Luc Bélial se proclamèrent alors les ennemis séculaires de la démocratie.

Bon sang ! Ce rapport était un vrai scénario de film d'horreur à lui tout seul. Penser qu'une tentative de fusion entre des mouvements politiques violents et des sociétés initiatiques maléfiques puisse avoir eu lieu relevait du cauchemar.

Je fus aussitôt pris d'une vive inquiétude pour l'obédience maçonnique de Memphis-Misraïm dont le sublime rite servait de couverture à des groupuscules fanatisés et me sentis encore plus investi de la mission de protéger notre fraternité de lumière. Le visage de Thomas se dessina dans mes pensées, je décrochai mon téléphone portable et lui laissai un message au ton alarmiste.

En poursuivant la lecture du rapport, j'appris que les renseignements généraux avaient perdu la piste de la Nouvelle-Thulé en 1998. À cette époque, plus d'une centaine de membres avaient été recensés avant que le groupe ne se volatilise comme par enchantement.

Curieusement, Alain Legris décéda moins de deux ans après la création de l'organisation et on avança longtemps l'hypothèse d'un empoisonnement. Tout cela ne me rappelait que trop bien la mort de Marc. La coïncidence n'avait aucune place ici. Dans mon esprit, Francis Arnaud s'était débarrassé de Legris et des membres les plus tièdes du groupe pour radicaliser la Nouvelle-Thulé et en faire une redoutable machine de guerre.

Qu'avait bien pu devenir aujourd'hui cet homme dont le salut nazi dissimulait le visage sur la vieille photo de mauvaise qualité que Paul m'avait fait parvenir ?

J'en eus soudain assez de voir toute cette haine s'étaler au grand jour et regrettai l'absence de Sarah. J'avais tellement envie de me plonger dans la douceur de son sourire !

Je m'impatientais. Voilà des heures que j'attendais le coup de fil de Thomas. Malgré plusieurs messages laissés sur sa boîte vocale, il ne s'était toujours pas manifesté. Quelque chose ne tournait pas rond, il fallait que j'en aie le cœur net.

J'éteignis l'ordinateur portable que je consultais sur mon lit depuis le début de l'après-midi, ramassai mon arme et sortis. Une sourde angoisse étreignait ma gorge. Je ne mis pas plus de dix minutes pour arriver devant la porte d'entrée de *Juste Milieu*. Mon angoisse s'accentua quand je vis la voiture de Thomas garée sur le parking. Elle n'avait pas changé d'emplacement depuis mon passage, deux jours plus tôt.

Je tentai d'ouvrir la porte d'entrée, mais celle-ci était fermée. Après réflexion, je parcourus l'extérieur du bâtiment en priant pour rencontrer un agent de sécurité. Je n'eus pas à chercher bien longtemps. Deux hommes en combinaison bleue, brodequins cirés et lourdes matraques noires à la ceinture, vinrent à ma rencontre. L'un deux retenait un dogue muselé de près qui tira fortement sur sa laisse quand il m'aperçut. L'homme jura, avant de m'apostropher :

– Que cherchez-vous ?

Peu impressionné, je répondis en sortant ma carte de flic.

– Doucement, les gars, je cherche à rencontrer le directeur du journal avec qui j'ai rendez-vous, il devait me joindre par téléphone il y a plus de quatre heures. Je le connais suffisamment pour savoir que ce n'est pas son genre de poser un lapin à un flic, et en voyant sa voiture sur le parking, j'ai dans l'idée qu'il a des problèmes. Pouvez-vous m'ouvrir, que je jette un coup d'œil ?

L'un des deux agents porta alors son talkie-walkie à la bouche et demanda au central d'appeler le bureau de Thomas. Quelques dizaines de secondes s'écoulèrent avant que la réponse ne fuse :

– Désolé, Laurent, mais personne ne décroche.

– OK, on va faire un tour, répondit l'homme en retour.

En pénétrant dans le hall, je perçus la présence de la mort. Un silence de plomb écrasait les lieux. J'étais comme Thésée à l'entrée du labyrinthe infernal, s'attendant à voir surgir le terrifiant minotaure. L'ascenseur nous déposa rapidement à l'étage de Thomas. La porte de son bureau était fermée et il n'y avait aucun bruit qui laissait supposer la moindre présence. Je sortis le Glock et leur demandai d'ôter la muselière du dogue :

– Tenez-vous prêts, les gars, à trois, on y va !

Je levai alors mon pouce puis mon index en signe de décompte avant de pénétrer violemment, l'arme brandie des deux mains et précédé par le dogue. Une vision d'horreur nous accueillit. Le corps de Thomas pendait, supplicié, les deux bras en croix liés aux deux grosses tringles en acier du rideau. Il était dévêtu jusqu'à la ceinture. Une énorme balafre découpait sa chair en un étrange dessin et une flaque de sang séché gisait près de son bureau en palissandre.

Nous étions tous pétrifiés par le hideux spectacle, tandis que le chien demeurait immobile.

Les larmes me montèrent aux yeux avant que mes automatismes d'enquêteur ne réapparaissent. Je rompis alors brutalement l'ensorcellement de la monstrueuse crucifixion :

– Appelez des renforts et surtout ne touchez à rien, il y a sûrement des indices. Faites gaffe où vous mettez les pieds.

Je rangeai mon arme dans son étui et sortis un stylo et un petit bout de papier afin d'y reproduire le dessin qui couvrait le thorax et l'abdomen de mon ami. Mes émotions refluant doucement, il m'était maintenant possible d'analyser ce qui m'entourait.

La première chose qui me vint à l'esprit fut que le meurtrier devait être enragé. En effet, Thomas devait bien peser dans les quatre-vingts kilos. Porter puis suspendre son corps avait dû lui demander beaucoup d'adresse ainsi qu'une grande force physique.

Le deuxième constat fut de noter qu'il avait été sauvagement abattu avant d'être mutilé et pendu. Le dessin qu'il portait sur son corps avait la forme d'un losange dont les deux côtés inférieurs se prolongeaient en deux lignes droites. On aurait dit une sorte de symbole scripturaire tiré d'un antique alphabet. Le mot « rune » me vint aussitôt à l'esprit, je compris alors que toute cette macabre mise en scène m'était personnellement adressée.

L'assassin avait dû me suivre et attendre mon départ de chez Thomas pour l'exécuter. J'étais donc sur la bonne piste, même si j'avais maintenant la preuve concrète que je mettais en danger de mort tous ceux que j'impliquais dans cette enquête.

La panique s'empara de moi quand je me mis à repenser au silence de Sarah. Je saisis mon téléphone et composai son numéro au plus vite. Plusieurs sonneries s'écoulèrent avant qu'elle ne décroche :

– Sarah, c'est moi, Jean. Quelque chose d'effroyable vient de se produire. Thomas vient d'être sauvagement assassiné.

Des pleurs répondirent à ma phrase. Je réussis toutefois à comprendre entre deux sanglots quelques mots qui m'ébranlèrent :

– Tout cela est de ma faute, je n'aurais jamais dû te parler de lui. Je maudis le soir où je t'ai rencontré et, plus encore, ces heures où nous avons fait l'amour. Laisse-moi, Jean, ne cherche plus à me revoir ni à m'appeler. Sors de ma vie et quitte cette ville.

– Écoute-moi, Sarah, je...

Elle raccrocha subitement en me laissant KO debout.

Des bruits de portières claquées et de pas pressés me ramenèrent à l'enquête, malgré la brûlure des mots de Sarah qui dévorait mon cœur. Nicole Allard et ses inspecteurs pénétrèrent en force dans la pièce. L'un d'entre eux siffla entre ses dents quand il vit Thomas.

– Eh bien, commissaire, on dirait que vous vous êtes surpassé, me lança-t-elle sarcastique. Non seulement j'apprends que vous avez rencontré cet homme sans m'en avertir mais, mieux encore, il se fait brutalement assassiner sitôt après votre passage. Vous savez quoi ? Je crois que votre divisionnaire va vous féliciter après le coup de fil que je ne vais pas manquer de lui donner demain matin.

Je sortis en faisant mine de ne pas porter attention à sa dernière phrase. La mort de Thomas, la réaction brutale de Sarah et maintenant les reproches de Macabone, cela commençait à faire beaucoup pour un seul homme. Je fus pris d'une sourde envie de me saouler, vite chassée cependant par l'espoir fou de convaincre Sarah de revenir sur sa décision.

... L'homme était arrivé au bas de l'immeuble un quart d'heure plus tôt et, comme d'habitude, il n'avait éveillé aucun soupçon. Pour l'avoir surveillée des heures durant, il savait que la fille était une habituée des bains de minuit. Il prit alors tout son temps pour crocheter la serrure.

Il s'installa ensuite confortablement dans le canapé, abaissa sa cagoule noire et sortit sa dague. Il n'avait plus qu'à être patient.

Sarah sortit de la salle de bains quelques minutes plus tard, encore bouleversée par la nouvelle de la mort de Thomas Lombard. Une suave odeur d'amande douce et de lavande l'accompagnait. La lourde main s'abattit sur sa bouche tandis que la pointe effilée de l'arme blanche entaillait sa jugulaire.

– Écoute-moi bien, siffla la voix, pour moi tu n'es rien. Alors, tu réponds à mes questions, sinon je te crève.

L'homme prononça ces derniers mots accompagnés d'un rire cruel. Sarah, les yeux déformés par l'effroi, comprit immédiatement qu'elle avait affaire à un tueur de la pire espèce. La perspective de mourir ne fit alors aucun doute dans son esprit. Elle hocha la tête en signe d'acquiescement, histoire de gagner du temps.

– Très bien, je vois que tu piges vite. Alors écoute-moi bien car je déteste me répéter, cela me met hors de moi et quand je suis en colère...

Il s'interrompit avant de lui glisser à l'oreille :

–Je tue.

Il la poussa vers le canapé. Elle trébucha et manqua de heurter la table basse rectangulaire sur laquelle était posé un petit cendrier en porcelaine.

–Jude, je suis un soldat envoyé par le grand commandeur. Mon nom est Luc, c'est quoi, le tien ?

Un sourire sadique figea son visage dissimulé sous la cagoule :

– Mais c'est bien sûr, tu es Sarah Richard. Un vrai nom de juif. Juive et franc-maçonne, j'ai beaucoup de chance aujourd'hui.

Il conclut alors son infernal monologue :

– Vois-tu, Jude, je crois que nous allons bien nous entendre.

Pour la première fois, elle put le dévisager en entier. Il avait tout du tortionnaire nazi avec sa taille prise dans un blouson de cuir noir bien ajusté et prolongé par un pantalon de la même matière. De lourdes bottes sombres à bouts métalliques achevaient de lui donner un air terrifiant. Elle crut reconnaître un démon lorsqu'elle aperçut, scintillantes sur le revers du blouson, deux petites lettres S en argent ! Les mains à la taille, il la toisa de ses yeux gris d'acier, la bouche serrée entre deux lèvres minces, les muscles saillants sur ses mâchoires carrées. Il rengaina sa dague dans sa botte droite et porta sa main dans sa poche intérieure pour en sortir une paire de menottes. Sarah comprit qu'il allait la torturer, dans un dernier sursaut de fierté, elle se rebella. Elle saisit le cendrier et le jeta au visage de Luc.

Il esquiva le projectile sans difficulté et la gifla avec violence. Une onde de douleur traversa tout son corps. Pour un peu, elle aurait presque souhaité perdre connaissance pour ne plus avoir à croiser le regard de ce loup à face humaine. Luc saisit le poignet de Sarah et le fixa au radiateur derrière le canapé.

– Tu aimes souffrir, je vois, et c'est tant mieux car je vais en profiter, sale Jude.

Il prononça ce mot avec une haine qui amplifia la douleur qui résonnait encore dans la tête de la jeune femme.

Luc se dévêtit, il portait sous son blouson un col roulé de couleur noire. Un brassard avec un étrange dessin en forme de losange lui serrait le bras. Il était grand et musclé et sous ses gants, on devinait de larges mains d'étrangleur. Sarah sut qu'il lui briserait le cou aussi facilement que l'on brise une allumette. Elle se sentit totalement impuissante.

Luc exhiba son arme fétiche du sac à dos posé derrière la porte d'entrée. Il vissa doucement le silencieux sur le canon de l'arme tout en revenant vers sa victime. Il déposa sur la table le mini-Uzi et saisit Sarah par les cheveux, l'attirant vers lui :

– D'abord, je vais t'apprendre à m'obéir puis nous discuterons.

Il se redressa et pointa son arme vers la série de pots à thé qu'elle avait ramenée de Kyoto quelques années auparavant.

– Voici le moment que je préfère, déclara-t-il.

Il pressa la détente du pistolet-mitrailleur qui cracha son pouvoir destructeur. Le premier pot bleu explosa en plusieurs milliers de morceaux sous la violence de l'impact. Luc jubila et pointa l'arme dans la direction de la seconde et de la troisième poterie. Une sourde trépidation désintégra les deux objets, laissant planer une fine poussière rouge dans toute la pièce.

– OK, à ton tour maintenant. J'ai hâte de l'essayer sur ton corps de chienne en chaleur.

Sarah avait de la peine à maîtriser les sanglots de terreur qui écrasaient sa gorge, mais elle était bien décidée à ne pas donner l'image d'une victime résignée à son sort. Quitte à mourir, elle ne lui donnerait pas ce plaisir qu'il attendait de la voir le supplier. Sa fierté le lui interdisait. De plus, elle savait qu'une telle attitude n'aurait eu pour effet que d'accentuer son sadisme. S'il fallait en finir, c'est debout qu'elle affronterait son bourreau. Elle rassembla tout son courage et lui lança, une lueur de défi dans les yeux :

– Que voulez-vous savoir ?

Pendant une fraction de seconde, Luc parut étonné, comme s'il ne s'attendait plus à trouver chez elle une étincelle de dignité. Il rangea son arme et s'approcha d'elle :

– Voilà les règles du jeu : je pose les questions et si la réponse me satisfait, on passe à la suivante, sinon je vais me faire plaisir en dessinant, morceau par morceau, un symbole aryen sur ton corps de juive, compris ? Et je suis certain que ton pourri de commissaire appréciera mes talents comme avec Lombard.

Pour mettre sa menace à exécution, il exhiba la dague à tête de mort qu'il planta violemment dans la table basse.

– Première question : ton enflure de flic, il en est où ?

Elle lui expliqua que, bien qu'il ne possédât rien de concret, le policier avait acquis la certitude que la mort de Marc relevait du complot. Il était persuadé qu'il se tramait quelque chose de redoutable au sein de la Loge. Gibelain était parvenu à cette conclusion après avoir écarté les pistes du crime passionnel et financier.

Luc parut satisfait de sa réponse et enchaîna :

– Deuxième question : qu'est-ce qu'il foutait chez Lombard vendredi soir ?

Sarah fit le récit entier de leur conversation du restaurant en mentionnant que le commissaire tenait à en savoir davantage sur la crise qui avait sévi entre Matthieu Letellier et Pierre Jubeleau.

– Il pense que cela a un lien avec le crime, ajouta-t-elle, mais il ne voit pas dans quelle mesure.

– Et toi, pauvre conne, tu lui as fait comprendre que cette balance de Lombard était le seul mec à pouvoir lui servir d'indic, interrompit Luc.

Elle évita de croiser son regard, histoire de ne pas lui donner un prétexte pour la violenter à nouveau.

Il ajouta :

– Je vais te buter pour avoir fait ça et après je vais me faire ton fouille-merde de Paris.

Luc arracha sa dague de la table en acajou à jamais mutilée et joua avec sa lame sur le cou de la jeune femme. Sarah sursauta mais se reprit à nouveau. Tremblante, elle tenta de le raisonner et se mit à lui parler doucement comme pour exorciser la certitude qu'il allait la tuer, puisqu'elle avait répondu à toutes ses questions. Luc porta son index sur sa bouche et lui fit signe de se taire. Il n'avait plus besoin d'elle maintenant qu'il s'était fait son idée quant aux indices de Gibelain. Il se pencha vers Sarah et fit glisser sa dague depuis sa carotide jusqu'à son sein gauche. Il était si proche que la jeune femme pouvait inhaler son haleine fétide. Sarah repoussa difficilement un haut-le-cœur. La lame ensanglantée s'attarda sur la poitrine de la jeune femme avant de se déplacer vers son abdomen et le creux de ses reins.

– Maintenant, Jude, il est temps que l'on s'amuse un peu, fit-il en lui arrachant brutalement sa sortie de bain.

Sarah tenta de hurler mais la main de Luc lui écrasa la trachée.

– Tu vas fermer ta grande gueule ou sinon je te découpe, fit-il alors en feignant de dessiner une large arabesque sur sa poitrine.

Elle tenta de se contrôler et s'en voulut aussitôt de s'être laissé embarquer dans une histoire qui ne la concernait pas. Un vestige de colère succéda à la peur. De quel droit Gibelain l'avait-il mêlée à tout cela ? Décidément, les hommes n'avaient su que la faire souffrir.

Soudain, la sonnerie du vidéophone déchira l'écrasant silence de mort. Luc sursauta :

– Qui attends-tu à cette heure, espèce de pute ?

Il la détacha du radiateur et lui écrasa le bras tout en la poussant vers le combiné. C'est alors que Sarah reconnut le visage de Gibelain. Elle regretta profondément d'avoir été si brutale au téléphone avec le policier quelques heures plus tôt. Dans un acte désespéré, elle tenta de se libérer de l'emprise de son tortionnaire et d'arracher le combiné mais Luc réagit aussitôt. Il frappa la jeune femme d'un uppercut au menton. Sous l'effet du choc, Sarah fut projetée en arrière et sa tête heurta brutalement le mur. Elle s'affaissa sur elle-même tel un pantin désarticulé.

Persuadé de lui avoir brisé le crâne, Luc se tourna vers le vidéophone. Il observa le visage décomposé de Gibelain et sourit. Il tenait enfin sa revanche, et quelle revanche ! Le même jour, il avait réussi à éliminer une pourriture de journaliste, un sale flic et sa pouffiasse. La Nouvelle-Thulé pourrait être fière de lui. Il rechargea le mini-Uzi et sortit en ignorant le corps de Sarah. En refermant la porte, il remercia les dieux du Walhalla.

En arrivant devant la porte cochère de l'immeuble de Sarah, l'assurance de Gibelain s'envola spontanément. Les derniers mots de la jeune femme et la vision du corps supplicié de Thomas tournoyèrent alors dans son esprit et soulevèrent des vagues de culpabilité. Surmontant son émotion, le policier puisa dans son amour-propre et pressa par trois fois le bouton du vidéophone. Son cœur battait à tout rompre. Il prépara ses mots et pria pour être convaincant car il se sentait ridicule et stupidement mélo.

Le silence de Sarah lui porta le coup de grâce et réveilla ses vieilles blessures. Il sut qu'il ne trouverait jamais le sommeil et tourna les talons.

Cette nuit, plus que jamais, il boirait jusqu'à plus soif, persuadé que seuls la pluie et l'alcool effaceraient ses souvenirs.

Luc enfourcha la BMW et aperçut le commissaire tourner au coin de la rue. Il rangea le pistolet-mitrailleur sous son épais blouson et s'accorda quelques instants de répit. Déterminé, il démarra sa lourde machine et remonta en quelques secondes la ruelle déserte que venait d'emprunter sa future victime.

Tout en roulant à vitesse modérée, il contracta fortement ses jambes pour maintenir la BMW dans une trajectoire rectiligne. En équilibre, il glissa alors la main droite dans son blouson pour saisir son arme fétiche. Dès qu'il serait parvenu à sa hauteur, il exécuterait le policier d'une rafale en pleine tête.

Sur le point de faire feu, il jeta un dernier coup d'œil furtif dans ses rétroviseurs. C'est alors qu'il aperçut, à moins de cent mètres derrière lui, une voiture de la BAC sortie de nulle part. Il dissimula aussitôt l'arme et accéléra en injuriant Gibelain lorsqu'il le dépassa.

L'accélération brutale de la moto et la bordée d'injures firent sursauter le commissaire qui se retourna vivement et s'écarta par réflexe de la chaussée. Malgré l'effet de surprise, ses automatismes reprirent spontanément le dessus.

L'absence du moindre signe d'immatriculation de la BMW sonna comme un avertissement.

Mon retour à l'hôtel fut difficile, je culpabilisais au maximum. J'avais l'impression que le sort s'acharnait sur moi comme pour me faire payer les quelques moments de bonheur de ces derniers jours.

Je savais que noyer mes désillusions dans la vodka n'était en rien la solution mais j'étais si désarmé et abattu... Ivre, la vie apparaît toujours simplifiée, même si ce n'est qu'un mensonge. J'avais besoin de me mentir pour tenir le coup. J'avais pourtant pris pas mal de raclées dans cette chienne de vie mais aujourd'hui, j'en aurais chialé.

Un dernier vestige de ce que certains nommeraient le sens du devoir se fit toutefois entendre. Je décidai de m'arrêter au commissariat pour envoyer à mes collègues des renseignements généraux une copie du dessin qui avait été tracé sur le corps de Thomas. J'espérais qu'une bonne nouvelle viendrait bientôt atténuer ma culpabilité et les reproches de mes supérieurs.

Il y avait plus de vingt minutes que je marchais à la recherche du bar de nuit que le portier de l'hôtel m'avait indiqué à mon arrivée. Bourges dormait tranquillement et une petite pluie fine et glacée apparut. Le vent se leva et me rabattit quelques gouttes dans le visage sans m'arracher à ma langueur. Un vieux piano se mit à geindre au fond d'une ruelle sombre et je reconnus *In a Sentimental Mood*, de Duke Ellington. J'étais arrivé à destination.

Quand je poussai la porte du Stan-Getz, quelques regards se tournèrent dans ma direction. Je reconnus la même peine sur les visages de ces hommes et de ces femmes qui sont devenus, avec le temps, mes compagnons d'infortune. Je suis un pilier de bar, je l'avoue avec honte, mais quand il n'y a plus personne autour de vous pour vous soutenir lorsque vous trébuchez, alors vous vous accrochez à ce qui reste. La vodka m'avait permis de me passer d'Anne, elle réussirait bien encore une fois avec Sarah. Je pris place au comptoir.

Je ne me souviens pas combien de vodkas orange j'ai pu avaler ce soir-là, mais je crois bien avoir pulvérisé un triste record. Le comble fut atteint quand le barman dut me menacer d'appeler la police pour me faire vider les lieux. Il est vrai que les événements de la soirée m'avaient rendu amer et agressif. Je ne supportais plus la moindre frustration, j'étais comme une pile électrique survoltée. La perspective de voir Nicole Allard débarquer et me mettre à l'ombre pour tapage nocturne me ramena toutefois à la raison. J'obéis alors en chancelant.

Sur le retour, je me trompai de chemin et fis plusieurs fois le tour de cette fichue ville. Je dus m'arrêter à plusieurs reprises pour vomir et ma tête de déterré effraya plus d'un passant. Par miracle, je ne rencontrai aucun de mes collègues en patrouille, si bien que j'affirme aujourd'hui qu'il existe un bon Dieu pour les alcooliques car il était cette nuit-là avec moi au Stan-Getz. J'étais tellement torché que je ne me souviens plus comment je pus retrouver ma chambre. Une chose est sûre, c'est que je fus très étonné, le lendemain matin, de me retrouver tout habillé dans mon lit. Je n'avais même pas enlevé mes chaussures ! Mon Dieu, quelle cuite je devais tenir !

J'eus beau sauter dans la douche et avaler plusieurs comprimés d'aspirine, je fus incapable de me débarrasser du marteau-piqueur qui trépidait dans mon crâne. La journée commençait mal et, après réflexion, j aurais mieux fait de rester couché car, ce jour-là, je fus copieusement servi en emmerdements.

La série infernale débuta par un appel du Corse, fou furieux. Ma chère collègue Nicole avait dû mettre le paquet car, en quinze ans de service avec Macabone, je n'ai pas souvenir d'avoir été engueulé à ce point.

Malgré la teneur de ses propos, j'étais trop malade pour réagir et sus rester zen.

Deux heures plus tard, ce fut l'avocat de mon ex que j'eus au téléphone. Il me somma de lui régler au plus vite la pension alimentaire du mois passé. Inutile de dire que, après le coup de fil de mon boss, je n'étais pas dans les meilleures dispositions pour entendre les exigences d'Anne. Je l'envoyai donc rapidement balader, malgré ses menaces et ses injonctions.

J'en étais à penser que les lundis sont des journées qui ne devraient jamais exister quand le téléphone sonna pour la troisième fois. C'était, cette fois-ci, mon banquier qui me demandait de combler dans les plus brefs délais mon découvert. D'après lui, j'étais dans le rouge et il menaça de me retirer chéquier et carte de crédit ! Je lui raccrochai violemment au nez.

Après coup, j'en vins à penser que tout ce joli petit monde s'était donné le mot pour me pourrir l'existence et, comme j'avais déjà eu plus que ma dose en mauvaises nouvelles, j'éteignis mon portable et sortis respirer l'air frais du Berry.

À mon retour, quelle ne fut pas ma surprise de trouver Matthieu dans le hall de l'hôtel, patientant un journal à la main !

Il se leva et accompagna sa poignée de main d'un sanglot.

– Bonsoi, Jean. Je suis venu car j'ai appris la mort brutale de Thomas.

Je répondis d'un ton peu amène :

– Je suis désolé, Matthieu, mais ce n'est pas le moment. Tout le monde me tombe dessus à bras raccourcis depuis ce crime odieux. J'ai probablement fait une connerie mais j'étais loin d'imaginer que l'assassin était au courant de mes faits et gestes et qu'il tuerait à nouveau.

– Je sais, Jean. Tu n'es pas responsable. Je suis seulement triste. Marc hier puis Thomas aujourd'hui, quand donc cette liste infernale prendra-t-elle fin ?

Il me regarda avec l'intense espoir d'obtenir la réponse qui, seule, lui rendrait cette paix du cœur perdue un soir de février.

Je fus incapable de lui dire que j'étais dépourvu du moindre indice, que mes collègues se déchaînaient pour m'enfoncer et que mon supérieur envisageait de me retirer l'enquête. Alors je mentis, mais que pouvais-je faire d'autre ?

– Bientôt, Matthieu. Les choses avancent plus vite qu'elles ne le laissent paraître mais je ne peux rien te dire, tu t'en doutes.

– Excuse-moi, Jean. Ma réaction était inappropriée mais j'ai tellement mal. Marc était mon unique enfant et ma seule raison de vivre.

La peine de Matthieu était contagieuse. Elle me rappela le jour maudit où j'appris la disparition brutale de mes parents. Un besoin mutuel de réconfort nous rapprocha. Je vis alors en Matthieu le père que j'avais perdu et je crois qu'il me regarda comme un nouveau fils que la fraternité lui avait donné.

– Écoute-moi, mon frère. Je suis sur le point d'arrêter l'ordure qui est responsable de tous ces crimes. Alors, accroche-toi car tout cela n'est qu'une question de jours. Fais-moi confiance.

– Merci, Jean, n'aie crainte. J'ai confiance en toi.

Matthieu repartit, les épaules voûtées et la démarche mal assurée, avec le peu d'espoir que je pus lui donner. Cependant, sa poignée de main me confirma qu'il avait conservé la force que seuls des initiés de haut rang savent exprimer dans l'épreuve. Il sortit dignement. Je clôturai alors cette sinistre journée en contactant l'énigmatique Pierre Jubeleau qui, à ma grande surprise, accepta de me rencontrer dès le lendemain soir.

Le vent allait peut-être enfin tourner.

Gabriel

Vienne
12 décembre 1948

Wilhelm Höttl reconnut immédiatement l'écriture d'Adolf Eichmann. D'une main hésitante, il ouvrit l'enveloppe et exhiba le pli qui accompagnait le petit carnet de notes. Dans sa lettre, l'organisateur de la Shoah félicitait son ancien assistant pour son recrutement par les services alliés du contre-espionnage. En termes élogieux, le criminel de guerre insista sur le zèle de l'homme qui avait dévoilé au tribunal de Nuremberg le secret d'État du Troisième Reich : l'anéantissement de six millions de victimes juives.

Une ébauche de sourire sadique se dessina sur le visage de l'ancien officier SS. Il avait toutes les raisons de se satisfaire de la situation de guerre froide qui envenimait les relations entre Staline et ses alliés d'hier.

Malgré sa responsabilité dans la déportation de centaines de milliers de juifs hongrois, Höttl avait su marchander auprès des autorités militaires américaines sa qualité d'ancien conseiller politique du représentant du Führer à Budapest. Les connaissances qu'il avait conservées de l'autre côté du rideau de fer lui avaient rapidement valu de se retrouver à la tête des réseaux de renseignement « Mont Vermont » et « Montgomery ».

Il ricana en réalisant combien il avait su se rendre indispensable. Jamais il n'aurait pu imaginer après Nuremberg qu'il en viendrait à recruter des tortionnaires nazis pour les Alliés.

Profitant de la situation de crise engendrée par le blocus de Berlin, Wilhelm Höttl était passé maître dans l'art de manipuler le Counter Intelligence Corps. Il utilisait à la perfection les informations des agents Edi et Walter éminemment précieuses pour Washington, toujours avide du moindre renseignement sur les déplacements des unités de l'Armée rouge.

Il parcourut la lettre de l'organisateur de la « solution finale » et demeura stupéfait par la deuxième page du courrier. Eichmann lui demandait d'exfiltrer vers Rome la veuve et le fils du Sturmbannführer Herbert Hagen avec lequel il s'était rendu en Palestine dix ans plus tôt.

Adolf Eichmann le sommait d'agir seul pour éliminer le risque d'infiltration du principal canal clandestin du réseau ODESSA et lui confirmait qu'Inge et Dieter Hagen seraient pris en charge par le prêtre oustachi Krunoslav Draganovic qui s'occuperait alors de les installer en Europe ou en Amérique du Sud.

Avec la missive, il trouva deux cartes d'identité dont il admira la qualité de la copie. Pourvus des photos d'Inge et de Dieter, les documents mentionnaient les noms de Louise et de Francis Arnaud.

En lisant le premier post-scriptum annoté sur le verso de la page, il comprit aussitôt la raison de son étonnement. Eichmann avait tout simplement utilisé pour les fugitifs les authentiques identités de deux des victimes de la rafle d'Izieu du mois d'avril 1944.

Pour avoir lui-même supervisé l'entrée des trains de déportés au camp d'Auschwitz-Birkenau, Höttl savait que le petit enfant juif et sa mère avaient péri dès leur arrivée dans les chambres à gaz du camp d'extermination. Il admira alors secrètement l'idée d'Adolf Eichmann qui utilisait dorénavant l'organisation obsessionnelle de l'administration nazie pour le plus grand bénéfice d'ODESSA.

Dans le second post-scriptum, le criminel lui ordonnait de remettre en mains propres le carnet de notes personnelles du Sturmbannführer à son fils Dieter, alias Francis Arnaud. Eichmann lui expliquait que l'agenda lui était parvenu au lendemain de l'attentat contre Heydrich et que, en classant les documents d'Herbert Hagen, il avait découvert un petit carnet noir dans lequel le Sturmbannführer avait annoté quelques références au contenu plus qu'énigmatique à l'intention de son fils.

Il y était notamment question d'une Loge de magie noire ainsi que d'une mystérieuse parole perdue dissimulée au sein d'antiques rituels hébraïques et maçonniques. Imperméable aux notes ésotériques des premières pages du carnet, Eichmann avait d'emblée rangé le journal du Sturmbannführer en se promettant toutefois de l'étudier par la suite. La guerre en décida autrement et les événements qui précipitèrent la fin du Troisième Reich lui firent presque oublier sa promesse.

Plusieurs années s'écoulèrent avant qu'Adolf Eichmann ne retrouve, par inadvertance, le petit carnet noir d'Herbert Hagen. Il tenta alors à maintes reprises de déchiffrer les commentaires hermétiques de son ancien collègue mais pas plus que la première fois, il ne réussit à percer les secrets du Sturmbannführer.

C'est alors que le criminel avait compris subitement pourquoi sa tentative était vouée à l'échec et pourquoi il ne comprendrait jamais les mots de l'officier SS : il tenait entre ses mains un testament occulte !

Wilhelm Höttl brûla la missive et rangea le carnet noir et les papiers d'identité de Louise et de Francis Arnaud dans la large poche de son manteau, puis il ramassa la petite clé qui ouvrait le casier n° 19 de la consigne de la gare de Westbahnhof et sortit. Pendant une dizaine de minutes, il marcha d'un pas nonchalant en direction du Hofburg pour s'assurer qu'il n'était pas suivi.

Réconforté, il s'engouffra alors dans le premier taxi qu'il aperçut et prit aussitôt la direction de la boîte aux lettres du réseau ODESSA.

Vallée du rio Madidi Bolivie
15 mars 1949

Francis Arnaud ouvrit le petit carnet du Sturmbannführer Hagen. Malgré ses treize ans, dès les premiers sigles et croquis qui parsemaient le recueil, il comprit tout le caractère sacré de la quête des SS Schwarze Sonne et de la Loge 66.

Il implora alors Ahriman de l'aider à poursuivre la mission de son père et jura au démon qu'il retrouverait la parole perdue.

Soudain, chacune des lettres de l'officier rayonna devant ses yeux avant de tourbillonner violemment dans son esprit tel un infernal svastika, tandis que l'écho du cri du condor répondait à son serment.

Bourges
19 novembre 2001

À vingt heures, comme convenu, je me présentai au domicile de Pierre Jubeleau. Le premier surveillant d'Akhenaton résidait dans l'une de ces maisons de maître entourées d'un vaste parc. Il me vint aussitôt à l'esprit que c'était l'endroit idéal pour tendre une embuscade.

La mort brutale de Thomas m'avait réellement traumatisé au point de me rendre parano. Je ne me séparais plus de mon arme dont je gardais d'ailleurs le cran de sûreté abaissé.

Je sonnai à l'interphone, une voix sèche et métallique répondit aussitôt : « Commissaire Gibelain, entrez, je vous ouvre. »

La lourde grille en fer forgé noir s'écarta et me laissa pénétrer dans le grand jardin de l'hôtel particulier. Je regrettais presque d'avoir accepté si vite cette invitation, mais il était trop tard pour faire machine arrière. Il allait falloir que je m'adapte, et vite...

La porte d'entrée était grande ouverte. Ici et là, s'échappèrent martialement des airs musicaux rythmés par des cuivres et des chœurs de femmes : *La Walkyrie* de Wagner chevaucha, menaçante, jusque sur le perron.

– Aimez-vous cette musique, commissaire ?

Pierre Jubeleau tenta de dissimuler derrière un sourire de circonstance le ton froid qui accompagnait sa question.

– J'avoue préférer « L'enchantement du Vendredi saint » de *Parsifal*.

– Je vois que j'ai affaire à un véritable mélomane et je m'en félicite. Prends place, mon frère, tu es le bienvenu.

– Merci, répondis-je, apprends tout d'abord que ce n'est pas le commissaire de police qui ce soir te rend visite mais un frangin en difficulté, pour ne pas dire en détresse.

Ce dernier mot eut pour effet de le surprendre. Une satisfaction contenue brilla dans ses yeux.

– Vois-tu, poursuivis-je, l'enquête que l'on m'a confiée n'a pas le moindre sens. Marc Letellier n'avait aucune raison objective d'être assassiné, pas d'ennemi, pas de soucis d'argent et une vie privée digne d'un cistercien, c'est te dire !

Il éclata d'un rire franc, l'atmosphère se détendait, je profitai de mon avantage :

– Quant à la mort de Thomas, c'est incompréhensible ! L'assassin s'est acharné sur lui avec une sauvagerie digne d'un dément. Cependant ma venue n'est pas directement liée à cette enquête.

– Ah bon, et en quoi puis-je t'être utile alors ? répondit-il, étonné.

– Ce soir, Pierre, c'est d'ésotérisme et de maçonnerie dont je veux te parler. Peut-être trouverai-je là l'inspiration nécessaire pour avancer dans ma traque du tueur fou ? J'ai appris que nous partagions d'autres valeurs, bien que plus profanes, fis-je d'un clin d'œil, et j'ai pensé qu'elles pourraient enrichir notre discussion.

La vue de ma bouteille de Smirnoff soigneusement enveloppée sembla partiellement lever le doute du premier surveillant d'Akhenaton. J'avançai avec précaution et réalisme :

– La fraternité de ma Loge me manque, comme sa spiritualité, sans compter que le rite de Memphis-Misraïm m'est inconnu. Tu comprendras alors que j'aie beaucoup d'interrogations.

Il se leva et partit chercher deux verres dans le bar qui se tenait au fond de la pièce. En étudiant les lieux, je notai que le salon était en ordre et le mobilier raffiné mais tout cela était insuffisant pour dissimuler l'étrange atmosphère de l'endroit. Il revint pendant que j'étais occupé à ouvrir la précieuse bouteille.

– Alors, par quoi veux-tu que nous commencions ?

Je décidai de jouer la carte de l'orgueil :

– Pierre, je ne suis qu'un jeune maître qui croyait, il y a peu, que la franc-maçonnerie se limitait aux Loges bleues jusqu'à ce que j'entende parler des mystérieux hauts grades. Je sais bien que cela ne relève pas de mon niveau mais Thomas s'est plu à me souligner ton sens de la fraternité et ta qualité de grand cherchant.

Une onde d'intense satisfaction parcourut le visage du premier surveillant, ma phrase le stupéfia et la partie tourna en ma faveur. Je poursuivis :

– Il semble que tu aies su guider avec succès nombre de frères dans leur quête spirituelle, permets-moi de te révéler que j'aimerais être de ceux-là.

Il s'interrogea sur ma sincérité mais son désir de briller balaya sa réticence :

– Mon frère, ce que je vais te dire doit rester confidentiel car la connaissance distillée dans les hauts grades ne doit être enseignée qu'aux frères faisant preuve d'une authentique volonté de perfectionnement et d'engagement, et je crois sentir en toi ces valeurs.

Je lui laissai aussitôt paraître l'image du disciple soumis avalant les paroles de son maître. Il adora et me fit son exposé :

– Mon frère, je ne te ferai pas l'affront de te rappeler qu'il y a aujourd'hui dans le monde plus de six millions de francs-maçons répartis en deux grandes familles : celle de la franc-maçonnerie régulière dirigée par la Grande Loge unie d'Angleterre et celle connue sous l'appellation de franc-maçonnerie libérale ou irrégulière, héritière directe des idées de la Révolution française. Cette seconde famille s'exprime à travers plusieurs obédiences dont les plus importantes sont au nombre de quatre en France, avec deux masculines, une féminine ainsi qu'une mixte.

Je hochai la tête en signe d'assentiment.

– Là où tout se complique, poursuivit-il, c'est que ces mêmes obédiences pratiquent toutes des rites spécifiques, sans oublier le fait que plusieurs rites peuvent être pratiqués dans une seule et même obédience. On estime qu'il existe plus de cinquante rites maçonniques pratiqués dans le monde mais, quels qu'ils soient, les trois premiers grades de l'apprenti, du compagnon et du maître sont communs à toutes les obédiences et présents dans tous les rites.

Il reprit son souffle.

– Chaque rite porte en lui comme une signature. Certains sont empreints d'alchimie, d'autres de kabbale, d'autres encore soulignent symboliquement le travail des maçons opératifs du Moyen Âge et il en existe de plus chevaleresques qui font appel aux valeurs des légendaires templiers. Cependant, le rite maçonnique de Memphis-Misraïm est probablement l'un des plus hermétiques et ésotériques qui soit et je n'hésiterai pas à dire qu'il est aussi l'un des plus complets.

Cette première longue tirade l'avait assoiffé et il vida son verre de vodka d'un seul trait. Après l'orgueil, l'alcool était manifestement le deuxième talon d'Achille du premier surveillant. Sans plus attendre, j'enchaînai :

– Pierre, tu évoques l'alchimie, la kabbale, l'hermétisme, mais je n'en ai jamais entendu parler et je suis pourtant maître.

Il devait être habitué à entendre fréquemment ce genre de question car sa réponse fusa :

– C'est normal, la plupart de nos frères considèrent le grade de maître comme l'aboutissement de leur parcours maçonnique. Voilà la raison qui explique pourquoi seulement 20 % d'entre eux parviennent aux ateliers supérieurs qui, ceci dit, ne sont plus sous la direction de l'obédience mais sous celle d'une autre structure désignée sous le terme de Suprême Conseil ou de Grand Prieuré, mais arrêtons-nous là pour l'administratif. Retiens surtout, mon frère, que « hauts grades » est synonyme d'élite et que la qualité ne se conjugue pas toujours avec la quantité. Souviens-toi de l'Évangile de Marc : « À vous, disciples choisis, il est donné de connaître les mystères du royaume de Dieu mais, à la multitude, ces choses sont dites en paraboles afin qu'ils voient et n'entendent pas, qu'ils écoutent et ne comprennent pas... » L'alchimie ou la kabbale sont de puissantes connaissances mais tu les découvriras bien assez vite quand tu rejoindras les ateliers supérieurs.

Tel Lucifer sous les traits d'un ange de lumière, Pierre Jubeleau était doué d'un charisme certain qui, ajouté à son érudition, le rendait fascinant.

– Chaque rite maçonnique possède son système de hauts grades. Prenons par exemple le régime écossais rectifié que tu pratiques. Eh bien, apprends que celui-ci te propose un parcours initiatique en six étapes avec des grades aussi prestigieux que ceux d'écuyer novice et de chevalier bienfaisant de la Cité sainte. En fait, c'est un véritable perfectionnement moral que l'on t'offrira et celui-ci s'opérera sous l'effet d'une connaissance ancestrale du sacré que tu appréhenderas progressivement. D'autres rites te proposeront des cheminements en apparence plus longs, mais garde à l'esprit que leur finalité est identique. Les chemins n'ont ici aucune importance car tous conduisent au même sommet.

Sur cette conclusion, il se leva pour remplacer le CD de *L'Anneau du Nibelung* par celui de *La Flûte enchantée.* Le génie de Mozart retentit alors comme une prophétie du Grand Architecte :

Bientôt, pour annoncer le matin,
Le soleil va briller sur sa voie dorée.
Bientôt, la superstition va disparaître,
Bientôt, la sagesse vaincra.

Pierre se versa coup sur coup deux rasades de vodka sans même porter attention au fait que mon verre était à moitié plein. Il entra dans son monde et je le suivis avec empressement.

– Jean, déclara-t-il, je vais te faire une révélation en te disant que la franc-maçonnerie est une organisation fortement hiérarchisée, gardienne d'un secret qui, de tous temps, lui a valu d'être condamnée et persécutée pour hérésie, et sais-tu quel est ce secret ?

Il se resservit copieusement avant d'ajouter :

– Ce secret, c'est la gnose. La gnose est une connaissance sacrée qui a pour essence l'origine et la destinée de l'âme humaine. Elle est universelle comme le démontre le fait que tu puisses autant la rencontrer dans le bouddhisme tantrique que dans la kabbale hébraïque ou le soufisme musulman, sans parler du shintoïsme, du taoïsme et de l'animisme. Son origine se perd dans la nuit des temps et d'autres, bien avant les francs-maçons, l'ont étudiée et intégrée dans leur démarche de vie. En cherchant bien, tu trouveras leurs récits dans l'Ancien comme dans le Nouveau Testament. Sache néanmoins que détenir cette connaissance n'est pas sans danger car sa puissance n'est pas un vain mot et suscite, depuis toujours, crainte ou envie quand ce ne sont pas les deux réunies. Souviens-toi de la tragédie des cathares et des templiers. La démarche maçonnique est gnostique dans le sens où l'initié acquiert cette connaissance par le biais de symboles et d'allégories. Il poursuit une quête, à l'image de celle des chevaliers de la Table ronde, mais je te laisse le soin de deviner la nature de notre Graal.

Il engloutit la moitié de son verre de vodka et attendit ma réponse. Je décidai de réagir en parfait ignare :

–Je n'en ai aucune idée.

Son ricanement me fit comprendre que mon stratagème fonctionnait à merveille, l'arrogance accompagna sa remarque :

–Mon jeune frère, n'as-tu pas en tête de retrouver la parole perdue, le nom imprononçable de Dieu que seul le grand prêtre avait le droit de citer une fois l'an dans le silence du tabernacle et du temple du roi Salomon ?

Je balbutiai :

–Tu veux dire que...

Il me coupa violemment la parole, estimant que j'étais probablement du genre plutôt lisse-du-plafond. Le mépris vibra dans sa phrase :

–Ce que je veux te faire comprendre, c'est qu'au sommet du triangle maçonnique siège le tétragramme, le nom ineffable de l'Éternel, et le jour où tu découvriras ce nom, tu sentiras sa suprême présence à tes côtés, à tel point que tu ne pourras plus vivre sans elle.

Il s'interrompit brutalement, je crus qu'il allait entrer en transe, le moment me parut idéal pour lancer mon attaque :

–Finalement, tu es en train de me dire que les hauts grades ne sont réservés qu'à une élite intellectuelle et spirituelle, interdite d'accès au plus commun des francs-maçons et *a fortiori* aux profanes. Ce n'était pourtant pas l'idée de l'ésotérisme que je me faisais.

Il but une nouvelle rasade et ajouta :

–Sois honnête avec toi-même, Jean, et dis-moi si je me trompe quand j'affirme que tu es entré en maçonnerie pour te distinguer des profanes. N'est-ce pas déjà une forme d'élitisme ?

Je décidai de ne pas le contrarier et d'entrer dans son jeu :

–Peut-être bien, mais je ne l'ai pas beaucoup perçu jusqu'à maintenant sauf peut-être le soir de l'élévation de Sarah Richard où j'ai senti la toute-puissance du rite.

–Bien, fit-il, je savais que tu finirais par comprendre.

Les vapeurs d'alcool commençaient à faire leur effet et, avec grande difficulté, le premier surveillant contint la spontanéité de ses mots :

–En fait d'élite, elle n'est pas que spirituelle, lança-t-il.

–Que veux-tu dire ?

– Qu'il est arrivé dans l'histoire que les secrets de la connaissance aient fait progresser l'humanité sans qu'elle ne s'en aperçoive.

– Et en quoi l'ésotérisme a-t-il participé au progrès de l'humanité ? répliquai-je.

– Te souviens-tu, Jean, que j'ai évoqué au début de notre conversation que certains rites maçonniques étaient emprunts d'alchimie ?

– Parfaitement, répondis-je, en me demandant d'où le coup allait venir.

– Nombre de découvertes scientifiques ont été rendues possibles par des hommes comme Paracelse qui, tout en cherchant à transmuter les métaux en or, ont réalisé leur propre transformation spirituelle et accompli le grand œuvre. Toutes ces notions d'éléments, toutes ces analyses concernant les interactions entre le sel, le soufre et le mercure, voilà ce qui est à l'origine de la chimie. Dès lors, peux-tu ainsi nier le fait que l'alchimie soit une gnose de la nature dont les fruits améliorent chaque jour la condition humaine ?

Abaissant la tête, je tentai le tout pour le tout :

– Je dois reconnaître que tes comparaisons sont assez convaincantes. Faire partie d'une élite autorise parfois le progrès, à condition de s'entendre sur la définition d'une élite et d'en déterminer le rôle car, si mes souvenirs sont exacts, Hitler aussi était entouré d'une élite composée d'initiés et de mages.

Il me porta un intense regard comme pour m'hypnotiser avant de formuler distinctement sa question :

– Pourquoi fais-tu cette référence à Hitler ?

Intérieurement, je me félicitai de ma manœuvre. Il ne me restait plus qu'à utiliser ma botte secrète pour piéger le fauve qui me faisait face :

– Je vais te raconter une histoire de famille qui va peut-être répondre à ta question. En 1939, un jeune romantique que je désignerai sous le prénom de Michel découvrit l'Allemagne nationale-socialiste à travers un étrange bouquin : *La Gerbe des forces*. Séduit par la prose de son auteur et entraîné par l'enthousiasme de ses vingt ans, Michel est à cet âge où l'on adopte facilement tous les mythes de la révolution et de la jeunesse. L'aspect réprouvé de l'aventure le fascine littéralement au point qu'il s'engage dans la Waffen SS pour rompre avec l'ordre bourgeois de ses parents et scandaliser son entourage. Sa provocation lui coûta la vie puisqu'il disparut dans les combats de rue de Berlin autour de la place Belle-Alliance mais elle engendra surtout l'opprobre familiale car, vois-tu, Michel était le jeune frère de mon père.

Au regard captivé que me lança alors Pierre Jubeleau, je sus immédiatement que j'avais fait mouche. Le récit du plus douloureux des épisodes de ma famille avait porté ses fruits. Le destin avait su se montrer étrangement ironique, à moins qu'il ne se fût agi du karma de Michel Gibelain.

– Mon frère, dit-il sur un ton bien plus authentique qu'auparavant, tu ne sais pas à quel point j'ai été ravi d'entendre l'histoire de ton oncle, cela m'a rappelé combien grande fut l'épopée des idéaux occultes du national-socialisme. Depuis cinquante-six ans aujourd'hui, rares sont ceux qui ont perçu toute la richesse ésotérique rassemblée par l'Ordre noir. Qui, en effet, peut affirmer de nos jours qu'il subsiste un quelconque vestige du noyau traditionnel de l'*Ahnenerbe* dans les groupes néonazis que les médias nous décrivent avec effroi ? Aucun d'entre eux n'est apte à reprendre le flambeau de la Société Thulé ou de la Société Edelweiss. Aucun de ces groupes ne pourra jamais servir la cause d'une Loge 66 comme le fit le cénacle des SS Schwarze Sonne.

Intrigué par sa dernière phrase, j'interrompis mon infernal interlocuteur :

– Je te prie d'excuser mon ignorance, mais je n'ai jamais entendu parler de cette Loge 66 et encore moins de ce cénacle de SS. De quoi s'agit-il ?

Tel un Goebbels des temps nouveaux, Pierre Jubeleau me livra alors le secret de son âme :

– La Loge 66 de Berlin était une Loge de magie noire qui comptait parmi ses membres les plus prestigieux les lucifériens Adolf Hitler, Heinrich Himmler et Karl Haushofer. Chacun d'entre ces hommes servait avec zèle le gardien des clés, un moine tibétain reconnaissable entre tous par le fait qu'il portait des gants verts, insignes de son rang de maître de Loge.

– Mais pourquoi ce nombre 66 ? insistai-je.

– Tout simplement parce que, selon la tradition, il existe 66 de ces Loges dans le monde et que toutes sont composées de

66 membres. Apprends du reste qu'un pacte secret lie chaque Loge 66 et chaque membre de celles-ci à un démon.

– Mon Dieu ! fis-je, glacé d'horreur.

Pierre Jubeleau me dévisagea avec haine :

– Sache que, en échange de leur âme, les puissances infernales accordent à leurs protégés tout ce qu'ils ont pu souhaiter obtenir en termes d'argent et de puissance pour le temps qui leur reste à vivre dans la Loge. Voilà pourquoi tous les membres des Loges 66 sont parmi les plus grands financiers, économistes et hommes d'État que compte le monde. Relis la classification de Gurdjieff sur les sociétés secrètes, et tu comprendras ce que je viens de te révéler.

– Très bien, mais que voulais-tu dire par « le temps qui leur reste à vivre » ? Je ne comprends pas.

– Chaque année, pour permettre l'entrée d'un nouveau membre dans une Loge 66, le plus ancien affilié doit se sacrifier au démon de la Loge. C'est le prix à payer, affirma-t-il en se penchant vers son verre.

Pierre Jubeleau, bien qu'il m'ait horrifié par ses propos, avait excité ma curiosité à un degré que je n'avais jamais soupçonné. La question fusa de mes lèvres :

– Pierre, j'aimerais en savoir un peu plus sur cette classification, pourrais-tu m'en exposer les grandes lignes ?

Il inspira et bomba le torse, fier d'avoir retenu mon attention :

– Selon Gurdjieff, les sociétés secrètes se répartissent en trois niveaux. Le premier d'entre eux correspond aux sociétés dites inférieures, dans lesquelles on retrouve la franc-maçonnerie des Loges bleues. En général, les affiliés de ce groupe adhèrent à un idéal religieux ou philosophique et sont, sous le couvert de passage de grades, soigneusement étudiés avant d'être éventuellement proposés au second niveau des sociétés secrètes.

Sarcastique, Jubeleau annonça :

– En fait, ces sociétés inférieures jouent le rôle de fusible. Au moindre scandale, elles sont livrées en pâture à la vindicte populaire. Mais le plus ironique dans tout cela, c'est que les véritables responsables des campagnes de désinformation et de calomnies sont bien souvent les dirigeants des sociétés secrètes intermédiaires et supérieures.

– Voilà une bonne manière de couvrir ses arrières, prononçai-je.

Tout en faisant mine de ne pas avoir entendu ma remarque, il poursuivit son speech :

– Au deuxième niveau, nous trouvons les sociétés secrètes intermédiaires comme les « illuminés de Bavière » au XVIIIe siècle. Ici, non seulement les adhérents sont inconnus des membres des sociétés inférieures, mais aucune d'entre elles n'est déclarée officiellement car, tu l'as compris, il n'existe pas d'affiliation, c'est une assemblée qui décide de coopter celui qui en a été jugé digne. Inutile de te préciser que si le candidat refuse d'intégrer le groupe, il s'expose à d'inévitables sanctions qui peuvent menacer sa vie car la seule loi qui prime à ce niveau, c'est la loi du silence.

Pierre Jubeleau porta son verre à la bouche tout en déclarant :

– Les membres des sociétés secrètes intermédiaires sont généralement à la tête des principaux rouages des États comme des organisations internationales, leur rôle consiste à gérer puis à exécuter les plans dictés par les sociétés secrètes supérieures.

Durant un court instant, il garda le silence et me fixa froidement avec hésitation, sa volonté de briller une nouvelle fois fut cependant la plus forte :

– Avec les sociétés secrètes supérieures, nous entrons dans le monde de l'occulte. Celles-ci ne regroupent qu'un nombre limité d'adhérents parmi lesquels se trouvent les plus grands ascètes et les plus grands hommes d'État de la planète. Leurs pouvoirs sont immenses et ceci d'autant plus qu'elles sont animées d'une volonté de puissance qui dépasse l'entendement et d'une foi sans pareille en une mission d'ordre universel.

– Un peu comme pour les Loges 66.

– Exactement comme les Loges 66, corrigea-t-il.

– Pierre, fis-je en saisissant mon verre, qui étaient ces SS Schwarze Sonne ?

– Les SS Schwarze Sonne constituaient le cercle le plus interne de l'Ordre noir, son élite ésotérique et l'expression la plus concrète des idéaux occultes de la Société Thulé. Alors que la plupart d'entre eux appartenaient à la Loge 66 de la Wilhelmstrasse, les SS Schwarze Sonne avaient établi leur grand quartier général au sein de la forteresse médiévale du Wewelsburg.

Ils adoptèrent le titre de Schwarze Sonne ou Soleil noir en référence au soleil primordial autour duquel tourne notre astre solaire et que nos anciens reproduisaient sous la forme d'une croix aux branches isocèles, celle-là même qui ornait les fuselages des avions et les flancs des blindés du Troisième Reich.

– Mais qu'est-ce que cette Loge de magie noire tibétaine avait à voir avec ce cénacle de SS ?

– Les SS Schwarze Sonne étaient le bras armé de la Loge 66. Les mages avaient ordonné au cénacle SS de récupérer la parole perdue, la stèle sacrée d'Énoch.

– Bon sang, tu veux parler du mythique triangle d'or sur lequel est gravé le nom propre du Grand Architecte de l'Univers !

– Parfaitement. Bien avant la marche des nationaux-socialistes à Munich en 1923, la société secrète des Bonnets noirs avait prédit, à Lhassa, l'ascension d'Adolf Hitler. Tous savaient que le chef putschiste était doué de grandes facultés médiumniques et animé d'une incommensurable volonté de pouvoir. Très vite, les mages tibétains réalisèrent l'intérêt qu'ils pouvaient tirer de recruter le Führer pour conquérir la parole perdue. Ils dépêchèrent alors l'un des leurs, le luciférien Karl Haushofer, pour rencontrer Adolf Hitler emprisonné dans la forteresse de Landsberg et pour installer à Berlin une de leurs loges de magie noire. Une fois la contre-initiation d'Hitler achevée, ils sommèrent la Société Thulé de préparer sa libération. Dès sa sortie, Adolf Hitler intégra la Loge 66 établie dans la Wilhelmstrasse et se consacra à servir le démon Ahriman. Il connut dès lors une fulgurante carrière.

– Jusqu'à ses premiers échecs, ajoutai-je.

– En effet, répliqua-t-il, au début des années trente, le Führer lança sur la piste de la parole perdue tout ce que l'*Ahnenerbe* comptait d'occultistes. Il ordonna à Himmler, sous couvert d'alliances internationales et d'expéditions diverses, de rencontrer tous ceux qui pourraient le conduire à la stèle sacrée. Il proposa même, par l'entremise de Rudolf Hess, une paix séparée à Winston Churchill en échange de l'assistance de ce dernier.

– Et alors ? déclarai-je, captivé par le récit.

– Rien n'y fit, répondit Jubeleau dépité. Les SS Schwarze Sonne crurent pourtant aboutir dans leur quête en faisant récupérer, par le Sturmbannführer Herbert Hagen, le premier des ouvrages des *Arcana arcanorum* dans lesquels le nom du Dieu de Moïse est mentionné. Hélas, parfaitement informés, Winston Churchill et le *Golden Dawn* dépêchèrent deux agents à Prague qui firent capoter l'affaire. On prétend que la perte de la parole perdue offensa le démon Ahriman qui retira sa puissance à la Loge 66 et sa protection au Führer, condamnant le Troisième Reich à mort. Adolf Hitler et les membres de la Loge de magie noire disparurent d'ailleurs dans la même journée du 30 avril 1945. Quant à la parole perdue, nul ne sait aujourd'hui où les templiers la dissimulèrent.

– Pierre, d'où tiens-tu toute cette histoire ?

– Des notes que mon père rédigea dans son carnet personnel car, vois-tu, je suis le fils du Sturmbannführer assassiné à Prague par les agents de l'*Intelligence Service* !

La révélation me fit l'effet d'une décharge électrique. Mes doigts se crispèrent si violemment sur le verre de vodka que celui-ci éclata en mille morceaux. À la vue de ma gêne et tandis que je me confondais en excuses, Pierre Jubeleau éclata d'un rire hystérique. Confus, je repris pourtant l'initiative :

– Encore une question, Pierre, que sont devenus les membres de la Loge 66 et les SS Schwarze Sonne ?

– Dans les dernières heures de la bataille de Berlin, tous les dignitaires de la Loge choisirent de se suicider rituellement par le poison avant que leur villa ne soit rasée par l'Armée rouge. Quant aux SS, la majorité d'entre eux furent condamnés à la pendaison pour leur participation aux expérimentations de l'*Ahnenerbe* sur les détenus des camps de concentration. Mais vois-tu, s'emporta-t-il, cela n'est pas le plus important, bientôt l'ancienne tradition renaîtra de ses cendres car j'ai réussi à reconstituer l'Ordre noir sous le nom de Nouvelle-Thulé et j'en suis le grand commandeur. Aujourd'hui, nous ne sommes pas nombreux, mais c'est un avantage qui nous permettra d'infiltrer la franc-maçonnerie et de nous élever dans les hiérarchies de ses rites. Je retrouverai alors la parole perdue et achèverai définitivement la mission de mon père et celle de ses glorieux semblables.

Il marqua un long silence avant de conclure son discours et de brandir son effroyable menace :

– Une révolution naît toujours grâce à un petit groupe déterminé à faire triompher ses idéaux et ce, quel qu'en soit le prix.

Les nôtres sont dignes que l'on offre nos vies pour qu'ils règnent enfin sur un monde manipulé par les conspirateurs sionistes. Ton oncle avait compris ce message, voilà pourquoi il nous a rejoints en pleine épreuve avant de gagner le droit de goûter aux délices du Walhalla. Nous avons besoin de gens comme toi, Jean, pour récupérer à notre profit cette machine de guerre inventée par les juifs que reste la franc-maçonnerie et la parole perdue qui en est à la fois toute son âme et toute sa force. Rejoins-nous pour que nous puissions vaincre coude à coude sous le signe de l'Ordre noir et que nos chants puissent clamer haut et fort :

Nous brûlerons le monde ancien,
À la lueur de tes yeux, Erica.

Il tituba sous l'effet de l'alcool et, malgré la conviction que j'avais en face de moi le commanditaire des meurtres de Marc et de Thomas, je sus que tout ceci ne tiendrait pas cinq minutes devant un bon avocat. Même l'enregistrement de ses derniers propos sur la Loge 66 et les SS Schwarze Sonne n'aurait eu aucune valeur devant une cour de justice, il me fallait trouver une preuve plus concrète que de simples révélations d'un alcoolique. En désespoir de cause, je tentai une dernière question, priant pour que ma vodka ait émoussé sa vigilance :

– Pierre, est-ce que ton projet implique que nous devions éliminer physiquement tous ceux qui pourraient faire obstacle à l'expansion de la Nouvelle-Thulé ?

J'avais évité de citer les prénoms de Marc et de Thomas et, pendant quelques secondes, je dus retenir l'envie d'exécuter d'une balle dans la tête cet immonde porc vautré dans sa fange nazie. Après tout, j'étais suffisamment au courant des procédures d'enquête et des techniques de la police scientifique pour ne pas me laisser piéger. J'aurais ainsi obtenu la satisfaction d'avoir mis fin à un complot qui ne menaçait pas seulement la franc-maçonnerie mais cette entière liberté qu'il nous avait fallu reconquérir au prix de ces millions de vies consumées sur les champs de bataille et dans les camps de la mort, sans parler des activités de ces 66 mystérieuses Loges de magie noire... Oui, cela en valait la peine. Mon geste éviterait peut-être d'autres génocides et tant de tragédies. Je portai la main à mon holster et sentis la présence froide et apaisante de la crosse de mon Glock 18. D'un geste vif, je sortis l'arme et l'enfonçai dans la bouche de Jubeleau.

– Maintenant, frangin de mes deux, que dirais-tu si j'éparpillais ta cervelle et tes idées fumantes de renouveau du Troisième Reich sur ton beau tapis persan ?

La terreur envahit le grand commandeur de la Nouvelle-Thulé dont les yeux sortirent des orbites. Je sentis son pouls battre à un rythme infernal et je me mis à rire à l'idée de penser qu'il pourrait finir cette soirée par un arrêt cardiaque. Il dut croire que j'avais perdu la raison et marmonna quelques mots, mais l'éclat de rage qui brilla dans mon regard le fit taire immédiatement. Je dus toutefois prendre une décision finale : soit presser la détente et arroser la pièce d'un flot de sang et de méninges, soit laisser tomber en sachant que je devenais *ipso facto* l'ennemi numéro un de la Nouvelle-Thulé. J'hésitai à presser la détente. Abattre cette enflure aurait instantanément fait de moi un assassin. J'aurais dû alors supporter le poids d'une nouvelle culpabilité, et j'avais déjà tant de choses à me reprocher. Il était inutile de rajouter un crime là-dessus. Non, pensai-je bien fort, tout ce qu'il me fallait, c'était un bon vieux flag. De plus, la perspective de me confronter au tueur de Thomas me titillait, à tel point que je crois bien que Jubeleau lui a dû la vie ce soir-là. Une sourde haine accompagna chacun de mes mots :

– Écoute-moi bien, salopard, te flinguer comme ça serait trop doux. Alors, je vais m'occuper de toi de façon à ce que le serment que tu as fait un jour en loge d'avoir la gorge tranchée et la langue arrachée ne soit pas que symbolique. Et tu sais quoi ? Je le ferai avec une dague de kadosch. Mais avant, j'ai un compte à régler avec ton soldat ! Alors à très bientôt, dans tes pires cauchemars...

Je sortis sans plus attendre, un bruit de vomissures couvrit mes pas.

Malgré l'heure tardive, je ne me décidai pas à rentrer à l'hôtel et après avoir roulé quelque temps, je pris la direction du commissariat. Comme je m'y attendais, le lieu tenait plus du château de la Belle au bois dormant que d'un quartier général de la police. C'est à peine si le gardien en faction m'entendit ouvrir la porte entre deux ronflements. Pas de doute, Nicole Allard et son équipe remporteraient cette année haut la main le prix des Pieds nickelés de la police.

L'ordinateur du placard à balais qui me servait de bureau était encore allumé et je sus d'emblée que l'on avait essayé de consulter mes résultats. Nicole devait sûrement se douter que ses conneries allaient lui valoir à court terme une brillante mutation dans un coin retiré de la Creuse ou de la Lozère.

Le résultat de l'analyse informatique envoyé par Paris était formel : l'horrible dessin gravé sur l'abdomen de Thomas représentait une rune, la rune d'Odal. Malgré mes connaissances limitées sur la question, je savais que, pour les anciens Germains, les runes s'apparentaient à une sorte d'alphabet doublé d'un pouvoir magique. Véritable talisman, une rune pouvait guérir et protéger son possesseur, voilà pourquoi les Vikings craignaient et respectaient tous ceux pour qui les runes n'avaient aucun secret. La rune d'Odal, par contre, ne m'évoquait rien de particulier. Je décidai de corriger mon ignorance en me connectant sur le site universitaire du département de civilisation nordique d'Oslo. Dans mon anglais approximatif, je parvins à comprendre que, dans la tradition norroise, Odal désignait le lien ancestral et la noblesse, d'ailleurs le graphisme de la rune reprenait ces deux concepts en évoquant la descendance et le lien sacré du mariage. La rune exprimait donc le concept de fidélité au sang noble et conquérant des ancêtres. Combat et héritage, voilà quelle était la signification du symbole que le tueur s'était attaché à reproduire sur le corps du journaliste.

Rendu euphorique par ma trouvaille, je poursuivis mes recherches. À bien y réfléchir, cette soirée n'était pas si différente de celles passées dans les bouges de la rue Saint-Denis. En l'espace de quelques heures, en effet, je m'étais torché plus que de raison en prenant un pied d'enfer à démasquer le cerveau d'un monstrueux complot. Cette ville commençait réellement à me plaire.

Soudain, une idée germa dans mon esprit pourtant embrumé par les vapeurs de la Smirnoff. Un reste d'intuition me suggéra d'affiner ma recherche sur le Net en croisant une série de noms spécifiques. Je tapotai aussitôt « rune d'Odal ; Nouvelle-Thulé ;

Francis Arnaud » et croisai les doigts. Une poignée de secondes s'écoula avant que le site WAR *(White Aryan Resistance)* n'apparaisse. Il détaillait le rassemblement à Stockholm des volontaires de la Légion antisioniste en route pour soutenir Saddam Hussein contre l'agression des forces impérialistes. Je parcourus alors plusieurs dizaines de photos jusqu'à ce que l'une d'entre elles m'arrache un retentissant « bingo » dont les échos résonnèrent dans le hall du commissariat-dortoir. Pierre Jubeleau et son soldat, chemises brunes au vent et runes d'Odal au bras, paradaient en marquant leur salut nazi d'un air martial sous l'intitulé : « Nous remercions nos camarades de la Nouvelle-Thulé, Francis Arnaud et Luc Bélial, pour l'immense soutien qu'ils apportent à notre combat. »

J'avais sous les yeux la preuve que Francis Arnaud et Pierre Jubeleau ne faisaient qu'un et que la franc-maçonnerie avait bien été infiltrée par un adepte néonazi de la magie noire.

Malgré l'alcool et l'excitation, je n'arrivais pas à comprendre comment Jubeleau s'était laissé photographier en public, ni comment ces clichés avaient pu être publiés sur le Net sans qu'il n'en ait eu connaissance. Était-ce la marque d'un ego démesuré qu'il ne contrôlait plus au point de mettre en danger son organisation, ou d'une ultime provocation qui allait bientôt lui valoir de faire connaissance avec les geôles de la Santé ? Nulle réponse ne me vint à l'esprit. En revanche, je compris la raison de la mort de Thomas. En vrai professionnel qu'il était, le journaliste avait dû se douter, dès le départ, que quelque chose ne tournait pas rond autour du personnage de Pierre Jubeleau. Les révélations de son collègue allemand l'avaient certainement poussé à enquêter sur le nouveau frère d'Akhenaton dans l'intention probable de publier un retentissant scoop qui aurait relancé les tirages en baisse de *Juste Milieu.* Malheureusement, Thomas Lombard avait commis l'erreur de faire cavalier seul en oubliant que, face à des adversaires aussi redoutables que Francis Arnaud et Luc Bélial, il n'avait aucune chance. J'eus beau me triturer les méninges, il me fut par contre impossible d'identifier une quelconque raison qui aurait pu expliquer le meurtre de Marc. Avait-il été le témoin involontaire d'une conversation ou d'une rencontre qui impliquait le grand commandeur et son tueur ?

Le mystère restait entier...

Quatre heures sonnèrent au carillon de la cathédrale. J'estimai en savoir suffisamment pour cette nuit. Après avoir enregistré mes preuves sur disquette, je pris la direction de mon lit. Macabone allait devoir patienter encore quelques années avant de se remettre à la pétanque et au pastis.

La sonnerie du téléphone vrilla mes tympans et réveilla ma migraine. Bon sang, mais qui pouvait bien m'emmerder à une heure pareille ! J'avais habituellement mauvais caractère après un soir de cuite mais, ce matin-là, j'étais vraiment d'une humeur de chien.

– Ouais, qu'est-ce que c'est ?

– Jean, c'est moi Sarah, me pardonnes-tu pour l'autre soir ?

Le timbre de sa voix mit immédiatement fin à mes jurons.

– Mon Dieu, oui, tu sais combien je t'aime, Sarah.

Elle éclata violemment en larmes et me raconta en détail comment un homme habillé en motard et cagoulé l'avait torturée avant de la laisser pour morte. Mon sang ne fit qu'un tour. Depuis l'exécution de Thomas, cette affaire avait pris une tournure personnelle qu'un bon flic aurait dû ignorer, mais j'aimais Sarah et j'avais un compte à régler avec le meurtrier du journaliste. De plus, j'étais lié à mon serment qui exigeait que je sois prêt à risquer ma vie pour sauver un membre de l'ordre maçonnique.

Je lui promis de passer la voir au plus vite et lui demandai de n'ouvrir à personne comme d'ignorer tous les appels téléphoniques. Il était temps d'en finir avec Jubeleau et Bélial. Chargeurs en poche et Glock en main, je sortis. La Nouvelle-Thulé entra dans le crépuscule des dieux.

Michaël

Bourges
19 novembre 2001, 10 h 23

Après tout ce que j'avais entendu ces dernières heures, je me décidai à frapper un grand coup, même si celui-ci devait me coûter mes galons de commissaire.

Je conçus alors l'idée de profiter de la cérémonie d'armement de Pierre pour faire une perquisition sauvage chez ce dernier dans l'espoir de trouver le chaînon manquant qui reliait l'empoisonnement de Marc à l'exécution de Thomas. Bien évidemment, j'eus conscience du caractère plus que scabreux de ce projet mais l'urgence de la situation m'imposait d'agir car j'étais persuadé que, après mon départ, Jubeleau avait ordonné à son tueur de service de me faire la peau au plus vite. Je confortai ma décision par les écrits du moine-guerrier Jocho Yamamoto qui balayèrent mes dernières réticences : « Si, sur les champs de bataille, vous ne laissez à personne le soin de conduire l'assaut et que vous avez la ferme intention de pénétrer les rangs ennemis, vous ne tomberez pas, votre esprit sera brave et vous manifesterez votre valeur martiale. »

Ces prochaines heures allaient être cruciales et seule la méditation du *Hagakuré* me permit de conserver ce détachement qui m'avait déjà sauvé la vie à plusieurs reprises. Ce merveilleux livre me révéla à nouveau combien il importait de savoir savourer avec intensité chaque instant de notre quotidien. Le samouraï des temps anciens l'avait parfaitement compris, lui qui ne pouvait accéder à la pleine dimension de son être que dans la mesure où il n'avait d'autre désir que de disparaître rapidement.

En habituant jour après jour son esprit à la mort, il était capable de mourir en toute quiétude, le moment venu.

Quant à mes adversaires, je ne m'embarrassais d'aucun scrupule à leur égard. Nous étions, eux et moi, engagés dans un combat à mort et seul le plus déterminé et le plus vif d'entre nous survivrait car, comme le stipule Yamamoto : « Quand on a décidé de tuer quelqu'un, même si l'entreprise paraît difficile à réaliser, il ne sert à rien d'essayer de le faire par des moyens détournés. La voie du samouraï est celle de l'action immédiate. »

Ma détermination n'excluait cependant pas la prudence, ni l'anticipation. J'avais compris, d'après la description de Sarah, que le tueur circulait à moto et qu'il utilisait une arme de poing de type pistolet-mitrailleur, comme la balistique l'avait révélé sur les lieux du crime de Thomas.

Cela signifiait donc que j'avais affaire à un homme très mobile avec une puissance de feu redoutable qui allait certainement profiter de ces deux avantages. Le meilleur moment pour lui de me flinguer sans prendre trop de risques était d'attendre que je sois installé au volant. Un ralentissement, un arrêt au feu rouge étaient les circonstances idéales pour frapper vite, fort et sans danger.

Soudain, l'image du motard qui m'avait injurié en plein milieu de la nuit, après l'exécution de Thomas, jaillit de mes souvenirs. Bon sang, ce ne pouvait être que lui !

Avant de sortir de l'hôtel, je décidai alors d'aller jeter discrètement un coup d'œil alentour depuis les toits au grand dam du réceptionniste que j'effrayai avec ma paire de jumelles et mon arme. Je m'étais habillé légèrement en prévision d'avoir à faire feu le plus vite possible, si bien qu'avec le holster, les chargeurs et le Glock, il eut aussitôt l'impression qu'un règlement de comptes de type « OK Corral » allait se dérouler dans les couloirs de l'hôtel.

Du toit, les jumelles élargirent considérablement mon champ de vision. En quelques minutes, je fis le tour de la ville en prenant le temps de bien scruter les recoins de mon proche environnement. C'est alors qu'au coin sud-est, tapi dans un angle ombragé de la cathédrale, je l'aperçus. Mon esprit sombra aussitôt dans l'immensité du vide et tout devint comme une nuit éclairée par une pâle lune.

Pour la première fois de sa vie, Luc était nerveux. Rien de ce que le grand commandeur avait prévu ne s'était vérifié, bien au contraire. Il se refusa de nouveau à l'admettre mais les événements parlaient d'eux-mêmes. Gibelain avait marqué des points et c'était maintenant à lui de corriger le tir.

Même si le doute s'était instauré, il n'était pas pour autant homme à abandonner ses convictions au premier obstacle. La Nouvelle-Thulé restait toute sa raison de vivre. Peu importe ce que le reste du monde pouvait penser, Luc savait qu'il incarnait sa propre vérité et qu'il combattait pour elle, seul contre tous si nécessaire.

La force du grand commandeur avait été de leur faire comprendre au Wewelsburg qu'ils formaient un tout dans lequel chacun était le dépositaire de la totalité de l'Ordre noir. Il s'était ainsi attaché à élever un édifice sur le sang et par le sang. L'Ordre noir avait tous les droits mais aussi tous les devoirs et le premier d'entre eux était d'éliminer ceux qui représentaient une menace à l'avènement du nouveau monde qu'ils préparaient.

Fidélité, obéissance et courage, voilà tout ce que s'était juré Luc. Le sens de son existence demeurait à jamais la mise en valeur de l'héritage. Ainsi devait vivre la Nouvelle-Thulé qui était dorénavant son âme et son corps.

Luc ouvrit son blouson de cuir noir et caressa le cran de sûreté de son Uzi. Il en était maintenant persuadé : Gibelain vivait ses dernières minutes.

En redescendant au rez-de-chaussée, je fis le point et me préparai à combattre sans colère malgré ce que Luc avait fait subir à mes amis. En laissant la violence et la cruauté pénétrer mon cœur, je savais que je deviendrais immanquablement identique à ceux que j'allais combattre. L'Ordre noir n'aurait alors fait qu'une nouvelle recrue et cela, il n'en était pas question.

En repassant devant la réception de l'hôtel, je perçus comme un vent de panique parmi les clients et les employés. Je savais que mes propos n'allaient rien arranger mais je me devais d'éviter qu'il y ait d'autres victimes innocentes dans cette affaire. Tant pis pour les explications, elles viendraient en temps voulu.

– Écoutez-moi bien car je ne vais pas me répéter. Tenez-vous tous éloignés de la porte d'entrée et des fenêtres car il va y avoir du grabuge. Vous, le réceptionniste, prévenez le commissaire Allard et dites-lui de se ramener en vitesse avec du renfort. Donnez-lui mon nom, commissaire Jean Gibelain, elle comprendra, magnez-vous.

Comme pour marquer mes propos alarmants, je sortis le Glock de son holster et le rechargeai immédiatement avant de l'insérer dans le creux de mon dos. J'avais décidé d'attaquer immédiatement, fidèle au vieux principe qui veut que, pour être victorieux tout le temps, il faut gagner dès le début. Aussi entraîné qu'il l'était, j'escomptais sur la seconde d'hésitation qui saisirait Luc en me voyant arriver dare-dare pour frapper juste et bien. C'était risqué mais je me sentais suffisamment calme et déterminé pour faire triompher ma cause.

Au moment où je sortais de l'hôtel, le démarrage d'une moto attira mon attention. Luc avait, lui aussi, décidé de passer à l'action. L'effet de surprise ne serait pas pour cette fois-ci. Je me mis à courir, le Glock à la main vers le parking de la cathédrale en criant aux quelques passants de se coucher par terre. Tous obéirent.

Luc avait compris mon intention et accéléra violemment dans ma direction. Je le vis porter sa main dans son blouson et sortir un mini-Uzi avec un silencieux qu'il pointa vers moi. Au même instant, je plongeai derrière un gros 4 × 4. Un bruit de rafale assourdie vibra dans tout le parking et fit exploser les vitres et les pneus du Range Rover qui trépida sous les impacts. Au moment où Luc me dépassa, je me relevai et saisis le Glock à deux mains avant de faire feu. L'arme aboya trois fois bruyamment, deux impacts allumèrent le bloc-moteur tandis que le troisième lui entaillait sérieusement la jambe gauche.

Malgré la souffrance que je devinai à travers ses mouvements, Luc essaya bien d'accélérer pour se dégager au plus vite du piège qu'était devenu le parking mais la BMW répondait de moins en moins bien.

Je me mis à le pourchasser en hurlant son nom de toutes mes forces :

– Bélial, défends-toi, enfoiré.

Mon cri le fit se retourner et, soudain, il exécuta un dérapage contrôlé en fonçant à nouveau droit vers moi. Il m'ajusta avec difficulté. Une grêle de plomb explosa le pare-brise de l'Audi située sur ma droite.

– Raté, sale con.

Mes doigts se crispèrent alors sur la détente du Glock qui se mit à rugir à la cadence de trois tirs par seconde. La violence des impacts successifs dans la poitrine de Luc l'arrachèrent de sa moto. La BMW acheva sa course folle en s'encastrant dans la Renault Espace garée à vingt mètres derrière moi. Prudent, je me rapprochai du corps inanimé en pointant bien droit mon arme dans la direction de la tête du meurtrier de Thomas.

Luc ne souffrait pas, il était déjà dans ce demi-sommeil qui annonce le néant. La vie le quittait doucement à travers de larges pétales ensanglantés qui coloraient d'un rouge vif sa combinaison de cuir noir. Il s'en voulait d'avoir échoué mais ce Gibelain avait été plus rapide que lui. Il sourit alors que lui revenait une dernière fois en mémoire ce refrain qu'il adopta d'emblée comme épitaphe :

Nous sifflons par monts et par vaux
Et le monde entier peut bien
Nous maudire ou nous louer
Comme il plaît à chacun.

Agenouillé devant Luc, je relevai sa visière noire. Deux grands yeux bleus me fixaient sans vie et ce fut mon compagnon de route Yamamoto qui exprima, alors, ce que je ressentis en conclusion de cette tragédie : « Celui qui meurt après avoir échoué, meurt d'une mort fanatique, qui peut sembler inutile. Mais il ne sera, par contre, pas déshonoré. »

Un bruit de sirènes et de crissement de pneus m'arracha à mes réflexions. Nicole Allard sortit de sa 309, hystérique :

– Bon Dieu, Gibelain, vous êtes complètement cinglé. Où est-ce que vous vous croyez, putain de merde ? On est à Bourges ici, pas au Far West. Je vous jure que vous n'allez pas vous en tirer comme cela. Non seulement je vais en référer à votre divisionnaire mais comptez sur moi pour vous mettre l'IGS au cul, et dès aujourd'hui ! Vous n'êtes qu'un psychopathe déguisé en cow-boy qui n'a rien à faire dans la police.

En guise de réponse, je me relevai avant de lui lancer en prenant congé de tout ce cirque :

– Nicole, vous n'êtes jamais aussi belle que lorsque vous êtes en colère.

En rentrant à l'hôtel, je vis que tous me fuyaient. Manifestement, je ne m'étais pas rendu populaire mais cela n'avait plus d'importance. Une fois la porte de ma chambre refermée, je plongeai sur mon lit. Allongé, je me mis à penser à Sarah que j'étais censé retrouver au plus vite. Je l'avais complètement oubliée avec mon rodéo. Je saisis mon téléphone et composai nerveusement son numéro. Elle décrocha immédiatement :

– Jean, où es-tu ? Tu m'avais promis que tu arriverais au plus vite et cela fait plus d'une heure que je t'attends.

– Sarah, excuse-moi pour mon retard mais il y a eu du nouveau. Je viens de flinguer ton agresseur et j'ai de sérieux problèmes avec mes collègues. Je ne vais probablement pas pouvoir venir te rejoindre ce matin.

– Tu veux dire que ce salaud ne me fera plus jamais de mal ? Ah, mon Dieu, je t'aime, Jean, pour ce que tu viens de faire. J'espère que maintenant tu le sais.

– Je t'aime moi aussi, Sarah, et je suis soulagé de te savoir en sécurité. Bon, il faut que j'y aille.

– Attends une minute, tu ne vas pas raccrocher comme ça ! Et si on se voyait ce soir ? À vingt heures au restaurant L'Oie sauvage ? Tu vois où c'est ?

– C'est une excellente idée, j'allais te la proposer. Ne t'inquiète pas pour l'adresse, je trouverai bien. À ce soir, Sarah.

– À tout à l'heure, Jean.

– Oui, Sarah.

– Je t'aime.

Le reste de la journée me fut difficile à bien des égards. D'abord parce que tuer un homme n'est jamais quelque chose d'évident à vivre et ensuite parce que je me pris un savon d'enfer par Macabone. Là encore, j'adoptai l'attitude du roseau qui plie et laissai passer l'orage.

À vingt heures tapantes, je me mis à la recherche du restaurant. Il ne me fallut que quelques minutes pour trouver la bonne direction. Lorsque j'arrivai, elle m'attendait déjà dans un fauteuil, près de l'entrée. J'eus comme un choc en la voyant. Elle était ravissante avec ses cheveux blonds relevés en un élégant chignon qui lui donnait un port de princesse. Sa robe noire moulante incrustée de strass et sa taille serrée par une fine ceinture faisaient converger vers elle les regards des mâles affolés.

Elle se leva, abandonnant sur son passage une traînée du parfum Indécence qui lui allait à ravir, et m'embrassa fougueusement. Je nageais en plein bonheur. Inutile de préciser que le dîner nous parut éternellement long. Nous étions si excités que je ne pus avaler la moindre bouchée de mon steack d'autruche. Sarah, de son côté, abandonna son brochet au beurre blanc et négligea son bavarois.

Malgré le délice que j'éprouvais à me noyer dans son regard, je fus, à plusieurs reprises, pris d'une sourde angoisse. Elle me fixait parfois si intensément que j'eus l'impression qu'elle cherchait à sonder tous les recoins de mon âme pour y puiser les plus secrets de mes désirs.

Nous échangeâmes quelques banalités qui me firent penser qu'elle essayait de me transmettre un message dont je ne percevais pas la teneur. Le repas s'acheva, je réalisai alors un peu tardivement que j'avais bu plus que de raison. Elle me prit par la main et nous fîmes, enlacés, quelques pas sur le parking du restaurant jusqu'à ce qu'elle me lance soudainement :

– Tu sais quoi ? Il ne nous manque seulement qu'un long baiser de cinéma.

Je pris ses paroles comme une invitation et la fis pivoter, l'attirant dans mes bras avant de l'embrasser avec passion. Les pointes de ses seins étaient si tendues qu'elle sursauta quand je les saisis à pleines mains. J'avais une furieuse envie d'elle et l'entraînai contre une voiture. Elle protesta sans grande conviction, accompagnant d'un éclat de rire un simili de reproche exprimé en des termes où suintait un désir partagé :

– Tu es fou, on pourrait nous surprendre.

Emporté par ma fougue, je relevai sa robe avant de caresser l'intérieur de ses cuisses. Ma main remonta lentement vers son sexe et lorsque j'effleurai le renflement en nylon de sa petite culotte, je la sentis frémir. Mon membre était tendu à me faire mal et j'écartai le nylon pour atteindre ma terre promise. Elle gémit alors que je la déposais sur le capot et ne se déroba pas quand, saisissant l'élastique, je tirai son string vers le bas. Autour de nous régnait le plus profond silence et la voûte étoilée, au-dessus de nos têtes, se reflétait dans nos âmes de francs-maçons. Une fois qu'elle fut allongée, ma bouche descendit lentement, cherchant son sexe. Son râle de plaisir rythma la nuit glaciale jusqu'à ce qu'un premier orgasme la submerge. Elle poussa un long soupir de bien-être :

– J'ai vraiment très envie de toi, je t'en prie, ne t'arrête pas...

Des pas lointains crissèrent subitement sur le gravier, nous nous précipitâmes dans sa voiture et prîmes la route aussitôt. Elle demeura silencieuse tout le long du trajet. Un mur invisible semblait s'être élevé entre nous. En entrant dans son appartement, elle me poussa sur le lit sans attendre et s'installa entre mes jambes, me couvrant de caresses audacieuses et divines. La dernière m'arracha un sursaut de plaisir.

– Laisse-toi faire, murmura-t-elle.

J'obéis, elle vint alors s'empaler sur mon sexe, ses seins au-dessus de mon visage et ses yeux engloutis dans les miens. Nos corps se chevauchèrent dans un rythme endiablé jusqu'au moment où je me déversai en elle dans un râle de bonheur.

Bien que je fusse dans un état second, je sentis bien qu'elle ne voulait pas en rester là. Sarah désirait aller au bout de sa passion, persuadée d'y trouver l'extase alors que je craignais que celle-ci ne marquât le commencement de la fin de notre histoire. Quand ma virilité fut de retour, elle dressa les jambes jointes verticalement et les replia lentement derrière sa tête. Ses fesses surélevées s'offrirent à mon regard, l'invitation était sans équivoque.

– Aime-moi comme un guerrier qui honore sa déesse et libère-toi.

Sa voix rauque, presque suppliante, accentua mon malaise. Il était trop tôt, je ne me sentais pas prêt à dépasser les limites de sa plus stricte intimité et il me revint aussitôt en mémoire l'avertissement solennel : « Il est des portes qu'il ne faut pas ouvrir, des rivières qu'il ne faut pas franchir, juste est celui qui agit avec tempérance et ne cède pas aux excès... »

Sarah perçut ma retenue et me lança, provocante :

– Alors, maître, on recule devant l'épreuve ?

Son timbre de voix se voulait moqueur mais un soupçon de déception vibrait dans chacun de ses mots. Un poinçon de tristesse perfora mon cœur et l'idée de la perdre me glaça. Elle dut lire mon désarroi car elle s'approcha et m'entoura de ses longs bras fins en me gratifiant d'un langoureux baiser :

– Excuse-moi, Jean, je sais que tu as eu une rude journée et que cette enquête te dévore à petit feu avec toutes ces morts violentes et ce mystérieux assassin qui court toujours. Sache que je suis très sensible à tout ce que tu as fait pour moi et que je comprends parfaitement ton hésitation.

Je me sentis soudainement mal à l'aise mais je fus incapable de lui confier quoi que ce soit. J'avais pourtant tellement de révélations à lui faire, comme celle qui voulait que l'amour que je lui portais transcendait tous nos ébats physiques. N'avais-je pas vu Sirius scintiller dans ses yeux quand l'orgasme l'avait saisie ? Sarah était celle que j'avais attendue si longtemps mais les mots refusèrent de sortir et je la perdis au moment même où je pensais l'avoir définitivement trouvée.

La nuit me parut sans fin. À maintes reprises Sarah cria dans ses rêves, tantôt de dépit, tantôt de détresse jusqu'au petit matin. Réveillé longtemps avant que l'aube ne se lève, je la contemplai. Elle était comme un ange blond d'où émanait une douceur exquise, semblable à la caresse du vent sur la mer de Galilée. M'approchant alors d'elle, je ne pus m'empêcher de lui glisser furtivement à l'oreille :

– Je t'aime.

Elle s'éveilla immédiatement.

– Tu penses vraiment ce que tu viens de dire ?

– Bien sûr.

– Alors pourquoi attends-tu que je sois endormie pour le prononcer si timidement à l'oreille ? Aurais-tu peur de tes sentiments ?

La tournure de la conversation me déplut aussitôt mais refusant d'entrer en conflit avec celle que j'aimais, je gardai le silence. Je tenais tant à ne pas à rouvrir de vieilles blessures.

Pour une raison que j'ignore encore, Sarah perdit définitivement son self-control, la colère incendia ses mots :

– Vous êtes bien tous les mêmes, toujours prêts à fuir quand vos sentiments prennent le pas sur vos désirs. Vous êtes pitoyables. Tu veux que je te dise ? Vous les hommes, vous n'êtes que des lâches.

Sa dernière phrase me blessa cruellement, un vestige de machisme me fit réagir :

– Tu n'as pas le droit de me parler comme cela ! S'il y en a un qui dans cette ville a pris grand soin de toi ces derniers temps, je suis celui-là. N'oublie pas que j'ai tué pour toi, alors épargne-moi tes couplets de femme battue.

Instantanément, je regrettai mes propos, cependant mon amour-propre m'interdit de faire machine arrière. Elle se leva furieuse et se précipita sous la douche en me lançant au passage :

– Prends tes affaires et tire-toi, je ne veux plus jamais te revoir.

Fou de rage et de douleur, il ne me fallut que quelques secondes pour m'habiller. Je sortis en claquant la porte violemment.

Il est parfois des batailles que l'on ne peut gagner, il importe alors de disparaître sans laisser de trace pour qu'aucune blessure ne soit à panser aux yeux de tous.

Abasourdi sur mon lit d'hôtel, un tourbillon d'émotions emporta mes pensées. Je fus alors incapable de réfléchir et encore moins d'adopter une attitude face aux événements qu'il me restait à affronter. Ce n'était pourtant pas le moment de faiblir car, malgré la disparition de son tueur, Francis Arnaud était toujours présent et la menace bien réelle.

J'eus beau essayer de me convaincre, je n'arrivai pas à me décider. Ma rupture avec Sarah avait tué ma détermination. Je savais que cette sensation n'allait pas durer car j'ai toujours été un flic perfectionniste, et je m'étais beaucoup trop investi ces derniers jours pour tout laisser tomber même si je venais de prendre un bien mauvais coup.

Habituellement, l'alcool me permettait de résoudre ce genre d'épreuve, une bonne biture, il n'y a rien de tel mais cette fois-ci, quelque chose d'inhabituel arriva : je me pris en main. Pendant cinq ans, la vodka m'avait permis de fuir mes échecs et mes démons mais, alors que je venais de toucher le fond, un déclic venait de se produire et de changer ma vie. Sarah venait de m'offrir son plus beau cadeau d'adieu.

Le téléphone retentit brutalement, je n'allais pas avoir à me lamenter bien longtemps sur mon sort.

– Allô, Jean ? C'est moi, Matthieu. Comment vas-tu ?

– Bonjour, mon frère, je suis heureux de t'entendre. Sache que les choses se précisent et je pense que, bientôt, justice sera rendue pour Marc et Thomas.

Il soupira avant de reprendre entre deux sanglots :

– Jean, je veux que tu saches que je te suis éternellement reconnaissant pour tout ce que tu as fait pour nous. La raison de mon appel est purement maçonnique.

– Une raison maçonnique ? Je ne comprends pas, répondis-je intrigué.

– Voilà, il y a demain soir une cérémonie d'armement de chevalier kadosch que je présiderai et qui pourra peut-être t'aider à démasquer l'assassin. Le Suprême Conseil m'a donné son accord pour que tu puisses y assister discrètement et j'ai tenu à t'en informer au plus vite.

Il arrive parfois dans la vie que l'on soit saisi par l'intuition, que les événements soient dictés par une puissance extérieure. L'invitation de Matthieu en était le plus parfait exemple. Au moment où j'avais le plus besoin d'un coup de pouce du destin pour me permettre de mettre un terme aux agissements de Francis Arnaud, voilà que mon flag se profilait à l'horizon.

– Matthieu, je serai parmi vous et si la volonté du Grand Architecte est respectée, les âmes de Marc et de Thomas seront vengées et pourront rayonner à l'Orient éternel. Je dois toutefois t'avertir que cela peut devenir dangereux, surtout si l'assassin se rend compte de notre stratagème ou, pire encore, s'il m'aperçoit. Voilà pourquoi je ne te révélerai pas son nom car tu dois rester naturel pour ne susciter aucun soupçon de sa part. Je sais que c'est un rude sacrifice que je te demande mais il en va de la réussite de cette opération.

– Aucun problème. Je jouerai le jeu jusqu'au bout. Qu'est-ce que vingt-quatre heures de plus à supporter après toutes ces journées ? Rejoins-moi à vingt heures au numéro 9 de la rue Jacques-de-Molay. Je te ferai entrer discrètement avant l'arrivée des frères chevaliers. Ah, une dernière chose, essaie de te documenter sur le grade du chevalier kadosch, tu pourras ainsi comprendre ce à quoi tu vas assister.

– C'est noté, Matthieu, à demain soir.

– À très bientôt, mon frère.

Il raccrocha et je me mis à espérer en ces prochaines heures. Le reste de ma journée ne présenta que peu d'intérêt. Je fus, comme d'habitude, sérieusement sermonné par Macabone qui avait eu toutes les peines du monde à retenir les bœufs carottes de l'IGS avertis par Nicole Allard.

Entre deux séries d'engueulades, je trouvai le temps de me procurer la documentation recommandée par Matthieu. L'envie d'appeler Sarah me prit plus d'une fois aux tripes, mais je savais que cela était parfaitement inutile, notre rupture était irréversible, je l'avais lu dans ses yeux à l'instant où elle s'était mise en colère.

Cette nuit-là, le sommeil vint difficilement, tant et si bien que je parcourus le livre ayant trait à la chevalerie maçonnique. J'appris alors que le grade de grand élu chevalier kadosch ou chevalier de l'Aigle blanc et noir était l'un des plus prestigieux de la franc-maçonnerie. Apparu vers 1761, ce titre, devenu légende, avait soulevé de grandes interrogations. Le rituel stipulait que, après la chute de leur ordre, quelques templiers s'étaient mis sous la protection du Saint Empire germanique. Autorisés à observer l'ancienne règle de l'ordre du Temple, ils auraient alors pris le titre de francs-maçons avant de recruter dans toute l'aristocratie. Il en allait de la survie de l'ordre templier et de ses valeurs millénaires. Le grade de chevalier kadosch avait aussi engendré une lourde polémique au XIXe siècle. Utilisé à des fins politiques qui contestaient l'autorité royale comme papale, il avait été dénoncé par les adversaires de la franc-maçonnerie comme iconoclaste, voire satanique ! Il est exact que son thème de vengeance et les rituels maçonniques de l'époque, imposant au postulant de fouler aux pieds la tiare des évêques et la couronne royale, avaient vite déchaîné les passions.

Au fur et à mesure de ma lecture, je perçus ce qui faisait toute la spécificité des hauts grades de la franc-maçonnerie. À ce niveau, il apparaissait que l'art royal des bâtisseurs de cathédrales laissait place à un ordre chevaleresque maçonnique dont la spiritualité et le mysticisme s'abreuvaient à la source même des ordres templier, hospitalier et teutonique.

Au hasard de la lecture, un dessin attira mon attention. Il s'agissait d'une double échelle qui ressemblait à l'échelle de Jacob et dont les montants comportaient sept échelons. Le montant de droite répondait au nom d'« amour de Dieu », celui de gauche se dénommait « amour du prochain ». Chaque échelon des montants droit et gauche de l'échelle portait aussi une appellation. Après quelques instants, je parvins à identifier les sept vertus cardinales ainsi que les sept arts libéraux avant de comprendre la teneur du message : gravir l'échelle de Jacob est la finalité du franc-maçon. Cependant l'entreprise est longue et périlleuse car se rapprocher de Dieu par la gnose implique d'abord que nous acceptions de chercher, persévérer et souffrir.

Les heures défilèrent au gré des pages de ce livre captivant. Un coup d'œil à ma montre me ramena toutefois à la réalité de l'enquête. J'avais besoin d'être frais et alerte pour affronter Francis Arnaud. J'éteignis ma lampe et me mis à rêver au preux Roland. Ma veillée d'armes commença.

Le lendemain soir, bien avant l'heure fixée, je me présentai à l'adresse indiquée par Matthieu. Un parfum de nostalgie flottait dans l'air car tout rappelait ma première rencontre avec Sarah. Comment avions-nous pu laisser nos craintes et nos frustrations démolir notre relation ? Voilà une question qui me hanterait encore longtemps.

L'arrivée de Matthieu mit fin à mes interrogations. Je baissai ma vitre.

– Bonsoir, tu es prêt ? me lança-t-il, tendu.

– Oui, tout à fait.

– Suis-moi, ajouta-t-il. Deux de nos frères chevaliers ont installé le temple ce matin. Je vais donc pouvoir te faire rentrer avant tout le monde et te trouver un coin discret où tu n'attireras pas l'attention.

Nous entrâmes rapidement. La loge, qui prenait à ce grade le nom d'aréopage, était divisée en deux parties bien distinctes. La première, éclairée par trois bougies jaunes était tendue de draperies en soie bleue et surmontée d'une magnifique voûte étoilée. L'autre partie de l'aréopage était parcourue de tentures rouge sang. À l'extrémité orientale, reposait un trône somptueux au-dessus duquel était déployée l'immense bannière d'un aigle à deux têtes aux ailes grandes ouvertes. En détaillant le dessin, je vis que l'oiseau tenait dans ses serres un poignard étincelant. De chaque côté de la bannière, pendaient majestueusement deux étendards. Sur le premier, je distinguai une croix verte sur fond blanc. Le second rappelait, sur l'une de ses faces, le dessin de la bannière, à cette différence près que l'aigle surplombait la devise « Vaincre ou mourir » ; l'autre face était occupée par une large croix teutonique sur fond vert. Au centre de la salle, je reconnus la double échelle dessinée dans l'ouvrage que j'avais consulté une partie de la nuit. Neuf bougies jaunes l'éclairaient tout entière.

Rien de ce qui m'entourait ne m'était connu. C'était comme si j'étais entré dans un autre monde où l'ordre et la majesté régnaient en maîtres absolus. Un bruit de porte que l'on ferme se fit entendre. Matthieu était de retour.

–Jean, les frères chevaliers ne vont plus tarder maintenant. Installe-toi ici et fais-toi tout petit.

Je pris place dans le vaste local qui servait de pièce de rangement pour les décors de l'aréopage. Matthieu me trouva une chaise et laissa la porte entrouverte après avoir éteint la lumière. De ma position, j'avais une vue globale sur la salle et j'étais à moins de vingt mètres du trône où allait bientôt prendre place mon ami. Au moindre pépin, il ne me faudrait que quelques secondes pour intervenir.

Je rechargeai immédiatement mon arme et pris patience. Le dernier acte allait bientôt commencer. Le temps prend tout de suite une autre dimension lorsque l'on se retrouve seul dans le silence et l'obscurité. Je fus incapable de dire combien de dizaines de minutes s'écoulèrent mais un spectacle saisissant se déroula quand ils pénétrèrent dans la salle.

Une douzaine d'hommes et de femmes me faisaient face. Ils portaient tous une ample tunique blanche, fendue sur le côté. Leurs larges ceinturons exhibaient des poignards aux lames finement ciselées qui, pour l'instant, reposaient dans leurs fourreaux rouges. Leurs mains étaient dissimulées sous des gants noirs et tenaient avec fermeté le pommeau du glaive. L'ensemble dégageait un air puissamment martial et guerrier. Une voix, que je reconnus comme étant celle de Matthieu, troua l'obscurité :

– Éminent oremier grand juge, sommes-nous à couvert ?

La réponse vint aussitôt :

– Oui, Très éminent commandeur, nous pouvons travailler en toute sécurité.

Matthieu poursuivit :

– Éminent premier grand juge, à quoi s'applique le chevalier kadosch ?

– Soldat de l'Universel et de l'Éternel, il travaille à élever en soi un édifice digne de ses frères.

– Quelles armes symbolisent son combat ? insista Matthieu.

– Le glaive flamboyant de saint Michel, la lance inflexible de saint Georges et le caducée de Mercure.

Un court silence suivit le dialogue entre les deux officiers de l'aréopage avant que Matthieu ne renchérisse :

– Chevaliers, je déclare, ici même, ouverts les travaux au trentième degré dans l'aréopage constitué au camp de Bourges sous le titre distinctif : « les fils de Melchisédech ». La main droite sur le glaive ! Jurons de maintenir les principes sacrés de notre ordre et de les défendre même au péril de notre vie.

Tous jurèrent d'une seule voix.

– Prenez place, chevaliers.

Le silence enveloppa à nouveau l'assemblée pendant plusieurs minutes qui me parurent une éternité. Aucun des chevaliers ne bougeait, ils étaient comme figés par l'instant présent. Soudain sept coups ébranlèrent la lourde porte d'entrée.

Le dialogue reprit aussitôt :

– Vaillant capitaine des gardes, déclara Matthieu, voyez si ceux qui frappent ainsi sont bien ceux que nous attendons.

– Très éminent commandeur, c'est bien le vénérable maître des cérémonies accompagnant un chevalier du soleil qui est admis à recevoir la consécration comme chevalier kadosch.

– Donnez-leur l'entrée dans l'aréopage, conclut Matthieu.

Deux silhouettes pénétrèrent alors dans la salle et, malgré la pénombre, je reconnus immédiatement celle de Francis Arnaud.

– Chevalier du soleil, clama haut et fort Matthieu, je dois d'abord vous demander de promettre sur votre honneur d'homme et de franc-maçon de ne révéler à aucun profane quoi que ce soit que vous aurez vu ou entendu au cours de cette cérémonie, même si vous n'étiez pas reçu chevalier kadosch, ou si vous jugiez à propos de vous retirer avant votre investiture.

La mise en garde était sans équivoque : personne ne devait connaître les secrets de ce magnifique grade s'il ne le possédait pas lui-même. En guise de réponse, Francis Arnaud hocha la tête. Matthieu enchaîna :

– Mon frère, êtes-vous disposé à traverser l'épreuve effroyable qui veut que nous vous soumettions au chaos qui régnait en maître avant la Création ?

– Je le suis, répondit l'impétrant.

Je ne compris pas la suite de la cérémonie, marquée par une série de singuliers déplacements et rythmée par de mystérieux commentaires hébraïques de l'Ancien Testament. Il est vrai que j'étais loin d'être parvenu à une telle avancée spirituelle. Jamais ma qualité de maître écossais de Saint-André ne m'aurait autorisé à assister à un tel spectacle. Mon enquête criminelle était l'unique raison qui me valait d'être, en cet instant, discrètement présent. C'est ce soir-là que je reçus concrètement l'explication qui veut que le secret maçonnique soit incommunicable. Matthieu s'adressa solennellement à l'assemblée :

– Debout, chevaliers, glaive en main.

Il se tourna alors vers le récipiendaire et lui dit en ces termes exacts :

Avant de procéder à votre consécration, je dois requérir de vous les serments par lesquels les nouveaux kadosch vont s'engager. Après l'énoncé de chacun d'eux, vous étendrez la main droite sur le glaive que je vous présenterai puis vous placerez la main gauche sur le cœur en clamant : « Je le jure. »

À cet instant précis, un chevalier installé en retrait s'avança jusqu'à hauteur du récipiendaire et prit la parole :

– Je jure fidélité jusqu'à la mort aux règlements de l'ordre de Memphis-Misraïm. Je jure obéissance à mes supérieurs dans l'ordre en tout ce qu'ils me commanderont de non contraire à mon honneur.

Francis Arnaud clama :

– Je le jure.

Le chevalier poursuivit :

– Je jure de faire mon devoir, sans souci de mes intérêts, de ma renommée et de mon orgueil. Je jure de consacrer mon intelligence, mes discours, mes actions, mes forces et ma vie à l'accomplissement des buts qui sont ceux de l'ordre. Je jure de travailler à la réalisation de l'unité de l'espèce humaine par le moyen de son élévation spirituelle, au succès de ce qui rapproche les hommes, à l'échec de ce qui les divise, au triomphe du bien sur le mal, de l'ordre sur l'anarchie, de la raison sur les préjugés et les croyances aveugles, de la sagesse sur les passions, de la liberté de conscience, de parole et d'écrit sur toutes les oppressions quelles qu'elles soient.

À nouveau, Arnaud déclara :

–Je le jure.

Le contraste saisissant entre ce serment qui exigeait tant de pureté et l'âme si noire de l'homme qui le prononçait me stupéfia. J'étais le seul à savoir que Francis Arnaud alias Pierre Jubeleau était l'envoyé du Mal qu'il avait pourtant juré de combattre quelques secondes auparavant. Je savais que cet être démoniaque utiliserait tous les moyens, y compris les plus vils, pour parvenir à ses fins de destruction et je sentis gronder en moi la fureur du justicier.

Le chevalier poursuivit :

–Je jure de ne jamais causer de tort à aucun chevalier kadosch, de ne médire d'aucun, de n'en calomnier aucun, de me porter, au contraire, au secours moral et matériel de celui que je verrai en péril ou en détresse ou qui fera appel à moi.

Arnaud clama pour la dernière fois :

–Je le jure.

Dans mon recoin, je n'arrivais plus à contrôler ma colère. Il fallait que quelqu'un intervienne pour empêcher le sacrilège de voir Matthieu adouber le meurtrier de son fils ! Je devais agir, et vite, avant que ne se produise l'irréparable. Je sortis mon Glock et priai le Grand Architecte de guider mon geste, tant pis pour le flag.

– Acte est pris de votre serment, souligna Matthieu avant de prendre son poignard qu'il étendit au-dessus de la tête de Francis Arnaud.

L'instant sacré de l'adoubement approchait...

L'arme en main, je bondis alors en hurlant :

– Arrêtez ! Cet homme est un parjure ! Matthieu, éloigne-toi, c'est lui, l'assassin de Marc.

La brutalité de mon irruption, alliée à la teneur de mes propos, déchira le recueillement de l'assemblée et sa ferveur. Pendant une fraction de seconde, tous demeurèrent bouche bée à me dévisager. Francis Arnaud fut le premier à réagir, il poussa un juron et bouscula violemment le frère chevalier qui se tenait à ses côtés. D'un bond vif, il saisit Matthieu par le bras et sortit la dague à tête de mort qu'il avait dissimulée sous son pantalon, à hauteur de la cheville. Il écumait de rage et de haine.

– N'avancez pas où j'égorge Letellier. Gibelain, sale charogne, nous aurions dû te buter chez Thomas.

Une clameur d'indignation parcourut l'assemblée. Il hurla :

– Taisez-vous et que personne ne tente quoi que ce soit ou je vais me défouler sur votre cher Matthieu ! À propos, j'ai pris un sacré plaisir à voir ton fils ingurgiter ma petite préparation.

Matthieu eut un sursaut. Craignant qu'il ne tente quelque chose, je criai :

– Matthieu, ne bouge pas. Cet enfoiré n'attend que ça. Son vrai nom est Francis Arnaud et il n'est pas à un crime près. N'est-ce pas, Francis ?

Un rire démoniaque répondit à ma question.

– Tu veux parler de ce pitoyable illuminé d'Alain Legris, nous n'avions que faire de son occultisme au rabais. C'était un faible qui ne comprenait rien à la chance qui lui était offerte de recréer notre idéal. Il ne méritait que la mort et je m'en suis personnellement occupé avec raffinement.

Il savoura l'effet de sa phrase et poursuivit :

– Notre monde a besoin d'une élite où se perpétue tout ce que l'Ordre noir a fait de mieux en terme de tradition et d'efficacité et cette élite existe, c'est la Nouvelle-Thulé.

La carte du flag ayant été grillée, je me décidai à profiter de la folie du moment pour obtenir un aveu de Francis Arnaud. C'était risqué mais je n'avais plus aucun autre atout.

– Et comment tu t'y es pris pour Marc Letellier ?

Il éclata de rire.

– Cela n'a été qu'un jeu d'enfant. Pendant les agapes, je lui ai fait boire mon cocktail au méthanol dans un verre que j'avais préparé à l'avance. Il y avait tellement d'agitation et de monde que personne ne m'a remarqué quand j'ai remplacé le verre après qu'il eut fini de tout boire. Voilà pourquoi, sale flic, tu n'as rien trouvé.

Le piège avait fonctionné, Francis Arnaud venait de signer sa propre arrestation, il ne me restait plus qu'à le cueillir ou à l'abattre comme un chien. Je pointai mon arme dans sa direction et lançai :

– OK, ferme-la maintenant, Arnaud, ou je t'allume aussi sec.

Matthieu m'interrompit :

– Je t'en prie, Jean, ne tire pas, nous sommes dans un lieu sacré. Et toi, Pierre, explique-moi pourquoi tu as tué Marc.

– Tu as toujours été un obstacle, éminent commandeur, jubila Francis Arnaud, le ton débordant de mépris, dès mon arrivée à Akhenaton, j'ai vu en toi un adversaire qui allait s'opposer à mon cheminement vers le Suprême Conseil, le seul qui m'aurait permis de posséder les *Arcana arcanorum* et de mettre la main sur la parole perdue. J'ai pourtant été extrêmement patient et, sans la venue de cette ordure, malgré tes manigances, j'aurais acquis ce grade de chevalier kadosch avant d'obtenir rapidement les degrés de Naples. Tu as cru pouvoir jouer avec ma personne sans avoir à en payer le prix, Matthieu. C'était une terrible erreur de ta part car tu m'as offensé et j'ai exigé le prix du sang, celui de ton fils unique.

Tout en s'exprimant, il faisait de grands gestes tel un chanteur d'opéra qui aurait perdu la raison. Soudain, profitant du relâchement de l'étreinte, Matthieu se dégagea. Je décidai de laisser une dernière chance à Francis Arnaud.

– C'est fini, Francis. Lâche-moi cette dague et avance doucement vers moi.

Il nous toisa tous. Un regard de fureur déforma son visage. Il fut comme possédé :

– Tu ne me prendras jamais vivant, mais ne te réjouis pas trop vite, commissaire, car tu viens de te faire de terribles ennemis qui vengeront ma mort. Écoutez-moi tous, hurla-t-il, ma vie n'a aucune valeur car seul importe le règne des 66 Loges de la Centurie noire. Bientôt, ce règne viendra comme aux temps glorieux où nous adorions Moloch dans le feu et dans le sang. D'autres viendront après moi et nous vous exterminerons tous, à commencer par toi, Jean Gibelain.

Il ponctua son dernier mot d'un rictus de haine qui fît frémir l'assemblée et ajouta dans un hurlement de démence :

– Je vous en fais le serment : Ahriman régnera bientôt sur vos tenues !

J'étais abasourdi par ce que je voyais. Tout en cet homme portait la marque de l'Antéchrist. Pour la première fois de ma vie, je connus réellement la peur. Les ultimes révélations de Francis Arnaud me laissaient craindre qu'un formidable adversaire était tapi dans l'ombre. C'est à cet instant, je crois, que la Nouvelle-Thulé m'apparut comme le rameau d'une vaste organisation luciférienne présente depuis la nuit des temps.

D'un mouvement brusque, l'assassin de Marc arracha sa chlamyde et se dénuda l'abdomen. Je compris alors exactement ce qui allait se passer.

– Empêchez-le de faire ça, criai-je.

Matthieu retint mon bras avec une force qui me surprit avant d'ajouter :

– N'en faites rien, je vous l'interdis. Tout ce qui va se dérouler devant vos yeux doit s'accomplir pour que notre égrégore retrouve enfin la paix et l'harmonie.

Francis Arnaud saisit fermement l'arme dont la tête de mort ornant la poignée semblait sourire avec délectation et se plongea à pleines mains la dague en dessous de la ceinture.

Un geyser de sang jaillit de son aorte abdominale déchirée et éclaboussa le premier rang des chevaliers ! Malgré la douleur atroce qui résonnait dans son corps tout entier, il nous fixa un instant avec défi. Il s'entailla alors lentement l'abdomen, de la gauche vers la droite. Un bruit d'odieux gargouillis précéda la sortie de ses anses intestinales. Nous étions tous horrifiés. Seul Matthieu faisait preuve d'une parfaite maîtrise de ses émotions. Francis Arnaud tourna le poignard dans son horrible blessure et se fit une légère coupure vers le haut en remontant vers la partie basse de son sternum. La douleur finit par lui être insupportable et il dut sûrement apercevoir les premières lueurs de l'enfer car il hurla. Son cri nous glaça tous de terreur et il n'avait plus rien de démoniaque. C'était comme si tout ce qui lui restait d'humanité expirait dans la plus hideuse des agonies. À genoux, il semblait expier pour tous les crimes monstrueux qu'il avait commis. Le sang giclait tandis qu'il tentait de retenir ses intestins.

Dans un effort surhumain, Francis Arnaud réussit à ôter le poignard planté profondément dans son foie avant de s'affaisser vers l'avant. La mort sembla le fuir et prolonger son supplice. Soudain, il rassembla ce qui lui restait d'énergie dans un ultime sursaut et vint s'empaler, la bouche grande ouverte, sur la pointe effilée de son poignard ! Un bruit mat, lourd et affreux se fit entendre, précédant celui d'une chute et d'un écrasement. Une rivière de sang coula dans l'assemblée.

Pendant quelques instants, le silence de la mort déploya ses ailes sur chacun d'entre nous. Je crus alors sentir le souffle froid d'une présence terrifiante autour du corps. Celle-ci sembla persister jusqu'à l'acclamation libératrice de Matthieu :

– Tout est consommé.

La suite, je n'en ai plus aucun souvenir précis et je vois aujourd'hui en cette amnésie une sorte de bénédiction. Quelques lointaines sirènes et d'étincelantes lueurs, des hommes en uniforme de police, les félicitations forcées de Nicole Allard, voilà tout ce qui reste de ces instants dans ma mémoire de mort-vivant.

Paris
8 janvier 2002

Depuis mon retour au 36, quai des Orfèvres, j'étais incapable de retrouver un rythme normal de vie.

Il est vrai que j'étais rentré épuisé de Bourges où l'intense combat livré contre des forces obscures avait laissé des traces au plus profond de mon corps et de mon âme. Quelques bonnes nouvelles avaient toutefois égayé mon quotidien. Mes efforts à Bourges avaient porté leurs fruits. Par mes soins, le Suprême Conseil de Memphis-Misraïm avait été averti à temps de la tentative d'infiltration de l'ordre secret de la Centurie d'or. Peu de semaines s'écoulèrent avant que des mesures drastiques ne soient prises et des exclusions prononcées.

Pour me remercier, Matthieu m'obtint le titre d'*honoris causa* de son obédience qui fit alors de moi l'un des leurs. Le grand maître de la Grande Loge régulière française se félicita du résultat de l'union sacrée maçonnique qui avait permis d'écarter un danger menaçant jusqu'aux fondements de notre société et de ses choix de vie. Enfin, suprême surprise, je reçus, un beau matin, la confirmation de mon admission au sein de l'ordre intérieur du Régime écossais rectifié. J'allais accéder au sublime grade d'écuyer novice le lendemain de l'Épiphanie.

Dès notre entrée, je fus saisi par l'aménagement de la salle capitulaire. Couverte sur toute sa longueur par un gradin à une seule marche, la pièce était occupée, au nord et au sud, par les frères chevaliers qui, silencieux dans leurs chlamydes et manteaux blancs, m'observaient avec bienveillance tandis qu'à l'occident les frères écuyers novices me fixaient en souriant. À l'orient de l'appartement, se trouvait un second gradin à trois marches sur lequel étaient disposés le fauteuil et la table du préfet. Le fauteuil était surmonté d'un dais et la table était recouverte d'une riche étoffe écarlate avec un écu d'armes blanc portant la croix de l'ordre du Temple. Les emblèmes, un phénix et un pélican, ornaient les côtés droit et gauche du préfet.

Le commandeur apostropha l'assemblée :

– Très révérend frère préfet, voici un maître écossais que je vous présente. Il désire ardemment être admis au noviciat de l'ordre bienfaisant des chevaliers maçons de la Cité sainte et il a fait toutes ses preuves. Assisté de mes frères, je l'ai éprouvé, je l'ai reconnu en tout digne de la faveur qu'il demande et je réponds de lui.

Le préfet prit la parole :

– Frère maître écossais, les enquêtes qui ont été faites montrent que vous avez déjà mérité notre suffrage. Le témoignage que le révérend frère commandeur vient de rendre en votre faveur nous permet d'affirmer que vous êtes digne d'être reçu. Nous sommes donc prêts à récompenser votre zèle et votre persévérance si vous déclarez vous-même, en présence de tout le chapitre, que vous persistez librement et sincèrement à vouloir appartenir à notre ordre en qualité d'écuyer novice.

Je répondis par l'affirmative, le préfet hocha la tête et poursuivit :

– Avant de vous faire prononcer vos engagements pour le noviciat, je vais vous en faire donner lecture. Écoutez attentivement.

Le commandeur me fit alors lecture de la formule d'engagement puis, une fois celle-ci achevée, le préfet m'interrogea à nouveau :

– Voulez-vous prononcer solennellement ces engagements entre mes mains ?

J'y consentis spontanément.

Le préfet frappa alors un grand coup avec le pommeau de son épée et tous les frères tirèrent immédiatement les leurs. Le maître de cérémonie me fit aussitôt mettre à genoux et poser la main droite sur l'Évangile et sur l'épée du préfet. Je répétai après lui, avec conviction :

– Moi, Jean Gibelain, reconnaissant avoir demandé librement et volontairement mon admission au noviciat de l'ordre bienfaisant des Chevaliers maçons de la Cité sainte, je promets devant Dieu et devant ce respectable chapitre et je m'engage solennellement sur mon honneur à garder inviolablement, pendant toute ma vie, le secret sur les choses qui m'ont été ou me seront confiées concernant directement ou indirectement l'ordre que j'embrasse. Je promets obéissance et soumission fraternelle aux supérieurs de l'ordre, et aussi d'en observer la règle, les statuts, les règlements, et particulièrement ceux du Grand Prieuré rectifié de France, n'entendant néanmoins compromettre aucunement par mon présent engagement mes devoirs particuliers concernant ma religion, le chef de l'Etat, ma patrie et mon état civil. Je promets de travailler, soit avec mes frères, soit en particulier, au bien de l'ordre auquel je me lie, et aussi au bien de ma patrie et de l'humanité en général. Je promets de me vouer spécialement à l'exercice d'une bienfaisance active et universelle, ainsi qu'à l'amour de la vertu et de la vérité, but essentiel de l'ordre. Promettant d'observer, autant qu'il me le sera possible, les lois d'une charité vraiment chrétienne envers tous les hommes de quelque religion qu'ils soient. Je réitère librement et volontairement ma promesse de garder avec fidélité tous ces engagements, ainsi que ceux que j'ai précédemment contractés. Et si je manque à mes engagements, je consens à être réputé homme sans honneur et digne du mépris de tous mes frères. Ainsi, que Dieu me vienne en aide pour les remplir.

Le commandeur reprit sa place dans le chapitre pendant que le préfet clamait bien fort :

– Quittez donc maintenant, mon cher frère, ces vêtements et ornements maçonniques pour recevoir ceux que vos vertus et votre persévérance vous permettent de mériter et dont je vais vous revêtir. Que le passé soit effacé et que tout soit renouvelé.

Aidé par le frère maître de cérémonie, je me dépouillai de mes décors et pendant que Roland m'habillait de la cotte d'armes, le préfet se leva et vint à ma rencontre :

– Je vous revêts de la cotte d'armes des écuyers novices de l'ordre bienfaisant des Chevaliers maçons de la Cité sainte. Elle est blanche et bordée de rouge afin que la réunion de ces couleurs vous rappelle sans cesse la pureté des mœurs et la charité chrétienne qui doivent vous caractériser et vous servir d'aiguillon dans la pratique de la vertu.

Il me passa au col le cordon de soie et déclara :

– Recevez ce sautoir rouge qui est la décoration de l'ordre des Frères écuyers novices. La croix qui figure au bas sert à vous rappeler que vous devez vous dévouer à l'avenir à défendre l'honneur de la sainte religion du Christ. Vous devez désormais porter toujours ce sautoir à votre col. Vous ne devez jamais paraître dans le chapitre des novices sans en être ainsi décoré.

Le préfet posa ensuite ses deux mains sur mes épaules :

– Soyez un digne écuyer novice de l'ordre bienfaisant des Chevaliers maçons de la Cité sainte. Que la prudence et un véritable attachement à la religion dirigent toutes vos actions et n'oubliez jamais les engagements qui vous lient aujourd'hui à l'ordre.

Tenant son épée de la main droite, il conclut alors son oraison en ces termes :

– Au nom de l'ordre, par le pouvoir que j'en ai reçu et sous les auspices du Grand Prieuré rectifié de France, je vous reçois écuyer novice de l'ordre bienfaisant des Chevaliers maçons de la Cité sainte.

Le préfet acheva sa phrase en me touchant avec le pommeau de son épée, puis il me releva et me baisa le front :

– Frère novice, dès ce moment vous êtes membre de l'ordre bienfaisant des Chevaliers maçons de la Cité sainte. Vous êtes voué par le choix libre de votre cœur à la pratique de la bienfaisance et des vertus chrétiennes. Confirmez-le donc par la pratique, le zèle, la charité et la soumission que vous avez promis, en remplissant exactement tous les devoirs particuliers à votre classe que nos règles prescrivent. Nous ne vous admettrons que par là à vos derniers engagements dans l'ordre. Mes frères, clama-t-il bien fort, remettez vos épées dans le fourreau et levez la séance.

Bouleversé, je couvris mon visage et baissai la tête pour cacher mes larmes.

Paris, quartier du Temple
9 janvier 2002

Après la cérémonie, mes anciennes habitudes disparurent définitivement. Je n'eus plus aucune aspiration à fréquenter ces lieux de perdition où j'aimais me rendre pour oublier ma peine et mes remords.

Mon assiduité à nos tenues en Loge bleue devint telle que l'on me proposa le poste de vénérable, où j'officiai avec rigueur et compassion. Je compris enfin la raison qui m'avait poussé à frapper à la porte du temple. Grâce à mon séjour au sein d'Akhenaton, je savais désormais que le franc-maçon et le samouraï partagent le même idéal de servitude. Tous deux appartiennent à cette chaîne d'union universelle qui a traversé les âges et leur a donné foi en l'espérance d'un monde où la charité et la bienfaisance les transforment en des chevaliers de la Jérusalem céleste.

Tout aurait été pour le mieux dans le meilleur des mondes s'il n'y avait eu ma rupture avec Sarah. J'avais espéré la revoir après l'achèvement de l'enquête car seul son amour avait su redonner à ma vie sagesse, force et beauté, mais elle ne s'était jamais manifestée.

Je ne lui en gardai aucune rancœur, bien au contraire. J'aime aujourd'hui me retirer dans le salon et penser à elle en relisant quelques lignes de Gérard de Nerval. J'affectionne tout particulièrement ce passage où il est fait mention d'une certaine Adrienne, au point de le connaître par cœur : « À mesure qu'elle chantait, l'ombre descendait des grands arbres et le clair de lune naissant tombait sur elle seule, isolée de notre cercle attentif.

Elle se tut, et personne n'osa rompre le silence. La pelouse était couverte de faibles vapeurs condensées qui déroulaient leurs blancs flocons sur les pointes des herbes. Nous pensions être au paradis. Je me levai enfin, courant au parterre du château, où se trouvaient des lauriers plantés dans de grands vases de faïence peints en camaïeu. Je rapportai deux branches qui furent tressées en couronne et nouées d'un ruban. Je posais sur la tête d'Adrienne cet ornement, dont les feuilles lustrées éclataient sur ses cheveux blonds, aux rayons pâles de la lune. Elle ressemblait à la Béatrice de Dante, qui sourit au poète errant sur la lisière des saintes demeures... »

Jamais plus je ne revis Sarah, bien qu'elle ait survécu longtemps dans mes souvenirs les plus tendres.

Jean Gibelain chassa l'imprécation de Francis Arnaud, il ferma les yeux et se laissa doucement bercer par le chant : « C'est le Graal qui m'a envoyé vers vous : mon père Parsifal porte sa couronne et moi, son chevalier, je me nomme Lohengrin. » Un parfum d'harmonie flotta dans l'air, l'âme de Marc flamboya à ses côtés.

OMEGA

Malkhout

Comté d'Édesse
20 juillet 1121

Précédant la fière bannière du Temple qui claquait sous les assauts du vent brûlant, le comte Hugues cheminait, perdu dans ses pensées. Seuls les rais d'escarboucle peints sur son écu semblaient encore le rattacher à ses terres de Champagne.

La chasse et les chevauchées de son enfance lui manquaient et la nostalgie s'installait sournoisement. Que n'aurait-il donné pour fuir ce désert abandonné de tous, à l'exception de ces caravanes où chevauchaient des hommes au teint jaune et aux yeux dessinés curieusement !

Il est vrai que ce paysage n'avait rien de joyeux et n'incitait guère à l'émerveillement. Ce n'était que rocailles et dunes de sable à perte de vue, écrasées par un soleil de plomb.

Hugues étouffait sous son heaume. Plus d'une fois, il s'était décidé à l'enlever mais il n'avait pas tardé à regretter son geste. L'étincelant disque solaire était redoutable et s'y exposer directement rendait les hommes comme fous. Il en savait quelque chose, lui qui venait de perdre son fidèle écuyer, le vaillant Guillaume, qui avait été de toutes les épopées et de tous les tournois.

Hugues de Champagne ne se remettait pas de sa disparition survenue quelques jours auparavant. Parti discrètement au petit matin à la recherche d'un improbable point d'eau, le fougueux écuyer avait sous-estimé la puissance de Râ. Hugues l'avait découvert, aveugle et délirant, en fin de journée, et ce n'était pas leurs maigres rations qui avaient pu le ramener à la vie.

Guillaume, qui venait d'avoir quinze ans, s'éteignit silencieusement dans les bras du comte, cette nuit-là.

Le lendemain, le comte donna sur ces terres de Perse une petite sépulture chrétienne à son ami de toujours, qu'il n'adouberait jamais. Il sourit au souvenir des rires qu'ils échangeaient à l'idée de la rude colée qu'il lui assénerait le jour où il lui remettrait l'épée qui ferait de lui son chevalier. Il repensa aux défis à la quintaine que Guillaume rêvait de lui disputer devant les belles du comté toujours à la recherche de leur champion.

Hugues s'agenouilla quelques instants et posa la main sur l'épée de Guillaume, celle-là même qu'il se destinait à lui offrir pour son adoubement. Elle marquerait dorénavant, jusqu'à ce que le sable l'engloutisse, la tombe du jeune écuyer.

– Dors bien, preux Guillaume, susurra-t-il.

Il remonta promptement sur son beau destrier gris en serrant avec force de sa main gauche l'écu d'azur, son regard fixa intensément l'horizon avant que les souvenirs ne déferlent telles des vagues sans fin.

Tout avait commencé en l'an 1104. Hugues de Champagne était alors l'un des personnages les plus puissants du royaume de France. N'affirmait-on pas avec véhémence dans toutes les cours du royaume qu'il était quatre à cinq fois plus riche que son propre suzerain !

Hugues n'y attacha jamais une réelle importance car les honneurs et les biens ne pouvaient remplacer dans son cœur l'amour qu'il portait à Dieu. Seule comptait dans sa vie cette puissante ferveur qui le poussait à chercher le message divin ici et ailleurs, aujourd'hui et demain.

C'était là toute l'essence de son existence et l'unique raison qui l'avait alors poussé à prendre le chemin de Jérusalem en compagnie de son vassal Hugues de Payns, quatre ans après la disparition du noble Godefroi de Bouillon.

La route avait été longue et dangereuse. Combien de fois eurent-ils à sortir l'épée, à brandir la masse et la lance ? Il ne s'en souvenait plus mais nombreux furent ceux qui tombèrent sous leurs coups, après avoir vainement essayé de les occire au détour d'une sombre forêt ou d'un étroit défilé. Il se remémora toutefois, les larmes aux yeux, l'instant merveilleux où il put se recueillir sur la tombe du Sauveur, après avoir parcouru avec les fidèles le chemin du Calvaire.

Dès son arrivée, Jérusalem l'avait fasciné. Sa lumière inondait ses yeux des plus vives couleurs, ses odeurs d'épices mêlées à celles du thé et de délicats parfums affolaient ses sens. Il fut conquis dès le premier jour et l'idée de demeurer dans la ville du Saint-Sépulcre à veiller sur le tombeau du Christ le saisit. Gloire, famille et fortune, tout cela avait si peu d'importance au regard de cette mission. Il sentait qu'un jour il devrait les abandonner pour vivre enfin sa destinée, mais ce temps n'était pas encore venu.

Une fois son pèlerinage accompli, le comte et Hugues de Payns regagnèrent tous deux la Champagne. Les caprices de la Méditerranée rendirent maintes fois le voyage du retour agité mais lorsque le souvenir du mont des Oliviers s'imposait à la mémoire du comte, toutes ses craintes s'effaçaient. Qu'était-ce que ces quelques vagues, comparées au martyre du Christ ? L'image du Sauveur l'avait toujours apaisé et les prières qu'il ne manquait jamais de lui adresser s'étaient souvent vu exaucées. Le comte de Champagne avait ainsi, au plus profond de lui-même, fait du Christ un ami, mieux encore, un frère divin et sacré qu'il aimait plus que tout au monde.

Arrivés sur les terres de son vassal qui était aussi seigneur de Montigny, ils furent accueillis avec grande joie par dame Eremburge, l'épouse d'Hugues de Payns. Fêtes, tournois et festins se succédèrent alors pendant plusieurs semaines et marquèrent l'heureux retour du comte dans tout le pays.

Une fois les festivités achevées, la vie et les années reprirent leur cours. Installé dans son domaine auprès des siens, Hugues de Champagne poursuivit sa quête. Ses échanges mystiques avec Étienne Harding, l'abbé de Cîteaux, l'enrichirent au point qu'il se décida à reprendre la route de la Terre sainte en 1114.

Ce deuxième pèlerinage le transforma profondément. Il perçut que son destin prenait forme. Au lendemain de son retour d'Orient, Étienne Harding et lui-même décidèrent d'approfondir leurs connaissances des textes hébraïques de l'Ancien Testament. Ils firent venir à Cîteaux un moine de l'abbaye de la Chaise-Dieu, réputé pour sa grande compétence car les versets du volume de la Loi sacrée sont comme des textes codés. Seuls des initiés, des gardiens en quelque sorte, peuvent espérer avoir accès aux splendeurs du monde divin. Captivé par les révélations du moine, un grandiose projet accapara rapidement les pensées du comte avant qu'il ne prenne la décision qui allait changer sa vie : retourner à Jérusalem chercher l'arche d'alliance.

Il avait en effet, au gré des traductions, acquis la certitude que l'aura du Christ n'était rien d'autre que l'expression créatrice, illuminatrice et salvatrice de la force de Dieu, encore appelée Verbe. Celle-ci s'était révélée bien des fois déterminante au cours de l'histoire des hommes. Elle avait permis au « peuple élu », parti de rien, de vaincre la puissance de Pharaon et de conquérir les royaumes philistins avant qu'ils n'affirment, des siècles durant, leur hégémonie sur la terre « de lait et de miel ». Cette force divine, Moïse et les siens la véhiculèrent tout au long de leurs périples au sein de l'arche d'alliance déposée dans le tabernacle. Ce n'est qu'une fois installés en terre d'Israël qu'ils surent bâtir une demeure terrestre au Créateur sous la forme d'un temple, celui de Salomon. Ils installèrent alors l'arche dans l'enceinte sacrée du saint des saints.

L'année 1115 fut décidément riche en rencontres et en décisions. Sur les recommandations d'Étienne Harding, le comte de Champagne prit sous sa protection un jeune moine du nom de Bernard. L'homme vouait une profonde vénération à la Vierge Marie et se fit d'emblée remarquer du comte par sa conviction qu'il fallait unir l'épée à la charité ainsi qu'à l'amour. « Seule l'épée est la garante du règne de l'amour et de la vertu de dame Charité », se plaisait-il à dire autour de lui.

Conquis, Hugues de Champagne l'installa sur ses terres, à Clairvaux.

Le soleil étincelait et rendait la marche des chevaux épuisante. Les pauvres bêtes écumaient en silence et Hugues fut tenté plus d'une fois de faire mettre pied à terre mais la forteresse d'Alamut était encore à plus de trois jours de chevauchée. Il se ravisa en réalisant qu'ils avaient perdu suffisamment de semaines à éviter l'émir de Diyarbakir. Depuis leur éclatante victoire un an plus tôt sur l'armée franque du prince d'Antioche Roger de Salerne, les troupes d'El-Ghazi rôdaient dans les environs d'Édesse et il fallait éviter à tout prix d'attirer leur attention pour le bien de la mission.

Le comte de Champagne gardait profondément en mémoire les mots de son ami Hugues de Payns : « Il est de la plus haute importance que soient remis au cheikh El-Djebel les coffrets que voici. Je n'ai confiance en personne d'autre que vous, mon suzerain, il en va de la grandeur et de la prospérité de nous tous et de celle du royaume de saint Jean l'Évangéliste. »

Bien que maître et fondateur de l'ordre du Temple de Jérusalem depuis la prononciation de ses vœux le 25 décembre 1119, Hugues de Payns n'avait en rien renié ses obligations envers le comte. Elles s'étaient certes modifiées mais jamais il ne put remettre en question, même au prix des idéaux du guerrier sacral, les lois de ses pères. Hugues de Champagne était pourtant demeuré sceptique à l'énoncé du projet de son ancien vassal. Celui-ci, pour parfaire son alliance avec l'ordre des Assassins, avait décidé de remettre en mains propres au chef même de la secte des ismaéliens le plus grand trésor de l'humanité. Celui-là même qu'ils avaient mis tant d'années à rechercher sous les décombres du temple d'Hérode.

Le comte soupçonnait le maître des Templiers de chercher à établir, à travers cette offrande sacrée, une véritable synarchie. La finalité de cette dernière ne visait rien d'autre qu'une réorganisation du monde par l'union de toutes les religions professant la même croyance en un principe premier. L'instauration d'un tel empire spirituel exigeait, avant toutes choses, l'union de la croix et du croissant, or cette union ne pouvait se réaliser qu'après l'élimination de la menace de quelques princes chrétiens et de l'ensemble des dignitaires sunnites. D'emblée Hugues de Payns et Hassan ben Sabbah, celui que l'on surnommait avec crainte à Damas comme au Caire « le Vieux de la montagne », avaient compris tout le profit qu'ils pouvaient tirer l'un l'autre d'une telle alliance. Tous deux avaient un profond intérêt à mener en commun la lutte contre le sunnisme, même si leurs raisons étaient différentes : doctrinales pour les assassins, politiques et diplomatiques pour les templiers.

Le maître de l'ordre des Templiers s'était un soir confié au comte en lui révélant que, une fois la menace écartée, il n'y aurait plus d'obstacle pour réanimer en Terre sainte un véritable centre spirituel et faire renaître l'âge d'or où l'homme et ce principe originel, vénéré sous le terme de Dieu, mythe ou logos, coexistaient harmonieusement dans la tradition primordiale.

Le comte comprit alors la raison de toutes ces ambassades dépêchées ces dernières années auprès de groupes aussi divers que les manichéens, les mazdéens, les coptes ou les druzes. L'ordre du Temple reconstituait, en fait, les liens spirituels de la tradition première dont les données s'étaient vues éclater en diverses traditions particulières dénommées religions.

Ce concept transcendait l'idée même d'appartenir à une Église, fût-elle de Rome, et Hugues de Champagne frissonna à l'idée que l'ordre et ses membres pourraient être condamnés pour hérésie !

C'est la raison pour laquelle toute cette mission devait rester secrète à l'image des fouilles qu'Hugues de Payns et ses compagnons entreprirent, dès leur installation, dans l'aile orientale du palais du roi Baudouin II, celle qui jouxtait la mosquée Al-Aqsa, à l'emplacement même de l'antique temple de Salomon et du plus récent temple d'Hérode. Grâce aux biens du comte de Champagne qui autorisèrent la venue de quelques maçons dignes de confiance, les travaux, bien que lents, progressèrent régulièrement.

Quand ils n'étaient pas à surveiller les chemins de Jaffa et de Saint-Jean-d'Acre ou à escorter les pèlerins qui se rendaient au Jourdain, les chevaliers n'hésitaient pas à payer de leur personne pour creuser et déblayer pierres et gravats. Les plus motivés d'entre eux étaient, sans conteste, Geoffroy de Saint-Omer et André de Montbard. Rien ne semblait les arrêter ou les décourager malgré l'immense nuage de poussière qui irritait les yeux comme la gorge. Il n'était pas exceptionnel de les voir, dès leur retour du guet, déposer l'épée et prendre truelle, pelle et pioche.

Le fidèle Guillaume s'était vite pris d'amitié pour ces chevaliers et ces maçons qui le lui rendaient bien. Il régnait entre tous une parfaite harmonie, ce qui leur permettait d'abattre une somme considérable de travail dans des conditions extrêmement difficiles et toujours dangereuses.

Un jour, pourtant, l'équipe fit une découverte dont l'importance devait résonner au fil des siècles. Robert de Craon et

Archambaud de Saint-Amand, assistés de l'écuyer du comte de Champagne et d'une dizaine de maçons, mirent au jour un caveau souterrain. Ils y accédèrent par le sommet de sa voûte dont ils arrachèrent quelques pierres au moyen de leviers. Ils tirèrent ensuite au sort l'un d'entre eux pour descendre dans le caveau, suspendu au bout d'une corde nouée autour de la taille.

En raison de son gabarit et de sa souplesse, Guillaume fut choisi et descendit le premier. Malgré sa crainte, il était parcouru par une grande excitation. Parvenu au fond, il ne put rien apercevoir mais, en tâtonnant dans les ténèbres, il mit la main sur un parchemin. Après avoir donné le signal convenu, il fut remonté et ramené à la lumière du jour par ses compagnons. Hugues de Payns, en personne, le serra chaleureusement dans ses bras quand il lui remit le rouleau qui portait le texte des premiers versets de la Genèse.

Après avoir agrandi l'ouverture en arrachant la clef de voûte, le maître des Templiers redescendit dans le caveau, accompagné d'André de Montbard et de trois ouvriers maçons. La disparition de la clef avait permis aux rayons du soleil de pénétrer au travers de la béante ouverture et de révéler la présence d'un autel sur le devant duquel étaient gravées les initiales des trois grands maîtres qui avaient présidé à la construction du premier temple, accompagnées de caractères mystiques.

Après avoir soulevé délicatement le voile qui couvrait la partie supérieure de l'autel, Hugues de Payns découvrit une plaque d'or sur laquelle il déchiffra, gravé deux fois, sur un cercle et sur un triangle, le nom sacré et mystérieux de Dieu. Tous s'agenouillèrent alors et se mirent à prier avec une grande ferveur avant de recouvrir à nouveau l'autel dans le plus complet des silences et de le remonter dans la plus absolue des vénérations.

Fidèle à son idéal, Hugues de Payns utilisa sa précieuse découverte pour proposer discrètement aux différents courants initiatiques traditionnels répandus en Terre sainte son projet de création d'un ordre unificateur, gardien d'une théocratie universelle. Il concevait celui-ci comme reposant sur une triple unité soumise à un conseil d'État. À l'unité des pouvoirs regroupant justice, politique et économie, répondaient l'unité du savoir et de la connaissance ainsi que l'unité spirituelle dominée par la charité et l'amour divin.

Il fit, dans le même temps, parvenir une copie de son projet à l'abbé de Cîteaux, Étienne Harding, et au jeune moine Bernard de Clairvaux.

La proposition du maître des Templiers suscita d'emblée une vive réaction dans la confrérie des Assassins. Hassan ben Sabbah, en personne, délégua plusieurs de ses missionnaires propagandistes, les *daï*, pour vérifier *de visu* la plaque d'or sur laquelle étincelait le nom divin. Ils étaient accompagnés d'une armée de *fidaï*, ces adeptes dont la foi, l'habileté et l'endurance faisaient de redoutables machines à tuer. N'affirmait-on pas que, même sous la torture, ces messagers de la mort récitaient encore le message de l'ordre ? En se sacrifiant avec courage, les *fidaï* savaient qu'ils forçaient l'admiration d'une foule apeurée et que, tôt ou tard, des jeunes en mal d'aventure, des croyants en quête de rigueur sortiraient du rang pour les rejoindre.

Malgré la nuit sans lune qui enveloppait Jérusalem, le comte les reconnut dès leur arrivée. Drapés de noir et enturbannés, ils dissimulaient tous leur redoutable dague effilée, qu'ils maniaient à la perfection.

Malgré le respect mutuel que se portaient la secte ismaélienne et l'ordre templier, Hugues de Champagne restait sur la défensive. Il avait entendu tant de choses qu'il ne comprenait pas réellement pourquoi son vassal s'évertuait à rechercher l'alliance de ces hommes redoutables et redoutés. Longtemps persécutés comme nombre de chiites, les ismaéliens s'étaient réfugiés dès 1113 à proximité des territoires francs dans les hauteurs de Syrie et du mont Liban. Ils construisirent alors des monastères forteresses, à l'image de celle de leur quartier général d'Alamut, près de la mer Caspienne. Là, ils purent, sans crainte, se prêter à l'étude des sens cachés du Coran pour accéder à une pleine compréhension du message divin et espérer entrer directement en relation avec Dieu.

Cette relation avec le divin était toute leur raison d'être mais cette recherche des sens secrets des textes sacrés était frappée d'illégalité par le courant majoritaire des sunnites. Plus dogmatiques, ces derniers prétendaient avoir l'exclusivité de l'interprétation du Coran en le réduisant au sens apparent exotérique des textes, par la force si nécessaire.

Une terrible lutte s'établit dès lors que la mort devint vite synonyme, pour les guerriers mystiques ismaéliens, de conquête et de conversion.

Parce qu'il n'était pas templier, le comte ne put assister à la rencontre. L'entrevue secrète dura jusqu'à l'aube naissante puis les mystérieux cavaliers sortirent de la ville par la porte de Damas, sans être le moins du monde inquiétés.

Peu de temps après leur départ, Hugues de Payns expliqua à son suzerain qu'il venait de contracter une alliance sacrée avec Hassan ben Sabbah. Celui-ci lui promettait la soumission totale de son empire en échange du prêt, pendant quelques années, des plaques sacrées.

Le comte protesta vivement, arguant que l'ordre du Temple vendait son âme en remettant un tel trésor, mais il dut céder devant les propos du templier, confortés par la missive d'Étienne Harding et de Bernard de Clairvaux, ramenée de Champagne le jour même par André de Montbard.

Il accepta la mission de remettre en mains propres les noms imprononçables à l'imam d'Alamut.

Voilà comment il en était arrivé à cheminer en plein désert sous un soleil de plomb qui venait de lui ravir son fidèle écuyer. Malgré le caractère abandonné des lieux, le comte savait que leurs moindres faits et gestes étaient épiés et relatés dans le détail au Vieux de la montagne qui les attendait, là-bas, dans son nid d'aigle. Plusieurs fois, en effet, il avait remarqué le vol lointain de pigeons voyageurs puis de faucons, ce qui ne devait rien au hasard.

Son instinct de chasseur et de guerrier lui affirmait qu'ils étaient discrètement suivis par une importante troupe depuis qu'ils avaient dépassé, il y avait une dizaine de jours, la cité de Mossoul.

Bien qu'il ait donné sa parole à son vassal, Hugues de Champagne demeurait sceptique quant au bien-fondé de sa mission. Le fait qu'aucun cavalier d'Hassan ben Sabbah ne se soit manifesté ouvertement à leur égard depuis leur entrée dans l'Empire seldjoukide n'était pas pour le rassurer. Que se serait-il, en effet, passé s'ils avaient eu à rencontrer une troupe armée ? Malgré leur foi guerrière légendaire qui faisait dire à tous qu'un templier était le premier à monter à l'assaut et le dernier à quitter le champ de bataille, Hugues de Champagne savait que son escorte n'était pas de taille à supporter un lourd combat contre les hommes du calife abbasside de Bagdad. Jusqu'ici, la chance avait été de leur côté mais il doutait sérieusement que le Vieux de la montagne y ait été pour quelque chose.

Il apostropha le turcopole qui répondait au nom de Gemayel. Ce dernier était un chrétien oriental de la secte des maronites qui, paraît-il, avait rejoint l'armée de Godefroi de Bouillon au moment du siège de Jérusalem lors de la croisade des barons. Il avait la pleine confiance d'Hugues de Payns et de ses chevaliers.

L'auxiliaire de l'ordre se rapprocha, il avait les traits tirés et on le sentait aux aguets.

– Que puis-je faire pour toi, seigneur ? demanda-t-il.

– Gemayel, à combien de jours de cheval sommes-nous encore d'Alamut ? s'enquit le comte.

– Vois-tu, seigneur, ces montagnes ?

Il désigna une longue chaîne montagneuse dont les cimes étaient recouvertes d'une neige épaisse. Sur ses pentes cheminait un large cours d'eau en furie.

– Elles portent le nom d'Elbourz et ce fleuve fou que tu aperçois, nous le nommons Shag-Roud. Malheur à ceux qui osent s'en approcher de trop près, il arrache tout sur son passage. La forteresse se situe quelque part au nord du pont, à environ deux jours d'ici.

Le comte de Champagne jaugea l'homme, il lut dans ses yeux une intense loyauté et sut qu'il pourrait compter sur lui en cas de coup dur.

– Parle-moi d'Alamut, veux-tu ?

– Comme il te plaira, seigneur. Du Shag-Roud s'élève une large brume qui rend d'en bas la forteresse invisible aux yeux de tous mais, pour ceux qui y résident, elle est comme une île perdue dans un océan de nuages. Une légende affirme qu'un prince qui voulait édifier une forteresse pour contrôler ces lieux aurait lâché son aigle et que celui-ci, après avoir longtemps tournoyé, se serait posé sur ce rocher. Depuis lors, cet emplacement se nomme Alamut, c'est-à-dire « la leçon de l'aigle ».

– Gemayel ?

– Oui, seigneur.

– Comment un homme comme Hassan ben Sabbah a-t-il pu s'installer ici ?

Le templier reprit son souffle et poursuivit :

– Le Vieux de la montagne parcourait la Perse depuis fort longtemps à la recherche d'un lieu où il lui serait possible de rassembler ses fidèles pour les instruire et les organiser, en toute sécurité. L'idée d'un réduit montagneux inaccessible était exactement ce qu'il recherchait pour développer son ordre. Alamut fut alors une révélation le jour où il l'aperçut mais il lui fallut ruser pour devenir maître des lieux car la place était un village fortifié où vivaient un gouverneur, Mahdi l'Alaouite, et sa troupe.

– Comment s'y est-il pris ? demanda le comte, passionné par ce singulier personnage.

– Le Vieux de la montagne est un homme redoutable parce que très patient, seigneur. Une fois sa décision prise, il envoya plusieurs de ses fidèles, tous enfants du pays, se mêler à la garnison. Pendant des mois, ceux-ci prêchèrent et convertirent en silence les soldats et leurs familles jusqu'à ce que tous épousent les convictions du maître. Le jour où Hassan ben Sabbah estima qu'Alamut était sienne, il se rendit chez le gouverneur et lui annonça brutalement : « Gouverneur, je suis venu prendre possession de la place, tous les hommes de ta garnison me sont acquis. »

– Gemayel ?

– Oui, seigneur.

– T'es-tu déjà rendu à Alamut ?

Le turcopole hocha la tête.

– C'était il y a bien longtemps, quand la tombe de notre Sauveur était chaque jour profanée par les Fatimides du Caire et par leur calife, tandis que les Atabeks seldjoukides persécutaient mon peuple.

Il ajouta en crachant violemment :

– Maudits soient-ils, tous. Tout comme les ismaéliens, nous avions besoin d'une alliance pour survivre. Je fis donc partie de l'ambassade envoyée par nos dirigeants pour négocier celle-ci.

Le comte de Champagne enchaîna :

– Gemayel, peux-tu me décrire cette forteresse ?

–Je vois, seigneur, que tu cherches à préparer ton entrée et ta sortie. C'est sage de ta part, hélas, il n'existe qu'un seul chemin pour accéder à Alamut comme pour s'en échapper.

Un discret silence précéda sa phrase lourde de prémonitions.

– Mais n'aie crainte, seigneur, si telle est la volonté du Vieux de la montagne, nous serons égorgés en moins de temps que ne met un faucon à se jeter sur une colombe.

Le turcopole fixa un instant le « fleuve fou » dont on entendait le rugissement. Il voyageait dans ses souvenirs. Après quelques instants, il ajouta :

– Une fois qu'Hassan ben Sabbah se fut emparé de la forteresse, il entreprit de grands travaux pour en faire son sanctuaire. Pour empêcher toute entrée, il fit boucher le moindre passage existant entre deux collines. Pour se protéger de la faim et de la soif qu'un long siège pourrait engendrer, il creusa dans la montagne un réseau de citernes et de canaux destiné à recueillir la pluie et l'eau de la fonte des neiges. Il aménagea des puits où il fit déposer huile, miel, orge, fruits secs, raisins et graisse d'agneau en quantités suffisantes pour un an. Au sommet du piton rocheux qui constitue Alamut, il existe, seigneur, un plateau assez vaste pour y contenir toute une ville, c'est la forteresse haute où réside Hassan ben Sabbah. On y accède depuis la forteresse basse par un étroit tunnel, après avoir traversé la grand-place que nous appelons *meydane* et qui est le seul endroit où la communauté est autorisée à se rassembler.

– Gemayel, comment est la vie à Alamut ?

– Seigneur, chaque instant est réglementé avec rigueur et impartialité par le grand maître. La musique y est interdite et la consommation d'alcool y est punie de mort, séance tenante. On raconte qu'Hussein, le propre fils du Vieux de la montagne, surpris en état d'ébriété, fut décapité dès le lendemain sous les ordres directs de son père.

Horrifié, le comte de Champagne ne pouvait néanmoins s'empêcher d'admirer secrètement un homme qui allait jusqu'à sacrifier sa propre chair pour faire appliquer son idéal, aussi rigide soit-il. Il comprit qu'il avait affaire à un être exceptionnel à certains égards et voulut immédiatement en savoir davantage sur celui-ci.

Il apostropha à nouveau le cavalier maronite :

– Gemayel, j'ai entendu tant de choses sur Hassan ben Sabbah et sur ses fidèles que je ne sais plus où s'arrête la réalité et où commence la légende. Toi qui l'as approché de près, peux-tu me parler de lui ?

Le turcopole marqua une seconde d'hésitation, on aurait dit qu'il craignait de répondre à une telle question. À n'en pas douter, l'homme se sentait en danger.

– Seigneur, lorsque tu parles du maître des Assassins, reste toujours sobre et discret si tu tiens à demeurer en vie, car le vent est son confident et les nuages, ses messagers. Je vais te dire ce que je sais de cet homme, seigneur, mais toi seul découvriras la vérité qui se cache derrière tant de mots le jour où son étincelant regard te transpercera. Tu comprendras alors pourquoi nous parlons tous de lui avec crainte.

Il se retourna, comme pour s'assurer que la distance qui le séparait du reste de l'escorte était suffisante, puis il se rapprocha du comte et se mit à parler à voix basse :

– Hassan ben Sabbah aurait vu le jour dans la cité de Qom. On dit qu'il s'intéressa très jeune à la science, à la religion, à la philosophie ainsi qu'aux astres, à tel point qu'il devint rapidement un homme de grand savoir, préférant les mots vrais aux mots plaisants et méprisant les honneurs. On vint vite à dire de lui qu'il était autant capable de raison que de folie et le grand savant Omar Khayyam, en le rencontrant, lui déclara : « Le paradis et l'enfer sont en toi. »

Le templier hocha la tête, avant de poursuivre :

– La certitude qui l'habitait et qu'il tirait de son grand savoir lui permit de vivre parmi les gens de pouvoir. Il occupa même un temps la fonction de chef des espions auprès de quelques vizirs et sultans. Au cœur même des secrets des puissants, il accumula un certain pouvoir qui devait finir par faire de lui une menace pour ses maîtres. Refusant par ailleurs l'avilissement des grands de la Perse à la puissance turque, il se décida à détruire celle-ci ainsi que tous ceux qui la servaient. En habit de soufi, entouré de quelques fidèles, il traversa l'Empire seldjoukide pour prêcher et convertir. Dans chaque ville qu'il traversa, il sut organiser une armée en s'entourant d'adeptes perses comme arabes, sunnites comme chiites, excédés par la domination turque. Les ulémas les désignèrent sous le terme de *batinis* ou gens du secret. Je crois que dans ta langue, seigneur, on dit « hérétiques ». Tuer un *batini* devint vite un devoir. Un impitoyable conflit déferla, tel le vent du désert, sur les villes et les routes de l'empire. Bien peu furent épargnés. Chaque *batini* tué devint un martyr que l'on vengeait systématiquement et le Vieux de la montagne sut utiliser toute sa connaissance des inimitiés des palais pour amplifier les haines entre héritiers. On dit même que, entraînés à répondre sous la torture, ses adeptes n'hésitaient pas à réciter une suite de noms appris par cœur dénoncés comme membres de la confrérie alors que, en fait, il s'agissait d'ennemis de celle-ci. Ainsi, nombreux furent les membres du pouvoir local à exécuter, en toute ignorance, les volontés d'Hassan.

Qazvin, Empire seldjoukide

La course du soleil entamait sa dernière heure et Hugues de Champagne sut que bientôt la nuit tomberait, accompagnée d'un froid insolite, en cette fin de journée du 24 juillet 1121. Il était temps de mettre pied à terre et d'installer le campement.

Gemayel leva la main, faisant signe aux cavaliers de s'arrêter, tandis qu'Enguerrand de Hauteville, autrefois écuyer de Robert Courteheuse, le propre fils de Guillaume le Conquérant, clamait haut et fort :

– Hébergez-vous, seigneurs frères, de par Dieu.

Aussitôt, la petite troupe s'exécuta et, tandis que quelques sergents armés d'arbalètes veillaient aux quatre coins du campement, les templiers installèrent avec discipline la tente chapelle avant de monter successivement celle de Gemayel, le chef officiel de l'expédition, puis celles du comte et des autres combattants.

Une vingtaine de minutes plus tard, Hugues rejoignit le turcopole dans la tente de la viande. Celui-ci se leva dès son entrée.

– Seigneur, sois le bienvenu.

Le comte de Champagne répondit par un vague sourire à la déférence du maronite, avant d'ajouter :

– Gemayel, j'ai besoin de te parler.

La réponse de l'auxiliaire fut immédiate :

– Seigneur, accorde-moi d'abord de rendre grâce à Dieu pour ce repas et de rejoindre mes frères autour de notre chanoine pour que, repu du corps de Dieu après le service divin, aucun d'entre nous ne puisse s'épouvanter d'aller en bataille mais que tous soyons prêts au martyre.

Hugues, d'un hochement de tête, approuva la demande du templier et lui demanda de venir le rejoindre sous sa tente dès l'achèvement de la messe.

La nuit était déjà bien avancée quand la garde du comte annonça l'arrivée de Gemayel.

– Faites entrer, ordonna Hugues de Champagne.

Le templier entra fièrement et salua avec dignité :

– Je suis à tes ordres, seigneur.

– Prends place, mon ami, et qu'on nous apporte du vin, clama le comte.

Une fois servis, Hugues, fidèle à lui-même, exposa d'emblée au maronite la raison de cet entretien qu'il voulait secret :

– Gemayel, lui dit-il à voix basse, j'ai une mission à te confier.

Le turcopole fixait le comte intensément, et un mélange de curiosité et de perplexité se lisait dans ses grands yeux.

– Mais, seigneur, tu sais que c'est impossible, j'ai le devoir de te conduire à Alamut.

– Oui, Gemayel et sache que tu as parfaitement accompli celui-ci, mais j'ai besoin que demain tu ne m'accompagnes pas chez le Vieux de la montagne.

– Seigneur, je ne comprends pas.

– Tu dois savoir que je me méfie d'Hassan ben Sabbah et de ses hommes. Je tiens à m'assurer qu'il est bien digne de confiance, avant de lui remettre quelque chose de très précieux et de sacré. Voilà pourquoi j'ai besoin qu'un homme aguerri, comme toi, et que deux guerriers expérimentés demeurent sur nos arrières. Dès que j'aurai acquis la certitude que le Vieux de la montagne est bien l'homme de la situation, je te ferai parvenir un courrier par pigeon voyageur et vous nous rejoindrez.

Le templier était demeuré silencieux mais l'expression de son visage trahissait le scepticisme. Hugues comprit qu'il lui serait difficile de le convaincre.

– Seigneur, ce que tu m'exposes là est de la folie. Dès qu'il apprendra notre ruse, Hassan ben Sabbah nous fera mettre à mort dans la plus grande des souffrances. Je n'ai pas à discuter les raisons qui te poussent à faire ce choix mais laisse-moi au moins t'accompagner car je connais les assassins et leurs coutumes. Au moment où nous entrerons dans Alamut, nos vies seront en danger et je suis le seul qui puisse, peut-être, arriver à obtenir la clémence de leur maître. Si tu m'ordonnes de ne pas t'accompagner, seigneur, laisse-moi te dire qu'il vaudrait cent fois mieux pour nous tous que j'apporte moi-même ta tête au Vieux de la montagne, lorsque le jour se couchera de nouveau.

Le comte de Champagne mesura alors à quel point il mettait la vie de cet homme et des siens en danger. Pendant un bref instant, il s'en voulut de ne pas suivre les instructions de son vassal. Hugues de Payns lui pardonnerait-il un jour ? Il en douta sérieusement, mais remettre à un homme aussi assoiffé de puissance que l'était Hassan ben Sabbah le nom sacré de Dieu, celui qui, prononcé correctement, pouvait permettre d'ouvrir les flots tumultueux de la mer Rouge ou d'effondrer les remparts de Jéricho, l'effrayait au plus haut point.

D'un regard, il prit sa décision et scella son destin :

– Très bien, Gemayel, je m'en remets à ta sagesse, tu m'accompagneras demain mais trouve-moi trois hommes ainsi qu'une cachette, à l'abri des yeux et des oreilles du Vieux de la montagne, où ils pourront nous attendre. Si nous ne nous sommes pas manifestés dans les trois jours, fais-leur savoir de rentrer le plus rapidement et discrètement possible à Jérusalem où ils remettront ce courrier ainsi que cet anneau au roi Baudouin.

Hugues ôta alors ce dernier sur lequel étaient gravées les armes de ses ancêtres.

– Il en sera fait selon ta volonté, seigneur. Saleh et ses deux fils se feront tuer sur place si tu l'exiges. Ils sont de mon village et nos mères étaient sœurs. Je leur confierais la vie de mes enfants sans aucune hésitation. Quant à la cachette, n'aie crainte. À trois heures de cheval au nord-ouest d'ici, tu trouveras une grotte qui n'est accessible qu'au petit matin, quand le fleuve fou se laisse encore approcher. Seul celui qui a perdu la raison oserait s'y risquer après le lever du soleil et tous les hommes d'Hassan ben Sabbah respectent la puissance du Shag-Roud.

Le templier ajouta :

– Seigneur, si demain ma vie devait être prise et la tienne épargnée, sache que pour trouver la grotte, il te faudra d'abord rechercher ce qui fut autrefois un grand arbre sur lequel s'est abattue la foudre, un soir de violent orage. On dit que l'arbre brûla trois jours et trois nuits et que ses feux étaient visibles depuis Alamut, malgré le brouillard. Après sa mort, l'arbre a subsisté et même le « fleuve fou » n'a pu l'emporter.

Gemayel esquissa un petit sourire, avant de déclarer :

– Les gens d'ici te diront que cet endroit est le repaire des djinns de la montagne. La grotte fait face à l'arbre mais seul le regard perçant d'un homme averti peut en découvrir l'entrée. Mes hommes se mettront en route dès que tu l'ordonneras, seigneur. La nuit sera leur alliée.

Le templier salua et sortit immédiatement tandis que, au dehors, les frères sellaient leurs montures et rassemblaient leur équipement.

Ils chevauchaient depuis plus de cinq heures et la chaleur était devenue moins oppressante depuis qu'ils avaient atteint les contreforts de l'Elbourz.

Au petit matin, Gemayel les avait tous réveillés par son cri, qui indiquait aux templiers de lever le campement. Sur l'ordre de celui qui avait fonction de maréchal, le matériel de campement fut rapidement monté sur les bêtes de somme. Gemayel ordonna alors de monter à cheval et tous les frères, d'un seul élan, prirent place sur leurs montures.

Les templiers étaient maintenant réduits au nombre de neuf mais Hugues de Champagne savait qu'ils étaient suffisamment entraînés pour affronter un ennemi supérieur en nombre. Au fond de lui-même, il les admirait car les moines soldats ne craignaient pas la mort et bannissaient toute fuite. On dit qu'ils acceptaient le combat à un contre trois et qu'ils ne demandaient jamais grâce ni rançon. Si bien qu'un templier capturé était le plus souvent décapité sur l'instant et sa tête fichée sur une pique !

Gemayel avait disposé la formation en échelle ou escadron de combat et désigné le chevalier Enguerrand de Hauteville comme commandeur de celle-ci. Du haut de son mètre quatre-vingt-quinze, le Normand avait fière allure sur son destrier gris, sa barbe blonde et ses muscles saillants rappelaient à tous ses origines vikings et la certitude que l'homme devait être redoutable, même pour un assassin, se rassura le comte de Champagne. Le chevalier brandissait noblement la bannière blanche et noire de l'ordre, dénommée Beaucéant. Hugues savait qu'au premier combat tous les templiers n'auraient de cesse de la rallier et lutteraient jusqu'à la mort tant qu'elle flotterait au vent.

Plus qu'une famille, les moines soldats formaient avant tout une fraternité dont la plus belle mort demeurait celle reçue au combat. Après la fin de leur service qui débutait toujours par la prière, aucun d'entre eux ne craignait la bataille et tous étaient prêts à recevoir la couronne du martyr par une belle mort au combat pour le Seigneur Dieu, comme ils se plaisaient à le clamer entre eux. D'où pouvait bien leur venir cette détermination ?

Le comte s'interrogea quelques instants avant que les mots de Bernard de Clairvaux, gravés dans son esprit le jour de son départ, ne lui reviennent en mémoire :

« Chevaliers, allez contents, allez tranquilles, repoussez avec intrépidité les ennemis de la croix du Christ, assurés que ni la vie ni la mort ne pourront vous exclure de l'amour de Dieu qui est en Jésus-Christ. Heureux et glorieux ceux qui reviennent vainqueurs, plus heureux encore ceux qui sont morts dans le combat. Réjouis-toi, guerrier, si tu vis vainqueur dans le Seigneur, mais réjouis-toi mieux encore si tu meurs réuni au Seigneur. »

Sur le moment, il n'y avait prêté qu'une relative attention mais il venait de comprendre, à l'instant, qu'il s'agissait d'une exhortation qui nourrissait aujourd'hui la foi de Gemayel, d'Enguerrand et de tant d'autres.

Il en était intimement persuadé maintenant, les pauvres chevaliers du Christ étaient les gardiens d'une Terre sainte qui allait bien au-delà du simple lieu géographique où vécut le Christ. Hugues comprit qu'un véritable centre spirituel existait en ces lieux et que la naissance et l'œuvre du Seigneur sur ces mêmes terres ne devaient rien au hasard.

Soudain, un nuage de poussière attira son attention, Enguerrand et les turcopoles saisirent leurs lances et leurs écus, tandis que Gemayel clamait haut et fort le cri de guerre des templiers :

– À moi, beaux sires ! Beaucéant, à la rescousse !

Tous les frères se rassemblèrent. Hugues abaissa son nasal et sortit son épée, avant de faire corps avec les templiers. Il savait que le seul moyen qu'ils avaient de faire triompher leur arme tactique était de percuter en cohésion le corps principal de l'ennemi et d'éviter le moindre morcellement de la formation. Toute brèche ouverte dans leur modeste colonne serait synonyme d'une rapide extermination.

Disposés en ligne, ils n'attendaient plus que l'ordre de Gemayel quand brutalement les cavaliers drapés de noir interrompirent leur chevauchée. Gemayel leva le bras bien haut, suspendant ainsi l'ordre de charger. Pendant quelques instants, les deux formations se firent face, seuls les hennissements de quelques chevaux saccadaient un silence lourd de menaces. Hugues de Champagne connaissait cette impression qui précédait toujours les combats les plus furieux. Il ne doutait nullement du devoir d'obéissance, ni de la cohésion des templiers qui en faisaient des combattants craints par les plus grands califes d'Orient.

La phrase d'un chroniqueur, dont le nom lui échappait, tournait sans cesse dans sa mémoire : « Les templiers, les premiers à attaquer et les derniers à se retirer... »

Il n'arrivait pourtant pas à se rassurer quand il observait les rangs des assassins qui étaient probablement dix fois plus nombreux qu'eux.

Il haussa les épaules et se signa avant de murmurer :

– Donne-moi belle mort au combat, Seigneur Dieu.

Soudain, une clameur souleva les lignes des *fidaï* qui se mirent tous à se frapper violemment la poitrine en scandant une phrase qu'ils perçurent comme un cri de guerre.

Le comte se tourna alors vers le turcopole maronite :

– Que disent-ils, Gemayel ?

Le templier répondit aussitôt :

– Nous donnerons notre vie et notre sang pour toi, seigneur de la montagne, guide suprême des croyants, Allah est grand.

La vallée résonna des cris des ismaéliens avant que ceux-ci ne prennent fin aussi brutalement qu'ils avaient commencé. Un homme d'âge mur et tout de blanc vêtu se détacha alors de leurs rangs. Deux cavaliers drapés de noir mirent immédiatement pied à terre. L'un d'entre eux saisit solennellement la bride de son cheval avant qu'ils ne prennent la direction des templiers.

Gemayel murmura entre ses dents une exclamation que le comte de Champagne perçut comme une surprise.

– Que se passe-t-il, Gemayel ?

Le templier répliqua :

– Seigneur, c'est un grand honneur qu'ils nous font. L'homme assis sur ce cheval blanc est un *daï*, c'est-à-dire un missionnaire chargé de diffuser l'enseignement du cheikh de la montagne.

Il ajouta :

– Cet homme vit au contact direct d'Hassan auquel il a consacré sa vie. Chaque minute, chaque heure et chaque jour de son existence, il se voue à l'étude de son enseignement, à l'image de ce que vécurent nos apôtres auprès du Christ. Il ne quitte le seigneur de la montagne qu'à titre exceptionnel.

Hugues poursuivit :

– Qui sont les deux hommes qui l'accompagnent ?

Gemayel répliqua :

– Ce sont des *rafik*, des compagnons. Ces hommes savent allier les études spirituelles à l'art de la guerre. Ce sont eux qui reçoivent directement d'Hassan la charge de commander une forteresse et de diriger l'organisation de l'ordre au niveau d'une ville ou d'une province. Les plus doués deviendront un jour des *daï* et rejoindront Alamut.

Les trois hommes étaient suffisamment proches pour que le comte puisse les détailler. Tout en eux respirait l'austérité et le dépouillement alliés à une force et une détermination hors du commun. Il l'avait lu dans leurs yeux. Hugues connaissait ces lueurs, il les avait croisées tant de fois dans le regard de ceux depuis trop longtemps habitués à combattre pour survivre.

Ils s'arrêtèrent et firent face un instant à Gemayel. L'un des deux *rafik*, après l'avoir salué, l'apostropha d'une voix rauque. Le templier hocha la tête et répliqua d'un ton identique.

Hugues comprit qu'ils échangeaient des formules de politesse.

Gemayel se tourna vers lui et déclara :

– Seigneur, Ibn Ata al-Haddâd, *daï* du cheikh Hassan ben Sabbah, te souhaite la bienvenue et remercie Allah d'avoir veillé sur toi.

Pour marquer le respect qu'il témoignait au *daï*, le comte de Champagne baissa la tête avec déférence. Il n'avait cependant pas manqué de remarquer que le premier homme de celui-ci tenait fermement dans sa main trois couteaux. L'un entrait dans le manche de l'autre. Le second portait un tissu fin entortillé autour de son bras.

– Gemayel, enchaîna-t-il.

– Oui, seigneur.

– Témoigne notre gratitude au cheikh et à son envoyé pour leur attention.

L'ismaélien esquissa un vif sourire avant d'aboyer un ordre rageur à l'un de ses hommes. Ce dernier reçut avec une grande ferveur la tunique blanche richement brodée que lui tendait l'envoyé et vint la remettre au comte de Champagne, non sans y avoir déposé auparavant quelques baisers ponctués d'une courte litanie.

– Seigneur, déclara aussitôt Gemayel, le *daï* Ibn Ata al-Haddâd vient de te remettre la chemise de prière du cheikh de la montagne. Cela signifie que, comme la tunique est plus près du corps qu'aucun autre vêtement, le cheikh te tient dans son affection et dans sa foi, plus proche qu'aucun autre homme.

Le comte enleva ses épais gants de cuir et releva son nasal, il prit délicatement la tunique et remercia l'homme. Le *daï* émit un petit ricanement, dans lequel Hugues perçut comme une satisfaction.

Gemayel le félicita :

– Seigneur, tu viens à l'instant d'épargner nos vies et mes frères et moi-même t'en remercions.

– Comment cela ? s'exclama le comte.

Le templier confirma son intuition initiale :

– Peut-être as-tu remarqué les trois couteaux du premier *rafik* et le tissu enroulé autour du bras du second ?

– En effet, mais en quoi cela a-t-il de l'importance ?

Gemayel le fixa intensément avant d'ajouter :

– Seigneur, si tu avais témoigné la moindre absence de reconnaissance à l'égard de l'offrande sacrée que te faisaient ces hommes, le premier d'entre eux t'aurait immédiatement présenté ses trois couteaux pour te défier. Quant au second, il t'aurait remis son tissu, en te signifiant par là qu'il t'ensevelirait personnellement dedans.

Hugues de Champagne fit donner l'ordre de ranger la tunique parmi ses effets personnels et la colonne se remit paisiblement en marche vers Alamut, précédée du *daï* et des dizaines de ses guerriers.

Il y avait maintenant plus de six heures qu'ils cheminaient difficilement au travers de l'Elbourz. La montagne était escarpée et rocheuse, ce qui rendait l'ascension particulièrement rude pour les chevaux.

Ici et là, Hugues et ses compagnons admiraient les pics qui semblaient effleurer les cieux et ne se lassaient pas d'entendre le bruit lointain des flux violents du fleuve fou.

Le jour baissait et la longue colonne de cavaliers semblait s'entasser dans ce défilé sans fin. Soudain Gemayel pointa son doigt en direction d'un piton rocheux et alors il aperçut Alamut, dissimulée dans un paysage de monts dénudés et de cols étranglés.

Le *rafik* porteur des trois couteaux se mit à prier tout en chantant et Hugues perçut immédiatement qu'il s'agissait d'un signal. Il en eut d'ailleurs la confirmation dans l'instant qui suivit... Plusieurs roches se mirent à dévaler les flancs de la montagne et des hommes en armes apparurent de part et d'autre.

Après plusieurs minutes interminables, ils atteignirent le piton rocheux dont le sommet révéla un plateau suffisamment vaste sur lequel s'étendait la ville d'Alamut.

Alamut
25 juillet 1121

Le comte de Champagne et sa suite pénétrèrent dans un étroit tunnel qui les conduisit au centre de la ville. Ils débouchèrent sur la forteresse basse, peuplée de ruelles enchevêtrées et d'habitations en terre séchée. Un groupe d'enfants escortait les cavaliers. Des femmes, des vieillards et des bergers avec leurs troupeaux les dévisageaient avec une grande curiosité. Le comte de Champagne comprit qu'ils étaient peut-être les premiers étrangers que cette foule rencontrait.

Gemayel s'approcha de lui :

– Seigneur, reste sur tes gardes car si ces gens sont des *lassek*, des croyants sans disposition particulière aux études religieuses ou aux combats, il y a parmi ces enfants des *mujib*, des novices. Nombre d'entre eux, selon leur facilité à assimiler les tout premiers enseignements, ont déjà leur chemin de vie dessiné. Quelques-uns deviendront des *rafik*, mais l'immense majorité d'entre eux appartient déjà à la classe des *fidaï*, prêts à se sacrifier sur un simple ordre du cheikh.

Le comte de Champagne hocha la tête en guise de remerciement. La troupe traversa la grand-place et pénétra dans un goulet fortement gardé qui menait à la forteresse haute dont l'extrémité renfermait le palais du cheikh.

Bien que sa demeure fût étendue, on rapportait que le seigneur de la montagne Hassan ben Sabbah ne résidait que dans une seule pièce dont l'unique fenêtre donnait sur un précipice. D'autres rumeurs étranges circulaient à propos de ces lieux. N'affirmait-on pas que la forteresse haute dissimulait de merveilleux jardins où coulait, depuis des fontaines exquises, une eau délicieusement fraîche ? Ne chuchotait-on pas à Bagdad comme à Damas que des milliers de fleurs exotiques embaumaient de parfums enchanteurs ce nouvel éden peuplé de ravissantes jeunes femmes dévoilées qui excellaient dans l'art de prodiguer de savantes caresses ?

Dans toutes les cours abbassides et seldjoukides, ses ennemis prétendaient que de tels stratagèmes assuraient au cheikh la fidélité sans faille des *fidaï*. On dit qu'il faisait transporter les adeptes sous l'emprise du haschisch et utilisait alors la magie de ces endroits et l'état second de ces disciples pour leur faire prêter un serment d'obéissance absolue. À leur réveil, tous étaient convaincus que l'état paradisiaque qu'ils venaient de connaître brièvement sur terre n'était qu'un aperçu de ce qui les attendait au-delà de la mort. Il n'y avait donc plus aucune appréhension à mourir, bien au contraire, le plus tôt serait le mieux pour parvenir à la délivrance absolue.

Le haschisch n'occupait toutefois qu'une modeste place dans l'endoctrinement du *fidaï*. Aurait-il d'ailleurs pu en être autrement quand on connaît la capacité de dissimulation, le souci permanent de précision et les trésors d'audace, de patience et d'infaillibilité des adeptes en mission de sacrifice ? Jusqu'aujourd'hui, aucun *fidaï* n'avait échoué dans sa mission, or l'usage du haschisch et l'état second qu'il engendre n'auraient pas manqué de susciter à un moment ou un autre une faute, une erreur vite identifiée dans les palais des puissants émirs.

Il y avait donc autre chose. Hugues de Champagne le pres sentait et c'est Gemayel qui répondit à son interrogation :

– Seigneur, pour tout *fidaï*, Hassan ben Sabbah est le *houdschet*, c'est-à-dire la réincarnation du septième imam Ismaël. C'est un immense privilège que d'être remarqué par celui-ci. Par son enseignement, on dit que le cheikh apporte aux fidèles l'initiation et leur permet alors de déchiffrer les messages révélés que Dieu envoie aux hommes. Tous connaissent, grâce à lui, leur renaissance spirituelle et il ne leur importe plus que de poursuivre et d'achever leur quête intérieure, sous la forme de l'exécution d'un ordre du *houdschet*, pour connaître un jour la résurrection, qu'ils nomment *qiyamat*, et obtenir la vision suprême, le *didar*, grâce à laquelle ils contempleront éternellement la splendeur divine.

Il ajouta :

– Tu comprends ainsi, seigneur, pourquoi la mort physique n'a aucun sens pour ces hommes dont le poignard comme la mission ont une valeur sacramentelle. Tu n'en verras aucun revenir vivant, tous mettent un point d'honneur à ne pas survivre car la valeur du sacrifice conduit à celle de martyr qui, seule, ouvre les portes d'Allah.

Arrivés devant une vaste porte en bronze richement damasquinée, les deux *rafik* s'agenouillèrent quand le *daï* mit pied à terre. L'un d'entre eux fit comprendre à Gemayel qu'Hugues de Champagne se devait de descendre de cheval. Le turcopole informa le comte avant de lever la main au ciel et d'annoncer d'une voix claire l'ordre final :

– Beaux frères, veuillez faire halte mais n'ôtez ni frein ni selle.

Les moines soldats obéirent immédiatement tandis que l'écho répercutait dans le défilé l'ordre de Gemayel. Hugues ne put s'empêcher de ressentir un soupçon d'effroi.

Le *daï* Ibn Ata al-Haddâd s'approcha du comte et, à sa grande surprise, s'adressa à lui dans la langue d'oïl :

– Seigneur comte, ma mission s'arrête ici. Vous allez maintenant être conduit auprès de notre maître à tous, mais seuls deux de tes hommes sont autorisés à t'accompagner. De plus, vous aurez tous trois les yeux bandés.

Hugues choisit comme escorte Gemayel et le massif Enguerrand de Hauteville. Le *daï* ajouta, avant de claquer dans ses doigts :

– Ce lieu doit rester inconnu de tous.

Les deux *rafik*, accompagnés par une dizaine de *fidaï*, les entourèrent et nouèrent un large bandeau noir autour de leurs yeux. L'obscurité les saisit immédiatement. Tout en cheminant d'un pas mal assuré mais guidé avec douceur, le comte de Champagne fut conquis par la paix qui régnait dans ce lieu pourtant réputé, à Damas comme au Caire, pour sa terreur. Ici et là, des bruits et vols d'oiseaux répondaient aux chants des fontaines rythmés par le rire de jeunes femmes. Hugues les imagina discrètement voilées d'un coton fin et transparent qui laissait deviner leurs formes gracieuses. Pendant quelques instants, il se laissa envahir par une délicieuse sensation, imaginant qu'elles étaient agenouillées auprès de lui et qu'elles faisaient glisser leurs doigts sur ses lèvres, laissant s'écouler un miel parfumé.

Ils marchèrent pendant quelques minutes. De larges portes semblaient s'ouvrir sur leur passage. Soudain, on les fit s'immobiliser et on les libéra de leurs bandeaux. Le comte de Champagne et ses hommes étaient dans une large pièce qui n'était pas sans lui rappeler la bibliothèque d'Étienne Harding, l'abbé de Cîteaux. Quelques astrolabes étaient disposés aux quatre coins de la salle, des flambeaux éclairaient en permanence des rangées de parchemins magnifiquement calligraphiés.

Le comte se souvint alors que son vassal Hugues de Payns lui avait expliqué que l'islam interdisait la représentation des êtres vivants. Pour compenser cet interdit, les musulmans avaient alors développé puis perfectionné l'art calligraphique dont l'abstraction et la virtuosité permettaient de réaliser aujourd'hui de véritables chefs-d'œuvre.

Entre deux calligraphies, Hugues crut toutefois reconnaître le dessin de la tétraktys mystique. Il se rapprocha discrètement.

Sous celui-ci, il déchiffra une phrase rédigée en grec ancien et ne put s'empêcher de sourire quand il reconnut le texte de la prière sacrée des pythagoriciens : « Bénis-nous, nombre divin, toi qui as engendré les dieux et les hommes. »

Il fut brutalement interrompu dans ses pensées par la voix rauque du *rafik* porteur de couteaux. Gemayel lui traduisait au fur et à mesure les paroles du guerrier ismaélien :

– Veuillez tous prêter attention, le roi des rois, le seigneur des seigneurs, Sayyidna Hassan ben Sabbah, le puissant, le redoutable, le chasseur des oppresseurs seldjoukides et des traîtres abbassides, va faire son entrée parmi nous.

Une discrète agitation parcourut alors les rangs des *fidaï* dont les regards se portèrent vers le *mihrab*, cette sorte de niche qui, creusée dans le mur, sert à indiquer aux fidèles la direction de La Mecque. Jouxtant celui-ci, dans une semi-obscurité, Hugues distingua une tenture.

Pendant quelques instants, un lourd silence écrasa l'assemblée avant qu'un léger frisson ne parcoure le tissu aux motifs cachemires et ne révèle le maître des lieux. Le comte se surprit à constater que certains hommes étaient comme dans un état second. Leurs regards exprimaient à la fois une crainte infinie et une dévotion sans nom.

L'homme était grand de taille et se tenait fièrement devant tous. Il était revêtu d'une sorte de cape sombre en laine comme celles que portent les soufis. Elle lui descendait jusqu'aux genoux et renforçait l'aura de magnétisme que dégageait le seigneur de la montagne. Une longue barbe blanche savamment entretenue prolongeait un visage déformé par de larges et profondes rides. Deux yeux noirs, dissimulés derrière des pommettes saillantes, fixaient la délégation d'un regard hypnotique.

Le comte de Champagne se félicita intérieurement d'avoir mis en lieu sûr la stèle sacrée. Une voix grave à la tonalité caverneuse le captiva quand il reconnut son nom, Hassan ben Sabbah maîtrisait la langue des Francs à la perfection :

– Sois le bienvenu dans ma pauvre et modeste demeure, seigneur Hugues de Champagne. J'espère que ta personne et ton escorte ne sont pas trop épuisées par un si long voyage. Béni soit Allah d'avoir pris soin de vous et d'avoir placé sur ma route le maître des Templiers, Hugues de Payns, mon frère de cœur et d'esprit.

Il ajouta distinctement tandis que ses yeux lançaient des éclairs :

– Sais-tu, seigneur de Champagne, que nos deux ordres sont investis d'une mission sacrée ? Le jour où j'ai rencontré cet homme, ton vassal, j'ai su immédiatement que Gabriel, l'ange de la prophétie, me protégeait de ses ailes.

Hassan ben Sabbah écarquilla alors les yeux comme pour mieux voyager dans ses souvenirs :

– Je me souviens que, le soir de notre rencontre, je fus réveillé par une sarabande infernale. Au début, je crus que quelques fous avaient osé braver mes interdits et je m'apprêtais à les faire châtier sévèrement mais, bientôt, je réalisai que la musique venait de mon esprit. Je fermai les yeux et, soudainement, je les vis : Adam, Moïse, Jésus, Mahomet et Zarathoustra. Tous les prophètes étaient autour de moi, ils me parlaient, ils m'instruisaient. Ils me persuadèrent de reconquérir la cité des hommes pour la mener à Dieu, la reconquérir par-delà le bien et le mal si cela était nécessaire. Je compris immédiatement que le don de ma personne et l'accomplissement de ma mission, sacrée par excellence, passaient à la fois par la bonté absolue et le mal systématique. Le crime lui-même n'était plus exclu.

Hugues de Champagne se sentit profondément mal à l'aise. Il se tourna vers Gemayel et lut la crainte dans le regard du templier. Même le géant Enguerrand semblait perdre de sa superbe chaque fois que le maître d'Alamut le fixait de son regard perçant. Hassan ben Sabbah poursuivait :

– Zarathoustra, tout nimbé de lumière, s'approcha de moi et me tint ce discours :

« Ô Hassan, mon ami, si c'est moi que tu convoites,
Moi, le vieux prophète, l'ancêtre de notre race,
Et si tu es des nôtres
Et veux faire la route vers la lumière éternelle avec nous,
Nous, les purs de tous les âges et de toutes les sphères,
Alors, toi qui crois avoir tout perdu,
Ne te lamente pas. N'aie point de regrets,

Car tu es élu, tu as une chance glorieuse,
Tu vas bientôt rencontrer les hommes qui te donneront la force.
Tu connaîtras le secret des secrets
Et, si tu arrives à cette connaissance, tu sauras donc
Que tout l'avoir et le devenir des mondes est moins qu'un rien. »

Le maître des ismaéliens s'interrompit, il était immobile et les paumes de ses mains étaient tournées vers le ciel. Hugues crut qu'il invoquait silencieusement quelque divinité. Tout à coup, il ouvrit les yeux et poursuivit son monologue devant l'assemblée pétrifiée :

– Imagines-tu un instant, seigneur Hugues de Champagne, quelle fut ma réponse ?

Hugues hocha la tête de droite à gauche pour lui faire comprendre qu'il n'en avait aucune idée. Hassan ben Sabbah sourit et déclama :

– « Il faut un guide, un prophète nouveau. Toi, Zarathoustra, grand ancêtre, maître de la durée, toi qui as réintégré le sein de la divinité, me donneras-tu le pouvoir et l'autorité ? Serai-je le prêtre et le guerrier ? Car mon combat est le combat de l'homme dans le ciel. Je veux conduire l'humain jusqu'à Dieu et le mener jusqu'aux plus hautes vagues des mers intérieures. »

Le maître d'Alamut s'interrompit à nouveau. Il souriait et donnait l'impression d'occuper toute la salle puis il conclut son monologue par ces mots :

– Et l'homme-Dieu, le prophète des prophètes, Zarathoustra, celui qui connaît le chemin jusqu'à Dieu, ainsi me parla :

« J'annonce le Sauveur, le résurrecteur,
Celui qui viendra pour clore les siècles.
Et toi, Hassan, sois celui qui annonce. »

Le Vieux de la montagne sembla doucement sortir de son univers intérieur. L'éclat qui luisait si intensément dans ses yeux, quelques secondes auparavant, s'adoucit. Il revenait vers le monde des hommes.

– Seigneur Hugues, dit-il, c'est cette nuit-là que j'ai compris quel rôle ma nation, l'Iran, et moi-même devions tenir. Non plus celui d'une contrée soumise à ses conquérants arabes et turcs. Le rêve m'avait tout simplement ordonné de reconstruire le monde impérial et glorieux de Darius et de Cyrus, de rétablir l'Iran des prophètes, l'Orient des lumières, celui qui illumina Zarathoustra dans sa grande vision du monde.

Il ajouta :

– Voilà quelle est ma mission, et mon frère Hugues de Payns l'a parfaitement comprise, lui qui rêve de rétablir la même lumière, celle de la prophétie révélée à celui que vous nommez Jean l'Évangéliste.

Hassan ben Sabbah s'approcha doucement du comte de Champagne et lui murmura :

– J'ai besoin de connaître le nom sacré pour faire triompher le royaume de Zarathoustra et celui du Prêtre Jean. L'heure est venue que tu me remettes la stèle d'or que vénérait l'architecte royal Hiram quand Salomon et son peuple bâtissaient une demeure à l'Éternel.

Le maître des ismaéliens savait lire au plus profond des regards. Il comprit immédiatement que le comte de Champagne était récalcitrant à lui remettre la parole perdue que lui avait pourtant promise Hugues de Payns, le vassal de cet homme qui osait lui faire face, au cœur même de son domaine.

Il décida de le tester et de l'impressionner, avant de le soumettre au châtiment.

– Seigneur de Champagne, tu sembles hésiter à me répondre ? Chercherais-tu à me tromper ?

Hugues eut l'impression d'être comme un livre grand ouvert malgré ses efforts pour ne rien laisser paraître. Il sentait le danger se préciser et maudissait le jour où il avait accepté d'accompagner l'ambassade des templiers à Alamut. Il était cependant trop tard, il savait qu'il devait assumer maintenant les conséquences de son choix. Intérieurement, il se prépara à l'idée que la mort allait bientôt le saisir. Hassan ben Sabbah perçut l'éclair de détermination qui illumina pendant quelques instants le regard du comte. Il se décida à lui donner une ultime chance.

– Suis-moi, lui dit-il, d'une voix qui ressemblait presque à un ordre.

Le Vieux de la montagne le prit par le bras et l'entraîna sur une vaste terrasse attenante à la pièce qui servait de bibliothèque. Hugues se retrouva au sommet d'une sorte de donjon. La vue était magnifique. D'un seul regard, il contempla l'Elbourz et sa chaîne montagneuse qui s'étendait sur des centaines de kilomètres. Au loin, il crut distinguer le bleu azur de la mer Caspienne. Un aigle les survola.

– Vois-tu ces hommes ? demanda Hassan ben Sabbah, la voix plus menaçante.

– Oui, répondit Hugues, en fixant les deux sentinelles qui se tenaient fièrement, le cimeterre fixé à la hanche, sur la tour qui leur faisait face.

– Regarde bien, seigneur de Champagne, et apprends combien il est dangereux de me défier.

Le maître des Assassins leur fit signe. Aussitôt, les deux hommes portèrent la main au cœur puis baissèrent la tête en signe de salut et, d'un bond, ils s'élancèrent dans le vide pour aller s'empaler sur les rochers aiguisés, plusieurs dizaines de mètres plus bas.

Hassan ben Sabbah était comme satisfait de sa sanglante démonstration, il contempla brièvement les corps désarticulés de ses fidèles et ajouta :

– Tel est mon pouvoir. Sache, seigneur de Champagne, que tous à Alamut agiraient de même, si je l'exigeais. Ne suis-je pas le *houdschet*, la réincarnation même d'Ismaël, le septième envoyé qui succède aux six prophètes du Verbe que furent Adam, Noé, Abraham, Moïse, Jésus et Mahomet ?

Hugues frissonna, la mort de ces deux hommes l'avait définitivement convaincu que la restauration du royaume de Zarathoustra n'avait été qu'un vil subterfuge pour séduire son vassal. Comment le maître de l'ordre du Temple avait-il pu être assez aveugle pour imaginer transmettre le nom sacré de Dieu et sa puissance à un être aussi avide de pouvoir ? Qu'importe, il allait corriger l'erreur d'Hugues de Payns, fût-ce au prix de sa vie et de celle de ses compagnons d'armes. Il rassembla tout son courage et lança au chef des assassins :

– Sayyidna Hassan ben Sabbah, tu n'es pas celui que tu prétends être et, comme tel, je ne peux te remettre la parole perdue.

Le comte de Champagne regagna la bibliothèque alors que la voix du Vieux de la montagne éclatait comme le bruit du tonnerre dans son dos :

– Comment oses-tu ?

Il hurla :

– Tuez-les, tuez-les tous.

En bons guerriers, habitués à faire face aux plus subtiles ruses et aux plus grands dangers que leur avait enseignés la vie en Orient, les templiers Gemayel et Enguerrand de Hauteville étaient restés sur leurs gardes quand Hassan ben Sabbah avait entraîné Hugues de Champagne sur sa terrasse. Gemayel avait perçu, dès le suicide commandé de ses deux *fidaï*, que le Vieux de la montagne ne les laisserait jamais repartir vivants. Il ne pouvait en être autrement car le prix du sang exigeait d'être réglé séance tenante. Il en allait de la crédibilité d'Hassan ben Sabbah auprès de ses fidèles, lui qui avait toujours vengé chacune de leurs persécutions et honoré ses martyrs.

Le maître ismaélien avait accepté sur le moment la mort de ses hommes et l'affront du comte de Champagne juste pour mieux parvenir à ses fins avec un minimum d'efforts et de pertes. Le turcopole n'avait plus aucun doute sur ce qu'il allait leur arriver dans les heures à venir. Dès que le Vieux de la montagne aurait obtenu ce qu'il estimait être son bien, il les exécuterait tous, sans la moindre hésitation. La dague ou le poison seraient alors, selon l'humeur du maître d'Alamut, les outils de leur trépas.

Gemayel sourit intérieurement à l'idée d'avoir contribué, malgré lui, à désobéir aux ordres du grand maître Hugues de Payns. Sur le moment, il s'en était voulu d'avoir trahi l'un des principaux articles de la règle primitive du Temple, mais il savourait maintenant tout le fruit de sa décision d'avoir accepté la proposition du comte de Champagne, le soir précédant leur rencontre avec les assassins.

Il allait mourir, certes, mais il trouva la paix en pensant que son sacrifice contribuerait au fait que le nom de Dieu ne serait jamais souillé par la folie des hommes. Il serra son épée normande tout en glissant furtivement un regard complice à Enguerrand. Soudain, il percuta d'un coup violent, avec le lourd pommeau plat et circulaire, le visage du *rafik* qui lui faisait face. L'arcade sourcilière de ce dernier explosa sous le choc et l'ismaélien, aveuglé par le sang et commotionné par l'impact, chancela. Le turcopole, d'un geste vif et bref, dégagea l'arme de son fourreau d'étoffe tout en pressant l'assassin contre le mur de la bibliothèque. La puissante lame d'acier brilla sous le reflet d'un rayon de soleil avant que le templier ne la plonge avec force entre les omoplates du *fidaï* qui lui tournait le dos.

Le sternum de l'assassin émit un bruit d'os brisé, tandis qu'il s'affalait de tout son long sur le tapis de prière. Presque simultanément, les bras du templier décrivirent lestement un mouvement semi-circulaire et firent passer l'épée devant son visage avant qu'il ne la rabatte vers l'avant sur le *rafik*, toujours courbé par la douleur. La tête de l'assassin roula aux pieds du maître d'Alamut.

Enguerrand, de son côté, saisit de ses larges mains le cou des deux ismaéliens qui l'entouraient de part et d'autre. La nuque du premier d'entre eux ne résista pas sous la poigne du géant. Un craquement sec résonna dans la pièce. Le Normand utilisa alors le second garde comme bouclier humain. Le deuxième assassin mourut, sans comprendre ce qui lui arrivait, transpercé sous les coups de dague de ses frères.

Le géant souleva le corps sans vie du garde et l'abattit avec force sur ses trois congénères qui, sous le choc, s'effondrèrent comme un château de cartes. Deux d'entre eux tentèrent bien de se relever mais le templier avait déjà sorti son épée. Son premier coup transperça la gorge du premier assassin. Des fragments de larynx et de vertèbres cervicales jaillirent de la blessure béante. Enguerrand prit alors appui sur l'épaule du mort pour dégager son épée tandis que, dans le même temps, il lançait un violent coup de pied dans le visage du deuxième guerrier. Le choc écrasa la fosse nasale de celui-ci avant que son crâne ne vienne heurter le coin de l'étagère à parchemins. Il glissa, sans bruit, dans le néant.

Le palais du Vieux de la montagne résonnait maintenant de cris d'effroi et d'appels au meurtre. De toutes parts, des hommes enrubannés de noir jaillissaient, ivres de colère et sans souci pour leurs vies.

Gemayel et Enguerrand ravageaient avec discipline et méthode les rangs des hommes d'Hassan ben Sabbah. Malgré le poids de son épée, le turcopole dessinait des arcs de cercle et chacune de ses arabesques déchirait tantôt une poitrine, tantôt un abdomen, tantôt un bras.

Hugues de Champagne ne put s'empêcher d'admirer la chorégraphie sanglante à laquelle se livraient les deux templiers. Chacun d'entre eux mettait un point d'honneur à affronter un maximum d'adversaires malgré le flot de ces derniers qui grossissait sans cesse. Leur bravoure était exemplaire et le comte de Champagne partagea alors l'admiration que l'entourage du roi Baudouin exprimait couramment en ces termes : « Toutes les fois qu'on criait aux armes, les templiers demandaient non point combien étaient les ennemis, mais en quel lieu ils se trouvaient. » Il se sentit honoré de combattre à leurs côtés. La stratégie des hommes d'Hugues de Payns consistait à bloquer les ismaéliens entre les deux battants de la porte principale. Privés de la moindre mobilité, les assassins périssaient inéluctablement sous leurs coups précis et redoutables. Un monceau de corps mutilés par l'estoc des puissantes épées normandes prit forme, entamant la détermination des ismaéliens.

Un guerrier assassin réussit néanmoins à les contourner et se dirigea aussitôt vers le coin de la terrasse où se tenait le Vieux de la montagne. Le comte reconnut aussitôt le *rafik* aux trois couteaux. Leurs regards se croisèrent un instant. L'un comme l'autre surent que de l'issue de leur combat dépendrait la survie d'Hassan ben Sabbah et de sa communauté. La mort allait être le juge et le bourreau de l'un d'entre eux et de son idéal. Le guerrier ismaélien se précipita sur lui en hurlant. Hugues le vit sortir une fine dague bleutée du manchon de son premier couteau à la lame large et recourbée. Au dernier instant, tout en dégainant, il s'écarta lestement de la ligne d'attaque de l'assassin et avança vers lui fermement. La dague de l'ismaélien effleura son haubert au niveau de son flanc droit, mais le comte poursuivit sur sa lancée, la pointe de l'épée à hauteur du nombril de son adversaire. La lame d'acier dessina un sillon sanglant dans l'abdomen du *rafik* qui, sous l'emprise de la surprise et de la douleur, tomba sur ses genoux. Sa main gauche abandonna le lourd poignard et tenta de retenir ses viscères que l'on apercevait entre les lambeaux de sa tunique noire. Dans un effort surhumain, il se releva, en serrant de sa main droite la dague bleutée. Hugues, toutefois, avait déjà pivoté sur lui-même. Il coordonna l'action de ses mains au mouvement puissant de ses hanches. L'épée s'éleva comme par enchantement avant de s'abattre avec force dans le dos de l'assassin. La colonne vertébrale du *rafik* craqua sous l'impact. L'homme s'effondra lourdement sur le sol. Hugues ramassa la dague du *rafik*, pendant qu'une mare de sang s'étendait sur la terrasse dans la direction du Vieux de la montagne.

Sous les ordres d'Hussein Qâini, le plus ardent propagandiste du maître d'Alamut, les assassins commençaient à se ressaisir tandis que la fatigue ralentissait progressivement les bras d'Enguerrand et de Gemayel. Bien que toujours redoutables, leurs coups devenaient moins vifs.

Soudain les rangs des assassins s'éclaircirent pour laisser la place aux archers.

Gemayel et Enguerrand surent que la mort allait bientôt les prendre dans ses vastes bras. Les deux templiers se sourirent l'un à l'autre quand le turcopole clama l'exhortation de saint Bernard à l'intention du Normand : « Heureux et glorieux ceux qui reviennent vainqueurs, mais plus heureux encore ceux qui sont morts dans le combat. Réjouis-toi, guerrier, si tu vis vainqueur dans le Seigneur, mais réjouis-toi mieux encore si tu meurs réuni au Seigneur. » Ils s'élancèrent simultanément vers les ismaéliens à l'instant même où les traits fusaient des arcs tendus à l'extrême.

Enguerrand fut le premier à chanceler. Cinq traits se figèrent instantanément dans sa poitrine, traversant son épaisse cotte de mailles. Le géant trouva encore la force de se jeter les mains en avant sur Hussein Qâini qu'il étrangla, pendant qu'une pluie de dagues s'abattait sur son dos.

Gemayel décapita d'un seul coup deux archers ismaéliens avant d'être déchiqueté par un déluge de flèches. Il tomba à genoux et bascula doucement vers l'avant, tout en murmurant :

– Non pas à nous, Seigneur, non pas à nous, mais à ton nom seul donne la gloire.

Pendant quelques instants, les *fidaï* restèrent immobiles. Aucun d'entre eux ne semblait réaliser que le combat furieux venait de s'éteindre. Le temps était comme suspendu et un silence de mort écrasa les lieux.

C'est à ce moment précis qu'Hassan ben Sabbah décida de tenter sa chance. Malgré ses quatre-vingt-sept années, il avait conservé une relative souplesse qui étonna le comte de

Champagne mais il ne fut toutefois pas assez rapide pour tromper la vigilance de celui-ci. Hugues saisit le maître ismaélien par le cou et le ramena violemment vers son épaule gauche, tandis que sa main droite portait la dague bleutée à hauteur de son cou. Il pressa la lame tranchante sur la peau fripée. Quelques gouttes de sang perlèrent, Hassan ben Sabbah émit un grognement.

Les guerriers ismaéliens s'étaient rapprochés, tentant vainement d'encercler Hugues. Celui-ci avait reculé vers la balustrade, emportant avec lui le Vieux de la montagne. Il ne se faisait aucune illusion sur la suite des événements mais il se consola à l'idée qu'il emporterait dans sa mort le maître d'Alamut et ses projets de terreur.

« Quelle ironie », pensa-t-il, quand il réalisa que c'était un croisé qui allait sauver les cours abbasside et seldjoukide de la menace ismaélienne.

– Sayyidna Hassan ben Sabbah, clama-t-il. Prépare-toi à comparaître devant Allah et à connaître son châtiment.

Sa main gauche empoigna le menton du Vieux de la montagne et le tourna jusqu'à l'appliquer contre sa clavicule. L'égorger serait un jeu d'enfant.

– Seigneur de Champagne, porte attention à ce que je vais te dire car il existe peut-être un moyen de nous sauver mutuellement.

– Je t'écoute, répondit Hugues.

Hassan ben Sabbah enchaîna :

– Trop de vies précieuses viennent d'être sacrifiées inutilement. J'admets que tu m'as offensé par ton refus mais ma fierté et ma colère ne méritaient pas la mort de mes *rafik*, pas plus que celle des templiers qui t'accompagnaient. Voilà ce que je te propose, à l'unique condition que tu m'épargnes. Je te laisse la vie sauve et la possibilité de regagner librement Jérusalem en échange de ma libération immédiate.

Hugues répondit fermement, tout en enfonçant la lame sous la mâchoire du Vieux de la montagne :

– Me crois-tu assez simple d'esprit pour imaginer un seul instant que ta parole suffira à me convaincre ?

Il ajouta :

– Regarde ces hommes, ils n'attendent qu'un clignement de tes yeux pour me supplicier.

Le maître d'Alamut répliqua :

– Mes *fidaï*, quelle que puisse être leur colère, ne feront rien qui puisse s'opposer au serment du *houdschet*.

Il éleva la voix bien haut :

– Rangez vos armes immédiatement.

Les ismaéliens s'exécutèrent pendant qu'il poursuivait :

– Moi, Sayyidna Hassan ben Sabbah, vivante expression du septième messager divin Ismaël, jure devant Allah qu'il ne sera fait aucun mal au seigneur Hugues de Champagne. Je vous ordonne à tous de laisser repartir cet homme sain et sauf. Sachez que s'il devait lui arriver malheur en trajet, je vous en tiendrais tous responsables et j'exigerais impitoyablement vos têtes comme prix à payer.

Les *fidaï* portèrent alors la main sur la poitrine en signe d'acquiescement. Hugues comprit que sa vie serait épargnée. C'est alors que le dard de la tristesse perça son cœur au souvenir de ses compagnons d'armes templiers.

– Il y a encore une chose que j'attends de toi, Hassan ben Sabbah.

Le Vieux de la montagne sursauta :

– Seigneur de Champagne, jouerais-tu avec ma patience ?

Hugues eut conscience qu'il prenait un risque : celui que le maître ismaélien puisse imaginer qu'il tentait de l'humilier devant ses hommes. Il lui fallait à tout prix montrer que telle n'était pas son intention car il savait que, dans ce cas, le Vieux de la montagne n'hésiterait pas un instant à le pousser sur la voie du martyre.

– Maître d'Alamut, je souhaiterais que tu puisses ensevelir dignement ces hommes courageux qui viennent de tomber en dignes chevaliers du Christ.

Hassan ben Sabbah répliqua :

– J'accepte ta demande car ces hommes étaient braves, ils seront portés en terre avec mes *rafik*, leurs adversaires d'un jour mais leurs frères d'armes à jamais. Il en sera fait de même avec le reste de ton escorte.

Le comte de Champagne jeta la dague sur le sol marbré avant de libérer le maître des Assassins. Il sortit de la pièce, les ismaéliens s'écartèrent d'emblée pour lui faire place.

Devant la porte en bronze de la forteresse haute, d'autres corps l'attendaient. Les moines soldats s'étaient encore bien battus au vu du nombre de guerriers ismaéliens qui gisaient à leurs côtés. Hugues compta qu'il avait fallu la mort de trois *fidaï* pour abattre un templier. En observant tous ces visages attachés à la terre et couverts de sang et de meurtrissures, il ne put chasser de son esprit cette parole du Coran : « Que ne suis-je poussière ! »

Il se hissa alors sur son cheval avec la ferme volonté de retrouver au plus vite Saleh et ses deux fils qui, là-bas, à proximité d'un arbre calciné, gardaient la parole perdue.

Soudain, un éclair de joie illumina tout son être. Il venait de comprendre aujourd'hui pourquoi il se consacrerait tout entier à l'ordre du Temple.

Yesod

Boston
5 mai 2002, 10 h 06

Monseigneur Bertrand de Payen ne dormait plus depuis cette maudite semaine qui avait ébranlé à jamais le Vatican et l'institution catholique tout entière. Rien n'y faisait, pas même le cocktail d'anxiolytiques et d'hypnotiques qu'il ingurgitait quotidiennement depuis plusieurs semaines.

Le scandale avait explosé un beau matin avec les révélations du *Boston Globe* affirmant qu'un prêtre défroqué s'était livré pendant plus de trente ans à des actes de pédophilie. Les médias américains n'avaient pas tardé à se délecter de cette sordide nouvelle et à creuser davantage. Non contents d'identifier rapidement le pédophile qui répondait au nom de John Geoghan, ils mirent en évidence la complicité du cardinal de Boston qui, n'ignorant rien des agissements du prêtre défroqué, avait pensé acheter le silence de la victime. Le subterfuge n'avait marché qu'un temps et, malgré les millions de dollars versés, la vérité les avait rattrapés avant de leur sauter à la figure.

Comme dans bien des cas similaires, une cascade de dénonciations concernant des viols anciens et récents commis par des prêtres catholiques n'avait pas tardé à alimenter les colonnes des journaux et à faire le bonheur des talk-shows.

Face à la pression, les cardinaux de Boston et de New York n'avaient pas résisté bien longtemps. Ils transmirent à la justice les noms de quatre-vingts prêtres accusés d'agressions sexuelles sur des enfants au cours des précédentes décennies.

L'existence de ces abus souleva une vive colère parmi les fidèles. Le bouillant président de la Catholic League fustigea alors la hiérarchie catholique dans un retentissant éditorial du *Wall Street Journal*.

Dès les premières lignes de l'article, Bertrand de Payen s'était senti mal, au point de faire appel à son praticien personnel qui ne le quittait plus depuis les précédentes révélations du grand quotidien du Massachusetts.

Palpitations et sueurs profuses avaient fait craindre le pire, avant que l'électrocardiogramme et l'auscultation précise du médecin ne confirment le diagnostic de malaise vagal.

Il avait beau essayer de chasser les mots du président, ceux-ci engluaient ses pensées, telle une répugnante bave visqueuse : « Nous sommes les plus en colère. C'est toujours plus dur quand un crime a été commis par quelqu'un de votre famille. L'Église a été dans l'erreur sur ces affaires pendant longtemps. Certains accusent le clergé catholique américain d'avoir, pour protéger ses propres intérêts, oublié qui avait réellement besoin d'être protégé. Non seulement un nombre restreint mais significatif de prêtres se sont attaqués à des jeunes dont ils avaient la garde, mais certains des hommes choisis pour diriger l'Église catholique américaine ont décidé de protéger ces prêtres plutôt que leurs victimes... »

Après les condamnations filmées en *live*, les médias s'interrogèrent sur la cause première de l'abominable perversion, ce qui ne manqua pas d'engendrer des débats, des formulations et des propositions fantaisistes qui envahirent les ondes et le Net. Tout circula, ou presque, majorant l'immense confusion qui régnait alors dans les esprits.

Bien évidemment, le vœu de chasteté imposé aux membres du clergé figura en première ligne, à tel point que certains journaux officiels de diocèses américains exigèrent une étude sur le lien entre célibat et pédophilie.

D'autres accusèrent la culture du secret, savamment entretenue au sein de l'Église.

Un psychiatre affirma même que, après des années de recherche, il en était arrivé à la conclusion que 70 % des prêtres souffraient d'immaturité sexuelle ! Bertrand de Payen se souvint que, sur le moment et malgré la gravité du sujet, il n'avait pu s'empêcher de laisser échapper un sourire en découvrant que l'immaturité sexuelle en question était liée à « l'environnement social exclusivement masculin et à la structure hiérarchique de l'Église qui cultive des comportements sociaux adolescents de type boy-scout ».

Ces interventions n'avaient pas manqué d'alarmer le pape, déjà profondément ébranlé par le cirque médiatique des procès en direct, et c'est sur sa demande expresse que monseigneur de Payen, lointain descendant du fondateur de l'ordre templier, avait rencontré en prison le prêtre pédophile par qui le scandale était arrivé.

L'archevêque était loin d'imaginer ce qu'il entendit ce jour-là au cours de son entretien. Prostré, John Geoghan lui était d'abord apparu comme un être brisé. Les yeux hagards, il avait répondu laconiquement à ses questions mais, à mesure que l'entretien se prolongeait, les propos du détenu s'affirmèrent et une frénésie réveilla son regard.

Une insidieuse sensation de malaise s'établit entre les deux hommes quand le pédophile lui déclara :

– La solution des derniers secrets de l'humanité ne réside que dans l'apothéose de l'instinct d'accomplissement d'un mystère sacré.

– Que voulez-vous dire par là, père Geoghan ? demanda l'archevêque.

Sans un regard, le détenu enchaîna avec passion :

– Ne percevez-vous pas qu'un tel mystère, affranchi de la science des prêtres, formule les fondements du christianisme ?

La foi de l'archevêque se sentit menacée et la raison clignota dans son âme tel un signal d'alarme mais le cœur fut le plus fort et il laissa continuer le prêtre défroqué :

– Dès l'enfance, on apprend aux chrétiens que nous sommes à avoir honte de nos parties sexuelles et que d'en user ou même d'y penser est un péché. Or, bien avant l'ère chrétienne, il en était autrement. Certains peuples avaient leur doctrine secrète qui reconnaissait les parties génitales comme les symboles terrestres de la divinité.

Pour la première fois, la voix de l'archevêque retentit dans le parloir :

– Comment avez-vous pu abuser de notre confiance et de ces enfants que l'Église vous avait confiés ?

Nullement impressionné, le pédophile répondit :

– Monseigneur, dans les sociétés antiques, c'était pendant l'adolescence que le jeune homme, sous la forme d'un acte sacramentel et sous la direction de la grande prêtresse, s'adonnait au premier coït.

Il ajouta :

– Tant qu'ils demeuraient en dehors de l'état marital prescrit par la loi, ils cherchaient au temple la satisfaction de leurs instincts.

Bertrand de Payen se leva tout de go, horrifié :

– Avez-vous perdu la raison ?

John Geoghan le fixa et sourit :

– Monseigneur, quand comprendrez-vous enfin qu'il est plus que temps de déblayer tous ces décombres que le christianisme a entassés sur l'ancienne religion afin que celle-ci reprenne ses droits ? Êtes-vous aveuglé à ce point pour ignorer que la base phallique est conservée dans la religion chrétienne ? Ne voyez-vous pas, en chaque tour d'église, le symbole d'un organe masculin et en chaque nef celui de l'organe féminin ?

L'archevêque hurla :

– Taisez-vous, blasphémateur païen !

John Geoghan éclata de rire :

– Je suis peut-être un païen qui s'est ignoré pendant trop longtemps, mais vous êtes un hypocrite car nous savons tous deux que chacun agit en secret et en contradiction totale avec les prescriptions de l'Église quand il s'agit de satisfaire son instinct dans sa vie sexuelle.

Il s'interrompit, avant d'ajouter par défi :

– Si vous contestez tant mes propos, monseigneur, dites-moi alors quelle est la vraie morale ?

Abasourdi, l'archevêque ne sut que répondre. Il était comme hypnotisé par les propos du pédophile. L'image du mulot paralysé par le cobra envahit ses pensées sans qu'il ne puisse réagir, tandis que l'autre poursuivait :

– Il est temps de reconstituer dans sa pureté et sa moralité originelles tout ce qui, aujourd'hui, est qualifié d'immoral et de péché et de l'élever à nouveau au degré de sainteté. Reconsidérons cette conception ancienne qui veut qu'aux organes sexuels appartienne la sainteté et qu'ils soient dignes d'adoration, redonnons vie aux paroles de Manès affirmant que « seul celui qui a compris la sainteté des organes divins est libre en vérité et délivré de tout péchés ».

Il ajouta en conclusion :

– Comment mieux vous résumer ma conduite, monseigneur, qu'en vous disant que la vraie liberté, c'est la délivrance du péché originel ?

Exaspéré, l'archevêque fit alors signe au gardien qu'il souhaitait quitter les lieux. Il sortit précipitamment, saisi d'une violente nausée.

New York City, 15 h 00

Il fallut plus de deux heures à Jalâl Muhammad Sayyidna Sabbah pour entrer sur le territoire américain. Les officiers de l'*Immigration Office* de l'aéroport JFK de New York épluchèrent son passeport jordanien d'un œil inquisiteur.

Invité à se rendre dans une pièce attenante au couloir d'arrivée, il subit alors un véritable interrogatoire mené par deux hommes en civil qu'il soupçonna immédiatement d'appartenir au FBI.

Pendant des mois, Jalâl s'était préparé à cette confrontation psychologique. Plusieurs ex-détenus de la prison de Guantanamo l'avaient informé sur les méthodes de questionnement employées par les Américains. Ces informations lui étaient aujourd'hui très précieuses et lui permettaient de déjouer tous les pièges sémantiques que s'évertuait à déployer l'homme qui lui faisait face. Il restait cependant sur ses gardes car, malgré son fort accent texan, Jalâl avait compris que l'homme parlait arabe. Tout en lui trahissait les forces spéciales, les redoutables *Delta Force.* Il fallait donc être prudent car ces hommes avaient une réelle expérience des coutumes orientales.

Jalâl connaissait néanmoins bien son sujet. Il sut parfaitement jouer son rôle de cadre d'une entreprise pétrolière saoudienne en pourparlers d'exploitation avec quelques grands pontes de Houston. Il se félicita de ses contacts à Riyad qui, par haine de l'Occident, n'avaient pas hésité à faire fi de sa religion chiite pour lui procurer une fausse identité en béton.

L'homme du *Delta Force* semblait satisfait des réponses précises de Jalâl. De temps à autre, il se retournait vers son collègue qui, derrière un comptoir, vérifiait silencieusement les dates et lieux énoncés sur le fichier du FBI, avant de hocher la tête en signe d'approbation.

Depuis les attentats du 11 septembre 2001, les Américains avaient mis en œuvre des moyens considérables pour interdire leur frontière au terrorisme wahhabite. Parmi ceux-ci, les montants vertigineux des primes offertes pour tout renseignement de valeur étaient parmi les plus efficaces. L'appât du gain n'avait pas tardé à porter de rudes coups aux cellules terroristes et à sérieusement compromettre le calendrier des attentats programmés sur le territoire des États-Unis.

Au plus profond de lui-même, Jalâl savait que l'entreprise des sunnites était vouée, à moyen terme, à l'échec. Longtemps ébranlés par la violence des attaques d'al-Qaida et par les actes de torture commis en Irak, les Occidentaux, sous la férule de Paris et de Berlin, marquaient aujourd'hui des points. L'entrée en scène des Nations unies et l'acquisition immédiate d'un maximum de besoins vitaux avaient progressivement désamorcé l'agressivité des Irakiens et du monde arabe.

Après négociations, Américains et Britanniques avaient alors discrètement laissé la place aux « casques bleus » qui, grâce aux revenus pétroliers et au dégel des comptes bancaires de Saddam Hussein, avaient su regagner les cœurs et les esprits.

L'islam sunnite avait ainsi échoué dans sa tentative d'hégémonie dans le monde musulman. Si spectaculaires que fussent ces attaques contre les croisés occidentaux, jamais celles-ci ne purent apporter un quelconque progrès intellectuel, social et matériel au petit peuple des rues de Bagdad, du Caire, d'Amman et d'ailleurs.

Le message religieux et révolutionnaire n'avait servi qu'au maintien d'un système en place, entretenu un temps par la CIA qu'al-Qaida combattait âprement aujourd'hui !

Or Jalâl, à l'image de nombre de musulmans, aspirait à rétablir l'esprit rebelle de la révolution islamique et non l'arbitraire bâillonnant d'un nouvel État wahhabite.

Au cours de ses études au sein de l'université al-Azhar, véritable centre intellectuel de l'islam, il avait étudié la brillante dynastie médiévale des Fatimides égyptiens et conçu une véritable fascination pour cette force politique que demeurait l'islam chiite.

Ses glorieuses origines, nourries par ses prêches répétés autour de la porte de la Victoire, représentation symbolique du chiisme victorieux sur le sunnisme dominant, l'avaient rapidement conduit à épouser la branche ismaélienne des fidèles du calife Ali, gendre et fils adoptif du Prophète.

Jalâl savait que tous les croyants attendent d'abord de leurs dirigeants un renforcement de leurs droits économiques et une réelle amélioration de leur situation sociale, or l'histoire avait démontré que seul le chiisme pouvait offrir un authentique devenir politique à l'enseignement du Prophète.

De gré ou de force, il était décidé à faire taire les despotes du Caire, de Riyad ou d'ailleurs et à offrir une alternative radicale et sanglante au monde islamique. Le triomphe du chiisme exigeait des sacrifices mais ceux-ci seraient insignifiants le jour où il mettrait enfin la main sur ce présent sacré qu'était le nom de Dieu, dérobé par les mécréants, neuf siècles plus tôt.

Il sourit intérieurement à l'idée qu'il était ce visionnaire que l'islam attendait et que bientôt son nom s'ajouterait à la prestigieuse liste de ces révolutionnaires religieux dont l'ultime génération avait régné sur l'Iran de Zarathoustra.

Mais d'abord, il devait faire savoir au monde que lui et les siens, les Martyrs d'Alamut, existaient, et que l'esprit du Vieux de la montagne régnait de nouveau. Aucun affront passé ou présent ne serait pardonné ni oublié.

Dubitatif, l'homme du *Delta Force* lui rendit son passeport. Jalâl sentit son regard l'accompagner jusqu'au bureau des douanes. Il n'en laissa rien paraître et franchit sans encombre les derniers mètres qui le séparaient du *fedayin* qui l'attendait sur place depuis plusieurs mois.

Dans l'avion qui le ramenait de Boston à New York, Bertrand de Payen ne pouvait chasser de son esprit les mots du prêtre pédophile qui résonnaient tels des gongs infernaux dans sa mémoire.

Sa foi avait été sérieusement ébranlée par les dernières phrases de John Geoghan et il en éprouvait maintenant un immense sentiment de culpabilité. Il se leva et ouvrit alors le coffre à bagages au-dessus de lui. Discrètement, il saisit la petite valise noire qui l'accompagnait dans chacun de ses déplacements et sortit un des sept volumes du *Vademecum*, le guide quotidien des membres de l'Opus Dei.

Prêtre numéraire et, en tant que tel, membre de la société sacerdotale de la Sainte-Croix, il connaissait par cœur nombre des extraits ayant trait à la confession, mais la relecture de l'un d'entre eux le réconforta d'emblée : « Vous autres irez à vos frères prêtres comme moi j'y vais. Et vous leur ouvrirez votre cœur s'il est pourri, avec sincérité, avec envie de vous soigner, sinon cette pourriture ne se soignera jamais. Si nous allions vers une personne qui ne pourrait soigner que superficiellement la blessure... c'est parce que nous serions lâches, parce que nous ne serions pas de bonnes brebis, parce que nous irions en occultant la vérité, ce qui nous préjudicierait. Et en faisant ce mal, en cherchant un médecin de passage, qui ne peut pas utiliser son bistouri et cautériser la blessure, nous causerions aussi un dommage à l'Œuvre... »

Apaisé, il répéta silencieusement en latin le Preces, la prière de la famille de l'Opus Dei, celle qui contenait les demandes que les membres adressent à Marie, à Joseph et aux anges, à l'intention du pape et de Josemaria Escriva de Balaguer, fondateur de l'organisation secrète catholique.

Il décida immédiatement que demain serait son jour de veille, ce jour unique dans la semaine que chaque membre décide de consacrer à la prière ainsi qu'à la réalisation de l'esprit opus-déiste. Il commencerait cette pieuse journée par le port de la ceinture de pénitence et irait se recueillir au sein de la cathédrale Saint-Patrick. La perspective de se purifier prochainement dessina un immense sourire sur son visage osseux. Il composa alors, sur le téléphone intégré à son siège, le numéro de la résidence de l'Opus à New York. Le directeur lui assura que deux numéraires seraient présents pour l'accueillir. Bertrand de Payen ferma les yeux et s'abandonna de nouveau au Preces.

New York City, 17 h 09

Sur la *highway* qui le conduisait à Central Park, Jalâl ne disait mot. Habitué à conduire dans les embouteillages de la « Grosse Pomme », le *fedayin* Tarek ibn Zihad manœuvrait avec brio la lourde Chevrolet Suburban noire.

Jalâl était fier d'avoir su reconstituer un groupe de martyrs islamiques, prêts à se sacrifier pour la cause. Il lui avait été facile de recruter des adeptes illettrés ayant d'immenses réserves de foi, d'habileté et d'endurance tant ils étaient légion en Afghanistan, en Irak et au Yémen.

Fidèle aux doctrines des assassins, il leur avait enseigné les bases de la guerre subversive. Ses années de lutte auprès du Hezbollah dans le Sud-Liban contre Israël avaient fait de lui un expert en matière de dissimulation et de patience. Aujourd'hui, il se félicitait d'avoir vécu ces moments terribles contre Tsahal et sa milice, l'armée du Sud-Liban. En effet, quand Israël quitta Saïda et ses environs, il prit de son chef sous sa protection quelques familles de dignitaires maronites qui avaient collaboré avec l'État hébreu. Cela lui fut longtemps reproché mais aujourd'hui, grâce à cette initiative, il triomphait. Il venait d'infiltrer ce nid de scorpions vénéneux qu'était l'Opus Dei et qui abritait ce chien de Bertrand de Payen, le descendant de celui qui avait humilié son glorieux ancêtre Hassan ben Sabbah.

Après son séjour au Liban, il s'était établi dans les monts Elbourz, sur les ruines mêmes de la prestigieuse Alamut et avait reconstitué, avec l'accord officieux des autorités iraniennes, une mission religieuse qui devint rapidement le quartier général logistique de ses *fedayin*. Très vite, sa renommée enfla au point que certains dirigeants de la république islamique d'Iran en vinrent à le considérer comme le nouvel imam Hussein et le digne successeur du patriarche chiite Ali. Des leaders sunnites vinrent visiter son camp d'entraînement terroriste, concrétisant l'établissement d'un front commun contre l'Occident.

La Chevrolet traversa Brooklyn et ses cités-dortoirs rythmées par les tournois de basket-ball sur fond de musique rap et de salsa. Au loin, de l'autre côté du Triborough Bridge, Jalâl aperçut Manhattan, orpheline de ses deux tours jumelles.

Il se mit à fredonner, en repensant aux attaques suicides du World Trade Center. Le *fedayin* à ses côtés enfonça le disque laser dans le lecteur et le chant de guerre éclata dans l'habitacle. Il était question d'une combattante qui, avant de rejoindre le royaume des martyrs, demandait pardon à sa mère et suppliait son père de ne pas prendre le deuil.

Galvanisé, Tarek répétait les paroles de la jeune femme qui clamait : « Pardonne-moi, mère, pour être partie sans te dire adieu mais apporte-moi ta bénédiction. Père, ne porte pas mon deuil, mais célèbre ma danse nuptiale car, en donnant mon sang, je sauve notre terre. »

Après quelques minutes de ferveur, Jalâl réduisit le volume et apostropha son homme de main :

– Est-ce que tout est prêt pour le grand jour ?

Tarek répondit aussitôt, ému et soumis :

– Oui, maître, vos sources sont formelles, dit-il, faisant allusion aux membres maronites de l'Opus Dei sous la coupe de Jalâl.

Il poursuivit :

– Le mécréant viendra se recueillir demain à l'aube en la cathédrale Saint-Patrick. Je n'attends plus que vos ordres pour exécuter ce chien comme il se doit.

Jalâl hocha la tête et déclara :

– Nous ferons d'une pierre deux coups, notre vengeance les déstabilisera. Ils évoqueront le sacrilège mais seront profondément désemparés par notre attaque. As-tu préparé l'arme ?

Jalâl faisait référence à ce poignard à la forte signification sacramentelle que tout *fedayin* conservait à portée de main, de jour comme de nuit.

– Oui, maître, répondit Tarek.

– Est-ce tout ? poursuivit Jalâl.

– Non, maître. Saadi m'a remis ceci pour vous.

Il tendit une petite mallette de cuir marron que Jalâl ouvrit d'un geste sec. Il sortit délicatement l'arme flambant neuve de son holster et soupesa, admiratif, le Aek silencieux calibre 9 × 18 mm aux 900 coups par minute.

– C'est parfait, vous avez bien travaillé, ajouta-t-il en haussant à nouveau le volume du lecteur.

– « Célèbre ma danse nuptiale », scandèrent-ils en chœur.

New York City
6 mai, 3 h 13

Bertrand de Payen se réveilla avant que ne retentisse le radio-réveil. Pour bien commencer sa minute héroïque, il abandonna son lit d'un seul bond et baisa immédiatement le sol.

Déterminé à accomplir intégralement sa mortification volontaire, il sauta dans la douche et n'ouvrit que le robinet d'eau froide. La fraîcheur du jet balaya ce qui demeurait de son sentiment de culpabilité de la veille et redoubla son zèle à servir la communauté de l'Opus Dei, la Famille, selon le terme en vigueur.

Une fois habillé, il sortit de sa chambre et traversa le long couloir de sa résidence. Malgré l'heure extrêmement matinale, quelques numéraires, ici et là, discouraient déjà. Tous le saluèrent avec grande déférence. Bertrand de Payen nota que la plupart d'entre eux portaient la ceinture de pénitence avant d'apercevoir plusieurs fouets à cinq bouts que les numéraires utilisaient tous les matins pour le Salve Regina.

Arrivé devant la porte principale du centre, il aperçut l'aspirant. Le jeune homme ne devait pas avoir plus de seize ans, mais l'archevêque lut dans ses yeux suffisamment de détermination pour savoir qu'il appartiendrait bientôt à l'Œuvre.

– Bonjour, monseigneur.

Bertrand de Payen esquissa un sourire en guise de réponse, fidèle au petit silence qu'il s'était décidé à respecter.

L'adolescent poursuivit :

– J'ai été chargé par notre directeur de vous conduire à la cathédrale Saint-Patrick puis de vous convoyer au centre culturel Alderton House où vous êtes attendu par notre prélat.

Supérieur général de la société sacerdotale de la Sainte-Croix et figurant au rang des évêques, le prélat était chef de l'Opus Dei, nommé à vie par le pape.

L'archevêque comprit immédiatement la signification d'un tel rendez-vous : le Vatican était visiblement impatient de connaître la teneur des entretiens qu'il avait eus avec John Geoghan afin de mettre en place les mesures draconiennes qui s'imposaient.

Le jeune homme lui fit signe de le suivre et tous deux descendirent l'escalier en marbre. Une grosse limousine blanche aux vitres fumées était garée dans la vaste cour qui donnait sur le jardin orné de statues en pierre représentant les apôtres.

L'adolescent lui ouvrit respectueusement la portière et s'installa au volant. Bertrand de Payen condamna automatiquement de l'intérieur toute entrée et fit remonter la vitre qui le séparait de l'aspirant. Plus que jamais, il avait besoin d'être seul.

Le long véhicule traversa Manhattan sans difficulté, la mégapole était encore au ralenti pendant quelques heures. Le silence de l'aube était de temps à autre déchiré par la sirène d'une voiture de police ou d'une ambulance qui les dépassait à tombeau ouvert. L'archevêque restait fasciné par le spectacle de ces longs couloirs de gratte-ciel qui commençaient maintenant à se dessiner sur fond de soleil levant. Malgré la poésie qui régnait, il eut d'énormes difficultés à imaginer que ce lieu abritait autrefois d'immenses forêts peuplées de loups que les tribus indiennes vénéraient.

Après s'être engagée dans la Cinquième Avenue, la limousine s'immobilisa lentement devant le centre Rockefeller tandis que les pointes des deux flèches de l'architecture néogothique rougissaient sous les premiers assauts des rayons du soleil caniculaire.

L'aspirant sortit immédiatement du véhicule et se dirigea vers la lourde porte de l'imposant bâtiment. Après avoir levé l'ensemble des systèmes de sécurité de la cathédrale, il revint en courant vers la limousine. Bertrand de Payen attendit qu'il lui ouvre la porte avant de descendre.

Un souffle chaud l'accueillit et quelques gouttes de sueur perlaient déjà sur son front quand il pénétra dans l'édifice.

Tarek venait juste d'éteindre les feux de la Chevrolet quand le véhicule de l'archevêque tourna au coin de la rue. Jalâl et lui eurent à peine le temps de se dissimuler pour ne pas être vus. La voiture de l'Opus Dei parcourut une cinquantaine de mètres avant de stationner sur le bas-côté.

Jalâl attendit que Bertrand de Payen soit entré dans la cathédrale et lança soudainement au *fedayin* :

– À toi de jouer !

Tarek sortit et referma sans bruit la portière, il chemina silencieusement de façon à rester dans l'angle mort des rétroviseurs de la longue limousine. Arrivé devant celle-ci, il s'agenouilla et se mit à marcher à quatre pattes en tenant fermement dans ses deux mains gantées l'Aek au long silencieux.

Au niveau de la portière avant droite, il crut percevoir un fond de musique liturgique. Brutalement et sans aucune hésitation, il se redressa et fit feu instantanément sur sa jeune victime. Un jet de sang éclaboussa instantanément la vitre du chauffeur pendant qu'un bruit de verre brisé chuchotait dans la rue. Le corps de l'aspirant bascula sur le volant, la tempe perforée.

Tarek s'introduisit dans le véhicule puis déplaça le corps avant de se mettre au volant. Il démarra et parcourut un bloc puis s'engagea dans une ruelle sombre et abandonna la limousine après avoir dissimulé la dépouille du jeune homme dans le coffre et recueilli son jeu de clés de la cathédrale.

Il sourit, satisfait de lui. Tout s'était parfaitement déroulé.

Le *fedayin* courut pour rejoindre la Suburban noire car le temps lui était compté. Une patrouille de police pouvait survenir à n'importe quel moment. Il savait que ce scénario l'obligerait à combattre, et peut-être même serait-il obligé de se sacrifier. Cette perspective le contraria, non pour sa vie, mais parce que son maître avait besoin de lui, en ces instants précis, pour achever la mission.

Il ne croisa aucune voiture et arriva à l'heure fixée auprès de Jalâl. Tarek ouvrit la portière arrière et saisit le caméscope et la longue housse en cuir posés sur la banquette, puis les deux hommes pénétrèrent silencieusement dans la cathédrale endormie.

Le piège infernal venait de se refermer sur Bertrand de Payen.

L'archevêque posa son regard sur l'orgue de chœur installé dans le déambulatoire nord, près du maître-autel. La vue de l'instrument le plongea dans ses souvenirs, et les images et les sons d'un office célébré dix ans auparavant en la chapelle Lady affluèrent. Ce jour-là, la combinaison des jeux de l'orgue de chœur à celui du jubé l'avait littéralement transporté, sublimant sa foi chrétienne et son engagement au sein de l'Opus Dei.

Subitement, il fut fier de sentir battre dans ses veines le sang de cet ancêtre qui, il y a neuf cents ans, avait donné naissance à l'ordre prestigieux et sacré du Temple. Il en était encore à rêver à la Ville sainte quand un bruit étouffé attira son attention. Quelqu'un tentait discrètement d'ouvrir la porte d'entrée de la cathédrale. Comment cela était-il possible ? Il était persuadé d'avoir soigneusement refermé derrière lui les lourds battants et d'avoir tourné plusieurs fois la serrure. Seul l'aspirant aurait pu accéder à l'édifice mais il était inimaginable qu'il puisse avoir pensé le déranger, sauf si quelque chose d'extrêmement grave pour l'Œuvre avait eu lieu.

Il fit demi-tour, contrarié d'avoir à interrompre ces instants solennels et marcha d'un pas ferme, décidé à faire sortir l'intrus de son havre de paix et de recueillement.

À quelques mètres de l'immense porte, il se figea, paralysé par la vision qui s'offrait à lui. Deux hommes aux visages dissimulés par une écharpe blanche à carreaux noirs lui faisaient face et le dévisageaient avec haine. L'un d'entre eux tenait à la main un long cimeterre, tandis que l'autre caressait son arme à feu équipée d'un silencieux.

Un flot de terreur l'envahit soudainement et il tenta de fuir en courant aussi vite qu'il le pouvait dans la direction opposée.

Un bruit assourdi précéda d'une fraction de seconde la douleur qui explosa dans son genou gauche et le fit s'étaler de tout son long dans l'allée centrale. Malgré la souffrance, il eut encore la force de ramper sur plusieurs mètres. Les deux hommes s'avancèrent silencieusement à sa hauteur avant que le pied du premier ne lui écrase le bas du dos tandis que sa main gauche empoignait brutalement les quelques mèches de cheveux qui lui parsemaient le cou.

C'est alors que, doucement, le plus grand de ses agresseurs vint à sa rencontre et le fixa intensément pendant quelques secondes.

Le cœur de Bertrand de Payen se mit à battre à tout rompre. Qu'est-ce que ces hommes pouvaient bien lui vouloir au point de le supplicier dans sa chair comme dans son esprit ?

Jalâl observait sa victime avec délice. Jamais il n'avait été aussi satisfait d'inspirer autant de terreur chez un homme.

Pendant quelques instants, il s'étonna de la facilité qui avait accompagné chaque phase de son entreprise. Allah était décidément bien à leurs côtés et Hassan ben Sabbah était leur prophète à tous.

– Il est temps de payer, chien de croisé, lui lança-t-il d'une voix sifflante.

Il prit soudainement des mains de son *fedayin* l'Aek qu'il appliqua avec force sur le front de l'archevêque, qui hurlait. Il pressa la détente. Un flot de sang teinté de méninges et de matière cervicale aspergea son visage recouvert du foulard palestinien. Il contempla alors, tout ensanglanté, ce qui restait du visage de Bertrand de Payen avant de se tourner vers Tarek et lui faire un signe de la tête. Le *fedayin* souleva le corps du membre de l'Opus Dei et l'attacha sur le prie-Dieu, la tête légèrement excentrée. Il sortit le caméscope et recula de quelques pas pour mieux saisir l'ensemble de la scène.

Jalâl s'approcha du corps. Il rangea l'arme et son silencieux dans la poche interne de son blouson en toile et saisit le lourd cimeterre qu'il avait posé à ses côtés durant l'exécution.

Il se mit de biais et souleva l'imposante arme blanche puis, d'un coup unique, il abattit la lame bleutée sur le cou du mort qui se déchira d'un seul trait. La tête de l'archevêque s'envola sous la violence de l'impact et roula le long de l'allée. Un sillon sanglant accompagna son trajet.

Jalâl ramassa la tête et, tout en posant fièrement devant la caméra, il cria :

– Allah est grand, longue vie aux Martyrs d'Alamut !

Tarek répéta le slogan et leurs cris infernaux résonnèrent dans le sanctuaire qu'une haine ancestrale venait de souiller à jamais.

Paris
7 mai, 5 h 45

Debout, le Glock à la main, engoncé dans son lourd gilet pare-balles, Jean Gibelain observait l'homme du RAID qui, accroupi, posait délicatement la charge explosive sur la porte blindée. Au-dessus de lui, deux hommes en noir, casqués et cagoulés, le protégeaient avec leurs boucliers d'assaut, alors que de part et d'autre, trois autres membres de l'unité pointaient leurs fusils à pompe vers la porte d'entrée.

Cela faisait maintenant près d'une heure et demie qu'ils avaient neutralisé le guetteur. L'adolescent n'avait rien vu venir, le métier des policiers d'élite du RAID avait facilement eu raison du jeune caïd de la cité. La brutale décharge électrique l'avait immédiatement tétanisé avant que le monde ne bascule autour de lui et que des hommes en noir ne l'emportent silencieusement.

Malgré l'exiguïté de la cage d'escalier, l'équipe parvenait avec un maximum de précautions à se déplacer dans le plus grand silence. Même les bergers belges du groupe cynophile maîtrisaient le moindre de leur mouvement.

Quatre mois auparavant, l'interception initiale de SMS appelant au jihad et envoyés depuis les téléphones portables de plusieurs membres de l'association musulmane chiite Taqiyah avait conduit la direction centrale des renseignements généraux à saisir la section antiterroriste du parquet de Paris.

Plusieurs anciennes connaissances de Gibelain, autrefois liées au grand banditisme, furent identifiées. Tout laissait supposer au commandement qu'elles s'étaient reconverties dans le terrorisme islamiste et l'aide du commissaire avait été précieuse au chef de brigade. En effet, son expérience des suspects et de leurs habitudes de vie avait vite porté ses fruits, notamment dans le domaine de la filature. Grâce à lui, le groupe avait confirmé que la petite salle de prière qu'ils se préparaient maintenant à investir servait à la fois de cache d'armes et de base de repli.

Sur les toits, deux équipes de tireurs embusqués balayaient les fenêtres du F4 du 30 de la rue Jules-Romains alors que, surplombant l'appartement, quatre hommes de la cellule franchissement, sanglés dans leurs harnais baudriers, vérifiaient une dernière fois leurs grenades aveuglantes ainsi que leurs pistolets-mitrailleurs d'assaut MP 5.

La charge était prête, les hommes du RAID reculèrent de quelques pas sur les côtés. Gibelain serra fermement la crosse de son arme et vérifia l'heure à sa montre. Les quelques secondes qui s'écoulèrent avant l'horaire prévu lui parurent interminables. Soudain, il perçut un discret grésillement dans les écouteurs de l'homme qui le précédait puis le chef de section se mit à décrire dans l'espace de grands signes avec ses doigts.

Automatiquement, comme à l'exercice, les hommes du RAID se mirent en position. Gibelain apprécia, en connaisseur, le professionnalisme de ces policiers d'élite qui, chaque jour, jouaient leur vie sur des interventions à haut risque.

L'explosion arracha littéralement la porte d'entrée avant que celle-ci ne s'effondre dans un grand vacarme. Au même instant, plusieurs détonations lumineuses accompagnèrent un bruit de fenêtre brisée. Emporté par l'attaque, Gibelain se précipita derrière le chef de section. Une vague d'adrénaline le submergea.

En une fraction de seconde, les policiers firent irruption dans le local de la pseudo-association. Pointant leurs armes dans toutes les directions, les binômes du RAID passèrent en revue chaque pièce du vaste appartement. Abrutis par le bruit assourdissant et par l'intense luminosité des grenades, les quelques occupants de la salle de prière étaient comme paralysés et ne purent opposer la moindre résistance. La plupart d'entre eux furent cueillis au pied de leur natte, enfouis sous plusieurs épaisseurs de couette. Sous la menace des armes des hommes en noir, ils se laissèrent menotter et tous furent rassemblés dans un coin de la grande salle.

Une fois informé par ses hommes, le chef de section du RAID vint à la rencontre de Gibelain :

– Commissaire, la place est sécurisée. Pour nous, le travail est terminé. Tenez-vous à ce que nous restions ?

Gibelain décrocha les scratchs de son gilet pare-balles et, dans un grand sourire, lui répondit :

– Non, merci et bravo. Vous avez fait du super boulot. La brigade antiterroriste va prendre le relais.

Une dizaine d'hommes en civil, portant le brassard fluorescent de la police, embarquèrent un par un les suspects tandis que le chef de section du RAID ajustait son écouteur micro et chuchotait :

– OK, on rentre.

Au fur et à mesure qu'ils sortaient devant lui, Gibelain nota que tous les prévenus avaient les yeux lourds de sommeil. Il suspecta immédiatement que d'intenses discussions avaient dû se tenir dans les heures qui avaient précédé l'assaut. Il aurait parié sa paye que cela n'avait rien à voir avec les prêches d'un imam et la lecture des sourates. Son intuition lui chuchota que quelque chose de sérieux se préparait dans l'ombre. Il sursauta. Peut-être existait-il encore quelques documents écrits ou quelques notes faisant part de réflexions ou d'ordres ?

Il haussa les épaules, riant de sa réflexion. Comment pouvait-il être encore aussi naïf après tant d'années passées à côtoyer le crime ? Ces hommes avaient dû prendre toutes leurs précautions. Une cellule terroriste ne laissait, en général, rien qui puisse l'identifier et encore moins la neutraliser. Il y avait donc peu de chances qu'il puisse trouver un document compromettant, à moins qu'ils aient été réellement pris de vitesse par leur intervention.

Sceptique mais séduit par l'éventualité d'une découverte, il se précipita dans la pièce qui servait de bibliothèque. Des cartons étaient posés de chaque côté de la salle, Gibelain bouscula l'un d'entre eux. Un nuage de poussière prit forme devant lui et il se mit à éternuer violemment pendant plusieurs secondes. Il s'emporta :

– Et merde !

Une fois la crise passée, il se décida à explorer les rayons du meuble en pin qui servait de bibliothèque. Assisté des hommes de la brigade antiterroriste, il fouilla systématiquement l'ensemble des tiroirs du meuble puis les vida en vrac au centre de la pièce.

Il y avait là des textes de prière, des photos du mausolée d'Ali à Nadjaf et de la tombe d'Hussein à Karbala.

– Rien de bien compromettant, se lamenta-t-il, en soupirant devant le tas de feuilles blanches qui grossissait à vue d'œil devant lui.

Dans les pièces aux alentours, les hommes de l'identification collectaient toutes les empreintes digitales qu'ils pouvaient recueillir et les répertoriaient machinalement dans leurs fichiers.

Gibelain savait que ce n'était qu'une question d'heures avant qu'ils ne mettent un nom et un visage sur chaque empreinte et qu'un échange d'informations ne se fasse avec le fichier central du FBI, mais il désespérait de ne pas avoir quelque chose de plus concret.

– Commissaire, venez voir par ici, clamèrent soudainement les voix des hommes de l'identification criminelle qui, en déplaçant le lourd meuble en pin, venaient de libérer une porte astucieusement dissimulée dans le mur.

Jean Gibelain émit un petit sourire. Cette fois-ci, il la tenait peut-être, sa preuve. Il félicita immédiatement ses collègues pour leur zèle, conscient que, sans leur intervention, il lui aurait été impossible de faire une découverte qui allait peut-être couronner six mois d'enquête.

Une fois la bibliothèque déplacée, ils sortirent leurs armes et se rangèrent sur les côtés, estimant que des hommes se tenaient probablement à l'intérieur de la pièce close. Ils prêtèrent l'oreille mais aucun bruit ne leur parvint de l'autre côté de la porte. Le commissaire fit alors signe aux hommes de la brigade antiterroriste de le couvrir. Gibelain rassembla tout son courage. Ses collègues, à l'aide d'un petit bélier, abattirent d'un coup sec la porte, avant qu'il ne se lance brutalement dans la sombre salle.

Pendant quelques fractions de seconde, il sentit sa main gauche écraser la torche alors que sa main droite se crispait fermement sur la crosse et sur la détente du Glock.

Malgré l'obscurité, il sut d'instinct que la pièce était vide. Il rengaina son arme à l'instant même où le trajet lumineux de la torche se posait sur un matelas où s'alignaient des armes à feu, des explosifs et plusieurs milliers d'euros en espèces.

Les policiers investirent les lieux et installèrent de puissants projecteurs. La salle avait les dimensions d'une petite cave et y étaient entreposés un tiroir casier, une chaise et un placard.

Gibelain identifia d'emblée les armes d'assaut de fabrication soviétique. Il y avait là des AK 47, des VZ 58 et quelques AKSU 74 que l'on trouvait aisément au marché noir depuis la fin des conflits dans les territoires de l'ex-Yougoslavie. Plus grave était la présence d'explosifs C4 en grande quantité et des billets étalés sur le lit. Il saisit l'un d'entre eux et confirma son authenticité. Tout cela ne lui plaisait pas du tout car il y avait au moins soixante mille euros devant eux.

– Commissaire, interpella la voix de son jeune collègue de la brigade antiterroriste, je crois que nous sommes tombés sur un gros coup.

– Oui, c'est bien mon avis. Regardez si la BRB ne nous a pas signalé un braquage ces dernières semaines. Contactez aussi les stups pour voir s'il n'y a pas eu des arrivages d'Afghanistan ou du Maroc. On ne sait jamais.

–Je m'en occupe immédiatement, répondit le policier enthousiasme.

Gibelain s'approcha alors du tiroir et constata que plusieurs casiers étaient fermés à clef. Après quelques tentatives intempestives, il parvint à forcer les serrures successives et à collecter le contenu du meuble métallique. Celui-ci regorgeait de centaines de tracts virulents écrits en arabe et en anglais.

– Bingo, on les tient, s'écria-t-il, avant de parcourir un des feuillets à voix haute : « Frères chiites, nos ennemis sont les mêmes que ceux de notre illustre ancêtre et maître Hassan ben Sabbah, mais apprenez que bientôt la terreur et nos martyrs les anéantiront. Rejoignez-nous maintenant, et ensemble honorons, par le combat la mémoire de notre imam Hussein. Allah est grand, longue vie aux Martyrs d'Alamut. »

Du fond d'un casier, il extirpa un classeur dont certaines feuilles étaient signées du nom de Nasrallah. Il prêta attention à l'un des écrits. Il s'agissait de la retranscription d'une interview donnée au lendemain de l'attentat-suicide du 23 octobre 1983 à Beyrouth. Certains survivants avaient mentionné que, avant d'emporter les vies de deux cent quarante et un marines américains, le terroriste s'était mis à sourire. Interloqué, Gibelain parcourut l'article : « J'ai dit récemment à un visiteur occidental que je ne parlerai pas de l'islam, ni de la foi, ni de la vie après la mort. Cela demanderait trop de temps. Je voudrais, par contre, donner un exemple tiré de la vie quotidienne de l'homme occidental, et qui est maintenant valable pour nous aussi. Prenons une personne qui se trouve depuis longtemps dans un sauna. Bien évidemment, cette personne souffre de la grande chaleur, a très soif et espère profiter d'une douce brise. Elle peut même être victime d'une grande fatigue, si elle reste plus longtemps dans le sauna. Si quelqu'un d'autre lui dit : "Tu es dans le sauna alors que la pièce voisine est calme et fraîche, qu'il y a de la musique classique, des rafraîchissements ainsi que tous les mets que tu désires, un endroit où personne ne viendra te déranger. Tout ce que tu auras à faire est de sortir de ce sauna et de pousser la porte de l'autre pièce si belle et calme." Va-t-elle hésiter une seconde à franchir cette porte ? Bien sûr que non, elle va l'ouvrir en souriant et heureuse, pour pénétrer dans cette autre pièce. Pour nous, quitter le sauna et pousser cette porte avec le sourire et empli de bonheur équivaut au sacrifice de la vie présente pour atteindre la merveilleuse vie après la mort... »

– Commissaire, venez voir par ici, je crois que l'on a trouvé quelque chose, clama la voix du jeune inspecteur dans la salle. Monté sur la chaise, celui-ci sortait du vieux placard une pile de papiers et de photos rangés avec soin dans un vieux classeur. Gibelain s'approcha et examina le tout. Il y avait là le double d'un billet d'avion Paris-New York en aller-retour ainsi que quelques photographies de la mégapole américaine. Il s'étonna du nombre important de clichés de la Cinquième Avenue, du centre Rockefeller et de la cathédrale Saint-Patrick, extérieur et intérieur. Il n'était cependant pas au bout de son étonnement. Une dizaine de photos d'un dignitaire du Vatican pris sous toutes les coutures occupait le tiers restant du classeur.

– Bon sang, on dirait un archevêque, s'exclama-t-il. Qu'est-ce que c'est que cette embrouille ?

Il interpella le reste de l'équipe :

– Y a-t-il autre chose dans ce fichu placard ? Videz-le-moi complètement.

Le groupe se mit immédiatement au travail. Quelques minutes s'écoulèrent avant que l'un des inspecteurs ne lui remette quelques notes visiblement rédigées dans une grande précipitation. Gibelain saisit la chaise et se concentra sur les écrits. Malgré certains mots en arabe, il parvint à déchiffrer le nom de Jalâl ben Sabbah ainsi que la date du 10 août.

Un déclic se produisit alors, cette date ne lui était pas inconnue. Il reprit le classeur pour le consulter à nouveau et se mit à tourner frénétiquement les pages de celui-ci.

– Ça y est, j'y suis, s'écria-t-il, en constatant que la date du 10 août était celle du billet d'avion établi au nom d'un certain Faruq al-Assad. Celui-ci serait manifestement de retour à Paris dans une semaine, en provenance de New York.

Il se tourna alors vers ses assistants :

– Je vous parie un gueuleton au Petit-Bouchon que Faruq al-Assad et Jalâl ben Sabbah ne forment qu'une seule et même personne. OK, il nous faut maintenant essayer de mettre un visage sur ce nom, avez-vous trouvé d'autres photos que celles du prêtre ?

– Oui, à l'instant même, commissaire, répondit un des inspecteurs. Celle-ci était glissée délicatement dans ce coran.

Gibelain prit délicatement la photo où un homme d'âge jeune et barbu, la kalachnikov au bras, se tenait discrètement aux côtés d'un dignitaire du Hezbollah dans un cimetière du Proche-Orient. Ses quelques rudiments de langue arabe lui permirent de déchiffrer deux noms : Dahiye et Nasrallah.

Nasrallah, le même nom qui était porté au bas des feuillets du classeur : Il apostropha le groupe :

– Regardez si vous avez quelque chose répondant aux noms de Dahiye et de Nasrallah.

L'homme de la brigade antiterroriste tapota sur son ordinateur portable et consulta les fichiers d'Interpol. En quelques secondes, Gibelain eut sa réponse :

– OK, commissaire, voilà ce que l'on a, répondit l'inspecteur. Dahiye est le cimetière des martyrs chiites libanais, autrement dit des commandos-suicides qui se font sauter dans les lieux publics.

Gibelain eut immédiatement en image la vision d'horreur de tous ces innocents déchiquetés dans leur bus ou dans leur restaurant alors qu'ils se rendaient sur leur lieu de travail ou qu'ils mangeaient entre amis.

L'inspecteur poursuivit :

– Quant à Nasrallah, il s'agit du cheikh Hassan Nasrallah, le secrétaire général du mouvement Hezbollah, les fous de Dieu.

La rage froide qui illuminait le regard du garde du corps dérangea Gibelain. Il se concentra sur l'image de l'homme, qui semblait grand de taille. Tout en lui, à commencer par sa posture, indiquait le milicien entraîné à tuer sans aucun remords. Son intuition, celle qui ne le trompait jamais et qui l'avertissait toujours des plus grands dangers, résonna en lui comme l'écho dans la montagne. Il devina alors qui se cachait réellement derrière l'identité de Faruq al-Assad.

Il était cependant bien loin d'imaginer ce que la fouille de la cache et du reste de l'appartement lui réservait encore. Dans un des cartons poussiéreux, les hommes de l'identification criminelle venaient de découvrir des textes de propagande et plusieurs photos qu'ils déposèrent devant Gibelain.

–Jetez-y donc un coup d'œil, commissaire, cela fait froid dans le dos, lui lança le jeune inspecteur.

Gibelain vida aussitôt le contenu du vieux carton. Il tomba sur plusieurs écrits de David Myatt devenu Abdul Aziz ibn Myatt après sa conversion à l'islam. Dans ses textes haineux, le chantre des néonazis anglais invitait les nostalgiques du Troisième Reich ainsi que tous les ennemis du sionisme à embrasser le jihad et la « vraie religion martiale ». L'islamiste converti hurlait sa profonde admiration pour le grand mufti de Jérusalem en soulignant que plusieurs dizaines de milliers de musulmans avaient suivi l'appel du chef religieux pour prêter serment à Adolf Hitler. De nombreuses photos en date de 1943 accompagnaient chaque texte que maintenant Gibelain survolait. De jeunes Bosniaques musulmans en fez *feldgrau* défilaient devant une tribune ornée de drapeaux rouges à croix gammée et d'étendards noirs marqués par deux grands S blancs.

Une feuille glissa des mains du commissaire. Il la ramassa et parcourut malgré lui le discours de réception des nouveaux sujets du Führer : « Je vous reçois désormais dans les rangs de la Waffen SS. Vous êtes les fils d'un peuple qui a toujours montré à travers les siècles ses qualités guerrières... Vous êtes maintenant les camarades de front des hommes qui veulent délivrer leur peuple de la menace du bolchevisme et de la juiverie. »

– Bon sang, voilà le cauchemar de Bourges qui recommence, fit le policier franc-maçon en repensant aux confidences que lui avait glissées Thomas Lombard avant d'être assassiné.

Il jeta violemment le papier dans le carton. Un mauvais pressentiment l'envahit au fur et à mesure qu'il passait en revue les documents jusqu'à ce que la dernière photo ne lui arrache subitement un cri d'effroi. Sanglés dans leurs tenues camouflées, Faruq al-Assad, Francis Arnaud et Luc Bélial posaient martialement devant l'objectif ! Le commissaire sut aussitôt que des jours difficiles l'attendaient.

Il était presque neuf heures quand Gibelain pénétra dans son bureau. Il posa sa veste sur la chaise, sortit son arme du holster et la rangea dans le tiroir du meuble réglementaire du ministère de l'Intérieur, le cran de sûreté abaissé.

Installé confortablement, il jeta un coup d'œil sur la pile de dossiers qu'il se devait de consulter dans la journée :

– Fichue paperasserie, grommela-t-il.

Prenant son courage à deux mains, il s'installa devant son ordinateur et tapa d'une seule traite le rapport de la perquisition de la cache islamiste. Deux heures plus tard, satisfait de son travail, il se décida à descendre prendre à la cafétéria un arabica et quelques croissants. L'idée lui parut excellente, d'autant plus que le bureau du commissaire divisionnaire Macabone était sur la route. Il referma à clé le tiroir dans lequel était rangé le Glock et, ragaillardi par la perspective de se restaurer, il sortit précipitamment.

Arrivé devant le bureau du Corse, comme tous se plaisaient à le surnommer, il frappa à la porte. N'obtenant aucune réponse, il entra et déposa le rapport ainsi que les pièces à conviction.

En début d'après-midi, alors qu'il empruntait le hall de service, la voix de Paul, l'inspecteur stagiaire nouvellement titularisé, retentit dans le couloir :

– Commissaire Gibelain !

Il se retourna, tout surpris d'être apostrophé :

– Que se passe-t-il ?

Le jeune policier dissimula difficilement son excitation :

– Commissaire, le divisionnaire veut vous voir au plus vite dans son bureau. Il paraît que c'est très urgent. Le FBI aurait besoin de nos lumières, et des vôtres en particulier.

Il écarquilla les yeux de stupeur :

– Le FBI ? Mes lumières ? Vous vous foutez de moi ! C'est une plaisanterie, j'espère.

Paul se sentit immédiatement mal à l'aise :

– Pas du tout, commissaire, c'est très sérieux.

– OK, Paul, je file chez le patron.

En chemin, Gibelain se demanda dans quelle aventure foi reuse son divisionnaire allait encore l'embarquer. Il se souvint, non sans émotion, comment six mois plus tôt une entrevue urgente similaire l'avait envoyé à Bourges enquêter sur un meurtre perpétré dans une loge maçonnique. L'image de Sarah et des chevaliers kadosch clignota immédiatement dans sa mémoire. Il les en chassa aussitôt.

Arrivé devant la porte du divisionnaire, il frappa trois coups espacés.

– Entrez, Gibelain, je vous attends, fut la réponse de Macabone.

Il pénétra dans le bureau, résigné. Le Corse semblait être dans tous ses états et tapotait nerveusement son PC, tout en répondant au téléphone. Son interlocuteur était probablement quelque personnalité ministérielle, au vu des efforts de retenue que déployait le divisionnaire. Après quelques minutes ponctuées de « Notre meilleur élément est sur l'affaire » et de « Vous pouvez compter sur nous », il raccrocha.

Macabone porta la main sur sa bouche et fixa Gibelain une fraction de seconde avant d'ajouter :

– Installez-vous, Gibelain, nous avons un sérieux problème sur le dos et il n'y a que vous qui puissiez le résoudre.

Il redouta le pire.

– OK, tout d'abord, vous allez m'oublier tout le taf dans lequel vous étiez impliqué. Refilez-moi cela à Paul et aux stagiaires ou à qui vous voulez, démerdez-vous, mais je ne veux plus vous voir que sur une enquête : celle que je vais vous exposer maintenant.

Il répondit d'un hochement de la tête. Le Corse poursuivit aussitôt :

– Les chaînes télévisées CNN et al-Jazira diffusent depuis ce matin ces images. Je vous préviens, Gibelain, c'est abject et même immonde.

Macabone cliqua sur la touche de la souris du gros PC. Un homme enturbanné, un lourd cimeterre à la main, apostrophait en arabe d'invisibles auditeurs, alors qu'un corps était attaché à ses côtés sur un prie-Dieu. À travers l'image tremblante, Gibelain reconnut l'intérieur d'une église ou d'une cathédrale. Un nom lui vint immédiatement à l'esprit : Saint-Patrick. Il tenta alors de comprendre ce que l'homme débitait en hurlant devant la caméra. Malgré la rage qui habitait ses paroles saccadées, il perçut quelques noms, comme Hassan ben Sabbah et Alamut.

Macabone lut alors le reste du discours qui s'affichait maintenant sur le téléscripteur du PC :

–Aujourd'hui comme hier, nous avons tendu des collets et des pièges pour prendre dans les filets de la mort nos ennemis et ceux de la vraie religion. Nul ne sera à l'abri de notre vengeance. Au cœur de vos cités, au centre de vos palais, et même par-delà le temps, nous vous frapperons, comme ce chien dont les ancêtres nous ont offensés et qui hurlait à l'instant que l'on épargne sa vie. Tout comme eux, vous avez oublié qu'on ne peut guérir la blessure du monde qu'avec la lame qui la fit, mais bientôt nous saurons vous le rappeler dans vos esprits comme dans vos chairs. Regardez et tremblez.

L'homme se retourna vers le corps dont le front était ouvert d'un trou béant sanglant et visqueux. À ses vêtements, Gibelain sut qu'il s'agissait d'un prêtre. Les photos de l'archevêque trouvées dans la cache islamiste quelques heures auparavant lui revinrent aussitôt en mémoire.

Se pouvait-il que cette sinistre mise en scène ait un lien avec la perquisition qu'il venait d'achever ?

Un sentiment d'horreur le saisit quand il réalisa ce que l'homme au foulard à carreaux s'apprêtait à faire devant eux. Il ferma les yeux quand le cimeterre s'abattit sur la tête du défunt et contint péniblement une rage meurtrière lorsque les assassins scandèrent : « Longue vie aux Martyrs d'Alamut ! »

Un lourd silence fit suite à l'horrible scène. Gibelain, tout comme Macabonc quelques minutes auparavant, demeurait prostré devant l'écran, maintenant vide de toute image.

Il ne put s'empêcher de laisser échapper un commentaire :

–Patron, j'ai vu bien des horreurs dans ma vie, mais jamais autant de bestialité. Il n'existe aucune cause qui puisse justifier cette saloperie d'un autre âge.

–Je suis d'accord avec vous, Gibelain. Voilà pourquoi nous allons faire le maximum pour éliminer au plus vite ces malades avant qu'ils ne recommencent, et votre perquisition de ce matin va nous y aider.

Macabone le fixa de ses petits yeux noirs et poursuivit :

–J'ai lu votre rapport et examiné vos pièces à conviction, notamment toutes vos photos, et devinez quoi ?

Gibelain enchaîna, ne lui laissant pas le temps de conclure :

–L'homme décapité dans la cathédrale Saint-Patrick, c'est le prêtre qui a été pris en photo sous toutes les coutures.

Macabone approuva, en serrant les lèvres :

– Vous y êtes, Gibelain. Il s'agit de monseigneur Bertrand de Payen. Archevêque et membre de l'Opus Dei, c'était le plus proche conseiller du pape.

Gibelain émit un sifflement strident entre ses dents, avant de s'exclamer :

– Bon sang, vous voulez dire que ces deux frappadingues ont assassiné l'éminence grise du Vatican !

Le Corse répondit, un sourire en coin :

– Vous avez tout compris, on repart en croisade. Toute cette affaire fait déjà grand bruit et je suis assailli de coups de téléphone. Je ne vous cacherai pas que vous êtes en odeur de sainteté à Matignon car il semble que votre perquisition ait permis de répondre à certaines questions, même s'il reste des abîmes d'interrogations.

Il expira et ajouta :

– En tout cas, aujourd'hui, nous sommes les seuls à pouvoir désamorcer cette bombe en passe de déclencher une nouvelle guerre de religion. Pensez donc, le supplice et la mutilation d'un archevêque français de l'Opus Dei par des islamistes dans une cathédrale new-yorkaise ! C'est du pain bénit pour les intégristes et les va-t-en-guerre de tous bords !

Gibelain demanda :

– A-t-on une idée quelconque sur la raison de ce meurtre et sur ces Martyrs d'Alamut ?

Le Corse répondit aussitôt :

– Pas la moindre, le monde musulman est en émoi et condamne formellement cette abomination. On dirait que tout le monde a été pris de vitesse. Personne n'a jamais entendu parler de ces fanatiques. En fait, tout ce que nous possédons, ce sont vos pièces à conviction.

Il ajouta fièrement :

– Grâce à vous, nous pouvons nous vanter d'avoir une longueur d'avance sur les Espagnols, le MI6 et surtout sur les Américains. Les pauvres, ils sont complètement largués, et pour longtemps, si vous voulez mon avis.

Gibelain imagina aisément l'ampleur de la tempête médiatique qui devait probablement balayer les États-Unis. Pour rien au monde il n'aurait souhaité travailler en ces heures au FBI.

Macabone, imperturbable, continua son speech :

– La CIA et le FBI sont sous forte pression de la part du Vatican, de la Maison-Blanche et de l'opinion publique américaine, encore sous le choc des attentats du 11 septembre. Croyez-moi, mon vieux, c'est un vrai souk du côté de Langley et de Washington DC, et je m'y connais.

Gibelain écoutait attentivement tout en se remémorant les photos, les copies et les tracts collectés dans la cache terroriste. L'image du milicien s'imposait de plus en plus à sa mémoire.

Le Corse reprit :

– OK, voilà pour la pommade. Maintenant, j'ai besoin d'avoir votre opinion personnelle sur tout ce merdier politico-religieux. Vous avez toujours eu une excellente intuition, Gibelain. C'est celle-là que je veux connaître.

Gibelain se gratta le menton, tout en s'exprimant :

– Très bien, patron. Je pense, en effet, que les deux affaires sont étroitement liées et que c'est par pur hasard que nous sommes tombés dessus. Je ne vous cacherai pas le fait que je suis demeuré longtemps sceptique sur l'étiquette terroriste que l'on souhaitait, dès le départ, coller à cette enquête. En fait, c'est le changement de comportement et de psychologie de nos « connaissances » qui m'a alerté, même si j'étais loin d'imaginer l'existence d'un réseau aussi structuré. Pour être honnête, ce matin encore, je m'attendais à trouver quelques tracts subversifs, mais rien de sérieux. La présence de ces armes d'assaut et de ces milliers d'euros me fait maintenant craindre le pire. Tout porte la signature de proches du Hezbollah, et ce sont des clients sérieux, comme vous le savez. »

Macabone hocha la tête en signe d'approbation et ajouta :

– Je vous suis parfaitement, Gibelain, mais qu'est-ce que viennent faire ici les photos de l'archevêque ? Quel rôle jouait donc ce Bertrand de Payen ? Je n'y comprends rien.

Gibelain enchaîna :

– Je crois que la réponse se trouve sur la photo.

Macabone, piqué au vif, l'interrogea :

– De quelle photo voulez-vous parler ?

Il saisit le classeur posé sur la table du divisionnaire et en tourna nerveusement les feuilles jusqu'au moment où il trouva le fameux cliché.

– De celle-ci, répondit-il.

Il poursuivit :

– Vous parliez de mon intuition. Eh bien voilà, celle-ci n'arrête pas de me chuchoter que l'homme sur la droite du dignitaire Nasrallah est derrière tout ceci.

– Et qu'est-ce qui vous fait dire tout cela ? poursuivit le Corse.

Gibelain ne se laissa pas démonter par le ton dubitatif de son supérieur :

– Vous vous doutez bien que je n'ai rien de solide, cependant un élément m'a frappé d'emblée.

– Et lequel ? coupa Macabone.

– Celui qui veut que cette photo ait été conservée précieusement, presque comme une relique !

Il continua sur son idée, Macabone le mangeait du regard.

– Réfléchissez, patron. À première vue, tout nous indique que cette photo est une sorte d'hommage porté par des extrémistes à la gloire du cheikh Nasrallah, tête pensante du mouvement Hezbollah. Seulement voilà, cela ne colle pas pour deux raisons. La première, c'est que le cheikh n'est pas seul sur la photo en question. Comme vous le voyez, ils sont deux. En général, leurs dignitaires sont pris isolément sur les photos officielles sauf s'il s'agit d'une sorte de dédicace. La deuxième, c'est que nous n'avons trouvé aucune autre image du cheikh dans la cache, alors que, paradoxalement, la plupart des pages du classeur et des tracts retrouvés sur place font référence aux enseignements du théologien chiite.

– Poursuivez, fit le Corse.

– Je ne pense pas que le cheikh Nasrallah soit ici en cause car si tel avait été le cas, nous n'aurions jamais trouvé tous ces documents signés qui auraient alors fait figure d'aveux. Aucun terroriste ne laisserait derrière lui des documents aussi accablants. Enfin, aussi extrémistes qu'ils soient, ces gens obéissent toujours à des directives et j'imagine mal un dirigeant chiite donnant l'ordre d'assassiner un proche du pape, *a fortiori* dans une cathédrale ! C'est comme si le Vatican ordonnait le meurtre d'un mollah à Nadjaf ou à Médine ! Non seulement c'est un sacrilège mais c'est aussi une hérésie d'un point de vue théologique et géopolitique.

Gibelain conclut alors :

– En fait, il nous faut considérer cette photo autrement, à l'envers en quelque sorte, en faisant abstraction de la personnalité du cheikh. Sa présence est, pour moi, un accident de parcours et n'a rien à voir avec cette affaire. Une fois que vous avez admis ceci, une autre piste se précise.

Il pointa du doigt l'image du milicien.

– Nous nous sommes laissé aveugler par l'aura du Hezbollah et de son secrétaire, mais c'est la deuxième personne sur la photo qu'il faut regarder.

Il s'interrompit, avant de déclarer gravement :

– La clé de l'enquête, c'est l'homme armé sur la droite du cliché.

Macabone observa quelques secondes de silence, il semblait convaincu par l'analyse de Gibelain, toutefois, une inconnue demeurait :

– Parfait, mais l'archevêque, que vient-il faire là-dedans ? »

Gibelain porta la main à sa tempe et répondit :

– Le texte récité par notre meurtrier fait mention d'une vengeance au-delà du temps. J'ai aussi compris plusieurs noms, ceux d'Hassan ben Sabbah et d'Alamut, sans compter que celui de Payen m'est familier. Je suis certain de tous les avoir lus dans un article de revue historique médiévale. Laissez-moi quelques heures et je pense pouvoir vous apporter les éléments de réponse qui compléteront cette enquête.

Le Corse lui lança un clin d'œil :

– Oui, j'imagine que vous allez faire appel à vos amis francs-maçons.

Gibelain rectifia immédiatement :

– Ce ne sont pas mes amis, patron, mais mes frères.

Macabone eut un discret sourire ironique :

– Si vous voulez, mais pour moi, c'est du pareil au même.

Gibelain se garda bien de tenter de lui expliquer le sens et la valeur de la fraternité maçonnique. Aussi talentueux que pouvait être son divisionnaire, aucun profane n'avait jamais pu avoir la moindre idée sur ce qu'une telle vertu impliquait chez un franc-maçon.

– Une dernière chose, Gibelain ! Avez-vous quelque chose sur l'identité de notre suspect ?

Il répondit tout en remettant au divisionnaire la photocopie du billet d'avion :

– Il se fait appeler Faruq al-Assad ou Jalâl ben Sabbah et sera de passage à Paris dans une semaine. Inutile de vous préciser que je me ferai un plaisir de lui souhaiter la bienvenue à ma façon.

– J'y compte bien, répondit Macabone.

Le Corse semblait satisfait du déroulement des événements :

– Tout cela me paraît bien engagé et j'ai comme l'impression que vous êtes sur le point de nous décrocher vos galons de commissaire divisionnaire.

– À votre place, je ne compterais pas trop là-dessus.

– Et pourquoi donc ? fit Macabone interloqué.

– D'abord parce que nous n'avons rien de concret, ensuite parce que le suspect se promène toujours Dieu sait où, et surtout parce que rien ne dit qu'il repassera par la France après l'arrestation de ses complices. J'aurais même plutôt tendance à penser le contraire.

Le bruit du fax se fit soudainement entendre. Macabone le parcourut et au fur et à mesure son visage s'illumina d'un grand sourire :

– Eh bien, tout cela n'a pas traîné ! Malgré l'heure matinale qu'il doit être à New York, les Américains ont déjà fini d'éplucher votre rapport que j'ai pensé à leur faire parvenir et figurez-vous qu'ils tiennent à vous rencontrer dans les plus brefs délais.

Il décrocha son téléphone et composa le numéro du département des ressources humaines :

– Ici le divisionnaire Macabone. J'aurais besoin rapidement d'une place sur un vol en partance demain pour New York pour le commissaire Gibelain. Merci de faire vite, c'est urgent.

Il raccrocha et déclara :

– OK, Gibelain, prenez votre après-midi pour faire vos préparatifs et passez prendre votre billet vers dix-neuf heures.

Macabone se leva, signifiant par là que l'entretien était terminé mais, sur le pas de la porte, il s'immobilisa puis se confia :

– Gibelain, vous comme moi sommes des hommes de terrain et malgré nos différences, je vous ai toujours apprécié. Laissez-moi vous dire que vous avez encore fait de l'excellent travail. C'est pourquoi, je tiens personnellement à vous informer que je vous ai recommandé auprès de notre ministre pour reprendre mon poste l'an prochain.

Gibelain releva les sourcils, à la fois surpris et honoré :

– Patron, je suis touché, mais vous n'étiez censé prendre votre retraite que plus tard.

Le Corse émit un petit ricanement :

– C'est vrai, mais j'ai changé d'avis. Mes enfants et petits-enfants repartent sur Ajaccio dès la rentrée. Et puis, j'ai assez donné comme ça. Place à la relève maintenant, et la relève, c'est vous, Gibelain.

Il ouvrit la porte et lui serra longuement la main :

– Bon vol et revenez-nous au plus vite. Je tiens à ce que vous coffriez personnellement nos énergumènes de la cathédrale.

– Je m'en occupe, patron. À bientôt, répondit-il en lui rendant son sourire.

Gibelain ne s'attarda pas davantage au bureau. Après avoir informé Paul des directives du divisionnaire et lui avoir rapporté l'essentiel des transmissions sur les enquêtes en cours, il ramassa son ordinateur portable et fila sans plus attendre au 5, square du Temple.

Une heure plus tard, confortablement installé dans son fauteuil club, il ouvrit la vieille boîte à cigares de son père et s'offrit un havane. La nostalgie le saisit aussitôt quand il pensa à New York. Il se remémora, que, dans une autre vie, la Grosse Pomme avait été la destination de son voyage de noces. Il ferma les yeux et se laissa délicieusement emporter par le souvenir des yeux d'Anne qui rayonnaient d'amour alors qu'ils se promenaient en calèche dans Central Park. Le spleen se fit plus pressant et, pendant un bref instant, il lutta férocement contre l'envie de composer le numéro de son ex-femme, puis il se reprit et un grand rire emporta son côté fleur bleue.

Son cigare achevé, il se mit en tête d'appeler son ami Roland, dont il était l'écuyer novice depuis quelques mois. Après son admission dans l'ordre intérieur, en effet, le chapitre préfectoral lui avait octroyé comme parrain le charismatique Roland Lemeur, chevalier bienfaisant de la Cité sainte et grand archiviste de l'obédience.

D'emblée, un puissant courant d'affection fraternelle avait rapproché les deux francs-maçons. Sous la férule du chevalier, Gibelain s'était alors découvert une passion pour l'héraldique et la quête du Graal.

Son intuition l'assura que Roland était l'homme qui lui donnerait enfin une réponse à ces trois énigmes, Hassan ben Sabbah, Alamut et de Payen, sur lesquelles reposait toute la réussite de son enquête.

Décidé, il composa le numéro de son ami, celui-ci décrocha immédiatement :

– Roland, ici Jean. Comment vas-tu, respectable frère ?

– Très bien, frangin. Je suis, depuis ce matin, en plein rangement d'une partie des archives de notre obédience. Autant te dire que je ne chôme pas, mais à quoi dois-je ton appel ?

– Voilà, mon frère, déclara-t-il avec une pointe d'excitation. Est-ce que certains noms comme Hassan ben Sabbah, Alamut et de Payen te disent quelque chose ?

Un court silence fit suite à la demande du commissaire principal, puis la voix du grand archiviste se fit à nouveau entendre :

– Mon frère, est-ce pour ta culture personnelle que tu me poses ces questions ou bien cela a-t-il rapport avec ton travail ?

– Les deux, respectable frère.

– Parfait, voilà ce que je te propose. Passe à la maison ce soir vers vingt heures, nous pourrons parler plus longuement du maître de l'ordre des Assassins et du Moyen Âge. À propos, où en es-tu dans la composition de ton blason et de ta devise ?

Roland faisait référence à la prochaine cérémonie maçonnique qui devait voir Jean Gibelain accéder au rang prestigieux de chevalier bienfaisant de la Cité sainte.

– J'y travaille, répondit notre policier.

Depuis le début de son noviciat, Gibelain, en effet, se devait d'élaborer, sous les conseils de Roland, le blason sur lequel il apposerait ses armes personnelles et sa devise, comme aux plus belles heures de la chevalerie médiévale.

Son futur armement exigeait aussi qu'il explique, au cours d'une grandiose cérémonie, ses choix de motifs et de couleurs qui répondaient spécifiquement à des valeurs et à des lois de la science héraldique. Sa devise devait être rédigée en langue latine, conformément au principe qui en fait la langue officielle de l'ordre intérieur et à la tradition selon laquelle les Loges maçonniques les plus pures du régime écossais rectifié portent toujours un titre distinctif en latin.

Après ce bref échange téléphonique, les deux hommes raccrochèrent et Gibelain s'attela à la préparation de son voyage. Il ne lui fallut qu'une trentaine de minutes pour boucler sa valise. Supposant qu'il ne serait absent que quatre jours, il n'emporta que le strict nécessaire en linge de rechange. Satisfait de lui, il s'allongea et goûta au plaisir d'une petite sieste. Un quart d'heure plus tard, il téléphona aux ressources humaines du Quai des Orfèvres et obtint confirmation que son billet était fin prêt.

Il ne put alors s'empêcher de sourire à l'idée que, fidèle à sa réputation, Macabone avait encore été très persuasif. Décidément, la brigade anticriminelle ne serait jamais plus la même après le départ du Corse, tous le regretteraient assurément, à commencer par lui.

Au bout du fil, il eut confirmation que son départ était fixé au lendemain midi et qu'il partirait du terminal 1 de Roissy sur un vol US Trans Airways. Il se félicita immédiatement de l'horaire de départ qui lui offrait la perspective de passer une longue soirée chez le très noble chevalier maçon de l'ordre intérieur.

Un furtif coup d'œil à sa montre lui confirma qu'il était temps de se mettre en route. Il glissa sa carte orange dans la poche de sa veste et sortit, tout heureux de profiter de Paris déserté en ces premiers jours du mois d'août.

Après avoir récupéré le précieux billet, il téléphona à Roland qui, de retour dans son appartement de l'avenue de Wagram, l'attendait déjà. La ligne de métro le déposa presque devant l'entrée de l'immeuble de son frère franc-maçon.

Quelques minutes plus tard, sitôt finies les retrouvailles, les deux hommes s'installèrent et entamèrent leur discussion :

– Mon frère Roland, je suis actuellement sur une enquête délicate dont la piste principale semble faire référence à Hassan ben Sabbah et à Alamut. Peux-tu m'apprendre quelque chose qui puisse m'aider sur ces deux noms ?

Roland se leva brusquement et se dirigea vers l'imposante bibliothèque de la salle de séjour. D'un geste vif, il s'abaissa et fit doucement tourner la clé dans la serrure grippée du compartiment du bas. Bien qu'usée, elle finit par céder à la dextérité de Roland qui glissa alors sa main droite dans le vieux meuble avant d'en ressortir un épais manuscrit. Gibelain estima que l'écrit devait avoir plusieurs siècles d'âge.

Roland revint vers son fauteuil et commença à tourner délicatement les pages de l'antique document jusqu'à ce qu'il s'écrie :

– Nous y voilà !

Gibelain s'enfonça dans le moelleux canapé et se laissa alors emporter par les flots du récit de Roland :

– Hassan ben Sabbah est issu d'une puissante famille iranienne de la ville de Qom. Au XIe siècle, cette ville était, depuis deux cents ans, le centre de propagande d'une branche dissidente de l'islam chiite, la branche des ismaéliens.

Il fronça les sourcils. Roland comprit son interrogation et précisa :

– En opposition aux données du Coran, les ismaéliens étaient en rupture avec le sunnisme. Ils affirmaient, en effet, dans tout l'Orient qu'il y avait eu non pas six prophètes du Verbe, mais sept ! Ismaël était, d'après eux, le septième envoyé, faisant suite à Adam, Noé, Abraham, Moïse, Jésus et Mahomet.

Après un court silence, l'incroyable récit reprit :

– Dès 1079, Hassan fut envoyé par sa famille au Caire. Là-bas, non seulement il perfectionna sa connaissance du Coran, mais il fit la découverte de l'Ancien et du Nouveau Testament, ainsi que des textes védiques de l'hindouisme. Il surajouta à l'ensemble de ces croyances celle du zoroastrisme iranien et du néoplatonisme, avant de synthétiser le tout. Durant ce séjour, il se lia aussi d'amitié avec le fils du calife fatimide Al-Mustansir mais, malheureusement pour lui, l'héritier fut écarté et Hassan fut aussitôt marginalisé. Banni du pouvoir officiel, il décida de rentrer en Iran.

Gibelain écoutait avec grande attention. À le regarder, on aurait presque pu croire qu'il essayait de se mettre dans la peau du personnage que Roland dessinait devant lui :

– Après son retour à Ispahan, les prêches d'Hassan finirent par exaspérer l'autorité turque seldjoukide qui s'était emparée du pouvoir. Jugé *persona non grata* par les tenants de l'orthodoxie sunnite, Hassan fut exilé. Dès lors, débuta pour lui et ses fidèles une longue errance qui le conduisit de la Syrie aux montagnes du sud de la mer Caspienne où il finit par s'établir.

– Quel étonnant personnage ! s'exclama Gibelain.

– Je ne te le fais pas dire, répliqua Roland. Cet homme avait de la suite dans les idées. Écoute un peu.

Il tourna délicatement la page du vieux manuscrit et reprit :

– Hassan aimait se comparer au légendaire David. Comme lui, il affirmait qu'il était possible de vaincre Goliath, qu'il assimilait alors au reste du monde musulman et qu'il avait juré d'abattre. Fidèle à sa devise, « Tout oser », il se lança dans la conquête des places fortes de la région et s'empara de la plus prestigieuse d'entre elles : Alamut.

Le nom d'Alamut fit bondir Gibelain du canapé :

– Bon sang, Alamut est une ville !

Roland le corrigea aussitôt :

– Je dirais plutôt qu'Alamut était une ville. La forteresse fut anéantie en 1256 par les Mongols.

– Et que sont devenus les ismaéliens ?

– Les derniers d'entre eux disparurent en 1272, après la prise par les mameluks de la place forte de Masyad en Syrie. On rapporte que quelques survivants s'enfuirent et s'installèrent secrètement au Liban, en Iran et même en Inde où ils formèrent la tribu des Khodjas.

– Roland, d'après toi, est-ce que les hommes dont tu me parles pourraient aujourd'hui être impliqués dans une crise internationale ?

– Tu veux sans doute parler d'activités terroristes, à l'image du groupe d'al-Qaida ?

– Exactement.

Roland inspira fortement une longue bouffée d'air. Il sembla réfléchir à ce qu'il allait répondre.

– À ma connaissance, le seul homme qui puisse aujourd'hui se targuer d'être le descendant de celui que l'on surnommait partout avec crainte le Vieux de la montagne est le prince Agha Khan. Il est autrement plus pacifique que son ancêtre, néanmoins rien n'interdit de penser qu'un illuminé puisse se réclamer de son héritage spirituel, mais pas sur le plan officiel, en tout cas. Je suis formel là-dessus.

Le chevalier reprit son livre :

– Une fois sur place, Hassan se mit en tête de rançonner les populations voisines et les caravanes qui cheminaient de la mer Caspienne à la Méditerranée. C'est ainsi qu'Alamut, le « repaire de l'Aigle », devint le « repaire de la Fortune ». Pour Hassan cependant l'argent ne demeura qu'un instrument, employé uniquement pour libérer sa Perse natale et imposer sa conception de l'islam. Par son charisme légendaire, il sut convaincre ses fidèles qu'il était le *houdschet*, la réincarnation du septième prophète, Ismaël. Ses nouveaux adeptes, que l'on assimilait à des moines soldats, lui obéirent alors aveuglément, acceptant tous les sacrifices, à commencer par celui de leur vie ! Très vite, on les surnomma « les assassins ».

Captivé, Gibelain interrogea le chevalier maçon :

– Roland, que sais-tu des méthodes de ces assassins ?

Roland hocha la tête et déclara :

– Les assassins étaient des experts dans le maniement du poignard, mais ils avaient d'autres cordes à leur arc. Par-dessus tout, ils savaient se dissimuler à la perfection dans l'environnement dans lequel ils étaient censés s'intégrer. On leur enseignait, avant chaque mission-suicide, la langue du pays où ils devaient opérer, les coutumes et la façon de se vêtir de ses habitants. Grâce à tout cela, ils savaient gagner la confiance de leurs ennemis avant de les frapper à mort, en toute sécurité. On dit qu'ils allaient même jusqu'à les prévenir.

– C'est machiavélique, s'exclama Gibelain. Il n'existe pas de meilleur moyen de terroriser sa future victime que de la mettre en garde.

Le chevalier acquiesça :

– Et c'est donc particulièrement efficace. Laisse-moi encore te raconter cette histoire, tu pourras ainsi te faire une idée plus précise sur la réelle terreur qu'inspirait cet homme autour de lui. Un jour, pour protéger ses caravanes, un sultan décida de lever une armée contre Hassan. Informé, le Vieux de la montagne réussit alors à corrompre un des eunuques du dignitaire et, contre une forte promesse d'argent, il lui fit porter un poignard et une lettre. L'eunuque reçut l'ordre de planter le poignard et de déposer la missive sur l'oreiller du sultan une fois celui-ci endormi. Lorsque le sultan se réveilla, il vit le poignard et lut les mots suivants : « Si je ne t'avais pas voulu beaucoup de bien, cette lame serait plantée dans ta poitrine plutôt que dans ton lit. Ne repousse pas mes offres ou je te voudrai du mal ! » Inutile de te préciser que le sultan choisit de laisser le maître des Assassins continuer d'attaquer ses caravanes.

Une question brûlait les lèvres de Gibelain :

– Comment les assassins ont-ils pu survivre après la disparition d'Hassan ?

– Rien de plus simple, répondit Roland. Lorsque le maître des Assassins disparut en 1124, l'un de ses fils reprit le nom d'Hassan ben Sabbah. À la mort de celui-ci, le petit-fils d'Hassan adopta la même conduite et établit ainsi la légende du Vieux de la montagne car, ignorant la mort d'Hassan ben Sabbah père, les adversaires des assassins crurent immanquablement en son immortalité. Ce stratagème fonctionna pendant cent trente-deux ans jusqu'à la destruction finale d'Alamut.

Au fur et à mesure du récit, Gibelain commençait à se faire une idée sur la nature et l'étendue de la menace qui planait. Chaque mot de Roland lui confirmait que les criminels de la cathédrale Saint-Patrick n'étaient que la partie émergée d'un redoutable iceberg. Un complot mené par des hommes déterminés à tuer sauvagement, au nom de Dieu sait quel idéal mystique et politique, se tramait dans l'ombre. Il repensa au milicien et formula une nouvelle question :

– Roland, as-tu dans tes écrits quelque chose qui fasse référence à l'enseignement qu'Hassan dispensait à ses fidèles ?

Le chevalier tourna plusieurs pages tout en faisant la remarque suivante :

– Pas plus qu'hier, on ne sait aujourd'hui ce en quoi consistaient l'enseignement et les pratiques des assassins. Tous leurs textes ont disparu avec la destruction d'Alamut par le chef mongol Hulagu. Il y a pourtant un passage explicite quelque part dans ces feuilles, fit-il. Ah ! le voilà, écoute : « Il ne suffit pas de tuer nos ennemis, nous ne sommes pas des meurtriers mais des exécuteurs, nous devons agir en public pour donner l'exemple.

Nous tuons un homme, nous en terrorisons cent mille. Cependant, il ne suffit pas d'exécuter et de terroriser, il faut aussi savoir mourir car, si en tuant nous décourageons nos ennemis d'entreprendre quoi que ce soit contre nous, en mourant de la façon la plus courageuse, nous forçons l'admiration de la foule. Et de cette foule, des hommes sortiront pour se joindre à nous. Mourir est plus important que tuer. Nous tuons pour nous défendre, nous mourons pour convertir, pour conquérir. Conquérir est un but, se défendre n'est qu'un moyen. Vous n'êtes pas faits pour ce monde, mais pour l'autre. »

– Je vois. Dans le genre racoleur et manipulateur, il en connaissait un rayon, ce Hassan, déclara Gibelain d'un ton grave mais teinté d'ironie. Roland, je ne voudrais pas abuser de ton temps, tu m'as déjà apporté énormément d'informations et je t'en suis très reconnaissant, respectable frère.

Il insista sur le mot « respectable ».

– J'aurais toutefois une dernière question à te poser.

– Je t'écoute, mon frère.

– Est-ce que le nom de Payen t'évoquerait quelque chose ?

Roland s'immobilisa silencieusement tandis que sa mémoire s'évertuait à fouiller et à sélectionner parmi le vaste univers de ses connaissances. Soudain, un éclair brilla dans ses yeux :

– La seule chose qui me vienne à l'esprit, outre le fait que tous les médias relatent depuis ce soir l'horrible exécution de Bertrand de Payen, c'est le nom d'Hugues de Payns, le fondateur de l'ordre du Temple. J'ai lu quelque part que l'archevêque assassiné était apparenté au grand maître templier.

Il s'interrompit et Gibelain ne put chasser la désagréable sensation que Roland lui dissimulait quelque chose d'important. Quelle pouvait être la raison de son silence ? Le policier se demanda un instant si ce n'était pas lié à son rang de chevalier dans l'ordre maçonnique. Si tel était le cas, il supposa que Roland devait être tenu à quelque secret et que, sans l'autorisation du grand maître national, ses questions resteraient sans réponse.

Partagé entre son serment chevaleresque et la volonté d'aider son frère franc-maçon à châtier le crime odieux de Bertrand de Payen, Roland hésitait à se livrer. Toutefois, l'image de Jean Gibelain en tant que bras armé de la justice fit fléchir sa décision et, tout en se promettant d'en parler au grand maître de l'obédience, il lui fit une troublante confidence :

– Mon frère, ce meurtre ignoble dont nous sommes les témoins effraie les autorités car il s'inscrit au-delà du cadre profane de ton enquête. Je ne peux t'en dire plus sans l'autorisation du grand maître national, mais sache que tout cela fait référence à un incroyable secret détenu par les mystérieux templiers.

Gibelain sursauta :

– Roland, serais-tu en train de me dire qu'il existe réellement une filiation entre les templiers et les francs-maçons ?

– Bien évidemment, répondit avec un sourire en coin le chevalier bienfaisant de la Cité sainte en sortant un second recueil de l'imposante bibliothèque. Jette donc un coup d'œil en bas de la page 4 du *Rituel des chevaliers de Saint-André d'Écosse.*

Gibelain saisit alors délicatement l'ouvrage et lut à voix haute le passage recommandé par Roland :

« L'ordre des pauvres soldats du Temple que la franc-maçonnerie perpétue dans ses grades supérieurs fut, à l'origine fondé pour soutenir la vérité que ses défenseurs croyaient avoir trouvée dans la doctrine de l'Église romaine. Sachez que vers la région où se place pour nous le berceau du jour, une vénérable tradition situe un royaume où le souverain règne par la persuasion et non par la force, où l'on ne trouve point de doctrine improvisée mais l'accord volontaire qu'inspirent aux intelligences sincères l'évidence de la vérité et l'universalité du devoir. Le culte qu'on y professe librement est celui de la raison et de la vertu. C'est le royaume du Prêtre Jean. »

Perdu dans ses réflexions, le commissaire interrompit la surprenante lecture.

– S'il te plaît, continue, demanda Roland.

Sans se faire prier davantage, Gibelain poursuivit.

« Les pauvres soldats du Temple en découvrirent la route. Aussi furent-ils incompris et persécutés. Leur ordre fut supprimé et proscrit dans toute la chrétienté. Notre tradition relate que leurs derniers survivants, réfugiés en Écosse sous le règne de Robert Bruce, y avaient porté les secrets de l'ordre. Parmi ces secrets, se trouve la formule qui peut vous livrer l'entrée du royaume du Prêtre Jean. »

– Ainsi, mon bien-aimé frère Jean, tu auras compris que notre filiation avec l'ordre du Temple est plus symbolique que proprement historique. Comme les templiers, nous cherchons, nous aussi, le royaume du Prêtre Jean, même si nombre de francs-maçons pensent qu'il est avant tout inscrit dans nos cœurs. Cependant les références à l'ordre du Temple sont si répandues dans les rituels maçonniques que nul ne peut exclure que les templiers n'aient pas armé certains de nos frères pour perpétuer secrètement leur ordre.

– D'autant plus que pendant près de deux siècles, rétorqua Gibelain, l'ordre templier utilisa en grand nombre des maçons et des charpentiers pour bâtir des places fortes en Orient et des cathédrales en Occident.

– En effet, reprit Roland, il est indéniable qu'au fil des épreuves et des défis des liens puissants se créèrent entre les guildes de bâtisseurs et l'ordre du Temple, si bien que lorsque Philippe le Bel entreprit sa campagne de persécution, certains chevaliers et érudits templiers se réfugièrent dans le secret des loges, emportant avec eux leurs connaissances ésotériques.

– Je vois, mais peux-tu me parler plus précisément du secret des templiers et de sa relation avec mon enquête ? Respectable frère, j'insiste, c'est très important. Il en va peut-être de notre sécurité nationale.

– Je suis desole mais, comme tu le sais, je suis tenu au serment de silence que seul notre grand maître peut lever. Je vais cependant te remettre un écrit pour lequel je te recommande le plus grand soin. Lis-le avec une extrême attention et tu y trouveras peut-être un embryon de réponse à ce crime.

Il ajouta :

– J'espère pouvoir obtenir l'accord des dirigeants de notre obédience pour ton retour et t'en dire davantage, mais c'est tout ce que je peux faire pour toi, aujourd'hui.

Roland se leva de nouveau pour se rendre dans la pièce voisine et, pendant quelques instants, Gibelain perçut une série de cliquetis qui lui firent penser qu'il ouvrait un coffre-fort.

Le chevalier maçon réapparut, un dossier cartonné à la main :

– Voilà un précieux document dont je te confie la garde. Prends-en connaissance et viens me voir à ton retour de New York.

Le policier le serra dans ses bras et le remercia par une vigoureuse accolade maçonnique :

– Merci, mon frère, lui dit-il avec émotion.

Il estimait pour l'instant en avoir appris suffisamment sur les assassins et les templiers. La suite de la soirée et de leur discussion tournèrent autour de la prochaine cérémonie d'armement de Gibelain. Autour d'un verre de whisky, celui-ci lui exposa les grandes lignes de sa devise et du blason qu'il se proposait de présenter. Roland corrigea quelques éléments héraldiques et le félicita pour son choix.

Gibelain donna discrètement un coup d'œil à son poignet et s'étonna de l'heure avancée de la soirée. Les deux hommes prirent alors congé l'un de l'autre et promirent de se revoir bientôt.

Sur le chemin du retour, Gibelain s'interrogeait. Les soubresauts de la rame de métro soulevaient au plus profond de lui des vagues d'interrogations : Hassan ben Sabbah et ses assassins l'avaient propulsé d'un bond gigantesque dans le temps mais un goût amer accompagnait ce voyage imaginaire et enchanteur. L'horrible meurtre de l'archevêque continuait, en effet, de résonner comme un écho monstrueux. À travers tout ce que lui avait révélé Roland ce soir-là, il s'évertuait à comprendre l'idéal d'un Faruq al-Assad. En vain. Cet homme et ses pensées lui demeuraient hermétiques, et il s'en félicita. En effet, comment était-il possible d'imaginer, pour le franc-maçon et l'humaniste qu'il était, une pensée et des pratiques venues tout droit des esprits les plus sombres du XIIe siècle ?

Il serra alors fortement le dossier cartonné de Roland, assuré que les révélations du précieux écrit feraient bientôt éclater la vérité au grand jour.

Hod

Maubuisson
13 septembre 1307, 19 h 08

En route vers l'abbaye cistercienne, quelques cavaliers cheminent en silence dans l'épaisse forêt de Pontoise. Il y a là le roi de France Philippe IV, son proche conseiller Guillaume de Nogaret, le garde des Sceaux Gilles Aycelin et une escorte armée.

La nuit et le froid règnent depuis de longues heures quand le petit groupe parvient enfin au terme de son voyage. Sans un mot de remerciement pour les moines qui les accueillent et d'un air où suinte le complot, les arrivants gagnent alors l'aile septentrionale de l'abbaye.

Là, dans une salle voûtée où de larges bûches achèvent de se consumer bruyamment, leurs discussions feutrées laissent parfois échapper quelques éclats de voix où pointent l'envie et la trahison.

Faisant brutalement fi de la distance qu'il affiche habituellement devant ses hommes, Philippe le Bel affirme d'emblée qu'il est bien le maître du jeu. Tandis que ses gardes se postent devant chaque porte, il informe ses invités attablés que nul ne quittera les lieux avant que son inique projet ne soit établi une fois pour toutes.

Malgré l'atmosphère glaciale des lieux, tous les occupants ressentent que la haine et la cupidité du roi sont à leur zénith mais bien peu en connaissent la raison exacte. Quel lourd secret peut bien ronger, en effet, le petit-fils du saint roi qui l'amène à comploter contre l'ordre prestigieux du Temple ?

Ignorant les questions de ses sbires, Philippe le Bel s'enferme alors dans sa rancœur. Il se souvient douloureusement du jour où le grand maître Jacques de Molay contraria à jamais son désir secret d'instaurer un ordre religieux qui aurait réuni le Temple et l'Hôpital. Il s'était alors imaginé en prendre la direction pour évangéliser les terres de Mahomet et instaurer, une fois pour toutes, sa monarchie universelle. Dans son esprit, ce nouvel ordre, qu'il avait déjà désigné sous l'appellation d'ordre des Chevaliers de Jérusalem, aurait vu sa maîtrise revenir de génération en génération au fils aîné de la famille royale. Et, privilège suprême, il aurait pu ainsi acquérir le droit de regard sur l'épiscopat, voire sur l'élection papale.

Voilà pourquoi, après avoir échoué dans sa tentative d'admission au sein de l'ordre templier, il avait su imposer sa volonté de voir s'installer la papauté en France et soutenir de son appui bienveillant l'indécis Bertrand de Got dans son élection en tant que futur Clément V.

Puis il s'était personnellement dépensé sans compter à faire enfler la vile rumeur, celle-là même qui faisait état des pratiques hérétiques des templiers. Philippe le Bel avait joué sur du velours et ne s'en était pas privé. En effet, affaiblis par la perte de la Terre sainte, sermonnés par le pape depuis qu'ils s'étaient permis de refuser la destitution du maréchal excommunié Étienne de Sisscy, les riches et puissants moines soldats ne suscitaient plus qu'une épaisse méfiance autour d'eux.

« Qu'importe les moyens, seule compte la fin », telle était dorénavant la devise de l'œuvre de vengeance et de destruction que s'évertuait à mettre en route un roi cupide et manipulateur.

Dissimulé dans le passage secret qui cheminait derrière la pièce où se tenait l'assemblée, Renaud de Cluny retenait son souffle. L'oreille collée au mur humide du souterrain, il avait dû déployer des trésors de patience et de précaution pour se déplacer silencieusement dans le grand cloaque. Chaque mètre parcouru avait été un vrai supplice et chaque seconde lui avait semblé interminable. Il ne comptait plus le nombre de fois où ses genoux avaient heurté les aspérités du mur gluant, ni la répugnance qui avait accompagné chacun de ses pas dans la boue mouvante du boyau sombre.

Arrivé à hauteur de la salle, il se blottit dans une petite aspérité attenante à la vaste cheminée. La vive chaleur dégagée par la combustion des lourdes bûches réchauffa ses membres meurtris et lui redonna du baume au cœur. Il suspendit alors sa respiration pour suivre les échanges de l'assemblée royale.

Dès l'arrivée de la troupe, en effet, et malgré la grande discrétion affichée par Philippe le Bel et ses hommes, le jeune cistercien avait immédiatement reconnu le roi de France et ses plus sinistres conseillers.

Leurs airs conspirateurs et l'empressement qu'ils avaient mis à rejoindre la partie la plus excentrée de l'abbaye l'avaient rendu d'emblée suspicieux. Une vive sensation de malaise doublée d'une intense curiosité l'avait saisi quand les gardes expulsèrent brutalement les moines qui se sustentaient dans les pièces de l'aile nord du bâtiment.

Malgré sa peur entretenue par l'image des sévices que ne manqueraient pas de lui faire subir les sergents de l'ost, il rassembla son courage et entreprit l'expédition risquée. Une force inconnue le poussait à connaître le motif de la réunion secrète des hommes les plus craints du royaume. Lui, l'unique descendant illégitime du prestigieux Hugues le Grand, abbé de Cluny et pieux conseiller de neuf papes et des rois d'Europe deux siècles plus tôt, se devait de risquer sa vie si le trésor du Temple était en péril. N'affirmait-on pas dans nombre de commanderies que le roi tenait grand courroux aux doux frères de l'ordre du Temple ?

À l'image des autres membres de l'ordre intérieur des Templiers, il était à la fois les yeux et les oreilles du grand maître Jacques de Molay et l'assemblée secrète du roi de France éveillait sa plus grande crainte.

Sa respiration s'accéléra et son cœur battit à tout rompre quand Guillaume de Paris fit part des supplices qu'il réservait aux membres de l'ordre. Horrifié par tant de haine et d'injustice, dans un dernier sursaut de colère et de protestation, Gilles Aycelin mit en garde l'assemblée : si nul ne renonçait à ce vil projet, il abandonnerait sa charge de garde des Sceaux. Il se tourna alors vers le roi, comme pour implorer son soutien. Le regard impassible de ce dernier le cingla, il pouvait y lire la plus absolue désapprobation. Humilié devant tous, il se leva brutalement et bouscula avec violence le massif siège en hêtre. Sur un signe de tête de Philippe le Bel, les gardes s'écartèrent de la porte d'entrée et laissèrent sortir le conseiller déchu.

Un court silence succéda au départ intempestif de Gilles Aycelin, tandis que Guillaume de Nogaret et Guillaume de Paris échangeaient des regards complices. Pendant quelques secondes, le roi hocha la tête puis, d'un ton détaché, il investit le conseiller Nogaret de sa nouvelle charge. L'infernale conspiration reprit aussitôt.

Quelques heures plus tard, l'effroyable plan était établi dans ses plus infimes détails. Pour ne pas porter atteinte à la susceptibilité papale, Philippe le Bel avait pris la décision de limiter son œuvre de destruction de l'ordre au seul royaume de France. L'application de son verdict exigeait aussi la suppression de toute tentative de rébellion. Il insista donc avec véhémence sur la nécessité d'appréhender l'ensemble des templiers le même jour à heure identique.

Satisfait de sa machination, le cynique roi ordonna alors à Guillaume de Paris d'informer, dans la plus absolue discrétion, l'ensemble des prieurs dominicains dévoués à l'Inquisition que les templiers leur seraient bientôt déférés pour être mis à la question.

Des larmes de rage inondèrent le visage de Renaud de Cluny quand Philippe le Bel dicta sa missive à Guillaume de Paris, à l'intention des mêmes dominicains : « Je fais appel à votre zèle, à votre vigilance, à votre activité. Vous prendrez tous les renseignements et, si vous venez à découvrir que les crimes reprochés aux templiers sont vrais, vous en ferez part aux frères mineurs et aux autres religieux. »

Ils consignèrent alors par écrit les rouages du verdict infernal et fixèrent la date de l'abominable rafle au vendredi 13 octobre 1307, puis le roi de France conclut personnellement la sinistre soirée en ces termes :

– Cette fois-ci, ils n'échapperont pas à ma juste colère.

14 septembre, 1 h 07

Longtemps après que le roi et ses hommes de main eurent abandonné la salle pour gagner leurs chambres, Renaud de Cluny frissonnait encore d'effroi. L'abomination dont il avait été le témoin secret paralysait la moindre de ses pensées et de ses décisions, mais l'idée que le roi félon et ses créatures puissent s'emparer de la parole perdue, précieusement dissimulée dans l'enclos du temple, l'extirpa de sa douloureuse torpeur.

Il fallait agir, et vite. Sauver le trésor de l'humanité lui apparut plus important que la survie de l'ordre lui-même. Il se redressa et émit un grognement quand ses articulations se libérèrent de la position recroquevillée qu'il avait dû maintenir des heures durant. Il reprit sa marche en sens inverse et chemina discrètement jusqu'à l'abouchement du souterrain dans le colombier de l'abbaye. Il patienta quelques minutes dans le plus grand silence pour s'assurer que nul n'était présent à nourrir les volatiles. Il fit alors basculer le faux mur dissimulé derrière les lourdes bottes de paille et les hauts monticules d'avoine et sortit.

Dans l'obscurité, ses doigts engourdis réussirent à extraire d'une couture intérieure de sa robe de bure un anneau. Sur celui-ci était sertie une gemme où l'on reconnaissait le dessin de l'abraxas, symbole des premiers chrétiens gnostiques.

Le sceau de l'abraxas était, en effet, la marque d'appartenance à l'ordre intérieur templier. Il représentait un personnage à tête de coq au corps couvert d'une armure et au buste prolongé par une robe courte de laquelle sortaient, à la place des jambes, deux serpents porteurs de deux têtes chacun.

Un nombre infime de frères avait connaissance de l'existence du sceau, que l'on n'utilisait qu'exceptionnellement pour informer ces derniers de la tenue immédiate d'une assemblée secrète. Seul un danger imminent pouvait justifier une telle annonce.

Renaud s'avança vers la cage où somnolaient quelques colombes. Il saisit celle qui lui servait habituellement de messager pour les missives qu'il adressait au grand maître. L'animal se laissa saisir et le moine, avec délicatesse malgré l'obscurité des lieux, fixa à l'anneau de ralliement le parchemin sur lequel étaient consignées les grandes lignes du plan diabolique de Philippe le Bel. Il porta la blanche colombe contre sa poitrine.

Le cœur de l'animal palpitait si fortement que les battements se confondaient aux siens. Il caressa la colombe avant d'ouvrir le battant de la porte en bois de chêne.

Malgré la pluie et le vent qui giflèrent aussitôt son visage, il scruta les environs avec attention puis, assuré d'être seul, il lança l'oiseau avec vigueur. La nuit engloutit aussitôt le doux messager.

Après avoir assisté aux matines, Renaud de Cluny se rendit rapidement au colombier. Il tenait en effet à récupérer l'anneau avant que le frère chargé de nourrir les colombes ne remarque quoi que ce soit.

Un doux soleil matinal illuminait déjà l'horizon et un trait de lumière l'accompagna quand il pénétra vivement dans la pièce. Les oiseaux roucoulèrent de plus belle, comme pour lui souhaiter la bienvenue.

Il reconnut immédiatement sa colombe et prit quelques grains pour attirer l'animal qui ne se fit pas attendre. Occupé à picorer dans sa paume, l'oiseau n'exprima aucune crainte quand Renaud détacha délicatement le petit parchemin qu'il portait, fixé à sa patte. Il rangea promptement l'anneau à l'abraxas et déchiffra la note qui, rédigée en caractères pictographiques, annonçait la tenue extraordinaire d'une assemblée de l'ordre intérieur du Temple dont les membres se reconnaissaient entre eux sous l'appellation de « Fils de la Vallée ».

Renaud ne s'étonna nullement que le grand maître ait décidé de tenir l'assemblée en terre de Champagne au plus profond de la forêt d'Orient, en ces temps où l'enclos du temple était infiltré par les espions de Philippe le Bel. Quelle meilleure citadelle, en effet, que cet immense labyrinthe peuplé de souterrains et constellé de marais pour y dissimuler le plus grand des trésors ? Ne gardaient-ils pas d'ailleurs en ces lieux, depuis près de deux siècles, une autre splendeur spirituelle : l'arche d'alliance, ramenée à Bernard de Clairvaux par le grand maître Hugues de Payns quelques années après que le comte Hugues de Champagne eut sauvé la parole perdue des griffes d'Hassan ben Sabbah, le maître de l'ordre des Assassins ?

Renaud de Cluny revint tard dans la soirée de son épuisant travail quotidien d'assainissement des terres de l'abbaye. Alors qu'il traversait le vaste marécage qui ceinturait le domaine de

Maubuisson, il aperçut l'abbé qui, par de grands signes, l'interpellait. Ce dernier lui signifia sèchement ce qu'il savait déjà : le grand maître des Templiers, Jacques de Molay, réclamait sa présence pour accompagner plusieurs moines soldats à la commanderie de Bonlieu.

Sans rien en laisser paraître, une joie secrète parcourut Renaud à l'idée de revoir ses frères de l'ordre intérieur. Depuis des années, il affichait le plus parfait mutisme sur son appartenance aux Fils de la Vallée, malgré la légendaire complicité filiale qui existait entre l'ordre du Temple et l'ordre cistercien.

En termes peu avenants, l'abbé lui ordonna de se présenter auprès du commandeur Hugues de Parau dans les plus brefs délais, sans lui faire mention de la moindre date de retour.

– Le commandeur saura bien vous informer à votre arrivée des nouvelles tâches que vous aurez à accomplir, lui déclara-t-il.

Renaud hocha la tête en signe d'approbation et regagna sa chambre monacale pour y collecter ses maigres affaires avant de prendre, aux premières heures de l'aube, la route de la forêt d'Orient.

Il lui fallut plusieurs jours pour atteindre la Champagne. D'emblée, il s'imposa un rythme harassant, n'hésitant pas à parcourir des dizaines de lieues sans le moindre répit. En chemin, ses repas se limitèrent à leur plus simple expression et bien des fois, il dormit à la belle étoile. Chaque jour, il trembla à l'idée de rencontrer les brigands qui infestaient les forêts qu'il traversait. Il ne craignait pas pour sa vie mais la perspective de disparaître au moment où la parole perdue était en grand danger le révoltait et le poussait à redoubler de prudence.

Après des jours et des nuits qui lui parurent interminables, il aperçut au détour du chemin boueux sur lequel il cheminait depuis le petit matin les pointes de la cathédrale Saint-Pierre. Les faubourgs de Troyes s'étendaient devant lui. Il traversa la grande ville sans s'attarder et reprit sa route. Au bout de quelques heures, il atteignit la vaste forêt qui, profondément enfouie dans la Champagne humide de cette fin de mois de septembre, paraissait plus inaccessible que jamais.

Il chemina, sûr de lui, dans le labyrinthe des chemins de traverse qui serpentaient parmi les digues et les étangs artificiels établis par les premiers Fils de la Vallée, Hugues de Payns et le comte Hugues de Champagne, en l'an 1128. Renaud se souvint que, des décennies durant, l'ordre du Temple avait dépensé des trésors d'ingéniosité en matière de terrassement et de construction de souterrains pour rendre ces lieux inviolables aux profanes.

La parole perdue et l'arche d'alliance avaient ainsi été astucieusement protégées pendant près de deux siècles, à l'abri de la curiosité et de la cupidité du monde. Le système d'ingénierie établi par les templiers condamnait d'emblée à l'échec toute tentative de recherche effectuée par un non-initié. En imaginant que le pillard ait pu connaître approximativement le lieu secret, la cache se serait détruite d'elle-même s'il n'avait pas creusé à l'endroit précis !

Son cœur palpita quand il reconnut la clairière qui abritait la commanderie. Quelques hennissements lui confirmèrent que des chevaliers occupaient déjà les lieux. À l'instant même où il relâcha son attention, trois hommes à la peau cuivrée, l'épée à pointe arrondie à la main, sortirent des buissons et lui barrèrent brutalement le chemin. Renaud sursauta violemment, avant de reconnaître les turcopoles templiers qui veillaient, jour et nuit, sur la vie du grand maître Jacques de Molay.

Prudemment, il recula d'un pas et exhiba l'anneau à l'abraxas. En signe de salut, les trois auxiliaires sarrasins portèrent la main à la poitrine, puis l'un d'entre eux lui fit signe de le suivre.

Renaud lui emboîta immédiatement le pas et ils traversèrent la commanderie en direction de la petite chapelle. Le profond silence qui régnait autour d'eux lui confirma que le commandeur Hugues de Parau avait pris ses dispositions pour que la venue du grand maître ait été ignorée par les autres moines, extérieurs aux Fils de la Vallée.

Soudain, un fier chevalier en manteau blanc où brillait la croix pattée de gueule aboya son nom d'une voix rauque. Le cistercien se retourna et reconnut Geoffroy de Gonneville, le précepteur d'Aquitaine et du Poitou de l'ordre templier. Les deux Fils de la Vallée tombèrent alors dans les bras l'un de l'autre et gagnèrent l'édifice.

Bâtie sur un plan octogonal à l'image du temple de Salomon et dépouillée de toute ornementation, la chapelle était parcourue de voûtes épaisses qui ravissaient Renaud à chacune de ses rares venues.

Forêt d'Orient (Champagne)
21 septembre, 15 heures

L'intense lumière qui se diffusait de la fenêtre perça la nef au revers de la façade et éclaira le grand maître qui, debout, la main posée sur le cœur, apostrophait les frères de l'ordre intérieur :

– Fils de la Vallée, clama-t-il. Nous sommes réunis en ce lieu secret pour faire face à cette catastrophe qui, bientôt, emportera notre digne ordre. Une machination abominable s'apprête à nous broyer et je dois vous le dire, mes frères, bien peu d'entre nous en réchapperont.

Quelques clameurs s'élevèrent des rangs des sergents, tandis que Jacques de Molay poursuivait :

– Fils de la Vallée, j'ai été informé que le roi Philippe le Bel, que nous avons pourtant sauvé de la colère du peuple de Paris, saisira l'ensemble de nos biens et nos personnes en la journée du 13 octobre 1307. Aucune de nos commanderies ne sera épargnée et nous pouvons tous craindre d'être mis à la question sans raison aucune.

Un lourd frisson, comme une mauvaise brise, parcourut les manteaux noir et blanc et Renaud crut voir un instant, tel un horrible présage, vaciller les dessins de la croix pattée.

– Mes frères, reprit le grand maître. Nos vies n'ont que peu de valeur en regard des trésors dont nos pères nous ont confié la garde. Ces trésors, vous en connaissez toute la valeur et le sens. Tout au long de l'histoire des hommes, nous, Fils de la Vallée, avons été les gardiens des attributs de la Tradition primordiale. Pour remplir ce devoir sacré, nous avons dû faire nôtres les paroles de saint Clément. Souvenons-nous, en effet, que le Seigneur n'a permis de communiquer les mystères divins qu'à ceux capables de les recevoir. Souvenez-vous, Fils de la Vallée, que le Christ n'a pas révélé à la masse ce qui n'appartient pas à la masse mais notre Sauveur n'a révélé ces mystères qu'à une minorité capable de les recevoir, comme Salomon, Moïse et Énoch l'avaient fait avant lui.

Le grand maître reprit son souffle et déclara sur un ton passionné :

– Fils de la Vallée, aujourd'hui ces trésors ne sont plus en sûreté dans le royaume de France, c'est pourquoi il nous faut agir, et vite. Après avoir contacté l'ensemble des provinces de l'ordre du Temple, l'Écosse et l'Irlande nous apparaissent comme les prochains écrins de l'arche d'alliance, de la stèle sacrée et des rouleaux de cuivre. Bien qu'ennemis, leurs souverains sont, selon nos informateurs, désireux de nous accueillir sur leurs terres pour protéger notre ordre et ses secrets.

– Fils de la Vallée, reprit-il, nous devons désormais abandonner nos commanderies du royaume de France pour d'autres terres car le temps nous est compté.

Il ajouta :

– Dans quelques jours, un fléau comme nous n'en avons jamais connu s'abattra sur l'ordre du Temple et l'anéantira aux yeux des profanes, mais gardez à l'esprit, mes frères, que nous sommes comme le phénix renaissant de ses cendres. En tant que tel, je souhaite votre approbation pour faire transporter dans le plus grand secret la parole perdue, l'arche d'alliance et les rouleaux de Qumran sur nos navires qui mouillent au port de La Rochelle et qui appareilleront dès votre arrivée.

Comme un seul homme, les rangs des chevaliers et sergents levèrent haut la main en signe d'agrément. Jacques de Molay émit un large sourire et poursuivit :

– Fils de la Vallée, je n'en attendais pas moins de vous et vous en suis gré pour le temps qu'il me reste à vivre à vos côtés. Sachez tous que je ferai, dès mon retour à l'enclos du temple, évacuer par chariots l'ensemble de nos archives et règlements secrets, car l'heure n'est pas encore venue pour la pensée de Jean de régner sur le monde. Il nous faudra attendre d'autres temps, mes frères, pour voir le Christ solaire, celui que nous vénérons comme le logos, porteur de lumière et de vie, revenir dans sa gloire et inaugurer son règne éternel sur terre.

Le grand maître se tourna alors vers le tympan sculpté de la Vierge Marie qui ornementait l'entrée intérieure de la petite chapelle et déclara à l'assemblée :

– Gardons toutefois confiance, Fils de la Vallée, en Sainte Marie, car la mère de notre Sauveur sera toujours présente pour guider, par-delà le temps et l'espace, les cherchants que nous sommes. Souvenons-nous qu'elle reste à jamais cette médiatrice sublime qui fait communiquer Dieu et le monde. Qu'importe le nom que les hommes lui ont octroyé, Isis, Sophia, Vénus ou Shekinah, elle demeure et affirme la présence immédiate et éternelle de Dieu en nous.

Jacques de Molay joignit ses deux mains et s'agenouilla pieusement. L'ensemble des Fils de la Vallée l'imita et tous prièrent à haute voix :

– Sainte Marie, mère de Dieu, mère toujours vierge et précieuse, ô Marie, salut des infirmes, consolatrice de ceux qui s'inspirent de vous, triomphatrice du mal et refuge des pécheurs repentants, conseillez-nous, défendez-nous. Défendez notre religion qui a été fondée par votre saint et cher confesseur, le bienheureux Bernard.

Un retentissant « Amen » résonna dans la chapelle, son écho puissant se diffusa dans toute la commanderie. Le grand maître se releva et apostropha le cistercien :

– Fils de la Vallée Renaud de Cluny, en remerciement de votre dévouement qui nous a permis de sauver les plus grands trésors de l'humanité, nous vous désignons aujourd'hui gardien de la stèle sacrée. Sachez que sur celle-ci est gravée en lettres d'or le nom de Dieu, cette parole perdue qu'invoquait Moïse sous le tabernacle. Apprenez aussi que nul, sans exception, ne doit prononcer ce mot, sous peine de mort. Vous veillerez à ce que la tradition soit respectée et vous protégerez cette splendeur tout au long des années qu'il vous reste à vivre. À l'aube de votre mort, vous la confierez à l'initié en qui vous aurez mis toute votre confiance. Choisissez ce dernier avec grande rigueur pour qu'il puisse, à son tour, transmettre le nom divin au meilleur de ses disciples et prolonger cette chaîne initiatique qui, depuis Énoch, fait fi du temps et des passions des hommes.

L'émotion submergea Renaud. Les sanglots écrasèrent sa voix au point qu'il dut redoubler d'effort pour annoncer solennellement :

– Grand maître et vous tous, Fils de la Vallée, ma vie vous appartient. Je prends ici Sainte Marie à témoin de tous vous servir jusqu'à ma mort et au-delà, s'il plaît à Dieu.

Une auréole de joie rayonna sur la personne de Jacques de Molay, qui poursuivit d'un ton où la paix de l'âme régnait en chacun de ses propos :

– Fils de la Vallée François de Beaujeu, je vous confie la tâche d'accompagner le frère Renaud de Cluny jusqu'à La Rochelle. Là, vous rejoindrez neuf chevaliers de l'ordre et tous l'escorterez jusqu'en terre d'Irlande en l'abbaye de Kilkenny.

Le chevalier s'agenouilla en portant la main au cœur, tandis que le grand maître des Templiers ajoutait :

– Fils de la Vallée John Mark Laermanius, je vous confie la tâche de mener dans votre province d'Écosse l'arche d'alliance ainsi que les manuscrits secrets esséniens. Une fois que vous vous serez assuré de la sécurité du lieu où ceux-ci reposeront, vous aurez le devoir de propager l'esprit du Temple autour de vous.

Une ultime fois, Jacques de Molay apostropha l'assemblée :

– Fils de la Vallée Gérard de Vilers et Hugues de Chalons...

Le précepteur de France et le sergent au manteau noir s'agenouillèrent simultanément. Leurs gestes exprimèrent la plus grande déférence.

– ... mes frères, poursuivit le grand maître, à vous, je confie la tâche de regrouper nos archives et notre règle secrète. Dans quelques jours, à la tombée de la nuit, vous formerez un cortège de cinquante chevaux et de trois chariots que vous accompagnerez en comté de Flandres. Là, vous ferez voile avec le frère Laermanius vers l'Écosse et l'aiderez à faire survivre notre idéal.

Le silence fit suite aux paroles du grand maître. Pendant quelques minutes où le temps suspendit son vol, l'assemblée se recueillit en une longue prière adressée à la Vierge Marie, puis la règle officielle du Temple reprit place dans la chapelle.

Les templiers assistèrent alors aux vêpres et soupèrent avant de se rassembler dans la cour de la commanderie quand sonnèrent les complies. Après avoir entendu l'office et chanté, les frères chevaliers vérifièrent leurs bêtes et leur armement et conseillèrent bellement leurs écuyers pour la longue chevauchée du lendemain. Tous gagnèrent ensuite silencieusement leurs couches jusqu'à l'office du petit matin.

Bien avant que prime ne sonne, Renaud s'éveilla. Partagé entre l'enthousiasme de mener à bien sa mission et l'angoisse de l'inconnu, il n'arrivait plus à demeurer sur sa paillasse. Il se leva promptement et s'habilla pour partir rejoindre le chevalier François de Beaujeu qui déjà se recueillait dans la petite chapelle de la commanderie.

Après avoir répété leur Pater Noster, les deux hommes gagnèrent les écuries. Là, le chevalier lui remit la stèle sacrée, soigneusement enveloppée dans une étoffe de soie de Chine qu'il baisa solennellement par neuf fois. Nanti de ses trois montures, le moine soldat expliqua brièvement au cistercien les rudiments de l'équitation et, assisté de son écuyer, installa Renaud sur le grand destrier.

Sans plus tarder et malgré l'émotion qui les gagnait, les trois hommes prirent congé des Fils de la Vallée. Jacques de Molay les étreignit longuement dans ses bras au moment où ils lui firent leurs adieux.

Des ruisseaux de larmes noyèrent leurs yeux grands ouverts quand ils s'enfoncèrent dans la forêt d'Orient.

Connaissant la distance séparant les provinces de Champagne et de Charente, Renaud de Cluny s'étonna de la brièveté du voyage. Après les quelques difficultés éprouvées pour se tenir correctement à cheval le premier jour, il acquit rapidement ce qu'il fallait d'assurance pour se faire obéir de sa fougueuse monture.

Bien qu'épuisantes, les chevauchées des templiers et du cistercien étaient confortées par l'accueil chaleureux et quotidien des commanderies de l'ordre du Temple qui jalonnaient leur long parcours.

Bien souvent, Renaud put lire dans les yeux des paysans qu'ils croisaient un mélange subtil de crainte et d'admiration à l'égard de François de Beaujeu et de son écuyer. À aucun moment de son périple, il ne ressentit, comme à l'aller, une quelconque appréhension pour sa vie et leur précieux chargement. Preuve lui était ainsi donnée que, malgré les calomnies de l'infâme roi, les templiers inspiraient toujours le respect parmi les petites gens.

Les jours se succédèrent à un rythme endiablé jusqu'à l'instant magique où l'air iodé les saisit, un beau matin. Ils étaient enfin parvenus à destination.

La Rochelle
12 octobre, 4 h 23

À l'entrée de la ville, ils furent rejoints par neuf chevaliers lourdement armés. Heaume rabattu, chacun d'eux portait l'épée droite à deux tranchants ainsi qu'une tête de fer à côtés saillants fixée au bout d'un manche en bois et que les gens d'armes désignaient sous le nom de masse turque.

Renaud trembla à l'idée des blessures terribles que devait provoquer une telle arme maniée par des mains expertes et, aux regards qu'il perçut à travers les fentes des casques, le cistercien n'eut aucun doute quant à la valeur guerrière des hommes qui les escortèrent.

Bien que les portes de la ville leur aient été promptement ouvertes, ils ne s'attardèrent pas et cheminèrent sans dire mot au sein de La Rochelle et de ses environs. À trot rapide, ils traversèrent bruyamment les ruelles glissantes de la cité encore endormie et descendirent au port.

Ici et là, des hommes achevaient de charger, sur de lourds navires dont les voiles blanches s'ornaient de la croix pattée de l'ordre, des montagnes de vivres et d'équipement ainsi que des chevaux par trentaines, à destination des provinces que les templiers entretenaient par-delà les mers.

Malgré l'heure matinale, l'activité qui régnait autour des embarcations étonna le cistercien. Des dizaines de nefs se préparaient à appareiller pour une longue traversée.

Les propos du grand maître illuminèrent aussitôt les souvenirs de Renaud. Ce dernier ressentit alors un immense bien-être à l'idée que l'ordre du Temple était aujourd'hui sauvé grâce au dévouement qu'il portait depuis toujours aux Fils de la Vallée.

Tous prirent place sur un large galion et gagnèrent leurs couchettes. Tandis que les marins achevaient les préparatifs de départ, Renaud s'effondra, vaincu par Morphée.

Quelques heures plus tard, les clapotis qui caressaient la coque en bois le tirèrent de son sommeil. Un doux tangage berça ses pas quand il se décida à monter prendre l'air. Après quelques mouvements hésitants, il trouva l'équilibre pour se déplacer en s'harmonisant aux basculements du navire qui grinçait sous les assauts de Neptune. Il remonta l'escalier en bois qui débouchait sur le pont et fut brutalement saisi par le spectacle majestueux qui s'offrit à lui : la flotte du Temple, toutes voiles au vent, semblait voler par-dessus l'océan.

Des heures durant, Renaud contempla les fiers et beaux navires et remercia la mère du Sauveur de veiller sur leur traversée. Puis, vint l'heure où leur galion, accompagné de quelques nefs, fit voile vers la verte Érin.

Les cornes retentirent alors pour saluer leur départ tandis que le gros de la flotte et l'arche d'alliance voguaient paisiblement vers les brumes écossaises du royaume de Robert Bruce.

Longtemps après que les voiles des navires qui accompagnaient le chevalier John Mark Laermanius et les derniers templiers se furent évanouies derrière l'horizon, Renaud de Cluny agitait toujours les bras dans leur direction.

Au même instant, à Paris, en cette soirée du 12 octobre 1307, trois chariots recouverts de paille quittèrent discrètement l'enclos du temple sous la haute garde du chevalier Gérard de Vilers et du sergent Hugues de Chalons.

L'ordre du Temple entrait dans la légende.

Paris
9 mai 2002, 8 heures

Après avoir été bousculé une quarantaine de minutes dans le RER B, Gibelain arriva enfin en gare du terminal 1 de l'aéroport Charles-de-Gaulle.

Comme le stipulait la notice adjointe à son billet, il se présenta de bonne heure au comptoir de la compagnie aérienne puis traversa plusieurs corridors d'agents de sécurité, avant de faire enregistrer son unique valise.

Malgré le caractère professionnel de son voyage, il était excité par la perspective de retourner aux États-Unis. Les nombreux touristes américains qui patientaient à ses côtés le faisaient déjà voyager par leur accent et stimulaient son impatience de goûter à nouveau à la Grosse Pomme.

En chemin vers la salle d'embarquement, il s'accorda un peu de temps pour flâner parmi les boutiques hors-taxes et s'offrit une recharge du dernier parfum de Cartier.

L'annonce de l'ouverture du vol lui fit accélérer le pas dans l'escalator de service et il arriva à l'instant même où l'hôtesse au sol répétait l'imminence de l'embarquement de plusieurs numéros de siège. Il reconnut le sien et gagna sereinement la file d'attente qui gonflait devant le portillon électronique.

Après quelques minutes occupées à répondre une dernière fois aux questions de l'imposant service de sécurité, il s'engagea alors dans le corridor et pénétra dans l'Airbus A 330.

Une ravissante hôtesse de l'air au physique de star hollywoodienne l'accueillit d'un regard rayonnant et lui lança un chaleureux *welcome* dans le plus pur accent du Middle West.

Conquis, Gibelain releva discrètement son nom inscrit sur le badge doré et lui rendit son immense sourire, tout en se promettant de tenter de faire la connaissance de Christiane McDonough si l'occasion se présentait au cours du vol.

En arrivant à sa place, il découvrit agréablement qu'il occupait un siège en compartiment de première classe. Macabone était décidément un chic type quand il le voulait.

Il tomba sa veste et ôta sa cravate avant de s'enfoncer dans le fauteuil aux larges accoudoirs, tandis que les derniers passagers gagnaient l'arrière de l'appareil.

La séduisante chef de cabine passa alors dans sa rangée, proposant à chacun un rafraîchissement. Il lui commanda une coupe de champagne et lui porta discrètement un toast, accompagné d'un clin d'œil. Elle se mit à rire et il ne put s'empêcher de penser que ce vol démarrait décidément sous les meilleurs auspices.

Une légère poussée de l'appareil vers l'arrière lui confirma qu'ils se mettaient en route. L'équipage se répartit alors dans chacun des compartiments et débuta sans plus tarder la démonstration des consignes d'urgence. Il jeta un bref coup d'œil sur celle-ci en s'attachant surtout à détailler les longues jambes de Christiane, avant de sélectionner un film sur le lecteur DVD intégré à son siège.

Deux heures plus tard, Gibelain se décida à étudier le manuscrit que lui avait remis précieusement Roland en fin de soirée. Après s'être levé et avoir extrait du compartiment à bagages sa serviette en cuir noir dans laquelle étaient rangés son rapport d'enquête et les photos des pièces à conviction, il sortit du dossier cartonné le petit recueil aux pages et à la couverture usées par le temps.

Examinant le livre, il s'étonna de ne trouver nulle part une quelconque trace d'un nom d'auteur ou d'une date d'édition et, en ouvrant l'ouvrage, l'image de Thésée s'introduisant dans les labyrinthes du Minotaure s'imposa à lui. L'extraordinaire conte l'emporta brutalement :

« Longtemps après la mort d'Hiram et de Salomon et de tous leurs contemporains, après que les armées de Nabuchodonosor eurent détruit le royaume de Juda, rasé la ville de Jérusalem, renversé le temple, emmené en captivité les populations qui avaient échappé aux massacres, alors que la montagne de Sion n'était plus qu'un désert aride où paissaient quelques maigres chèvres gardées par des Bédouins faméliques et pillards, un matin, trois voyageurs arrivèrent lentement, au rythme de leurs chameaux. C'étaient des mages, des initiés de Babylone, membres du sacerdoce universel, qui venaient en pèlerinage et en exploration aux ruines de l'ancien sanctuaire.

« Après un frugal repas, les pèlerins se mirent à parcourir l'enceinte ravagée. L'écrasement des murs et les fûts des colonnes leur permirent de déterminer les limites du temple. Ils se mirent ensuite à examiner les chapiteaux gisant à terre, à ramasser les pierres pour y découvrir des inscriptions ou des symboles.

« Pendant qu'ils procédaient à cette exploration, sous un pan de mur renversé et au milieu des ronces, ils découvrirent une excavation. C'était un puits situé à l'angle sud-est du temple. Ils s'employèrent à déblayer l'orifice, après quoi l'un deux, le plus âgé, celui qui paraissait être le chef, se couchant à plat ventre sur le bord, regarda à l'intérieur.

« On était au milieu du jour, le soleil brillait au zénith et ses rayons plongeaient presque verticalement dans le puits. Un objet brillant frappa les yeux du mage. Il appela ses compagnons qui se placèrent dans la même position que lui et regardèrent. Évidemment, il y avait là un objet digne d'attention, sans doute un bijou sacré. Les trois pèlerins résolurent de s'en emparer. Ils dénouèrent leurs ceintures qu'ils avaient autour des reins, les attachèrent les unes aux autres et en jetèrent une extrémité dans le puits. Alors deux d'entre eux, s'arc-boutant, se mirent en devoir de soutenir le poids de celui qui descendait. Celui-ci, le chef, empoignant la corde, disparut par l'orifice.

« Pendant qu'il effectue sa descente, voyons quel est l'objet qui a attiré l'attention des pèlerins. Pour cela, remontons plusieurs siècles en arrière, jusqu'à la scène du meurtre d'Hiram. Quand le maître eut, devant la porte d'Orient, reçu le coup de pince du second mauvais compagnon, il s'enfuit pour gagner la porte du Sud ; mais, comme il se précipitait, il craignit soit d'être poursuivi, soit, ainsi que cela devait arriver, de rencontrer un mauvais compagnon. Il enleva de son cou un bijou qui y était suspendu par une chaîne de soixante-dix-sept anneaux et le jeta dans le puits qui s'ouvrait dans le temple, à l'angle des murs est et sud. Ce bijou était un delta d'un palme de côté, fait du plus pur métal et sur lequel Hiram, qui était un initié parfait, avait gravé le nom ineffable, et qu'il portait sur lui, la face en dedans, le revers seul exposé aux regards, ne montrant ainsi qu'une face unie.

« Pendant que, s'aidant des mains et des pieds, le mage descendait dans la profondeur du puits, il constata que la paroi de celui-ci était divisée en zones ou anneaux faits de pierres de couleurs différentes d'une coudée de hauteur chacun environ. Quand il fut en bas, il compta ces zones et trouva qu'elles étaient au nombre de dix. Il baissa alors son regard vers le sol, vit le bijou d'Hiram, le ramassa, le regarda et constata avec émotion qu'il portait inscrit le nom ineffable qu'il connaissait lui-même car il était, lui aussi, un initié parfait. Pour que ses compagnons, qui n'avaient pas comme lui la plénitude de l'initiation, ne puissent le lire, il suspendit le bijou à son col par la chaînette, mettant la face en dedans, ainsi qu'avait fait le maître. Il regarda ensuite autour de lui et constata l'existence dans la muraille d'une ouverture par laquelle un homme pouvait pénétrer. Il y entra, marchant à tâtons dans l'obscurité. Ses mains rencontrèrent une surface qu'au contact il jugea être de bronze. Il recula alors, regagna le fond du puits, avertit ses compagnons pour qu'ils tiennent ferme la corde et remonta.

« En voyant le bijou qui ornait la poitrine de leur chef, les deux mages s'inclinèrent devant lui : ils devinèrent qu'il venait de subir une nouvelle consécration. Il leur dit ce qu'il avait vu et leur parla de la porte de bronze. Ils pensèrent qu'il devait y avoir là un mystère. Ils délibérèrent et résolurent d'aller ensemble à sa découverte.

« Ils placèrent une extrémité de la corde faite de trois ceintures sur une pierre plate trouvée auprès du puits et sur laquelle on lisait encore le mot *Jachin*. Ils roulèrent dessus un fût de colonne où l'on voyait le mot *Boaz*, puis s'assurèrent qu'ainsi tenue la corde pouvait supporter le poids d'un homme.

« Deux d'entre eux firent ensuite un feu sacré à l'aide d'un bâtonnet de bois dur roulé entre les mains et tournant dans un trou fait dans un morceau de bois tendre. Quand le bois tendre fut allumé, ils soufflèrent dessus pour provoquer la flamme. Pendant ce temps, le troisième était allé prendre, dans les paquetages attachés à la croupe des chameaux, trois torches de résine qu'ils avaient apportées pour écarter les animaux sauvages de leur campement nocturne. Les torches furent successivement approchées du bois enflammé et s'allumèrent elles-mêmes du feu sacré. Chaque mage, tenant sa torche d'une main, se laissa glisser le long de la corde jusqu'au fond du puits.

« Une fois là, ils s'enfoncèrent, sous la conduite de leur chef, dans le couloir menant à la porte de bronze. Arrivé devant celle-ci, le vieux mage l'examina attentivement à la lueur de sa torche. Il constata dans le milieu un ornement en relief ayant la forme d'une couronne royale, autour de laquelle était posé un cercle composé de points au nombre de vingt-deux.

« Le mage s'absorba dans une méditation profonde, puis il prononça le mot *Malkhout* et soudain la porte s'ouvrit.

« Les explorateurs se trouvèrent alors devant un escalier qui s'enfonçait dans le sol. Ils s'y engagèrent, toujours la torche à la main, en comptant les marches. Quand ils en eurent descendu trois, ils rencontrèrent un palier triangulaire, sur le côté gauche duquel commençait un nouvel escalier. Ils s'engagèrent dans celui-ci et après cinq marches, trouvèrent un nouveau palier de mêmes dimensions. Cette fois, l'escalier continuait du côté droit et se composait de sept marches. Ayant franchi un troisième palier, ils descendirent neuf marches et se trouvèrent devant une deuxième porte de bronze.

« Le vieux mage l'examina comme la précédente et constata l'existence d'un autre ornement en relief représentant une pierre d'angle, entourée aussi d'un cercle de vingt-deux points. Il prononça le mot *Yesod* et cette porte s'ouvrit à son tour.

« Les mages entrèrent dans une vaste salle voûtée et circulaire dont la paroi était ornée de neuf fortes nervures partant du sol et se rencontrant en un point central du sommet. Ils l'examinèrent à la lueur de leurs torches, en firent le tour pour voir s'il n'y avait pas d'autre issue que celle par laquelle ils étaient entrés. Ils n'en trouvèrent point et songèrent à se retirer. Mais leur chef revint sur ses pas, examina les nervures les unes après les autres, chercha un point de repère, compta les nervures et soudain il appela. Dans un coin obscur, il avait découvert une nouvelle porte de bronze. Celle-là portait comme symbole un soleil rayonnant, toujours inscrit dans un cercle de vingt-deux points. Le chef des mages ayant prononcé le mot *Netsah*, elle s'ouvrit encore et donna accès à une deuxième salle.

« Successivement, les explorateurs franchirent cinq autres portes également dissimulées et passèrent dans de nouvelles cryptes. Sur l'une de ces portes, il y avait une lune resplendissante, une tête de lion, une courbe molle et gracieuse, une règle, un rouleau de la Loi, un œil et, enfin, une couronne royale. Les mots prononcés furent successivement *Hod*, *Tipheret*, *Chesed*, *Geburah*, *Hocmah*, *Binah* et *Kether*.

« Quand ils entrèrent dans la neuvième salle voûtée, les mages s'arrêtèrent surpris, éblouis, effrayés. Celle-là n'était point plongée dans l'obscurité. Elle était, au contraire, brillamment éclairée. Au milieu étaient placés trois lampadaires d'une hauteur de onze coudées, avec trois branches. Ces lampes, qui brûlaient depuis des siècles et dont la destruction du royaume de Juda, le rasement de Jérusalem et l'écroulement du temple n'avaient pas amené l'extinction, brillaient d'un vif éclat, illuminant d'une lumière à la fois douce et intense tous les recoins, tous les détails de la merveilleuse architecture de cette voûte sans pareille, taillée dans le roc vif.

« Les pèlerins éteignirent leurs torches dont ils n'avaient plus besoin, les déposèrent près de la porte, ôtèrent leurs chaussures et rajustèrent leurs coiffures comme en un lieu saint, puis ils s'avancèrent en s'inclinant neuf fois vers les gigantesques lampadaires. À la base du triangle formé par ceux-ci était dressé un autel de marbre blanc cubique de deux coudées de haut. Sur la face, regardant le sommet du triangle, étaient représentés, en or, les outils de la maçonnerie : la règle, le compas, l'équerre, le niveau, la truelle, le maillet. Sur la face latérale gauche, on voyait des figures géométriques : le triangle, le carré, l'étoile à cinq branches, le cube. Sur la face latérale droite, on lisait les nombres : 27, 125, 343, 729, 1331. Enfin, sur la face arrière, était représenté l'acacia symbolique. Sur cet autel était posée une pierre d'agate de trois palmes de côté. Au-dessus, on lisait, écrit en lettres d'or, le nom sacré divin.

« Les deux disciples s'inclinèrent pour adorer le nom de Dieu. Mais leur chef, relevant au contraire la tête, leur dit : "Il est temps pour vous de recevoir le dernier enseignement qui fera de vous des initiés parfaits. Ce nom n'est qu'un vain symbole qui n'exprime pas réellement l'idée de la conception suprême."

« Il prit alors à deux mains la pierre d'agate, se retourna vers ses disciples en leur disant : "Regardez, la conception suprême, la voilà. Vous êtes au centre de l'idée."

« Les disciples épelèrent les lettres *Yod*, *He*, *Vav*, *He* et ouvrirent la bouche pour prononcer le mot, mais il leur cria : "Silence ! C'est le mot ineffable qui ne doit sortir d'aucune lèvre."

« Il reposa ensuite la pierre d'agate sur l'autel, prit sur sa poitrine le bijou du maître Hiram et leur montra que les mêmes signes s'y trouvaient gravés. "Apprenez maintenant, leur dit-il, que ce n'est pas Salomon qui fit creuser cette voûte hypogée, ni construire les huit qui la précèdent, pas plus qu'il n'y cacha la pierre d'agate. La pierre fut placée par Énoch, le premier de tous les initiés, l'initié initiant, qui ne mourut point, mais survit dans tous ses fils spirituels. Énoch vécut longtemps avant Salomon, avant même le déluge. On ne sait à quelle époque furent bâties les huit premières voûtes ni celle-ci, creusée dans le roc vif."

« Cependant, les nouveaux grands initiés détournèrent leur attention de l'autel et de la pierre d'agate, regardèrent le ciel de la salle qui se perdait à une hauteur prodigieuse, parcoururent la vaste nef où leurs voix éveillaient des échos répétés. Ils arrivèrent ainsi devant une porte soigneusement dissimulée et sur laquelle le symbole apposé était un vase brisé.

« Ils appelèrent leur maître et lui dirent :

– Ouvre-nous encore cette porte, il doit y avoir un nouveau mystère derrière.

– Non, leur répondit-il, il ne faut point ouvrir cette porte. Il y a là un mystère, mais c'est un mystère terrible, un mystère de mort.

– Oh, tu veux nous cacher quelque chose, le réserver pour toi. Mais nous voulons tout savoir, nous l'ouvrirons nous-mêmes, cette porte.

« Ils se mirent alors à prononcer tous les mots qu'ils avaient entendus de la bouche de leur maître. Puis, comme ces mots ne produisaient aucun effet, ils dirent tous ceux qui leur passèrent par l'esprit. Ils allaient renoncer quand l'un d'eux prononça : "Nous ne pouvons cependant pas continuer à l'infini." Sur les mots *En Sof*, la porte s'ouvrit avec violence, les deux imprudents furent renversés sur le sol, un vent furieux souffla dans la voûte, les lampes magiques en furent éteintes.

« Le maître se précipita sur la porte, s'y arc-bouta, appela ses disciples à l'aide. Ils accoururent à sa voix, s'arc-boutèrent avec lui et leurs efforts réunis parvinrent enfin à refermer la porte. Mais les lumières ne se rallumèrent point, les mages furent plongés dans les ténèbres les plus profondes. Ils se rallièrent à la voix de leur maître. Celui-ci leur dit : "Hélas, cet événement terrible était à prévoir. Il était écrit que vous commettriez cette imprudence. Nous voici en grand danger de périr dans ces lieux souterrains ignorés des hommes. Essayons cependant d'en sortir, de traverser les huit salles voûtées et d'arriver au puits par lequel nous sommes descendus. Nous allons nous prendre par la main, nous marcherons jusqu'à ce que nous rencontrions la porte de sortie. Nous recommencerons dans toutes les salles jusqu'à ce que nous soyons arrivés au pied de l'escalier de vingt-quatre marches. Espérons que nous y parviendrons."

« Ainsi firent-ils. Ils passèrent des heures d'angoisse, mais ils ne désespérèrent point. Ils arrivèrent au pied de l'escalier de vingt-quatre marches. Ils le gravirent en comptant 9, 7, 5 et 3 et se retrouvèrent au fond du puits. Il était minuit, les étoiles brillaient au firmament, la corde des ceintures pendait encore.

« Avant de laisser remonter ses compagnons, le maître leur montra le cercle découpé dans le ciel par la bouche du puits et leur dit : "Les dix cercles que nous avons vus en descendant représentent aussi les voûtes ou arches de l'escalier. Le dernier correspond au nombre onze, celui de la salle où a soufflé le vent du désastre, c'est le ciel infini, avec des luminaires hors de notre portée qui le peuplent."

« Les trois initiés regagnèrent l'enceinte du temple en ruines. Ils roulèrent de nouveau le fût de colonne sans y voir le mot *Boaz*, ils détachèrent leurs ceintures, s'en enveloppèrent, se mirent en selle puis sans échanger une parole, plongés dans une profonde méditation sous le ciel étoilé au milieu du silence nocturne, ils s'éloignèrent au pas lent de leurs chameaux dans la direction de Babylone. »

Gibelain referma l'ouvrage, saisi d'un vertige où se bousculaient les émotions, les souvenirs et les hypothèses les plus fantastiques. Au plus profond de lui-même, il perçut qu'il existait bien un lien étroit entre son enquête et l'extraordinaire légende, mais il était incapable de trouver le chaînon manquant. Il se rassura en pensant que seules les révélations de Roland lui permettraient de reconstituer cet immense puzzle dont la pièce centrale était occupée par un secret immémorial : le nom de Dieu et sa toute-puissance.

Après avoir survolé les côtes de la verte Érin, l'Airbus avait entamé sa longue traversée de l'Atlantique. Jamais Gibelain ne s'était senti aussi bien, ce vol était tout simplement un paradis pour épicuriens en tous genres.

Rassasié par des mets dignes de chez Maxim's, il s'accorda une petite sieste et, bercé par une musique relaxante où résonnait en refrain l'incantation d'un chaman, il céda facilement aux assauts du sommeil.

Ses rêves l'emportèrent alors vers les contrées désertiques du Sud-Ouest américain, là où les traditions ancestrales des tribus apaches rythment la vie d'une terre gorgée par le soleil. À demi-conscient, Gibelain se promit de faire un jour la merveilleuse traversée de ces terres indiennes qui le fascinaient depuis son plus jeune âge, en attendant, qui sait, de s'y installer pour y finir ses jours.

Aussi longtemps qu'il put remonter le cours de sa mémoire, il s'était toujours senti attiré par la philosophie de vie des Indiens d'Amérique du Nord. Enfant, il n'avait jamais compris ni partagé l'enthousiasme de ses compagnons pour tous ceux qui avaient mis à mal autant de sagesse millénaire. Le général Custer était probablement le plus admiré d'entre eux. Ses héros à lui, dans chacun de ses jeux, s'inscrivaient en lettres de feu et répondaient aux noms de Sitting Bull, Geronimo ou Cochise.

Un subtil parfum acheva de le tirer des brumes de ses souvenirs, avant qu'une voix d'ange ne le ramène définitivement au temps présent :

– Souhaitez-vous prendre une collation ou un rafraîchissement ?

L'éclatant sourire de Christiane illumina son visage. Il se noya dans les abîmes de ses grands yeux bleus et répondit :

– Avec grand plaisir. Je reprendrais volontiers une coupe de votre excellent champagne. Trinqueriez-vous avec moi ?

D'un petit mouvement de tête, elle rejeta vers l'arrière une mèche blonde rebelle et ajouta :

– Je suis désolée mais jamais pendant mes heures de service. Je me ferais licencier immédiatement.

– Je comprends, répondit-il. J'ai moi-même à respecter ces consignes dans mon travail.

– Et que faites-vous dans la vie ?

Elle parlait français avec un délicieux accent de l'Indiana ou du Michigan.

– Je suis flic, affirma-t-il.

Elle le regarda, quelque peu surprise et déçue par sa réponse :

– C’est curieux, je vous voyais plus comme un grand reporter.

Il éclata de rire et lui lança :

– Touché ! Voilà un job que j’aurais aimé faire. Le voyage est peut-être la dernière expression de la liberté dans ce qu’elle a de plus absolu et parcourir le monde à la découverte des hommes est bien plus enrichissant que de poursuivre les malfrats, mais je n’ai pas cette chance.

Elle le dévisagea comme pour s’assurer de sa sincérité. La petite mèche blonde glissa à nouveau devant ses yeux :

– La vie peut parfois nous réserver bien des surprises. Je sais de quoi vous voulez parler, d’autant plus que je n’ai pas toujours été hôtesse de l’air.

La révélation excita sa curiosité et engendra son désir de connaître davantage Christiane.

– Et que faisiez-vous dans une autre vie ? ajouta-t-il.

Elle ricana à son tour :

– J’étais éducatrice dans un centre pour enfants autistes.

À son regard, Gibelain comprit qu’elle avait dû donner beaucoup d’elle-même dans sa précédente profession, peut-être trop. Il décida de ne pas prolonger la conversation dans cette direction.

Un signal lumineux interrompit leur échange. Christiane releva la tête et vit qu’une passagère s’évertuait maladroitement à saisir son attaché-case tout en maintenant dans le plus précaire des équilibres son plateau-repas. L’assiette tanguait d’un bord à l’autre.

– Désolée, mais il semble que l’on me réclame.

Au vu de la scène qui se déroulait devant eux, il ne put s’empêcher d’ajouter :

– Oui et, parti comme je le vois, cela pourrait s’intituler : Chronique d’une catastrophe annoncée.

Elle lui décrocha un large sourire qui révéla l’éclatante blancheur de ses dents, avant de lui murmurer :

– Je reviens.

À nouveau seul, Gibelain ferma les yeux. Quelques mots chevauchèrent dans son esprit :

Longue attente de l’aube
Le soleil se lève toujours
Je t’ai rencontré.

Il saisit alors sa veste et recopia le haïku sur une carte de visite et y ajouta son numéro de téléphone portable ainsi que ses coordonnées à New York, puis il s'endormit de nouveau.

Au vu de l'agitation de l'équipage, Gibelain comprit que le vol touchait à sa fin. Malgré son souhait de la revoir, Christiane fut dans l'impossibilité de lui rendre visite, une nouvelle fois. Une succession de réclamations plus exigeantes les unes que les autres, la vente des derniers articles détaxés, la distribution des documents du Custom et de l'*Immigration Office* l'accaparèrent au plus haut point. Cependant, chacun de ces passages furtifs dans l'allée s'accompagna d'un clin d'œil coquin.

La voix du commandant de bord retentit soudainement dans l'appareil et leur annonça l'imminence de leur descente sur New York.

Gibelain releva immédiatement le cache de son hublot. L'Empire State Building étincelait telle la lance de saint Michel sous les rayons ardents du soleil. Christiane parcourut une ultime fois le compartiment et vérifia que chaque passager était correctement cintré à son siège.

Quand elle fut arrivée à sa hauteur, Gibelain lui glissa le petit mot doux rédigé sur sa carte de visite. Elle s'empressa de dissimuler la note dans la poche droite de son tailleur bleu marine avant d'accompagner d'un hochement de tête son regard enflammé.

Après avoir survolé l'emplacement du World Trade Center, l'Airbus poursuivit sa descente vers l'aéroport international John-Fitzgerald-Kennedy. Sous l'effet de la rapide variation de pression, la douleur vrilla les tympans de Gibelain. Il porta sa main à son oreille gauche et jura.

La sensation douloureuse ne dura qu'une fraction de seconde puis il porta son regard vers le hublot et distingua alors les immenses pistes jonchées d'avions et de véhicules d'entretien. Un bruit sourd l'avertit que leur appareil venait de se poser sur le sol américain, engendrant les applaudissements de quelques passagers. Ils roulèrent à vive allure pendant quelques secondes, jusqu'à ce que les rugissements des réacteurs s'affaiblissent, et parcoururent plusieurs centaines de mètres avant que l'Airbus ne s'immobilise devant la porte A5 du terminal E.

La voix de Christiane conclut le vol en leur souhaitant à tous la bienvenue aux États-Unis, puis les réacteurs se turent et un signal sonore les autorisa enfin à quitter leurs sièges.

Gibelain se leva et s'étira doucement les poignets et les bras. Il ouvrit le coffre à bagages situé au-dessus de son siège pour y saisir son ordinateur portable et sa serviette, puis il vérifia qu'il avait correctement rempli les formulaires administratifs de débarquement et rangea les documents dans son passeport.

Ils patientèrent quelques instants pendant que la collègue de Christiane déclenchait l'ouverture automatique de la porte de l'Airbus. Un souffle brutal et chaud leur confirma que la manœuvre était achevée. Les premiers passagers sortirent d'un pas vif, décidés à ne pas demeurer bloqués dans les files d'attente de l'*Immigration Office*. Gibelain leur emboîta le pas.

En sortant de l'appareil, il salua en retour l'ensemble de l'équipage. Dans un dernier sourire ravageur, Christiane lui lança un sensuel *bye bye*. Gibelain la complimenta alors pour son professionnalisme et lui souhaita une agréable journée mais, malgré ses efforts à n'en rien laisser paraître, il ne put éteindre les braises qui enflammèrent son regard. Elle comprit aussitôt et lui communiqua à son tour, subtilement, son désir, avant de l'accompagner des yeux dans le long couloir en verre jusqu'à ce qu'il disparaisse de sa vue. Elle sut alors qu'ils se reverraient bientôt.

New York

Gibelain arriva dans un vaste hall où les passagers furent répartis, selon leur citoyenneté, en deux groupes. Il gagna la file de gauche et chemina jusqu'à atteindre une petite ligne jaune tracée sur le sol. Au-delà de celle-ci, des officiers de l'*Immigration Office* étudiaient scrupuleusement les passeports de chaque arrivant et décidaient, après un interrogatoire détaillé, de leur entrée sur le territoire américain.

Son tour arriva, il se rendit au bureau qu'on lui désignait. Après lui avoir souhaité une bienvenue formelle, l'officier lui posa les questions d'usage, tout en contrôlant sur son écran informatique un fichier d'identités.

À la vue de la première page du passeport, il décrocha son téléphone et informa son interlocuteur de l'arrivée du passager français Jean Gibelain. Puis il lui rendit ses papiers et lui indiqua la direction du bureau local du FBI.

En route vers le bureau des fédéraux, Gibelain décida de récupérer ses effets. Il rechercha le numéro du large tapis roulant du vol Paris-New York et patienta. Ici et là, plusieurs chiens du DEA, entraînés à détecter la présence d'explosifs et de stupéfiants, serpentaient entre les jambes des passagers et il s'amusa beaucoup de la mine contrariée qu'affichèrent certains d'entre eux.

Soudain, un bruit sonore et lumineux se fit entendre et l'avertit de l'arrivée massive des bagages. Il prêta vivement attention à chaque expulsion des valises et reconnut, au bout de quelques minutes, son bien.

– FBI, me voici, se dit-il en tentant de rassembler ses quelques rudiments d'anglais.

En parcourant les interminables couloirs de l'aéroport, il fut saisi par le gigantisme et le melting-pot de la mégapole américaine. New York était un concentré du monde où se croisait frénétiquement, dans la plus grande des cacophonies, l'ensemble des genres humains.

Assommé par le décalage horaire et par les bruits incessants des décollages auxquels s'ajoutaient les annonces tonitruantes des vols prochains, Gibelain s'attarda quelques instants au stand d'un coffee-shop et commanda un capuccino, qu'il avala promptement. Il reprit ensuite son chemin et arriva devant un ascenseur où un homme noir et chauve au gabarit imposant le dévisagea avec insistance et hostilité. Dans un mouvement lent et contrôlé, l'homme déplaça sa main droite vers son arme de service.

Gibelain s'appliqua à le rassurer dans son anglais de cuisine :

– Je suis le commissaire de police Jean Gibelain. Je viens de Paris et je voudrais parler au lieutenant Sean O'Grady du FBI.

Ses premiers mots ne semblèrent pas provoquer la moindre compréhension ni considération chez l'agent de sécurité. En revanche le nom de O'Grady alluma une lueur d'intérêt dans les yeux du colosse. Il porta sa main gauche vers son talkie-walkie et entreprit un court dialogue auquel Gibelain ne comprit aucun mot, puis il indiqua l'ascenseur derrière lui en montrant avec ses doigts le chiffre trois avant de l'ignorer à nouveau. Gibelain, irrité, haussa les épaules et murmura ironiquement :

– Super. Je le sens bien, ce séjour.

Il pressa le bouton du troisième étage en se demandant comment il allait pouvoir retrouver son correspondant. Un vertige le parcourut quand il s'imagina expliquer dans la langue de Shakespeare ses hypothèses d'enquête devant une assemblée de fédéraux. Il se rassura vaguement en pensant que ses collègues américains avaient dû prévoir la présence d'un traducteur puis, à demi soulagé par cette éventuelle perspective, il sortit, dubitatif, de l'ascenseur.

À l'image des couloirs du rez-de-chaussée, le troisième étage avait tout d'une ruche d'abeilles qu'un promeneur maladroit aurait renversée. Il en était encore à se demander à quoi pouvait bien ressembler le lieutenant O'Grady dans toute cette foule quand, soudain, une voix en français retentit derrière lui :

– Bienvenue au FBI, commissaire Gibelain.

Il se retourna aussitôt. Un homme en chemise blanche, haut d'un bon mètre quatre-vingt-dix, lui faisait face dans un costume gris anthracite. Ses cheveux roux étaient parfaitement assortis à sa cravate. Spontanément, le commissaire parisien se sentit à l'aise. Le fait que le policier fédéral se soit adressé à lui presque sans accent était pour beaucoup dans son impression positive, même si Gibelain devina immédiatement que Sean O'Grady ne maîtrisait pas que la langue française.

Ce dernier dut lire dans ses pensées car alors il lui révéla que, étudiant, il avait vécu quatre années à Paris, ce qui lui avait valu de décrocher une licence en langues orientales à la Sorbonne et, tandis que les deux hommes se dirigeaient vers le distributeur à friandises, ils échangèrent quelques souvenirs sur les restaurants gastronomiques du quartier Saint-Michel. En chemin, ils croisèrent à plusieurs reprises des agents du département de Sean. À chaque fois, celui-ci prit le temps de présenter son correspondant du Quai des Orfèvres, tout en traduisant simultanément les propos de ses collègues au policier français.

Malgré le contentieux irakien qui avait longtemps assombri les relations entre les services de leurs pays, le commissaire nota, avec satisfaction, la cordialité des hommes du FBI.

Il se félicita aussi de la volonté affichée par l'agence fédérale de maintenir une réelle coopération face aux Martyrs d'Alamut, car tout lui indiquait qu'ils allaient avoir bigrement besoin les uns des autres pour vaincre cette nouvelle menace.

Après avoir avalé quelques bagels tartinés au sirop d'érable et constaté l'état de fatigue du commissaire, Sean se proposa de déposer Gibelain à son hôtel. Celui-ci accepta, sans se faire prier. Ils reprirent l'ascenseur. Pour avoir accès au sous-sol du bâtiment, l'agent du FBI utilisa son passe électronique puis appliqua son œil droit sur le lecteur rétinien. Ils descendirent automatiquement dans la zone protégée.

Après quelques instants, ils débouchèrent sur un vaste parking constellé de caméras vidéo et sillonné par des rondes d'agents de sécurité. Sean désigna à Gibelain un superbe cabriolet bleu ciel garé au centre de l'allée principale. Le commissaire ne put retenir un cri admiratif au vu de la Thunderbird 1965 qu'il détailla sous toutes les coutures.

D'un geste vif, Sean saisit sa valise et la déposa sur le siège arrière de la mythique automobile et explosa d'un rire franc quand Gibelain s'exclama avec l'accent du titi parisien :

– Bon sang, c'est vraiment la grande classe.

Le commissaire ouvrit ensuite délicatement la portière et s'installa confortablement, tandis que l'agent fédéral faisait rugir la belle américaine.

Sean s'arrêta brusquement à la sortie du parking souterrain. Il régla son chronomètre et démarra en trombe, faisant crisser les pneus du cabriolet. Une forte odeur de brûlé et quelques traces de gomme accompagnèrent leur trajet, lorsqu'ils slalomèrent entre les obstacles antiattentat. Arrivé au bout du parcours, l'agent fédéral stoppa net la Thunderbird, consulta la trotteuse de sa montre et lui déclara, hilare :

– Record battu. Vous devez sûrement me porter chance, commissaire.

Gibelain répliqua avec un enthousiasme moqueur :

– Pas de doute là-dessus. L'enquête est vraiment entre de bonnes mains.

Sean ponctua le commentaire d'un nouvel éclat de rire et redémarra doucement en direction de Manhattan. En dépit de la densité de circulation, ils n'eurent aucun mal à trouver leur chemin parmi les maints échangeurs. Au fur et à mesure qu'ils se rapprochaient des immenses gratte-ciel qui pointaient à l'horizon, Gibelain essaya de se concentrer sur ce qu'il allait devoir présenter dans quelques jours aux dirigeants du FBI. Intuitif, Sean le rassura :

– Ne vous inquiétez donc pas, commissaire. Quand votre rapport de perquisition nous est parvenu, mes supérieurs m'ont tout de suite désigné pour vous prendre en charge et vous assister durant votre séjour parmi nous. Pour l'instant, je vous conduis à l'Holiday Inn et, demain, je passerai vous chercher pour filer au 26, Federal Plaza. Nous y travaillerons toute la matinée pour présenter votre travail à mes supérieurs en soirée.

Devant le soupçon de grimace qui se dessina sur le visage de Gibelain, l'agent fédéral jugea bon d'ajouter :

– Ne vous en faites pas pour l'accent. Vous parlerez en français et je ferai le reste. Vous verrez, tout va bien se passer.

Ils arrivèrent en bas de l'hôtel. En descendant, Gibelain ne put s'empêcher de fixer la longue allée de buildings qui prolongeait la rue. Il eut l'impression d'être perdu au milieu d'une gigantesque forêt métallique qui trépidait au rythme des sirènes et des joutes verbales des groupes de rappeurs qui se défiaient sur le macadam. Ses sens furent vite saturés par les stimuli visuels et sonores de la ville tentaculaire. Un début de tournis le saisit quand il pénétra dans l'immeuble. Sean, qui l'avait accompagné, revint avec le digicode de sa chambre :

– OK, commissaire, tout est arrangé. Vous n'avez plus qu'à présenter une pièce d'identité et signer le registre. Je vous téléphone demain matin pour vous avertir de l'heure de mon passage à l'hôtel. Au cas où vous auriez quelque difficulté avec le décalage horaire, je vous attendrai dans le grand hall. Allez, je vous laisse. Passez une bonne nuit et bienvenue aux *States*.

Nuevo Laredo
10 mai, 10 heures

Ivre de fatigue, Jalâl s'allongea de tout son long sur le lit du vieux motel. Il était couvert des pieds à la tête de cette poussière rouge qui tapissait les routes du Sud du Texas.

Après l'exécution de l'archevêque, il avait déposé son comparse à la station de cars Greyhound. Son plan prévoyait que Tarek puisse rejoindre Ottawa pour y prendre un vol British Airways à destination de Londres, quarante-huit heures plus tard.

De son côté, il s'était décidé à repartir en Europe par le Mexique, en traversant clandestinement le Rio Grande.

Pendant quatre jours, il s'évertua donc à mettre le plus de distance possible entre lui et New York, et roula sans arrêt depuis la côte est. Les amphétamines, dont il fit grand usage, lui permirent d'abattre un maximum de kilomètres et de ne se reposer que trois heures par nuit. Il arriva ainsi épuisé à quelques miles de Nuevo Laredo où l'attendait, en plein désert, le membre d'al-Qaida. Le sunnite lui remit les coordonnées du passeur qui le prendrait en charge aux premières lueurs de l'aube, et les deux islamistes échangèrent alors leurs véhicules.

Après avoir enterré ses armes sous une lourde butte, Jalâl prit place à bord de la luxueuse Lexus couleur crème et vérifia que la boîte à gants contenait bien un ordinateur portable et un téléphone cellulaire. Il apprit par cœur les dix chiffres du numéro du passeur et déchira le papier compromettant. Il alluma le GPS et régla la climatisation à son niveau le plus élevé. Au même instant, la Chevrolet Suburban noire conduite par son contact démarra en soulevant un nuage de poussière ocre. Jalâl pesta contre le sunnite puis tapota les coordonnées du motel sur le dispositif de repérage par satellite. Il roula une bonne trentaine de minutes sur une piste rocailleuse dans un paysage lunaire peuplé de cactus et traversé par les pumas.

Après avoir parcouru une dizaine de miles, il put rejoindre l'Interstate et trouva facilement le motel. Il gara la Lexus et sourit ironiquement en lisant sur l'enseigne le nom de Bagdad Café. En poussant la porte d'entrée, il fut accueilli par quelques notes de musique country.

Au comptoir de l'établissement, un homme somnolait, abruti par la chaleur. Jalâl se mit à tousser, le chicano se redressa instantanément et le fixa avec grande méfiance. Le chiite lui demanda une chambre et lui remit son faux passeport jordanien.

Sans lui adresser la moindre parole, le Mexicain recopia le numéro inscrit en première page du document et lui donna son passe, tout en encaissant les quarante dollars que lui tendait Jalâl.

Une fois installé dans sa chambre, l'islamiste prit une douche fraîche et se changea. Il alluma le poste de télévision et se mit à zapper sur les dizaines de chaînes locales et nationales qui, toutes, mentionnaient l'horrible assassinat de la cathédrale Saint-Patrick. En entendant le nom de Payen, le chiite se leva et cracha de rage dans le lavabo qui lui faisait face. Pendant quelques instants, il fut incapable de contrôler toute la haine qui le submergeait. Seule la vue de sa petite mallette qui émergeait de son sac à bagages parvint à lui rendre un semblant de calme.

Jalâl prit celle-ci avec une grande délicatesse et composa le numéro, connu de lui seul, pour ouvrir le petit attaché-case et en sortir religieusement le cadeau que lui avait remis le cheikh Hassan Nasrallah avant son départ de Beyrouth.

Une foi fanatique le saisit quand il parcourut les premières lignes des textes extatiques d'Hassan ben Sabbah. Jalâl ignorait comment les mémoires du maître des Assassins avaient pu traverser les âges et échapper au sac d'Alamut par les Mongols, mais il voyait comme un signe divin que ceux-ci soient aujourd'hui en sa possession.

Il vénérait chaque mot du grand maître car, selon la légende, les lettres prononcées avec la juste intonation avaient conduit Hassan ben Sabbah à l'entrée du palais fermé du roi des cieux. Jalâl ferma les yeux et s'abandonna aux vers sacrés qu'il répéta avec ferveur :

Ô Hassan, fils de Sabbah, au combat convoque mon âme en première ligne.

Ne suis-je pas la flèche et la lance des seuls vrais croyants ?

Tu ne peux rester plus longtemps derrière le voile noir qui couvre l'humanité.

Pour les hommes qui cherchent, sois comme la lumière du matin.

Celle qui déchire les ténèbres.

Au fur et à mesure qu'il scandait le mantra, ses pensées s'envolaient, le temps et l'espace n'avaient plus de prise sur son être. Il était comme un réceptacle des voix passées de la patrie iranienne où s'entremêlaient ses propres rêves, hors du monde. Ses mots se succédaient maintenant sans qu'il puisse avoir la moindre prise sur chacun d'entre eux. Sa quête de l'âlam al-Mithâl, de la vision intériorisante du monde célestiel, se précisa.

Tout d'abord, un point de lumière prit forme dans les ténèbres intérieures de son âme et se distendit pour se transformer en un gigantesque disque de feu. L'esprit de Jalâl fut comme aspiré alors par un tourbillon de lumière qui l'emporta pour le déposer devant une immense porte. Le Portique de la révélation lui barrait le passage. Jalâl était dans un profond état de transe. Son corps ne lui appartenait plus et était parcouru par de violents spasmes, tandis que son esprit récitait à la vitesse de la lumière la prière d'introduction :

Ô bonheur divin, je me vois au premier rang du gradin de la victoire,
Épanoui comme une fleur, un sabre tranchant à la main.
Adieu tristesse et malheur qui courbent mon dos !
Mon corps n'est plus cet amas d'os à la discrétion des chiens,
Car je me retrouve en ma ville natale,
Regardant le soleil se lever à minuit.
Et Vénus, l'astre, danser au ciel serein !
J'annonce Celui qui viendra pour clore les siècles.
Et toi, Hassan, sois celui qui m'annonce !

Une légère brise chaude et une vaste ombre interrompirent ses réflexions. Gabriel, l'ange de la prophétie, étendait ses larges ailes blanches au-dessus de lui en serrant dans ses mains une stèle où resplendissait en lettres de feu le nom de Dieu. Jalâl reconnut la parole perdue, celle-là même que Hassan ben Sabbah s'était fait dérober quelques siècles auparavant par Hugues de Champagne. La perte du bien sacré avait définitivement compromis l'expansion des ismaéliens et anéanti leur projet de rétablir l'Iran des prophètes. Le comte de Champagne et le grand maître des Templiers avaient ainsi privé l'Orient de la divine lumière qui illumina Zarathoustra dans sa vision du cosmos. Le message du prophète avait alors été oublié, laissant l'Iran meurtri pour des siècles. Mais une nuit, Jalâl avait connu la révélation.

Dans un rêve prémonitoire, Hassan ben Sabbah s'était adressé à lui, l'implorant de reprendre sa mission inscrite dans les astres depuis l'éternité du monde et de redonner honneur et foi aux ismaéliens. En se réveillant, Jalâl comprit qu'il était le fils chéri de la terre iranienne qui vengerait l'affront d'Hugues de Payns par le sang et instaurerait de nouveau Zarathoustra dans les cœurs et dans les âmes. Mais seule l'acquisition de la parole perdue lui permettrait d'achever la tâche sacrée du maître des Assassins.

Il s'était immédiatement confié à son autre guide spirituel, le cheikh Nasrallah, qui, enthousiasmé par son idéal, l'avait hautement recommandé aux plus hauts dignitaires de Téhéran. Dans les semaines qui suivirent, le nom de Jalâl gagna vite en renommée dans l'ensemble de la communauté chiite du Proche-Orient. Pour conforter celle-ci, il se décida sans plus tarder à passer à la deuxième phase de son projet : venger Hassan ben Sabbah et faire ainsi connaître les siens sous le pseudonyme des « Martyrs d'Alamut ».

Grâce à ses protégés maronites, il ne lui fallut que peu de temps pour retrouver l'un des descendants du maître des Templiers. Préparer cette vengeance tout en redonnant force et vie à la doctrine ismaélienne lui apporta joie et fierté, et l'ancra définitivement dans la nébuleuse internationale islamiste.

La sonnerie du téléphone portable le tira douloureusement de sa transe. L'image de l'ange Gabriel s'évanouit en une fraction de seconde tandis que son intellect reprenait le dessus, le ramenant avec violence dans la dimension physique de son monde.

Il saisit rageusement le téléphone et répondit. Au ton de la voix de son interlocuteur, il sut d'emblée que les choses ne se déroulaient pas comme il l'avait souhaité. L'homme, qui appelait d'Espagne, était porteur de mauvaises nouvelles. Il lui révéla que l'État français n'avait pas tardé à réagir dans les heures qui suivirent l'exécution de l'archevêque. Jalâl apprit ainsi que le Conseil supérieur de l'audiovisuel avait supprimé brutalement à Marseille le réseau de la chaîne de télévision al-Manar du Hezbollah, le privant de toutes les instructions codées qu'il recevait régulièrement de Téhéran. Il se demanda comment il allait pouvoir constituer suffisamment de bombes avec le peu d'explosifs dont il disposait. Pis encore, son correspondant l'informa que les deux tiers de son groupe de combattants avaient été arrêtés dans leur base de repli à Paris.

Il bouillonna intérieurement à l'idée de différer toute la campagne d'attentats meurtriers qu'il préparait méticuleusement depuis des mois. Quelqu'un à Paris avait décidément fait du bon travail et il lui parut indispensable de mettre un nom et un visage sur cet adversaire. Il ordonna alors que l'on se renseigne sur l'identité détaillée du responsable du démantèlement de sa cellule parisienne. Peu importaient les moyens que cela demanderait. Il exigea ensuite que l'on fasse venir plusieurs équipes d'Irak. Il savait qu'il n'aurait aucune difficulté à récupérer des hommes aguerris de l'armée du Mahdi qui, depuis les affrontements qui les avaient opposés aux soldats américains autour du mausolée d'Ali, étaient plus enragés que jamais à l'égard des Occidentaux. Moqtada al-Sadr lui-même bénirait sa demande. Il en était intimement persuadé.

L'homme au bout du fil lui confirma que tout serait fait rapidement selon ses ordres. Jalâl l'informa qu'il rentrerait bientôt par Madrid et les invita tous à se tenir prêts pour une série d'interventions dans plusieurs capitales européennes. Nul ne put cependant lire le rictus haineux qui se dessina sur son visage quand il imagina que Paris serait sa première cible.

New York
14h01

Gibelain acheva son exposé, complètement épuisé mais satisfait. Les pontes du FBI étaient stupéfaits des conclusions que sa perquisition avait permis d'obtenir. En quelques heures, ses pièces à conviction et son interprétation des faits avaient permis d'avancer considérablement dans ce qui s'annonçait initialement comme un casse-tête chinois pour les fédéraux. Sean lui donna une grande claque dans le dos en guise de félicitations :

– Eh bien, commissaire. On peut dire que vous venez de nous en boucher un coin.

Gibelain accepta le compliment tout en ajoutant :

– Sean, je ne nie pas le fait que notre enquête n'ait pas avancé, cependant il y a deux questions qui continuent de m'interpeller.

L'agent du FBI le regarda avec attention :

– Et pouvez-vous me préciser lesquelles, s'il vous plaît ?

Le commissaire parisien répondit aussitôt. Il semblait tracassé :

– Première question : qu'est-ce que l'archevêque était venu faire à New York ? Deuxième question : est-ce que notre suspect, qui se fait appeler Faruq al-Assad, était réellement sur le territoire américain dans les heures qui ont précédé l'assassinat ?

Il ajouta en comptant sur le bout de ses doigts :

– Enfin, dernière question et non des moindres : qu'est devenu ledit Faruq ? Est-il encore aux États-Unis ?

Sean garda le silence quelques instants puis dissipa brutalement les interrogations de son collègue du Quai des Orfèvres :

– Monseigneur de Payen avait été mandaté par Sa Sainteté papale pour enquêter sur les raisons du silence fait autour du scandale du prêtre pédophile John Geoghan.

Les yeux de Gibelain s'allumèrent instantanément :

– Continue, Sean. Tu m'intéresses.

Conscient qu'il venait de mettre en marche une importante réflexion dans les pensées de Gibelain, Sean ajouta sans plus tarder :

– Pendant des années, le cardinal de Boston a étouffé à coups de millions de dollars les perversions de John Geoghan mais, dès que l'Opus Dei a été au courant du scandale, ils ont dépêché l'un de leurs meilleurs éléments pour avoir la peau du cardinal.

Gibelain hocha la tête et interrogea à nouveau le fédéral :

– OK, Sean. Avez-vous éliminé la possibilité d'un règlement de comptes entre ecclésiastiques ? Le cardinal aurait très bien pu lancer un contrat contre l'archevêque en mandatant deux pseudo-islamistes. C'est un peu tordu, j'en conviens, mais plus rien ne m'étonne aujourd'hui.

L'agent du FBI ricana et poursuivit :

– Désolé, commissaire, on a déjà exploré cette piste en profondeur. Le cardinal est blanc comme neige. Bien essayé mais vous perdez votre temps.

Gibelain demeura dubitatif et ajouta :

– Peut-être pas tant que ça. Pourriez-vous m'organiser un rendez-vous avec le responsable de l'Opus Dei à New York avant mon départ ?

– Cela ne devrait pas poser de difficulté.

Sean apostropha alors l'un de ses adjoints et lui remit un numéro de téléphone en lui enjoignant de faire vite. Gibelain enchaîna :

– Bon, qu'en est-il maintenant de l'enregistrement de l'arrivée de Faruq al-Assad ?

– Les services de l'*Immigration Office* de JFK ont bien confirmé l'arrivée d'un homme répondant au signalement du suspect, trente-six heures avant le meurtre de l'archevêque. Il s'est présenté avec un passeport jordanien et est descendu une nuit au Donald Trump Tower Hotel. Il a réglé sa note quelques dizaines de minutes avant que monseigneur Bertrand de Payen ne soit sauvagement assassiné et s'est envolé dans la nature.

– J'ai l'impression que l'on tient le bon numéro, répliqua Gibelain. Sans compter que son portrait est sur toutes vos caméras.

Sean répliqua :

– Oui, nous avons fait diffuser son signalement dans tous les aéroports et dans toutes les gares centrales du pays. Il ne peut pas, officiellement en tout cas, quitter les États-Unis sans être repéré.

Gibelain ne parut pas le moindre du monde impressionné par l'affirmation de l'agent du FBI :

– Le hic, c'est qu'avec ce genre de client, il faut s'attendre à ce qu'il utilise les moyens les moins conventionnels pour voyager. Avez-vous prévenu les Canadiens et les Mexicains ?

– Pour les Canadiens, tout est en place mais pour nos collègues de Mexico, ce sera plus difficile. Leurs aéroports et leurs frontières sont de vraies passoires, sans mentionner le fait que tout s'achète en Amérique centrale.

Le commissaire parisien fit la moue :

– Je crois que j'ai compris. Le type nous a filé entre les doigts. Notre seule chance serait qu'il repasse par l'Europe, comme c'était son intention initiale. Puis-je utiliser votre fax, Sean ?

– Sans problème, commissaire.

Gibelain rédigea une note à l'intention de Macabone lui demandant de faire vérifier si un certain Faruq al-Assad alias Jalâl ben Sabbah n'était pas inscrit sur un vol arrivant sur Paris. Il n'omit cependant pas de mentionner qu'ils se heurteraient à un gros problème. L'homme, en effet, pouvait arriver par n'importe quel vol en provenance du continent américain. Cela allait exiger des heures de vérification pour des dizaines de ses collègues, sans aucune garantie, mais c'était tout ce qu'ils avaient en leur possession pour mettre la main sur l'assassin de l'archevêque.

Gibelain s'adressa de nouveau à son collègue fédéral :

– Sean, qu'est-ce que la presse connaît de notre affaire au jour d'aujourd'hui ?

L'agent du FBI répondit :

– Nous leur donnons quotidiennement le minimum d'informations. Bien évidemment, tout ce dont vous nous avez fait part est top confidentiel jusqu'à une date indéterminée.

Gibelain approuva :

– Parfait. Tant que notre homme ignore que nous l'avons identifié, nous avons une petite chance de l'intercepter rapidement, mais si jamais les médias se mettent à claironner partout son nom et son visage... Autant dire que ce sera foutu. Il ira se planquer quelque temps au Pakistan ou en Irak et il en profitera pour nous préparer un gros coup de derrière les fagots.

Sean traduisit les derniers commentaires de Gibelain à la petite assistance. Tous approuvèrent les précautions du commissaire parisien et lui promirent la plus grande discrétion de l'affaire vis-à-vis des journalistes. Ils confirmèrent alors à Sean et à son équipe leur pleine participation dans l'interception du terroriste à Paris, aux côtés du RAID et de la police des frontières.

Après avoir établi leur plan d'attaque, tous prirent congé les uns des autres. Sean raccompagna Gibelain à l'Holiday Inn, et lui confirma qu'il enverrait une voiture le lendemain après-midi pour le conduire auprès du responsable de l'Opus Dei à New York. Le commissaire le remercia et descendit manger au restaurant de l'hôtel. La journée avait été suffisamment longue et il souhaitait être en forme parfaite pour affronter l'hostilité et la méfiance qu'il ne manquerait pas de rencontrer au siège de l'organisation de José Maria Escriva. Il ne s'éternisa donc pas au restaurant, se contentant de goûter à la cuisine locale italienne. Il venait à peine de rentrer dans sa chambre que le téléphone sonna.

Il décrocha, persuadé que Sean avait oublié de lui mentionner un dernier détail mais fut pris au dépourvu quand une voix inconnue s'adressa à lui en anglais. En rassemblant ses lointaines connaissances dans la langue de Shakespeare, il comprit péniblement qu'une certaine Christiane McDonough l'attendait dans le hall d'entrée. Le sourire ravageur de l'hôtesse lui revint en souvenir et une sourde excitation prit doucement possession de lui. Il demanda au réceptionniste de signaler à la jeune femme qu'elle pouvait monter lui rendre visite.

Une minute plus tard, son invitée surprise frappait à la porte de sa chambre. Il ouvrit en laissant la chaîne de sûreté en place jusqu'à ce qu'il reconnaisse Christiane :

– Hi, lui lança-t-elle. J'espère que je ne vous dérange pas. En fait, je suis juste passée vous proposer une visite de New York *by night*, un de ces prochains soirs.

Gibelain la laissa entrer tout en devinant qu'il y avait une autre explication à sa venue inopinée.

Une fois dans le petit salon, il la fit asseoir sur le large sofa et se dirigea vers le minibar pour lui préparer un whisky *on the rocks*. Bien qu'occupé à l'autre bout de la pièce, il ne fut pas réellement surpris de la voir se rapprocher de lui et poser fermement ses mains sur son dos. Il décida de se laisser faire tant il sentait le désir de la jeune femme flamber comme un feu de brousse. Christiane lui pressait les épaules, le creux des reins, les fesses et tout ce qu'elle pouvait saisir pour le serrer encore plus fort contre elle, tandis que ses lèvres voletaient du coin de ses yeux à ses oreilles, de sa bouche à sa gorge. Gibelain lui laissa imposer sa cadence le plus longtemps possible mais, quand elle se mit à serrer son érection, il se demanda s'il arriverait à se maîtriser encore longtemps. Il sut que s'il ne la déshabillait pas dans l'instant, il ne tarderait pas à lui arracher ses vêtements.

Avec un gémissement de frustration, il se dégagea et défit lentement la première agrafe de sa tunique. Une deuxième précéda l'apparition de sa peau nue jusqu'à la vallée entre ses seins. Gibelain y posa ses lèvres et glissa ses doigts pour libérer la troisième agrafe. Cela parut exciter Christiane à tel point qu'elle s'écarta vivement de lui, faisant sauter sa dernière agrafe.

Elle fit alors passer sa tunique par-dessus sa tête et s'évertua à se débarrasser de son chemisier en toile fine. Gibelain, comprenant que le désir la rendait maladroite, saisit à deux mains l'encolure du chemisier et la libéra jusqu'à la taille.

La jeune femme avait un corps de mannequin, sans la moindre once de graisse. Il lui caressa les seins puis les embrassa et les pétrit jusqu'à ce que ses mamelons foncés se dressent au creux de ses mains. Elle ferma les yeux et gémit tout bas puis tomba à genoux et prit son érection entre ses lèvres. Gibelain étouffa une exclamation et consacra ses efforts à se contrôler alors qu'elle parcourait ses cuisses avec ses doigts experts. Les râles de Gibelain devinrent vite des gémissements.

Christiane commençait à haleter quand il renonça à résister plus longtemps. Elle n'essaya pas d'avaler le jet brûlant mais s'assit sur ses talons et attendit en silence qu'il se soit vidé.

Après quelques minutes allongés sur le sol, ils décidèrent de se mettre au lit. Christiane se coucha sur le dos, écarta légèrement les jambes et ferma à demi les yeux. L'image d'une panthère lovée à ses côtés l'embrasa de nouveau. Elle dut sentir son excitation car elle se tourna aussitôt vers lui et le prit aux épaules tout en le repoussant contre le matelas.

Il souleva son bassin pour la pénétrer profondément tout en lui caressant les fesses. Rapidement, elle s'abandonna à lui en se balançant et en se tortillant. Elle lui mordilla le torse tout en ondulant sur son sexe, de droite à gauche, sans bouger le reste de son corps.

Quand elle atteignit son paroxysme, elle poussa un grand cri et se laissa aller mollement. Son inertie dura jusqu'à ce qu'elle réalise que Gibelain était toujours en elle. Alors, elle serra son cou entre ses bras et se remit à se trémousser.

Gibelain ne perdit pas le contrôle avant que Christiane n'ait été secouée de deux nouveaux spasmes. À cet instant, ils étaient tous deux si trempés de sueur qu'ils avaient du mal à se tenir l'un à l'autre et à ne pas glisser. Il ne sentait rien d'autre que son membre dans cette femme et quand elle cria de nouveau, il était si près de se laisser aller qu'il ne l'entendit plus. Il se vida alors en elle, si furieusement et si longuement qu'il eut l'impression de mourir.

Épuisés, ils roulèrent tous deux sur le côté.

Cette nuit-là, Gibelain dormit d'une seule traite et se réveilla tardivement dans la matinée. Christiane, déjà levée, finissait de prendre sa douche. Elle sortit enroulée dans son peignoir et leur commanda à tous deux un copieux petit déjeuner. Après s'être longuement embrassés, ils firent honneur au continental breakfast qu'on leur servit puis se séparèrent, en promettant de se revoir en fin de soirée.

Deux heures plus tard, Gibelain descendit dans le hall d'entrée. Un homme en costume sombre et en chemise blanche s'annonça à lui dans un français très approximatif et lui présenta sa plaque du FBI. Le commissaire comprit que l'homme avait été assigné par Sean pour le conduire au centre culturel Alderton House, un des établissements officiels de l'Opus Dei à New York.

Après avoir affronté la circulation en cette heure de pointe, l'agent fédéral déposa Gibelain devant le bâtiment et l'informa que Sean viendrait le chercher au même endroit dans les deux heures à venir.

Le commissaire remercia l'agent et pénétra dans le domaine. Il donna son nom au comptoir d'entrée et patienta quelques minutes avant qu'un sexagénaire ne vienne à sa rencontre.

– Commissaire Jean Gibelain, l'apostropha-t-il en français avec un discret accent italien. Je suis le prélat Giancarlo Rossi et j'ai été informé de votre visite. Veuillez me suivre, s'il vous plaît.

Au ton hostile qu'avait employé l'homme de l'Opus Dei, Gibelain dissimula difficilement son agressivité. L'entretien ne pouvait pas plus mal commencer.

Précédé par le prélat, il traversa un long couloir pour arriver au sein d'un petit salon de style baroque où il ne fut même pas invité à s'asseoir. Décidé à ne laisser aucun avantage psychologique à son interlocuteur, il prit place immédiatement et sortit son calepin. Il était décidé à noter chaque phrase du prélat.

– Commissaire, permettez-moi de vous témoigner ma surprise et mon désagrément quant à ce nouvel interrogatoire. J'avoue ne pas comprendre ce en quoi le meurtre odieux de notre archevêque à New York peut intéresser la police française.

Gibelain le fixa sévèrement et ajouta froidement :

– Vous n'avez rien à comprendre.

Le prélat écarquilla les yeux comme s'il venait d'être giflé. Jamais, au cours de son existence au sein de l'Opus Dei, il n'avait imaginé que l'on puisse lui parler sur ce ton.

Gibelain renchérit dans la foulée :

– Mettons d'emblée les choses au clair, voulez-vous ?

Il poursuivit, sûr de lui :

– Ou vous répondez maintenant à mes questions et nous n'en parlons plus, ou vous refusez et je vous fais convoquer au siège du FBI par l'agent fédéral Sean O'Grady. Inutile de vous préciser que je ferai en sorte que les médias soient aux premières loges.

Il fit silence et ajouta sèchement :

– Que décidez-vous, monsieur Rossi ?

Il prit un certain plaisir à ne faire aucune référence à la qualité ecclésiastique de son interlocuteur. Celui-ci, après une courte réflexion, acquiesça en lui adressant un regard haineux :

– Je vous écoute. Posez vos questions.

– Très bien, répliqua Gibelain. Est-ce que l'archevêque Bertrand de Payen connaissait le cardinal de Boston ?

– Naturellement, répliqua le prélat. Apprenez que monseigneur de Payen a vécu plusieurs années à nos côtés avant de rejoindre Sa Sainteté à Rome, il y a cinq ans.

Gibelain poursuivit, indifférent à la morgue que l'homme de l'Opus Dei ne cherchait nullement à dissimuler :

– Très bien et quelle était la nature des relations entre l'archevêque et le cardinal ?

– Ils ont toujours été en excellents termes.

Gibelain hocha la tête et ajouta ironiquement :

– Vraiment ? Et cette cordialité est demeurée inchangée même après que l'archevêque a eu connaissance de la conspiration du silence du cardinal sur les agissements pédophiles de John Geoghan ?

Le prélat parut pendant un court instant désarçonné par la question de Gibelain. Le commissaire lut dans les yeux de l'homme de l'Opus Dei que celui-ci s'interrogeait sur le contenu de la réponse qu'il allait devoir formuler. Il se mordit discrètement la lèvre inférieure et répondit :

– Ce John Geoghan a souillé à jamais les valeurs du Christ. Il méritait un châtiment exemplaire, lui et tous ceux qui ont tu ses méfaits.

Gibelain jubila intérieurement, le prélat venait de jeter bas son masque et révélait son vrai visage. Sa question fusa immédiatement :

– Vous voulez dire que vous tenez le cardinal responsable des actes du prêtre pédophile ?

Le prélat s'emporta :

– Cet homme est tout sauf un prêtre et, en le couvrant, le cardinal a cautionné ses pulsions bestiales et ses agissements sataniques. Même un homme comme vous comprendra que nous ne pouvions pas taire un tel comportement.

– Oui, j'imagine le reste, interrompit Gibelain. Vous avez alors fait part au Vatican des violences sexuelles de Geoghan et de la complicité du cardinal. L'archevêque est arrivé *illico presto* pour faire le ménage dans votre institution et j'irais même jusqu'à penser qu'il cherchait à savoir, en rencontrant Geoghan, si le cardinal en personne n'avait pas participé à des orgies. Ce qui aurait pu expliquer son silence complice.

L'homme de l'Opus Dei contint difficilement sa rage. Il fit un effort surhumain pour tenter de répondre calmement au commissaire :

– Nous avons déjà fait notre enquête personnelle à ce sujet et remis nos conclusions aux agents fédéraux. Nous les tenons à votre disposition, si vous le souhaitez. Sachez cependant que rien de ce que vous sous-entendez ne s'est vu confirmé, même après que le cardinal et son entourage eurent été à nouveau interrogés par le FBI.

Malgré son antipathie évidente pour le prélat, Gibelain crut l'homme sur parole. Il était sûr que, en vrais professionnels, Sean et son équipe avaient étudié toutes les hypothèses et vérifié chaque piste. Il se promit de relire leurs comptes rendus dès son retour au 26, Federal Plaza.

– Très bien. Et quelle fut alors la réaction du cardinal devant la suspicion et la semonce de l'archevêque ?

– Comme vous pouvez l'imaginer. Traumatisé et meurtri dans son amour-propre.

– À quel point ? poursuivit Gibelain.

– Qu'entendez-vous par là, commissaire ?

– Je veux juste savoir si le cardinal s'est senti blessé dans son ego au point de...

Le prélat répondit aussitôt :

– Au point de nourrir un sentiment de vengeance meurtrière ?

Je vois très bien où vous voulez en venir. Sauf votre respect, vous avez vraiment un esprit tordu, commissaire.

Gibelain répondit en ricanant :

– Oui, et bien souvent par des gens comme vous.

Le bras du prélat agrippa l'accoudoir de son siège. Gibelain crut qu'il allait s'étouffer. Il inspira longuement et reprit l'échange :

– Admettons que je n'aie rien entendu. Nous avons également étudié cette monstrueuse hypothèse qui, à nouveau, fut écartée par le FBI, mais vous n'êtes pas obligé de me croire sur parole. Je vais donc vous remettre une copie du document que nous avons remis aux fédéraux.

Le prélat chuchota doucement un mot à l'oreille de l'aspirant qui se tenait à l'écart depuis le début de l'entretien. Il fit un signe de la tête et sortit précipitamment du petit salon. Les propos du prélat se firent alors plus hargneux :

– Commissaire, vous devriez davantage communiquer avec vos collègues américains avant de venir nous persécuter avec vos questions inquisitrices. À moins que vous n'y preniez un certain plaisir, ce qui ne m'étonnerait pas, compte tenu de votre appartenance.

– De quoi voulez-vous parler ? répondit faussement Gibelain.

– S'il vous plaît, commissaire. Ne me faites pas l'injure de croire que nous ne nous sommes pas renseignés à votre sujet. Pensez-vous que nous aurions ignoré longtemps que vous appartenez à cette société secrète que reste la franc-maçonnerie ?

– Société discrète, corrigea Gibelain.

– Allons, cher commissaire, ne jouez donc pas sur les mots. Votre ordre, que vous vous plaisez à décrire comme un beau système de moralité voilé, est en fait la plus puissante force privée dans le monde. Sous couvert d'une soi-disant organisation sociale, nous savons que l'ordre maçonnique se consacre à l'étude ainsi qu'à l'application des rituels les plus occultes de l'histoire des hommes.

Silencieux, Gibelain écoutait, ravi de connaître enfin la pensée d'un dignitaire de l'une des organisations les plus rigides qui soit. L'homme de l'Opus Dei continua sur sa lancée :

– Le vrai visage de votre société secrète n'est révélé qu'aux initiés des hauts grades. Là, tous comprennent que la franc-maçonnerie est synonyme de panthéisme où tout est en Dieu et Dieu en tout. Sachez, commissaire, que votre conception de la déité qui a voyagé de Babylone à l'Inde apparaît, pour les fidèles que nous sommes, comme une négation du Dieu et de la révélation divine dans laquelle les vrais chrétiens cultivent la vraie foi.

– Continuez, fit Gibelain laconiquement.

– Laissez-moi vous citer les propres mots de l'un des vôtres et vous comprendrez à quel point les Saintetés papales Clément XII, Pie IX et Léon XIII ont eu raison de vous excommunier car nous connaissons votre intention d'abattre le christianisme.

Il ajouta :

– Vous avez d'ailleurs failli réussir en 1976 quand le Vatican s'est vu infiltré puis ruiné par la Loge P2. Je ne suis pas près d'oublier le travail de sape des frères Sindona, Calvi et Gelli qui manipulèrent en expert les cardinaux Casaroli, Poletti, Villot et Marcinkus. Il nous a fallu des années pour nous reconstruire financièrement.

Exaspéré par tant de propos obscurantistes et haineux, la réponse de Gibelain fut immédiate :

– Vous mélangez tout. Le scandale auquel vous faites référence n'a rien à voir avec une machination ou un complot. Ce n'était qu'un conflit entre des ego avides de pouvoir comme vous en avez sûrement dans ces murs.

– Croyez-vous ? C'est le souverain grand inspecteur du rite écossais ancien accepté de la juridiction du Sud des États-Unis, Albert Pike en personne, qui affirmait qu'« une partie des symboles est divulguée à l'initié, mais ce dernier est intentionnellement induit en erreur. On ne veut pas qu'il les comprenne. Leur vraie explication est réservée aux érudits, aux princes de la maçonnerie »... Pourriez-vous alors m'expliquer pourquoi il existe tant de mystères et de fausses pistes si le propre de vos symboles est innocent ?

Il reprit :

– Laissez-moi encore vous citer deux autres exemples pour vous démontrer combien la franc-maçonnerie est quelque chose de dangereux. Votre pentagramme, cette étoile à cinq branches que vous vénérez, saviez-vous qu'elle servait de charme magique parmi les gens de Babylone et qu'elle était aussi utilisée comme support médiumnique pour apporter la guérison et la bonne fortune ? Enfin, commissaire, cet œil que l'on retrouve dans vos loges est un symbole présent dans l'hindouisme, le bouddhisme et dans d'autres cultes aussi étranges que malsains. Eh bien, laissez-moi vous affirmer que les cercles de magie l'utilisent comme lien privilégié de connexion avec certaines entités extradimensionnelles de notre monde.

Le retour de l'aspirant mit fin aux propos antimaçonniques du prélat. Celui-ci, contrarié de voir son discours de propagande interrompu, lui arracha des mains le dossier dans lequel figurait la copie du rapport d'enquête interne. Il remit brutalement le document à Gibelain qui ouvrit le dossier et en parcourut la première page. Le commissaire pesta intérieurement quand il vit que celle-ci était rédigée en anglais mais se rassura en pensant que ce ne serait pas la mer à boire que Sean lui trouve un moyen d'obtenir la traduction exacte dans la langue de Molière.

Le prélat jeta un coup d'œil à sa montre et déclara :

– Commissaire, je pense vous avoir tout dit et, dans le cas contraire, vous trouverez toutes les réponses à vos questions dans les pages que nous vous avons remises à l'instant. Si vous n'y voyez pas d'objection, puis-je maintenant prendre congé de vous ? L'aspirant ici présent vous raccompagnera.

Gibelain hocha la tête en signe de réponse. Le prélat se leva immédiatement mais, à l'instant où il franchissait la porte, Gibelain l'interpella :

– Monsieur Rossi ?

Le prélat sursauta, coupé net dans son élan. Le commissaire poursuivit :

– Peut-être seriez-vous intéressé de savoir que la police française a déjà identifié le meurtrier de monseigneur de Payen, grâce, notamment, à l'une de mes perquisitions sur Paris.

Gibelain s'interrompit puis insista ironiquement sur sa dernière phrase :

– Comme quoi, aujourd'hui, un franc-maçon conspirateur et hérétique peut être précieux pour l'Opus Dei.

Et il conclut, en ricanant :

– Les temps changent, n’est-ce pas ?

Un instant figé, le prélat inspira profondément et sortit d’un pas vif sans se retourner.

Malgré la chaleur étouffante qui régnait dans la rue et le bruit agressif des avertisseurs sonores, le commissaire éprouva une vive satisfaction dès que l’aspirant eut refermé la porte du bâtiment de l’Opus Dei derrière lui. C’était comme si, soudainement, il s’était débarrassé d’une cuirasse de plomb qui écrasait depuis des siècles les cœurs et les esprits. Il jeta un coup d’œil tout autour de lui sans trouver la moindre trace de l’agent qui l’avait déposé auparavant. Un furtif regard à sa montre l’avertit que son entretien avait fini plus tôt qu’il ne l’avait supposé. Sean ne serait pas là avant une bonne trentaine de minutes.

Pour tuer le temps et retrouver la fraîcheur artificielle de l’air conditionné, il se décida à aller boire un cappucino au petit bar italo-américain du coin de la rue. En chemin, il alluma instinctivement son téléphone portable et fut tout surpris d’y trouver un message de Macabone. Sur un ton emporté dans lequel il dissimulait difficilement son excitation, le Corse l’informa de la confirmation de l’enregistrement d’un certain Faruq al-Assad sur un vol Madrid-Paris. Gibelain décida immédiatement de rappeler le divisionnaire Macabone et composa aussitôt son numéro personnel. Dès la première sonnerie, le Corse décrocha :

– Dieu merci, Gibelain, vous avez eu mon message. Écoutez-moi bien, il y a du nouveau et les choses se précipitent. Nous venons d’avoir confirmation par les Espagnols de l’arrivée prochaine à Roissy de notre principal suspect. Je ne vous fais pas un dessin. Nous avons, à tout casser, quarante-huit heures pour boucler cette affaire. Alors expédiez-moi vos blablas et autres conférences au sommet et rappliquez *fissa.*

– OK, patron. Je fais au plus vite.

Macabone poursuivit :

– Autre chose. Matignon tient à ce que les Américains soient présents mais seulement en tant qu’observateurs. C’est nous qui dirigeons toute l’opération, le RAID est déjà averti.

– Parfait, déclara Gibelain.

– C’est pas tout, enchaîna le divisionnaire. Il y a deux heures de cela, nous avons reçu un message secret défense nous informant de l'arrestation à Sarajevo de deux membres de la garde personnelle du dignitaire chiite irakien Moqtada al-Sadr. Ils arrivaient de Téhéran.

Gibelain se racla la gorge :

– Patron, c'est du sérieux. Faruq al-Assad, alias Jalâl ben Sabbah, a dû déjà rassembler une armée d'islamistes et il est à parier que l'essentiel de son comité d'accueil est sur place, armé et prêt à tout. S'ils sentent la moindre menace autour d'eux, ils tireront dans le tas et bonjour le carnage.

– C'est pour ça que vous allez filer à JFK et tenter d'embarquer dès ce soir. Faites vite, ça urge, Gibelain.

Macabone mit fin brutalement à leur conversation. Le commissaire principal appela dans la foulée Sean O'Grady et le mit au courant des faits. L'agent du FBI lui confirma qu'ils prendraient tous deux un vol de nuit et dépêcha immédiatement quelqu'un pour venir le chercher.

Gibelain savait qu'il n'avait que peu de temps pour faire sa valise et prendre une bonne douche. Sitôt leur conversation achevée, il téléphona à Christiane et n'obtint que son répondeur. Il lui laissa un long message l'informant de son obligation de rentrer en France dans les plus brefs délais. Il lui mentionna qu'il souhaitait la revoir et insista sur le fait qu'il l'inviterait chez Maxim's à l'occasion de son prochain passage à Paris, puis il lui communiqua ses coordonnées téléphoniques personnelles et son adresse rue du Temple. À l'instant où il raccrochait, la voiture du FBI, toutes sirènes hurlantes, s'engagea dans la rue et s'immobilisa devant lui. Il ouvrit nerveusement la portière avant, conscient qu'une implacable course contre la montre venait de s'engager.

Madrid
12 mai, 8 heures

Trois heures plus tôt, Jalâl était arrivé dans la capitale espagnole en provenance d'Amérique centrale. Le voyage avait été long et pénible et le décalage horaire l'avait épuisé mais, malgré les mauvaises nouvelles initiales, il se félicitait de la tournure récente prise par les événements.

Non seulement les médias américains ne faisaient aucune mention de progrès dans l'enquête du meurtre de l'archevêque mais, mieux encore, Jalâl venait de recevoir confirmation de l'arrivée de quatre de ses binômes et de leurs « bagages » depuis le Maroc, l'Algérie et la Tunisie.

Cela avait largement contribué à le rassurer. Il allait pouvoir bientôt déclencher ses attentats et tenter d'éliminer dans le même temps l'officier de police responsable du démantèlement de sa plus importante cache d'armes. Grâce à son contact de la préfecture de Paris qu'il rémunéra copieusement, il avait obtenu de précieuses informations sur celui qu'il considérait comme sa plus sérieuse menace. En relisant les états de service du commissaire principal, il fut convaincu qu'il lui fallait éliminer physiquement ce Jean Gibelain avant de déclencher la moindre attaque.

En dépit de son impulsion meurtrière, Jalâl hésita à prendre la décision de tuer le policier de ses propres mains. Sa disparition ou sa capture aurait la plus catastrophique des conséquences sur la cause des Martyrs d'Alamut. Tarek lui facilita alors la tâche en arguant que cela lui procurerait un excellent entraînement. Convaincu, Jalâl eut un sourire carnassier en lui remettant l'Aek.

Paris
9 h 10

Grâce aux comprimés de mélatonine, nom chimique de l'hormone du sommeil, que Sean avait achetés au drugstore, Gibelain put dormir quelques heures dans l'avion. Ils arrivèrent ainsi relativement frais et dispos au Quai des Orfèvres où Macabone les attendait avec une impatience non dissimulée.

Ils eurent tôt fait de vérifier l'identité de Faruq al-Assad sur les images vidéo envoyées par les services de sécurité lors de son débarquement à Madrid en provenance de Managua.

Gibelain pensa que le terroriste avait délibérément choisi le Nicaragua afin d'éviter les zones sensibles comme le Venezuela et la Colombie où les narcotrafiquants étaient en permanence surveillés par les agents du *Drug Enforcement Agency*.

Le reste de la journée fut occupé à peaufiner, avec les équipes du RAID, les modalités d'interception de Faruq al-Assad ainsi qu'à établir toutes les éventualités de neutralisation potentielle des Martyrs d'Alamut.

Gibelain savait qu'il marchait sur des œufs, car des échanges de coups de feu dans un aéroport international feraient inévitablement un nombre considérable de victimes. Il avait conscience qu'il mettait en jeu autant sa carrière que les projets de retraite paisible de Macabone sur l'île de Beauté. Pour limiter les dégâts, il suggéra alors à son divisionnaire de faire pression auprès du ministre des Transports en personne.

Il s'agissait pour Gibelain de faire en sorte que le vol de Madrid du lendemain puisse arriver au niveau du terminal 2E d'Air France, celui qui, quelques années auparavant, avait tragiquement fait parler de lui et dont l'origine de l'effondrement ne fut jamais identifiée. Malgré des centaines de millions d'euros dépensés à reconstruire les structures de métal, de verre et de béton de l'imposant édifice, les Aéroports de Paris ne se décidèrent jamais à rétablir une pleine circulation des voyageurs dans les couloirs luxueusement remaniés. Toute l'équipe approuva l'idée de Gibelain, consciente que si une fusillade devait éclater, il serait préférable qu'elle ait lieu dans une enceinte où les passagers ne se marcheraient pas dessus.

Macabone décrocha le téléphone et brancha immédiatement le haut-parleur. En quelques instants, le ministre adhéra à la proposition et l'assura que le vol serait détourné vers le terminal retenu par le commissaire principal.

Ils se concertèrent une dernière fois avant de se donner rendez-vous pour le briefing du lendemain matin.

Paris
13 mai, 10 h 22

Jalâl jeta un coup d'œil par son hublot et fut heureux de constater que l'Airbus entamait sa descente vers Paris. Une fois de plus, il remercia l'esprit d'Hassan ben Sabbah de veiller sur la mission des Martyrs d'Alamut et se félicita de la parfaite organisation qu'il avait élaborée.

Quelques heures auparavant, il avait reçu confirmation par le fonctionnaire de la préfecture de Paris qui lui servait de taupe que son arrivée sur le sol français se ferait sans la moindre difficulté.

Depuis des mois, en effet, le groupe terroriste faisait régulièrement pression sur un agent de la police des airs et des frontières d'origine algérienne dont les vieux parents résidaient dans une zone contrôlée par le Groupe islamiste armé. Jalâl avait su obtenir des islamistes sunnites qu'ils épargnent le couple de personnes âgées et avait proposé à leur fils aîné l'odieux marché qui consistait à échanger leurs vies contre sa soumission sans condition. Depuis, déchiré, ce dernier servait la cause des Martyrs d'Alamut qui profitaient des semaines de faction de leur victime pour passer, sans être inquiétés, les formalités de débarquement à son guichet, comme Jalâl s'apprêtait à le faire maintenant.

Ses années de lutte contre le redoutable service du Mossad lui avaient enseigné à se tenir en permanence sur ses gardes et d'imaginer toutes sortes d'attaques au moindre de ses déplacements. C'est pourquoi il ne sortait jamais sans une arme à portée de main.

Grâce à la complicité forcée de l'agent de la PAF, Jalâl avait pu faire embaucher l'un de ses agents féminins comme femme de charge. Elle avait l'ordre de remettre à Tarek et à lui-même leurs Aek ainsi que deux grenades, avant qu'ils ne remplissent leurs formalités de débarquement. Les deux terroristes avaient convenu de gagner séparément les toilettes du terminal sitôt sortis de l'Airbus. Tarek précéderait Jalâl d'une dizaine de mètres pour lui ouvrir la voie tout en se tenant prêt à faire face à une quelconque menace.

L'avion s'immobilisa et les deux islamistes furent parmi les premiers passagers à descendre. Bien que marchant côte à côte, ils agirent l'un vis-à-vis de l'autre comme de parfaits étrangers.

En sortant du couloir de verre, Tarek entra dans les toilettes hommes tandis que Jalâl feignait de rechercher son passeport au fond d'un sac de voyage. Puis il entra dans le local à l'instant même où Tarek ressortait. Ce dernier renouvela alors le même rituel en prenant toutefois le temps de bien ajuster son large blouson en cuir sous lequel il dissimula l'Aek.

Jalâl pénétra à son tour dans la salle où une jeune femme s'évertuait à faire étinceler les robinets des massifs éviers. Dans le miroir, elle lui fit un bref signe de la tête, l'informant ainsi que la pièce était vide. Jalâl s'engouffra dans le premier réduit et sortit du sac sa parka en Gore-Tex pendant que la femme de charge glissait d'un geste vif sous la porte une petite pochette en toile. Il déroula celle-ci et rangea dans sa poche gauche une grenade à fragmentation puis il arma son pistolet automatique et abaissa aussitôt le cran de sûreté.

Il ressortit des toilettes et retrouva Tarek qui finissait de ranger son téléphone cellulaire dans un luxueux sac de marque. L'islamiste avait continué de jouer, devant les premiers passagers, le rôle d'un nabab des Émirats arabes unis en quête d'un cheval de course auprès d'un haras normand.

Les deux terroristes s'engagèrent ensuite sur le long escalator, accompagnés par la femme de charge dont la ceinture d'explosifs faisait discrètement saillir la blouse de travail. Astucieusement fixée sous son chariot, la flambante AK 47 que Jalâl lui avait ordonnée d'emporter était prête à servir.

Dehors, dans le parking de l'aérogare, les islamistes de son premier binôme l'attendaient depuis une vingtaine de minutes dans leur 4 × 4 BMW. Le plus jeune des deux, installé à l'arrière du véhicule, emboîta la seconde partie du lance-roquettes RPG 7 D posé sur ses genoux.

Une sourde angoisse saisit brutalement Gibelain à la gorge. Depuis quelques minutes, il n'arrivait plus à détacher ses yeux des caméras de surveillance qui suivaient le trajet de Faruq al-Assad.

Quelque chose ne tournait pas rond mais il était incapable de préciser quoi. Son instinct de survie avait beau lui clamer qu'un danger se précisait devant lui, il n'arrivait pas à l'identifier.

– Repassez-moi les images de la sortie d'avion, insista-t-il, conscient qu'il ne disposait plus que de quelques minutes avant l'arrivée du terroriste au bureau du fonctionnaire de la PAF.

Gibelain fixa intensément l'écran et observa son suspect au moment où celui-ci entrait dans les toilettes. Il compta le nombre de secondes où le terroriste fut absent et le détailla quand il ressortit sans noter la moindre anomalie.

Un homme, téléphone portable à la main, semblait engagé dans une grande conversation qu'il interrompit soudainement quand Faruq al-Assad le croisa en prenant la direction de l'escalator de sortie. Gibelain s'étonna que l'homme lui emboîte le pas, aussitôt suivi par une femme de charge sortie, elle aussi, du même endroit que les deux hommes. La synchronisation de l'ensemble lui apparut trop parfaite pour laisser croire à une quelconque coïncidence.

En visionnant la scène au ralenti, le sixième sens de Gibelain clignota de plus en plus fort, et soudain, il comprit : Faruq al-Assad alias Jalâl ben Sabbah était venu en renfort. Le commissaire sut alors qu'il ne se laisserait pas prendre sans combattre. Il hurla dans son Renabec d'interrompre la sortie des passagers du vol de Madrid et d'isoler le terminal, puis il se précipita en courant vers les guichets de la PAF, entouré des policiers du RAID.

Jalâl marchait d'un pas vif, décidé à passer les formalités de police au plus vite car le temps à Paris lui était compté. Il s'octroyait un délai maximal de deux jours pour régler ses affaires avant de lancer ses attentats sur Londres et sur Rome. Au fur et à mesure qu'il se rapprochait de la sortie, il gardait avec difficulté son sang-froid. Même la présence armée de Tarek et de Zaka ne suffisait plus à le rassurer. Il était incapable d'expliquer quelle pouvait être la raison concrète de son malaise. Renonçant à s'interroger davantage, il incrimina d'emblée l'étrange atmosphère de claustrophobie qui se dégageait du long couloir en verre dans lequel ils cheminaient en silence.

Jalâl se tourna vers Tarek et Zaka et s'aperçut qu'aucun passager ne suivait leur groupe. Il était pourtant persuadé d'avoir vu, en quittant les toilettes, une dizaine de personnes quelques mètres derrière lui. Inquiet, il ordonna immédiatement à son homme de main de faire marche arrière et d'aller s'enquérir de l'éventuel motif de cette absence. Tarek partit en courant, tandis que Zaka appliquait sa main sur son ventre et vérifiait, une ultime fois, que son détonateur était opérationnel. L'islamiste revint aussi vite qu'il était parti et confirma à Jalâl qu'il avait aperçu un barrage de policiers à distance.

Les trois terroristes se concertèrent pendant quelques secondes et décidèrent de profiter de la présence des premiers passagers pour tenter de franchir les locaux de la PAF. Jalâl estimait qu'ils avaient une petite chance pour que la police n'ouvre pas le feu sur eux tant qu'il y aurait quelques civils à leurs côtés. Déterminés, ils reprirent tous leur marche d'un pas plus alerte.

Gibelain fixa une ultime fois son écouteur transmetteur et donna ordre aux hommes du cordon arrière de la PAF de se mettre en mouvement. Il était décidé à refermer au plus vite la nasse dans laquelle il venait d'enfermer les trois islamistes. Son unique crainte était de voir les terroristes livrer combat à proximité de la consigne des bagages. Il lui fallait donc les intercepter avant qu'ils ne sortent du périmètre de la police de l'air et des frontières. Il réfléchit une fraction de seconde et prit sa décision :

– OK, les gars, on se met en route.

L'écouteur de Gibelain grésilla soudainement :

– Commissaire, les suspects viennent de faire une halte. Nous confirmons qu'ils sont armés et attendons vos ordres.

Il répondit sans hésiter :

– On les intercepte et, à la moindre hostilité, on les neutralise.

Le commissaire sortit le Glock 18 de son holster avant de faire jouer la culasse du pistolet automatique d'un mouvement sec. Il sortit du local à glace sans tain qui surplombait les postes de la PAF à l'instant même où les islamistes débouchaient de l'escalator de service. En arrivant à la hauteur de la zone des formalités, Jalâl perçut qu'un piège redoutable venait de se refermer sur lui. La seule chance qu'il lui restait était que Tarek et Zaka ouvrent la voie en faisant un usage massif de leurs armes et que leurs coups de feu puissent alerter le second binôme. Il les briefa en quelques secondes puis il lança brutalement son attaque.

Gibelain comprit que le pire venait de se produire quand il reconnut la rafale caractéristique de l'AK 47. Il hurla dans son microémetteur :

– Code rouge, je répète, code rouge. À toutes les équipes, ordre de neutraliser immédiatement les assaillants. Demandez une assistance médicale et prévenez *illico* le ministère de l'Intérieur.

Les tirs semblaient se concentrer sur la guérite de gauche de la PAF. Gibelain aperçut le fonctionnaire de police qui déchargeait son arme de service à intervalles réguliers. Ses coups devaient être relativement précis car, à chacune de ses interventions, les tirs des assaillants baissaient en intensité.

Quelques civils couchés se tenaient les mains et tremblaient de tous leurs membres. Allongée en faisant rempart de son corps sur un jeune enfant, une femme hurlait et commençait à basculer dans une crise d'hystérie. L'instinct de Gibelain l'avertit qu'elle allait se relever, malgré le feu nourri qui persistait dans sa direction. Il ordonna immédiatement :

– Équipes A et B, couvrez-moi.

Les six policiers du RAID firent feu instantanément et un déluge de grêle s'abattit sur les terroristes dont le tir fut stoppé immédiatement pendant quelques secondes. Gibelain se lança brutalement et se réceptionna d'une roulade avant à hauteur de la jeune femme qui achevait de sombrer dans la panique. D'une poigne ferme, il la maintint plaquée sur le sol puis lui parla d'un ton calme mais autoritaire :

– Écoutez-moi bien. Vous allez ramper sans lever la tête jusqu'à la première rangée de fauteuils sur votre droite et vous n'y bougerez plus. Je suis à vos côtés avec votre enfant. Si vous faites ce que je vous dis, tout se passera bien. Alors, vous soufflez un bon coup et à trois, on y va. Vous êtes prête ?

La jeune femme sembla retrouver un minimum d'assurance et hocha la tête, apaisée.

Au même instant, il demanda un nouveau tir de couverture de la part de ses équipiers du RAID. Un bruit de rafales déchira à nouveau les couloirs de l'aéroport.

– OK, on gicle maintenant, lui lança-t-il.

Gibelain rampa aussi vite que possible poussant la jeune passagère de sa main droite et tirant l'enfant de son bras gauche. Au bout de quelques mètres, estimant qu'ils étaient en sécurité, il leur somma de ne plus bouger jusqu'à nouvel ordre.

Le tir de couverture des policiers du RAID avait cessé depuis quelques secondes. C'est alors qu'une violente explosion secoua le terminal, balayant les deux guérites de la PAF.

Gibelain hurla à nouveau :

– Équipes A et B, attaque de grenade, je répète, attaque de grenade. Planquez-vous.

Malgré la fumée et les débris qui volaient dans tout le hall, Gibelain aperçut le fonctionnaire de gauche qui engagea son dernier chargeur et ouvrit le feu tout en battant en retraite. Le commissaire comprit que l'homme essayait courageusement d'emporter le corps ensanglanté de son collègue. Il courut à demi courbé dans sa direction pour tenter de lui porter assistance, en vain. La rafale de l'AK 47 faucha le fonctionnaire en pleine course. Il s'abattit sans vie à moins d'un mètre de Gibelain. Le commissaire ferma les yeux du policier qui venait de tomber et prit le pouls du second :

– Dieu merci, celui-là est encore vivant, émit-il à voix haute pour se rassurer.

Il récupéra les chargeurs du blessé et saisit celui-ci par le col en le tirant vers le côté. Un lourd silence succéda alors à la violente explosion qui avait pulvérisé la zone de police. Gibelain savait que ce n'était que le calme précédant la tempête. Les terroristes allaient tenter une sortie, c'était inévitable.

Il ordonna :

– À toutes les équipes valides, tenez-vous prêts pour une percée.

Il venait à peine d'achever sa phrase que Zaka, un foulard vert autour du crâne et serrant son AK 47, fit son apparition parmi les décombres. Gibelain vit qu'elle arborait une ceinture d'explosifs :

– Tango 1 en approche, émit-il dans son microémetteur à l'intention du sniper du RAID posté trois mètres sur sa droite. Descendez-la aussi vite que possible car elle porte de quoi faire sauter tout le terminal.

Les deux coups secs du Remington partirent aussitôt. Le premier traversa le crâne de la femme terroriste et perfora son hémisphère cérébral droit, tandis que le second ouvrait une large corolle rouge dans sa poitrine, à hauteur de son sein gauche. Elle bascula immédiatement vers l'avant, telle une poupée désarticulée.

– Tango 1 abattu, répondit la voix dans l'écouteur de Gibelain.

Un cri de rage fit suite à la mort de la jeune islamiste et Gibelain eut juste le temps d'identifier trois bruits métalliques qui annonçaient que quelqu'un venait de dégoupiller plusieurs grenades. Le commissaire hurla de tous ses poumons dans le hall :

– Grenades, planquez-vous.

La première grenade ricocha à quelques mètres de lui et dégagea immédiatement une épaisse fumée qui l'asphyxia et le fit sangloter à chaudes larmes :

– Putain de fumigène. Repliez-vous, ordonna-t-il aux hommes du RAID.

Il s'efforça de faire marche arrière, son Glock à la main, en comptant mentalement le nombre de secondes qu'il lui restait avant les prochaines détonations. Il plongea au moment même où les deux explosions retentirent simultanément, faisant voler en éclats la baie vitrée du terminal et tordant les armatures métalliques des piliers de soutien. Un souffle chaud le souleva de terre et le projeta une dizaine de mètres plus loin. À moitié conscient et sourd, il parvint, malgré son état de commotion, à se redresser pour apercevoir Tarek et Faruq al-Assad en pleine course vers la sortie.

Gibelain cria dans son micro :

– Équipes 1 et 2 au rapport. Où en êtes-vous ? Un lourd silence fit écho à l'appel du commissaire.

– Équipes 1 et 2, quelles sont vos pertes ? Et merde ! cria-t-il avant de changer de canal et de se brancher sur celui de Sean et de l'équipe du FBI installée sur le parking de l'aéroport. Sean, nos suspects tentent de se faire la belle et seront sur toi dans quelques instants. Fais ultra gaffe car ils sont lourdement armés avec grenades et AK 47 et j'ai deux équipes au tapis sans compter les civils. Intercepte-les à tout prix. Je tâche de vous rejoindre au plus vite.

L'agent fédéral répondit aussitôt :

– OK, on prend le relais. Tout le monde est en place.

– Sean, surtout ne prends pas de risques inutiles. Dieu sait quels armements ils ont encore sur eux.

– Pas de problème.

Son bras gauche pendant, Gibelain se lança à la poursuite des deux islamistes dans un décor d'apocalypse. Partout gisaient des morceaux de verre et des débris de toutes sortes. À travers les vapeurs des fumigènes, il aperçut une boutique de souvenirs et de liqueurs qui achevait de se consumer.

Une ultime explosion ébranla l'aéroport du côté du département des douanes. Gibelain redoubla d'efforts dans sa course malgré la douleur qui irradiait dans son bras droit. En jetant un rapide coup d'œil à celui-ci, il comprit qu'il s'était partiellement déboîté l'épaule lorsqu'il avait été projeté par le souffle puissant des deux explosions successives. Des cris de terreur et de douleur résonnaient dans le grand hall tandis que des dizaines de blessés tentaient de gagner la sortie en titubant. Gibelain leur ordonna de rester sur place et leur affirma que les secours étaient en route. Il les informa aussi que des terroristes avaient investi la place et que, en se déplaçant à l'aveuglette dans toute cette confusion, ils avaient tout à craindre de prendre une balle perdue ou un éclat de grenade. La majorité d'entre eux se rallongèrent sans discuter.

Il se précipita vers la sortie et fit irruption dans le hall d'enregistrement au moment où Tarek et Faruq franchissaient la porte automatique donnant sur le parking extérieur. Maîtrisant sa douleur, Gibelain releva son bras gauche et tenta de maintenir son poignet droit. Il réussit péniblement à pointer le Glock vers les deux islamistes. Au même instant, un jeune couple paniqué vint se mettre dans sa trajectoire et l'empêcha de faire feu. Furieux, il gueula :

– Couchez-vous, nom de Dieu.

En entendant l'exclamation, Jalâl fit volte-face et reconnut le commissaire. Gibelain l'entendit alors crier en arabe à son homme de main :

– Tarek, abats-moi ce chien immédiatement !

Le terroriste fit feu, sans se soucier le moins du monde des quelques passagers indemnes qui tentaient de se réfugier dans le bar de l'aéroport. Au même instant, Gibelain plongea derrière une rangée de chariots remplis de petits containers métalliques. Il se réceptionna souplement en prenant appui sur son avant-bras gauche, pendant qu'une pluie d'impacts perforait le premier container. Le commissaire roula sur lui-même et hurla sans relâcher son arme quand son épaule meurtrie rebondit sur le sol. Malgré le mouvement de spirale qui l'entraîna, il parvint à fixer sa cible qui s'efforçait de recharger au plus vite. Encore en mouvement, Gibelain crispa sa main gauche sur son poignet droit et pressa fermement la gâchette du Glock. La rafale automatique fit mouche instantanément à hauteur du sternum du terroriste qui, sous l'impact de la puissance de feu, fut projeté contre la porte en verre automatique, la pulvérisant en mille morceaux, avant de s'affaler de tout son long.

Le commissaire se redressa et enclencha son deuxième chargeur de trente et un coups en vue d'un tir de saturation. Il enjamba le corps de l'islamiste avant d'entamer un sprint olympique derrière Faruq al-Assad. Dans un rythme endiablé, il manqua une dizaine de fois de se faire renverser en slalomant dans la gigantesque pagaille de taxis et de voitures particulières qui s'évertuaient en vain à quitter le piège infernal du terminal 2E.

Faruq, à deux reprises, fit feu au jugé dans sa direction. Gibelain se plaqua instantanément contre le pilier en béton qui lui faisait face. Abaissé et maintenant avec fermeté son poignet et le Glock, il entendit le sifflement des balles qui s'écrasèrent quelques centimètres au-dessus de lui. Il invectiva le terroriste, bien décidé à le provoquer pour lui faire perdre son sang-froid :

– Manqué, espèce de sale con !

L'autre le maudit en crachant dans sa direction et détala de nouveau. Gibelain se redressa d'un coup et reprit sa course. Il était déterminé à profiter des quelques secondes que Faruq venait de gâcher pour réussir à le neutraliser.

Au fil des mètres parcourus, il commença à gagner sérieusement du terrain sur l'islamiste quand, soudain, il aperçut de l'autre côté de la rue une BMW 4 × 4 noire qui franchissait le trottoir et le longeait à tombeau ouvert, pulvérisant tout sur son passage. Une pluie de bagages, caddies et autres enseignes publicitaires s'abattit en une traînée de projectiles sur la longue rangée de limousines de luxe et les endommagea sérieusement. Le commissaire émit un soupir de soulagement en constatant que les chauffeurs avaient eu le temps et la présence d'esprit de se réfugier sous leurs véhicules.

Il tira deux coups de feu en l'air dans l'intention d'effrayer et d'immobiliser les quelques passagers inconscients ou téméraires qui s'apprêtaient à sortir des halls situés sur le trajet de la voiture folle. Quand le 4 × 4 le dépassa sur sa droite, Gibelain distingua nettement le passager qui entrebâilla la portière arrière. Son sang se glaça quand il reconnut la forme du lance-roquettes antichar que celui-ci pointait vers le bus d'Air France bondé à craquer, posté juste devant lui ! S'il ne descendait pas dans l'instant cet enfoiré d'islamiste, Roissy et ses environs ne seraient bientôt plus qu'une gigantesque boucherie.

Il pria le Grand Architecte de l'Univers de lui accorder un miracle. Le Divin dut lire dans ses pensées car, en écrasant un convoi de tire-bagages, le véhicule tout-terrain fut soudainement pris de violents soubresauts qui empêchèrent le tireur de faire feu.

En une fraction de seconde, Gibelain s'immobilisa à découvert et rassembla tout ce qui lui restait de concentration puis, sans trembler, il pressa la détente du Glock en expirant le plus profondément possible. Son tir explosa la lunette arrière de la BMW et ravagea le thorax du terroriste. La précision des impacts du calibre 9 mm concentrés sur les quelques centimètres carrés de la poitrine du tireur réduisit brutalement en bouillie son aorte et son artère sous-clavière. Un jet de sang sous pression aspergea le conducteur et le pare-brise tandis que le corps du terroriste et son RPG 7 basculaient en arrière et étaient éjectés sur la chaussée.

Gibelain courut dans leur direction et ramassa le lance-roquettes portatif avant qu'il ne soit écrasé par le bus, dont les passagers effrayés hurlaient au conducteur de démarrer. Suivant la BMW des yeux, il pointa alors le lanceur sur le 4 × 4. Le conducteur se mit à entamer une série de zigzags, pulvérisant au passage un Abribus, et ralentit à hauteur de Faruq al-Assad. Ce dernier s'engouffra dans le véhicule par la portière arrière laissée béante.

Gibelain hésita un millième de seconde à déclencher le tir du RPG sur le véhicule des islamistes. Au moment où son doigt allait presser la détente, il aperçut les deux Toyota Land Cruiser de l'équipe du FBI qui remontaient la voie en sens inverse et qui s'immobilisèrent de travers pour faire barrage à la BMW. Sean et les fédéraux jaillirent de leur véhicule et ouvrirent sans sommation un feu d'enfer.

Gibelain s'allongea aussitôt de tout son long et sourit en imaginant que cela serait trop con de se retrouver dans la rubrique des dégâts collatéraux.

Loin de ralentir, la BMW accéléra de plus belle et percuta avec grande violence les véhicules des fédéraux, projetant Sean et ses hommes sur le trottoir.

– Putain de merde ! s'exclama alors Gibelain en constatant que le véhicule des islamistes, transformé en passoire et le radiateur fumant comme une vieille locomotive, poursuivait néanmoins sa course.

Un courant d'adrénaline le submergea et eut raison de sa douleur et de son épuisement. Il se releva, le RPG à la main, et se mit à poursuivre, en courant comme un dératé, la BMW dont le radiateur agonisa trois cents mètres plus loin. Le conducteur sortit alors précipitamment, armé d'un AK 77, tout en couvrant la fuite de Faruq al-Assad qui prit aussitôt place dans un taxi Mercedes sans chauffeur. Il démarra en trombe, abandonnant son comparse à son sort. Gibelain eut juste le temps de pousser un juron en reconnaissant le célèbre fusil d'assaut des forces spéciales russes que le terroriste pointa dans sa direction. Il savait que l'arme conjuguait une redoutable puissance à une précision exceptionnelle. En des mains expertes et malgré son gilet pare-balles, il n'avait aucune chance de s'en tirer vivant.

Le Grand Géomètre de l'Univers devait malgré tout veiller sur lui ce jour-là car un fourgon blindé de la Brink's, ayant échappé à la gigantesque panique provoquée par l'attaque terroriste, stoppa net à la vue de l'islamiste braquant son arme. Gibelain se faufila instantanément derrière la camionnette blindée et fixa sur son épaule intacte les sept kilogrammes du lance-roquettes. Il s'abaissa quand le terroriste décida de s'éloigner de son véhicule en lâchant des rafales au coup par coup, sans réelle précision. Il régla la lunette télescopique sur l'arrière du 4×4 et pressa la gâchette du lanceur. La poussée du projectile propulsé soudainement à la vitesse de 177 mètres par seconde le renversa sur place. Il eut toutefois le temps d'apercevoir les yeux écarquillés de terreur de l'islamiste avant que celui-ci ne disparaisse, englouti par un geyser de feu qui projeta la BMW plusieurs mètres en hauteur tout en la déchiquetant.

Gibelain se releva et jeta à terre le lance-roquettes inutile. Il sortit de son holster son Glock 18 et se précipita dans la direction de la Mercedes, mais il baissa rapidement les bras de dépit. Le chef des Martyrs d'Alamut venait de lui filer entre les doigts. Il rengaina son arme et ordonna alors, sans grande illusion, l'installation de barrages tout autour de Paris, puis il partit porter secours à Sean qui gisait au sol, le bras droit fracturé. Une équipe de secouristes s'affairait à lui poser délicatement une attelle. À leurs pieds, un médecin pompier injecta une ampoule de morphine à l'un des fédéraux qui, le bassin fracturé, grimaçait de douleur.

Un paysage de fin du monde s'anima tout autour de Gibelain. Dans une cacophonie monstrueuse, des dizaines d'ambulances tentaient d'accéder au terminal, tandis que des équipes du SAMU couraient dans toutes les directions auprès des blessés.

Dans un coin de l'aéroport, une petite chapelle ardente avait été établie. Gibelain compta quatre corps et reconnut l'uniforme d'un homme du RAID. Il pensa aux équipes des policiers d'élite qui n'avaient plus donné signe de vie après l'explosion qui lui avait déboîté l'épaule. Tant de vies balayées en si peu de temps ! Gibelain désespéra du monde et de la folie des hommes. Une chape de plomb et de tristesse s'abattit sur lui et l'énoncé de sa lettre de démission se précisa dans son esprit quand il se décida à appeler Macabone. En composant le numéro de son supérieur, il émit un sourire crispé en se souvenant des mots du Corse qui, peu de temps auparavant, le prédestinait au poste de commissaire divisionnaire. Le séjour parisien de Macabone allait très probablement se prolonger plus qu'il ne le souhaitait et quant à lui, Gibelain, il venait de s'offrir un aller simple au placard de service, mais que pouvait-il espérer d'autre après un tel désastre ?

Résigné, il décrocha son téléphone portable et exposa son fiasco sanglant au commissaire Macabone.

Rosny-sous-Bois
11 h 49

Jalâl abandonna le taxi devant l'entrée de la gare, il s'engouffra immédiatement dans le RER de la ligne B et descendit à l'arrêt Notre-Dame.

Pour la première fois de sa vie, il ne savait plus que faire et se sentait comme un boxeur KO debout. En l'espace de quelques heures, en effet, la moitié de ses binômes avait péri et leur perte compromettait définitivement les attentats du métro parisien qu'il avait mis tant de mois à préparer.

Il était conscient que cet échec venait à la fois de lui faire perdre la face et d'entamer la crédibilité des Martyrs d'Alamut aux yeux de la nébuleuse islamiste internationale, mais le serment qu'il se fit d'égorger Gibelain de ses propres mains apaisa sa rage et raviva son fanatisme.

Netsah

Londres
3 septembre 1658

Perdu dans ses souvenirs, Elias Ashmole, ancien contrôleur du matériel militaire du roi, maudit à nouveau cette journée du 24 juin 1646. Après plusieurs années d'une longue guerre civile qui avait opposé le Parlement aux royalistes, Oxford venait de tomber aux mains des troupes d'Oliver Cromwell.

Vaincus et impuissants, Elias et les cavaliers assistèrent alors aux saccages d'une partie de la fière capitale du roi Charles Ier en fuite vers l'Écosse. À la vue des incendies qui ravageaient la ville et ses environs, ils ne se firent aucune illusion sur le sort qui les attendait. Cromwell et ses féroces soldats, qui, en raison de la forme de leurs casques, étaient surnommés « Têtes rondes », avaient juré de purifier l'Église d'Angleterre de tous les catholiques, et les flammes qui maintenant dévoraient les chapelles de l'orgueilleuse cité en étaient les toutes premières manifestations.

En ces jours de fin de règne, Elias ne dut son salut qu'à son appartenance maçonnique. Le 16 octobre 1645, il fut, en effet, initié dans la Loge de Warrington en compagnie du colonel cromwellien Mainwaring. Ce dernier, au nom du devoir d'assistance que se portent tous les francs-maçons en situation de danger, le prit immédiatement sous sa protection et lui octroya le privilège de pouvoir résider à Londres, malgré l'acte du Parlement qui interdisait à tous les ex-officiers royalistes de s'approcher du bastion parlementariste à moins d'une trentaine de kilomètres.

Grâce à la franc-maçonnerie, seul ordre fraternel au sein duquel un royaliste catholique pouvait, sans crainte ni haine, côtoyer un cromwellien puritain, Elias sauva sa vie et, mieux encore, il l'enrichit.

Ses relations l'amenèrent à côtoyer puis à se prendre d'amitié pour le docteur John Wilkins, beau-frère et chapelain d'Oliver Cromwell, en dépit des événements tragiques qui précipitèrent la chute de la monarchie.

En effet, malgré l'aide des troupes écossaises, le roi Charles Ier avait été défait et capturé. Ramené à Londres pour être jugé et refusant d'admettre la légitimité de la Cour, il fut condamné comme ennemi de la nation et décapité en public le 30 janvier 1649.

Une fois l'Angleterre sous leur contrôle, les parlementaristes exigèrent alors de Cromwell qu'il soumette par la force l'Écosse et l'Irlande.

La haine des puritains se déchaîna sur les cités irlandaises de Drogheda et de Wexford avant d'embraser celles d'Écosse. La violence des Têtes rondes n'épargna aucun château royaliste ni aucune église catholique. Tous furent systématiquement réduits en cendres.

Bouleversé, Elias intervint auprès de ses connaissances maçonniques pour que l'on épargne quelques lieux de culte en Irlande, terre ancestrale du christianisme celtique pour lequel il se passionnait depuis peu. Il eut d'autant moins de difficulté à obtenir satisfaction qu'il était devenu, depuis son initiation en franc-maçonnerie, membre de l'Invisible College, une société de savants constituée d'astrologues, de mathématiciens et de médecins dont le but était d'approfondir les mystères cachés de la nature et de la science.

Après quelques démarches, il obtint du docteur Wilkins que l'abbaye de Kilkenny soit épargnée. Document officiel à l'appui, il dépêcha alors une missive aux cisterciens les assurant qu'ils n'avaient à craindre aucune exaction ni aucun massacre. Dans le même temps, il donna ordre à son messager de remettre à l'abbé le précieux parchemin signé de la main même d'Oliver Cromwell qui faisait de lui, Elias Ashmole, le protecteur de Kilkenny.

Pendant plusieurs années, le franc-maçon royaliste et le moine cistercien échangèrent une correspondance nourrie sur l'histoire du christianisme en Irlande. Elias passa des heures à relire les lettres de son protégé et à imaginer le cheminement de la doctrine du Christ en terre irlandaise après son introduction par saint Patrick, le premier saint historique et le dernier druide mythique de la verte Érin. L'abbé Kyle O'Connor lui révéla que, bien qu'aucune légion n'ait jamais occupé l'Irlande, le christianisme s'était développé dans le cadre administratif urbain de l'Empire romain, à partir de la monarchie locale, au Ve siècle, grâce encore à saint Patrick qui convertit la cour royale de Tara. La conversion du roi engendra l'apparition d'une littérature religieuse en latin, puis en gaélique, dans un pays connu pour sa tradition orale et dont les seuls textes écrits étaient auparavant destinés à la magie. Petit à petit, le nouveau clergé local hérita de l'ensemble des aptitudes intellectuelles et culturelles des druides et sut profiter de l'insularité de l'Irlande, du moins jusqu'aux premières invasions vikings du VIIIe siècle.

Ainsi, pendant que le reste de l'Europe plongeait dans les profondeurs de l'âge de fer, l'Irlande connaissait son âge d'or pour devenir rapidement l'un des plus grands carrefours de connaissances du monde chrétien.

L'Église celtique se diffusa alors de l'Irlande vers le pays de Galles, l'Écosse et le Nord de l'Angleterre. Ses prêtres s'installèrent dans les parties les plus sauvages de ces régions, fidèles en cela aux traditions cénobitiques et érémitiques des anciens druides. Leurs lieux de culte furent ainsi comme des avant-postes isolés où les religieux pouvaient affiner leurs vertus et faire preuve d'un ascétisme extrême. N'affirmait-on pas que les moines irlandais n'hésitaient pas à demeurer des journées entières, les bras en croix, sous un torrent d'eau glacée ?

Elias comprit immédiatement pourquoi le fondateur du moindre couvent était alors considéré comme un saint par les populations locales. De même, il perçut les raisons pour lesquelles Rome avait assimilé rapidement les particularismes druidiques du christianisme celtique à des marques d'hérésie. Parmi celles-ci, quelques-unes retinrent son attention. Ainsi, il s'étonna d'apprendre que, jusqu'au VIe siècle, la coutume locale exigeait que l'on associe des femmes à toutes les célébrations de messes. Malgré sa grande ouverture d'esprit, Elias fut néanmoins troublé quand il apprit que l'Église celtique ne croyait pas plus en l'Immaculée Conception qu'en la divinité de Jésus et qu'elle considérait que le péché originel pouvait être racheté par la volonté et les bonnes actions individuelles. Il ne fut pas pour autant surpris d'apprendre le peu d'estime que cette Église portait à l'apôtre Paul ainsi qu'à ses enseignements.

Plus troublante fut toutefois la révélation de l'abbé qui confirma à Elias que l'Église celtique conservait une datation de Pâques axée sur la pleine lune et le calendrier juif. Fasciné par les propos du cistercien, le franc-maçon lui adressa un courrier pour lui demander quelle pouvait être l'origine d'une telle décision. Il dut patienter plusieurs longues semaines avant de pouvoir obtenir une réponse à cette interrogation qui occupait intensément ses pensées. Lorsqu'il reçut enfin l'enveloppe parcheminée de l'abbaye, son impatience était à son paroxysme. Il donna l'ordre que l'on ne le dérange en aucune façon pendant plusieurs heures. Il tenait, en effet, à se consacrer à la lecture des informations de son ami et à les comparer aux écrits gnostiques traduits de l'araméen que lui avait prêtés, quelques jours auparavant, un adolescent brillant et membre, tout comme lui, de l'Invisible College, et répondant au nom d'Isaac Newton.

Les premiers mots de l'abbé emportèrent l'imagination d'Elias Ashmole quand il lui révéla que les anciens Celtes et Germains célébraient, avant l'arrivée du christianisme, une fête en l'honneur d'une déesse dont la datation variait selon les cycles lunaires. Les anciens Germains avaient coutume de désigner cette déesse sous l'appellation d'Ostara qu'ils donnaient aussi à l'ensemble des festivités en son honneur. Elias comprit alors immédiatement l'origine du terme anglais *Easter* qui désigne aujourd'hui la période des fêtes de Pâques. Le cistercien lui confirma ensuite que le christianisme celtique avait utilisé, pendant plusieurs siècles, un cycle de quatre-vingt-quatre ans qui faisait osciller la fête pascale entre le quatorzième et le vingtième jour de la lune. Mieux encore, il lui révéla que ce même cycle faisait coïncider la Résurrection avec la Pâque juive quand ce quatorzième jour tombait un dimanche. L'abbé concluait son passionnant courrier en informant Elias que, malgré l'absorption de l'Église celtique par Rome au synode de Whitby en 664, l'usage romain du cycle de dix-neuf ans ne fut définitivement adopté qu'au VIIIe siècle.

Fasciné, Elias passa les deux journées qui suivirent à consulter les documents du jeune Newton, sans avoir une idée précise sur ce qu'il cherchait. Ses recherches compulsives semblaient s'enraciner au plus profond d'une intuition qui apparaissait blasphématoire pour le catholique pratiquant qu'il était. Il n'arrivait pas, en effet, à chasser de son esprit la désagréable sensation que l'Église romaine avait su parfaitement utiliser, au cours des siècles, certaines traditions anciennes, avant de les rendre acceptables puis conformes aux conceptions et aux besoins du moment.

L'abbé ne venait-il pas de le lui démontrer par le plus criant des exemples avec la description des fêtes pascales ? Pendant quelques instants, sa foi fut ébranlée par un nombre sans fin d'interrogations, toutes plus dérangeantes les unes que les autres. Il se plongea aussitôt dans la lecture des ouvrages du jeune scientifique.

En détaillant ces derniers, il réussit à établir quelques parallèles déstabilisants entre l'Église celtique et l'Église de Jérusalem, ce qui ne fit qu'amplifier son malaise. Sa lecture lui révéla que l'Église des premiers chrétiens était directement issue de la communauté essénienne de Qumran. Il fut stupéfait d'apprendre que celle-ci, à l'image des premiers moines irlandais, avait reconnu d'emblée à Jésus la qualité de grand maître tout en niant farouchement la qualité divine du Sauveur.

Tous firent ainsi fi de l'Immaculée Conception et se réclamèrent ouvertement de cette croyance, ce qui leur valut à jamais l'hostilité de l'apôtre Paul et l'accusation d'hérésie formulée par l'empereur Constantin, lors du concile de Nicée en l'an 325. Elias savoura avec d'autant plus d'ironie l'acte d'accusation quand il apprit que Constantin le Grand, décrit par l'histoire comme « l'officialisateur » du christianisme, était demeuré fidèle au culte du dieu-soleil *Sol Invictus* jusqu'à son ultime soupir. Plus il dévorait les pages de l'antique ouvrage, plus Elias comprenait l'éclair de génie d'un empereur certes impopulaire mais profondément pragmatique. En l'an 325, divisé entre une partie occidentale dirigée par l'empereur Constantin et une partie orientale sous la coupe de l'empereur Licinius, l'Empire romain n'était plus que l'ombre de lui-même. Affaibli et incapable de rétablir la grandeur des siècles passés par la force ou les récompenses, Constantin avait imaginé alors, pour s'assurer de la fidélité du peuple, d'inclure sa propre personne dans les croyances de ses sujets. Il est vrai qu'il lui était urgent d'établir une véritable cohésion spirituelle dans un empire englué dans un vaste méli-mélo théologique où cohabitaient de nombreuses religions orientales fondées les unes dans les autres et interchangeables entre elles. Même les chrétiens, pourtant de plus en plus nombreux et influents dans l'empire moribond, se déchiraient entre eux sur la moindre différence de vue théologique. La solution de l'empereur fut simple et radicale : s'il voulait aboutir dans son grandiose projet, il devait obtenir le contrôle absolu du culte du Christ. Pour cela, il lui fallut d'abord éliminer son rival Licinius, assassiné sous le faux motif qu'il autorisait les persécutions des monothéistes, en violation de leur accord mutuel de protéger les libertés religieuses dans l'empire éclaté. Une fois débarrassé de cet obstacle, il supprima ensuite la menace de voir le christianisme se fragmenter en différents cultes en réunissant le premier concile chrétien de l'empire, et imposa, par sa présence, l'ensemble des discussions aux chefs de l'Église des contrées de l'Ancien Monde.

Elias Ashmole essaya d'imaginer quelles raisons, autres que la soif du pouvoir, avaient pu pousser l'empereur à faire aboutir un tel projet. Les idées se bousculèrent dans sa tête jusqu'à ce que la plus séduisante d'entre elles emporte son agrément. Il énonça alors une singulière hypothèse pour expliquer l'intérêt soudain de Constantin pour le christianisme.

Pour lui, cela ne faisait aucun doute, l'empereur concevait le Dieu des chrétiens comme une manifestation du *Sol Invictus* qu'il vénérait. Quant à la figure du Christ, quoi de plus normal pour un messie impérial que de se comparer au messie du Peuple élu ? Ainsi, au plus profond de lui-même, convaincu d'être à l'image de ce combattant du sacré que demeurait Jésus, l'empereur avait certainement dû croire s'engager dans une mission de guerre, dont la seule fin était d'imposer aux hommes le gouvernement de Dieu. Mais de quel Dieu était-il question ? s'interrogea silencieusement Elias, avant de renoncer à chercher plus loin que cet embryon de réponse qui faisait déjà vaciller sa croyance. Plus il poursuivait sa lecture, plus le doute prenait possession de lui.

Il sursauta en apprenant qu'Arius, prêtre d'Alexandrie, avait soutenu au concile de Nicée l'idée que Jésus-Christ était mortel et n'avait pu devenir divin que par ses actions, même si, après un échange d'arguments qui justifia un vote, son opinion fut condamnée et qualifiée par l'empereur d'hérésie ou d'œuvre du démon. C'est ainsi que de nombreuses « Écritures » furent mises à l'index et officiellement dissociées du reste de la croyance chrétienne en étant qualifiées de gnostiques.

Elias fut soudainement pris de panique en réalisant que ce qu'il lisait depuis des heures s'apparentait à cette catégorie d'ouvrages. Il trembla à l'idée que certains de ses pairs n'auraient pas hésité à le qualifier d'hérétique s'ils avaient appris le contenu des textes d'Isaac Newton. Sa curiosité fut toutefois la plus forte.

Dubitatif, il choisit alors de se concentrer à nouveau sur le sujet de l'Église celtique mais, là encore, l'interrogation sur la divinité du Christ l'interpella. Non seulement les premiers prêtres irlandais, tout comme les esséniens, la remettaient en question, mais, plus étonnant encore, les écrits du scientifique lui révélèrent que le christianisme était arrivé en Irlande depuis Alexandrie et via l'Espagne vers l'an 200.

Un sourd malaise saisit alors brutalement Elias Ashmole : se pouvait-il qu'il existe une relation directe entre l'Église de Jérusalem et l'Église celtique ? Pendant quelques instants, il fut sur le point de refermer définitivement l'ouvrage mais son désir de connaître et de servir la Vérité prit le dessus. Il se concentra davantage sur son incroyable lecture et l'histoire le prit de nouveau à témoin : en 66, une guerre féroce, qui devait durer quatre longues années, embrasa la Terre sainte. Vainqueurs des légions romaines dans les premiers temps, tous ceux qui aspiraient à la restauration de la Loi de Dieu durent finalement se résoudre à accepter la suprématie de Rome et ses interdits. Aux côtés des zélotes, les esséniens s'étaient emparés du temple de Jérusalem en novembre de l'année 67 mais, devant l'arrivée des légions romaines de Syrie, ils décidèrent de dissimuler les trésors du temple, afin qu'ils ne tombent pas entre les mains des hommes de Titus. Les secrets issus de Moïse et la stèle sacrée sur laquelle était gravé le nom de Dieu furent ainsi discrètement déposés dans une cache sous les fondations du temple, à l'emplacement même du saint des saints. D'autres biens sacrés, dont de nombreux écrits gravés sur des feuilles de cuivre, furent également dissimulés dans les grottes des collines entourant Qumran et ses environs.

Au printemps de l'an 68, les légions dévastèrent la ville de Jéricho ainsi que l'établissement essénien de Qumran. Deux années plus tard, Titus s'empara de Jérusalem qu'il ravagea de fond en comble, passant l'ensemble des zélotes au fil de l'épée. Peu de temps après, les derniers détenteurs des secrets de Moïse disparurent avec la population de Massada qui préféra le suicide à la reddition. C'est ainsi que, après la défaite face à Rome et l'ultime destruction du temple d'Hérode, la parole perdue et les manuscrits esséniens qui faisaient état des enseignements secrets de Jésus furent oubliés du temps et des hommes. Nul ne sut alors ce qu'il advint des trésors spirituels de l'humanité.

Elias referma l'épais livre de Newton et prit soin de ranger avec la plus grande précaution les extraordinaires écrits du savant. Il s'interrogea profondément sur la valeur réelle du contenu des enseignements du Christ relatés par l'apôtre Paul et sur la nature de l'antipathie qu'il avait suscitée, tant chez les esséniens que chez les membres de l'Église celtique. Se pouvait-il que le message originel du Sauveur ait été falsifié par quelques-uns de ses apôtres ? Cette question soudaine qui, quelques minutes plus tôt, lui apparaissait comme absurde ne souleva en lui aucune indignation au point qu'il s'étonna de son absence de réaction. Pensif, Elias Ashmole médita alors sur la véracité de l'unique témoignage concernant le Dieu fait homme, dont la durée totale du ministère n'excéda pas une année, et qui mourut sous la torture pour la rémission du genre humain.

En considérant le fait que la rédaction des trois Évangiles synoptiques du Nouveau Testament ait été postérieure aux événements tragiques de la vie du Christ, l'homme de science qu'il était s'interrogea sur la crédibilité des Évangiles en question. Il se souvint des propos dérangeants du docteur Wilkins qui affirmait, à mots couverts, que les Évangiles de Matthieu et de Luc étaient fondés sur la combinaison de l'Évangile de Marc et d'un Évangile secret. Sur le moment, malgré toute l'amitié et la fraternité qu'il portait au chapelain, il ne l'avait pas pris au sérieux mais, après tout ce qu'il venait de lire et d'apprendre, il ne savait plus que penser.

Un flot de questions l'assaillit : se pouvait-il que le Christ ait été essénien et, en tant que tel, détenteur et héritier des secrets de Moïse ? Qui était réellement celui qui allait devenir l'apôtre Paul et quel pouvait bien avoir été son rôle ? N'était-il pas curieux, en effet, qu'un homme réputé à Éphèse pour ses prêches à l'encontre du peuple de l'Alliance et de la Loi puisse s'être accordé la liberté de désigner sous le terme de Christ ce Jésus qu'il n'avait jamais connu ? Et que dire du fait que, par la suite, ce même apôtre s'autorisa à réunir des disciples autour de lui en prétendant avoir le soutien de Simon-Pierre ? Elias commença à comprendre la raison qui lui valait l'antipathie des esséniens et se demanda jusqu'à quel degré de falsification l'apôtre Paul était impliqué. Son intuition lui martela que cela ne devait rien au hasard si l'Église celtique avait, à ses débuts, repris la ligne de pensée de l'Église de Jérusalem.

Sans qu'il puisse l'expliquer, Elias en était certain maintenant : il devait assurément exister un lien entre la communauté de Qumran et saint Patrick. Quelque chose en lui suggéra avec force que, après le conflit de 66-70, quelques survivants esséniens avaient échappé aux persécutions de Rome et gagné l'Europe pour y répandre le message originel du Christ.

Aussi curieux que cela puisse paraître, Elias Ashmole était persuadé que son correspondant cistercien connaissait les réponses à ses questions. N'était-ce pas lui qui, par ses révélations sur l'Église celtique, l'avait amené à reconsidérer les bases mêmes de sa croyance en l'Évangile de l'apôtre Paul ? L'abbé en savait trop pour ne pas avoir une quelconque connaissance au sujet de l'influence essénienne de l'Église de Jérusalem sur la foi de saint Patrick. Tout à coup, Elias se décida : il fallait qu'il parte pour Kilkenny, et tout de suite. Il régla ses affaires les plus urgentes avant de faire ses préparatifs, puis il rédigea une longue lettre explicative à son compagnon Isaac Newton l'invitant à le rejoindre à Portsmouth. Il lui promit de l'attendre trois jours entiers avant d'appareiller pour Waterford.

En ce mois de septembre 1658, Oliver Cromwell, l'homme qui avait abattu la monarchie et porté au sommet la république parlementaire, décéda brutalement. Les parlementaristes désignèrent alors son fils Richard comme successeur mais, faible de caractère, celui-ci perdit le pouvoir et fut incapable de faire respecter l'ordre. L'Angleterre bascula aussitôt dans l'anarchie.

Bien que, du fait de cette nouvelle situation politique, les routes du pays fussent envahies d'armées de brigands et de soudards, Elias persista dans sa décision de se rendre à l'abbaye cistercienne. Prudent, il pensa toutefois à avertir son frère franc-maçon, le colonel Mainwaring, de son projet de se rendre en Irlande. Ce dernier essaya longuement de l'en dissuader mais capitula faute d'arguments capables de faire fléchir la détermination d'Elias, qui accepta cependant de voir sa diligence escortée par les hommes d'armes de l'officier cromwellien.

Portsmouth
21 septembre 1658

Après avoir chevauché à vive allure sans avoir fait la moindre étape, Elias et son escorte arrivèrent à destination. Ils traversèrent sans encombre la ville portuaire dont les coins de rues humides étaient occupés par des hordes de mendiants et de femmes de petite vertu. Arrivés sur les quais, les Têtes rondes le déposèrent devant son navire. Tandis que plusieurs d'entre eux gagnaient la taverne la plus proche, quatre soldats l'accompagnèrent sur le bateau et s'installèrent devant la porte de sa chambre pour y monter la garde. Les directives du colonel Mainwaring étaient claires : l'escorte devait demeurer à la disposition d'Elias jusqu'à son appareillage pour Waterford.

Elias demeura dans sa cabine le restant de la matinée. Après s être assoupi quelques heures, il se remit à la lecture des lettres de l'abbé cistercien mais fut soudainement tiré de ses réflexions par des éclats de voix. Un homme protestait si vigoureusement sur le pont du navire qu'il lui sembla judicieux d'intervenir avant que les soldats ne le mettent en pièces. Elias Ashmole sortit sur le pont et se félicita aussitôt de son initiative en reconnaissant la silhouette adolescente d'Isaac Newton. Il calma vite les esprits en informant le capitaine des gardes que le jeune homme était le compagnon de voyage que l'équipage attendait pour appareiller.

Il conduisit promptement le jeune prodige scientifique à sa cabine sous le regard meurtrier de l'officier des Têtes rondes puis il informa ce dernier qu'il pouvait prendre congé d'eux, non sans lui avoir remis quelques couronnes en vue d'une tournée générale.

À la vue des pièces d'or, le regard noir du soldat cromwellien s'effaça puis, d'un signe de la tête, il remercia le franc-maçon avant de rejoindre le reste de sa troupe à la taverne du Pélican.

Elias fit alors signe au chef d'équipage qu'il pouvait lever l'ancre. Le navire, dont la proue avant s'ornait d'une sirène bleue, appareilla aussitôt pour la haute mer. Après avoir discouru sur les écrits de l'abbé propres à l'Église celtique, Isaac et son ami s'installèrent sur le pont pour profiter de l'air vivifiant de la mer d'Irlande.

Malgré la curiosité qui le rongeait, Elias hésita longtemps à questionner le jeune homme sur l'origine de ses écrits gnostiques. Soudain, il étouffa ses scrupules et se lança :

– Isaac, puis-je te poser une question personnelle ?

L'adolescent, accoudé au bastingage, se tourna vers lui. Un sourire ironique releva le coin de ses lèvres :

– Je crois deviner ce qui t'interpelle. Tu te demandes comment un jeune homme de mon âge peut être en possession d'ouvrages si anachroniques.

Elias ricana à l'idée que, même pour lui, Isaac Newton était véritablement une prodigieuse énigme. Il répondit :

– Il semblerait que Dieu t'ait aussi pourvu du don de lire dans les pensées, Isaac.

– Qui sait ? répondit-il, je vais te confier un secret que peu connaissent : ma famille est issue de la maison de David, le père du grand roi Salomon.

Elias le regarda avec grand étonnement. Après un court silence, Isaac reprit :

– Quand Jérusalem fut conquise par les Romains, mes ancêtres quittèrent la Terre sainte et s'établirent en des lieux qu'ils espéraient saufs, emportant avec eux les vestiges de la Tradition primordiale.

Il s'interrompit une fraction de seconde, ses yeux voguèrent sur les flots où étincelaient quelques reflets d'un profond vert émeraude.

– Pour se protéger des persécutions qu'ils ne manquèrent pas de subir et pour faire vivre secrètement la vraie foi, tous choisirent de se convertir aux croyances de leur lieu d'asile.

Elias Ashmole était comme fasciné, sa pensée précéda ses mots :

– Isaac, s'il te plaît. Raconte-moi l'histoire de tes ancêtres et celui de la vraie foi.

Isaac Newton se recueillit et répondit par une question :

– Sais-tu que le christianisme s'est élaboré depuis un ensemble de systèmes philosophico-religieux qui contenaient déjà les concepts de création, de trinité et de résurrection ?

Elias sursauta si vivement que le jeune Isaac crut un instant qu'il allait basculer par-dessus bord. Il le retint d'un geste vif, tout en lui posant une nouvelle question :

– Connais-tu le sens du mot « gnose », Elias ?

– Pas exactement, répondit-il.

– La gnose est cette sagesse ancestrale de l'humanité qui communique, par les mythes et les discours, les mystères du sacré. Chaldéens, Babyloniens, Égyptiens, Grecs en faisaient état en rappelant qu'elle seule peut offrir à chaque homme sa délivrance à partir du retour à l'unité de l'univers.

– Que veux-tu dire, Isaac ? questionna Elias, de plus en plus abasourdi.

– Je veux dire par là que notre salut ne pourra se faire que lorsque chacun d'entre nous aura individuellement, par ses propres efforts, acquis cette connaissance totale et immédiate qui englobe l'homme, le cosmos et Dieu. Nous aurons alors réintégré en nous le Verbe et son pouvoir, ce que nous nommons la parole perdue, et nous pourrons ainsi lire sur la stèle sacrée le nom de l'Éternel sans craindre sa colère ni sa malédiction.

Il poursuivit :

– Vois-tu, Elias, pour les gnostiques dont je suis, la conscience de soi tout comme la connaissance de la nature et des sciences sont autant de chemins vers la divinité. Les premiers chrétiens, qui étaient aussi gnostiques, voyaient Jésus-Christ non comme un Dieu, mais comme un initié qui éclairait leur chemin.

Elias l'interrompit :

– Isaac, si ce que tu dis est exact, cela signifierait alors que, par mes propres efforts, je peux « voir le Seigneur » et prétendre que mon autorité équivaut ou dépasse celle des apôtres.

– Exactement, Elias, mais cela exige beaucoup de renoncements et de sacrifices, sans compter qu'un tel constat te vaudrait l'inimitié de tous ceux qui ont fait du dogme leur fondement, car si tu es plus sage qu'un apôtre, quelle fonction un prêtre conservera-t-il à tes yeux ?

Isaac considéra à nouveau le visage interrogatif d'Elias et poursuivit :

– Quelle vision de la Résurrection auras-tu quand tu découvriras qu'il ne s'agit que d'un moment unique d'illumination où tout ce qui existe, autour de nous et en nous, nous est enfin révélé ?

Il enchaîna :

– Elias, mon ami, sache qu'une fois que tu auras compris pourquoi l'existence humaine ordinaire est décrite comme une mort spirituelle, tu seras alors « spirituellement vivant » et « ressuscité d'entre les morts ».

Elias s'écria :

– Mais pour quelle raison cherche-t-on depuis des siècles à confondre, dans l'esprit des croyants, une vérité spirituelle avec un événement réel ?

Isaac répondit à nouveau par une question, suscitant une profonde réflexion chez son interlocuteur :

– Dans l'Évangile selon Matthieu, au chapitre 13, verset 11, il est sous-entendu l'existence d'un enseignement secret de Jésus faisant part d'une résurrection spirituelle.

Elias, qui connaissait le chapitre par cœur, cita le verset en pesant ses mots :

– Il vous a été donné de connaître les mystères du royaume des cieux, mais à eux cela ne leur a pas été donné.

Il hocha la tête, pendant qu'Isaac poursuivait, imperturbable :

– N'imagines-tu pas tout le danger que véhicule la lecture corrigée d'un tel verset pour un pouvoir dogmatique ?

Le visage d'Elias s'illumina doucement. Le regard d'Isaac se fit plus fraternel quand il ajouta :

– Je vois sur ton visage que tu commences à comprendre la raison pour laquelle les gnostiques furent persécutés par Saül bien avant que ce dernier ne devienne l'apôtre Paul et pourquoi les Évangiles apocryphes furent jugés hérétiques par le concile de Nicée.

Isaac se tut brutalement tandis qu'Elias s'enfermait dans un profond silence méditatif. Le bruit du vent dans les voiles le laissa indifférent. Il était comme plongé dans un état second jusqu'à ce qu'il se décide à poser la question qu'il s'était interdite jusqu'alors :

– Isaac, est-ce que Jésus était essénien ?

Le jeune homme huma profondément l'air du grand large avant de répondre. Son esprit semblait voyager dans le temps :

– Après qu'il eut été initié par Jean, le maître de justice, Jésus devint un personnage clé de la communauté de Qumran. On lui enseigna alors à travers une cérémonie spécifique les secrets divins de Noé, d'Énoch et de Moïse, ces ancêtres mythiques de l'humanité que la Tradition primordiale décrit comme éclairés par la sagesse de Dieu. Plus tard, Jésus décida d'enseigner à ses plus proches fidèles les secrets de Moïse et de ses illustres prédécesseurs.

Elias l'interrompit soudainement :

– Tu veux dire qu'il les éleva au plus haut degré d'initiation qu'un homme puisse connaître ?

– Exactement, répondit Isaac. Jésus « ressuscita » des individus communs et établit ainsi une sorte d'élite détentrice de secrets immémoriaux sur laquelle il s'appuya pour transformer des hommes et des femmes ordinaires en sages.

Isaac fit à nouveau silence et conclut magistralement son commentaire en ces termes :

– Il changea l'eau en vin.

Les yeux d'Elias s'illuminèrent d'un seul coup quand il formula autrement la conclusion d'Isaac :

– Les alchimistes diraient qu'il transforma le plomb en or.

L'adolescent tapota l'épaule de son compagnon de voyage et regagna sa cabine, laissant le franc-maçon dans son extase.

Durant le reste de la traversée, emporté par les merveilles spirituelles que lui avait révélées Isaac, l'esprit d'Elias ne porta plus aucune attention à la dimension terrestre des choses. C'était comme si le temps et l'espace n'avaient plus aucune prise sur lui. Isaac s'en voulut presque de le ramener à la réalité lorsque, au petit matin du troisième jour, les lumières de Waterford éclairèrent leur arrivée et précédèrent leur débarquement.

Pressés de se mettre en route pour Kilkenny, ils prirent rapidement congé du *Blue Mermaid* et de son équipage. Avant d'embarquer sa cargaison pour l'Angleterre, le capitaine leur indiqua la direction du relais de diligences de la ville. Ils marchèrent un bon mile dans une semi-obscurité, sous une pluie glaciale, et atteignirent l'auberge où crépitait un rougeoyant feu de bois. Après s'être restaurés, ils durent encore patienter quelques heures jusqu'à l'arrivée de la diligence et embarquèrent seuls, aussitôt les passagers descendus.

Leur voyage leur parut interminable et monotone. Un paysage sans fin de tourbières et de lacs, battu par les vents et giflé par des averses soudaines, accentuait un immense sentiment de solitude et d'abandon. En proie à l'ennui et à la fatigue et bercés par les bruits de sabots sur les chemins de traverse, Elias et Isaac ne tardèrent pas à s'assoupir. Ils ouvrirent les yeux à l'instant où le cri du cocher annonçait le ralentissement de l'équipage équestre. Elias porta la tête à l'extérieur et distingua dans le lointain l'imposant château fort des comtes d'Ormonde. La diligence s'immobilisa quelques instants plus tard devant l'entrée de l'abbaye.

Étonnés par l'arrivée des voyageurs, trois moines se précipitèrent à leur rencontre. Le plus âgé d'entre eux questionna alors Elias d'un air méfiant :

– Que pouvons-nous faire pour vous, mon fils ?

– Je suis sir Elias Ashmole, protecteur de votre abbaye et voici le gentilhomme Isaac Newton. Pourriez-vous informer l'abbé O'Connor de notre arrivée ?

Au nom d'Elias, le visage du cistercien se radoucit et s'éclaira d'un immense sourire. Il leur fit signe de le suivre tandis que ses seconds se chargeaient de leurs bagages. Ils traversèrent silencieusement le lieu de retraite égayé par quelques chants de recueillement. En chemin, Elias nota les figurines sculptées de chevaliers templiers sur les piliers de la cour de l'église abbatiale.

Après les avoir conduits au seuil de leur chambrée, le moine les informa que l'abbé ne viendrait que tardivement leur souhaiter la bienvenue, puis il prit congé d'eux. Les deux voyageurs s'installèrent alors dans le réduit monacal et s'allongèrent sur leurs paillasses respectives pendant que, autour d'eux, la solennité des chants religieux redoublait de vigueur. Elias ferma les yeux et sombra, dans la minute qui suivit, dans les bras de Morphée.

Trois coups fermes frappés à leur porte le tirèrent brutalement de ses songes. Abruti par le sommeil et privé de ses repères, il fut, sur le moment, incapable de se souvenir du lieu où il se trouvait. Isaac, debout, ne savait que faire. Elias se leva comme un automate et ouvrit d'un coup l'épaisse porte en bois. Un octogénaire lui faisait face. Quelques cheveux blancs brillaient dans sa tonsure. Il reconnut instantanément, à l'éclat du regard qui le détaillait, l'homme qui, au gré de leurs passionnants échanges épistolaires, était devenu son ami.

– Bienvenue à Jerpoint, mon fils. Béni soit le Seigneur de vous avoir mandaté parmi nous pour nous sauvegarder de la fureur des Têtes rondes.

Ému, le franc-maçon royaliste reprit ses esprits et répondit aussitôt :

– Vous n'avez pas à me remercier, mon père. J'aurais tant souhaité épargner le martyre aux fidèles de Drogheda et de Wexford.

L'octogénaire baissa la tête pour cacher sa souffrance avant d'ajouter :

– Grâce à vous, nous avons pu recueillir et sauver nombre de ces malheureux. Nous ne vous serons jamais assez reconnaissants pour ce que vous avez pu faire en ces jours maudits.

Elias le remercia silencieusement en clignant les yeux.

– Mon fils, ajouta l'abbé, tout cela ne me dit pas le motif de votre visite en notre abbaye.

Elias ne chercha pas à dissimuler son excitation :

– Mon père, vos derniers écrits sur l'Église celtique sont la cause de ma venue et de celle de mon jeune compagnon. Laissez-moi vous présenter le gentilhomme Isaac Newton.

L'abbé se tourna alors vers l'adolescent avec un grand sourire :

– Bienvenue dans notre modeste retraite, mon fils.

Elias poursuivit :

– Suite à vos révélations, monsieur Newton et moi-même avons eu une passionnante conversation sur l'Église celtique, au point que nous supposons aujourd'hui que saint Patrick fut un héritier et un messager des enseignements esséniens de l'Église de Jérusalem.

L'abbé fronça les sourcils et ajouta :

– Mes fils, il est des propos qu'il vaut mieux taire en public sous peine d'être accusé d'hérésie. Suivez-moi.

L'abbé O'Connor vérifia que les couloirs de l'abbaye étaient vides de toute présence humaine. Il ne tenait pas à ce que l'on apprenne qu'il avait conduit les voyageurs à la vieille bibliothèque du monastère. Cela, en effet, n'aurait pas manqué d'engendrer une lourde suspicion autour des deux hommes et la plus grande méfiance des moines à son égard, mettant alors en danger le secret de Kilkenny, dont il était l'unique gardien. Elias Ashmole et Isaac Newton lui emboîtèrent aussitôt le pas. Après avoir grimpé un petit escalier en colimaçon, l'abbé sortit de sa robe une grosse clé métallique qu'il fit tourner dans la serrure grippée.

– Entrez vite avant que nous n'attirions l'attention, leur lança-t-il.

Les trois hommes pénétrèrent sans tarder dans la salle, puis l'abbé referma soigneusement l'antique porte aux battants de fer derrière eux.

Une fois à l'intérieur, l'abbé alluma une des torches appliquées aux murs de la pièce. Une lumière blafarde sur laquelle se détachaient leurs ombres gigantesques éclaira une immense pile de parchemins à proximité d'un prie-Dieu.

Rassuré, l'abbé leur déclara :

– Ici, nous pourrons parler sans crainte, mais usez toujours de la plus grande discrétion quand vous évoquez certains noms condamnés par Rome.

Il ajouta brutalement :

– « Essénien » est l'un de ces noms.

Elias Ashmole prit alors la parole :

– Mon père, je vous prie d'excuser mon imprudence mais les commentaires de votre correspondance par mon jeune ami gnostique ici présent ont bouleversé ma foi.

Au mot « gnostique », l'abbé se retourna vivement vers l'adolescent et le fixa de son regard gris acier avec intensité. Le sentiment que le vieil homme lisait au travers d'Isaac comme si celui-ci avait été un livre grand ouvert s'empara d'Elias et le mit presque mal à l'aise. Soudain, convaincu par la sincérité du jeune homme, l'abbé le regarda de façon plus douce. Il se confia alors aux deux voyageurs et confirma ce qu'Elias pressentait depuis plusieurs semaines :

– Après le conflit qui ruina la Terre sainte en l'an 70, quelques survivants de l'Église de Jérusalem, des esséniens, réussirent à sauver leurs vies et à conserver le message originel du Christ. Ils se réfugièrent en Égypte dans la ville d'Alexandrie et, de là, gagnèrent la Grèce où ils formèrent de nombreux disciples qui essaimèrent dans toute l'Europe.

L'abbé reprit son souffle :

– En dépit de l'hostilité évidente de l'apôtre Paul puis des instructions de l'empereur Constantin, la vraie foi fut préservée au sein de petits cercles d'initiés. Saint Patrick appartenait à l'un d'entre eux et, malgré l'histoire officielle, ses écrits demeurent sans équivoque quant au fait qu'il ne croyait pas plus en l'Immaculée Conception qu'en la divinité de Jésus. Tous les dogmes que nous connaissons aujourd'hui en Irlande ne sont apparus que lorsque Rome absorba de force l'Église celtique au synode de Whitby au milieu du VIIe siècle.

– Mon père, reprit Elias. Y a-t-il eu au cours de l'histoire des tentatives visant à restaurer le vrai message du Christ ?

L'abbé O'Connor inspira si profondément qu'Elias eut l'impression qu'il hésitait à lui répondre comme s'il se méfiait de lui. Un instant, le franc-maçon se sentit blessé par cette conclusion. Il s'apprêtait à changer de sujet quand le moine poursuivit :

– Mon fils, comme ton jeune compagnon doit déjà le savoir, il s'est édifiée, au cours de l'avènement du christianisme, une gnose chrétienne fondée sur les enseignements oraux secrets révélés par le Christ à certains de ses apôtres.

Isaac Newton prit brusquement la parole :

– L'existence de cette gnose fut ainsi à l'origine d'un ésotérisme chrétien présent de tous temps au sein de l'Église primitive de Jérusalem, malgré les dénégations permanentes de l'Église de Rome. Il est même évoqué dans l'Évangile de Marc : « À vous, disciples choisis, il est donné de connaître les mystères du royaume de Dieu, mais à la multitude, ces choses sont dites en paraboles afin qu'ils voient et n'entendent pas, qu'ils écoutent et ne comprennent pas. »

L'abbé hocha la tête en signe d'agrément et prolongea les propos de l'adolescent :

– Mon fils, Elias, il fut un âge où il n'existait qu'un seul chemin pour comprendre l'ensemble des doctrines et des rites du christianisme, mais les siècles et la soif de pouvoir des hommes ont séparé cette unique route en deux voies. Celles-ci, bien que distinctes, n'en restent pas moins inséparables l'une de l'autre.

– Et de quelles voies s'agit-il, mon père ?

Il y avait de la naïveté dans la question d'Elias.

– Mon fils, sache que l'Église universelle et catholique de Pierre, fondée sur la croyance dévotionnelle et formelle, incarne la voie exotérique du christianisme. Cependant, apprends qu'il existe aussi une autre voie, dite ésotérique, représentée par l'Église de Jean et fondée non sur la croyance, mais sur la connaissance. Cette dernière est appelée gnose et ne reste enseignée qu'à des disciples choisis, par la pratique rituelle des saints mystères.

Isaac Newton ajouta :

– Bien avant l'avènement du christianisme, ces deux voies existaient dans d'autres civilisations. Dans le monde hébraïque, elles sont l'expression de ces deux pontificats parallèles que l'Ancienne Alliance a mentionnés à travers le symbolisme des sacerdoces d'Aaron et de Melchisédech.

L'abbé O'Connor ne put s'empêcher de s'exclamer :

– Elias, je te félicite d'avoir choisi un initié pour ami ! Il y a bien longtemps que je n'avais vécu de tels échanges qui réjouissent mon cœur et mon âme. Pour répondre à ta question initiale, apprends qu'il y eut dans l'histoire du christianisme un ordre de chevalerie qui fut la manifestation réitérée de l'Église de Jean et l'expression concrète de son héritage secret.

Elias Ashmole se souvint des figurines sculptées des chevaliers templiers sur les frontons de l'abbaye :

– Vous voulez parler de l'ordre du Temple, mon père ?

– Exactement, mon fils. Les templiers incarnèrent un temps ce lien privilégié entre l'Orient à l'Occident, ces deux détenteurs, au-delà des rites et des dévotions, d'une portion de la Tradition primordiale. Apprenez cependant, mes fils, que, malgré sa mission johannique, l'ordre templier était, lui aussi, scindé en un Temple extérieur et en un Temple intérieur. Le premier suivait les enseignements de l'Église de Rome et ne s'adressait qu'aux templiers non initiés, alors que le Temple intérieur, dont les membres s'appelaient les Fils de la Vallée, privilégiait l'Évangile de Jean. Ainsi, pendant des siècles, les Fils de la Vallée célébrèrent, à travers la pensée johannique, l'Esprit-Saint ou Verbe, c'est-à-dire l'énergie secrète de l'Univers qu'ils identifiaient au Christ solaire. Pour tous ces initiés, l'ordre du Temple était d'abord l'Église du Saint-Esprit avant d'être celle du Christ humanisé. Voilà pourquoi ils reniaient l'image du Sauveur crucifié au cours de leur cérémonie d'initiation.

Elias remarqua pour la première fois depuis leur entrée une petite statuette de la Vierge surplombant ce qui semblait être l'entrée d'une chambre basse. Il se souvint alors que le dernier grand maître templier, Jacques de Molay, était mort sur le bûcher en invoquant Marie et s'interrogea sur la raison de cette adoration :

– Mon père, ajouta Elias, pouvez-vous aussi m'expliquer la raison pour laquelle les templiers, initiés comme non initiés, vénéraient tant la Vierge Marie ?

– Je crois oue je peux répondre à ta question, Elias, déclara Isaac.

L'intervention de l'adolescent stupéfia l'abbé qui, tout heureux de partager sa foi secrète, fit comprendre d'un mouvement de la main à son jeune interlocuteur qu'il pouvait poursuivre.

– Elias, mon ami. La Vierge Marie n'est rien d'autre que la manifestation christianisée de ce mandataire sacré qui autorise l'incarnation du Verbe. De tous temps, les hommes l'ont vénérée sous diverses appellations : Isis, Ishtar, Aphrodite en sont quelques exemples.

Admiratif, l'abbé renchérit :

– La Vierge Marie, tout comme la dame des chevaliers médiévaux, illustre cette voie qu'emprunte toute la force du cosmos. L'Église de Pierre ne voit en elle que la mère du Sauveur, alors que pour le Fils de la Vallée que je suis, elle incarne la présence sensible de la Divinité au sein de l'Univers comme de l'homme.

Isaac Newton ajouta :
– Pour tous les gnostiques, Marie n'est en fait qu'une image que les Grecs désignèrent sous le terme de Sophia et les kabbalistes sous celui de Shekinah.

Elias Ashmole n'entendit pas la fin de la phrase de l'adolescent, paralysé qu'il était par les derniers mots de l'abbé. Il sursauta en s'exclamant de surprise :
– Comment est-il possible qu'un abbé cistercien soit membre de l'Église de Jean ?
Kyle O'Connor répondit dans la plus grande sérénité :
– Souviens-toi, Elias, de ce que je t'ai dit sur les petits cercles d'initiés qui protégèrent la vraie foi après la chute de Jérusalem. Nombre de mes frères templiers occupaient de hautes fonctions et purent ainsi protéger les trésors dont ils étaient les héritiers, avant que l'infâme roi et le pape félon n'abattent notre ordre.
Les questions tourbillonnaient dans la tête d'Elias. Il crut qu'il allait vaciller :
– Mais, mon père, de quels trésors parlez-vous ?
Isaac n'eut aucun doute sur la réponse. Sa pensée s'exprima si intensément qu'il en fut le premier surpris :
– L'abbé veut parler de l'arche d'alliance, de la stèle sacrée et des rouleaux de cuivre de Qumran sur lesquels figurent les secrets divins transmis depuis Noé jusqu'à Jésus. Les premiers templiers les ont ramenés des fouilles qu'ils effectuèrent sous les ruines du temple d'Hérode.
L'abbé souriait en observant le plus grand des silences puis, brutalement, il leur déclara :
– Mes fils, sachez qu'une partie de ces trésors est ici à Kilkenny et que j'en suis le dernier gardien.
Les propos du cistercien résonnèrent si violemment dans l'esprit des deux voyageurs qu'ils furent soudain pris de vertige et durent s'asseoir pour ne pas perdre connaissance. L'abbé attendit que les deux hommes aient repris leurs esprits pour leur conter son incroyable histoire :
– Malgré l'arrestation massive des templiers par les hommes de Philippe le Bel, quelques Fils de la Vallée échappèrent à la rafle et sauvèrent les trésors de l'ordre. La flotte templière, qui mouillait à La Rochelle, appareilla quelques heures avant la

date fatidique du 13 octobre 1307 et prit la direction d'Argyll et de Kilkenny, emportant avec elle la stèle sacrée, l'arche d'alliance et les rouleaux de cuivre esséniens.

Fascinés par le récit, Elias Ashmole et Isaac Newton étaient incapables de détacher leurs yeux du narrateur cistercien :

– Les survivants templiers choisirent l'Écosse comme refuge en raison, à l'époque, de l'excommunication de Robert Bruce, huitième comte de Carrick et prétendant au trône. En effet, ses terres étaient alors, pour les chevaliers, un des rares lieux exempts de la puissance du pape puisque le comte était excommunié.

Kyle O'Connor interrompit quelques instants sa narration pour reprendre son souffle :

– De plus, après l'exécution publique du noble William Wallace en 1305, un état de guerre permanent s'était instauré entre les Anglais et Écossais. Les templiers, reconnus par tous comme des guerriers expérimentés, savaient qu'ils seraient accueillis à bras ouverts par Bruce et les siens. Grâce à ses nouveaux alliés, Robert Bruce se lança à la reconquête de l'Écosse et, le 24 juin 1314, il affronta l'Anglais au cours de la bataille fatidique de Bannockburn. Alors que les combats tournaient au désastre pour les troupes de Robert Bruce Ier, l'intervention de chevaliers arborant le Beaucéant, menés par le grand maître des templiers écossais, sir William Sinclair, changea le cours de la bataille et fit basculer la victoire dans le camp écossais. Le triomphe de Bannockburn signa ainsi l'indépendance du royaume d'Écosse. Robert Bruce récompensa alors le grand maître en lui octroyant un évêché et des terres que ce dernier ajouta à ses possessions de Rosslyn.

Elias interrogea soudainement Kyle O'Connor :

– Mon père, qu'est-il advenu des trésors templiers ?

En guise de réponse, l'abbé reprit son récit :

– Avant leur départ de La Rochelle, quelques navires de la flotte du Temple reçurent l'ordre de gagner l'Irlande pour y dissimuler, dans l'abbaye cistercienne de Kilkenny, la stèle sacrée sur laquelle est mentionnée la parole perdue, l'expression vocalisée du logos. Pour éviter que l'ensemble du trésor ne puisse ultérieurement tomber entre les mains d'un même tyran, les Fils de la Vallée avaient décidé que l'arche d'alliance et les manuscrits secrets de la communauté de Qumran gravés sur les rouleaux de cuivre seraient transportés sur les terres de sir William Sinclair.

L'abbé s'interrompit de nouveau, fixant les deux jeunes voyageurs, puis ajouta :

– C'est ainsi que, pendant plusieurs siècles, les Fils de la Vallée établis en Écosse veillèrent sur ces trésors dans le plus grand des secrets. En 1480, sir Oliver Sinclair fit achever la construction de la chapelle de Rosslyn sous laquelle les Fils de la Vallée avaient fait creuser un caveau souterrain. Ce dernier était la réplique exacte de celui du temple d'Hérode à partir duquel Hugues de Payns et les premiers templiers exhumèrent la stèle sacrée et le reste des trésors immémoriaux.

L'abbé acheva son récit par un grand silence. Elias et Isaac étaient comme transportés par tout ce qu'ils venaient d'entendre et éprouvaient une grande difficulté à contrôler leur imagination. Kyle O'Connor ne venait-il pas d'affirmer que la parole perdue dormait depuis des siècles sous la garde des Fils de la Vallée, ici même à Kilkenny ? Elias tenta bien de maîtriser son émotion mais sa foi et sa piété balayèrent son sens des conventions. Ses mots prirent forme à l'instant précis où sa pensée naissait dans son esprit :

– Mon père, pourrions-nous nous recueillir quelques instants devant la stèle sacrée ?

Kyle O'Connor eut un immense sourire et, sans un mot, il leur fit signe de le suivre vers le fond de la pièce où trônait la petite statuette de la Vierge. Là, un mur de pierres barrait ce qui avait dû être l'entrée d'une pièce. L'abbé bascula alors six fois vers l'arrière la statuette de Marie et le mur coulissa, laissant apparaître un escalier.

– Faites attention aux marches, leur lança-t-il, car le temps a fait son œuvre. Jadis, les chevaliers templiers venaient ici régulièrement en pèlerinage, pour se recueillir en ce lieu sacré.

Ils redoublèrent de précaution car l'usure des marches raides et l'incurvation des contremarches rendaient leur descente périlleuse. À mi-escalier, ils tombèrent sur une porte pourvue d'épaisses charnières rouillées. L'abbé utilisa la même clef qui leur avait permis d'accéder à la vieille bibliothèque et tourna celle-ci dans la serrure trois fois d'un côté et trois fois de l'autre. La lourde porte s'ouvrit sans un bruit et une crypte secrète éclairée par une lumière blanchâtre se dessina sous leurs yeux. La première chose qui frappa les deux voyageurs fut l'origine de cette lumière. Au centre de la pièce, posée sur un autel de marbre, une petite stèle sur laquelle étaient gravés des caractères hébraïques étincelait. Le plus extraordinaire était que la lumière provenait directement des lettres elles-mêmes, comme si celles-ci vivaient et donnaient vie à la crypte simultanément. L'abbé s'approcha de l'autel avec une crainte révérencielle et s'agenouilla devant la stèle sacrée. Elias et Isaac l'imitèrent et se mirent aussitôt à prier. Les lettres se transformèrent en flammes et la lumière blanchâtre devint si vive qu'elle illumina la crypte comme en plein jour.

Après plusieurs minutes empreintes d'une profonde piété, Kyle O'Connor reprit la parole :

– Mes fils, ce que vous vivez est exceptionnel. Apprenez que, depuis l'aube de l'humanité, seuls les plus grands initiés sont autorisés à contempler le nom de l'Éternel. Il leur est cependant, sous peine d'être mis à mort séance tenante, formellement interdit de prononcer ce nom, à l'exception d'un seul d'entre eux : l'élu.

Bouleversé par l'émotion de lire le nom du Dieu de ses ancêtres, Isaac Newton ajouta, la voix déchirée par les sanglots :

– De leur temps, nos pères et les pères de leurs pères avant eux ont ordonné que nul autre que le grand prêtre ne soit autorisé à prononcer le nom du Très-Haut. Ce privilège ne lui était octroyé qu'une seule fois par an lorsqu'il se rendait seul dans le saint des saints pour réaliser, devant l'arche d'alliance, ses actes de propitiation en rachat des péchés d'Israël.

L'abbé interrompit les propos de l'adolescent :

– Mes fils, il nous faut partir maintenant car notre absence risque d'être remarquée et de soulever des questions. Saluez respectueusement le nom de l'Éternel et suivez-moi.

Elias et Isaac répétèrent chacun des gestes de l'abbé et quittèrent la crypte, profondément transformés. Sur le chemin du retour, Elias se hasarda à poser la question :

– Mon père, que signifie le mot qui compose le nom de Dieu ?

Kyle O'Connor lui répondit sereinement :

– Ce mot est composé par plusieurs éléments. Le premier d'entre eux est le nom sumérien de Dieu, représentant son essence et sa majesté. Le second est assyrien et signifie littéralement « seigneur céleste ». Quant au troisième et dernier élément, il est hébreu et exprime l'omnipotence divine.

Il ajouta en guise de conclusion :

– Voilà tout ce que je suis en droit de te révéler pour l'instant, mon fils.

Ils regagnèrent la bibliothèque et après que l'abbé eut de nouveau basculé la statuette de la Vierge, tous vérifièrent avec soin que le faux mur dissimulait parfaitement l'entrée secrète de la crypte des templiers. Kyle O'Connor se tourna alors vers eux et déclara :

– Mes fils, c'est parce que j'ai perçu en vous une grande charité doublée d'une noble intelligence du cœur que je vous ai montré ce qu'aucun profane n'a jamais pu apercevoir.

Il ajouta immédiatement :

– Depuis l'arrivée ici du premier Fils de la Vallée, Renaud de Cluny, en 1314, nous avons toujours su prolonger au-delà du temps cette chaîne initiatique qui nous rattache à nos ancêtres spirituels. Jusqu'à aujourd'hui, l'abbaye de Kilkenny se suffisait à elle-même pour engendrer des initiés dont l'unique fonction demeurait de protéger, toute leur vie durant, la parole perdue.

L'abbé soupira profondément :

– Hélas, les temps ont changé et notre vivier s'est épuisé. J'arrive au crépuscule de ma vie sans avoir trouvé d'héritier à qui transmettre le trésor que vous venez de contempler. Je sais, Isaac, de par tes origines et ta foi de gnostique, que ton âme en a perçu toute la valeur. Je sais aussi, Elias, que ton cœur de chevalier le protégera jusqu'à la mort, comme il a su veiller sur lui, sans le savoir, quand les hordes de Cromwell dévastaient nos terres.

Il s'interrompit avant de leur faire l'incroyable proposition.

– Mes fils, accepteriez-vous de devenir ces nouveaux Fils de la Vallée en charge de veiller sur la parole perdue ?

Bien que soudaine, la demande n'étonna Elias en aucune façon. Depuis les premières lettres de l'abbé et les enrichissantes interrogations qu'elles n'avaient pas manqué de susciter, il n'était plus le même croyant. Sans qu'il puisse se l'expliquer, il était intimement persuadé que son voyage en compagnie d'Isaac était inscrit dans l'ordre des choses pour le préparer à cette rencontre métaphysique. Devenir un Fils de la Vallée était tout simplement l'aboutissement de ce cheminement qu'il avait choisi d'emprunter spontanément. Elias Ashmole accepta la proposition de Kyle O'Connor. Son cœur débordait de joie.

Isaac fut encore plus prompt qu'Elias dans sa décision. Sa foi de gnostique venait de trouver en la parole perdue une raison de briller intensément au firmament de son âme. Il comprit que, durant son enfance et au début de son adolescence, il n'avait été qu'un Fils de la Vallée qui s'ignorait. Aujourd'hui, l'abbé lui avait permis de se révéler à lui-même et de faire étinceler la parcelle de divinité que tout homme portait en soi. Pour la toute première fois de sa jeune existence, il venait enfin de comprendre quelle était sa véritable raison de vivre. C'est donc en homme libre et libéré qu'Isaac Newton épousa la noble destinée que Kyle O'Connor lui offrit, un matin de septembre 1658.

Kilkenny
11 octobre, minuit

L'abbé fit alors prêter serment aux deux compagnons de voyage de ne jamais dévoiler le secret dont ils assuraient dorénavant la garde.

Kyle O'Connor leur enseigna ensuite les gestes et formules verbales que seul un Fils de la Vallée saurait reconnaître puis il leur remit à chacun l'anneau à l'abraxas. Tous trois convinrent ultérieurement que la parole perdue resterait dissimulée dans la crypte secrète jusqu'à la mort de l'abbé, et que chacun d'entre eux se rendrait une fois par an à Kilkenny. Elias s'engagea à être présent à chaque solstice d'hiver, tandis qu'Isaac confirma sa venue pour celui d'été.

Rasséréné, l'abbé les informa que les Fils de la Vallée établis en Écosse seraient bientôt avertis de leur entrée au sein du

Temple intérieur. Il les fit ensuite jurer qu'en cas d'extrême danger ils escorteraient la stèle sacrée jusqu'à la chapelle de Rosslyn, pour y rejoindre l'arche d'alliance et les manuscrits de Qumran. Kyle O'Connor conclut son intervention en leur déclarant qu'ils venaient de contracter un lourd serment qui exigerait peut-être qu'ils mettent leurs vies en péril. En effet, aussi longtemps que la sagesse divine serait ignorée du monde des hommes, seul le sacrifice des initiés qu'ils étaient devenus garantirait la sauvegarde des derniers trésors de l'humanité.

Elias, Isaac et l'abbé se firent alors entre eux le signe de reconnaissance et de fidélité des Fils de la Vallée puis tous sortirent discrètement de l'antique bibliothèque, en reprenant l'apparence que le monde profane connaissait d'eux. Ils retraversèrent le jardin de l'abbaye. Devant l'entrée de la cour intérieure, Kyle O'Connor leur renouvela sa bienvenue avant de les quitter d'un air détaché.

Abandonnés brutalement à eux-mêmes, les deux voyageurs se concertèrent un bref instant. Isaac se décida à regagner leur chambrée tandis qu'Elias fut conquis par la perspective de consacrer le reste de sa matinée à la prière.

Personne ne remarqua le moindre signe de son arrivée, quand il pénétra dans l'église abbatiale.

Paris
25 mai 2002, 21 h 25

Comme chaque jour depuis une semaine, Gibelain rentra épuisé et sentit à nouveau qu'il perdait goût à la vie.

Au début, il ne s'en était pas trop inquiété, persuadé que ce n'était qu'un mauvais moment à passer, et que sa charge de vénérable ainsi que l'affection de ses frères francs-maçons suffiraient à lui redonner un peu de baume au cœur. Les jours se succédèrent pourtant sans qu'il ne perçoive la moindre amélioration à sa condition. Pis encore : malgré ses efforts, il était incapable de chasser cette sensation étouffante de sombrer dans la plus noire des dépressions. Il demeurait des heures entières paralysé et dévoré par ces images de combat dans l'aéroport de

Roissy qui avaient fait le tour du monde. Dix personnes avaient brutalement trouvé la mort ce jour-là. Parmi ces victimes, il y avait quatre terroristes qu'Interpol confirma être extrêmement dangereux.

Malgré son acte d'héroïsme et l'identification dans les débris du 4×4 de plusieurs explosifs et composants anachroniques, les médias ne l'épargnèrent pas et le rendirent responsable des conséquences désastreuses de sa tentative d'arrestation. Nuit et jour, des interviews de blessés graves faisaient la une des journaux, le culpabilisant davantage. Mais le pire était peut-être l'atmosphère qu'il devait supporter chaque jour au bureau. Dépit et rancœur s'étaient installés tout autour de lui, dégradant le moindre de ses échanges avec les membres du service de la brigade criminelle du quai des Orfèvres. Ses collègues faisaient tout pour l'éviter, y compris ses propres inspecteurs stagiaires.

Tant bien que mal, il se résigna à la mesquinerie et aux faux-fuyants de ses subordonnés, mais la mauvaise foi et l'hypocrisie de ses supérieurs le rendirent profondément amer au point que, un beau matin, il exprima ouvertement à Macabone son désir de quitter la police. Dès les premières annonces de la fusillade dans l'aéroport, un raz-de-marée d'appels téléphoniques et de demandes de rapports émanant du Quai d'Orsay n'avait pas manqué d'assaillir puis de submerger le commissaire divisionnaire. À la lecture des comptes rendus, ceux-là mêmes qui, au ministère de l'Intérieur, félicitaient hier Gibelain exigeaient maintenant sa tête. La seule parade que trouva Macabone pour conserver son commissaire principal fut de brandir la menace de sa démission *ipso facto*.

Ne pouvant se permettre de perdre simultanément deux hauts fonctionnaires de police, les bureaucrates cédèrent au bras de fer du Corse, mais Gibelain savait qu'il était dans leur ligne de mire et que Macabone ne pourrait assurer sa protection en permanence. Il se devait de prendre une décision sans plus tarder, quant à sa participation dans la poursuite de l'enquête.

Dans son appartement de la rue du Temple, Gibelain sortit du fond de son bar la vieille bouteille de vodka qu'il n'avait plus touchée depuis son retour de Bourges. Bien qu'il n'eût aucune intention de se saouler, il se souvint que, dans un lointain passé, l'alcool l'avait parfois aidé à reconnaître et à admettre ses propres limites.

Une fois son verre rempli, il chercha parmi ses CD audio la compilation de Charlie Parker puis il brancha son lecteur MP3 et se laissa bercer par la plainte du saxophone de Bird.

Quand le téléphone sonna, il choisit de ne pas répondre et écouta le message de son interlocuteur. Roland lui annonçait que, comme promis avant son départ pour New York, il s'était renseigné sur les relations qu'entretenait Hassan ben Sabbah avec les templiers. Le grand maître national semblait détenir quelques précieuses informations et souhaitait rencontrer Gibelain en personne dès le lendemain. Le commissaire perçut l'appel du frère chevalier maçon comme un signe du Grand Architecte. Il prit soudainement sa décision : quoi qu'il puisse lui arriver, il irait jusqu'au bout de cette enquête.

Il vida alors son verre d'un seul trait et composa le numéro de Roland.

Vingt-quatre heures plus tard, après avoir retrouvé Roland à l'entrée du siège de l'obédience, les deux hommes furent reçus solennellement par le grand secrétaire national. Ce dernier les conduisit à l'entrée du bureau du grand maître où ils patientèrent une dizaine de minutes avant d'être introduits dans une luxueuse pièce de style Directoire.

Derrière un magnifique bureau d'acajou, un homme de taille moyenne et aux cheveux poivre et sel se leva et vint à leur rencontre en souriant :

– Bien-aimés frères, soyez les bienvenus.

Après avoir échangé l'accolade maçonnique, il les fit installer dans deux larges fauteuils clubs et leur commanda à boire. L'entretien débuta aussitôt :

– Mon frère Jean, c'est parce que tu as sauvé d'un grand péril notre ordre il y a deux ans que j'ai accepté de te révéler des faits qui doivent rester ignorés de beaucoup. Promets-moi de les tenir secrets et de n'en parler qu'aux frères habilités à les recevoir. Je veux parler des chevaliers grands profès, titre que Roland et moi-même portons.

Dissimulant mal sa surprise, Gibelain répondit :

– Vous avez ma parole, très respectable frère.

Le grand maître reprit :

– Mon cher frère, bien avant l'arrivée des croisés en Orient, il existait des lieux de sagesse à l'image des collèges de l'Antiquité. On rencontrait dans ces écoles initiatiques des disciples choisis de toutes origines et de tous horizons religieux. Le Perse y côtoyait l'Égyptien tandis que le mandéen s'entretenait avec l'ismaélien, et tous consacraient leur vie à l'étude des mystères antiques et des textes sacrés de l'humanité. Quand l'ordre du Temple fut fondé à Jérusalem, le grand maître Hugues de Payns et les premiers templiers fréquentèrent alors certains de ces collèges établis en Terre sainte. Rapidement, ils comprirent qu'il était possible d'adorer Dieu sous différentes formes mais ils convinrent aussi entre eux de tenir secrète leur participation à ces écoles de mystères car les connaissances qui leur étaient enseignées étaient condamnées par Rome qui les jugeait contraires à ses dogmes.

Roland prit alors la parole et poursuivit les propos du grand maître :

– Pour mieux lutter contre l'ignorance et l'intolérance, les templiers conçurent le noble projet de rapprocher l'Orient et l'Occident à partir des valeurs temporelles et spirituelles découvertes au sein de ces collèges. Ils transcrivirent une partie des enseignements recueillis, dont certains intéressaient les techniques ancestrales de l'art de bâtir, jalousement conservées depuis des millénaires.

Le grand maître ajouta aux propos de Roland :

– Ces enseignements consistaient en un ensemble de règles spécifiques à suivre, visant à donner une forme et une proportion précises à un bâtiment qui, de fait, devenait un lieu sacré.

Roland reprit la parole :

– Forts de ces connaissances, Hugues de Payns et les siens aspirèrent alors à unifier spirituellement la Terre sainte.

Gibelain sursauta. Une intuition folle venait de lui traverser l'esprit :

– Vous voulez dire que les templiers avaient en tête d'établir le royaume du Prêtre Jean ?

Le grand maître et Roland hochèrent la tête simultanément :

– Exactement, mon frère, répondit le grand maître, mais pour cela il leur fallait trouver un catalyseur, un objet du plus haut sacrement qui leur aurait permis de rassembler tous les vrais croyants autour de leur projet.

Roland intervint :

– Voilà pourquoi Hugues de Payns et ses chevaliers fouillèrent pendant neuf ans sous les ruines du temple d'Hérode. Ils recherchaient ce trésor spirituel qui aurait mobilisé les foules, établissant dès lors sur Terre une réplique de la Jérusalem céleste.

Gibelain interrompit brutalement Roland :

– Ont-ils réussi ?

Le grand maître répondit aussitôt :

– En partie, mon frère, et nous en avons encore aujourd'hui la preuve autour de nous.

– Comment cela ? Je ne comprends pas, répondit Gibelain.

Roland déclara :

– Les neuf chevaliers mirent au jour un trésor dépassant leurs rêves les plus fous et dont la découverte eut un effet immédiat sur leur pays d'origine, la France. En l'espace d'un seul siècle, à partir de l'an 1170, il fut construit dans notre pays pas moins de quatre-vingts cathédrales et près de cinq cents abbayes.

Le grand maître poursuivit :

– Toutes ces œuvres entraînèrent davantage de travaux de maçonnerie qu'il n'y en eut dans toute l'histoire de l'Égypte ancienne !

Roland apostropha Gibelain à son tour :

– Mon frère, sur les chantiers de ces édifices, dont la cathédrale de Chartres est l'un des plus beaux exemples, les chevaliers du Temple dirigeaient des armées de maçons.

Un éclair parcourut les yeux de Gibelain :

– Respectable frère, veux-tu signifier par là que les templiers étaient devenus des maîtres autant en maçonnerie spéculative qu'en maçonnerie opérative ?

– Parfaitement, mon frère. Dans les caveaux du temple d'Hérode, Hugues de Payns et ses compagnons trouvèrent les outils et les instructions sacrés qui devaient permettre à l'homme d'édifier son paradis sur Terre.

Gibelain interrogea les deux hommes :

– Mes frères, quels étaient ces objets extraordinaires dont vous me parlez ?

Un court silence précéda la réponse de Roland.

–Jean, sache que les trésors exhumés par les templiers des ruines du temple n'étaient rien d'autre que l'arche d'alliance, les manuscrits de Qumran ainsi que la parole perdue.

– Respectable frère, lança Gibelain, comment pouvez-vous être si sûrs de vous ? Personne n'a jamais su ce qu'étaient devenues l'arche d'alliance et la stèle sacrée après la destruction du premier temple par Nabuchodonosor, roi de Babylone !

Il poursuivit :

– Quant aux manuscrits esséniens, hormis ceux exhumés des grottes de Qumran et ceux découverts plus tard à Nag Hammadi en Haute-Égypte, que le Vatican interdit d'ailleurs de consulter depuis 1947, tous les exemplaires auraient été détruits au cours du pillage de Jérusalem par les légions romaines.

Le grand maître attendit quelques instants que l'excitation de Gibelain se soit dissipée.

– Mon frère Jean, tous les trésors que tu évoques ont été précieusement sauvegardés à travers les siècles. Pour le dernier d'entre eux, apprends que, lorsque Hugues de Payns et ses chevaliers décidèrent de fouiller les ruines du troisième temple, ils emmenèrent avec eux des maçons. Trois d'entre eux étaient présents lorsque le grand maître mit au jour la stèle sacrée dans la pièce du saint des saints et tous réussirent à consigner par écrit ce qu'ils lurent.

Gibelain interrompit le grand maître :

– Très respectable frère, dois-je comprendre que ces hommes ont pu recopier les lettres qui composent le nom de Dieu ?

– Tout à fait, mon frère.

Roland intervint à nouveau :

–Jean, sache que, depuis neuf siècles, les francs-maçons conservent secrètement cette copie de la parole perdue dont nous avons héritée de ces maçons opératifs qui assistèrent Hugues de Payns dans ses travaux de fouille.

Gibelain interrogea les deux hommes :

– Puis-je la contempler, respectable frère ?

Le grand maître se leva et gagna l'autre bout de son bureau. Arrivé devant la gravure de Dürer, il fit pivoter celle-ci sur elle-même, mettant en évidence un coffre-fort. Il composa discrètement une série de neuf chiffres. Un déclic annonça aussitôt l'ouverture du coffre. Il en sortit alors un porte-documents en cuir dans lequel était inséré, sous verre, un parchemin. Il déclara au commissaire :

– Dès leur sortie des souterrains du temple d'Hérode, chacun de nos frères dissimula sur lui un morceau du dessin de la parole perdue. Quand ils furent à l'abri des regards, ils rassemblèrent l'ensemble et usèrent du plus grand raffinement pour immortaliser le caractère majestueux de ces lettres sacrées qu'ils avaient recopiées avec empressement.

Admiratif, Gibelain hocha la tête :

– Très respectable frère, cette histoire est extraordinaire. Puis-je toutefois me permettre de vous demander une faveur ?

– Laquelle, mon frère Jean ?

Gibelain hésita une fraction de seconde et formula sa demande :

– Serait-il possible à mon tour de dessiner ces lettres qui ont su traverser l'histoire des hommes et de conserver ainsi un fragment d'éternité ?

Le grand maître répondit :

– Oui, mon frère, je t'accorde ce privilège. Sache que c'est d'ailleurs pour cette raison que j'ai tenu à te voir.

Gibelain sortit le discret calepin qui accompagnait chacune de ses enquêtes et s'attacha à reproduire délicatement les divines calligraphies. Quand il eut terminé, il rangea précieusement le petit carnet en cuir dans la poche intérieure de sa parka et se tourna vers le grand maître, qui ajouta :

– Mon frère, comme tu l'as compris, les intentions d'Hugues de Payns et de ses chevaliers étaient nobles, même si elles n'étaient pas dépourvues d'une certaine naïveté. Une fois en possession de la parole perdue, les templiers réunirent autour de leur projet de création du royaume du Prêtre Jean tout un ensemble de sectes hétérodoxes qu'ils côtoyaient dans les collèges des mystères antiques. Nombre de ces groupes étaient constitués par de véritables et profonds mystiques mais, à côté de ces derniers, d'autres personnages plus inquiétants avaient rapidement compris l'immense bénéfice qu'une telle découverte pouvait apporter à des projets plus temporels.

Roland prit alors la parole :

– Au cours d'une réunion secrète, Hassan ben Sabbah, le maître de l'ordre des Assassins, réussit à convaincre Hugues de Payns de lui confier pour quelques mois la stèle sacrée en échange de sa puissante logistique humaine pour faire aboutir le projet des templiers.

Gibelain interrogea directement le chevalier maçon :

– Quel était le projet exact du maître des Assassins ?

La réponse de Roland fut immédiate :

– Hassan ben Sabbah rêvait d'établir sur les vestiges de l'Empire perse une véritable théocratie à la gloire de Zarathoustra. Il s'imaginait ainsi redevenir le nouveau roi des rois, grâce à la parole perdue.

Le commissaire poursuivit l'entretien :

– Parfait, respectable frère, mais existe-t-il au moins une preuve écrite de cette rencontre entre les templiers et les assassins ?

Précédant Roland, le grand maître prit aussitôt la parole :

– Mon frère Jean, je pense que tu trouveras un procès-verbal de cette réunion quelque part dans les archives de la Bibliothèque nationale, mais ne t'attends pas à trouver le moindre propos équivoque.

Il ajouta dans le même temps :

– Je connais cependant un homme qui pourrait t'apporter quelques détails sur cette entrevue. Il s'agit de Eliahn Grinspan qui est notre garant d'amitié auprès de la Grande Loge d'Israël.

Roland attendit que le grand maître ait achevé sa phrase pour lancer à son tour :

– Mon frère, je crois qu'il te faut sérieusement considérer l'idée de te rendre à Jérusalem et pas seulement pour le bien de ton enquête.

Intrigué par la phrase du chevalier maçon, Gibelain s'exclama :

– Que veux-tu dire par là, respectable frère ?

Roland se tourna alors vers le grand maître. Ce dernier garda le silence quelques instants avant de s'adresser au commissaire :

– Mon frère Jean, Roland et moi-même te sommes à jamais reconnaissants pour l'odieux complot que tu as su déjouer à Bourges. Cependant, sache qu'aujourd'hui nous nous heurtons à d'autres menaces plus insidieuses mais tout aussi redoutables ayant pour noms matérialisme et fondamentalisme.

Roland leur tendit à chacun un verre de whisky *on the rocks*. Le grand maître le remercia d'un hochement de tête puis reprit son propos :

– Comme tu le sais, ces dernières années, certains frères dépourvus de scrupules se sont trouvés impliqués dans plusieurs scandales politiques et de la haute finance. Bien évidemment, nous avons réagi avec la plus grande sévérité et exclu ces frères malintentionnés. Néanmoins, les dégâts furent considérables et je ne te cacherai pas que, depuis lors, nos valeurs et nos efforts de recrutement ont perdu de leur crédibilité auprès du grand public.

Roland interrompit le grand maître :

– Notre ordre, comme notre société, a besoin d'un renouveau spirituel.

Le grand maître enchaîna :

– L'autre menace sérieuse à laquelle il nous faut faire face est celle du fondamentalisme religieux qui, contrairement à ce que l'on pourrait penser, n'affecte pas seulement l'islam. Ce n'est un secret pour personne qu'une lutte acharnée s'est engagée dans les coulisses du Vatican pour influencer les choix de société de notre pape. À l'heure actuelle, tout laisse à penser que, grâce à ses puissants réseaux politiques et financiers, l'Opus Dei marque immanquablement des points, et cela reste des plus inquiétant. Une de nos sources au Vatican a pu se procurer un exemplaire de leur périodique *Cronica.* Laisse-moi t'en lire quelques lignes et tu comprendras nos craintes : « Nous avons la grande ambition de sanctifier et de christianiser les institutions des peuples, la culture, la civilisation, la politique, l'art et les relations sociales. Tout devrait être chrétien comme une expression sociale collective de la foi des hommes et comme un moyen de sauver les âmes, de les garder dans leur foi, de les conduire à Dieu. »

À la lecture des premières lignes de l'extrait, Gibelain eut en mémoire le visage du prélat qu'il avait rencontré au cours de son séjour à New York. Les mots du grand maître confirmèrent alors son pressentiment et accentuèrent le malaise qui l'avait saisi brutalement dès sa sortie d'Alderton House. Il n'eut pas beaucoup de mal à se convaincre que l'organisation secrète catholique faisait le maximum aujourd'hui pour que tous les postes clés du gouvernement central de l'Église de Rome soient entre ses mains.

Roland intervint de nouveau et commenta les sous-entendus de *Cronica* :

– Il nous apparaît évident que l'Opus Dei entend faire adopter à l'Église catholique, dans les meilleurs délais, une constitution dogmatique bien antérieure à celle du concile Vatican II. En fait, nos sources nous ont révélé que l'intention première de l'organisation est de rétablir le monolithisme des papes Pie X, Pie XI et Pie XII.

Le grand maître ajouta :

– Mon frère Jean, la conviction principale de l'Opus Dei est actuellement inscrite devant mes yeux dans la dernière parution de *Cronica* et je te prie de croire qu'elle est sans ambiguïté : « Aujourd'hui, des personnalités importantes de l'organisation prophétisent ouvertement que, d'ici vingt ou trente ans, l'Opus Dei sera tout ce qu'il reste de l'Église. Toute l'Église deviendra l'Opus Dei car nous avons la vision orthodoxe, claire, sûre, solide, certaine de tout. Le fondateur a été choisi par Dieu pour sauver l'Église, et Dieu est donc avec nous. »

Gibelain ne put s'empêcher d'ajouter :

– Oui, tout cela fait froid dans le dos, mais en quoi puis-je vous être d'une quelconque utilité dans cette lutte d'influence ?

Le grand maître inspira profondément et déclara tout de go :

– Mon frère, Roland et moi-même aimerions que tu retrouves la parole perdue pour l'ordre maçonnique tout entier !

Abasourdi, le commissaire sursauta :

– Très respectable frère, parlez-vous de la stèle divine ramenée de Jérusalem par Hugues de Payns et les premiers templiers ?

– Exactement.

Roland insista sur la demande du grand maître :

– Seule la parole perdue nous permettrait de retrouver notre grandeur dans le monde profane tout en redonnant le sens du sacré à certains de nos frères. Sans compter qu'elle nous autoriserait à affronter la montée en puissance de l'Opus Dei et de son éventuel concile.

La réaction de Gibelain fut immédiate :

– Très respectable frère et respectable frère, je crains que vous ne surestimiez mes capacités. Comment voulez-vous qu'un simple commissaire de police puisse parvenir à résoudre une énigme vieille de neuf siècles même si, je vous l'accorde, celle-ci est liée à mon enquête criminelle ?

Le grand maître leva brutalement sa main gauche, coupant court à toute intervention de la part de Roland :

– Mon frère Jean, apprends que, pour les mêmes raisons que celles que nous venons de t'expliquer, la Grande Loge unie d'Angleterre a dépêché un de ses éminents membres en Terre sainte. Nous pensons qu'une coopération entre nos deux obédiences aurait davantage de chances d'aboutir.

En proie à une sérieuse réflexion, le commissaire porta son index droit à sa lèvre inférieure. La formulation de sa question surprit brutalement le grand maître et le chevalier maçon dont les visages s'illuminèrent aussitôt d'un grand sourire :

– Très respectable frère, pouvez-vous m'en dire davantage sur ce frère anglais ?

– Bien évidemment, répondit, satisfait, le grand maître. Notre frère se nomme Lloyd Connaught. Membre de la très prestigieuse Loge de recherche Quatuor Coronati, il appartient à la famille du duc de Connaught qui était le frère du roi Édouard VII et le grand maître de la Grande Loge unie d'Angleterre de 1901 à 1939.

Gibelain ne put s'empêcher de siffler entre ses dents :

– Rien que ça ! J'espère que vous ne me confondez pas avec un garde du corps, très respectable frère, ajouta-t-il, ironique.

– Détrompe-toi. Cet homme n'a rien d'un aristocrate de salon.

Roland ajouta dans la foulée :

– Officiellement, Lloyd Connaught est attaché militaire auprès de l'ambassade de Grande-Bretagne à Tel-Aviv, mais c'est en fait le responsable du MI6 dans cette région du monde. Membre du SAS, il a participé à toutes sortes d'opérations en Irlande du Nord, aux Malouines ainsi qu'en Irak, et a été maintes fois décoré.

Tout heureux à l'idée de côtoyer l'univers des services secrets, le commissaire se félicita d'avoir accepté la proposition du grand maître. Il ne lui restait plus maintenant qu'à convaincre Macabone de le laisser partir pour Israël. Il demanda aux deux hommes de lui accorder quelques instants puis il sortit son téléphone portable et composa le numéro de son divisionnaire. Ce dernier décrocha dès la première sonnerie :

– Patron, c'est moi, Gibelain. Je viens d'obtenir des infos sérieuses pour l'enquête.

À l'autre bout du fil, Macabone se racla la gorge et répondit :

– Oui, je vois le genre de vos sources. Tabliers, gants blancs et Grand Architecte à toutes les sauces. Continuez, je vous écoute, mais n'imaginez pas encore aller vous balader à l'autre bout du monde aux frais de la République.

Gibelain lui exposa brièvement ce que Roland et le grand maître venaient de lui exposer sur l'historique de l'ordre des Assassins et sur le bien-fondé d'un séjour en Israël. Macabone écouta sans interrompre les arguments de son commissaire principal envers lequel il conservait toute sa confiance. En dépit de sa méfiance viscérale pour la franc-maçonnerie, le Corse estimait que seul Gibelain était à même de résoudre une enquête aussi complexe que celle du meurtre de monseigneur de Payen, qui mélangeait allègrement vengeance historique et terrorisme. Derrière tous ces événements sanglants, il percevait la griffe d'un profond mysticisme auquel il ne comprenait rien. Voilà pourquoi, malgré son ironie, il s'en remettait de nouveau à l'appartenance maçonnique de Gibelain et à ses réseaux pour solutionner ce casse-tête chinois.

– OK, Gibelain, arrêtez-moi votre baratin ésotérico-machin-chose et rappliquez dare-dare demain matin. J'ai quelques connaissances à Jérusalem qui pourraient vous être utiles.

Sans prendre congé, le Corse raccrocha aussitôt. Le commissaire se tourna alors vers les deux dignitaires francs-maçons :

– Très respectable frère et respectable frère, tout semble s'arranger selon vos vœux car, à ma grande surprise, je viens de recevoir l'autorisation de me rendre à Jérusalem.

Roland corrigea :

– Je ne pense pas que nous soyons pour grand-chose dans cette décision. J'y verrais plutôt la marque du Grand Architecte de l'Univers.

Gibelain et le grand maître sourirent silencieusement, puis ce dernier se leva pour gagner son bureau et ouvrit le large tiroir à clé de l'imposant meuble d'époque. Il sortit un luxueux agenda en cuir et recopia plusieurs noms et adresses sur l'un des bristols qu'il remit aussitôt au commissaire.

– Mon frère Jean, voici les coordonnées de notre garant d'amitié ainsi que celles de notre frère de la Grande Loge unie d'Angleterre en Israël. Je vais dès aujourd'hui les informer de ta venue prochaine de façon à ce que tu puisses les rencontrer dès ton arrivée.

Le commissaire rangea le précieux carton dans son portefeuille et vida son verre. Il vit que Roland jetait furtivement un coup d'œil à sa montre et interpréta alors le geste du chevalier maçon comme une invitation polie à prendre congé du grand maître. Ils se levèrent presque simultanément.

– Très respectable frère, ajouta le policier sur le pas de la porte, je ferai le maximum pour retrouver la parole perdue. Cependant, n'attendez pas trop de miracles de ma part.

Le grand maître lui tendit la main en déclarant :

– Mon frère, je suis sûr que tu réussiras car des forces que peu d'hommes suspectent t'assisteront dans cette quête du Graal. Garde donc espoir avec un cœur pur et cultive ta détermination en faisant tien l'adage qui affirme : « Cherche et tu trouveras ».

– J'y veillerai, très respectable frère.

Gibelain serra vivement la main du grand maître et porta affectueusement l'accolade maçonnique à Roland avant de sortir d'un pas alerte du siège de l'obédience.

Le lendemain matin, le commissaire se présenta au bureau du divisionnaire. Il ne s'étonna pas de trouver le Corse déjà occupé à répondre aux multiples coups de fil émanant tantôt du procureur de la République, tantôt du ministère de l'Intérieur. Gibelain se demanda d'où pouvait provenir chez Macabone l'énergie qui, depuis des années, lui permettait d'affronter quotidiennement autant de stress et de tension. Assis, le combiné fixé à l'oreille, le Corse lui fit signe de s'asseoir et expédia son dernier appel.

– Gibelain, vous allez me corriger vite fait votre connerie de Roissy car il est grand temps que je vous refile ce bureau et ses emmerdes.

Il ajouta dans un lourd soupir :

– Il y a des jours où cela est insupportable. Vous verrez.

Le commissaire fit mine de ne pas relever l'allusion. Macabone reprit :

– Suite à vos révélations d'hier, j'ai réussi à vous obtenir l'autorisation de vous rendre à Jérusalem pour l'enquête. Je ne vous cacherai pas le fait que j'ai dû encore frapper sur la table pour que vous puissiez partir, vu le nombre d'amis que vous comptez maintenant Place Beauvau. Autre chose, je suis toujours en contact avec une vieille connaissance qui pourrait peut-être vous faciliter la tâche en Israël.

Le commissaire nota dans le ton de la dernière phrase du Corse une réelle émotion qu'il ne lui connaissait pas. Décidé à ne pas s'appesantir sur cette impression, il était sur le point de changer de sujet de conversation quand Macabone se livra soudainement :

– Gibelain, ce que je vais vous dire maintenant reste entre nous. Compris ?

– Pigé, patron, répondit le commissaire principal.

Macabone entama son histoire :

– En sortant de la fac de droit avec ma licence en poche, j'ai décidé, au grand désespoir de mes parents, de m'engager dans la Légion. À l'époque, j'étais jeune et je ne rêvais que d'aventures.

Un court silence suivit ses derniers mots, puis il reprit :

– Pour ça, je n'ai pas été déçu. Ils m'ont incorporé dans le 2e régiment étranger d'infanterie et je me suis retrouvé un beau matin de janvier 1960 en bordure du Sahara sur les traces de six cents fellaghas. Cela n'a pas été une partie de plaisir mais la fraternité chez les légionnaires, ce n'est pas de la légende et c'est grâce au sergent Moshe Begin, rescapé d'Auschwitz, que je suis encore en vie.

Il s'interrompit une nouvelle fois, ravalant un discret sanglot :

– Après Aïn Séfra, Moshe et moi-même sommes devenus les meilleurs amis du monde et, tout de suite après l'indépendance de l'Algérie, nous avons fini ensemble nos années de Légion au Maroc. Durant toute cette période, j'ai été son témoin de mariage et suis devenu le parrain de sa fille Shekina. Comme beaucoup d'entre nous, quand le FLN a pris le pouvoir, j'ai été traumatisé par le sort réservé aux harkis. Moshe n'a pas eu alors grand mal à me convaincre de partir m'installer dans un kibboutz près de Tibériade. J'y ai passé les plus belles années de ma vie, mais je ne tenais pas en place et, après réflexion, je suis rentré sur Paris pour devenir flic. Après la mort de Moshe et de sa femme, j'ai continué à prendre soin de leur fille et à financer ses brillantes études de médecine. Elle est aujourd'hui installée à Jérusalem et c'est elle qui sera votre contact. Voici ses coordonnées, je l'ai mise au courant de votre arrivée.

En saisissant la carte du divisionnaire, le commissaire ne put s'empêcher de sourire à l'idée qu'il n'avait jamais été autant attendu dans sa vie que ces dernières heures. Macabone inspira longuement avant de lui formuler une nouvelle requête :

– Gibelain, j'ai une faveur toute personnelle à vous demander. Pourriez-vous, malgré l'enquête, veiller discrètement sur Shekina, en tout bien tout honneur, bien évidemment ?

Au regard que lui lança son divisionnaire, le commissaire principal comprit tout l'attachement paternel que Macabone éprouvait pour sa protégée. Il fut d'autant plus ému par la puissance des sentiments du Corse que lui-même n'avait jamais pu devenir ce père dont il avait tant rêvé.

– Patron, vous pouvez compter sur moi. Je ne vous laisserai pas tomber.

En signe de remerciement, le Corse cligna des yeux et lui remit brutalement son billet d'avion :

– OK, Gibelain. Vous partez demain matin sur le vol El Al de dix heures. Prenez donc votre journée.

Il ajouta, tout en refermant la porte derrière lui :

– Et tâchez de me ramener plus de résultats et moins d'emmerdements, cette fois-ci.

Vingt-quatre heures plus tard, le commissaire survolait Tel-Aviv noyée sous une épaisse tempête de sable. Sur le point d'atterrir, l'avion fut à plusieurs reprises lourdement balayé par les violentes rafales de vent, au point que Gibelain crut sa dernière heure venue.

Le pilote de la compagnie israélienne déploya des trésors d'adresse pour maintenir le trajet de son appareil quand celui-ci roula sur la piste, avant de ralentir au grand soulagement de tous. Quelques pèlerins israélites se levèrent et entamèrent alors leur prière à voix haute tandis que des chants de bienvenue et de remerciement adressés à l'Éternel scandaient les derniers soubresauts du Boeing. Bercé par les chants pieux des passagers, le commissaire franc-maçon ferma les yeux quelques instants et essaya d'imaginer Shekina. L'image d'une jeune femme divinement ravissante chassa immédiatement le mauvais présage qui l'avait assailli au vu de la tempête.

Tipheret

Londres
Pentecôte, 1726

En cette journée printanière, fidèle à son serment, Isaac Newton s'apprêtait à prendre le chemin de Kilkenny. Au plus profond de lui-même, cependant, il sentait que ce pèlerinage, qu'il effectuait maintenant depuis des décennies, était le dernier.

Depuis la disparition de son ami sir Christopher Wren, trois ans auparavant, il avait beaucoup diminué et chaque nouvelle année lui confirmait que la vie l'abandonnait à son tour. Assoupi, ses pensées tourbillonnèrent alors autour des événements qui avaient marqué sa vie depuis son premier séjour dans l'abbaye cistercienne irlandaise. Il ferma les yeux et revit en pensée son compagnon de voyage Elias Ashmole, disparu trente-quatre ans plus tôt. Le passé reprit instantanément possession de lui.

Quelques dizaines de mois après leur retour d'Irlande, Elias et lui-même avaient été soulagés par l'arrivée des troupes du général Monk dans la capitale londonienne parlementariste. Le commandant de l'armée d'Écosse avait, en effet, su étouffer l'anarchie qui sévissait dans ce qui avait été l'Angleterre républicaine, en installant rapidement Charles II sur le trône. Devenu entre-temps un membre éminent de l'*Invisible College*, Elias s'était vite félicité de la restauration monarchiste car, dans le courant de l'année 1662, le nouveau roi accorda à la société de savants, jusque-là demeurée discrète, le privilège d'un mandat faisant de celle-ci la *Royal Society*. La toute première assemblée officielle de scientifiques dédiée à l'étude des merveilles du Grand Architecte de l'Univers venait de naître.

Au fil des années et des pèlerinages qui le ramenaient auprès de la stèle sacrée, l'esprit de recherche et le génie d'Isaac s'étaient affinés. Le savant revenait chaque fois spirituellement et intellectuellement enrichi, au point que son esprit le poussait alors à s'investir dans des études de plus en plus complexes. La première en date avait été l'analyse de la structure gravitationnelle de l'Univers. Son travail avait suscité rapidement l'admiration de ses pairs qui l'invitèrent alors, dès 1672, à devenir membre associé de la *Royal Society*. La même année, il publia un brillant article sur la théorie de la lumière et des couleurs, puis vint la rédaction de son chef-d'œuvre : *Les Principes mathématiques de la philosophie de la nature*.

En parallèle, comme nombre des membres de la nouvelle société royale de savants, il adhéra, sous les hautes recommandations d'Elias, à la franc-maçonnerie, alors en pleine expansion dans la capitale anglaise. Dès 1717, en effet, en réponse à la Grande Loge de York où se retrouvait une partie de la noblesse du royaume, quatre Loges londoniennes – l'Oie et le Gril, la Taverne de la coupe et des raisins, la Couronne et la Taverne du pommier – s'étaient rassemblées et avaient élu, le jour même de la Saint-Jean d'été, leur premier grand maître : Anthony Sayer.

La formation d'une Grande Loge sous l'autorité d'un grand maître élu avait aussitôt engendré les plus vives contestations de la Grande Loge de York. Toutefois, après quelques échanges conflictuels entre les deux Grandes Loges, une nouvelle structure avait progressivement pris forme grâce notamment à la participation de la famille royale et de son proche entourage dans les plus hauts échelons du nouvel ordre maçonnique. C'est ainsi que, en loge, Isaac Newton avait successivement fait la connaissance de sir Christopher Wren et de l'ambassadeur du royaume du Portugal et des Algarves, et gagna leur amitié.

Sujet du roi Jean V, Fernando don Simon Abravanel était le descendant du grand financier de la cour royale du Portugal et des doges de Venise, don Isaac Abravanel. Comme ses ancêtres, Fernando don Simon était devenu un *converso* qui, après avoir épousé la foi chrétienne, avait rejoint le mythique ordre du Christ plusieurs fois centenaire. Cet ordre, installé à Tomar et fondé en 1319 sur la dépouille de l'ordre du Temple par le roi Denis Ier, avait recueilli, au lendemain de l'abolition papale de Clément V, les derniers templiers qui avaient survécu aux bûchers de Philippe le Bel.

Au cours des frugales agapes qui faisaient suite à chacune de leurs tenues en auberge, Isaac et Fernando firent la connaissance du frère Malcolm O'Donnell. Ils se prirent vite de sympathie pour le jeune homme avant de devenir tous trois les meilleurs amis du monde.

Touché par leur fraternité spontanée, le franc-maçon du comté de Galway révéla quelques semaines plus tard aux deux hommes avoir été mandaté pour préparer l'installation de la Grande Loge d'Irlande. Malgré son acharnement à la tâche, le travail de Malcolm était titanesque. Bien souvent, il dut œuvrer jour et nuit pour remplir en bonne et due forme l'imposante charge administrative propre à « l'allumage des feux » de la première Loge irlandaise. Quand ils parvenaient à se libérer de leurs obligations officielles, Isaac et Fernando n'hésitaient pas un instant à s'investir. Ils assistaient alors Malcolm, tantôt en détaillant les statuts référentiels de la Grande Loge londonienne, tantôt en facilitant ses démarches auprès du grand maître Sayer. Leur aide fut ainsi extrêmement précieuse et permit au frère O'Donnell d'achever son travail bien avant la date fixée par ses mandataires. En remerciement de leurs efforts et de leur soutien, le franc-maçon invita alors les deux amis à Dublin en l'an 1725 et les honora, avec l'accord de sa nouvelle Grande Loge, du titre de membres fondateurs du premier atelier maçonnique en terre d'Irlande. Quelques mois après leur séjour, Isaac Newton et Fernando don Simon Abravanel reçurent dans la plus grande des discrétions un long courrier de Malcolm.

Dans la missive remise par un mystérieux messager, et dont l'enveloppe était ornée d'une croix celtique rouge sang sur un cercle de couleur verte, leur ami leur proposa d'être adoubés au sein de l'ordre de chevalerie de la Branche rouge d'Éri. Avec l'invitation, était joint un long récit dans lequel le franc-maçon relatait l'origine de l'ordre ancestral irlandais.

Isaac apprit ainsi que l'ordre d'Éri avait été fondé en l'an 93 av. J.-C. par le roi d'Ulster. Celui-ci, père de neuf fils robustes, avait honoré un par un ces derniers du titre de commandeur avant de leur remettre une parcelle de son royaume. Il avait ensuite sommé chacun d'entre eux de recruter neuf vaillants chevaliers pour constituer sa propre garde personnelle et élaborer ainsi un ordre de chevalerie. Outre le fait qu'ils exercèrent quotidiennement le noble métier des armes, les quatre-vingt-un guerriers reçurent aussi un riche enseignement tout empli de sagesse et de vérité qui les libéra de leurs passions et de leurs tourments.

À certaines saisons de l'année, lorsque la constellation d'Orient dessinait dans la voûte étoilée une configuration spécifique, le roi implorait alors la bénédiction du Dieu tout-puissant Ab et faisait renouveler aux chevaliers leurs vœux de servir l'ordre d'Éri.

Isaac nota avec grand intérêt combien l'histoire de l'ordre était enracinée dans celle de l'Irlande. Il fut tout particulièrement étonné de constater à quel point l'évolution de l'assemblée des chevaliers et celle de la verte Érin furent façonnées par la personne d'un seul homme : Brian Boru. La lecture du récit révéla au savant anglais qu'il avait été un grand roi qui, toute sa vie durant, avait concrétisé, pour le plus grand bien de ses sujets, les vertus de l'ordre de la Branche rouge. Il avait ainsi largement puisé dans sa fortune personnelle pour reconstruire les églises et les écoles du royaume ravagées par les Vikings. Il avait rebâti des places d'armes pour mettre à l'abri ses sujets et consolidé routes et ponts pour autoriser le passage des troupes et le maintien des échanges entre les différents comtés. Sa nature et son engagement chevaleresque l'avaient aussi conduit à établir des hôpitaux pour les malades et les nécessiteux. Révolté par les exactions des Vikings, le roi gagna l'alliance et l'amitié du preux Malachi. Ils rassemblèrent alors une vaste armée, bien décidés à chasser définitivement du royaume les impitoyables hommes du Nord.

Isaac Newton fut littéralement conquis par la noblesse de cœur et la détermination de cet homme disparu sept siècles auparavant. D'emblée, le scientifique sentit une grande fierté l'envahir à l'idée que les descendants spirituels d'un si grand roi aient pu décider de l'adouber parmi eux. En poursuivant sa lecture, il découvrit que le destin de l'Irlande s'était joué en la journée du vendredi 23 avril 1014. Isaac s'émerveilla du comportement du roi dont les troupes, ce jour-là, bien qu'inférieures en nombre, avaient écrasé les Danois au lieu-dit de Clontarf. Avant que la bataille ne commence, le vieux roi avait su galvaniser ses hommes en chevauchant le long des rangs de combattants, tenant dans sa main droite une épée et brandissant dans la main gauche un crucifix qu'il pointait haut vers le ciel. Tout en galopant fiévreusement devant les chefs de clans et leurs guerriers, Brian Boru exhorta les dieux de l'Irlande à leur donner la victoire et sut convaincre ses sujets que la Divinité ne les abandonnerait jamais s'ils demeuraient fidèles à leur vérité intime. Le visage d'Isaac s'assombrit quand il apprit comment le vieux roi avait disparu dans son ultime combat pour la liberté. Malcolm avait en effet joint à sa proposition d'adoubement quelques notes faisant état de la disparition du héros. Fasciné, Isaac absorba les dernières lignes du récit :

« Après avoir consacré leur journée au recueillement, lorsque l'aurore vint à tomber, les chevaliers en charge de la garde du roi, au cri des premières clameurs de victoire, se précipitèrent au sommet de la colline pour observer la déroute des Danois. Ce faisant, ils déléguèrent leur garde à un unique écuyer qui, quelques instants plus tard, fit savoir au monarque que des hommes sortis des bois se dirigeaient droit vers eux.

« Le roi demanda au jeune combattant :

– Décris-moi ces hommes, de quoi ont-ils l'air ?

« L'écuyer répondit :

– Ils sont de gris vêtus mais sans vêtements apparents.

– Ce sont des Danois en armure ! hurla le roi, se précipitant vers sa tente pour saisir son épée.

« Au même instant, Broder, le chef de guerre des Vikings, fit brutalement irruption et bouscula le vaillant écuyer de son lourd bouclier en bois avant de lui défoncer la poitrine avec sa lourde hache. Le roi qui, entre-temps, avait pu s'emparer de son épée, asséna à Broder un coup si puissant qu'il lui arracha le bras tout entier et abattit un autre guerrier danois qui se tenait derrière lui. Hélas, dans un effort surhumain, Broder réussit à se ressaisir et décocha de son bras valide un violent coup sur le crâne du courageux monarque. Le vieux roi s'effondra aussitôt sur le sol. »

Isaac rangea soigneusement le récit de la mort héroïque de Brian Boru dans son secrétaire, et rédigea nerveusement un courrier à l'adresse de Fernando. Il confia au franc-maçon portugais que, malgré sa santé déficiente, sa décision était prise : il se rendrait à Dublin dans le meilleur des délais. Isaac ne manqua cependant pas d'ajouter au représentant du roi des Algarves qu'il espérait que celui-ci l'accompagne pour qu'ils puissent être adoubés ensemble au sein de l'ordre chevaleresque irlandais. Il insista aussi sur le fait que, à sa connaissance, aucun homme n'avait connu le double privilège d'appartenir simultanément à deux ordres aussi prestigieux que l'ordre du Christ et l'ordre d'Éri, puis il cacheta son enveloppe et apposa son sceau sur la cire. Il remit le courrier à l'un de ses assistants et insista pour que celui-ci le remette en mains propres à l'ambassadeur. Pour faciliter la démarche du messager, il lui octroya son carrosse. L'entourage de l'ambassadeur ne lui poserait ainsi aucune question.

À la grande surprise d'Isaac, la réponse ne tarda pas à arriver sous les traits de l'ambassadeur en personne. Le scientifique fit alors installer confortablement son ami et exigea de ne plus être dérangé, tandis que la garde personnelle du diplomate prenait place devant le salon. Assuré d'être à l'abri des écoutes indiscrètes, Isaac Newton se confia aussitôt :

– Comme tu le sais, Fernando, je me fais vieux et ce voyage en Irlande n'est pas sans risque pour ma santé. Néanmoins, laisse-moi t'affirmer que mon adoubement auprès de l'ordre de la Branche rouge n'est pas la seule raison de mon déplacement.

La révélation du scientifique fit sursauter l'ambassadeur :

– De quelle autre raison veux-tu parler, Isaac ? Ta missive semblait pourtant parfaitement explicite.

Le ton d'Isaac Newton se fit soudainement plus grave :

– Fernando, je me suis suffisamment intéressé à la nature de l'Univers pour comprendre que mes jours sont aujourd'hui comptés. Je ne m'en effraie nullement car je sais que le temps et l'espace s'inscrivent dans la logique de notre Architecte suprême. Toutefois, avant de disparaître, je souhaite te confier un héritage qui sera probablement le plus important de ta vie.

L'ambassadeur fronça les sourcils :

– Isaac, tes paroles m'intriguent fortement. Sache cependant que tu auras toujours toute ma reconnaissance et mon attention.

Isaac remercia silencieusement son ami d'un grand sourire. Ses yeux brillaient de gratitude :

– Fernando, mon frère. Bien que nous nous connaissions depuis de nombreuses années et que nous partagions les mêmes idéaux, je conserve en moi un incroyable secret dont nul n'a connaissance aujourd'hui.

Fernando fixait avec intensité le regard de son ami. Il eut beau chercher dans sa mémoire, il ne parvint pas à se souvenir avoir lu, après tant d'années, une telle expression sur son visage. Le scientifique se lança alors dans un long monologue et raconta comment Elias Ashmole et lui-même en étaient venus à se rendre à Kilkenny. Il évoqua leur rencontre avec l'abbé cistercien et dévoila à l'ambassadeur, avec une pointe d'hésitation, son appartenance aux Fils de la Vallée. La réaction de Fernando fut si brutale qu'il manqua de renverser son verre de cherry :

– Isaac, serais-tu l'un des nôtres ?

Abasourdis, les deux amis se firent alors entre eux le signe de reconnaissance de l'ordre intérieur des Templiers et tombèrent dans les bras l'un de l'autre. Après quelques instants de joie et de piété, Fernando reprit la parole :

– Fils de la Vallée Isaac Newton, quel est donc ce secret que tu souhaites me confier ?

– Fernando, mon vieil ami, apprends que, avant de disparaître, l'abbé de Kilkenny nous a, Elias et moi-même, initiés et il nous a confié le plus grand trésor des templiers : la parole perdue.

L'ambassadeur portugais s'écria :

– Par la Vierge Marie, c'était donc vrai. La stèle sacrée et l'arche d'alliance sont ici, dans les îles Britanniques !

Isaac Newton hocha fermement la tête :

– C'est on ne peut plus vrai, mon frère.

Il ajouta :

– Nos pères ont réussi à subtiliser à la barbe de Philippe le Bel et Clément V les merveilles spirituelles ramenées de Terre sainte par Hugues de Payns et les premiers templiers. Grâce à notre chaîne initiatique qui a su traverser les siècles, ces splendeurs ont pu être protégées du vice et de la cupidité, en attendant le retour de l'âge d'or.

Sous l'emprise d'une vive émotion, les yeux de Fernando brillèrent soudainement, tandis que les mots d'Isaac faisaient revivre un bref instant le passé héroïque des chevaliers du Temple :

– À l'occasion de leur dernière assemblée en Champagne, les Fils de la Vallée sous la présidence de Jacques de Molay, notre dernier grand maître et martyr, prirent la décision de dissimuler les trésors de l'ordre en l'abbaye de Kilkenny et sous les fondations de la chapelle de Rosslyn. Ils y dorment encore, à ce jour.

Fernando interrompit alors le savant anglais :

– Isaac, pourquoi me confies-tu ce secret ? Quelle est donc ton intention ?

Pour la seconde fois au cours de leur entretien, le scientifique ressentit un immense soulagement et répondit :

– Fernando, je suis le dernier des Fils de la Vallée de Kilkenny. Pendant toutes ces années, j'ai respecté mon serment en veillant, avec notre frère Elias Ashmole, sur la stèle sacrée qui repose dans la crypte secrète de l'abbaye.

Il poursuivit :

– Bientôt, il n'y aura plus personne pour protéger cette splendeur qui ne doit en aucun cas tomber entre des mains profanes. Mon frère, la garde de la parole perdue ne peut être assurée que par un authentique Fils de la Vallée et tu es le seul que je connaisse.

Isaac Newton ajouta majestueusement, avec une certaine anxiété :

– Fils de la Vallée Fernando don Simon Abravanel, acceptes-tu de protéger au péril de ta vie le nom sacré de l'Éternel ?

Les yeux de l'ambassadeur laissèrent perler une épaisse larme avant qu'il ne réponde d'un ton solennel :

– Mon frère Isaac, j'accepte au nom de l'ensemble des Fils de la Vallée de l'ordre du Christ cet immense privilège. Sache que, avec ton autorisation, ce trésor reposera en toute sécurité dans la chambre secrète que les derniers templiers creusèrent sous la forteresse de Tomar.

Isaac répondit :

– On ne pourrait rêver de plus sûr écrin pour le nom du Tout-Puissant. Fernando, au nom des Fils de la Vallée de Kilkenny, je te confie dès maintenant, symboliquement, la parole perdue. Dès la fin de notre adoubement, nous prendrons la route de l'abbaye et je te conduirai dans la crypte des Templiers. Il nous faudra agir avec grande discrétion car, ne te connaissant pas, les quelques moines âgés qui demeurent là-bas pourraient s'étonner de ta présence à mes côtés. Mais le plus important reste de transporter la stèle sacrée jusqu'à Tomar.

L'ambassadeur rassura aussitôt le savant :

– N'aie crainte, Isaac. Demain, dès la première heure, un de nos navires appareillera pour Lisbonne, porteur de la grande nouvelle dont tu viens de m'entretenir mais aussi d'un courrier adressé au grand maître de l'ordre du Christ, qui est l'un des nôtres. Pour la réussite de notre entreprise, je lui demanderai personnellement d'affréter deux vaisseaux de l'ordre et lui réclamerai une escorte composée de nos plus fougueux chevaliers et gens d'armes.

L'ambassadeur ajouta :

– Nous défendrons la stèle sacrée jusqu'à notre ultime soupir, s'il le faut.

Rassuré par la détermination de son ami, Isaac Newton trouva aisément les mots pour conclure sa mission :

– Fernando, que l'Éternel puisse te soutenir jour et nuit dans ta noble mission comme Il a su si merveilleusement m'assister depuis le jour de mon serment. Veille bien sur elle, mon frère.

L'entretien achevé, les deux hommes décidèrent de se rendre en Irlande dès l'arrivée des chébecs. Fernando assura Isaac qu'il le ferait prévenir suffisamment tôt pour que le scientifique puisse achever ses préparatifs sans précipitation puis, après avoir échangé une nouvelle fois le signe de reconnaissance de leur fraternité secrète, le scientifique raccompagna l'ambassadeur sur le perron de sa demeure.

Trois semaines s'écoulèrent avant que les deux navires de l'ordre du Christ ne soient annoncés remontant le cours de la Tamise.

Comme promis, bien avant que les bâtiments ne soient à quai, Fernando fit prévenir Isaac de l'arrivée de la petite flotte.

À leur grande surprise, les émissaires de l'ambassadeur trouvèrent le savant ragaillardi et prêt à partir. La perspective de voyager une ultime fois vers Kilkenny et de vivre le privilège d'être adoubé en compagnie d'un autre Fils de la Vallée dans l'ordre secret de la Branche rouge d'Éri semblait avoir effacé la monotonie des derniers jours du scientifique. Malgré cette renaissance, Isaac regrettait toutefois de ne pouvoir accompagner la stèle sacrée jusqu'à Tomar. Il aurait tellement aimé remettre la parole perdue aux fiers descendants des nobles templiers, mais il ne connaissait que trop bien les limites que son corps lui imposait aujourd'hui. Qu'importe, il vivrait par l'esprit cette cérémonie que Fernando ne manquerait pas de lui raconter dès son retour du Portugal.

Le jour tant attendu arriva enfin. Isaac embarqua aussitôt avec l'équipage et, lorsque le vent gonfla les voiles du chébec, la joie du scientifique éclata et illumina son visage ridé.

Dans cet unique moment où toute la paix intérieure de l'homme rayonnait si intensément sur son entourage, nul à bord n'aurait pu imaginer que la mort emporterait le savant quelques mois plus tard.

Le voyage apparut aux deux amis comme de courte durée. Une profonde sérénité semblait accompagner chaque embrun de la mer d'Irlande. Les éléments s'étaient comme concertés pour la plus grande émulation des deux Fils de la Vallée qui s'entretenaient des heures durant sur la valeur et le sens de leur mission.

Dublin
21 juin 1726

L'arrivée des deux navires aux voiles frappées de la croix de l'ordre du Christ fit grande sensation dans la ville portuaire irlandaise, au point que, quelques heures plus tard, Fernando et Isaac ne furent nullement surpris par la visite du député maître James O'Donnell.

L'ambassadeur portugais mit un point d'honneur à recevoir dans les plus grandes largesses le chevalier de l'ordre d'Éri. Au milieu des agapes fraternelles, ce dernier confirma aux deux amis la date de leur cérémonie et promit de les faire conduire à l'adresse exacte du temple. Tous firent ensuite honneur aux mets succulents du représentant du royaume du Portugal.

Deux jours plus tard, à l'heure dite, le carrosse du député maître fit halte quelques instants dans Molesworth Street pour prendre un mystérieux passager. La nervosité gagna discrètement les deux voyageurs quand le cocher immobilisa son équipage attelé. Inquiet, Isaac écarta légèrement les rideaux et jeta un coup d'œil furtif à l'extérieur. L'obscurité des lieux accentua aussitôt son malaise et il regretta à nouveau de ne pas avoir suffisamment convaincu Fernando d'être escorté. Il lui revint alors en souvenir que, au cours de leur discussion propre aux préparatifs de la cérémonie, l'ambassadeur avait fermement insisté pour que son adoubement auprès de la Branche rouge de l'ordre d'Éri reste le plus secret possible. Son roi même devait ignorer son appartenance au sein de l'ordre ancestral irlandais. Il lui avait cependant confié que seul le grand maître de l'ordre du Christ était au courant de sa démarche.

Une voix familière indiqua au cocher la direction à suivre. Le visage du scientifique rayonna d'un immense sourire quand il reconnut l'accent typique de leur ami Malcolm. Le véhicule attelé traversa rapidement les ruelles sombres de la cité irlandaise pour pénétrer bientôt dans un vaste parc au fond duquel se dressait une imposante forteresse. Malcolm déclara alors à ses deux amis :

– Mes frères, nous voici arrivés à Malahide Castle, bâti voilà presque quatre cents ans ! Soyez les bienvenus en ce lieu chargé d'histoire.

Au même instant, le cocher fit stopper son attelage. Isaac en descendit immédiatement, aidé par Malcolm. En posant le pied à terre, le scientifique perçut alors quelques pas vifs avant qu'une large silhouette n'émerge de l'ombre, saluée aussitôt par Malcolm. Ce dernier apaisa les craintes des deux hommes :

– Rassurez-vous, mes frères, le chevalier O'Leary est l'un des nôtres. C'est lui qui vous accompagnera tout au long de votre cérémonie.

En guise de remerciement, le savant et l'ambassadeur sourirent spontanément au nouveau venu, tandis que Malcolm poursuivait :

– Isaac et Fernando, je suis maintenant tenu de vous abandonner quelques instants et de vous demander de suivre le chevalier. Celui-ci vous conduira jusqu'au parvis du temple où il vous est demandé de patienter en silence.

Il ajouta en les quittant :

– Nous nous retrouverons à l'intérieur du temple. À bientôt, mes frères.

Sans plus tarder, il se précipita en courant vers l'arrière-cour de la forteresse au moment où Fernando et Isaac pénétrèrent dans la salle d'armes du bâtiment. Pendant plusieurs minutes, tous s'imposèrent le silence le plus complet. De temps en temps, il leur parvenait néanmoins un bruit sourd d'acclamations. Prêtant une plus vive attention, Isaac eut bientôt la certitude que celles-ci venaient directement de l'une des pièces du fond de la salle, séparée des parvis par une porte en chêne.

Soudain, le chevalier O'Leary leur fit signe de le suivre et porta plusieurs coups vigoureux à la lourde porte qui s'ouvrit sans plus tarder. De l'autre côté de la porte, une première voix se fit entendre :

– Éminent précepteur, dans nos parvis se tiennent deux nouveaux soldats d'Éri dont les exploits méritent d'être célébrés par nos bardes. Ils ont servi vaillamment à nos côtés et ont gagné le droit d'être élevés au rang de chevalier.

Une deuxième voix plus éloignée fit aussitôt écho à la première :

– Digne et authentique chevalier d'Éri, voyez qui sont ces combattants qui se tiennent à notre porte ?

La porte s'ouvrit plus largement, laissant apparaître furtivement la tête de Malcolm avant de se refermer :

– Éminent précepteur, les combattants qui demandent à être adoubés parmi nous ont loyalement servi sous ma bannière et je peux affirmer qu'ils maîtrisent autant l'art de la guerre que les vertus de la chevalerie.

La voix lointaine reprit :

– Second connétable, vous êtes-vous assuré que les combattants dont vous m'entretenez sont en pleine possession de leurs moyens physiques comme de leurs facultés mentales ?

– Je m'en suis assuré, éminent précepteur.

– Alors, si tel en est le cas, et à l'unique condition que les candidats soient toujours aptes et désireux d'affronter nos épreuves, bandez-leur les yeux et faites-les amener devant nous.

Le chevalier O'Leary apposa alors un large bandeau de couleur noire sur les yeux du scientifique et de l'ambassadeur. Privés de la vue, leurs sens auditifs prirent immédiatement le relais. Ils reconnurent le petit bruit sec de la porte qui s'était entrouverte quelques instants auparavant et furent conduits au centre de ce qui leur parut être une grande salle.

Un silence inquiétant les accueillit, bientôt déchiré par la voix de l'éminent précepteur :

– Hommes d'armes, que venez-vous chercher ?

Isaac et Fernando répétèrent à l'unisson ce que leur dicta le chevalier O'Leary :

– L'armement au rang de chevalier de la Branche rouge pour mieux défendre l'honneur et la gloire de ma terre natale.

Le précepteur interrogea à nouveau les deux hommes :

– Accepteriez-vous, pour nous prouver votre valeur et rejoindre nos rangs, de combattre jusqu'à la mort pour l'honneur de l'Irlande, même si, comme maintenant, vous étiez privés de l'usage de vos membres et de la vue du ciel ?

Sans hésitation, le savant et l'ambassadeur répondirent :

– Oui, éminent précepteur.

– Dans ce cas, préparez-vous au combat.

Le chevalier O'Leary glissa une épée dans la main des deux impétrants, inquiets du sort qu'on leur réservait. Les mains du scientifique et du diplomate se crispèrent aussitôt sur les pommeaux de leurs armes. Un discret souffle avertit Isaac que l'on se déplaçait autour de lui. Ses sens en éveil lui confirmèrent que trois hommes les encerclaient. Il se prépara à l'attaque immédiatement. Malgré son aveuglement, il évita le premier assaillant en glissant légèrement sur le côté tandis que le chevalier O'Leary lui faisait lever son épée pour l'abattre sur le cou de son adversaire invisible. Une fraction de seconde plus tard, les deux autres assaillants portèrent simultanément leur attaque sur Fernando. Plus jeune et plus vif qu'Isaac, l'ambassadeur portugais s'abaissa et porta un coup direct en avant, stoppant net l'attaque de son adversaire, touché à l'abdomen. Dans le même temps, il pivota sur lui-même et étendit largement ses bras. La pointe de son épée dessina alors un demi-cercle qui laboura le flanc du deuxième attaquant. Sur ce fait, l'éminent précepteur interrompit le combat :

– Après cette épreuve de courage et de persévérance dont vous vous êtes acquittés avec vaillance, maîtrise et force, je vous reçois tous deux comme véritables et loyaux soldats d'Éri et, comme preuve de notre confiance à votre égard, je vous rends la vue.

Malgré la pénombre ambiante, Isaac réussit alors à détailler les lieux. Un environnement singulier s'offrit à ses yeux. La pièce dans laquelle ils étaient entrés était immense et décorée de multiples bannières et étendards, comme un campement militaire. La partie orientale s'ornait d'un autel dont la forme évoqua dans l'esprit d'Isaac celle d'un dolmen.

À l'occident, s'élevaient deux colonnes aux pieds carrés dont chaque côté mentionnait l'un des quatre points cardinaux. Au sommet de chacune des colonnes reposait une sphère sur laquelle était dessinée la constellation d'Orion. Sur la première des deux colonnes, était inscrit en gros caractères le mot « vent » tandis que la seconde portait gravé en lettres dorées le mot « feu ».

À l'orient, une large planche à tracer était déposée à même le sol. Le dessin d'une tour de guet interpella Isaac. Au centre de ladite tour, en effet, s'élevait une longue hampe finement détaillée. Le scientifique nota avec intérêt que la hauteur de celle-ci avait été soigneusement formulée : « neuf fois neuf pouces ». Derrière la planche, sur la droite de l'autel, était assis avec dignité un homme qu'Isaac et Fernando reconnurent immédiatement. C'était James O'Donnell. Le chevalier O'Leary leur glissa furtivement à l'oreille :

– Mes frères, veuillez saluer par ce signe notre éminent précepteur.

Tout en répétant scrupuleusement le geste du maître de cérémonie, les deux hommes s'inclinèrent avec respect. En se redressant, Isaac détailla la lourde chaîne en or que portait le précepteur et s'émerveilla de son magnifique travail de ciselure. Le bijou s'ornait de maillons alternatifs dont le dessin reproduisait tantôt un trèfle à quatre feuilles, tantôt une harpe. Le savant se remémora aussitôt la lecture du texte que lui avait fait parvenir Malcolm quelques semaines auparavant dans lequel il était question d'un large collier d'or remis à Malachi par le chef viking Tornal lors de sa capture. Il nota aussi discrètement que, sur la hanche gauche de l'éminent précepteur, pendait une longue épée. La forme curieuse de cette dernière lui rappela aussi le trophée que Malachi avait offert à son peuple quand il eut vaincu le guerrier danois Calus.

Sur les deux côtés de la salle, s'alignaient des sièges en bois occupés par les chevaliers. Chacun d'eux portait fièrement un large cordon décoré aux couleurs de l'ordre de la Branche rouge d'Éri.

Soudain, tous se levèrent spontanément et, pendant que l'on restaurait la lumière, les chevaliers brandirent bien haut leurs épées puis, tous en chœur, frappèrent le sol de leur pied gauche en clamant : « Éri ! »

L'éminent précepteur poursuivit alors son allocution :

– Recevez ici ce cordon que vous vous devrez de porter à chaque tenue de notre ordre. Il est l'emblème de notre honneur et sa couleur verte est là pour vous rappeler les exploits immémoriaux de nos frères dans les plaines d'Ossory.

Il ajouta :

– Cependant avant de vous admettre pleinement aux privilèges de notre ordre, il est indispensable que vous vous engagiez par un serment à conserver au plus profond de votre cœur les secrets qui vont vous être révélés. L'acceptez-vous ?

Isaac et Fernando répondirent aussitôt :

– Nous l'acceptons, éminent précepteur.

– Bien, dans ce cas je vous prierai de vous agenouiller devant cette pierre qui représente pour nous la destinée et de poser votre main droite sur le volume de la Loi sacrée en tenant cette croix dans votre main gauche. Veuillez maintenant répéter après moi : « Nous, Isaac Newton et Fernando don Simon Abravanel, hommes dignes, francs-maçons et serviteurs de la justice et de la vérité, jurons solennellement, en présence du grand maître de l'Univers, de toujours nous conduire comme de véritables et fidèles chevaliers de l'ordre et promettons, s'il nous est donné de combattre, de ne jamais tourner le dos à nos assaillants, fussent-ils au nombre de trois ou de neuf. »

Comme pour mieux marquer les esprits de la teneur de l'engagement qu'Isaac et Fernando venaient de contracter auprès de l'assemblée, le précepteur se tut quelques instants avant de conclure la formulation du serment, aussitôt répétée par les deux hommes :

– Nous promettons de même d'aider, de réconforter et de porter assistance à tous nos frères de l'ordre de la Branche rouge aussi bien dans le calme de la paix que dans le tumulte de la guerre. Nous jurons aussi, en présence du soleil, de la lune et des étoiles, et sur notre épée, notre lance et notre étendard, de toujours protéger la veuve et l'orphelin ainsi que tous les opprimés, et de ne jamais oublier notre allégeance à l'égard du souverain dirigeant de l'ordre d'Éri.

Le précepteur leur fit alors successivement sceller plusieurs fois de leurs lèvres le volume de la Loi sacrée ainsi que le rouleau d'Éolus avant de poursuivre par l'adoubement leur armement de chevalier.

– Ayant ainsi contracté les vœux solennels de notre ordre, je suis maintenant autorisé à vous admettre comme membres du plus ancien et du plus noble ordre de chevalerie qui puisse exister. Moi, James O'Donnell, en vertu des pouvoirs dont je suis investi en tant qu'éminent précepteur de ce campement, et au nom de Ruid-Ruide, notre fondateur royal, de Brian Boru, de Malachi et des vaillants et nobles champions de notre ordre, je vous fais maintenant et à jamais chevaliers du clan de Ruid-Ruide, chevaliers de la Branche rouge et chevaliers de la Branche royale d'Éri.

En scandant chacun de ses mots, le précepteur tapota de manière successive, avec la pointe de son épée, les épaules gauche puis droite d'Isaac et de Fernando avant de porter son dernier coup sur le sommet du crâne des deux candidats. L'adoubement achevé, il déclara à l'assemblée :

– Second connétable et vous tous, mes frères, levez-vous.

Il se tourna alors vers le scientifique et son compagnon :

– Recevez ici ces acclamations ancestrales irlandaises, gage de votre entrée dans notre ordre.

L'ensemble des chevaliers frappèrent alors leurs baudriers par trois fois avec leurs épées en clamant : « Éri ! »

La cérémonie prit fin par la remise aux deux impétrants des décors spécifiques des chevaliers de la Branche rouge. Isaac et Fernando reçurent ainsi des mains du précepteur la coiffe de la dignité ainsi qu'un long manteau vert bordé d'un liseré rouge qu'ils fixèrent à l'épaule droite par une large broche. On leur remit également deux bijoux dont l'un avait la forme d'une étoile et l'autre celle d'une croix celtique que le précepteur appendit à leurs cordons. En détaillant chacun d'eux, Isaac constata que neuf petits points lumineux dessinaient un cercle dans l'étoile. Il prêta alors une plus grande attention et s'émerveilla de constater que chaque point était en fait une émeraude. Le centre de l'étoile était quant à lui occupé par une petite harpe sertie d'une couronne. Enfin, tout autour du cercle dessiné par les pierres précieuses, brillait la devise de l'ordre. Fernando empoigna délicatement la croix celtique et compta à son tour neuf émeraudes en forme de trèfles rayonnant autour d'un rubis.

On indiqua alors aux deux hommes la signification symbolique des deux bijoux et des pierres précieuses qui les constituaient, puis le précepteur ceignit Isaac et Fernando de leurs cordons et fixa le bijou en forme d'étoile sur leurs poitrines. L'armement chevaleresque des deux hommes s'acheva alors par le chant du barde qui précéda le banquet au cours duquel l'érudition de Malcolm fit sensation auprès des deux nouveaux chevaliers.

Un bref instant, Isaac regretta d'être dans l'impossibilité de partager le secret de la parole perdue avec son frère second connétable mais, conscient que la révélation d'un tel secret aurait pu compromettre sa décision de faire protéger celui-ci par les Fils de la Vallée de Tomar, il préféra se taire non sans éprouver un réel malaise.

Loin d'imaginer le dilemme vécu par le savant, Fernando questionna à nouveau Malcolm :

– Mon frère, peux-tu me dire quel fut le premier roi d'Irlande dont nous ayons une quelconque référence historique ?

Le second connétable répondit sans faire appel à sa mémoire :

– Il s'agit du monarque Heremon qui régna en l'an 2738 av. J.-C., mais nous devons l'origine de notre ordre de chevalerie au roi Erminius, encore appelé Ruid-Ruide d'Ulster. C'est lui qui, au cours de son règne de quarante-cinq années, eut l'inspiration divine de réunir l'ensemble des princes et nobles du royaume dans une salle appelée Aodmagromaca, comparable à celle qui abritait la Table ronde du roi Arthur.

Il ajouta avec un petit sourire ironique :

– D'ailleurs, nous aussi nous possédons depuis la nuit des temps une Table ronde protégée par de nobles chevaliers.

Devant l'intérêt manifeste témoigné par l'ambassadeur, Malcolm crut bon de préciser :

– La pierre de destinée est notre Table ronde. Nos ancêtres affirmaient qu'elle était enchantée car, disaient-ils, elle libérait le bruit du tonnerre à chaque fois qu'un seigneur scythe, debout sur elle, était couronné roi. Quant à nos chevaliers, ils se regroupèrent dans les cinq ordres qui furent chronologiquement en Irlande : l'ordre de Ruid-Ruide, l'ordre de la Branche rouge, l'ordre du Collier d'or, l'ordre de l'Épée d'or et l'ordre royal d'Éri.

Il poursuivit :

– Tous ces ordres ancestraux furent, au cours de l'histoire de notre pays, utilisés par l'occupant anglais, à ce point qu'ils en vinrent même à se combattre entre eux.

L'exclamation de Fernando résonna dans la salle des agapes :

– Comment cela se peut-il, Malcolm ?

Le visage du second connétable se fit soudainement plus grave :

– Au cours de cette guerre de religion qui vit la mise à sac de l'Irlande par les troupes de Cromwell, le dogme réussit à corrompre notre idéal chevaleresque. C'est ainsi que l'on vit des chevaliers de confession protestante de la Branche rouge prendre les armes contre leurs frères catholiques de l'ordre de l'Épée d'or !

Au regard dépité que lui lança Fernando, Malcolm O'Donnell se sentit obligé de conclure positivement son intervention :

– C'est pourquoi nous ne remercierons jamais assez le Grand Architecte de nous avoir apporté la réconciliation à travers l'art royal comme le pratiquaient nos ancêtres sous le règne du roi Teuthal, celui-là même qui institua les premières Loges d'architectes dérivées des assemblées druidiques.

Malcolm ajouta immédiatement :

– La fondation de notre Grande Loge, l'an passé, fut un bienfait et une renaissance pour notre pays et pour tous ses fidèles et, quelque part, c'est à vous que nous le devons.

Le second connétable alors se leva et interpella l'assemblée :

– Nobles fils d'Éri, je propose que nous portions un toast à nos deux nouveaux frères, Isaac Newton et Fernando don Simon Abravanel. Plus que quiconque, je veux que vous sachiez que je suis fier d'appartenir à un ordre qui a su glorifier la valeur exceptionnelle de ces deux hommes en les armant à vue chevaliers.

Tous se levèrent en portant le verre à la main avant de clamer par trois fois « Éri » et de faire honneur aux agapes de l'ordre.

Quelques heures plus tard, au petit matin, les deux nouveaux chevaliers prirent congé de leurs frères. Malcolm et James O'Donnell s'offrirent alors spontanément de raccompagner le savant anglais et le diplomate portugais jusqu'aux bâtiments de l'ordre du Christ ancrés dans le port de Dublin. En dépit de leurs protestations de circonstance, Isaac et Fernando se réjouirent de la compagnie de l'éminent précepteur et du second connétable sur le trajet qui les ramenait aux navires.

Pourtant, malgré ses efforts, le scientifique dissimulait avec peine la certitude qui s'était emparée de lui depuis qu'ils avaient laissé Malahide Castle derrière eux. Il ne parvenait pas, en effet, à chasser de son esprit l'obsédante impression qu'il ne reverrait jamais plus la forteresse médiévale ni ses frères de l'ordre de la Branche rouge d'Éri.

Le moment le plus difficile qu'il eut à vivre ce jour-là eut lieu quand, à leur arrivée, il porta l'accolade d'adieu à Malcolm. L'émotion faillit alors le submerger, et il dut se mordre les lèvres jusqu'au sang pour pouvoir retenir ses larmes.

Sitôt que le carrosse de Malcolm et de James O'Donnell eut tourné le coin de rue, Fernando donna l'ordre d'appareiller pour Port Laigre. Isaac s'empressa d'éponger les quelques larmes qui gonflaient ses yeux lourds de fatigue.

Après quelques heures de cabotage le long des côtes irlandaises, les bâtiments de l'ordre du Christ jetèrent l'ancre à quelques encablures du petit port. Au loin, les nuages sombres qui accompagnaient les averses brutales semblaient avaler les monts Comeragh.

Incapables de profiter de la moindre éclaircie sur le pont, le scientifique et l'ambassadeur regagnèrent leurs cabines et profitèrent du reste de l'après-midi pour goûter à quelque repos bien mérité.

Allongé sur sa couchette, Isaac se demanda alors comment il allait bien pouvoir expliquer aux moines la raison de sa venue, en compagnie d'un ambassadeur et d'une troupe armée. Il ne chercha pas bien longtemps et trouva la réponse grâce à la révélation que lui avait faite Fernando quelques jours auparavant sur le vif intérêt que portait le souverain portugais aux abbayes cisterciennes.

La pluie cessa à l'instant même où le fier équipage attelé du diplomate, escorté par une vingtaine d'hommes en armes, faisait halte devant les navires. Les deux Fils de la Vallée prirent alors le chemin de la crypte secrète des Templiers. Après avoir rapidement traversé la ville de Thomastown et laissé derrière eux les eaux poissonneuses de la rivière Nore, ils atteignirent Kilkenny à la nuit tombante et se firent aussitôt annoncer. Les destriers des chevaliers hennirent d'impatience pendant quelques instants alors que plusieurs moines s'épuisaient à ouvrir les portes grippées de l'abbaye.

Le bruit des chevaux fougueux interrompit la prière du vieil abbé qui, inquiet, se précipita hors de l'église abbatiale vers les nouveaux arrivants. Isaac et Fernando descendirent immédiatement du carrosse.

Fidèle à la méfiance qu'il nourrissait à l'encontre du savant depuis la mort de l'abbé Kyle O'Connor, le successeur de celui-ci reçut Isaac avec distance, mais sembla flatté par la visite du représentant du monarque des Algarves dont les armoiries ornaient les portes du carrosse. Impressionné par la présence des chevaliers porteurs de la croix rouge sur leurs tuniques, le cistercien fut rapidement conquis par les propos de Fernando. Dans un anglais parfait, celui-ci s'excusa de l'arrivée inopinée de sa troupe qu'il justifia sous le prétexte de la passion soudaine du roi pour Kilkenny.

Après avoir fait entrer ses hôtes et leur escorte, l'abbé les fit conduire à leurs chambres et ordonna de conduire les chevaliers aux écuries. Tout en feignant d'ignorer Isaac, il promit alors à l'ambassadeur qu'il lui remettrait, dès le lendemain, quelques parchemins historiques de l'abbaye pour son monarque.

Kilkenny
22 juin 1726, minuit

Comme convenu auparavant entre les deux hommes, Fernando vint frapper discrètement à la porte d'Isaac. Avec mille précautions, le scientifique ouvrit celle-ci et s'assura que tous dormaient puis, à travers le dédale de couloirs et entre les rondes, il guida son ami vers la vieille bibliothèque. Comme à chaque fois, un flot de souvenirs le submergea quand il libéra le passage secret de l'antique pièce.

Fernando était subjugué autant par l'atmosphère de mystère que par le caractère sacré qui se dégageaient du souterrain où l'entraînait Isaac. Malgré son âge et l'obscurité régnante, le vieux savant semblait connaître par cœur la moindre des aspérités des marches usées et humides qui conduisaient à la crypte.

Après quelques minutes qui lui parurent interminables, Fernando arriva dans une petite pièce sculptée à même la roche. L'ambassadeur vit alors son ami s'agenouiller devant un autel drapé sur lequel trois cierges dessinaient un triangle équilatéral. Il l'imita immédiatement.

Au bout de quelques instants de recueillement et sans éprouver le moindre effort, le vieil homme se redressa d'un coup et alluma les cierges à l'aide de sa torche, puis il souleva le voile qui recouvrait une stèle en or massif.

En lisant silencieusement les lettres gravées sur la stèle, Fernando reconnut aussitôt le tétragramme sacré des Hébreux et ne put retenir ses larmes. Isaac se retourna vers lui, serein :

– Oui, mon frère. Ces lettres désignent bien cette réalité unique et absolue dont tout procède, mais dont la nature même est inconnaissable. Ce nom que nul ne doit prononcer à voix haute est bien celui du Père.

Il poursuivit tandis que Fernando écrasait difficilement un sanglot :

– De cette réalité unique et absolue procède le logos, première manifestation intelligible de toute activité dans l'Univers. Ce logos, nous le nommons Fils.

Isaac s'agenouilla une nouvelle fois devant la stèle sacrée dont les lettres resplendissaient, avant de déclarer :

– Mais un agent non moins puissant ramène l'Univers à l'unité en dissipant les ténèbres qui nous cachent la réalité ultime. Cet agent, c'est l'Esprit.

Il inclina révérencieusement la tête vers l'autel tout en prononçant à voix haute :

– Que la paix soit avec vous.

Fernando répliqua :

– Et avec votre esprit.

Isaac releva la tête et formula :

– Fils de la Vallée Fernando don Simon Abravanel, du dedans ou de l'au-delà brille à travers toute chose une lumière. Elle nous rend conscients que nous ne sommes rien, mais que cette lumière est tout.

Le vieux scientifique hocha gravement la tête tout en se relevant. Il se dirigea alors vers l'autel pour y saisir la stèle d'or qu'il enveloppa solennellement dans son voile. Il éteignit ensuite les cierges et se tourna vers Fernando pour lui remettre l'objet sacré.

– Il y eut trois grandes périodes dans l'histoire spirituelle de l'humanité : le règne du Père ou de la Loi, le règne du Fils ou de l'Amour et le règne de l'Esprit qui n'a pas aboli mais complété les deux autres. En cet instant, nous sommes entrés dans le royaume de l'Esprit.

Fernando saisit alors la stèle et la serra fortement contre sa poitrine. La voix d'Isaac Newton résonna une ultime fois dans l'antique crypte :

– Au nom du Père, qui est le principe de toute existence se réalisant par la Loi, au nom du Fils qui est la Force et l'Amour, au nom de l'Esprit qui est la Raison, je te transmets la garde de la parole perdue, berceau de la lumière et plénitude de la gnose. Puisse celle-ci t'ouvrir un jour les portes du royaume du Prêtre Jean, mon frère.

Sans se retourner, Isaac et Fernando abandonnèrent la vieille crypte des Templiers. En remontant l'escalier glissant, ils ne purent chasser de leurs esprits l'impression qu'un lourd silence et qu'une épaisse obscurité venaient de s'abattre soudainement sur Kilkenny.

Jérusalem
28 mai 2002, 13 h 10

Le taxi déposa Jean Gibelain devant l'hôtel King David. En pénétrant dans le hall d'entrée, le commissaire bénit aussitôt son divisionnaire. Un majestueux décor digne des années trente, alliant harmonieusement luxe et sobriété, le propulsa dans le passé.

Dans un français à l'accent méridional, le jeune séfarade de la réception lui souhaita alors la bienvenue et lui remit les clés de sa chambre.

Une fois ses affaires déposées, le policier s'accorda une petite promenade dans les jardins exotiques du luxueux hôtel, histoire de faire le point sur l'organisation des prochaines journées qui ne manqueraient pas d'être chargées.

Après avoir marché pendant plusieurs longues minutes, il s'installa sur la terrasse et admira, un verre de cherry à la main, les remparts de Jérusalem. Là-bas, sur sa droite, il reconnut en la petite colline près du quartier arménien le mont Sion dont les flancs abritaient la tombe du roi David.

Gibelain médita longuement et, malgré l'atmosphère étouffante qui régnait en ce début d'après-midi du mois de mai, il se décida à sortir prendre l'air dans la Vieille Ville. Qu'importait la chaleur, il avait besoin de se changer les idées. Il enfila alors sa chemisette et prit ses lunettes de soleil avant de fuir la fraîcheur de la pièce climatisée.

Il erra sans direction précise en se laissant guider par les groupes de pèlerins. La foule l'emporta vers le mur des Lamentations. Il déposa alors, dans l'un des interstices de ce que fut le mur d'enceinte du temple d'Hérode, un petit papier. Sur celui-ci, il avait griffonné, quelques instants plus tôt, le nom d'êtres chers sur qui il avait appelé la bénédiction du Très-Haut.

Il chemina ensuite parmi les soldats de Tsahal et les colons de Cisjordanie, essayant d'imaginer l'antique temple du roi Salomon. Il se souvint alors que le sage souverain avait fait édifier le sanctuaire intérieur de l'édifice sur la partie la plus haute du secteur de l'Haram ech-Charif, aujourd'hui recouverte par le Dôme du Rocher.

Gibelain ferma les yeux et se laissa bercer par les incantations. L'autel des holocaustes où l'on sacrifiait vaches, béliers et boucs, la Mer de bronze dans laquelle les prêtres faisaient leurs ablutions et le temple lui-même lui apparurent comme dans un songe. Dans son rêve éveillé, le commissaire parisien admira les deux colonnes *Jakin* et *Boaz* qui décoraient le porche et pénétra à l'intérieur de l'édifice dont les pièces étaient lambrissées de bois de cèdre et les portes décorées par des figures de chérubins. Il poussa plusieurs portes finement sculptées et grimpa un escalier avant d'entrer dans une aile carrée sans fenêtre occupée en son centre par l'arche d'alliance. Il frémit alors en réalisant que son esprit venait de le conduire dans le saint des saints. Le songe se métamorphosa immédiatement en cauchemar quand sa mémoire lui martela que cette pièce n'était ouverte qu'une fois l'an au seul souverain sacrificateur pour l'aspersion sur le propitiatoire de l'arche du sang des sacrifices animaliers.

Gibelain se mit à craindre pour sa vie. La peur l'extirpa de son état second et le ramena soudainement sur l'esplanade parmi les pèlerins. Il décida alors de se recueillir dans la basilique du Saint-Sépulcre afin de retrouver ses esprits, avant de rentrer au King David donner ses premiers coups de fil.

Alep
17 heures

Enfoncé dans son canapé poussiéreux, Jalâl se laissa doucement aller à réciter les quatre-vingt-dix-neuf attributs d'Allah. Il savait que, après avoir énoncé les premiers d'entre eux qui étaient le Tout-Puissant, le Miséricordieux et l'Omniscient, la transe le saisirait et qu'il énumérerait les suivants sans avoir le moindre contrôle sur ses paroles et pensées.

L'appel du muezzin retentit à l'instant même où il achevait son énumération. Il y vit comme un signe d'approbation du Divin et se prépara à la prière.

À ses côtés, quatre miliciens dissidents partageaient son quotidien depuis son retour de Paris. Son radicalisme et sa détermination avaient, en effet, suscité un mouvement de désapprobation parmi les dignitaires du Hezbollah. Ces derniers avaient critiqué l'esprit de violence aveugle dont il avait fait preuve à Roissy, quelques semaines auparavant. Même son protecteur et modèle, le cheikh Nasrallah, avait fermement condamné son intervention sur la chaîne télévisée al-Manar.

Dans les premiers jours, Jalâl avait été blessé par les propos de ses anciens frères d'armes, mais rapidement il s'était félicité de leur rejet. Avec cet isolement politique, il avait rapidement acquis la certitude que seule une impitoyable et permanente lutte armée contre les ennemis extérieurs et intérieurs d'Hussein mènerait l'ismaélisme à régner sans partage sur l'islam. À l'image du Vieux de la montagne, il s'était alors entouré des membres les plus radicaux des mouvements chiites du Proche-Orient et avait reconstitué un noyau dur de partisans avec le soutien isolé d'anciens membres des services secrets syriens, ravis d'être réactivés après leur départ du Liban. Sa plus grande victoire, néanmoins, avait été de convaincre les autorités iraniennes d'accepter qu'il puisse établir son quartier général sur les lieux mêmes d'Alamut. Tout en agréant sa demande, à l'unique condition de porter le jihad en Occident et d'abattre Israël, Téhéran lui avait néanmoins fait comprendre que cette autorisation n'était qu'officieuse. Jalâl avait immédiatement compris que, tant que les alliances géopolitiques le permettraient, on lui apporterait logistique et soutien moral, mais jusqu'où le régime des ayatollahs serait-il prêt à le suivre ?

Voilà pourquoi il devait frapper un grand coup pour marquer les esprits, regrouper autour de sa cause l'ensemble du monde chiite et engendrer la terreur chez ses ennemis.

Hélas, sa première tentative venait d'être mise à mal et il lui fallait aujourd'hui préparer rapidement d'autres projets pour ne pas perdre l'initiative et réduire à néant le glorieux rêve d'Hassan ben Sabbah.

La rage le saisit aussitôt quand lui revint en mémoire le visage de l'homme qui avait anéanti son projet d'attentats dans les réseaux métropolitains de plusieurs capitales européennes. La haine le submergea tout entier quand il se rappela que son contact à la préfecture de Paris lui avait confirmé le départ du commissaire pour Jérusalem.

Tout en réfléchissant à la manière dont il le tuerait en compagnie de quelques sionistes, il écrasa avec force le manche de son poignard avant de reprendre la lecture à voix haute des derniers instants du second fils d'Ali à Kerbala.

Soudain Jalâl se leva et brandit son poignard. La lame d'argent étincela autour de lui quand il la sortit du fourreau. Il se tailla alors les avant-bras, tout en hurlant la phrase d'Ali Sariati, l'un de ses maîtres à penser : « Le martyre n'est pas la guerre, c'est une mission, ce n'est pas une arme, mais un message. C'est un mot que l'on prononce avec le sang. »

Les quatre miliciens l'imitèrent comme un seul homme et les armes crépitèrent sur la véranda de la villa en briques de terre séchée. Il sut instantanément qu'il tenait sa revanche.

Jérusalem
19 h 05

De retour à l'hôtel, Gibelain consulta son calepin. Il saisit les coordonnées du garant d'amitié, remises par le grand maître à son départ, dans l'annuaire de son téléphone portable et composa le numéro.

Une voix à forte tonalité yiddish répondit aussitôt :

– Ici Eliahn Grinspan, à qui ai-je l'honneur ?

Le policier décida d'adopter d'emblée un ton détendu :

– Bonjour, mon frère. Je suis Jean Gibelain de la Grande Loge régulière de France. Je pense que l'on a dû t'avertir de mon arrivée.

– Parfaitement. J'ai bien reçu le mail de ton obédience et j'attends ton coup de fil depuis hier soir. Bienvenue à Jérusalem. À propos, où es-tu descendu ?

– Je suis au King David.

– Félicitations. La police française a les moyens, à ce que je vois.

Gibelain émit un petit rire sec et ironique :

– Oui, si l'on veut, bien que tout soit fonction de l'enquête et de ses conséquences, sans oublier la popularité de l'enquêteur.

Eliahn, parfaitement au courant des événements tragiques des dernières semaines, fit mine d'ignorer l'allusion :

– Jean, je devine que ton temps est précieux. Laisse-moi te proposer de venir passer quelques jours à la maison. Cela facilitera tes démarches autant que tes déplacements car ma voiture sera à ta disposition, sans compter que tu bénéficieras d'une adresse fiable et qu'ainsi tu éveilleras moins les soupçons du Mossad. Qu'en dis-tu ?

Gibelain fut immédiatement conquis par la proposition :

–Je suis touché par tant de sollicitude. J'accepte de venir avec grand plaisir.

Le correspondant reprit :

–Très bien. Je pense sincèrement que cela te facilitera la tâche, d'autant plus que, après m'être entretenu sur le Net avec ton grand maître, j'ai pensé t'obtenir un rendez-vous avec un personnage étonnant, mais tout ceci est confidentiel.

La révélation d'Eliahn excita aussitôt la curiosité du commissaire :

–Peux-tu m'en dire un peu plus, mon frère ?

–Je t'en parlerai davantage en passant te prendre demain à l'hôtel. Tiens-toi prêt pour midi. Nous discuterons en prenant la route de Safed et je t'expliquerai alors qui est exactement le rabbin Abraham Louria.

Il précisa :

–En attendant, je peux t'affirmer que tu as beaucoup de chance de rencontrer un tel homme. C'est un kabbaliste de grand renom qui n'accorde en général aucun rendez-vous. Il ne se consacre qu'à l'étude des textes sacrés. La parole perdue, c'est toute sa vie. Dès que je lui ai parlé de ta démarche, j'ai vu ses yeux étinceler et il m'a confirmé son désir de te rencontrer au plus vite. Je suis persuadé que cet homme connaît des secrets millénaires et qu'il ne les révèle qu'à ceux qu'il juge dignes de les recevoir.

Gibelain hocha la tête :

–Je vois. Il veut me jauger avant de me faire éventuellement part de certaines révélations. Cette visite m'a tout l'air d'un examen de passage.

Le franc-maçon israélien confirma l'impression du commissaire :

–C'est exactement cela, mais s'il existe un homme qui puisse t'aider à retrouver la parole perdue, c'est Abraham Louria.

–Je suis impatient de t'entendre comme de rencontrer ce singulier rabbin, enchaîna Gibelain sur le point de raccrocher.

Eliahn, je ne te serai jamais assez reconnaissant pour ce que tu viens de faire pour moi et pour l'ordre maçonnique. Merci mille fois, mon frère.

– À demain, Jean.

Gibelain éteignit son téléphone portable et se fit couler un bain frais. N'ayant ni l'intention de ressortir ni celle de dîner au restaurant de l'hôtel, il commanda un plateau-repas pour la soirée et se servit dans le minibar. Il s'installa ensuite sur la terrasse et attendit que son bain soit prêt. Jérusalem rayonnait sous les derniers assauts du soleil.

Après s'être restauré, le policier alluma le poste de télévision et zappa longuement sur les chaînes anglophones avant de tomber sur un reportage archéologique en français où il était question des manuscrits de la mer Morte.

Il ricana en se demandant si le hasard avait vraiment quelque chose à voir dans la sélection des canaux télévisés qu'il venait de faire.

Au début, il ne prêta qu'une attention distraite au reportage consacré à un chercheur du nom de Salomon Schechter, chargé d'enseignement du Talmud à l'université de Cambridge, qui avait découvert en 1897, dans le grenier de la synagogue Ben-Ezra au Caire, une copie de l'écrit de Damas.

Cependant, quand l'émission insista sur le fait que le document trouvé par l'universitaire était attribué à la secte essénienne de Qumran, l'intérêt du franc-maçon s'accrut immédiatement. Le commissaire augmenta aussitôt le son pour apprendre que l'étrange fraternité apparaissait comme un ordre monastique réunissant des adeptes d'une religion à mystères. Le reportage expliqua que l'enseignement essénien était très probablement un héritage spirituel acquis lors des années de déportation du peuple hébreu à Babylone, après la destruction du temple de Salomon par les armées de Nabuchodonosor. Il se figea devant le poste quand le présentateur insista sur les particularités des esséniens qui les avaient amenés à s'éloigner des doctrines du judaïsme officiel. Ils avaient ainsi adopté un calendrier solaire alors que le peuple d'Israël restait fidèle au système lunaire. Ils étaient par ailleurs très portés sur la magie, l'astrologie, et possédaient l'art de la divination. Certains rouleaux écrits en langage codé ou kabbaliste affirmaient qu'ils pouvaient prédire l'avenir grâce à l'étude des textes sacrés et à leur pratique continue de l'ascèse.

Le policier ne s'étonna nullement des affirmations de l'émission qui stipula qu'aucun des manuscrits n'avait mentionné le nom de Jésus, mais le caractère énigmatique d'un personnage connu sous l'appellation de maître de justice évoqua dans son esprit celui du Christ.

Le reportage prit alors une tournure que Gibelain estima plus historique, son intérêt diminua au fur et à mesure que se poursuivait l'émission. Au bout de quelques minutes, il commença à s'ennuyer, jusqu'à ce qu'il se décide à éteindre la télévision et à gagner son lit.

Il s'éveilla peu avant le premier appel du muezzin. Une fois debout, il tira les rideaux sombres qui plongeaient la chambre dans une épaisse obscurité puis il sortit s'installer sur la terrasse. Dans un profond silence, il contempla, assis, la ville plusieurs fois millénaire. Lorsque le premier rayon de soleil illumina les murailles blanc albâtre de la cité du Christ, une joie secrète inonda son cœur. Spontanément, Gibelain se mit à prier.

Il n'aurait su dire combien de temps il demeura dans cet état de béatitude. Il ne se souvenait pas d'avoir jamais vécu un tel moment de paix intérieure. Celle-ci surpassait de loin en terme de bien-être tout ce que son expérience émotionnelle de vénérable lui procurait, à chaque fois que l'égregore de la loge faisait vibrer la chaîne d'union de Beaucéant.

Soudain, il fut pris de l'envie de parcourir le mont des Oliviers. Il consulta sa montre et estima qu'il disposait de suffisamment de temps pour faire l'aller-retour depuis l'hôtel avant l'arrivée d'Eliahn. Il sortit aussitôt et marcha d'un pas vif vers la porte de Damas.

Jérusalem
29 mai, 8 h 34

Debout dans sa calèche depuis une dizaine de minutes, le jeune Nizar scrutait l'entrée du King David. Âgé de quinze ans, il avait perdu ses parents au cours des combats de rue de Jenine et vouait depuis une haine à peine dissimulée à tous ceux qu'on qualifiait de mécréants.

Alors qu'il patientait dans la rue animée, il se souvint du jour de sa rencontre, chez son oncle, avec Jalâl ben Sabbah. Rien ne fut jamais plus pareil après ces instants où la vie prit enfin un sens à ses yeux. La brutalité des propos de l'ancien milicien du Hezbollah et la conviction dont il avait fait preuve ce soir-là quant à son projet de créer une nouvelle république islamique avaient immédiatement conquis Nizar. L'adolescent avait alors spontanément adopté l'ismaélien et ses idéaux. Mieux encore, il lui avait offert tout ce qui lui restait de son amour filial.

Nizar avait, de son côté, fait grande impression à Jalâl qui avait reconnu le potentiel de violence du jeune homme et l'avait pris sous son aile. Rapidement, il s'était efforcé de canaliser l'instinct de mort de l'adolescent en lui enseignant ses interprétations et ses préceptes personnels tirés des lectures du martyre d'Ali. Le jeune homme s'était parfaitement intégré au petit groupe de terroristes dont il était devenu l'un des plus doués, malgré son âge. Il avait assimilé en un temps record tout ce que Jalâl leur avait montré dans les camps d'entraînement clandestins du jihad islamique. L'usage des armes les plus perfectionnées et l'application des méthodes les plus aveugles du terrorisme n'avaient aujourd'hui plus aucun secret pour lui.

Tout en fixant l'hôtel luxueux, il se remémora avec fierté sa dernière soirée avec les autres membres des Martyrs d'Alamut. Quarante-huit heures s'étaient à peine écoulées depuis que Jalâl les avait réunis pour leur montrer la photo d'un homme en uniforme de la police française qui avait osé les défier. Le chef terroriste les avait apostrophés en demandant lequel d'entre ses *fidaï* prendrait la vie de Jean Gibelain. Sans hésiter un seul instant, Nizar s'était désigné en posant la main droite sur sa poitrine. Le milicien avait souri et l'adolescent avait cru lire dans l'éclat de son regard une étincelle de fierté. Il avait alors connu le plus glorieux instant de sa vie quand Jalâl lui avait remis la dague avec laquelle il devait poignarder le commissaire. Simple novice ou *mujib*, il était devenu en quelques secondes aux yeux de tous un *fidaï*, un homme qui avait dorénavant la foi et était prêt au sacrifice suprême.

Soudain, il sentit son cœur palpiter. Le mécréant venait de sortir de l'hôtel. Il vérifia que l'épais adhésif qui fixait la dague sous son aisselle adhérait toujours puis il descendit de la calèche en ordonnant au *mujib* qui l'accompagnait de ne pas le perdre de vue.

Gibelain se dirigea vers la porte de Damas. Son intention était de traverser le quartier musulman de la Vieille Ville avant de gagner le mont des Oliviers en sortant par la porte Saint-Étienne, l'ancienne porte des Lions. Il remonta l'artère Hatzahanim pour arriver au croisement de la rue des Prophètes et de Nabius Road occupé par la gare routière. Là, il s'installa devant une échoppe et commanda un thé à la menthe en observant le ballet incessant des arrivées et des départs de dizaines d'autocars bondés à craquer et dont les pots d'échappement libéraient un épais nuage gris à chaque accélération.

Il était sur le point de reprendre sa marche quand il surprit furtivement le regard noir d'un adolescent qui, étonné, orienta maladroitement son attention vers les vendeurs de dattes à ses côtés. Le sixième sens du policier se mit à clignoter violemment, l'avertissant d'une menace immédiate. Tout en conservant son calme, Gibelain essaya alors d'analyser la situation et de comprendre d'où pouvait venir le danger. Discrètement, il tourna la tête dans la direction du jeune homme, tout en faisant mine de ne pas l'avoir remarqué. En une fraction de seconde, il le détailla et fut soulagé de constater qu'il ne portait apparemment pas sur lui d'arme à feu ni de ceinture d'explosifs. Comme aucune bosse suspecte ne semblait déformer sa chemise en coton et que les poches du pantalon de l'adolescent n'étaient pas suffisamment profondes pour dissimuler une grenade, il en vint à conclure que son assaillant devait porter une arme blanche. Sa conclusion se transforma vite en certitude quand il étudia les environs de la porte de Damas qui prenait l'aspect d'un goulot congestionné par les entrées et les sorties incessantes d'une foule de vendeurs à la sauvette, de mendiants et de touristes. Poignarder quelqu'un dans cette marée humaine ne serait qu'un jeu d'enfant.

Il se concentra sur sa respiration tandis que son esprit se vidait de toutes sortes d'émotions parasites. Quand le vide fut en lui, il sut qu'il était prêt à affronter son agresseur. Il absorba son thé d'un trait et se leva promptement.

Sûr de lui, Nizar lui emboîta immédiatement le pas. Gibelain traversa l'artère de Hatzahanim et se mêla à la longue queue qui s'étirait jusqu'à la mosquée de Cheikh Lulu. Habitué aux filatures, le policier perçut que l'adolescent se rapprochait de lui en ondulant entre les marchands. Il comprit que l'attaque n'était plus qu'une question de secondes. Il se retourna alors une ultime fois dans l'espoir d'apercevoir un soldat de Tsahal et d'empêcher ainsi que la mort ne saisît l'un d'entre eux. En vain.

Nizar pouvait presque toucher le dos du mécréant et jubilait à l'idée que son acte allait faire de lui le modèle des nouveaux messagers de la mort. Tuer cet homme en public servirait d'exemple à tous ceux qui oseraient à nouveau défier les Martyrs d'Alamut. En tout bon assassin qu'il était, Nizar avait admis l'idée qu'il pourrait perdre la vie dans sa confrontation avec le policier, mais, qu'importe, mourir est parfois plus important que tuer. Jalâl ne leur avait-il pas répété à tous qu'ils tueraient pour se défendre et mourraient pour convertir ?

Il fit discrètement signe au *mujib* de se tenir prêt à le seconder puis il porta la main à sa poitrine et caressa le poignard à la lame recourbée. D'un geste vif, il arracha l'adhésif qui fixait la dague sous son aisselle et se précipita sur Gibelain en bousculant violemment tout le monde autour de lui.

Depuis quelques instants, le commissaire avait senti croître l'excitation meurtrière de l'adolescent. De par son expérience, il savait que le jeune homme ne pourrait réussir à maîtriser bien longtemps une telle somme d'énergie négative. Serein, Gibelain laissa alors son esprit le guider. Il pivota sur lui-même, une fraction de seconde avant que l'adolescent ne lance son bras droit en direction de son cœur.

Malgré la foule, il bondit vers son assaillant en sortant de quelques centimètres de la ligne d'attaque de l'assassin et prolongea, d'un geste ample de son poignet, la main armée de l'adolescent. Incapable de ralentir le mouvement de son bras, Nizar suivit désespérément des yeux la trajectoire circulaire de la lame qui vint se planter dans sa jambe droite. Il hurla sous l'effet de la douleur et de la surprise.

Gibelain agrippa alors la chevelure de l'assassin et porta simultanément une série de coups avec la paume de sa main en direction du point vital situé sous le nez de son agresseur. Une douleur plus explosive que la précédente paralysa l'esprit de Nizar avant qu'il ne s'évanouisse aux pieds du policier.

Interpellée par les cris de l'adolescent, la foule s'agglutina alors telle une gigantesque nasse autour du commissaire et de son adversaire mis hors de combat. À la vue du jeune homme étendu sans connaissance, les regards se firent de plus en plus sombres et Gibelain se mit aussitôt à craindre pour sa vie. Soudain, plusieurs bras tentèrent de le saisir tandis que les premiers coups s'abattaient sur sa nuque. Instinctivement, il releva ses avant-bras et porta ses poings devant son visage, tout en tentant de fuir vers la rue de l'Oued. Des dizaines de mains le frappèrent maladroitement à la poitrine et à l'abdomen. Impuissant, il sentit l'une d'entre elles arracher la poche de son veston et saisir son calepin. Il tenta bien d'agripper celle-ci mais dut remonter sa garde devant ses yeux afin d'éviter de longs doigts griffus qui lui écorchèrent tout le front. Entre deux coups, il réussit cependant à apercevoir Nizar qui se relevait péniblement tout en implorant l'assistance d'un adulte. Avant d'esquiver un nouveau coup, Gibelain eut le temps de reconnaître son précieux calepin que l'acolyte de l'adolescent tenait fermement dans sa main gauche tandis que sa droite serrait un poignard à lame d'argent.

Le commissaire comprit exactement ce qui allait se passer. Il tenta alors d'orienter l'attention de la foule hostile vers les deux ismaéliens pour empêcher l'exécution qui se préparait devant ses yeux. Ses cris d'alerte et ses gestes de désespoir furent étouffés à l'instant même où le *mujib* plongeait son poignard dans le cœur du jeune assassin. Nizar s'écroula sans un cri.

Horrifié par la mort de l'adolescent mais incapable de s'extraire de la masse humaine qui continuait à le rouer de coups,

Gibelain fut emporté au-delà de la porte de Damas. Malgré la violence des coups qui s'abattaient maintenant sur lui, il parvenait à anticiper puis à parer les plus vives d'entre elles tout en encaissant les autres. Cependant, il savait que le temps jouait contre lui. S'il ne se dégageait pas dans les prochaines minutes, il succomberait face au nombre.

Au moment où il commençait à perdre espoir, le bruit de plusieurs sirènes se fit entendre, bientôt suivi par des tirs de grenades lacrymogènes qui dispersèrent la foule instantanément. Profitant alors de la confusion ambiante, le commissaire se dégagea de ses derniers agresseurs à coups de pied et se précipita dans la ruelle d'El-Jabsha. Il dévala à toute allure le quartier chrétien et sortit de la Vieille Ville, exténué mais vivant.

De retour dans sa chambre, il prit une douche bien fraîche et désinfecta les nombreuses griffures et tuméfactions qui décoraient ses avant-bras et son visage. En s'examinant devant la glace, il se surprit alors à constater combien il tremblait. La peur semblait en effet déferler tel un tsunami infernal dans chaque parcelle de son corps. Gibelain était incapable de se libérer de la sensation palpable qu'il allait être englouti à jamais. La serviette autour des hanches, il s'allongea sur son lit et ferma les yeux, bien décidé à recentrer son esprit sur les événements qui venaient de bouleverser son existence, un court instant. Au bout de quelques minutes, apaisé, le policier comprit avec effroi que l'exécution de l'adolescent était liée à son enquête. Ses pensées tumultueuses étaient comme en ébullition et il se redressa pour s'asseoir sur le bord du lit. Les visages déformés de l'archevêque et de son jeune agresseur se succédaient à un rythme effréné tels des hologrammes monstrueux. Il essaya tant bien que mal de passer en revue les éléments clés de son enquête depuis sa première perquisition. Tous le renvoyèrent à cette photo où, aux côtés du cheikh Nasrallah, posait fièrement en armes Jalâl ben Sabbah. Cette conclusion engendra instantanément en lui une série de questions plus dérangeantes les unes que les autres. Comment l'ancien milicien du Hezbollah avait-il pu apprendre son séjour à Jérusalem ? Avait-il été suivi depuis Paris ? Pis encore, y avait-il une taupe au Quai des Orfèvres ou au ministère de l'Intérieur ?

Gibelain sentit la migraine scintiller au fond de son crâne. Il laissa de côté ses interrogations mais se promit d'en glisser un mot à Macabone, estimant qu'il était urgent pour sa sécurité que le divisionnaire puisse lancer une enquête interne dans les meilleurs délais.

Un coup d'œil furtif à sa montre lui confirma qu'il ne disposait plus que d'une vingtaine de minutes avant l'arrivée du garant d'amitié. Sans perdre un seul instant, il s'habilla, boucla sa valise et descendit régler sa note. En patientant dans le hall d'entrée, son attention fut soudainement retenue par l'arrivée d'une Audi TT porteuse d'une plaque minéralogique gouvernementale. Le véhicule se rangea devant le King David avant que n'en sorte, en complet noir, un sexagénaire dont la kippa blanche était crochetée sur une poignée de cheveux bruns qui recouvrait en partie son occiput.

Comme si l'identité de Gibelain lui était d'emblée évidente, Eliahn Grinspan se dirigea vers le commissaire et l'accueillit d'une chaleureuse poignée de main :

– *Shalom*, Jean, j'espère que tu es satisfait de ton séjour parmi nous.

Sans qu'il en ait eu la moindre intention, Eliahn, avec ces mots, souleva immédiatement chez le policier un sentiment d'impuissance dont il était incapable de préciser les limites. C'était comme si la tristesse et l'angoisse de ces dernières heures avaient effacé toutes ses certitudes en la rédemption possible du genre humain. Le visage du jeune terroriste se matérialisa à nouveau devant lui. Gibelain frissonna discrètement tandis qu'une épaisse sueur froide lui parcourait l'échine. Il s'obligea à faire taire son émotion et inspira profondément en faisant travailler son diaphragme. Le flot de ses pensées s'apaisa aussitôt. Il décida alors de taire à son ami la mort de l'adolescent et pria pour ne pas avoir été filmé par les caméras de sécurité qui jalonnaient Jérusalem et ses portes d'accès à la Vieille Ville. Apaisé, il répondit enfin :

– *Shalom*, Eliahn. Je suis ravi par tout ce que j'ai pu voir mais j'avoue être impatient de rencontrer le rabbin Abraham Louria.

Le garant d'amitié hocha de la tête comme pour confirmer qu'il partageait l'enthousiasme du policier, puis il saisit la valise de Gibelain et l'invita à s'installer dans le roadster. Ils démarrèrent sans plus tarder. Après avoir traversé la périphérie de la Ville sainte aux collines richement fleuries, ils s'engagèrent sur la route désertique.

– Eliahn, parle-moi du rabbin Louria pour que je puisse me faire une petite idée de l'homme que nous allons rencontrer.

Le franc-maçon israélien corrigea immédiatement son invité :

– Que *tu* vas rencontrer, Jean, car sache que je n'ai pas été convié à ton rendez-vous. En fait, je ne suis là que pour t'accompagner. Néanmoins je vais te dire ce que je sais sur cet homme.

Il enchaîna :

– Abraham Louria est le descendant direct du grand Rabbi Isaac Louria qui vécut au XVIe siècle et est connu en Israël pour ses remarquables études sur le *Zohar*, le *Livre de la splendeur*. On affirme qu'il tenait son immense connaissance et ses visions mystiques de la pratique intensive de la méditation kabbalistique, qu'il s'imposait d'ailleurs plusieurs fois par jour. Au début de l'année 1570, l'histoire mentionne que Rabbi Isaac Louria fut divinement exhorté à s'établir à Safed. Il se rendit alors le plus naturellement du monde dans cette modeste bourgade, accompagné par ses disciples et leurs familles, et tous participèrent à agrandir la ville en bâtissant de leurs propres mains de nouveaux quartiers.

Gibelain s'exclama :

– Le mysticisme de cet homme devait être immense pour accomplir une telle prouesse et réussir à le faire partager autour de lui.

– Il l'était, poursuivit Eliahn. Tôt en matinée de chaque sabbat, à la fin de la procession que tous effectuaient en longues robes blanches, Rabbi Isaac donnait à ses disciples un enseignement oral. Il était alors question d'étonnantes révélations quant aux méthodes qui permettent à chaque homme de rattacher sa conscience à celle du cosmos et, mieux encore, de vivre en symbiose avec le monde divin !

– Connais-toi toi-même et tu connaîtras l'Univers et les dieux, commenta Gibelain avant qu'ils ne partent tous deux d'un grand fou rire.

Une steppe aride parcourue par quelques lièvres bruns du Néguev avait remplacé les paysages boisés des environs de Jérusalem. L'Audi avalait les ultimes kilomètres qui marquaient l'extrême limite de la vallée de l'Arava. Écrasées sous un soleil de plomb, quelques colonies isolées d'acacias survivaient en bordure des *wadis* dont les parois abruptes, dessinées par d'antiques cours d'eau, abritaient de luxuriantes oasis pour la faune sauvage de la région. Certains d'entre eux, taillés par la main de l'homme, étaient plantés de vastes palmeraies méticuleusement entretenues par d'ingénieux dispositifs d'irrigation. Eliahn remarqua l'intérêt que portait le policier depuis quelques instants aux cultures sous serre des kibboutz qui coloraient ici et là quelques champs :

– Sais-tu que nous exportons régulièrement nos techniques d'irrigation vers les contrées les plus désertiques du globe ?

– Je n'en avais pas la moindre idée mais tout cela me paraît remarquable.

– Je ne te le fais pas dire. En fait, grâce à la technique du goutte-à-goutte, nos agriculteurs parviennent à créer, puis à maintenir, autour de chaque plant, une zone humide adaptée. Ceci explique que nous arrivions à produire en nos régions les plus inhospitalières les plus beaux de nos agrumes.

Il lui sourit tandis que les premiers paysages de la plaine côtière, fertile et sablonneuse, s'ouvraient devant eux. Après avoir longé la frontière de la Cisjordanie pendant près de deux heures, ils arrivèrent en Galilée et traversèrent Nazareth sans faire la moindre halte. La route, jusqu'alors escarpée et rocailleuse, s'ouvrit soudainement sur de vastes étendues d'orangeraies. Gibelain s'étonna de constater combien celles-ci soulignaient harmonieusement les contours lointains du mythique lac de Tibériade. Indifférent aux champs de citrons et d'oliviers qui jalonnaient le paysage, Eliahn fit alors rugir les cylindres du coupé allemand. Celui-ci engloutit brutalement les derniers kilomètres qui les séparaient de Safed avant de s'immobiliser, dans un dernier ronronnement, devant une synagogue.

– Nous voici arrivés, déclara Eliahn en tournant la clé de contact de l'Audi, un sourire narquois aux lèvres. J'imagine que tu ne t'attendais certainement pas à un tel lieu de rencontre, ajouta-t-il.

– Pas le moins du monde, même si j'aurais dû m'en douter quand tu m'as précisé qu'Abraham Louria était rabbin. À propos, que suis-je censé faire maintenant ?

Eliahn étira son bras pour saisir sur le siège arrière son attaché-case qu'il ouvrit aussitôt. Il en retira une kippa qu'il fixa délicatement sur la tête du policier :

– Te voilà correctement habillé pour entrer dans ce que nous appelons notre « maison d'assemblée ». Rabbi Abraham doit probablement étudier. Tu le trouveras devant l'arche de la Loi à entretenir notre *Ner Tamid*. Rejoins-le et consacre sans crainte tout le temps qu'il te faut pour ton entretien car j'ai de quoi m'occuper.

Le commissaire hocha la tête et serra la main de son ami. Il sortit du bolide et poussa la porte du lieu de culte.

Safed
15 h 41

Un homme habillé d'un pantalon noir qui lui descendait jusqu'aux mollets était occupé à nettoyer méticuleusement une petite lampe d'où se détachait une flamme blanche. Malgré le fait qu'il lui tournait le dos, Gibelain aperçut deux longues nattes qu'il portait à l'extérieur de son couvre-chef. Il se rapprocha jusqu'au pupitre sans faire trop de bruit. L'homme se retourna sans paraître le moins du monde surpris :

– Bienvenue à toi, Jean Gibelain. Je te prie de m'attendre encore quelques instants pour finir de faire briller cette lampe, le *Ner Tamid*.

Il poursuivit tout en continuant de frotter :

– Savais-tu que la flamme qu'elle porte est le symbole même de Yahvé quand Il apparut à Moïse au milieu du buisson ardent ?

Tout en le saluant respectueusement, le policier fit comme s'il n'en savait rien. Le rabbin l'invita aussitôt à s'asseoir et vint le rejoindre sur l'un des bancs qui entouraient la salle centrale de la synagogue.

– Je sais ce que tu es venu chercher, déclara-t-il en le fixant d'un regard perçant, mais je ne t'aiderai dans ta quête qu'à l'unique condition que tu me promettes de ramener personnellement la parole perdue en Israël.

– Pardonnez-moi, Rabbi, mais ce que vous me demandez est tout simplement impossible.

Le rabbin l'interrompit d'un signe de la main :

– Jean Gibelain, je sais ce que tu as promis et je sais aussi à qui tu as fait cette promesse. Sache que je connais Eliahn Grinspan et ses relations depuis suffisamment longtemps pour savoir que tu es franc-maçon.

Il ajouta :

– Laisse-moi te dire que, depuis ton arrivée, il s'est produit des événements qui ont changé le cours des choses.

– Et lesquels précisément ? questionna Gibelain.

– Il semblerait que ton grand maître et celui de la Grande Loge unie d'Angleterre se soient tous deux entendus pour nous restituer la stèle sacrée via la Grande Loge d'Israël. Cependant, comme tu n'es pas obligé de me croire, j'ai pensé que tu aimerais en avoir une preuve concrète. La voici.

Il tendit au policier une lettre dont l'en-tête s'illustrait d'un dessin que Gibelain reconnut immédiatement : deux anges encadrant l'arche d'alliance. Le commissaire sut immédiatement qu'il avait affaire à un document authentique et, bien que sa connaissance de la langue anglaise ne fût que relative, il parvint néanmoins à traduire le courrier avant de reconnaître en bas de la lettre plusieurs signatures dont celle du grand maître de la Grande Loge régulière de France. L'accord était on ne peut plus officiel. Rabbi Abraham Louria disait bien la vérité, néanmoins comment avait-il pu obtenir aussi rapidement ce singulier document ? Gibelain suspecta que d'éminents personnages avaient tout intérêt à ce qu'il retrouve au plus vite le dernier trésor spirituel de l'humanité, mais dans quel but ? Là était toute la question. Il se décida alors à jouer le jeu que tous attendaient de lui.

– C'est d'accord. Vous avez ma promesse. Je ramènerai la parole perdue en Terre sainte.

Une lueur d'extase brilla dans les yeux noirs du rabbin.

– Ta décision est sage, et je t'en remercie au nom de tous les ascètes épris de Dieu. Laisse-moi maintenant te faire part de révélations ignorées de tous, ou presque.

Il débuta son récit par une question :

– Ne t'es-tu jamais demandé pourquoi cette terre a autant marqué l'histoire des hommes, en façonnant leur foi et en alimentant parfois leurs désirs les plus coupables ?

Silencieux et attentif, Gibelain tourna la tête de droite à gauche en signe de négation.

– Il y eut jadis, dans cette partie du monde, un âge d'or où l'homme vénérait les étoiles et élevait aux dieux les merveilles terrestres. Hélas, son orgueil engendra un cataclysme sous la forme d'un gigantesque déluge qui engloutit la presque totalité des secrets des savants bâtisseurs. Quelques-unes de ces merveilles survécurent cependant, jalousement protégées par quelques gardiens ayant réchappé à la catastrophe. Parmi ces derniers, un certain Énoch décida de transmettre à l'humanité quelques-unes de ses connaissances pour permettre aux hommes de reconstruire de nouvelles villes et de fonder d'autres civilisations. Il grava alors, sur plusieurs colonnes, les secrets éternels et mentionna, sur une stèle d'or massif, le nom propre de Dieu. Les pères fondateurs de l'Égypte antique découvrirent la première de ces colonnes et, grâce aux secrets mythiques laissés par Énoch, ils élaborèrent la brillante civilisation que l'on connaît. Quelques siècles plus tard, d'autres hommes exhumèrent plusieurs fragments de la seconde colonne, celle qui portait le nom du Très-Haut. Ils gravèrent alors sur une stèle d'or pur le nom sacré puis décidèrent de bâtir, sur les lieux mêmes de leur précieuse découverte, un sanctuaire pour protéger la stèle et les restes de la colonne.

Il ajouta après un court silence :

– Tu ne seras peut-être pas étonné d'apprendre que c'est à cet endroit exact que, par la suite, les Hébreux élevèrent le temple de Salomon en hommage à Yahvé. Une fois le temple bâti, le plus sage des rois établit secrètement une caste sacerdotale à l'origine des esséniens et de leur doctrine. Cette caste sut se perpétuer au fil du temps et survécut à la destruction du temple d'Hérode.

Gibelain interrompit le conteur :

– Rabbi, comment ces hommes ont-ils pu échapper aux massacres ?

– Nul ne le sait vraiment. Cependant, quelques prêtres esséniens se réfugièrent en la cité d'Alexandrie puis s'exilèrent en Grèce et dans le reste de l'Europe. Avant de se séparer, ils jurèrent éternellement fidélité à la religion de leurs pères et se promirent de transmettre à un seul élu, choisi parmi les enfants de chaque nouvelle génération, les secrets du temple de Jérusalem ainsi que les prérogatives allant de pair avec leur fonction sacerdotale.

– Rabbi, ces descendants dont vous me parlez, que sont-ils devenus ?

– Ils se sont fondus parmi les populations de leurs nouvelles patries, en adoptant la religion de leurs égaux et en choisissant des patronymes susceptibles de ne pas trahir leurs ascendances. Petit à petit, nombre d'entre ces hommes oublièrent l'origine de leurs pères et la raison de leur exil. Cependant, la lignée des élus perdura dans chaque famille originelle et avec celle-ci les secrets qui permettaient à chaque élu de reconnaître son semblable. Au XIe siècle, toutes ces familles, qui n'étaient devenues chrétiennes que superficiellement, virent en l'appel du pape Urbain II l'opportunité unique de récupérer les secrets et trésors sacerdotaux de leurs ancêtres.

– Rabbi, interrogea à nouveau le commissaire, de quelles familles est-il question ?

– De celles des comtes de Champagne et des seigneurs de Payns, par exemple, et toutes celles qui, dès le début des croisades, se sont impliquées dans la garde du royaume de Jérusalem.

Il poursuivit :

– En l'an 1104, le comte Hugues de Champagne et son vassal Hugues de Payns, futur maître de l'ordre templier, se rendent une première fois en Terre sainte pour y rencontrer le roi Baudouin Ier avec une intention bien précise.

– Celle visant à convaincre le roi d'entamer des fouilles sous les ruines du temple d'Hérode, commenta alors Gibelain.

– Exactement, répondit Rabbi Isaac. Toujours est-il que les deux hommes échouent dans leur tentative mais réussissent à inspecter suffisamment bien les lieux pour en dresser une carte, avant de rentrer en Champagne élaborer une nouvelle stratégie.

– Et ensuite ?

– Ensuite, poursuivit le rabbin, ils durent faire preuve de patience devant le refus de Baudouin Ier. Rien ne semblait jouer en leur faveur, du moins jusqu'à l'année 1113 où un événement inattendu va venir faciliter leur projet, du moins le pensent-ils.

– Et lequel, Rabbi ?

– La reconnaissance de l'ordre des Hospitaliers par le pape Pascal II qui lui donne pour mission de servir et de protéger l'hôpital de Saint-Jean de Jérusalem. Le comte de Champagne et son vassal voient immédiatement en cet événement une occasion exceptionnelle : celle de créer à leur tour un ordre de chevaliers calqué sur celui des Hospitaliers et qui siégerait en permanence dans la Ville sainte. Ils sont d'autant plus convaincus de la réussite de leur projet que le nouveau royaume manque cruellement de défenseurs.

– Je vois, déclara Jean Gibelain. En plaçant un détachement de chevaliers à proximité des antiques écuries du roi Salomon, ils auraient pu entreprendre des fouilles exploratoires en toute discrétion et avec la bénédiction royale.

– Le comte de Champagne et Hugues de Payns se rendent donc une deuxième fois en Terre sainte en l'an 1114 pour exposer leur plan à Baudouin Ier. Hélas, peu convaincu, le roi refuse à nouveau et nos deux hommes rentrent en France, consternés. Toutefois, avant leur départ pour la Champagne, ils n'oublient pas de rencontrer le cousin du roi, le futur Baudouin II, qu'ils savent appelé à régner prochainement vu l'âge avancé de Baudouin Ier. De précieux contacts sont établis. En l'année 1118, Baudouin Ier s'éteint de mort naturelle et, quelques semaines après le couronnement de Baudouin II, neuf chevaliers français, menés par Hugues de Payns, arrivent à Jérusalem. Le nouveau monarque les installe alors dans cette partie du palais attenante à la mosquée Al-Aqsa où jadis siégeaient les écuries du roi Salomon. Leurs fouilles commencèrent aussitôt.

– Et ces fouilles, ont-elles réellement abouti ? questionna le commissaire.

– Naturellement. Pendant neuf ans, Hugues de Payns et ses chevaliers creusèrent, à la force de leurs bras, un tunnel sous la roche du Haram, cette colline où s'élevait autrefois le temple d'Hérode, et finirent par trouver les objets sacrés, dont la stèle d'or

– Et qu'est-il advenu de ces trésors après que les templiers les eurent extraits ?

– Beaucoup d'entre eux furent ramenés en France où ils furent différemment utilisés. Ainsi les milliers de pièces d'or et d'argent exhumées servirent à l'achat de terres ainsi qu'au recrutement de nouveaux chevaliers tandis que les manuscrits araméens et grecs qu'ils récupéraient furent secrètement transportés en Champagne.

– Et pourquoi donc ? interrogea le policier.

– Ces documents auraient vite été reconnus comme hérétiques si le Saint-Siège avait mis la main dessus, car ces textes racontaient la vie de Jésus et décrivaient une tout autre image du Christ que celle admise officiellement. De plus, ces mêmes manuscrits étaient aussi des rituels de cérémonies initiatiques réservés aux membres les plus élevés de la caste sacerdotale, dont le plus important demeurait celui de la résurrection.

– Et la parole perdue ? Qu'est-elle devenue ? Est-elle restée en Terre sainte ?

– En aucune façon. La stèle sacrée, l'arche d'alliance et les manuscrits furent ramenés dans un premier temps sur les terres du comte de Champagne et dissimulés dans la forêt d'Orient jusqu'à la destruction de l'ordre du Temple par le roi de France Philippe le Bel.

– Et ensuite ? questionna Gibelain.

– Peu avant son arrestation, le dernier grand maître templier, Jacques de Molay, eut l'idée de dissimuler l'arche et les manuscrits en Écosse où ils demeurent encore aujourd'hui sous la garde des Sinclair, et ce n'est pas par hasard si cette destination fut retenue.

– Pourriez-vous m'en préciser les raisons, Rabbi ?

– J'en vois deux principales. La première, c'est que l'épouse d'Hugues de Payns appartenait à la famille des Sinclair de Rosslyn qui, au fil des siècles, donna de grands dignitaires à l'ordre templier, tout en recueillant son héritage spirituel après la chute de celui-ci. La seconde, c'est que l'Écosse est éloignée de Rome, ce qui fut très pratique pour cacher des documents jugés hérétiques par la papauté. D'ailleurs, l'histoire donna cruellement raison aux derniers templiers, quand on connaît les fins tragiques de Jacques de Molay et du précepteur de

Normandie, Geoffroy de Charnay, injustement condamnes au bûcher.

Le commissaire partagea silencieusement le reproche d'Abraham Louria avant de poursuivre l'entretien :

– Ainsi, vous affirmez que la parole perdue est toujours en Écosse ?

– Nullement, répondit le rabbin.

– Mais alors, où se trouverait-elle ?

– La stèle sacrée repose au Portugal, après avoir été conservée en Irlande pendant plusieurs siècles dans l'abbaye cistercienne de Kilkenny.

– Comment cela est-il possible ?

– Les templiers étaient des gens prudents. Conscients de l'aura et de la puissance d'une aussi grande merveille spirituelle mais aussi des retournements de l'histoire, ils choisirent de cacher la parole perdue en un autre lieu que celui de l'arche et des textes sacerdotaux, au cas où la puissance des Sinclair aurait été brutalement abattue.

Le commissaire observa un profond silence en tentant de synthétiser toutes les révélations que venait de lui faire le rabbin kabbaliste. Une fois que toutes les données furent correctement intégrées dans son esprit, il posa la question pour laquelle il risquait sa vie depuis le début de son enquête :

– Rabbi, savez-vous exactement où se trouve la parole perdue aujourd'hui ?

– Parfaitement. Elle est conservée dans les souterrains de Tomar sous la garde des Fils de la Vallée !

Le policier sursauta :

– Les Fils de la Vallée ? Qu'est-ce que c'est encore que cela ?

Au vu de la stupéfaction qui déformait le visage du commissaire, le rabbin sourit discrètement :

– Il existait, au sein de l'ordre templier, une société secrète fondée, dit-on, par Hugues de Payns et à laquelle appartenaient des figures aussi emblématiques que Bernard de Clairvaux ou le comte de Champagne. Cette société, dont les ramifications s'étendaient dans le monde cistercien, avait été conçue dans le but de protéger les trésors et les rituels extraits des fouilles par les neuf premiers chevaliers. Les Fils de la Vallée furent présents tout au long de l'histoire de l'ordre du Temple. Plusieurs grands maîtres comme Guillaume de Sonnac ou Jacques de Molay furent des leurs. Ce sont aussi les Fils de la Vallée qui réussirent à soustraire à la cupidité de Philippe le Bel l'essentiel de la fortune de l'ordre et qui protégèrent l'arche, les manuscrits et la stèle sacrée.

– Rabbi, ces Fils de la Vallée, êtes-vous certain qu'il ne s'agit pas plutôt d'une légende ?

Le rabbin fixa sévèrement Gibelain de ses yeux noirs.

– Ces gens sont bien réels et particulièrement redoutables pour tous ceux qui s'intéresseraient de trop près à la parole perdue.

Il ajouta, menaçant :

– Il te faudra être très prudent quand tu croiseras leur chemin.

Le policier soupira à l'idée qu'il aurait peut-être à faire face à de nouveaux adversaires. « Comme si Jalâl et ses assassins ne suffisaient pas », pensa-t-il. En se remémorant l'attentat dont il avait été victime quelques heures auparavant, d'autres questions lui vinrent aussitôt en tête :

– Est-il exact que la parole perdue ait fait l'objet d'une tractation entre les templiers et les assassins ?

– Tout à fait. Une fois en possession de la stèle sacrée, Hugues de Payns conçut le projet de réunir autour d'un idéal spirituel commun l'ensemble des minorités ascétiques de la Terre sainte. Son intention n'était rien d'autre que de tenter de réactiver la totalité des centres détenteurs d'une portion de la Tradition primordiale. Il était prêt pour cela à s'allier avec l'ordre des Assassins, au grand dam du comte de Champagne. C'est d'ailleurs grâce à ce dernier que la stèle sacrée ne fut jamais livrée à Hassan ben Sabbah. Furieux, le Vieux de la montagne ne pardonna jamais à Hugues de Payns, vassal du comte de Champagne, de ne pas avoir tenu parole. On affirme même qu'il lança alors une *fatwa* contre le maître de l'ordre des Templiers et contre tous ses descendants.

Le mot *fatwa* fit l'effet d'une bombe dans l'esprit du commissaire :

– Rabbi, quel est ce dernier mot que vous venez d'employer ?

– *Fatwa*, répondit le rabbin.

– Bon sang, grâce à vous, je viens à l'instant de comprendre la raison du meurtre odieux de Bertrand de Payen. Les Martyrs d'Alamut ont tout simplement assassiné le malheureux archevêque pour accomplir la *fatwa* du Vieux de la montagne. Voilà toute la raison de ce crime monstrueux, et je parie que les nouveaux disciples d'Hassan ben Sabbah nous préparent d'autres actions encore plus meurtrières et spectaculaires.

Sa gratitude pour le rabbin était sincère. Pour la première fois depuis les événements de Roissy, le sort venait enfin de tourner timidement en sa faveur.

– Rabbi, vous m'avez apporté en quelques instants tout un lot d'informations plus précieuses les unes que les autres, d'où tenez-vous toutes ces connaissances ?

– Ces prêtres du temple d'Hérode qui ont survécu aux massacres lors de la prise de Jérusalem et dont les familles se sont installées en Europe...

Le commissaire cligna des yeux, faisant signe qu'il se souvenait parfaitement des mots du rabbin.

– Eh bien, sache que je suis l'un de leurs descendants au même titre que l'étaient le premier grand maître templier Hugues de Payns et le scientifique Isaac Newton. Apprends aussi que, malgré les siècles et les péripéties de l'histoire des hommes, nous avons toujours su exactement où se trouvaient les trésors spirituels de nos ancêtres, dont la parole perdue est le plus grand joyau.

– Rabbi, pourquoi m'avez-vous confié tous ces secrets ? Je ne suis même pas de votre religion.

Abraham Louria inspira profondément :

– Eliahn, qui est avare en compliments, m'avait fait une description élogieuse de ta personne. Ses mots m'avaient laissé penser que tu avais le cœur d'un juste. La grâce divine est indispensable à la réussite de celui qui se lance courageusement dans la quête de la parole perdue. Or, seul un juste peut espérer obtenir la bénédiction de Yahvé et je sais maintenant que tu en es un.

Touché par les compliments du rabbin, Jean Gibelain baissa la tête pour ne pas laisser paraître son émotion :

– Je vous remercie, ajouta-t-il, vos mots me vont droit au cœur. Je ne sais pas si je suis réellement l'homme que vous évoquez mais je ferai l'impossible pour retrouver la stèle sacrée et la ramener en Terre sainte.

Pendant quelques instants, le rabbin le fixa avec intensité comme s'il cherchait à s'assurer, une ultime fois, qu'il ne s'était pas trompé sur l'homme qui lui faisait face puis, spontanément, il lui tendit la main. Le commissaire comprit que l'entretien venait de s'achever.

– Tu réussiras, je n'en ai aucun doute. Yahvé t'accompagne déjà et, grâce à Lui, tu triompheras des entreprises de tes ennemis. Fais-moi confiance, mes rêves prémonitoires ne me trompent jamais. Une dernière chose, cependant : quand tu seras au Portugal, rends-toi de ma part chez un certain Joao don Simon Abravanel. Il réside à Lisbonne et appartient à ces familles dont je t'ai parlé. Voici son adresse, remets-lui ce pli de ma part et reste assuré qu'il saura te conseiller sagement.

Le policier empocha la carte de visite et l'enveloppe que lui remit le rabbin. Il le remercia de nouveau et sortit de la synagogue.

Assis au volant de son roadster, Eliahn Grinspan l'attendait, un grand sourire aux lèvres. Sur la route du retour, pour éviter les embouteillages qui saturaient quotidiennement Tel-Aviv et ses environs aux heures de pointe, Eliahn proposa au commissaire de finir la journée dans la station balnéaire de Nataniya. Installés à la terrasse d'un café qui faisait face à la mer, les deux hommes discutèrent allègrement pendant plus d'une heure. Après avoir résumé les grandes lignes de son entretien avec le rabbin kabbaliste, le policier confirma au garant d'amitié qu'il avait accepté la mission de ramener la parole perdue pour le compte de la Grande Loge d'Israël. Eliahn proposa discrètement alors au commissaire l'assistance du gouvernement hébreu afin de faciliter ses démarches et d'assurer une protection pour le transport de la stèle sacrée depuis le Portugal. Gibelain déclina poliment son offre car il ne tenait pas à voir les services secrets du Mossad faire concurrence au MI6 de Lloyd Connaught. La réussite de sa mission passait d'abord par la discrétion et la planification de ses décisions en comité restreint. Le conseiller approuva l'argumentation du policier français puis les deux hommes achevèrent leurs consommations avant de reprendre le chemin de Jérusalem.

Installée dans le quartier résidentiel de Qiryat Ben-Gurion, à proximité de la Knesset, la villa d'Eliahn avait tout de la demeure officielle d'un parlementaire avec son jardin luxuriant et son intérieur en marbre blanc.

Dès son entrée, une plaisante sensation d'opulence et de sécurité s'empara de Gibelain qui se félicita aussitôt d'avoir accepté l'invitation du garant d'amitié israélien. Il prit possession de sa chambre au rez-de-chaussée et rangea soigneusement ses affaires puis il réserva une table pour Eliahn et lui-même dans l'un des restaurants les plus renommés de la Ville sainte.

Trois heures après avoir succombé à la carte du *Mischekenot Shaananim*, les deux francs-maçons étaient de retour à la villa.

Seul dans sa chambre, Gibelain se décida enfin à contacter la mystérieuse protégée de Macabone qui répondait au doux prénom de Shekina. Après quelques secondes d'hésitation, il composa un SMS et se présenta succinctement. Peu à l'aise dans ce genre de communication, il chercha longtemps ses mots et conclut finalement son message en informant la jeune femme qu'il lui téléphonerait dans la matinée du lendemain.

Satisfait par cette décision prise à l'emporte-pièce, il sauta dans la douche avant de plonger dans les draps de soie.

Alep
16h28

Dans sa villa, entouré par une dizaine de combattants à visage découvert, Jalâl commenta sans émotion la mort de Nizar et insista lourdement sur le principe qui voulait que chaque assassin ne survive jamais à la mission qui lui était impartie. Il martela à tous que, dans l'esprit des hommes d'Hassan ben Sabbah, le survivant était aussi méprisable que le lâche, et balaya les dernières hésitations du petit groupe en rappelant l'exemple de cette mère de *fidaï* qui, à l'annonce que son fils avait survécu à sa mission, s'était arraché les cheveux et noirci le visage avant de sombrer, avec les siens, dans la plus noire des dépressions.

Sûr de son effet, le chef terroriste félicita alors le *mujib* qui, en exécutant Nizar, avait su sauvegarder l'honneur du jeune assassin, en achevant de ses propres mains l'acte de sacrifice de l'adolescent. Les mots de l'ancien milicien du Hezbollah portèrent d'autant plus que les Martyrs d'Alamut avaient spontanément embrassé les deux préceptes du Vieux de la montagne, ceux-là mêmes qui avaient su traverser les âges. Par ses fréquents discours, Jalâl avait su convaincre ses *fidaï* que seuls une passion et un accomplissement communs redonneraient une authentique dignité à leurs existences faites d'ennui et d'amertume. Mieux encore, ils concrétiseraient, par leur décision de sacrifice, les projets de Dieu sur Terre.

Tous se sentirent alors religieusement légitimés quand il leur annonça que la nouvelle république islamique qu'il avait rêvée pour le renouveau du chiisme ne reposait uniquement que sur leur détermination à se sacrifier. Eux seuls, en effet, pouvaient aujourd'hui faire bouger les choses. Aucune institution autre que la leur dans le monde actuel de l'islam n'était parvenue, jusqu'à présent, à redonner à la communauté chiite la place qu'elle méritait. La faute en revenait aux dirigeants politiques et religieux. Voilà pourquoi il était indispensable qu'ils frappent un grand coup pour que rien ne soit jamais plus comme avant.

Jalâl fit silence quelques instants et observa les visages des futurs martyrs. Le chef terroriste jubila intérieurement. Pour arriver à bâtir son idéal, il avait su, comme le Vieux de la montagne, transformer en idéologie toutes ces attentes, toutes ces convictions religieuses et toutes ces colères nées de frustrations répétées en les canalisant soigneusement. Par-dessus tout, il avait encore une fois excellé dans l'art d'utiliser la passion émotionnelle de ces jeunes gens qui, assis en tailleur, le buvaient des yeux. Durant ses années de lutte contre Israël, il avait peut-être compris, mieux que quiconque au Hezbollah, combien le martyre pouvait devenir une psychose de masse. L'hystérie d'un petit groupe exerçait sur l'ennemi un effet d'intimidation aussi puissant que plusieurs attentats suicidaires et lui, Jalâl ben Sabbah, était bien décidé aujourd'hui à se servir du premier pour mieux réussir les seconds.

Il reprit son souffle et acheva sa démonstration. Il leur enseigna que seul le jihad assurait au peuple sa fierté, que seule la guerre sainte garantissait aux combattants qu'ils étaient une place au paradis. Oui, tous pouvaient être fiers d'appartenir à ce mouvement messianique qui, jadis, avait conduit Hassan ben Sabbah à offrir à l'islam la seule alternative, la plus radicale, celle qui, bientôt, plongerait le monde dans le plus grand des effrois.

Une fois son long discours achevé, Jalâl informa ses hommes que tout ce qui allait alors leur être exposé était ultraconfidentiel. Il leur interdit aussitôt, sous peine de mort, d'échanger une quelconque information sur leurs missions respectives. À partir de maintenant, les groupes ne devaient plus avoir le moindre contact entre eux.

Il s'isola ensuite avec chaque cellule spécifique de combattants pour que ses directives soient le plus cloisonnées possibles. Il remit à chaque groupe le plan détaillé des diverses localités à rejoindre. Les yeux de certains *fidaï* s'écarquillèrent à la vue des photos des cibles retenues. Lorsqu'il eut fini son briefing, il se sentit fier de penser que les prochains événements dont il était l'auteur allaient continuer à nourrir cette longue histoire faite de martyre et de dévotion et qui puisait ses racines dans l'assassinat du prophète Ali à Karbala. Le monde aurait bientôt peur des images de ces combattants qu'il s'apprêtait à filmer sur une vidéo d'adieu car ils y crieraient leur résolution et leur mépris de la souffrance dont seuls étaient capables les vrais croyants. Il zooma sur le visage du premier terroriste tandis que celui-ci clamait haut et fort : « Je suis un martyr vivant. Je suis originaire de Bassora en Irak et j'ai vingt-cinq ans. »

Après avoir serré dans ses bras chacun d'entre eux, l'ancien milicien prit congé de ses hommes et s'enferma dans sa chambre. Il contempla alors longuement l'étrange graphisme qui ornait la première page du calepin que le *mujib* avait dérobé à son plus dangereux adversaire. Comment était-il possible qu'un chien comme ce Jean Gibelain puisse être en possession du dessin sacré devant lequel lui apparaissaient, dans chacune de ses transes, les figures d'Hassan ben Sabbah et de l'ange Gabriel ? Cela ne pouvait être.

Il se plongea alors dans une profonde réflexion, partagé entre la volonté implacable de tuer instantanément son ennemi et celle de savoir comment le policier avait eu connaissance de ces lettres sacrées. D'emblée, il fut saisi par une dérangeante interrogation : et si ce mécréant était, comme lui, à la recherche de cette stèle sur laquelle était inscrit le nom du Divin ? Il trembla de rage à l'idée que le commissaire avait peut-être en poche quelques indices qui lui permettraient de mettre la main, bien avant lui, sur le trésor spirituel volé au Vieux de la montagne. Sa curiosité et sa crainte de perdre la stèle sacrée l'emportèrent sur son désir de meurtre immédiat et il prit soudainement la décision la plus importante de sa mission : il kidnapperait Gibelain.

Geburah

Jérusalem
30 mai, 8 h 11

Dès son lever, Gibelain se sentit en pleine forme. Sa première nuit dans la demeure du parlementaire lui avait été réellement bénéfique. Après s'être étiré, il bondit du lit et s'habilla tout en sifflotant.

Dans la cuisine, il trouva un petit mot d'Eliahn l'avertissant de son absence pour plusieurs jours et lui confirmant que la villa et la voiture étaient à son entière disposition. Il reposa le post-it sur la table, s'installa confortablement dans la large véranda et fit honneur à son copieux petit déjeuner.

Au bout de quelques minutes, il regagna sa chambre et composa sur son téléphone portable le numéro de son divisionnaire à Paris. Fidèle à son habitude, Macabone décrocha aussitôt :

– Ah, vous voilà enfin. Je finissais par me demander ce que vous deveniez. Où en êtes-vous avec l'enquête ?

– J'avance doucement et je vous enverrai bientôt par fax mon rapport, mais désolé, patron, ce n'est pas la raison de mon coup de fil de ce matin.

– Comment cela ? fit Macabone.

– Je pense que nous avons à Paris un sérieux problème sur le dos.

– Soyez plus précis, Gibelain. J'ai passé l'âge de jouer aux devinettes.

Le commissaire principal enchaîna brutalement :

– Hier en matinée, quelques heures après mon arrivée à Jérusalem, j'ai failli me faire poignarder et je suis certain que mon agresseur appartenait au groupe des Martyrs d'Alamut.

– Bon sang, c'est pas vrai, s'exclama le Corse avec nervosité, et qu'est-ce qui vous fait penser cela ?

– Trois choses essentielles. D'abord, l'assaillant connaissait exactement mon lieu de séjour et m'attendait visiblement depuis un certain temps. Ensuite, il m'a attaqué spontanément comme s'il avait été briefé sur la cible que j'étais manifestement à ses yeux. Enfin, il était accompagné d'un complice qui n'a pas hésité un seul instant à l'exécuter devant moi après l'échec de sa tentative.

– Qu'est-ce que vous me racontez là ? hurla Macabone à l'autre bout du fil. Ne me dites pas que quelqu'un s'est encore fait buter ? Putain, Gibelain, vos conneries vont vraiment finir par me faire renvoyer à la circulation.

– Patron, je n'y suis pour rien cette fois-ci, croyez-moi. J'ai même essayé de sauver la vie de ce pauvre gosse au risque de me faire lyncher. Il s'en est d'ailleurs fallu de peu pour que j'y laisse ma peau.

– Est-ce que la police israélienne est au courant que vous étiez sur place quand votre agresseur s'est fait trucider ? interrogea le divisionnaire.

– Je ne pense pas, répondit Gibelain.

– Eh bien, priez pour qu'ils n'en sachent rien car, si votre tête apparaît sur leurs caméras de surveillance, nous allons avoir de grosses difficultés à faire avaler ce nouveau boa au ministre. C'est moi qui vous le dis.

Le Corse inspira profondément avant de lancer sa question, comme s'il en craignait déjà la réponse :

– Après toutes ces bonnes nouvelles, venons-en au principal : qu'est-ce qui vous tracasse au point de m'appeler aujourd'hui ?

– Désolé, boss, mais je n'en ai pas fini avec les mauvaises surprises. Comme je viens de vous l'annoncer, je suis persuadé que cette agression ne doit rien au hasard et qu'elle a été soigneusement préparée. Les Martyrs d'Alamut savaient que j'étais à Jérusalem alors que, mis à part vous, moi, et certains de nos collègues, personne ne connaissait mon départ et encore moins ma destination. J'en ai donc conclu que nous avons une taupe dans la maison et qu'il va falloir jouer serré pour la démasquer.

Macabone commenta ironiquement :

– Il ne manquait plus que cela. Pour des nouvelles fraîches, je n'en demandais pas tant. Êtes-vous certain de ce que vous affirmez ?

– Je ne suis sûr de rien mais ces gens sont déterminés à tuer tous ceux qui se trouveront sur leur route et, croyez-moi, je n'oublierai jamais le regard du gosse quand il s'est lancé sur moi avec sa dague.

Il poursuivit :

– Patron, si mon intuition est bonne, Jalâl ben Sabbah est au courant de tous nos faits et gestes par cet informateur qui est une réelle menace et dont nous devons nous débarrasser au plus vite. Il y va de la réussite de notre enquête et aussi de ma vie.

– OK, Gibelain, vous m'avez convaincu. Je fais le nécessaire et lance dès maintenant une enquête interne. Y a-t-il autre chose que je doive savoir ?

– Non, je pense vous avoir tout dit.

– Une dernière question, lança Macabone. Avez-vous pris contact avec Shekina ?

– Je lui ai laissé un SMS hier soir et je dois lui téléphoner dans la journée.

– Très bien, je compte sur vous pour prendre soin d'elle et me rappeler avec des bonnes nouvelles, cette fois-ci.

– Compris, vous aurez mon rapport dans les quarante-huit heures.

– J'y compte bien. Mettez-vous au boulot et tâchez de me boucler une fois pour toutes cette satanée enquête.

– Je ferai pour le mieux, ajouta Gibelain en raccrochant.

Aussitôt après avoir interrompu sa communication, le commissaire principal se sentit comme soulagé. Certes, la menace de Jalâl continuait de planer au-dessus de sa tête mais le fait que Macabone soit au courant changeait maintenant bien des choses. Il connaissait l'opiniâtreté du divisionnaire quand il s'agissait de défendre ses hommes et leurs missions. Gibelain savait que l'informateur de l'ancien milicien du Hezbollah ne survivrait pas longtemps à la traque du Corse. Ses heures étaient dorénavant comptées et il se mit à espérer que son arrestation permettrait de localiser une fois pour toutes les terroristes ismaéliens.

Cette pensée sembla le ragaillardir et, confiant, il se décida à contacter le représentant de la Grande Loge unie d'Angleterre. Il rassembla son vocabulaire et rédigea sur une feuille de papier les quelques mots d'anglais expliquant qu'il tenait à parler à Lloyd Connaught. Satisfait de lui, il composa le numéro de l'ambassade de Grande-Bretagne à Tel-Aviv.

Son accent français sema quelque confusion dans l'esprit de la standardiste qui comprit néanmoins que son interlocuteur désirait s'entretenir avec sir Connaught. Elle lui fit répéter son nom à plusieurs reprises et lui demanda de patienter, tandis qu'elle cherchait à joindre le responsable du département du MI6 au Proche-Orient.

Au bout de quelques secondes, une voix au timbre rocailleux retentit dans l'écouteur du policier dans un excellent français :

–Jean Gibelain, mon bien-aimé frère, je suis ravi de t'entendre. Comment vas-tu ? Est-ce que ton séjour en Israël s'avère fructueux ?

Le commissaire saisit parfaitement l'allusion de l'agent des services secrets britanniques à son voyage à Safed. Il émit un petit rire en guise de réponse. Il se garda bien, cependant, de faire mention de la tentative d'assassinat dont il avait été la victime quelques heures plus tôt :

– Tout va pour le mieux, et je remercie à nouveau le Grand Architecte car je pense avoir sérieusement avancé dans la quête que tu connais.

–Je vois, répondit le franc-maçon anglais, il faut absolument que nous puissions en parler autrement qu'au téléphone. Londres est en effet impatient de connaître les résultats de tes démarches et de l'avancée de notre mission. Quand pourrions-nous nous rencontrer ?

– Aujourd'hui, si cela te convient, suggéra le commissaire, bien décidé à faire avancer les choses comme à reprendre l'initiative sur les assassins.

– Cela me va parfaitement. Je serai en début d'après-midi sur Jérusalem au consulat. Que dirais-tu si je passais te voir à l'hôtel ?

– On va faire mieux que cela, proposa Gibelain, je suis hébergé par notre garant d'amitié qui est aussi parlementaire à la Knesset.

– Tu veux parler d'Eliahn Grinspan ? lança Lloyd.

– Exactement.

– Dans ce cas, pourquoi ne pas nous retrouver à son domicile dès ma sortie de chez le consul car je connais parfaitement son adresse pour m'y être rendu à plusieurs reprises ?

– C'est une excellente idée. Nous pourrons ainsi parler plus librement et mettre en place le nécessaire pour ramener ce que tu sais.

– D'accord, Jean. Je te retrouve à Jérusalem dans quelques heures.

– À plus tard, mon frère, conclut le policier.

Alep
12 h 45

Jalâl porta la main à sa tempe, la migraine s'insinuait sournoisement dans son crâne. Pour chasser la douleur, il se mit alors à réciter le mantra sacré. L'infernale pulsation s'interrompit presque par enchantement et, tandis que la transe prenait possession de ses pensées et de ses émotions, il sut qu'une nouvelle révélation lui parviendrait bientôt. Il ferma les yeux et, comme à chaque fois, les ombres d'Ahriman et d'Angra Mainyu, l'antique divinité maléfique iranienne, le submergèrent. Au bout de quelques minutes, un point lumineux se dessina dans l'obscurité de son esprit. Il s'imagina marcher à tâtons vers ce point jusqu'à ce qu'il prenne la forme d'une porte. Sans qu'il ne puisse se l'expliquer, Jalâl sut qu'il se tenait face au Portique des prophéties derrière lequel veillait l'ange Gabriel. Il poussa la porte et, sans énoncer le moindre mot, il vit l'ange serrant la sèle sacrée dans ses mains. D'un battement d'ailes, il lui fit signe de le suivre et Jalâl se laissa mener par son guide divin. Ils cheminèrent sur l'étroit chemin d'une montagne qu'il crut reconnaître comme étant un des monts de l'Elbourz, celui qui abritait l'antique repaire du Vieux de la montagne. Arrivés au sommet, l'ange Gabriel fit basculer un imposant rocher, dévoilant ainsi l'entrée d'une grotte profonde. Jalâl s'enfonça seul dans le long boyau éclairé par quelques torches aux flammes vacillantes. Il ne sut combien de temps il chemina ainsi dans la pénombre mais, plus il avançait, plus il se sentait oppressé par le silence des lieux. Soudain, il déboucha dans une vaste salle puissamment éclairée et au milieu de laquelle trônait une table ronde. Tout autour de l'immense table, se tenait assise une assemblée d'hommes aux visages recouverts par des masques effrayants. Jalâl nota qu'ils portaient tous des barbes soigneusement entretenues et que leurs cheveux étaient bouclés à la mode des anciens Perses. Le plus grand des hommes attablés se redressa majestueusement et l'apostropha :

– Jalâl, ta mission s'inscrit dans la continuité de celle de ton prestigieux ancêtre, à qui incombait le devoir de rendre à notre race son honneur et sa foi. Toi aussi, tu es un enfant d'Ahura Mazda qui s'ignore, toi aussi, tu as oublié le message de Zarathoustra et, toi aussi, tu partages la responsabilité de voir notre patrie iranienne gémir sous les assauts de ses ennemis. Aujourd'hui, il est temps que tu fasses connaître au monde ton caractère de feu, ta fureur et ta foi pour que l'Iran retrouve la destinée de ses pères. Fils d'Hassan ben Sabbah, avant que je ne te révèle certains de nos mystères, jure-nous que tu seras celui qui, bientôt, instaurera sur la scène du monde l'avènement de nos prophètes.

– Je le jure, clama-t-il haut et fort.

– Dans ce cas, suis-moi.

L'homme lui fit alors signe de le suivre dans une autre salle dont les bas-reliefs s'ornaient de lions ailés. Une petite allée semblable à celle des Immortels qui, jadis, traversait Persépolis menait au parvis d'un petit temple sculpté dans la roche. Il l'invita à demeurer au bas des neuf marches de celui-ci et poursuivit son chemin. Puis il pénétra dans le temple où il fit brûler l'encens déposé dans la mer d'Airain. Jalâl l'entendit prier à haute voix. L'homme masqué réapparut en tenant la dague des assassins à la main. Il alluma les neuf cierges disposés de part et d'autre des deux colonnes du bâtiment et proclama l'incantation, tout en traçant dans l'espace autour de Jalâl les mêmes lettres que celles gravées sur la stèle sacrée que tenait l'ange Gabriel :

– Debout dans la grande unité qui est triple, visible et invisible, j'appelle sur ce lieu et sur cet homme le feu purificateur et vivifiant. Qu'il puisse le purifier sur les trois plans de l'être que sont le corps, l'âme et l'esprit, et le délivre de toutes les souillures inspirées par Ahriman ! Ainsi purifié et protégé, qu'il puisse dorénavant vivre et opérer dignement et en force pour l'avancement ici-bas du règne d'Ahura Mazda, selon sa volonté, pour sa gloire et pour le salut des purs ! Qu'il en soit ainsi.

– Qu'il en soit ainsi, répéta Jalâl.

Trois coups sourds interrompirent brutalement le songe de l'ismaélien qui se redressa, furieux. Il ouvrit la porte de sa chambre tout en menaçant le malheureux importun :

– Je prie pour l'âme de celui qui a osé me déranger. Puisse Allah lui avoir donné une excellente raison car, sinon, que la mort soit déjà sur lui !

Son chef en second lui faisait face, incapable de maîtriser l'excitation qui flambait dans ses yeux noirs :

– Je te prie de m'excuser, Jalâl, mais le temps est enfin venu. Nos hôtes sont arrivés et t'attendent tous dans le salon.

À l'énoncé du mot « hôte », la colère de Jalâl s'effaça de son visage pour laisser place à un large sourire qui se figea presque instantanément en un rictus :

– Sont-ils en possession de ce que nous leur avons réclamé ?

– Il semble que oui, répondit le bras droit de l'ex-milicien.

– Alors, que notre volonté s'accomplisse ! clama-t-il en descendant vers le rez-de-chaussée de la villa pour saluer respectueusement les trois officiels nord-coréens.

Une fois les salutations d'usage échangées, le plus âgé d'entre eux s'adressa à Jalâl en anglais :

– Nous avons ce que vous nous avez demandé. Êtes-vous en mesure de conclure notre accord ?

– Naturellement, répondit Jalâl. Apporte-moi le nécessaire, aboya-t-il à son bras droit.

Ce dernier lui remit aussitôt un ordinateur portable flambant neuf. Après avoir tapoté quelques instants sur les touches de l'appareil et s'être connecté sur Internet, le chef des Martyrs d'Alamut accéda au site de la Banque islamique à Lugano.

Il composa instantanément une série complexe de mots de passe et d'identifiants qu'il connaissait par cœur et obtint un numéro de compte sur lequel s'affichait une somme conséquente en dollars.

– Tenez-vous prêt à vérifier votre compte, déclara-t-il à l'agent nord-coréen.

Jalâl pianota de nouveau et patienta quelques instants tandis que les yeux de l'Asiatique rétrécissaient à force de fixer l'écran de son pocket PC dernier cri. Soudain, le petit écran s'anima et un nombre à huit chiffres s'afficha sur le compte du Nord-Coréen qui ordonna aussitôt à ses deux associés d'achever leur partie de la transaction. L'un d'entre eux quitta la pièce d'un pas vif pour se rendre au Nissan garé devant la villa. Il ouvrit le coffre du 4×4 et en sortit plusieurs containers métalliques qu'il mania avec grande précaution. De retour dans le salon, les trois hommes se mirent à la tâche. Jalâl ordonna à son chef en second et à son équipe de porter la plus grande attention à la procédure de remontée de l'engin apporté par les Nord-Coréens. Il exigea avant de sortir que tous soient capables de démonter et de reconstituer l'appareil très rapidement. Il en allait du plein succès de leur mission et de la cause des Martyrs d'Alamut, leur assura-t-il. Les terroristes redoublèrent d'attention.

Tandis que ses subordonnés s'attachaient à remonter méticuleusement un ensemble de dispositifs électroniques plus complexes les uns que les autres, le Nord-Coréen au pocket PC démonta plusieurs tubes isolants sortis du container et les remit à Jalâl. Satisfait, le terroriste prit immédiatement la route de Masyaf où déjà l'attendaient avec impatience les combattants qu'il avait prévu de lancer sur l'Europe. Tandis qu'il conduisait à tombeau ouvert vers les monts de l'Ouest syrien qui avaient abrité pendant plusieurs siècles les hommes du Vieux de la montagne, Jalâl implora l'esprit d'Hassan ben Sabbah.

À voix haute, il pria ce dernier de lui accorder cette réussite qui avait si cruellement manqué au maître des Assassins lorsqu'il avait tenté à trois reprises de mettre fin aux jours du Grand Saladin. La réponse à son invocation prit la forme d'une soudaine apparition : un aigle majestueux sorti de nulle part cheminait à ses côtés. Un rire caverneux emporta les derniers mots du terroriste quand il réalisa toute la symbolique du vol du royal rapace : les dieux de l'Iran bénissaient sa prière. Grâce aux Martyrs d'Alamut, la foi de Zarathoustra et la force de Darius régneraient bientôt sans partage.

Gibelain était en sueur, il venait enfin d'atteindre le sommet du mont des Oliviers et avait grande hâte de se désaltérer après cette longue marche dans la plus sèche des chaleurs. C'est avec soulagement qu'il trouva la fontaine attenante à la petite chapelle pour se rafraîchir aussitôt.

Après avoir bu à pleine gorgée et s'être aspergé le visage, il s'installa sur un banc pour admirer Jérusalem qui s'étendait devant lui. Serein, il s'abandonna au chant du muezzin annonçant la grande prière du vendredi soir. Le Dôme du Rocher étincelait sous les rayons ardents du soleil. Tout en bas de la colline, il distingua plusieurs dizaines de fidèles qui se rassemblaient en masse devant la porte Saint-Étienne, en chemin vers la mosquée Al-Aqsa. La vue de la foule lui remémora instantanément la mort du jeune assassin et le lynchage auquel il avait bien failli ne pas survivre. Un sourd malaise chassa alors la quiétude des tout premiers instants de son arrivée et eut raison du charme que dégageait le mont des Oliviers.

Il consulta sa montre et chercha le moyen de chasser son début d'agoraphobie. Il lui vint alors l'idée de contacter la protégée de Macabone. Il composa le numéro de Shekina mais tomba sur son répondeur. Déçu, il lui laissa un court message en insistant sur le fait qu'il était joignable jusqu'à tard dans la soirée. À peine venait-il de raccrocher que son téléphone se mit à sonner :

– Jean Gibelain ? demanda une douce voix, je suis Shekina Begin. Je suis désolée de ne pas avoir répondu plus tôt à votre SMS et de vous avoir manqué à l'instant. Bienvenue en Israël.

– Merci, répondit-il, troublé par la tonalité toute spontanée de son interlocutrice. Permettez-moi de vous transmettre les salutations du commissaire divisionnaire Ange Macabone.

– Ainsi vous travaillez avec Ange ? reprit-elle. Comment se porte-t-il ?

– Ma foi, je vous confierai que, depuis une dizaine d'années, il n'a guère changé. C'est le plus grand perfectionniste que je connaisse même si aujourd'hui il aspire davantage à cultiver ses tomates dans l'île de Beauté qu'à se rendre au Quai des Orfèvres.

Elle éclata d'un rire franc :

– Je vois que nous parlons bien du même homme. Savez-vous que, sans lui, je n'aurais certainement pas achevé mon assistanat ?

– Oui, je suis au courant. Il m'a fait part avec émotion de sa vie aux côtés de votre famille, avant mon départ de Paris.

– À vous entendre, vous semblez en savoir plus sur ma vie que je n'en connais sur la vôtre. Dans la mesure où vous travaillez avec Ange, je suppose que vous êtes policier.

– Je suis commissaire principal auprès de la brigade criminelle à Paris.

– Et j'imagine que votre séjour à Jérusalem n'a rien de touristique.

– Je ne vous le fais pas dire. En fait, je suis ici quelques jours pour satisfaire les besoins d'une enquête de routine, déclara-t-il avec ironie. Ange, je veux dire mon divisionnaire, tenait absolument à ce que je prenne contact avec vous. On aurait dit qu'il était comme rassuré que je puisse vous rencontrer.

– Oui, derrière son côté soupe au lait, c'est un grand sentimental qui s'est toujours inquiété de moi, bien inutilement, je l'avoue.

– À ce que j'ai cru comprendre, vous êtes dans le milieu médical ?

– On ne peut rien vous cacher. Ange est décidément un grand bavard.

– Détrompez-vous, il n'a pas été jusqu'à me parler aussi personnellement de vous. C'est juste une déformation professionnelle. Vous m'avez parlé d'assistanat et j'ai tout de suite fait le rapprochement.

– Vous êtes un homme vif d'esprit, lui lança-t-elle.

– Ce n'est pas le discours que me tient mon divisionnaire ces derniers temps mais on fait ce qu'on peut avec ce qu'on a.

Ils partirent tous deux d'un grand fou rire et, pour la première fois depuis le début de son enquête, Gibelain ressentit comme un état de bien-être à communiquer avec cette inconnue. Il s'étonna même de ses plaisanteries, lui qui venait de voir la mort en face, quarante-huit heures auparavant. En y réfléchissant bien, il ne se souvenait pas d'avoir ri aussi spontanément avec Sarah Richard, ni même avec Anne. Son cœur palpita une dizaine de secondes quand elle l'interrogea de nouveau :

– Que connaissez-vous de Jérusalem, mis à part ses circuits touristiques habituels, bien évidemment ?

– J'ai peur de vous décevoir. M'en voudriez-vous beaucoup si je vous avouais que je ne connais pas grand-chose ?

– En aucune façon. Et que diriez-vous de combler cette lacune par une promenade dans un jardin de sculptures en plein air ?

– Eh bien, je vous féliciterais pour cette proposition car j'ai vraiment besoin de m'aérer l'esprit quand je suis sur certaines enquêtes, comme celle d'aujourd'hui.

Un court silence fit suite à son commentaire, Gibelain imagina un instant une ébauche de sourire sur le visage de la jeune femme. Il se sentit de plus en plus désireux de faire sa connaissance.

– Est-ce que dimanche midi vous conviendrait ?

– Parfaitement, répondit-il enthousiasmé.

– Voilà ce que je vous propose : compte tenu que vous êtes étranger à cette ville, nous pourrions nous retrouver dans un lieu connu de tous et, de là, je vous ferai visiter le jardin d'art Billy-Rose avant de vous déposer à votre adresse. Qu'en pensez-vous ?

– Je suis sous le charme, commenta-t-il en accompagnant sa réponse d'un petit rire communicatif.

– Eh bien, fixons comme endroit le musée d'Histoire de Jérusalem. Je stationnerai en double file dans une Mini bleue décapotable. Vous me reconnaîtrez facilement, je suis brune et je porterai une veste de cuir noir.

– Très bien, j'ai noté. Je pense que vous aussi, vous n'aurez pas trop de mal à me repérer. Je porte les cheveux en brosse, j'ai les tempes poivre et sel et je mesure environ un mètre quatre-vingt.

– Parfait, alors à dimanche midi, fit-elle en raccrochant.

Amman
15 h 50

Les quatre terroristes ismaéliens avaient les yeux rivés sur leurs montres. Dans quelques instants, la vieille Toyota déboucherait de la rue adjacente et se garerait devant le bâtiment de la télévision nationale jordanienne.

À l'heure précise, le véhicule fit son apparition. Le chef de groupe reconnut le kamikaze qui leur fit un discret signe en passant devant eux avant d'immobiliser la Toyota à une trentaine de mètres de l'entrée principale.

Les quatre hommes s'enfoncèrent immédiatement dans la ruelle devant laquelle ils patientaient depuis une dizaine de minutes et sortirent leurs armes du coffre de leur voiture.

Soudain, une explosion effroyable déchira le silence du petit matin. Une boule de feu et de multiples éclats et débris en tous genres anéantirent la proximité immédiate du bâtiment gouvernemental. Armés de leurs AK 47, les assassins pénétrèrent aussitôt dans l'édifice public tandis que les premiers cris d'horreur et de douleur retentissaient tout autour d'eux.

Profitant du chaos sanglant et de la panique qui s'étendaient à perte de vue, ils grimpèrent les trois étages qui les séparaient de la salle de diffusion internationale et investirent, sans rencontrer la moindre résistance, la pièce en brandissant leurs armes.

Le chef du groupe des quatre assassins hurla aux journalistes que leurs vies étaient désormais entre ses mains et qu'il ne les épargnerait qu'à l'unique condition qu'ils collaboreraient à la diffusion sur les chaînes télévisées du message que lui avait dicté Jalâl.

Devant le comportement désapprobateur et défiant de quelques otages, le chef des terroristes ismaéliens se décida à faire un exemple. Il pointa alors son arme vers le petit groupe et abattit spontanément le chef d'antenne d'une rafale en pleine poitrine.

Il sut, à travers les regards terrorisés que lui lancèrent aussitôt les journalistes, que nul ne leur opposerait plus aucune résistance.

Il félicita ses hommes pour avoir parfaitement accompli la phase 1 de l'importante mission des Martyrs d'Alamut et assura chacun d'entre eux qu'ils venaient de changer la face de l'islam.

Il exigea ensuite que l'on déplace les caméras dans sa direction et abaissa son foulard vert tout en prenant une pose martiale. Lorsqu'on lui confirma qu'il était en direct sur les chaînes nationales jordaniennes ainsi que sur al-Jazira, il commença sa lecture en clamant que l'ismaélisme venait à l'instant de renaître et que de grands événements confirmeraient bientôt son avènement.

Installé dans le bureau du parlementaire, Gibelain achevait de reconstituer le dessin précis de chaque lettre de la parole perdue inscrite sur le calepin dérobé par l'assassin. Après plusieurs essais peu concluants, il était sur le point de parvenir à une forme vaguement similaire à ce qu'il avait dessiné chez Roland quand son téléphone portable vibra dans la poche de son veston. Il décrocha et reconnut la voix de Lloyd :

– Jean, c'est moi. Je serai chez Eliahn dans quelques instants.

– Très bien, répondit le policier, je t'attends.

Sitôt raccroché, il se rendit à la porte d'entrée de la villa et vit apparaître une rutilante Land Rover Discovery noire dont les plaques d'immatriculation étaient ornées de la mention « Corps diplomatique ».

L'attaché britannique afficha un grand sourire quand Gibelain apparut. Les deux hommes se portèrent alors discrètement l'accolade et la poignée de main maçonniques et s'installèrent sur la véranda où deux verres de sherry les attendaient. Sans perdre un instant, le commissaire raconta de manière détaillée son entrevue avec le rabbin kabbaliste. Son récit dura plusieurs minutes avant qu'il ne conclue son histoire en révélant l'emplacement exact de la stèle sacrée au représentant de la Grande Loge unie d'Angleterre. Lloyd écouta attentivement la fin des propos puis déclara :

– Tout ce que tu viens de me raconter comble les lacunes que l'histoire a creusées depuis des siècles. Il est remarquable que tu aies pu obtenir toutes ces informations d'un tel érudit en mystique hébraïque. Comment as-tu fait pour gagner sa confiance ?

– Je ne saurais te le dire, commenta Gibelain. Il m'a simplement affirmé que j'avais le cœur d'un juste.

Pendant une fraction de seconde, les yeux de Lloyd Connaught exprimèrent une vénérable considération :

– Je vois, fit-il, cela expliquerait bien des choses. *Well*, concrètement, quel est ton programme pour ces prochaines journées ?

–Je repars pour Paris dans moins de trois jours pour rendre mon rapport d'enquête, avant de prendre quelques jours de congé et filer à Tomar.

– *Perfect*, s'exclama le Britannique. Voilà comment nous pourrions alors procéder, si tu es d'accord : dès la confirmation de ton arrivée au Portugal, je prends le premier vol pour Lisbonne et te rejoins à Tomar, puis nous repartons ensemble sur Tel-Aviv et tu remets en mains propres la parole perdue au grand maître de la Grande Loge d'Israël en présence de Rabbi Abraham Louria. Qu'en penses-tu ?

– Cela me convient, répondit le commissaire.

– *Great*, fit Lloyd. J'avertis Londres dès ce soir, et on se revoit avant ton départ pour planifier en détail les heures de contact, les lieux de rencontre et les bases de repli en cas de problème. Ne t'inquiète pas, je m'occupe de toute la logistique. J'ai l'habitude, ajouta-t-il en souriant.

Il allait saisir son verre de sherry quand son bip sonna.

–Je n'aime pas beaucoup cela, déclara-t-il en reconnaissant le numéro du département du MI6 sur le petit boîtier.

Il décrocha au plus vite. Bien que le commissaire fût incapable de suivre la conversation en anglais de l'attaché militaire, l'expression d'inquiétude qu'il lut sur le visage de Lloyd lui confirma instantanément que quelque chose ne tournait pas rond. Entre deux phrases, l'agent britannique lui fit comprendre d'allumer le poste de télévision. Les images d'une place dévastée par une explosion, de corps en lambeaux et de soldats en armes défilèrent sous leurs yeux.

Lloyd raccrocha :

– Un attentat-suicide vient d'avoir lieu à Amman. Il y aurait une trentaine de morts et plusieurs centaines de blessés mais, tiens-toi bien, le plus effrayant, c'est que la voiture piégée n'a servi qu'à faire diversion.

– Que veux-tu dire par là ? questionna Gibelain.

–Je veux dire que l'objectif initial des terroristes n'était pas seulement de répandre aveuglément la mort. Leur but était aussi d'investir les studios de la télévision jordanienne pour diffuser sur l'ensemble des chaînes arabes l'annonce d'événements extraordinaires au nom du renouveau de l'ismaélisme.

Un éclair traversa l'esprit du commissaire :

– Ces terroristes ne se sont-ils pas identifiés sous le pseudonyme des Martyrs d'Alamut ?

– Tout à fait, mais comment peux-tu le savoir ? L'information vient à peine de tomber !

– Bon sang, Lloyd, je connais ces hommes et je suis maintenant certain que quelque chose de grave se prépare sous notre nez.

– Jean, ces terroristes, peux-tu m'en parler ?

Le policier afficha un court silence :

– Lloyd, te souviens-tu de l'épisode de Roissy, le mois dernier ?

L'attaché hocha la tête en se rappelant le lynchage médiatique dont avait été victime le commissaire principal Jean Gibelain.

– J'ai été à deux doigts d'épingler leur chef, un certain Jalâl ben Sabbah. C'est un fanatique qui a décidé de reprendre à son compte la doctrine et les méthodes d'un homme dont le seul nom suscitait la terreur au XIIe siècle.

– Et de quel homme se réclame-t-il ?

– Jalâl et son groupe se veulent les héritiers spirituels de l'ordre des Assassins et de leur maître, Hassan ben Sabbah, le Vieux de la montagne.

– Rien que ça, commenta l'agent britannique.

– Oui et c'est bien ce qui me fait peur aujourd'hui. C'est un illuminé et je peux t'affirmer, pour l'avoir déjà affronté, que l'attentat d'Amman s'inscrit certainement dans une logique diabolique. A-t-on au moins réussi à capturer vivant un membre de son commando ?

– Hélas, non. Après être passés sur toutes les chaînes nationales et sur al-Jazira pendant une dizaine de minutes, ils ont exécuté la totalité de leurs otages.

– Les salauds, jura Gibelain.

– Tu peux le dire. Ils avaient bien préparé leur coup, anticipant sur la confusion causée par l'attentat à la voiture piégée. Quand les forces spéciales jordaniennes ont donné l'assaut, non seulement les journalistes avaient tous été abattus mais, du Liban au Yémen, les téléspectateurs ont pu assister en direct à leur mort au combat car, bien évidemment, aucun d'entre eux ne s'est laissé prendre vivant.

– Oui, c'était à prévoir quand on sait que c'est en mourant en public que les assassins suscitaient l'admiration et les vocations.

Comme pour illustrer ses propos, l'image d'un soldat jordanien, achevant de vider son chargeur sur le corps du chef du groupe de terroristes, apparut sur l'écran.

– Vois-tu, Lloyd, Gibelain pointa alors son doigt vers le téléviseur, cette image est le meilleur agent recruteur de Jalâl ben Sabbah. Grâce à celle-ci, il vient à l'instant de convertir plusieurs centaines d'anonymes en martyrs potentiels. Laisse-moi te dire que nous avons un gros problème sur les bras, il faut absolument que nos services de renseignement mettent le paquet.

Il ajouta, quelque peu anxieux :

– Je suis certain que sacrifier toutes ces vies pour simplement annoncer le renouveau d'une secte religieuse cache quelque chose de beaucoup plus monstrueux. De sombres jours semblent nous attendre, Lloyd.

L'agent du MI6 hocha la tête :

– Je vais au plus vite vérifier ce qu'il y a de nouveau sur la base de données d'Interpol.

– Cela me semble être une bonne idée. Demande, par la même occasion, à Scotland Yard de contacter le commissaire divisionnaire Ange Macabone du 36, quai des Orfèvres. Je suis persuadé que nos dernières perquisitions compléteront les informations d'Interpol sur les Martyrs d'Alamut.

L'attaché militaire jeta un coup d'œil furtif à sa montre :

– *Well*, j'ai bien peur que l'attentat d'Amman ne m'oblige à écourter notre entretien et à rentrer à l'ambassade.

– Je pense, en effet, que nous n'allons pas tarder à avoir du pain sur la planche.

– *Certainly*, répondit Lloyd en se levant, on reste en contact et, comme convenu, on se revoit dans quarante-huit heures en fin de soirée.

– OK, mon frère. C'est noté.

Les deux francs-maçons se portèrent alors l'accolade fraternelle et se séparèrent.

Jérusalem
31 mai, 11 h 55

Après s'être recueilli une dernière fois devant le mur des Lamentations, Gibelain remonta un escalier et s'engagea dans le quartier juif du vieux Jérusalem.

En chemin vers le musée de la Tour de David, il fit une courte halte et s'émerveilla devant le dessin parfait d'un arc de pierre dont il apprit que c'était l'unique vestige de la synagogue Hurya.

Il reprit sa marche et, d'un pas vif, traversa le quartier arménien pour arriver face à la porte de Jaffa. Quand il l'aperçut, ses longs cheveux noirs flottant au vent dans la Mini décapotable, son cœur palpita aussitôt.

Depuis plusieurs longues minutes, Shekina surveillait nerveusement son rétroviseur. La jeune femme reconnut le policier quand il déboucha de la petite rue encombrée par les vendeurs de dattes et le suivit des yeux jusqu'à ce qu'il arrive à sa hauteur. Elle abaissa la vitre avant et comprit, au discret sourire affiché sur le visage du commissaire, qu'elle ne lui était pas indifférent. Bien qu'elle l'ait trouvé d'emblée séduisant, elle pensa que quelque chose de triste, pourtant, émanait de son regard. Shekina lui rendit son sourire et perçut brièvement l'éclair de joie qui traversa ses yeux verts :

– Bonjour, commissaire, que diriez-vous d'une promenade en compagnie de Bourdelle ?

– Rien, sinon que je suis déjà parti, répondit-il en riant.

– Alors, montez et laissez-vous guider par l'admiratrice que je suis devenue de ce disciple de Rodin.

Après une vingtaine de minutes passées à traverser Jérusalem et à cheminer au travers des embouteillages du début de semaine, ils pénétrèrent dans un jardin de sculptures en plein air.

Construit au sommet d'une colline aménagée en terrasses pavées et parcourue par un ensemble de cours structurées, le petit parc était un véritable patchwork artistique où se mélangeaient ici et là des influences européennes et asiatiques.

– Cet endroit a quelque chose d'un jardin zen, fit remarquer Gibelain à voix haute.

– Bien vu, commissaire, répondit Shekina d'un air complice, ce jardin a en fait été dessiné par l'artiste japonais Isamu Noguchi. Il est d'ailleurs aussi à l'origine de la réalisation de toutes ces galeries géométriques, poursuivit-elle en désignant plusieurs blocs de pierre taillée entre lesquels émergeaient quelques sculptures d'art moderne.

En cheminant entre les figures, Gibelain constata avec amusement que chaque sculpture était liée au jardin, soit par un élément naturel, soit par un élément artificiel, puis, après avoir fait le tour de la plupart des blocs de pierre, il s'immobilisa devant la dernière représentation dont la forme évoquait celle d'un homme brandissant un glaive.

– Voici *Le Grand Guerrier* de Bourdelle, annonça Shekina devant le visage songeur du commissaire. J'aime cette œuvre et tout particulièrement sa disposition dans le jardin. Ne trouvez-vous pas qu'elle se conjugue parfaitement à la couleur des pierres de Jérusalem ?

– Si, à la perfection. Vous avez l'œil !

Il s'interrompit quelques secondes avant de poser la question qui le démangeait depuis leur premier échange téléphonique :

– Shekina, qu'aimez-vous d'autre dans la vie, en dehors bien évidemment de Bourdelle et des jardins d'art moderne ?

Ses yeux noirs brillèrent soudainement et un doux regard accompagna son sourire d'ange.

– Vous oubliez la médecine et surtout l'histoire religieuse.

– Ah, fit-il pour masquer son émotion, nous aurions donc d'autres points communs, je veux parler de l'histoire des religions, précisa-t-il en partant d'un rire franc. Et quel est donc le sujet principal de cette passion ?

– Bien que je sois juive, je me suis toujours intéressée au christianisme primitif et à ses origines.

Soudain, perplexe, elle fronça ses beaux sourcils noirs.

– Êtes-vous chrétien, commissaire ?

– Disons que je le suis redevenu ces dernières années, répondit Gibelain, en omettant de lui mentionner qu'il devait cette renaissance à la franc-maçonnerie, avant de reprendre le fil de leur conversation. Faisiez-vous allusion aux esséniens quand vous évoquiez à l'instant votre intérêt pour les origines spirituelles des premiers chrétiens ?

Elle lui lança aussitôt un petit clin d'œil.

– Décidément, on ne peut rien vous cacher, commissaire. En fait, je me passionne pour tous ceux à qui la gnose s'est révélée au cours de l'histoire des hommes.

– Cela fait beaucoup de monde, dit-il en riant. Mais, s'il vous plaît, Shekina, oubliez le commissaire, appelez-moi Jean, tout simplement, et sachez que je suis heureux de constater que la gnose et les gnostiques nous rapprochent une nouvelle fois.

– Que voulez-vous dire ? fit-elle en lui offrant son plus beau sourire.

– Tout simplement que, moi aussi, je m'intéresse à certains disciples de la gnose, si tant est que vous considériez les templiers comme des gnostiques.

– Absolument, affirma-t-elle. J'ai la prétention de croire que leur installation en Terre sainte avait pour finalité, entre autres, d'unir la croix chrétienne au croissant de l'islam.

– Entre autres ? Pensez-vous donc qu'ils avaient d'autres intentions ?

– J'en suis persuadée. Tout laisse imaginer qu'ils aspiraient à établir un ordre unificateur plus général, j'allais dire universel, dont les pierres d'achoppement auraient d'abord été l'union entre la doctrine du Christ et celle de Mahomet puis la constitution d'un État dans l'État. C'est d'ailleurs ce qu'ils avaient commencé à élaborer.

– Comment cela ? questionna Gibelain, interpellé par les propos de Shekina.

– Ne vous êtes-vous jamais demandé pourquoi, sitôt établi, l'ordre du Temple avait cherché à accroître sa puissance en bénéficiant de toutes sortes de monopoles et en faisant preuve d'une grande ingéniosité ? Pourquoi donc, à votre avis, fut-il à l'origine des premiers chèques bancaires et pour quelle raison obtint-il tous ces privilèges papaux, toutes ces terres et ces domaines aussi rapidement ?

– Et pourquoi donc ? répéta le policier, amusé.

La jeune femme fit mine de ne pas l'avoir entendu.

– Jean, ne me faites pas l'offense d'ignorer que vous n'en savez rien mais, puisque c'est vous le spécialiste des templiers, laissez-moi vous retourner la question.

– Bien joué, fit le commissaire d'un ton plus sérieux. Je pense effectivement que, dès le début, les projets des templiers se sont inscrits dans une vaste réorganisation temporelle et spirituelle de la chrétienté de l'époque, et j'irais même jusqu'à ajouter que cette réorganisation allait bien au-delà de la simple foi chrétienne.

– Là, vous m'intéressez, Jean. Pourriez-vous être un peu plus précis ?

Gibelain poussa un petit ricanement.

– Eh bien, comment réagiriez-vous si je vous disais que, selon moi, les templiers recherchaient, à travers leurs contacts, à collecter un maximum de données métaphysiques pour renouer avec le principe unique.

– Autrement dit, vous insinuez qu'ils étaient à la recherche du logos ?

– C'est exactement cela, répondit-il.

– Très bien, et pour quelle raison ?

– Tout simplement pour reconstituer cet état primordial où Dieu et l'homme ne faisaient qu'un et que les anciens désignaient sous le terme d'« âge d'or ».

– Ainsi, si je poursuis votre raisonnement jusqu'au bout, vous affirmeriez que la création de l'ordre templier et son établissement en Terre sainte répondaient à une double volonté : réanimer l'ensemble des centres spirituels de cette région du monde et les regrouper dans un centre supratraditionnel ? Une Jérusalem céleste concrétisée, en quelque sorte ? Ou, plus exactement, un royaume, le royaume du Prêtre Jean ?

Admiratif, Gibelain n'arrivait plus à détacher ses yeux de Shekina. En guise de réponse, il hocha la tête silencieusement.

– Jean, reprit-elle, je vous en prie, ne faites pas cette mine ou je vais finir par penser que je vous intimide. Aurais-je dit quelque chose d'absurde ?

– En aucune façon, Shekina. Laissez-moi vous dire que vous êtes une femme brillante et de surcroît modeste car j'ai la nette impression que vous en savez autant que moi sur les templiers, sinon davantage.

Elle pouffa.

– Jean, je crois que vous me surestimez.

– Croyez-vous ? répondit-il. Et que me répondriez-vous si ma prochaine question portait sur le Prêtre Jean ?

– Je vous dirais ce que la légende affirme, à savoir qu'il est le roi du monde et le détenteur de la sagesse primordiale, que son royaume s'étendrait des cimes de l'Himalaya au désert de Gobi et que, au Tibet, il porte le nom de Chakravarti, le Seigneur de la roue. À mon tour de vous interroger : quel rapport existe-t-il entre le Prêtre Jean et l'ordre du Temple ?

Gibelain s'avoua vaincu.

– J'avoue que je n'en ai pas la moindre idée.

– Allons, faites un effort, commissaire, insista-t-elle sur un air taquin. J'irai jusqu'à vous dire qu'il était le disciple préféré du Christ.

Le policier s'exclama subitement :

– Quel ignorant je fais ! Vous parlez bien sûr de saint Jean l'Évangéliste, le protecteur des templiers.

Un beau sourire accompagna de nouveau son commentaire.

– Pour Jean de Pathmos, la gnose demeurait la seule voie du retour au logos, et son aboutissement final était l'acquisition de la parole perdue.

– La parole perdue ? Mais de quoi s'agit-il exactement ? fit Gibelain, en feignant l'étonnement.

– Il s'agit de la connaissance suprême : le nom de Dieu. On rapporte que celui-ci était gravé sur une stèle d'or qu'Hugues de Payns aurait trouvée en fouillant les ruines du temple d'Hérode. On affirme même que la simple connaissance de celle-ci permettait l'entrée au royaume du Prêtre Jean.

– Le royaume du Prêtre Jean, répéta le commissaire d'un ton rêveur, je pensais qu'il ne s'agissait que d'un mythe.

– Qui sait ? répondit Shekina. Toujours est-il qu'une tradition ancestrale parle de ce royaume en mentionnant qu'il se trouvait proche du paradis et j'ai tout lieu de penser que c'est parce que les templiers en découvrirent l'accès qu'ils furent incompris et persécutés, et que leur ordre fut supprimé et proscrit dans toute la chrétienté.

– Feriez-vous allusion à l'acquisition d'un état supérieur où les templiers auraient pu avoir accès à d'autres mondes et à d'autres niveaux de conscience ?

Sa première question demeura sans réponse, mais la seconde paralysa littéralement la jeune femme :

– Shekina, seriez-vous par hasard à la recherche de la parole perdue ?

Elle garda le silence pendant quelques secondes, hésitant à lui répondre, tout en le fixant de ses larges yeux noirs. Au regard doux qu'elle avait affiché depuis le début de leur promenade s'était maintenant substitué quelque chose de plus inquisiteur. Le policier se sentit longuement scruté dans les moindres détails comme s'il passait au travers d'un scanner. Il regretta aussitôt sa curiosité.

– Pardonnez-moi, fit-il, je ne voulais pas être indiscret mais vos propos semblaient si passionnés que je n'ai pu m'empêcher de penser que vous recherchiez aussi le Graal.

Son regard se fit plus tendre et le ton redevint taquin :

– Pourquoi « aussi » ? Êtes-vous en quête d'un trésor mystérieux, commissaire ?

Il se décida à lui faire confiance :

– Mon petit doigt me dit que nous recherchons la même chose mais j'aimerais connaître vos raisons avant de vous exposer les miennes.

– Asseyons-nous quelques instants, fit-elle en désignant le banc de pierre qui faisait face à l'imposante *Ascension* d'Otto Freundlich. Comme je vous en ai fait part tout à l'heure, je me suis toujours passionnée pour certaines croyances et communautés propres à la culture hébraïque. Pour être plus exacte, après le vide laissé par la mort de mon père, j'étais en grande recherche jusqu'à ce que j'entende parler des Évangiles apocryphes. Ce sujet m'a immédiatement fascinée. À tel point que j'y ai consacré, pendant mes années d'internat, toutes mes heures perdues à leur étude. Le Livre d'Énoch est devenu rapidement mon livre de chevet puis ma référence.

Quand Shekina énonça le terme apocryphe ainsi que le prénom du patriarche antédiluvien, Gibelain fit immédiatement travailler sa mémoire. Il parvint alors à rassembler quelques souvenirs faisant état de la stupéfiante découverte d'un franc-maçon écossais du XVIIIe siècle. Informé de l'existence du Livre d'Énoch par les citations des premiers Pères de l'Église, un certain James Bruce avait réussi à se procurer, pendant un voyage en Abyssinie, trois exemplaires d'une traduction éthiopienne de l'étonnant recueil. De retour en Europe, l'aristocrate britannique avait alors remis un de ses ouvrages à la Bodleian Library d'Oxford et un autre à la Bibliothèque nationale de Paris, facilitant ainsi la première traduction en langue anglaise du livre apocryphe. Mais la découverte en Haute-Égypte, enfoui dans un tombeau, de l'authentique texte grec des trente-deux premiers chapitres avait bouleversé la fin du XIXe siècle. En effet, diverses rumeurs coururent aussitôt sur l'identité de l'auteur et sur la date de composition du Livre d'Énoch et divisèrent les experts. Certains d'entre eux contestèrent le fait que l'ouvrage puisse avoir été le fruit d'une seule et unique personne, tandis que d'autres affirmèrent que la rédaction de ses parties principales remontait au IIe siècle av. J.-C. Quant au contenu du livre apocryphe, Gibelain se remémora vaguement qu'il était question d'une suite de révélations et de visions prophétiques annonçant le Jugement dernier et le retour du Messie. Interpellé, il décida de combler les lacunes de sa mémoire.

– J'ai peur de ne pas être le meilleur des interlocuteurs, mais j'accepterais volontiers de bénéficier de votre érudition sur le Livre d'Énoch, déclara-t-il sur un petit ton moqueur.

Relevant la provocation du policier, Shekina répondit en parodiant l'intonation d'un maître d'œuvre à son apprenti :

– Très bien, commissaire, nous allons tenter de parfaire vos connaissances en commençant par les généralités. Selon certaines sources, Énoch, arrière-grand-père de Noé, aurait été le septième monarque de Sumer, le roi Enmeduranki, avant de devenir une référence dans les écrits kabbalistiques des premiers temps de l'ère chrétienne.

Les yeux du commissaire s'écarquillèrent, sa question surprit brutalement la jeune femme :

– Feriez-vous allusion à la littérature des palais mystiques ?

Bouche bée, Shekina chercha un instant ses mots :

– Jean, j'avoue que, pour un chrétien, vous me surprenez. Je faisais en effet référence à cette littérature hébraïque que nous désignons sous le terme de *Hekhalot* ou palais mystiques et qui appartient au vaste recueil du *Sefer Ha-Hekhalot*, le *Livre des palais*.

– Mais quel rapport existe-t-il entre Énoch et ce *Livre des palais* ? interrogea le policier.

La jeune femme reprit sur un ton presque solennel :

– Le sens caché des mots et la valeur des symboles sont essentiels pour celui qui tente d'approcher le Divin. Ainsi, le simple mot *Hénok* se traduit en hébreu par « initiant » ou « initié », quant au *Livre des palais*, il n'est en fait qu'une description, celle du voyage métaphysique d'un grand prêtre qui aurait vécu au IIe siècle.

Elle poursuivit :

– Résumer le *Sefer Ha-Hekhalot* en quelques phrases est une chose impossible, voire blasphématoire. Cependant je vous confierai que le recueil fait grand état de la vision du chariot divin par le grand prêtre et de sa rencontre avec l'archange Metatron.

– Cette rencontre, fit Gibelain, fasciné, quel était son objet ?

– Dans le récit, l'archange confie au grand prêtre que, avant d'être élevé par Dieu à cette dignité suprême, il avait été comme lui un homme et, plus exactement, le patriarche Énoch. Il lui décrit, dans la suite du recueil, sa propre ascension et sa visite des sept palais divins sous la garde des différentes catégories d'anges protecteurs.

Shekina s'interrompit puis décida de conclure son résumé par une surprenante révélation :

– Jean, je vais vous confier un petit secret. En fait, il est admis que le *Livre des palais* est un héritage et une adaptation du *Livre des pylônes* de l'Égypte antique. Dans celui-ci, déjà, les anciens Égyptiens y relataient le voyage du défunt et son obligation à franchir une série de portiques, sévèrement gardés, pour espérer faire ressusciter en eux le dieu Osiris.

Stupéfait, le policier fut incapable de détacher son regard de la jeune femme qui, imperturbable, ajouta :

– Vous comprenez maintenant pourquoi mes lectures du Livre d'Énoch m'ont amenée à reprendre contact avec un ami d'enfance, féru de kabbale, et comment j'ai alors intégré sa communauté spirituelle à Safed ?

Le visage d'Abraham Louria se dessina aussitôt dans l'esprit du policier qui, prudent, décida de ne pas faire mention de sa récente rencontre avec le rabbin kabbaliste.

– Et de quelle croyance se réclame votre communauté ? questionna-t-il.

– Nous nous réclamons des croyances esséniennes, insista-t-elle, mais assez parlé de moi pour l'instant et dites-moi à votre tour qui vous êtes car vous paraissez connaître beaucoup de choses sur l'ésotérisme chrétien et la mystique hébraïque, ce qui est plutôt inhabituel pour un policier.

Avec une petite pointe d'appréhension, le commissaire lui révéla alors son appartenance à la franc-maçonnerie et, à son grand soulagement, elle ne lui montra aucun de ces signes d'étonnement ou de suspicion qu'il avait parfois lus dans certains regards après s'être dévoilé. Bien au contraire, elle le félicita pour la décision prise, quelques années auparavant, de taire sa foi maçonnique. Cela le mit aussitôt en confiance et il se laissa aller à lui raconter sa vie, évoquant certains sujets douloureux comme la disparition brutale de ses parents ou la mort de son couple avec Anne.

Par ses silences et la douceur de son regard, il sentit qu'elle était pleine de compassion pour ses vieilles cicatrices et, à chaque souvenir qu'il évoquait, à chaque mot qu'il concevait, il réalisait un peu plus quel mort-vivant il avait été durant toutes ces années de confusion.

Pendant plusieurs minutes, son monologue accapara toutes ses pensées et mobilisa tous ses souvenirs avant qu'il ne réalise combien l'écoute attentive et les tendres sourires de Shekina le libéraient progressivement de sa réserve. Une douce sensation de bien-être l'envahit quand il eut achevé de libérer son cœur.

Ils se levèrent et poursuivirent leur promenade dans le jardin de pierres en échangeant spontanément leurs émotions et leurs intuitions. Il fut alors saisi par le sentiment enchanteur que leur dialogue engendrait petit à petit ce bonheur qui lui avait été longtemps refusé.

C'était comme si une énergie lumineuse vibrait doucement en lui, fissurant à chacun de leurs éclats de rire sa lourde carapace bâtie au cours des rencontres sans lendemain qui avaient rythmé, un temps, sa vie.

Il se remit aussitôt à espérer et lui offrit sa main qu'elle accepta le plus naturellement du monde. Leur journée se consuma comme un feu de la Saint-Jean d'été et, lorsqu'ils se séparèrent devant le domicile d'Eliahn, ils ne purent chasser l'arrière-goût d'amertume qui accompagna leur baiser passionné. Incapables d'accepter l'éventualité de ne plus se revoir, au moment de se séparer, ils établirent le projet de passer ensemble la journée du lendemain au lac de Tibériade.

Aussitôt que la Mini eut franchi le portail d'entrée de la villa du parlementaire, Gibelain se précipita dans sa chambre. Il acheva rapidement ses préparatifs de départ pour son déplacement en Galilée et décida dans le même temps d'anticiper son retour sur Paris.

Il boucla en un temps record sa valise qu'il rangea dans un coin de la pièce puis composa le numéro de téléphone de son divisionnaire qui était ce soir-là de permanence au 36, quai des Orfèvres. Il patienta quelques instants avant que Macabone ne décroche sur le ton des mauvais jours :

– Commissaire divisionnaire Macabone, j'écoute.

– Bonsoir, patron. Désolé de vous déranger si tard mais je souhaitais savoir si vous aviez mis la main sur notre taupe.

– Bon sang, Gibelain, cela ne pouvait pas attendre demain matin. Figurez-vous que j'ai eu un week-end de chiotte et que votre coup de fil m'a réveillé en sursaut. Dieu sait pourtant que j'ai horreur de cela. Alors, que vouliez-vous savoir ? fit-il avant de se reprendre. Ah oui, votre taupe. J'ai une bonne et une mauvaise nouvelle à vous apprendre. La bonne, c'est que nous avons bien mis la main sur un informateur en poste à la préfecture de Paris, un type proche du Groupe salafiste pour la prédication et le combat, une filiale algérienne d'al-Qaida.

– Et la mauvaise ? demanda Gibelain.

– La mauvaise, c'est que notre taupe n'est en fait qu'une simple boîte aux lettres qui recevait ses instructions à la dernière minute par un appel passé depuis des cabines téléphoniques aux quatre coins de Paris. Les perquisitions de son domicile et l'interrogatoire par la DGSE n'ont rien donné, pas même l'adresse d'un contact. À croire qu'il travaillait seul.

– Tout cela ne me dit rien qui vaille, patron. Une telle méticulosité à cloisonner ses cellules terroristes prouve que Jalâl ben Sabbah a un sérieux objectif en vue.

– Et lequel ? questionna le divisionnaire.

– Celui qui vient d'être annoncé à Amman !

– Vous voulez dire que l'attentat-suicide et l'exécution des otages n'était...

– ... qu'une simple présentation de ses prochains meurtres et attentats, poursuivit Gibelain. Ce type veut jouer avec nos nerfs et avec ceux de nos opinions publiques tout en se faisant passer pour le nouveau commandeur des croyants, mais c'est un psychopathe de la pire espèce.

À l'autre bout du fil, Macabone, parfaitement éveillé, écoutait maintenant les propos inquiétants de son commissaire principal avec attention.

– Après mon échec de Roissy, déclara Gibelain, nous avons perdu l'avantage et sommes aujourd'hui dans cette situation critique où nous avons un temps de retard sur Jalâl, au moment même où il s'apprête à nous frapper avec férocité. Je crois, patron, qu'il faut que l'on cuisine au maximum cette taupe car c'est tout ce que nous avons pour l'instant. Notre seule chance, c'est que ce type ne soit pas un assassin.

– Que voulez-vous dire ? lança le divisionnaire.

– Tout simplement que, à chaque fois que nous avons eu affaire aux hommes de Jalâl, aucun d'entre eux ne s'est laissé prendre vivant, y compris les plus jeunes.

Macabone comprit immédiatement l'allusion au jeune agresseur de Gibelain, poignardé par son *mujib*, quelques jours auparavant.

– Je ne me fais toutefois pas trop d'illusions. Cette taupe n'est qu'une pièce rapportée, mais le plus inquiétant, c'est que nous avons maintenant la preuve d'une sorte d'union sacrée entre des groupes islamistes sunnites et chiites.

Après un bref silence lourd de prémonitions, il ajouta :

– C'est peut-être aussi leur talon d'Achille car plus il y a de protagonistes, plus le système est faillible, c'est bien connu. Quelqu'un doit certainement savoir quelque chose sur les projets des assassins et la taupe de la préfecture pourrait nous y mener, mais le temps joue contre nous.

– OK, Gibelain, je vais voir ce que je peux faire pour que la DGSE secoue un peu plus notre type. Et vous, où en êtes-vous depuis l'envoi de votre rapport ?

– Nulle part, j'ai fait chou blanc mais j'ai mis quelques-uns de mes contacts sur la brèche, j'attends d'ailleurs une réponse pour mardi soir avant de rentrer sur le vol de mercredi.

– Vos contacts, il ne manquait plus que cela ! J'espère que vous n'êtes pas en train de me dire que les « frères trois points » enquêtent aussi dans notre affaire de terrorisme international.

– Navré de vous décevoir, patron, mais le MI6 est bien implanté au Proche-Orient et une coopération pourrait être bénéfique pour nos services.

– Très bien, je n'ai rien entendu. Gardez vos boniments pour ces messieurs de la place Beauvau et rentrez sans plus tarder. D'ici là, restez joignable sur votre portable.

– Une dernière chose, patron, je vous félicite pour Shekina car c'est une femme formidable.

Le divisionnaire raccrocha sans faire le moindre commentaire.

Londres
1er juin, 7 h 38

Depuis une dizaine de minutes, le *tube* cheminait à vive allure sur la ligne Hammersmith. Debout dans la rame bondée à craquer, l'assassin consulta sa montre puis entreprit mentalement de décompter les ultimes secondes qui le séparaient du martyre. Froid comme la mort qu'il s'apprêtait à lancer sur le quartier de la City, il ne ressentait aucune émotion. Le sort des milliers de victimes innocentes que son acte allait engendrer le laissait indifférent.

Dans la fraction de seconde qui précéda la mise à feu du détonateur, il se remémora alors les propos de Jalâl qui avait condamné les pays de la coalition à connaître l'apocalypse. Il eut aussi une dernière pensée pour ses camarades jihadistes qui, devant leurs objectifs, attendaient son signal.

La déflagration interrompit subitement son cri de haine avant de déchiqueter la rame et de répandre un épais nuage radioactif dans les couloirs du *London underground*.

7 h 39

L'autobus à l'impériale stoppa devant Buckingham Palace. D'un simple regard, les deux terroristes se concertèrent et sortirent instantanément leurs armes.

Les rafales du premier assassin décimèrent alors les passagers de la plate-forme tandis que son associé exterminait ceux de l'étage, insensible aux cris de douleur et de pitié.

Lorsqu'il n'y eut plus aucun survivant, les deux hommes abandonnèrent leurs automatiques et empoignèrent les RPG cachés dans un grand sac de voyage. Ils visèrent le balcon royal et firent feu spontanément.

Le premier impact ravagea la façade principale, désintégrant cette dernière en plusieurs blocs massifs que le souffle projeta devant les grilles du palais. Le second impact provoqua une boule de feu dans les salons du premier étage, allumant un gigantesque incendie dans la résidence principale des souverains britanniques. La panique fit immédiatement suite à la surprise des premiers touristes rassemblés pour la relève de la Garde.

Les assassins sortirent alors de l'autobus et ouvrirent le feu sur la foule terrorisée qui tentait de fuir en hurlant dans les rues adjacentes. Ils tuèrent tous ceux qu'ils croisèrent sur leur chemin puis, quand ils eurent vidé leurs chargeurs, ils actionnèrent simultanément leurs ceintures d'explosifs.

Une retentissante explosion balaya l'autobus et les malheureux touristes qui avaient réussi à échapper aux tirs meurtriers, avant qu'une infime poussière ne se disperse dans les environs.

7 h 40

L'Austin déposa les deux assassins à moins de trois cents mètres du 10, Downing Street puis elle s'immobilisa en plein milieu de la chaussée, provoquant un début d'embouteillage.

Sitôt sortis, les terroristes firent feu sur les unités SO 19 de la *Metropolitan Police* chargées de la protection du Premier ministre, et un implacable combat s'engagea aussitôt.

À l'autre bout de la rue, profitant des tirs de diversion, le troisième homme extirpa du coffre de l'Austin un mortier et quelques obus de 51 mm. Comme à l'exercice, il régla la distance et chargea l'arme lourde. Un coup sourd se fit entendre, précédant une première explosion qui éventra le rez-de-chaussée de la résidence. Il rechargea et fit feu à nouveau. Une nouvelle explosion plus violente que la précédente retentit, emportant partiellement le premier étage. Le terroriste s'apprêtait à engager son troisième obus lorsque le coup de feu du tireur d'élite du SO 19 lui perfora le crâne. Il s'abattit lourdement sur la chaussée.

Un instant désemparés, les deux autres assassins s'abritèrent derrière une automobile pour recharger leurs AK 47 puis choisirent de se séparer avant de se lancer à l'assaut du bâtiment en flammes.

Leur course ne dura que quelques mètres. Les tirs instantanés de l'homme du SO 19 pulvérisèrent le sternum du premier assassin et emportèrent le lobe frontal du deuxième assaillant.

Rome
8 h 38

Les assassins attendirent que la foule soit descendue de la rame puis ils emboîtèrent le pas des pèlerins qui se rassemblaient dans la station Cipro-Musei Vaticani.

Tous deux savaient que, dans quelques minutes, une deuxième cellule se ferait sauter à l'endroit même où ils cheminaient maintenant et qu'une troisième équipe de terroristes répandrait la mort de la même façon à la station Republica.

Les bombes « sales » allaient, dans les prochaines heures, polluer définitivement le métro romain avant de semer une effroyable panique dans la capitale italienne.

Arrivés sur la place Saint-Pierre, les deux assassins répétèrent le scénario meurtrier de Buckingham Palace. Ils abattirent froidement plusieurs dizaines de pèlerins et achevèrent leur carnage en utilisant quelques grenades offensives, répandant l'horreur et la mort autour d'eux.

Enfin rassasiés par leur tuerie, les terroristes se précipitèrent à l'intérieur de la basilique et actionnèrent aussitôt leurs ceintures d'explosifs.

9 heures

L'Alfa Romeo dévala la Via Veneto encombrée par les dizaines de rescapés qui émergeaient de ce qui avait été la station de métro Republica. Tous, gravement blessés, arboraient d'horribles brûlures.

Relâchant leur vigilance, les carabiniers en poste devant l'ambassade des États-Unis se portèrent à la rencontre des premières victimes ensanglantées qui titubaient dans les escaliers du métropolitain romain.

Soudain, la voiture fit une embardée et grimpa sur le trottoir, renversant au passage les piétons et les secouristes qui venaient d'arriver sur les lieux de la catastrophe, puis elle fonça sur la grille d'entrée de l'ambassade malgré les tirs nourris des *marines* de faction.

À l'instant où l'Alfa percutait le premier barrage anti-attentat, les terroristes actionnèrent la mise à feu de la voiture piégée.

La prodigieuse explosion qui s'ensuivit pulvérisa la voiture dont la carcasse fut projetée, tel un boulet, une dizaine de mètres plus loin, sur le perron du bâtiment diplomatique. Un souffle brûlant arracha la grille et le poste de garde et déchira toute la façade avant de l'ambassade, déclenchant simultanément plusieurs explosions secondaires dans les ruines de l'ancien palais romain.

Dans l'atmosphère de terreur et d'hystérie collective qui s'abattit sur Rome à cet instant, personne ne remarqua le nuage radioactif qui, tel un étau implacable, se déploya aussitôt au cœur de la Ville éternelle.

Paris
11 heures

Depuis l'appel du ministre de l'Intérieur en personne, Ange Macabone ne décolérait plus. Malgré les quatre messages qu'il venait de laisser sur sa boîte vocale, Gibelain demeurait injoignable.

Il paraissait incompréhensible au Corse que son commissaire principal puisse encore ignorer les attaques terroristes qui venaient de plonger Londres et Rome dans l'horreur radioactive. Abasourdi par ce qu'il venait d'entendre, le divisionnaire ne savait plus à quel saint se vouer pour tenter de gérer son angoisse. Les propos du ministre résonnaient en boucle dans sa mémoire : Buckingham Palace, la basilique Saint-Pierre et l'ambassade des États-Unis à Rome n'étaient plus que des souvenirs après leurs attaques à la bombe « sale ».

Il lui avait fallu plusieurs dizaines de secondes pour réaliser la teneur de telles informations, bientôt confirmées par la DGSE. Comme des millions de personnes au même instant, il s'était précipité dans la salle de repos, déjà comble, et avait vécu en *live* un scénario digne du Jugement dernier. Incapable de détacher ses yeux de l'écran sur lequel dansaient des images de secouristes et de soldats en tenue NBC devant les stations de métro de la City et de Rome, le Corse était dans un état second.

Les commentaires des journalistes harnachés dans d'épaisses combinaisons de couleur verte, les images de centaines de milliers de personnes engluées dans de gigantesques embouteillages conjuguées à celles de l'arrivée des premières victimes de la radioactivité, tout cela lui apparaissait comme monstrueusement surréaliste. Qui pouvait être à l'origine d'un tel cataclysme et pourquoi ?

Soudain, il se remémora l'analyse de Gibelain sur l'attentat d'Amman et les mots qu'il avait employés au cours de leur dernier échange téléphonique. Il comprit alors pourquoi Paris avait été épargnée et se précipita en courant vers son bureau. Il fallait qu'il contacte au plus vite le ministre.

Sur l'écran du poste de télévision, l'effroi fit place à la stupéfaction quand les images de la BBC confirmèrent les premières exécutions publiques des pilleurs.

Tibériade
13 h 10

Jamais Gibelain ne s'était senti aussi bien qu'en cet instant où, debout sur le pont de la chaloupe, il voguait sur la mer de Galilée. Il repensa aux premiers instants de leur arrivée et une grande paix l'envahit de nouveau.

Après avoir quitté Jérusalem, la jeune femme lui avait proposé d'assister au lever du soleil dans les ruines d'une petite synagogue où, jadis, le Christ enseignait la bonne parole aux petites gens. Ravi, il avait aussitôt accepté et, après deux heures de route, Shekina et Gibelain étaient arrivés sur les bords du lac de Tibériade dont les rives fleuries par les orangers dégageaient déjà un merveilleux parfum.

En ce petit matin, tout, autour d'eux, n'était que beauté et poésie. La brise descendue du Golan dessina quelques arabesques sur les eaux tranquilles du lac, et Gibelain sut alors combien Jésus avait été heureux dans cet autre jardin d'Éden peuplé par les arbres fruitiers et les oliviers.

Le baiser que déposa tendrement Shekina dans son cou l'extirpa de sa contemplation, il se tourna alors vers son beau visage qu'il embrassa délicatement. Le fragment d'un antique rituel tantrique s'envola dans sa mémoire :

Quelle est l'heure ?
Celle où le temps n'a pas de pouvoir.
Quel est le lieu ?
Aux limites de l'espace.
Quel Dieu éveillerons-nous ?
Le seigneur des seigneurs.

Pendant des heures, leur traversée magique se poursuivit, bercée par leurs baisers et rythmée par leurs promesses de ne plus faire qu'un, à jamais.

Leur pèlerinage s'acheva quand la chaloupe s'amarra au quai de la petite bourgade qui marquait l'embouchure du Jourdain. Sitôt débarqués, ils décidèrent de poursuivre à pied leur voyage initiatique et longèrent, entrelacés, les bords du fleuve sacré où çà et là quelques pèlerins se faisaient baptiser.

Soudain, la paix et l'amour les abandonnèrent. Déchiré par les pleurs, un groupe de touristes italiens se précipita vers le petit restaurant qui leur faisait face et dont les convives s'agglutinaient devant un large écran plat.

Gibelain comprit que quelque chose de grave venait de se produire. Il accéléra le pas et traversa la route en agrippant l'épaule de Shekina. Les cris de douleur s'amplifièrent au vu des premières images du flash spécial où défilèrent d'insupportables images de victimes sanguinolentes et brûlées au troisième degré.

Des équipes de journalistes en masque et combinaison NBC confirmèrent que Londres et Rome avaient été les cibles d'une attaque terroriste sans précédent faisant plusieurs centaines de morts et des milliers de blessés. Certains rescapés affirmaient que, avant de se faire sauter, les kamikazes avaient hurlé le nom des Martyrs d'Alamut. Le commentateur israélien insista sur l'atmosphère de fin de monde qui régnait dans les deux capitales et, comme pour accréditer ses dires, plusieurs gros plans d'hôpitaux de campagne et d'équipes de dépollution radioactive affairées dans les couloirs du *London underground* apparurent.

– Saloperie ! s'exclama le policier en se remémorant les propos échangés la veille avec Lloyd sur la raison de l'attentat d'Amman. Il embrassa une nouvelle fois Shekina et s'isola dans le jardin du restaurant pour téléphoner à l'agent du MI6.

Il alluma son portable et constata que sa boîte vocale était saturée par les messages de son divisionnaire. Il lâcha un juron en imaginant que Macabone devait être furieux et pesta contre sa propre négligence pour ne pas avoir activé plus tôt son téléphone.

Il composa immédiatement le numéro du Quai des Orfèvres sans avoir pris le temps d'écouter le contenu de la messagerie et fut accueilli par une bordée de noms d'oiseaux :

– Nom de Dieu, Gibelain ! Mais qu'est-ce que vous foutiez, bordel ? Cela fait des heures que j'essaie de vous joindre et je tombe sans arrêt sur cette putain de boîte vocale pendant que le monde agonise. Ils n'ont pas la télévision en Israël, ou quoi ? Bon sang, vous mériteriez que je vous botte le cul, merde !

Le commissaire principal encaissa sans broncher les reproches du divisionnaire. Un instant, il se sentit coupable d'avoir fait passer sa romance avant ses obligations professionnelles et réalisa à quel point il s'était attaché à Shekina.

Le ton de Macabone s'était radouci :

– Vous aviez vu juste à propos d'Amman et de la taupe mais malheureusement la DGSE n'a rien pu en tirer. En fait, ce n'était qu'un second couteau qui n'avait aucune idée de ce qui se tramait. Qui aurait d'ailleurs pu imaginer que Londres et Rome seraient victimes d'attentats à la bombe sale ?

– Nom d'un chien, c'était donc ça ? Mais c'est terrifiant ! s'exclama Gibelain. Vous voulez dire que ces villes sont contaminées et inhabitables pour des décennies ?

– Sans compter les milliers de cancers que l'on va voir apparaître dans les toutes prochaines années, répliqua Macabone. Et je ne parle pas du cataclysme économique qui a englouti ce matin la Grande-Bretagne avec la fermeture définitive de la City. Bon sang, Gibelain, avez-vous une idée sur la durée de vie moyenne du strontium 90 ?

– Pas la moindre.

– Trente ans, poursuivit Macabone, autant dire qu'il faudra plusieurs générations avant de pouvoir se rendre à nouveau dans la basilique Saint-Pierre et à Buckingham Palace. Et encore, je suis optimiste car, à la différence d'un attentat à l'anthrax, il est impossible d'arriver à décontaminer une zone fortement irradiée, *a fortiori* si la radioactivité a été dispersée dans les moyens de transport, ce qui est le cas à Londres et à Rome avec les attaques dans le métro.

– Ce n'est pas possible, répliqua Gibelain atterré, on nage en pleine apocalypse.

– Oui, mon vieux et on ne doit qu'à vous que le même cataclysme ne se soit pas produit à Paris. L'analyse des débris de la voiture utilisée par les terroristes à Roissy a confirmé la microprésence de plutonium 238. Dieu merci, la quantité était infime et insuffisante pour provoquer une catastrophe mais nous sommes persuadés aujourd'hui que l'équipe de Jalâl attendait un arrivage plus sérieux qui aurait servi à une série d'attaques suicides dans les moyens de transport de la capitale. On a d'ailleurs retrouvé sur le corps d'un terroriste que vous avez abattu des photos de l'Arc de triomphe, de l'Élysée et de la tour Eiffel. Bon sang, Gibelain, nous vous devons une fière chandelle car votre coup de feu a définitivement neutralisé la cellule parisienne, privant brutalement Jalâl de kamikazes.

Il ajouta :

– Sans vous, nous aurions eu notre vague d'attentats à la bombe radiologique. Le ministre lui-même l'a reconnu et vous a, pour cette raison, retenu pour la Légion d'honneur.

– Patron, tout cela est bien gentil mais a-t-on la moindre idée de l'endroit où se trouve Jalâl ? Car il ne va pas se limiter aux attaques de Rome et de Londres, soyez-en certain.

– Vous n'avez pas besoin de me convaincre. Avec ses attentats, ce psychopathe dispose maintenant de par le monde de milliers de recrues. Il n'a plus qu'à choisir ses prochaines cibles. Inutile de vous préciser que le monde arabe, politique comme religieux, est en pleine ébullition. Tous ses dirigeants, sans exception, ont décidé de se rencontrer demain pour une session de toute urgence à Assouan où il se tiendra aussi un conseil extraordinaire d'ulémas.

– Une question, patron. Sait-on au moins où Jalâl s'est procuré ses matériaux radioactifs ?

– La DGSE pense que les conteneurs de strontium et de plutonium utilisés dans les attentats ont été récupérés à partir de générateurs radiothermiques abandonnés en Géorgie, alors que la CIA penche plutôt pour la piste nord-coréenne.

– OK, répliqua Gibelain, voilà comment je vois la suite. Primo, il faut que l'Agence internationale de l'énergie atomique identifie et fasse sécuriser au plus vite tous les vieux générateurs de l'ex-Union soviétique. Secundo, il nous faut mettre la main sur Jalâl.

– Oui, mais comment ? soupira Macabone.

– Patron, il nous faut jouer à fond sur le seul point faible de ce malade : l'orgueil. En effet, depuis le jour où il m'a filé de peu entre les doigts, Jalâl est obsédé à la fois par le désir de laver l'affront de Roissy et par celui de m'assassiner. Il a d'abord essayé en envoyant un gosse à Jérusalem mais, après ce nouvel échec, je suis persuadé que non seulement il va recommencer mais qu'il va tenter de le faire lui-même. Il faut juste que nous l'aidions un petit peu à sortir de son trou.

– Vous voulez dire que vous êtes prêt à jouer l'appât une nouvelle fois ?

– Oh que oui et des dizaines de fois s'il le faut ! C'est bien le moins que je puisse faire pour toutes les victimes de Londres et de Rome.

– Parfait, Gibelain, vous m'avez convaincu. Prenez le premier vol pour Paris et pointez-vous dès votre arrivée pour que nous puissions établir une souricière. De mon côté, j'avertis immédiatement le ministre pour que l'on informe la CIA, le MI6 et le GRU de notre projet.

– C'est noté. Je rentre à Jérusalem pour récupérer mes affaires et file dans la foulée à Tel-Aviv. Je serai au bureau demain à la première heure.

– Très bien, nous vous attendons avec impatience. Une dernière chose, Gibelain.

– Je vous écoute, patron.

– Merci pour ce que vous avez fait à Roissy.

– Merci de m'avoir soutenu, répondit-il aussitôt avant de raccrocher.

Il rejoignit Shekina et vit qu'un ruisseau de larmes coulait sur son visage.

– Comment des hommes ont-ils pu commettre une telle abomination ? Ne sommes-nous pas tous les enfants du même Dieu ?

– Pas tous, mon amour, répondit-il en la prenant dans ses bras. Il arrive parfois que certains êtres se détournent volontairement de la lumière pour suivre la voie de l'ange déchu. Shekina, poursuivit-il, il faut que je rentre aujourd'hui pour tenter d'arrêter cette folie mais je te fais le serment de revenir bientôt car je sais où se trouve la parole perdue et je veux que tu sois à mes côtés quand nous la ramènerons à Safed.

Ses larmes s'épaissirent un peu plus et noyèrent son doux regard :

– Je comprends, fit-elle, incapable de préciser l'exacte frontière qui séparait sa peine de son incommensurable joie.

Elle lui chuchota à l'oreille :

Je t'aime et tu m'aimes.
Qu'il en soit ainsi maintenant et à jamais
Main dans la main égale cœur à cœur.
Même séparés, que l'Amour soit avec nous.

Jérusalem
18 h 22

La mort dans l'âme, Gibelain se retourna une ultime fois et suivit des yeux la Mini sortant du luxuriant jardin de la villa.

Quelques heures auparavant, sur le trajet qui les ramenait vers la Ville sainte, il l'avait informée que la stèle sacrée se trouvait à Tomar. Tous deux s'étaient alors juré de se retrouver à Lisbonne aussitôt la fin de son enquête.

Une fois Shekina hors de son champ de vision, il se retourna et franchit d'un pas décidé les quelques marches qui le séparaient de la porte d'entrée. La perspective de revoir le parlementaire dont la deuxième voiture de service était stationnée devant le perron lui remit un peu de baume au cœur mais, à l'instant où il glissait sa clef dans la serrure, il constata une petite encoche suspecte. Il comprit instantanément que la demeure d'Eliahn avait été visitée durant son absence.

Il sortit le Glock de son sac de voyage et déposa sa veste et ses chaussures devant la porte d'entrée, puis il pénétra dans la villa en refermant doucement la porte derrière lui. Après s'être assuré que personne ne se dissimulait dans les pièces du bas, il grimpa silencieusement le large escalier.

En arrivant à l'étage, il braqua son arme bien haut devant lui et prêta l'oreille. La luxueuse villa lui était brutalement devenue hostile. Il fit alors quelques pas en direction de la chambre de son ami quand, soudain, un homme au visage dissimulé dans un chèche à carreaux fit irruption devant lui en tenant le parlementaire bien en joue. La voix de l'homme siffla dans un mauvais anglais :

– Sale porc, lâche ton arme ou je tue cette charogne de sioniste.

Pâle comme la mort, Eliahn faisait l'impossible pour se maîtriser mais Gibelain comprit, par le regard désespéré qu'il lui lança, qu'il était sur le point d'être submergé par la panique. Ce n'était plus qu'une question de secondes. Il lui fallait réagir, et vite. Il prit alors la décision de baisser son arme. L'assassin esquissa un sourire meurtrier puis poussa rageusement son otage vers le policier. Eliahn se rattrapa miraculeusement et, à l'instant même où il se redressait pour retrouver son équilibre, l'index du tueur pressa la gâchette du Beretta. Les trois impacts à bout portant dans le dos du parlementaire propulsèrent violemment Eliahn dans les bras du commissaire. Le garant d'amitié mourut presque en lui portant l'accolade fraternelle.

Le commissaire hurla de rage et lâcha le corps de son ami pour redresser le Glock vers le terroriste. Bouleversé, il ne prêta pas attention au bruit de pas feutrés derrière lui.

Une intense douleur envahit soudainement son crâne, un voile rouge chemina brièvement devant ses yeux puis il bascula vers l'avant et s'abattit de tout son long sur la dépouille d'Eliahn. Groggy, il se sentit saisi par les bras et les jambes et déposé sans ménagement au pied de l'escalier, puis il perçut que l'on ouvrait la porte d'entrée avant de reconnaître un bruit de pas pressés.

L'un des terroristes se précipita vers la seconde voiture du parlementaire et la déplaça jusque devant le perron. Les deux assassins le soulevèrent, non sans lui avoir asséné plusieurs coups de pied dans l'abdomen. Ils le lancèrent brutalement sur le siège arrière de la Saab. Le tueur d'Eliahn prit place à ses côtés en lui enfonçant son arme dans le flanc droit et ordonna à son comparse de démarrer. La Saab bondit et souleva une fine poussière dans l'allée.

Conscient, Gibelain fit mine d'être soumis. Il analysa rapidement sa situation pour arriver à la conclusion qu'il lui fallait réagir dans les plus brefs délais. Cela comportait des risques, bien évidemment, mais il était exclu que Jalâl puisse le prendre vivant. Il se demandait quelle raison avait bien pu pousser le chef des assassins à l'épargner quand il aperçut la Land Rover de Connaught dévalant l'allée en sens inverse.

L'agent du MI6 dut comprendre que quelque chose d'anormal se déroulait devant lui car il accéléra, bien décidé à heurter frontalement la Saab. Le chauffeur jura et pila brutalement, propulsant vers l'avant l'assassin et son otage. Sous l'effet de la brutale décélération, la main armée du tueur bascula, heurtant le siège. Gibelain profita instantanément de la manœuvre de Lloyd. D'un geste vif, sa main gauche saisit le poignet de l'assassin tandis que son coude droit martelait violemment, à trois reprises, la tempe du tueur avant de projeter sa tête contre la vitre.

Sous l'effet de la douleur, l'homme relâcha le Beretta. Gibelain le lui arracha des mains, ouvrit la portière et se lança en roulé-boulé droit devant lui. Il se redressa pour se mettre en position de tir.

De son côté, Lloyd bondit hors du Land Rover et pointa son Sig P-226 en direction du chauffeur dont la vitre avant était descendue. Bien décidés à capturer vivants les deux assassins, le policier et l'agent du MI6 firent aussitôt les sommations :

– Sortez en levant bien haut les bras, *bastards.*

Pour toute réponse, le chauffeur hurla le cri de guerre des assassins et ouvrit le feu en s'extirpant de la Saab. Lloyd baissa la tête et riposta au jugé. Son tir faucha le terroriste en pleine course, l'atteignant au bas du visage. L'assassin s'effondra, sa main se replia machinalement sur la cavité béante qui remplaçait sa bouche et d'où sortait une bouillie sanguinolente de fragments dentaires et osseux.

Le second terroriste tenta d'actionner sa ceinture d'explosifs. Anticipant son intention, Gibelain vida d'une seule rafale le chargeur du Beretta dans la poitrine du tueur.

Il se rapprocha prudemment pour s'assurer que l'assassin était bien mort. Arrivé près du corps, il cracha par terre en prononçant ces mots :

– De la part d'Eliahn, enflure !

Le policier se tourna alors vers l'agent des services secrets :

– Bon sang, Lloyd, je te dois une fière chandelle. Sans ton intervention, c'en était fait du commissaire Gibelain.

– À ton avis, à quoi servent les amis, mon frère ? répondit le franc-maçon anglais, avant de poursuivre sur un ton inquiet et interrogatif. Jean, qu'est-il advenu d'Eliahn ?

– Je suis désolé, Lloyd, mais je n'ai rien pu faire. Il est mort dans mes bras.

L'agent du MI6 porta alors les doigts à son visage :

– Gémissons, gémissons, gémissons, fit-il.

– Mais espérons, répliqua Gibelain.

Lloyd contacta ensuite la police israélienne tandis que le commissaire s'évertuait à fouiller le corps du passager arrière de la voiture du parlementaire. Il extirpa des poches de l'assassin un faux passeport jordanien ainsi qu'un téléphone portable mais l'apparition d'un schéma électronique sophistiqué tombé du passeport raviva aussitôt son anxiété :

– La vache ! Qu'est-ce que cela peut bien être ? fit-il.

Lloyd s'approcha.

– On dirait le plan d'un détonateur mais je n'en ai jamais vu de pareil auparavant. Le Mossad devrait pouvoir nous renseigner dans quelques minutes.

Gibelain alluma le portable de l'assassin.

– Tiens, fit-il avec un sourire de satisfaction, on dirait que notre tueur a reçu plusieurs SMS. Lloyd, peux-tu vérifier si le chauffeur a lui aussi quelques textos ?

– *Congratulations*, répondit l'Anglais après quelques secondes, je crois que tu viens de mettre en plein dans le mille. Ils ont crypté leurs messages mais ce n'est pas le plus important car maintenant nous les tenons. La *National Security Agency* va, en effet, pouvoir nous identifier les lieux d'envoi et d'arrivée de ces SMS et, avec un peu de chance, nous saurons peut-être d'où opèrent ces fanatiques. J'appelle immédiatement les Américains.

– OK, fit Gibelain, de mon côté, je contacte mon divisionnaire car j'ai dans l'idée que je ne serai pas demain matin au 36, quai des Orfèvres.

Pendant quelques minutes, Gibelain relata à son supérieur sa tentative d'enlèvement et lui fit part de sa récente découverte qui soulevait dorénavant quelques espoirs. Macabone accepta sans broncher l'éventualité d'un report de son retour.

– Cela confirme bien ce que nous évoquions précédemment, déclara le Corse. Pour une raison que j'ignore, vous représentez une valeur pour Jalâl, d'où cette tentative d'enlèvement. En tout cas, tout cela m'incite à ne rien changer à notre projet car si vous n'aboutissez pas avec les SMS, c'est tout ce que nous aurons en stock pour piéger ce dément. Bon, fit-il en se raclant la gorge, j'insiste maintenant pour que vous me teniez systématiquement au courant de tout ce que vous faites de façon à ce que je fasse heure par heure un rapport détaillé au ministre. C'est bien compris, Gibelain ?

– Limpide.

– Parfait, j'attends donc avec impatience votre prochain coup de fil.

Le commissaire interrompit l'appel à l'instant où la police israélienne faisait son entrée dans la demeure du parlementaire.

Aidés par plusieurs dizaines de soldats de Tsahal, les policiers bouclèrent toutes les entrées et sorties puis inspectèrent scrupuleusement la Saab ainsi que les corps des terroristes. Deux équipes de l'identification criminelle scrutèrent chaque pièce de la villa à la recherche du moindre indice. Gibelain vit Lloyd déployer le schéma du détonateur sur le capot de la Saab et s'entretenir avec un civil. Il comprit aussitôt que la mort d'Eliahn venait d'impliquer le Mossad dans la traque aux Martyrs d'Alamut. Il replia son téléphone et marcha dans leur direction avec le pressentiment, devant le regard blafard des deux hommes, que sa découverte venait d'engendrer une nouvelle catastrophe.

– Lloyd, que se passe-t-il ? Ne me dis pas que le cauchemar de Londres et de Rome est sur le point de se reproduire !

– Jean, le schéma que tu as ramassé sur le corps du terroriste, c'est bien celui d'un détonateur mais pas n'importe lequel...

– C'est celui d'une bombe nucléaire miniaturisée ! lança brutalement l'agent du Mossad.

– Nom de Dieu ! jura le commissaire, c'est le pire scénario que l'on pouvait imaginer. Un engin atomique aux mains d'un criminel fou furieux !

Lloyd hocha gravement la tête et poursuivit :

– D'après l'agent Cohen, la bombe pèserait de trente à cinquante kilogrammes et pourrait facilement se loger dans un conteneur qui aurait les dimensions d'une petite valise.

– Et quelle serait sa puissance de destruction ? questionna Gibelain, angoissé.

– Entre un et quinze kilotonnes. En gros, l'engin a la puissance de la bombe d'Hiroshima !

– Génial, lança le commissaire. Cette fois-ci, nous n'avons plus le droit à la moindre erreur. A-t-on au moins une idée sur l'endroit où cette bombe est dissimulée ?

– Aucune pour l'instant, répondit l'homme du MI6.

Soudain, un éclair de révélation zébra l'esprit de Gibelain :

– Bon sang, faites que j'aie raison, implora le commissaire à voix haute. Lloyd, nous avons encore une toute petite chance d'éviter l'apocalypse nucléaire qui aura lieu Dieu sait où mais, pour cela, tu dois me faire confiance en me révélant les informations de la NSA sur les lieux exacts d'arrivée des SMS. Je sais que toutes ces données sont secret défense mais si le Grand Architecte est avec nous, comme je le crois, nous avons encore quelques heures avant qu'il ne soit trop tard.

L'agent du MI6 répondit immédiatement :

– OK, Jean, les textos ont été envoyés de Chalus, en Iran, non loin de l'ancien repaire du Vieux de la montagne. La CIA vient de me confirmer que cette localité abrite un site secret nucléaire placé sous la surveillance des gardiens de la révolution islamique, les *pasdaran*. Certains SMS dataient de quelques jours et ont été reçus à Londres et à Rome par les auteurs des attentats. Toutefois l'un d'entre eux a été lu il y a quinze minutes exactement, dans la ville égyptienne d'Assouan.

– J'y suis ! s'écria Gibelain. Je sais ce que Jalâl a l'intention de faire. Putain, Lloyd, ce type est l'Antéchrist en personne. Écoute-moi : en déclenchant ses attaques sur Londres et sur Rome, le chef des Martyrs d'Alamut a tablé sur une réaction commune immédiate de tous les modérés du monde arabe.

– Tu veux dire que les attentats à la bombe radiologique n'étaient qu'une diversion ? l'interrompit aussitôt Lloyd.

– Nullement. Jalâl a seulement réussi à faire d'une pierre deux coups. Cependant, tu peux me croire sur parole, il va recommencer pour nous faire comprendre que ces massacres n'étaient que les prémices de son génocide, et il va commencer par l'Égypte.

– Mais pourquoi Assouan ?

– Tout simplement parce que, dans exactement douze heures, va se tenir dans cette ville le plus important conseil politique du monde arabe jamais réuni et la plus extraordinaire session des ulémas que l'on puisse imaginer. Mais surtout, en faisant sauter sa bombe tactique à Assouan, Jalâl va provoquer un cataclysme humain et écologique sans précédent.

– Que veux-tu dire ? fit Lloyd, interloqué.

Gibelain pesa ses mots et prononça lourdement :

– Accroche-toi bien, mon frère. L'objectif de la dernière cellule des Martyrs d'Alamut, c'est l'immense barrage d'Assouan !

– *Bloody hell !* Cette catastrophe va engloutir toutes les zones surpeuplées de l'Égypte et provoquer des millions de morts. Es-tu sûr de ce que tu avances ?

– Lloyd, je viens de comprendre à l'instant pourquoi Jalâl m'a épargné aujourd'hui, insista-t-il en se remémorant les derniers propos de Macabone. Cet homme a l'âme d'un démon qui n'a que faire de nos considérations humaines. En fait, la seule chose qu'il recherche, c'est la parole perdue. Elle seule peut lui donner ce pouvoir absolu et satisfaire ses ambitions délirantes. Voilà pourquoi il est prêt à mettre le monde à feu et à sang par sadisme.

Incapable d'analyser correctement autant d'informations, l'agent du MI6 demeura dubitatif. Le policier fit alors son *mea culpa* :

– Il y a quelque chose que je ne t'ai pas révélé, Lloyd. Voici quelques jours, j'ai été victime d'une tentative d'assassinat dans le vieux Jérusalem. J'ai échappé de peu à la mort mais mes agresseurs ont réussi à me dérober mon calepin dans lequel figurait le dessin de la stèle sacrée que j'avais exécuté dans le bureau du grand maître national à Paris.

L'agent britannique lui lança un regard accablant de reproches. Gibelain baissa discrètement la tête.

– Je sais, j'aurais dû t'en parler l'autre soir mais à l'époque, j'étais loin de me douter que les assassins me suivraient jusqu'ici.

– Manifestement, c'était une erreur que tu as failli payer de ta vie. N'en parlons plus, fit Lloyd. Sais-tu où nous pourrions trouver cette cellule à Assouan ?

– J'ai dans l'idée qu'ils doivent être descendus dans l'un des hôtels de luxe de la ville. Renseigne-toi pour savoir si deux ou trois types ne sont pas arrivés ces dernières heures avec des passeports jordaniens.

– *All right*, j'avertis immédiatement les autorités égyptiennes et j'appelle Hereford dans la foulée, déclara-t-il en consultant nerveusement sa montre. D'ici sept heures tout au plus, le *Sabre Squadron* d'alerte du SAS sera prêt à sécuriser la cache de la cellule, si tout se déroule comme tu l'as prédit.

– Ouais, fit Gibelain en hochant la tête, c'est le moment ou jamais d'implorer le Grand Architecte de l'Univers.

Assouan
2 juin, 2 h 03

Le major Alistair Stirling du *22nd Special Air Service Regiment* vérifia une ultime fois le cadran lumineux de sa montre. Il ne ressentit aucune émotion. Depuis le départ de la base de Lyneham, il s'était interdit de penser à sa sœur disparue quelques heures plus tôt dans l'attaque terroriste de la City.

Dans le Hercules C-130 qui acheminait le groupe vers Assouan, comme chacun de ses hommes, il avait répété maintes fois le plan d'attaque que tous avaient appris par cœur en quittant Hereford. L'assaut triple devait être instantané et fulgurant à la fois. Depuis le toit de l'hôtel, deux équipes de quatre hommes descendraient en rappel tandis que la troisième pénétrerait dans la chambre par la porte principale.

Tous étaient conscients que leurs gestes devaient être encore plus précis que d'habitude et sans aucune hésitation. La planque des terroristes devait être sécurisée dans les dix secondes qui suivraient leur entrée pour que leur assaut puisse sauver le monde.

2 h 04

Après être silencieusement descendus en rappel, les huit hommes du SAS posèrent les charges destinées à faire sauter les fenêtres de la suite.

Leur tâche achevée, le *staff sergeant* Westmacott abandonna ses lunettes infrarouges et glissa un œil pour apercevoir furtivement deux hommes attablés au centre de la salle de séjour.

Le premier d'entre eux cisaillait quelques fils colorés tandis que le second paraissait profondément occupé à installer quelques branchements dans une grosse mallette noire.

Par chance, ils semblaient n'avoir posté aucun guetteur ni devant le balcon, ni à la porte d'entrée. Tout allait donc se jouer à l'instant où ils pénétreraient dans la pièce principale.

Soudain, une retentissante explosion souffla la baie vitrée de la salle de séjour, projetant des dizaines d'éclats de verre dans tout le salon et allumant un mini-incendie. Au même instant, la porte d'entrée fut pulvérisée et une grenade flash-bang explosa dans la première chambre attenante au salon.

Westmacott pénétra le premier dans les locaux et fit feu immédiatement. Les aboiements étouffés par le silencieux de son MP5 perforèrent la mallette et éjectèrent le premier assassin hors de sa chaise. Le terroriste heurta le sol, le thorax défoncé par une dizaine d'impacts. Le deuxième assassin ne vécut guère plus longtemps. La décharge à bout portant du caporal Black le propulsa violemment à l'autre bout de la pièce.

Le SAS rechargea aussitôt le fusil à pompe et courut se ranger le long de la porte de la salle de bains en faisant face à Westmacott.

Les trois équipes nettoyèrent alors systématiquement chaque pièce de la suite selon la tactique habituelle : porte défoncée, grenade flash-bang, entrée du premier assaillant suivi aussitôt de son équipier. L'opération dura ainsi quelques minutes sans qu'aucun autre terroriste ne soit à nouveau débusqué.

Quand toutes les pièces de la suite furent nettoyées et qu'il eut confirmation qu'aucune perte n'était à déplorer, le major Stirling composa sur son terminal portatif le numéro de sir Lloyd Connaught.

À 2 h 10, un large sourire illumina le visage de celui-ci.

Chesed

Paris
3 juin, 12 h 34
H - 17

Il y avait plusieurs heures maintenant que Gibelain assistait au briefing tenu par le Premier ministre. La tension et le manque de sommeil déformaient chaque trait de son visage.

Depuis l'intervention des hommes du SAS qui avait mis un terme à l'effroyable nouvelle menace des Martyrs d'Alamut, les événements s'étaient précipités autour de lui. Moins d'une demi-heure après l'annonce du succès des forces spéciales britanniques, il avait été informé par l'ambassadeur de France que Matignon exigeait sa présence dans les plus brefs délais. Un Falcon avait, dans cette intention, été dépêché en catastrophe depuis Villacoublay.

Au cours du vol qui l'avait ramené vers Paris, Gibelain n'avait pu réussir à fermer les yeux tant l'image d'un champignon nucléaire se déployant dans un ciel bleu azur obsédait toujours ses pensées. Incapable de se détendre, il avait alors profité du vol et des informations que Lloyd avait accepté de partager, au nom de leur fraternité maçonnique, pour rédiger un rapport sur les faits et les éléments collectés par le major Stirling.

Dès son arrivée, il avait immédiatement été pris en charge par les hommes de la DGSE et conduit à Paris où Macabone l'attendait avec grande impatience.

Aussitôt après avoir présenté son travail, le chef du gouvernement le félicita chaleureusement pour son sang-froid et sa clairvoyance :

– Commissaire Gibelain, après Londres et Rome, il est clair que nous vous devons tous d'avoir épargné au monde un nouveau cataclysme. Les Britanniques ne se sont d'ailleurs pas privés de nous le faire savoir puisqu'il semble que vous ne serez que le seul d'entre nous à partager le secret des dieux.

– Veuillez excuser mon ignorance, monsieur le Premier ministre, mais je ne comprends pas votre propos, répondit Gibelain.

– Oui, bien sûr, poursuivit le chef du gouvernement. Voilà de quoi il s'agit : grâce aux SMS récupérés sur les portables de vos agresseurs, le MI6 et la CIA ont pu localiser le lieu d'émission des textos. Il s'agit de la localité iranienne de Chalus connue pour abriter un site où l'on enrichit secrètement de l'uranium. Tout laisse penser que cet endroit sert aussi de camp retranché aux terroristes, bien que les satellites de la NSA aient aussi confirmé depuis quelques heures un regain d'activité autour de l'ancienne cité d'Alamut. Londres et Washington ont décidé, semble-t-il, de frapper en duo un grand coup.

Il toussota légèrement et ajouta :

– Ils viennent en effet de nous informer de leur décision d'éliminer radicalement cette double menace mais ils ont refusé que nous participions à leurs côtés à cette intervention. En fait, bien que j'en ignore la raison, la seule personne de chez nous qui semble avoir aujourd'hui crédit à leurs yeux, c'est vous, commissaire.

Le Premier ministre enchaîna sur un ton sec et quelque peu irrité :

– J'ai d'ailleurs reçu un long appel du *Foreign Office* qui demande à ce que vous rejoigniez la base d'Hereford dès cet après-midi.

Un silence glacial s'abattit sur l'assemblée, coupé aussitôt par le commentaire du ministre de la Défense :

– Dans quelques minutes, vous retrouverez à Villacoublay le commandant Paul Bourgoin du 1er régiment parachutiste d'infanterie de marine qui vous accompagnera en tant que représentant du commandement des opérations spéciales. Vous n'aurez que quelques heures pour vous remémorer en sa compagnie vos rudiments de parachutisme. Je sais que c'est un peu court comme délai pour se replonger dans les acquis de votre brevet du service militaire mais, au vu de la conjoncture, c'est tout ce que nous pouvons vous offrir.

– Avez-vous quelques questions, commissaire ? questionna alors le chef du gouvernement.

– Non, répondit Gibelain.

– Dans ce cas, nous vous souhaitons la plus grande réussite dans cette opération. Il y va de notre survie à tous, au sens propre comme au figuré.

– Je tâcherai de ne pas vous décevoir, monsieur le Premier ministre, fit-il en se rasseyant.

Chalus
14 h 43

Debout devant les caméras de surveillance du bunker principal, Jalâl observait le ballet des Volgas noires qui déposaient les uns après les autres le parrain de la mafia russe de Tbilissi et ses lieutenants.

À chaque arrivee, le même rituel se répétait : les gardes du corps mafieux remettaient leurs armes aux *pasdaran* de service avant d'être copieusement fouillés. Une fois désarmés, le chef criminel et son service de protection rapprochée furent conduits, sous bonne escorte, dans le bunker. Ils traversèrent plusieurs pièces où des hommes en combinaison NBC manipulaient, derrière d'épaisses vitres blindées, de lourds fûts radioactifs avant d'arriver dans une vaste salle aux parois en béton armé.

Dès leur entrée, Jalâl prit la parole :

– Bienvenue à Chalus, monsieur Nicolaiev, lanca-t-il à l'adresse d'un sexagénaire chauve et bouffi, visiblement incommodé par la chaleur et la poussière des lieux. Permettez-moi de vous présenter le patron de la *Savama*, qui est la branche interne des services de renseignement iraniens et qui est particulièrement intéressée, vous vous en doutez, par notre transaction.

L'homme de la *Savama* poursuivit dans un russe sans accent :

–Je vais même vous faire une confidence en vous révélant que nous sommes prêts à faire de vous un homme très riche, si vous êtes à même d'équiper en ogives nucléaires nos dix missiles à longue portée Shebab-3.

– Considérez que c'est déjà fait, répondit l'ancien responsable de la 12e direction principale du ministère de la Défense russe, et apprenez que je suis disposé à vous offrir les services d'instructeurs qui formeront vos hommes à la récupération du plutonium 238 et du strontium 90 dans les vieux générateurs de Géorgie. Mes hommes sont des experts qui ont été formés et équipés par l'Agence internationale de l'énergie atomique. Ils vous enseigneront comment démonter des générateurs en respectant au maximum les critères de sécurité. Ainsi vous aurez largement de quoi équiper vos missiles, vos bombes radiologiques et vos mallettes nucléaires pour des années, ajouta-t-il dans un grand éclat de rire.

– Monsieur Nicolaiev, je crois que nous allons parfaitement nous entendre. Prenez place et faites-nous donc votre première offre, déclara Jalâl, songeant au nouvel attentat qu'il se préparait à lancer sur le talon d'Achille de la Californie, la faille de San Andreas.

Deux heures plus tard, le chef des terroristes ismaéliens embarqua dans l'hélicoptère d'attaque de fabrication soviétique MI-24. Cette fois-ci, rien ni personne ne pourrait sauver le monde des mécréants car toutes les précautions avaient été prises pour que l'échec d'Assouan ne soit plus qu'un mauvais souvenir. De toutes façons, avec la quantité d'uranium qu'il allait bientôt récupérer, Riyad, Tel-Aviv, Washington et surtout Los Angeles paieraient largement pour Assouan.

Quant à Gibelain et à la parole perdue, il allait personnellement prendre les choses en mains, et seul. Il n'était jamais aussi bon que lorsqu'il exécutait lui-même ses ennemis et ce n'était ni le Mossad, ni Tsahal qui auraient pu prétendre le contraire.

Dans un tourbillon de poussière, le MI-24 décolla de Chalus, emportant Jalâl, plus certain que jamais que, dans quelques jours, il embraserait de nouveau le monde.

Hereford, quartier Bradbury Lines
23 h 34
H - 6

Pour la quatrième fois depuis son arrivée, Gibelain escalada le petit muret qui marquait l'entrée de la *killing house* et le début du parcours d'entraînement du 22e SAS Regiment.

Les sens aux aguets, il déploya des ruses de Sioux pour arriver devant la reproduction du bâtiment principal d'Alamut, reconstitué d'après les dernières images reçues des *drones neurones* de la *Royal Air Force*. À l'instant où il fit mine de pénétrer dans le premier bunker, deux figurines en carton jaillirent de nulle part. Il fit feu immédiatement, pulvérisant les silhouettes des terroristes. Il était sur le point de recharger son Glock et de poursuivre son parcours quand son oreillette Bluespoon grésilla :

– Joli coup, fit la voix de Lloyd, mais il te faut interrompre tes cartons car le brigadier général Mayne vient d'arriver et tiendra son briefing dans quinze minutes, alors ne traîne pas.

– Reçu, fit-il, j'arrive immédiatement.

Quelques minutes plus tard, Gibelain s'installa au fond de la salle d'opérations et, grâce à son écouteur de traduction, le plan d'attaque d'Alamut n'eut bientôt plus aucun secret pour lui.

– *Gentlemen*, fit le brigadier général, suite aux attentats meurtriers dont notre nation vient d'être victime, notre gouvernement a décidé de riposter. Grâce aux renseignements collectés par le colonel Connaught et par nos alliés français, nous avons pu identifier le repaire des *bastards* qui ont dévasté notre capitale. Voilà pourquoi vous vous êtes entraînés intensivement et sans répit. Dans quelques heures, il vous faudra affronter un ennemi sournois bien retranché sur les falaises et dans les grottes de la chaîne montagneuse de l'Elbourz. La *Royal Air Force*, le MI6 et notre service de renseignement interne, que vous connaissez tous au SAS sous l'appellation du « Kremlin », se sont défoncés pour vous permettre d'étudier ces maquettes.

Il pointa alors son stick vers un ensemble de reproductions miniaturisées de petits bâtiments qui n'étaient pas sans évoquer à Gibelain des habitations troglodytes.

– Voici, *gentlemen*, la citadelle d'Alamut que vous aurez la tâche de sécuriser définitivement, mais je vais maintenant laisser la parole à l'un des vôtres, le colonel Lloyd Connaught, détaché auprès du MI6, qui se chargera de vous expliquer ce que le monde libre attend de vous. Colonel, c'est à vous, fit-il en prenant place.

– Messieurs, déclara Lloyd avec entrain, permettez-moi tout d'abord de vous exprimer ma joie d'être à nouveau à vos côtés pour l'opération Doomsday, unique en son genre et dont l'objectif est la base d'Alamut.

Il reprit son souffle rapidement :

– Alamut sera un sérieux morceau à avaler car le camp des terroristes est construit sur un piton rocheux situé à deux mille mètres d'altitude dans la région du Daylaman. Il s'agira surtout de ne pas rater notre atterrissage car l'environnement naturel y est particulièrement hostile. Les falaises abruptes et les cols étroits de l'Elbourz, la violence du fleuve Shag-Roud ne laisseront aucune chance de survie aux égarés. Au sommet du piton, nous trouverons un vaste plateau sur lequel les terroristes ont établi cinq bâtiments qui seront nos cibles principales. On accède au plateau depuis la route par un goulet qui débouche devant le bâtiment A du camp. Les Américains se chargeront de neutraliser la garde du tunnel.

Devant les regards interloqués d'une partie de l'assemblée, Lloyd précisa :

– En effet, j'ai l'honneur de vous informer que, pour la première fois de son histoire, le 22e SAS Regiment interviendra de concert avec les *Delta Force*. Cependant, je vous rassure, notre plan d'intervention restera fidèle à la tradition SAS, c'est-à-dire que nous investirons simultanément les principaux points stratégiques d'Alamut de façon à désorienter les terroristes et à les priver du temps d'adaptation nécessaire face aux menaces multiples que nous ferons peser sur eux instantanément. Voici donc comment nous procéderons.

Lloyd saisit alors le stick déposé par le brigadier général sur la table où reposaient les maquettes des cinq bâtiments de la citadelle :

– Nous désignerons nos deux unités d'attaque sous les termes de *Red Team* et de *Blue Team*. *Red Team* représentera l'unité d'assaut proprement dite et sera constituée par les pelotons SAS de la *Mountain and arctic troop* et de la *High altitude, low opening troop*, la Halo. Chacun de ces pelotons fournira seize hommes. Les trente-deux combattants seront alors répartis en quatre groupes répondant aux noms de : Jedburgh, Dingson, Wallace et Nimrod. L'objectif de *Red Team* sera à la fois de neutraliser l'ensemble des baraquements où sont regroupés les terroristes et de détruire l'installation hertzienne située derrière le bâtiment D.

Lloyd pointa alors sa canne vers la plus grosse des maquettes posée à flanc de la falaise avant de poursuivre :

– Il nous faudra faire preuve d'une grande prudence car nos dernières informations font état de la présence à cet endroit d'une dizaine de *pasdaran*, probablement mieux entraînés et mieux équipés que les terroristes ismaéliens. Jedburgh et Dingson, commandés par les capitaines Mac Nab et Paddington, seront chargés d'éliminer tout ce qu'ils trouveront dans les bâtiments A, B, C. Wallace, sous le commandement du major Stirling, aura la délicate tâche de détruire la station hertzienne ainsi que tout le réseau de communication d'Alamut gardé par les *pasdaran*. Nimrod, que je commanderai en personne, investira le bâtiment D qui est la résidence principale de Jalâl ben Sabbah, le *bastard* à qui nous devons les attentats à la bombe sale de Londres et de Rome. Inutile de vous préciser, messieurs, que, plus que jamais, les deux mots clés de l'opération Doomsday seront *hit and run*, autrement dit, on frappe fort et on décroche au plus vite.

– Colonel, pourriez-vous maintenant nous parler de *Blue Team* ? lança le brigadier général.

– Tout de suite, mon général. *Blue Team*, composée des équipes *Delta Force*, sera chargée de la sécurisation du périmètre d'attaque. Elle exécutera le bouclage complet d'Alamut et tendra des embuscades sur l'ensemble des voies d'accès au site, au cas où les *pasdaran* enverraient par les airs ou par la route des renforts depuis Chalus. Ainsi, grâce à ses missiles sol-air Stinger et antichars Milan, *Blue Team* assurera la protection de *Red Team* contre une éventuelle menace aérienne et terrestre. Nous fixons la durée totale de l'attaque à trente minutes maximum. Sachez qu'il est impératif, pour notre propre sauvegarde et pour la réussite de cette entreprise, de respecter ce délai pour que nous puissions tous réembarquer à bord des cinq hélicoptères Black Hawke qui seront escortés par deux Tigre de l'Army Air Corps.

Lloyd poursuivit sur un ton grave :

– Il s'agira, en effet, de ne pas traîner car, moins de trois minutes après notre départ d'Alamut, deux chasseurs F-22 A Raptor de l'US Air Force, en provenance de la base d'Incirlik et équipés de bombes antibunkers, réduiront en poussière le site nucléaire de Chalus et tout ce qui restera de la citadelle après notre passage.

– *Gentlemen*, déclara soudainement le brigadier général, pour vous donner une petite idée de ce que vient de vous énoncer le colonel Connaught, gardez à l'esprit que chacune des bombes conventionnelles qui vont être utilisées dans cette opération pèse plus de deux tonnes et est capable de pénétrer plus de six mètres de béton armé ! Autrement dit, aucun des bunkers bâtis à Chalus ou à Alamut par la société-écran iranienne Aircontec ne résistera à l'onde de choc des huit bombes des F-22. Voilà, ajouta-t-il, je crois que vous savez tout sur l'opération Doomsday. Des questions ?

– Mon colonel, déclara le capitaine Paddington, quels sont les effectifs des terroristes et à quel niveau de résistance devons-nous nous attendre ?

Lloyd hocha la tête et répondit :

– Le « Kremlin » estime que nous trouverons sur place une cinquantaine d'extrémistes au niveau d'entraînement très disparate et à l'armement hétéroclite. En revanche, le plus gros morceau sera représenté par les dix gardiens de la révolution islamique de la station de télécommunications. Il faudra les éliminer d'emblée pour assurer la réussite de l'opération Doomsday. Enfin, bonne nouvelle, il n'y a pas d'armement lourd à Alamut qui n'est en fait qu'un simple camp d'entraînement. En revanche, Chalus est sévèrement protégé mais ce n'est pas notre objectif. Les F-22 s'en chargeront.

– Mon colonel, reprit le capitaine Mac Nab, pourquoi ne pas laisser le soin aux F-22 de rayer une fois pour toutes Alamut de la carte au lieu de lancer cet assaut particulièrement risqué ?

-Excellente question, capitaine, répondit Lloyd avant de poursuivre. Messieurs, la destruction d'Alamut et de Chalus ne représente qu'une partie de notre objectif. Nous avons, en effet, reçu l'ordre de capturer, vivant si possible, le responsable des attentats de Londres et de Rome, un *bastard* qui se fait appeler Jalâl ben Sabbah et qui s'est réfugié dans le camp terroriste. Sachez que, dès sa capture, il est prévu de transférer le chef des Martyrs d'Alamut sur une base secrète de la CIA en Roumanie. Inutile de vous préciser que ses informations nous seront vitales pour liquider une fois pour toutes l'Internationale terroriste islamiste. Elles nous permettront aussi de connaître avec exactitude l'état actuel du programme nucléaire iranien à visée militaire. Enfin, messieurs, apprenez aussi que grâce à l'opération Doomsday, Jalâl ben Sabbah sera jugé pour crime contre l'humanité.

-D'autres questions ? lança le brigadier général.

Le silence répondit à l'interrogation de l'officier supérieur.

-Je vous propose donc de régler vos montres sur l'heure du colonel Connaught. Colonel, quelle heure avez-vous exactement ?

-0 h 42, mon général.

- *Gentlemen*, reprit une dernière fois le brigadier général, vous avez trente minutes avant votre départ pour Alamut. *Good luck* à tous.

4 juin, 1 h 12

Gibelain embarqua dans le premier des deux hélicoptères Chinook qui venaient de se poser sur la piste d'Hereford. Aussitôt installés, les hommes des pelotons SAS se comptèrent alors à voix haute avant d'enfoncer leurs bouchons antibruit dans les oreilles, puis Lloyd fit discrètement signe aux pilotes qu'ils pouvaient décoller. Le lourd Chinook s'envola comme par enchantement vers la base de Lyneham où déjà les attendait, moteurs ronflant, un Hercules C-130.

1 h 34
H - 4

Gibelain ferma les yeux, rassuré par les derniers propos de Lloyd qui lui avait confirmé que leur plan de vol avait été intégralement calqué sur celui du Londres-New Delhi qu'ils s'apprêtaient maintenant à suivre, après leur décollage de Lyneham.

Yuksekova (frontière turco-iranienne)
4 h 06

Le froid réveilla spontanément Gibelain qui, malgré l'obscurité ambiante, s'empressa de jeter un coup d'œil au travers du hublot recouvert par la buée. Malgré sa difficulté à chasser les derniers assauts du sommeil, les feux de position d'un second appareil attirèrent immédiatement son attention. Lloyd s'empressa de le rassurer :

– Ce sont les *Delta Force* américains qui viennent de nous rejoindre. Ils sont arrivés hier soir à Ankara depuis leur base de Fort Brag en Caroline du Nord. Mon frère, les choses sérieuses vont bientôt commencer.

Le chef de l'opération SAS scruta alors sa montre puis déclara :

– Jean, à 4 h 34 exactement, nous allons commencer à sauter sur Alamut. Notre descente durera approximativement sept minutes et s'effectuera à la vitesse de 85 km/h. N'utilise ton écouteur qu'en cas d'extrême nécessité et rappelle-toi que je serai juste à tes côtés. Je ne te quitterai pas des yeux une seule seconde et interviendrai à la moindre difficulté. Dernière chose, une fois au sol, tu ne me lâches pas un instant et, surtout, tu ne prends aucune initiative personnelle. Souviens-toi que pour le 22e SAS Regiment, tu n'es qu'un observateur. Promis, mon frère ?

– Promis, Lloyd, répondit-il.

– Parfait. Je compte maintenant sur toi pour demander au Grand Architecte de nous accompagner pendant notre descente, ajouta-t-il en souriant.

4h23

Les quatre turbopropulseurs vrombirent subitement et amenèrent le C-130 à son altitude maximale de dix mille mètres. Un bourdonnement électrique annonça aussitôt l'ouverture de la porte arrière de la soute du Hercules.

Sanglés dans leurs vêtements chauds, Gibelain et les trente-deux hommes du SAS ajustèrent alors leurs masques respiratoires avant qu'une nuit opaque et un froid glacial ne les saisissent violemment.

Les premiers parachutistes de la Halo s'avancèrent sans hésitation vers le vide sombre et froid. Tous fixèrent avec intensité l'ampoule qui affichait une timide clarté rouge.

4h34
H-1

Un sourd avertisseur accompagna le rayonnement verdâtre qui éclaira la soute grande ouverte. Les quinze premiers hommes se lancèrent à intervalles réguliers et furent engloutis en quelques dizaines de secondes par l'obscurité. Vint alors le tour de Gibelain et de Lloyd qui précédèrent les conteneurs chargés qui devaient assurer toute la logistique du groupe. Quand ils eurent sautés, les parachutistes de la *Mountain and artic troop* se précipitèrent à leur suite.

Dès sa sortie de l'appareil, Gibelain fut comme soulagé par l'extraordinaire silence qui absorba instantanément le bruit des moteurs du Hercules. Il fit signe à Lloyd pour lui signaler que tout allait bien. Le chef d'opération était tout occupé à consulter sa console de poitrine sur laquelle défilaient les informations autorisant la navigation sous voile. Gibelain se retourna pour vérifier que le premier conteneur ne prenait pas trop de retard sur le reste du groupe.

Munis de composants métalliques furtifs et d'un système de guidage automatique relié à un récepteur GPS, les lourds paquetages étaient programmés pour se poser discrètement dans le périmètre des deux groupes SAS avec une précision de quelques dizaines de mètres. Il n'y avait donc aucune raison de s'inquiéter.

Le sourire de Shekina illumina alors ses souvenirs et détourna son attention pendant plusieurs dizaines de secondes jusqu'au moment où son écouteur bourdonna. Gibelain reconnut immédiatement le signal de Lloyd annonçant aux combattants qu'ils venaient de pénétrer en territoire hostile.

Grisé par la vitesse, le policier poursuivit sa chute à vive allure et décompta les secondes qui le séparaient de l'instant crucial où il déploierait son parachute. Il se reprit au moment où les voiles rectangulaires des premiers hommes de la Halo s'ouvrirent bien haut dans le ciel où déjà pointaient les premières lueurs de l'aube.

Gibelain ouvrit son parachute à huit cents mètres et se laissa bercer par le bruit du vent dans la voilure. Avant de fermer les yeux, il crut entendre le rire de Shekina.

Red Team : groupe Jedburgh
5 h 34
H – 0

Le capitaine Mac Nab et le *lance caporal* Atkinson se glissèrent furtivement vers le recoin du bâtiment C pendant que les tireurs du groupe se positionnaient. Les deux snipers SAS achevèrent alors de régler leurs fusils de précision *Accuracy International* munis du modérateur de son dernier cri *Silent Kill*, puis ils attendirent le signal.

Cinq sentinelles se devaient d'être éliminées dans les meilleurs délais et trois d'entre elles seulement étaient à portée des deux tireurs. Mac Nab avait vu le premier des deux assassins qui manquaient s'éloigner pour satisfaire un besoin urgent tandis que le second s'était isolé dans un angle mort pour fumer une cigarette. Il ne fallut que quelques dizaines de secondes aux deux SAS pour arriver à la hauteur des guetteurs.

Le premier assassin fut tué aussitôt après avoir déposé son arme pour commencer à uriner. Le capitaine Mac Nab lui plaqua sa large main sur la bouche et, simultanément, lui enfonça sa dague au plus profond du cou, lui tranchant d'un seul coup la veine jugulaire et l'artère carotide. Sans un cri, l'homme s'effondra brutalement dans ses bras.

Les chants islamiques qui hurlaient depuis le *ghetto blaster* posé devant la porte d'entrée du bâtiment B couvrirent les pas du *lance caporal* Atkinson. Tout en se déplaçant le plus silencieusement possible vers le recoin qui abritait le deuxième assassin, le SAS serra de ses deux mains son pistolet automatique FN Herstal Five Seven. Une fois arrivé à quelques centimètres du terroriste, il s'immobilisa pour inspirer une fraction de seconde puis il se lança en avant en faisant feu immédiatement à hauteur du thorax et du crâne de l'assassin. La puissance du calibre de l'arme ne laissa aucune chance au terroriste dont elle perfora le gilet pare-balles avant de creuser un trou béant dans son crâne. Le bruit discret d'un corps que l'on traîne précéda le grésillement des oreillettes des snipers leur ordonnant alors de passer à l'attaque.

Les deux tireurs ouvrirent le feu sur les trois assassins postés devant le bâtiment A. Les deux premières sentinelles furent tuées instantanément et s'écroulèrent, le front perforé par les impacts des snipers.

Encore somnolent, le troisième assassin ne comprit pas tout de suite la raison du silence soudain de ses collègues. Il redressa la tête à l'instant précis où le troisième impact lui explosait l'os sphénoïde.

Red Team : groupe Dingson
5 h 42
H + 8 minutes

Pendant que deux SAS du groupe Jedburgh achevaient de dissimuler les corps des assassins, les hommes du capitaine Paddington installèrent les pains de plastic le long des trois bâtiments de résidence des terroristes. Un profond silence pesait sur Alamut. En vrais professionnels, les SAS piégèrent en une dizaine de secondes l'ensemble des baraquements et se replièrent vers leurs positions dans l'attente du signal d'attaque.

Red Team : groupe Wallace
5 h 46
H + 12 minutes

Les deux *pasdaran* sortirent brutalement de la station hertzienne et surprirent le repli du dernier homme du groupe Dingson. Sans prendre le temps d'aligner sa cible avec le module de visée laser, le major Stirling réagit immédiatement. Le silencieux de son pistolet automatique Heckler et Koch crépita à deux reprises.

Deux impacts sourds perforèrent le sternum du premier gardien de la révolution islamique qui s'affala de tout son long devant la porte d'entrée. Plus vif, le deuxième *pasdaran* bondit sur le signal d'alarme de la station. La sirène retentit à l'instant même où la seconde salve du major lui déchiquetait le cervelet.

– Paddington, faites-moi sauter ces baraquements immédiatement, ordonna Lloyd malgré le vacarme assourdissant de la sirène.

– Reçu, mon colonel, répondit le capitaine avant de déclencher la mise à feu.

L'enfer se déchaîna aussitôt sur le camp terroriste. Trois violentes explosions en série pulvérisèrent soudainement les bâtiments en limon et en tôle ondulée d'où émanaient, quelques instants plus tôt, de sourds ronflements. Des débris de toutes sortes, parmi lesquels on comptait des morceaux de toit et des membres humains, voltigèrent dans les quatre directions du camp tandis qu'un effroyable écho répercutait le bruit des détonations jusqu'au site de Chalus.

Blue Team : groupe Shughart
5 h 47
H + 13 minutes

Le vacarme assourdissant des trois explosions confirma au major Beckwith des *Delta Force* que le pire scénario de l'opération Doomsday venait de prendre forme.

Comme pour confirmer son appréhension, des cris retentirent dans les deux casemates que les terroristes avaient postées à l'entrée de l'étroit couloir menant au plateau d'Alamut.

La fusée éclairante illumina subitement l'aube. Des cris lancés en iranien résonnèrent dans les fortins avant que des crépitements d'armes automatiques ne se fassent entendre.

– Sécurisez-moi ce périmètre, ordonna-t-il aux deux équipes de Milan, en position depuis une dizaine de minutes.

Les deux missiles sol-sol partirent à la vitesse de la lumière en laissant une longue traînée grisâtre derrière les servants et percutèrent les deux fortins dans une assourdissante explosion. Les cris et les tirs s'éteignirent définitivement.

– Sir, lança le second lieutenant Gordon, ça se complique. Nous avons confirmation par l'AWACS de l'arrivée de deux hélicoptères Mil MI-24. Ils seront sur nous dans quelques minutes.

– OK, déployez-moi les Stingers et ouvrez le feu dès que vous les aurez en visuel.

– À vos ordres, sir.

Un court silence succéda aux explosions qui venaient de dévaster une bonne partie du camp terroriste. Le major Beckwith estima que le moment était parfaitement choisi pour faire son speech :

– Blue Team, il va falloir assurer car nous allons recevoir la visite de sérieux clients, déclara-t-il dans son micro-écouteur à l'intention du groupe des Stingers. Nous serons seuls et sans couverture aérienne pendant exactement dix-sept minutes. D'ici là, si vous ne descendez pas ces rapaces, leur puissance de feu nous aura tous réduits en charpie. Nos camarades du SAS et moi-même comptons donc particulièrement sur vous pour finir le travail et rentrer à la maison en un seul morceau. C'est à vous de jouer maintenant.

Comme pour lui donner raison, un lourd bruit de pales se fit entendre et les silhouettes de deux redoutables hélicoptères d'attaque se profilèrent à l'horizon. Les servants des Stingers ajustèrent les turbines des deux appareils blindés et firent feu successivement. Les quatre missiles sol-air s'élevèrent dans le ciel en dessinant de longues arabesques blanchâtres. Les deux premiers se verrouillèrent sur le premier hélicoptère et le percutèrent spontanément à hauteur de ses charges de napalm. Une boule de feu illumina instantanément les environs d'Alamut et un nouveau bruit de tonnerre ébranla l'Elbourz. Le pilote du deuxième appareil déploya alors des prodiges d'adresse pour éviter les deux autres missiles et faillit presque réussir. Faisant preuve d'un remarquable sang-froid, ses habiles coups de manche eurent raison du troisième projectile qui heurta de plein fouet l'un des pitons rocheux qui faisaient face au plateau d'Alamut.

Le major Beckwith crut alors que le pilote allait réussir à éviter le dernier missile quand l'appareil se cabra si violemment qu'il se retrouva perpendiculaire au sol. Dans une courbe parfaite, le trajet du projectile sol-air épousa celui de l'hélicoptère. Le Stinger frappa le Mil MI-24 par l'arrière et emporta son empennage. Devenu incontrôlable, l'appareil piqua aussitôt du nez et s'écrasa au sol dans un tapis de flammes, en libérant un épais nuage de poussière.

Red Team : groupe Wallace
5 h 56
H + 22 minutes

À demi-courbés, les SAS Davidson et Gallagher se précipitèrent en courant vers la station radio. Le feu nourri et soudain des *pasdaran* réfugiés dans le bâtiment les surprit en terrain découvert. Les salves des AK 47 les fauchèrent l'un après l'autre. Le caporal Davidson s'effondra en pleine course, le thorax criblé par les multiples impacts de balles. Le SAS Gallagher se mit alors à courir en zigzag sur les quelques mètres qui lui restaient pour atteindre l'entrée de la station hertzienne. La rafale l'emporta quelques dixièmes de seconde avant qu'il ne se mette hors de portée des tirs iraniens.

Un instant ébranlé par la brutale disparition de ses hommes, le major Stirling fit abriter le reste de son groupe et ordonna de riposter au lance-grenades.

Deux SAS armèrent aussitôt leurs lanceurs et arrosèrent le bâtiment sous tous les angles. Propulsées à la vitesse de 75 km/h, les deux premières grenades E 105 libérèrent chacune des milliers de fragments qui déchiquetèrent les trois tireurs dissimulés de part et d'autre de la porte. Les tirs des *pasdaran* se firent soudain plus sporadiques.

Les SAS renouvelèrent leurs tirs en utilisant des grenades incendiaires E 108 qui embrasèrent aussitôt la station. Des cris de panique et de colère retentirent dans le bâtiment assiégé. Les cinq tireurs iraniens survivants tentèrent alors une sortie désespérée mais ils ne purent franchir le pas de porte. Tous furent littéralement criblés d'impacts par le feu dévastateur de la Minimi du *private class* Beckley.

Un profond silence succéda, pendant quelques instants, au crépitement des armes et se prolongea par celui des flammes.

Le major Stirling se redressa subitement et courut vers les corps sans vie de Davidson et de Gallagher tandis que les SAS investissaient la seule pièce encore épargnée par l'incendie, récupérant PC et codes radios.

Red Team : groupe Nimrod
5 h 58
H + 24 minutes

Lloyd et Gibelain se plaquèrent de part et d'autre de la porte du dernier bâtiment encore intact du camp terroriste et prêtèrent l'oreille avec grande attention. Rien ne semblait transpirer de l'antre de Jalâl ben Sabbah.

Le SAS fit alors signe au policier de s'abaisser puis il dégoupilla deux grenades flash-bang qu'il lança de toutes ses forces à travers la fenêtre brisée. Deux aveuglantes et retentissantes explosions illuminèrent comme en plein jour l'entrepôt cloisonné avant que l'obscurité ne reprenne possession des lieux. Ils abaissèrent leurs lunettes infrarouges. Le SAS pénétra d'un seul bond dans la première pièce, couvert par Gibelain dont le Glock balaya toutes les directions.

Tout en brandissant son arme, le commissaire rejoignit Lloyd déjà installé le long du mur qui séparait les deux pièces principales du hangar grossièrement aménagé. Les deux hommes se concertèrent silencieusement. Le SAS fit comprendre au policier de le couvrir le temps qu'il puisse jeter un coup d'œil furtif dans la seconde pièce. Gibelain hocha la tête et s'accroupit dans l'angle de la porte. Il pointa le Glock droit devant lui.

Lloyd se pencha sur le côté et balaya les deux tiers de la salle. À 45 degrés sur sa gauche, la silhouette de Jalâl rayonna dans sa lunette infrarouge. Il se repositionna en chuchotant à Gibelain :

– Cette fois-ci, on le tient. Jalâl ben Sabbah, cria-t-il, je sais que tu m'entends. Alors, voilà le programme : soit tu nous la joues tranquille et tout se passera bien pour toi, soit tu nous la joues version kamikaze et ton show s'achèvera à la grenade incendiaire.

Il poursuivit :

– Personnellement, la deuxième option me va parfaitement. Alors décide-toi mais vite car dans exactement cinq secondes, tu ne seras plus que de la barbaque carbonisée.

Lloyd commença alors à compter. Soudain, la voix du chef des Martyrs d'Alamut retentit de l'autre côté de la porte :

– Assez. Je me rends.

– Tu me déçois, Jalâl, fit Lloyd. Lève-toi, vide tes poches et déshabille-toi.

Jalâl se redressa et jeta son AK 47 devant lui puis, il souleva sa chemise, vida ses poches et défit son pantalon.

– Parfait, fit Lloyd rassuré par le fait que le terroriste ne portait ni ceinture d'explosifs ni arme blanche, maintenant, tu vas garder les mains bien levées et avancer doucement vers moi. Je te préviens : à la première embrouille, je te flingue aussi sec.

Impassible, Jalâl se dirigea vers Lloyd. Arrivé à quelques mètres de lui, le SAS décida subitement de se porter à sa rencontre. Il franchit la porte d'un pas vif et spontané, sans se méfier. Gibelain aperçut le tireur embusqué mais une fraction de seconde trop tard. Il hurla de toutes ses forces à l'instant où retentissaient les détonations de la carabine Simonov SKS :

– Lloyd, attention !

Paralysé par la surprise, le SAS reçut les deux impacts de 7,62 mm au niveau du foie. Il s'écroula sur les genoux en portant la main à son abdomen avant de basculer, la tête vers l'avant.

Jalâl profita instantanément de la confusion engendrée par son tireur et se précipita vers la porte latérale du hangar en courant vers la grotte la plus proche. Dans un cri de rage, Gibelain pressa furieusement la détente du Glock dans la direction du tireur et fit mouche du premier coup. Ses trois impacts étoilèrent le front de l'assassin qui s'effondra comme une masse. Il se retourna pour apercevoir Jalâl s'enfoncer dans l'abri.

– Rattrape-le, murmura Lloyd. Ne le laisse surtout pas s'échapper, ajouta-t-il dans un rictus d'intense douleur.

– Tiens le coup, mon frère, répondit Gibelain, et ne t'inquiète pas pour Jalâl, j'en fais mon affaire.

Il récupéra le M 72, *light anti-tank weapon* du *staff sergeant* Arthy qui venait d'entrer dans le hangar et piqua un sprint vers la grotte. Arrivé à trente mètres de l'habitation en pierres, il s'agenouilla pour lever les sécurités de l'arme antichar légère, dégageant ainsi le tube intérieur et enclenchant la mise à feu. Il arma rapidement le tube lanceur qu'il posa sur son épaule, puis il ajusta l'entrée par laquelle venait de pénétrer le chef des terroristes ismaéliens. Sûr de lui, il crispa alors tous ses doigts sur la détente du lance-roquettes. Il suivit un instant des yeux la fusée qui traversa l'entrée et percuta la roche à la vitesse de 145 mètres par seconde. L'explosion déchira plusieurs dizaines de pans massifs de la roche, déchiquetant aussitôt l'habitation en pierres. La caverne s'effondra sur elle-même comme un fragile château de cartes, engloutissant Jalâl ben Sabbah.

– Bienvenue en enfer, déclara Gibelain en abandonnant le lanceur devenu inutile, avant de se relever et de revenir vers Lloyd en courant. Le regard du *staff sergeant* Arthy ne lui laissa aucun espoir. Lloyd agonisait.

Le policier tomba à genoux et prit les deux mains de son ami pour une dernière chaîne d'union. Il pria, la voix brisée par les sanglots :

– Que le Grand Architecte de l'Univers comble mon frère de la joie illuminatrice car il a cherché la lumière et la vérité. Qu'il ressuscite dans le temple de gloire quand viendra l'heure de l'accomplissement.

Le visage en larmes, Gibelain ferma à jamais les yeux de Lloyd Connaught.

Chalus
6h10
H + 36 minutes

Après un vol à Mach 1.58, les deux F-22 de l'US Air Force firent leur apparition au-dessus de l'imposant bunker peint en couleurs de camouflage. Le désignateur laser fixé sous le ventre de l'appareil du *first lieutenant* Olsen localisa immédiatement la cible principale.

Guidées par le laser, les deux bombes conventionnelles *Earth Penetrating Weapon* s'enfoncèrent dans le bunker à grande vitesse avant d'éclater soudainement. La déflagration brutale des cinq tonnes d'explosif généra une gigantesque onde de choc qui se propagea dans toutes les directions du site nucléaire, amplifiant la puissance de l'explosion.

Le long bâtiment rectangulaire se désintégra en des centaines de blocs de béton qui broyèrent instantanément le chef de la mafia russe, l'homme de la Savama et l'ensemble du personnel scientifique et de la sécurité.

Dans un vacarme assourdissant, les deux F-22 refirent un passage au-dessus des bâtiments éventrés et larguèrent leurs bombes JDAM de quatre cent cinquante kilos sur les infrastructures secondaires et sur les batteries de missiles S-A-M épargnées par les violentes explosions.

Quand Chalus ne fut plus qu'un champ de ruines, les deux Raptors prirent la direction d'Alamut. Au cours de leur premier survol, ils ravagèrent au canon de 20 mm les restes du camp terroriste et pulvérisèrent, lors du second, les dernières habitations troglodytes à la bombe antibunker.

Lorsque le silence succéda enfin aux fracas de la guerre, telles les cités maudites de Sodome et de Gomorrhe, Chalus et Alamut plongèrent alors dans l'oubli, rayées à jamais de la carte du monde et de la mémoire des hommes.

Lisbonne
7 juin, 9 h 52

Après un vol paisible, l'Airbus de la compagnie Air Lusitania entama sa descente vers la plus grande des pistes de l'aéroport de la capitale portugaise.

Épuisé par les derniers événements qu'il venait de vivre et toujours attristé par la disparition brutale de Lloyd, Gibelain sentait pourtant son cœur palpiter à l'idée de retrouver Shekina.

Il repensa avec nostalgie aux derniers moments qu'ils avaient passés ensemble sur les rives de Tibériade. Le temps semblait s'être interrompu pour leur plus grand bonheur jusqu'à ce que la folie furieuse de Jalâl ben Sabbah ne se déchaîne sur le monde.

Abandonner la jeune femme en ces heures de terreur avait été pour lui un vrai déchirement. Pour la première fois de sa vie, il avait fallu qu'il puise au plus profond de son sens du devoir pour partir affronter les Martyrs d'Alamut. Jamais auparavant, même durant les moments les plus tendres de ses années de mariage, il n'avait hésité un seul instant à risquer sa peau quand ses enquêtes le conduisaient à intervenir contre tout ce que la pègre comptait de plus dangereux. À chaque fois qu'il embrassait Anne au petit matin, il ignorait s'il reviendrait en un seul morceau ou les pieds devant. Cette infernale incertitude avait fini par avoir raison de son couple mais, en aucun cas, de la passion qu'il nourrissait pour son travail. Il avait toujours su garder la tête froide, surtout dans les moments les plus délicats, et c'est pour cette raison qu'il était encore en vie.

Cependant, depuis sa rencontre avec Shekina, les choses avaient définitivement changé. Il sentait qu'il s'éloignait chaque jour davantage des valeurs qui avaient bercé son quotidien durant des années. Même la franc-maçonnerie et ses hauts grades avaient perdu de leur éclat face à l'amour qu'il ressentait aujourd'hui pour celle qu'il s'apprêtait à retrouver à Lisbonne.

Depuis le raid sur Alamut, sa conscience lui répétait chaque jour que l'heure de donner un autre sens à tout ce qu'il était venait de sonner. Une opportunité que l'on ne rencontre qu'une seule fois dans sa vie se présentait à lui aujourd'hui et il lui importait de ne pas la rater. Toutefois, auparavant, il lui fallait faire ce choix difficile qui consistait à abandonner son projet de devenir le prochain commissaire divisionnaire du 36, quai des Orfèvres.

Macabone le prendrait sûrement très mal, mais qu'importe, on ne vit qu'une fois, se répéta-t-il.

Couronner son cheminement de franc-maçon du rite écossais rectifié en devenant un chevalier bienfaisant de la Cité sainte lui apparaissait tout autant superflu.

Dans quelques heures au plus, il aurait achevé la mission que l'ordre maçonnique lui avait assignée. Il ne se sentirait alors plus aucunement redevable vis-à-vis de tout ce que la franc-maçonnerie lui avait apporté durant les années les plus sombres de sa vie.

Il poussa sa réflexion à son paroxysme en soupesant bien les conséquences de sa décision qui, d'une manière ou d'une autre, allait bientôt bouleverser son quotidien.

Il inspira si profondément que son voisin de siège crut qu'il se sentait mal. Gibelain le rassura d'un grand sourire. Quand les roues de l'appareil heurtèrent la piste, Shekina était dorénavant devenue son unique raison de vivre.

Sitôt les formalités de police achevées, il récupéra ses bagages et consulta la tableau d'arrivée des vols internationaux. Celui-ci lui confirma qu'il disposait d'une petite heure avant l'arrivée de l'avion en provenance de Tel-Aviv.

Il décida de téléphoner au contact portugais de Rabbi Abraham Louria répondant au nom de Joao don Simon Abravanel et composa le numéro inscrit sur l'enveloppe que lui avait remise le rabbin quelques jours plus tôt.

Il laissa sonner pendant quelques instants jusqu'à ce que la voix grave d'un homme âgé lui réponde à l'autre bout du fil. Le commissaire expliqua alors brièvement à son interlocuteur qu'il venait de la part du kabbaliste. Après quelques secondes d'un silence lourd de suspicion, don Simon lui fixa un rendez-vous pour le soir même dans sa résidence d'Estoril et ne fit aucune difficulté quand le policier lui précisa qu'il serait accompagné par Shekina.

Dès la fin de la conversation, Gibelain consulta sa montre. Il vit qu'il disposait de suffisamment de temps pour achever les préparatifs du séjour. En une dizaine de minutes, il parvint à louer un véhicule et à réserver une chambre au Novotel le plus proche. Tout semblait décidément marcher à merveille.

Se félicitant à nouveau pour le choix de vie qu'il venait de faire, il se précipita en courant vers le terminal d'arrivée de Shekina. Tout son être rayonnait d'amour pour la jeune femme. Gibelain n'eut pas à patienter bien longtemps avant de l'apercevoir, tirant derrière elle une valise à roulettes. Il se porta immédiatement à sa rencontre et les yeux de Shekina étincelèrent de bonheur quand il l'embrassa avec fougue.

Quelques passagers, stupéfaits de voir vibrer autant de passion, ne purent s'empêcher d'applaudir. Surpris dans leurs ébats, les deux amoureux éclatèrent brutalement d'un rire joyeux puis gagnèrent la sortie de l'aéroport. Malgré les annonces en portugais, ils trouvèrent aisément l'emplacement de leur voiture de location et prirent aussitôt la direction d'Estoril.

Estoril
13 h 47

Joao don Simon Abravanel attendait Gibelain et Shekina sur le perron de sa résidence quand tous deux franchirent la grille de son imposante demeure.

L'aristocrate portugais les reçut d'emblée avec une grande courtoisie mais le commissaire perçut que celle-ci n'était que le paravent d'un sentiment de méfiance.

Il décida de lever le moindre doute dans l'esprit du comte, espérant ainsi que leur rendez-vous serait des plus fructueux :

– Monsieur le comte. J'ai quelque chose à vous remettre de la part de Rabbi Abraham Louria. Je l'ai rencontré à Safed il y a une dizaine de jours et il m'a affirmé que vous pourriez peut-être nous aider.

L'octogénaire saisit l'enveloppe que lui tendait Gibelain et la déchira lentement à l'aide du coupe-papier en ivoire posé sur son bureau. Il prit tout son temps pour lire la note rédigée en caractères hébraïques. Au grand soulagement du policier, son visage sembla se détendre au fur et à mesure qu'il découvrait le contenu du pli. Il acheva sa lecture, plia le mot du rabbin et les questionna soudainement, tout en leur tendant un verre de porto :

–Je vois que votre quête est des plus nobles. La recommandation de Rabbi Louria est un sésame que bien peu d'hommes peuvent se vanter d'avoir obtenu. Vous devez être un juste, monsieur Gibelain, et à ce genre d'hommes, rien ne peut être refusé. Que voulez-vous savoir exactement ?

–J'aimerais que vous puissiez nous parler de l'ordre du Christ et de Tomar.

– C'est un bien vaste sujet dont vous me demandez de vous entretenir mais je vais tâcher de répondre à votre question. Comme vous le savez certainement, l'ordre du Christ ne fut que la continuation de l'ordre du Temple reconstitué au Portugal, après sa dissolution. En fait, tout a commencé pour notre monarchie en l'an 1097 quand Henri de Bourgogne, neveu d'Hugues Capet, parti chercher aventure en Espagne, épousa la fille du roi de Castille Alphonse VI et obtint par cette union le comté de Porto. Après des décennies de lutte contre les Maures et pour agrandir son territoire, le petit royaume portugais fit appel à l'ordre templier l'année même de sa création. Cependant, commissaire, tout ce que je vous raconte se trouve dans n'importe quel manuel d'histoire, en revanche j'attire toute votre attention sur un homme : Gualdim Pais.

–Je vous écoute, répondit le policier dont l'intérêt redoubla aussitôt.

Assuré de son effet, le comte poursuivit :

– Gualdim Pais était un chevalier du Temple qui, après avoir combattu les Sarrasins en Terre sainte, revint au Portugal offrir son aide au roi Alphonse Henriques. Après des années de lutte acharnée contre l'occupant maure, le roi récompensa l'ardeur guerrière du chevalier, devenu entre-temps grand maître, en offrant à l'ordre du Temple son château de Cera et ses terres environnantes.

L'aristocrate s'interrompit un instant et porta à ses lèvres le verre de porto posé sur la petite table basse qui le séparait de Gibelain et de Shekina, puis il reprit son récit :

– Une fois installé sur son territoire, une des toutes premières décisions du maître des Templiers portugais fut d'élever une nouvelle forteresse à proximité. Le site de Tomar fut retenu et, le 1er mars 1160, les travaux commencèrent. De ce château, qui a subi nombre de remaniements au cours des siècles, il ne subsiste aujourd'hui qu'un seul bâtiment que l'on pourrait encore qualifier d'originel : la chapelle. C'est là que demeure depuis plusieurs siècles, enfouie au plus profond de la terre, la parole perdue.

– Pourriez-vous me parler davantage de cette chapelle ? questionna Gibelain dont la topographie des lieux lui paraissait primordiale pour espérer identifier tout ce qui pouvait dissimuler un repère.

Le comte esquissa un discret sourire :

– La chapelle est, à ma connaissance, l'unique exemplaire de l'architecture religieuse des Templiers encore en état de conservation dans notre pays. Elle se présente sous la forme d'une rotonde octogonale bâtie à l'identique du temple d'Omar à Jérusalem. On affirme d'ailleurs que chacun des pans de l'octogone est consacré à une planète.

Il ajouta :

– La rotonde est aussi percée d'une seule porte et son centre est occupé par une colonne intérieure. Toutefois, ne vous faites pas de souci, monsieur Gibelain, vous n'aurez pas à chercher l'entrée secrète des souterrains qui mènent à la stèle sacrée.

– Et pourquoi donc ? rétorqua le commissaire.

– Tout simplement parce que nous avons quelqu'un sur place qui se chargera de vous conduire à l'endroit exact. Cet homme s'appelle Alfonso, c'est tout ce que vous devez savoir.

– Très bien, fit Gibelain, mais que dirait le gouvernement portugais s'il apprenait que des individus se promènent sans son autorisation dans les souterrains de Tomar ? J'imagine que nous aurions tous de sérieux problèmes, à commencer par moi.

– N'ayez crainte, commissaire. Là encore, tout est arrangé de manière officielle, stipula don Simon.

– J'ai encore une question à vous poser, monsieur le comte. Que savez-vous des Fils de la Vallée ?

Le regard de l'aristocrate portugais se fit un instant plus scrutateur :

– Lorsque le pape Clément V confirma la dissolution de l'ordre du Temple, le roi Denis Ier s'opposa à la donation des biens templiers à l'ordre hospitalier en arguant que la majorité de ces biens provenait de donation royale. Il contourna ensuite adroitement les décisions du concile de Vienne en reconstituant un ordre chevaleresque dont la mission était de poursuivre celle du Temple au Portugal. Le successeur du pape félon confirma les aspirations du roi en ratifiant sa décision le 14 mars 1319 et le nouvel ordre prit aussitôt le nom d'ordre du Christ.

Le comte se pencha une seconde fois vers son verre de porto :

– La quasi-totalité des chevaliers templiers, dont leur dernier grand maître, rejoignirent ce nouvel ordre de chevalerie. Ainsi l'ordre du Christ hérita de l'ensemble des traditions comme des structures publiques et secrètes de l'ordre du Temple, y compris celle des Fils de la Vallée, gardiens de la parole perdue, qui donnèrent leurs plus grands maîtres à l'ordre du Christ. Savez-vous que c'est sous leur magistère que des contacts furent établis avec certains comptoirs commerciaux établis en Asie par quelques marchands juifs ?

– Vous voulez parler des lointains descendants des survivants des persécutions religieuses d'Hadrien en l'an 136 de notre ère ? interrompit brutalement Shekina.

Le comte, un instant stupéfait par l'intervention de la jeune femme, se reprit pour déclarer :

– Exactement, mademoiselle, et c'est grâce aux renseignements fournis par ces hommes que les navires portugais, en doublant le cap de Bonne-Espérance, ruinèrent le trafic de l'isthme de Suez et participèrent ainsi à affaiblir l'islam. Enfin, j'ajouterais que le plus grand des membres de l'ordre du Christ fut dom Henrique.

– Et pourquoi donc ? questionna Gibelain.

– Cet homme, qui avait pourtant été élu roi de Chypre, préféra exercer le gouvernement de l'ordre à celui de sa royauté. Il fut le créateur de la première école de navigation moderne en Europe d'où sortirent les plus grands de nos marins, dont Vasco de Gama. Cependant, à l'image de ce qu'ils avaient traversé quand les turpitudes de l'histoire emportèrent l'ordre du Temple, les Fils de la Vallée durent de nouveau affronter celles qui frappèrent l'ordre du Christ. En effet, l'ordre atteignit son apogée sous Manuel le Magnifique mais vit son déclin précipité par son successeur Jean III, qui n'eut d'autre idée que celle d'introduire sur ses terres l'Inquisition espagnole, dont les premières mesures furent de cloîtrer les chevaliers dans les murs de Tomar. Comme si cela ne suffisait pas, Jules III accorda ensuite au souverain, par bulle papale, la grande maîtrise de cet ordre prestigieux légitimé par Jean XXII. Le roi Jean III et ses successeurs devinrent ainsi, de droit, les grands maîtres de l'ordre du Christ. Enfin, on distribua à foison les croix de l'ordre à des laïcs qui n'étaient en fait que de simples membres honoraires liés par aucun serment ni aucun devoir. Inutile de préciser que les décorations de l'ordre du Christ devinrent aussitôt de simples breloques de cour.

Il soupira :

– Le coup de grâce fut toutefois porté par la reine Maria quand celle-ci octroya, en 1789, de nouveaux statuts transformant l'ordre de chevalerie en un ordre tout simplement honorifique !

Shekina interrompit le récit du vieil aristocrate :

– Don Simon, n'est-il pas affirmé que l'ordre fut aussi infiltré par la Compagnie de Jésus ? Comment donc les Fils de la Vallée purent-ils réussir à préserver la parole perdue face aux jésuites qui disposaient d'émissaires dans les cours royales ?

Le comte fixa intensément la compagne du policier. La surprise se lisait sur chacun des traits de son visage :

– Je vois, commissaire, que la connaissance vous accompagne sous les aspects d'une bien séduisante jeune femme. En effet, mademoiselle, non satisfaits de s'être vu comblés de faveur par le Pape Paul III, les disciples d'Ignace de Loyola accédèrent indirectement au trône du Portugal par l'intermédiaire du duc de Bragance. Une fois installés au pouvoir, ils regroupèrent autour d'eux les laïcs de tous bords et les croyants de toutes religions. Bien évidemment, ils s'intéressèrent à l'ordre du Christ et récupérèrent, par son entremise, toutes sortes d'informations qui leur permirent d'établir des missions en Chine ou d'installer un État, comme au Paraguay. Pendant près d'un siècle, au Portugal comme dans le reste de l'Europe, la Compagnie de Jésus incarna, pour la bourgeoisie montante, un authentique esprit de résistance qui s'opposa de plus en plus ouvertement aux fantaisies ruineuses des monarques. Ces derniers finirent toutefois par réaliser l'ampleur de la menace qui planait sur eux et bannirent, comme un seul homme, les jésuites de leurs cours. Parmi ces monarques, se trouvaient quelques-uns des Fils de la Vallée qui avaient perçu dès le début les intentions des jésuites, et c'est grâce à ces hommes que la fraternité secrète et la stèle sacrée furent préservées, ce qui ne fut pas le cas des francs-maçons.

– Que voulez-vous dire par là ? questionna Gibelain.

– Tout simplement que, après avoir été évincés de la plupart des cours d'Europe, les jésuites se tournèrent alors vers la franc-maçonnerie. Martines de Pasqually fut d'ailleurs parmi les plus talentueux de leurs agents, mais pardonnez-moi, je crois que nous nous écartons du sujet.

– Don Simon, interrogea à nouveau le policier, dois-je m'attendre à affronter prochainement ces Fils de la Vallée ?

– En aucune façon, commissaire, mais pour cela, il vous faudra suivre scrupuleusement les recommandations de mon contact à Tomar.

– Je préfère qu'il en soit ainsi, déclara-t-il gravement, en se remémorant la mort de Lloyd Connaught survenue pendant la liquidation des Martyrs d'Alamut.

Le comte observa un court silence et porta la main à son verre avant d'en vider définitivement le contenu. Gibelain interpréta le geste de l'aristocrate comme la fin de leur entretien. Il se tourna vers Shekina qui, d'un battement de cils, lui fit comprendre qu'il était temps de prendre congé du vieil homme Il déclara, tandis que tous deux se levaient :

– Don Simon, je vous remercie de nous avoir si bien reçus. Je suis certain que vos informations nous seront extrêmement précieuses pour ramener la parole perdue en Terre sainte.

– Je n'ai fait que mon devoir, commissaire. Souvenez-vous que c'est parce que vous êtes un juste que Rabbi Louria et moi-même vous avons révélé tous ces secrets. Partez le cœur serein car je prendrai les dispositions qui s'imposent pour que l'on vous conduise sans encombre à la stèle sacrée.

L'octogénaire les raccompagna à la porte d'entrée et leur serra longuement la main, en guise d'adieu. Ils reprirent sans plus tarder le chemin de l'hôtel, plus amoureux l'un de l'autre que jamais.

À peine entrés dans leur chambre, Shekina étreignit Gibelain de tout son corps. Sa poitrine dardait fièrement sous le tissu tendu de sa robe. Il n'eut qu'à l'effleurer pour sentir la pointe de ses seins se raidir sous ses doigts. Les paupières de Shekina s'abaissèrent, Gibelain en profita alors pour goûter ses lèvres goulûment. Le corps de la jeune femme fut parcouru d'un long frémissement quand le baiser se fit plus passionné. Il la souleva et la déposa délicatement sur le lit puis, de ses mains expertes, il retroussa sa courte robe. Une fois le string ôté, il se mit à la caresser lentement. Shekina soupira de plaisir. Pressé par le désir, son érection s'intensifia tandis qu'elle parvenait à glisser une main habile entre leurs deux corps, le libérant et saisissant délicatement sa verge tendue entre ses doigts effilés. Il ne put supporter ce délicieux supplice bien longtemps. Son membre était tendu tel un manche. Shekina se redressa, posa les mains à plat sur le lit et se mit à quatre pattes, s'offrant toute à lui.

Devant sa croupe cambrée, la maintenant fermement, il la pénétra jusqu'à la garde. Elle hurla de plaisir. Il continua à un rythme effréné. Il la sentait s'offrir davantage à chaque coup de reins. Petit à petit, une sensation extrême l'envahit irrésistiblement, décuplant sa fougue. Il explosa alors en Shekina, se libérant de toute sa passion.

Leurs hurlements résonnèrent une ultime fois dans la chambre avant qu'il ne puisse la faire pivoter vers le lit, incapable de se retirer d'elle. Épuisés, ils basculèrent alors dans un profond sommeil.

Binah

Jean Gibelain et Shekina circulaient depuis plusieurs heures sur la route recommandée par Joao don Simon Abravanel. Bien que le soleil de juin inondât la vallée du Tage, au fur et à mesure qu'ils cheminaient vers Tomar, le ciel se mit à rouler de gros nuages gris, dispersant çà et là quelques rayons blafards sur Chamusca et ses maisons blanchies à la chaux.

La pluie les surprit alors qu'ils se restauraient sur la petite place de la ville. Ils se précipitèrent alors à l'intérieur du restaurant où quelques consommateurs sirotaient un porto, tout en palabrant sur la prestation du Benfica de Lisbonne lors de son dernier match.

Nul ne prêta attention à leur entrée. Dans un coin, un homme se mit à accorder une guitare, tandis que la jeune femme qui les avait servis à leur arrivée venait se poster à ses côtés, entamant un chant de fado. Le policier et sa compagne se rapprochèrent discrètement de la chanteuse et s'attablèrent. Troublé par la triste mélodie, Gibelain ne put s'empêcher de saisir la main douce de Shekina et de la serrer très fort dans la sienne. Il aurait tant aimé que cet instant ne puisse jamais prendre fin.

Machinalement, il porta un regard à sa montre et vit que l'heure était avancée. Sa compagne lut dans ses yeux qu'il leur fallait, sans plus tarder, poursuivre la quête de la parole perdue. Secrètement, ils se promirent de goûter à une nuit romantique, une fois leur mission achevée.

Gibelain et Shekina réglèrent leurs consommations et reprirent la route, traversant maints villages pittoresques groupés sur des buttes, dont les petites rues pavées faisaient ressortir les fleurs en pots des maisons. Quelques paysages forestiers égayèrent la suite du voyage. Le soleil était de nouveau de la partie, dissipant le brouillard et la bruine, laissant apparaître la butte d'un château médiéval.

Des hauteurs, ils aperçurent le fleuve Zézere qui serpentait entre les mimosas, alors que, au loin, les remparts de Tomar semblaient les défier.

Il leur fallut plus d'une heure pour atteindre la ville. Le temps s'était à nouveau détérioré et un vent vigoureux rythmait le paysage d'averses brutales et d'éclaircies soudaines.

Bien qu'impatient de retrouver le contact de Joao don Simon Abravanel, Gibelain conduisait prudemment en pensant que cette aventure et ses dangers l'avaient définitivement transformé.

Depuis son séjour à Jérusalem, il n'était plus le même homme. Il se souvint que tout avait commencé par cette longue prière qu'il avait faite au mur des Lamentations. Il s'était profondément recueilli en évoquant tous ceux qu'il avait aimés, et quelques larmes perlèrent sur ses joues quand le souvenir de ses parents rayonna dans sa mémoire.

C'est après avoir quitté ce lieu saint que, devant le musée d'Histoire de Jérusalem, il avait croisé le regard de Shekina. Il en était tombé immédiatement fou amoureux.

La vue du couvent des chevaliers du Christ et des murs de sa forteresse le ramena au temps présent. Ils se garèrent sur le parking vide de l'imposant édifice.

Shekina semblait être entrée dans un état second. On aurait pu croire qu'elle se préparait spirituellement à subir quelques épreuves initiatiques. Gibelain était comme captivé, tout son être brûlait de passion pour la jeune femme. En l'admirant, il se revit quelques années plus tôt quand, jeune profane, le soir de son initiation maçonnique, il patientait sereinement dans un bar des Champs-Élysées.

Après avoir réglé l'entrée, ils traversèrent plusieurs grandes salles gothiques avant d'aboutir dans une vaste pièce rectangulaire qui communiquait directement avec la rotonde bâtie par les templiers, copie conforme du Saint-Sépulcre de Jérusalem.

Lorsqu'ils pénétrèrent dans le bâtiment, un homme en complet sombre les dévisagea avec insistance. Gibelain déplaca aussitôt sa main sous le revers de sa veste, prêt à saisir son arme.

Après avoir vérifié qu'ils étaient bien seuls, l'homme se dirigea vers eux, affichant un grand sourire :

– Vous n'avez rien à craindre, leur déclara-t-il. Je suis Alfonso, le contact de don Simon Abravanel.

Rassuré, le commissaire abaissa aussitôt son bras tandis que, d'un pas assuré, l'homme de don Simon les entraînait vers une petite porte qui faisait face à la statue de la Vierge Marie. Il frappa alors plusieurs coups espacés. Le silence lui répondit avant que n'apparaisse un sexagénaire qui, bien que courbé par le poids d'une vie laborieuse, conservait un port altier. Gibelain fut, un temps, surpris par la nouvelle apparition et sa voix trahit une réelle inquiétude :

– Alfonso, qui est cet homme ?

Le contact lui répondit laconiquement, son regard semblait lointain :

– Ne craignez rien, il est des nôtres.

Il ajouta :

– Ma mission s'arrête ici. Suivez cet homme. Lui seul vous ouvrira l'entrée de la porte des mystères. Gibelain, je vous envie car vous allez vivre des moments privilégiés que nul ne peut imaginer.

Une onde de nostalgie teintée de tristesse écrasa ses derniers mots. Le policier comprit alors que toute sa raison de vivre des vingt dernières années était là, devant ses yeux, sous les traits de cet homme apparu presque comme par enchantement. Alfonso fixa un instant Shekina et lui sourit radieusement. Une larme ondula entre ses paupières tandis qu'un sanglot écrasait sa gorge. D'un geste lent, il prit délicatement la main de la jeune femme et y déposa un long baiser avant de se retirer sans se retourner.

– Mon nom est Stolkien et, aujourd'hui, Jean Gibelain, tu es la première des brebis.

La vie résonnait dans cette voix au timbre si grave que le commissaire en fut presque ébranlé. Était-il possible qu'un homme d'apparence si fragile put contenir autant de force et de vitalité ?

L'homme s'agenouilla ensuite devant Shekina et déclama d'un ton solennel :

– Lumière divine, depuis que les mondes ont été animés par la volonté du Seigneur, je sais qui tu es et pourquoi tu devais venir.

Gibelain ne comprenait plus ce qu'il lui arrivait. Les questions se bousculaient dans son esprit : Qu'avait voulu dire Stolkien en l'appelant « brebis » ? Pourquoi donc Alfonso d'abord, puis cet homme maintenant, se comportaient-ils de cette manière vis-à-vis de Shekina ? Il y avait presque de la vénération dans leurs gestes et dans leurs propos et, pendant un instant, le policier fut saisi par l'idée vertigineuse que celle qu'il aimait lui était peut-être inconnue. Pris d'une angoisse sourde, il interrogea le vieil homme :

– Comment connaissez-vous mon nom ?

– Jean Gibelain, reprit la voix, tu n'es plus dans un temple maçonnique, ni même dans une commanderie de templiers. Les preuves n'ont plus de raison d'être car il te faut maintenant croire et obéir.

La conviction, la piété et la foi émises dans les derniers mots de Stolkien ébranlèrent Gibelain qui s'étonna de capituler instantanément. Lui, le commissaire hors pair du Quai des Orfèvres, le héros de l'attaque contre la forteresse d'Alamut, s'abandonna tout de go à son guide et le suivit naturellement. Shekina les précédait d'un pas assuré.

Après avoir fermé la porte qui donnait accès à la rotonde, ils pénétrèrent dans une petite salle où, çà et là, s'entassaient quelques objets liturgiques qui n'avaient manifestement pas servi depuis nombre d'années. Dans un coin sombre de la pièce, Shekina dégagea une petite alcôve dont le fond était occupé par une figurine angélique. Gibelain crut reconnaître l'archange Emmanuel. Shekina s'immobilisa quelques instants avant de basculer six fois vers l'arrière la statuette. Un bruit de chaînes mal huilées se fit entendre tandis que, dans un nuage de poussière, un trou sombre prenait lentement forme sous leurs pieds. Le policier distingua difficilement un vieil escalier ainsi que des porte-flambeaux accrochés aux murs humides. Cet endroit avait tout du cloaque, et d'une oubliette peuplée par les rats.

Soudain, le bruit cessa. Gibelain glissa sa main dans la poche de son pantalon pour y saisir son briquet. Malgré son appréhension initiale, il ne contrôlait plus sa curiosité ni son désir d'explorer Tomar et ses souterrains. Shekina l'interrompit aussitôt et, d'une poigne ferme sur l'épaule, lui ordonna de ne plus avancer. Stolkien exhiba alors une conque qu'il avait gardée dissimulée sous son gilet de laine et la porta à plusieurs reprises à sa bouche. Un sourd ululement parcourut la pièce et le sombre souterrain.

Le policier eut brutalement l'impression qu'ils n'étaient plus seuls. Une ombre menaçante semblait les défier de l'autre côté de l'escalier descendant. Il écarquilla les yeux et tenta de stimuler son sixième sens. Il lui fallut pourtant plusieurs secondes pour apercevoir que, à quelques mètres de lui, se tenait, vêtu dans une toge blanche, un homme jeune aux traits asiatiques. Il frissonna quand il reconnut le poignard recourbé népalais qui faisait du gardien de ces lieux un redoutable *gurkha*. Intérieurement, il bénit la jeune femme de l'avoir retenu car le guerrier l'aurait égorgé séance tenante s'il avait osé pénétrer en profane dans ce lieu sacré.

Après avoir salué solennellement Shekina et dévisagé avec méfiance Gibelain, le *gurkha* s'adressa en anglais à Stolkien :

– Ô toi, veilleur et guide, que nous veux-tu à présent ?

Celui-ci lui répondit aussitôt :

– La lumière, ô mon frère, la lumière pour cet homme.

Son index pointa dans la direction du policier. Le guerrier népalais lança à Gibelain un regard faussement paisible où brillait une lueur de défi.

– Jean, fils de Gibelain, acceptes-tu de nous suivre ?

La question surprit le policier à tel point que Stolkien la répéta vigoureusement une nouvelle fois :

– Jean, fils de Gibelain, nous suis-tu ?

Gibelain était comme dans un mauvais rêve dont il n'arrivait plus à s'échapper. Il ne comprenait plus ce qui lui arrivait ni qui étaient ces gens. Même la présence de Shekina l'effrayait au plus haut point. Il aurait voulu être à des années-lumière de Tomar et de ses protagonistes. Pourquoi s'était-il investi dans cette curieuse enquête de meurtre à la cathédrale Saint-Patrick avant de participer au raid de la forteresse d'Alamut ? Pourquoi avait-il accepté d'écouter Macabone et ses boniments ? Arriverait-il un jour à leur faire comprendre qu'il n'était qu'un homme comme les autres qui n'aspirait aujourd'hui qu'à vivre sereinement ?

Il eut soudain envie de tous les abandonner à leurs mystères, Shekina, Stolkien, Macabone et tous les autres. Il s'imagina au

Nouveau-Mexique, lui qui avait toujours aimé les paysages de cactus. Oui, c'était décidé, il était temps qu'il rentre à Paris. Dès demain, il offrirait sa démission à Macabone puis ferait le point avec son banquier et filerait d'un traite à Santa Fe. Il se vit autour d'un feu de camp, dansant avec les chamans. Il allait leur tourner le dos quand Shekina lui prit tendrement la main et déposa un doux baiser sur son front :

– Je t'en prie, Jean, ne m'abandonne pas, j'ai besoin de toi.

La détresse inondait son visage. Gibelain lui caressa la joue avant d'ajouter :

– Shekina, je ne suis qu'un homme, pas un prophète. Je ne sais pas quel est ton rôle dans toute cette histoire, mais ma place n'est pas ici, j'en suis certain. Je t'aime, Shekina, mais je suis fatigué par toute cette violence et par tous ces mystères engendrés par je ne sais quelle vengeance ou secret historique, et tout cela au nom de Dieu !

La jeune femme posa ses longs doigts sur ses lèvres et lui chuchota :

– Jean, écoute-moi un instant et laisse-moi t'expliquer qui je suis et pourquoi nous sommes là. Après cela, si tu souhaites partir, je ne te retiendrai pas et tu n'entendras plus jamais parler de nous.

Gibelain sursauta. Il eut un instant le sentiment d'avoir été manipulé et trahi :

– Nous ? Comment, nous ? Tu veux dire que tu savais que nous allions venir à Tomar rencontrer ces hommes ? Que tout cela n'est qu'une gigantesque mascarade destinée à tromper je ne sais qui pour je ne sais quelle obscure raison ?

Il ajouta, en colère :

– Tu t'es bien payé ma tête ! Quel imbécile je fais depuis le début de cette histoire !

– Jean, cela suffit. Regarde-moi.

Ses deux grands yeux couleur noisette l'engloutirent et eurent raison du vent de révolte qui commençait à grandir en lui. Il se sentit comme dévoré par l'aura que dégageait cette femme. Quelque chose d'irrésistible émanait de sa personne et il ne pouvait s'en libérer.

Depuis le début de cette aventure qui l'avait conduit aux quatre coins du monde, il s'était rendu compte que l'absence de

Shekina lui était aujourd'hui insupportable. Tout d'abord, il avait refusé d'admettre ce simple constat, peut-être par fierté, à moins qu'il ne fût terrorisé par la peur d'être de nouveau abandonné. Pourtant, il lui avait bien fallu reconnaître qu'elle seule savait donner un sens à sa vie et réveiller en lui de vieux rêves.

Grâce à Shekina, il respirait aujourd'hui la sérénité, celle-là même qui l'avait conduit à affronter et à vaincre de redoutables adversaires. Il baissa les yeux tandis qu'elle l'embrassait fougueusement. Au moment où elle le serra contre sa poitrine, il sut qu'il lui appartenait à jamais :

–Jean, répéta-t-elle, tu dois me faire confiance et me suivre sans me poser de questions. Je vais bientôt pouvoir tout te révéler et même te proposer de partager avec moi une fonction sacrée.

Elle ne lui laissa pas le temps de réagir et enchaîna tout de go :

–J'appartiens à un ordre plusieurs fois millénaire. Moïse et Jésus en ont été les disciples et, si tu acceptes de me suivre, tu comprendras.

– Shekina, lui demanda-t-il, qui es-tu, enfin ?

Un étincelant sourire illumina son visage malgré l'obscurité des lieux.

–Je ne suis qu'une femme qui a choisi de consacrer sa vie à honorer cette élue que l'humanité a successivement désignée sous les vocables d'Isis, de Vénus puis de Marie.

Abasourdi par les derniers propos de la jeune femme, Gibelain se demanda aussitôt si Shekina et lui-même n'étaient pas en train de perdre la raison. Comme pour étouffer les craintes du commissaire, elle ajouta :

– Quant à ces hommes qui nous accompagnent, ils appartiennent à la fraternité des Fils de la Vallée qui veille depuis des siècles sur le trésor de Tomar.

Sans lui laisser le temps de réagir, elle l'entraîna dans le sombre boyau tandis que le guerrier népalais allumait une torche et que Stolkien menait la marche.

– Frère Stolkien, lança Shekina, je me porte garante de Jean Gibelain, exposez-lui notre histoire pour qu'il puisse, en sondant son cœur, se remémorer qu'il est des nôtres. Il est nécessaire de lui révéler des événements qui se sont produits il y a bien des âges car il est notre prochain maître de justice.

Gibelain sursauta, les plus mauvais pressentiments se bousculèrent dans son esprit :

– Que veux-tu dire, Shekina ?

– N'aie crainte, Jean. Nous te guiderons et t'assisterons dan ta noble tâche. Écoute maintenant notre frère Stolkien, ouvre ton cœur et ton âme, et souviens-toi.

Sur-le-champ, Stolkien entama sa narration :

– Énoch, fils de Yared, était de la sixième génération d'Adam. Il vivait dans la crainte et l'amour de Dieu qui lui apparut en songe et lui dit : « Tu désires connaître mon nom ? Suis-moi, je te le révélerai. » Aussitôt, une montagne parut, s'élevant jusqu'au ciel. Énoch y fut transporté. Là, Dieu lui fit voir une plaque d'or triangulaire sur laquelle apparut son nom en lettres flamboyantes. Il ordonna de ne jamais prononcer ce nom.

Tout en prêtant attention au récit, Gibelain ne pouvait s'empêcher de penser qu'il allait sûrement se réveiller de ce rêve interminable. Discourir d'Énoch et de l'Ancien Testament dans les souterrains de Tomar en compagnie d'une ravissante femme et de deux hommes en tunique blanche ne pouvait être que l'expression d'un état onirique avancé ou, pire, d'une hallucination. Oui, voilà l'explication, se répéta-t-il, il devait être en train de délirer. Pendant un bref instant, il imagina avoir été drogué par Shekina, mais la simple pensée que la jeune femme ait pu à ce point le trahir lui fit l'effet d'une piqûre de guêpe et le ramena vers l'étrange réalité.

La voix de Stolkien l'emporta immédiatement dans un lointain passé biblique :

– Énoch, ensuite, fut emporte sous terre en traversant successivement neuf arches situées les unes en dessous des autres. Arrivé sous la neuvième arche, il vit une plaque d'or triangulaire sur laquelle étincelaient les mêmes caractères que ceux qu'il avait déjà vus, et il lui fut à nouveau interdit de prononcer le nom.

Au fur et à mesure qu'ils descendaient, Gibelain remarqua que la pénombre s'éclaircissait. Il eut l'impression qu'une vague lumière violette les entourait. Cette impression se transforma en certitude. La lumière violette se fit plus diffuse autour d'eux. Mais bientôt, au violet initial succédèrent l'indigo, le bleu, le vert, le jaune, l'orangé et le rouge avant que tout ne resplendisse dans un blanc étincelant. Gibelain se laissait guider par la main de Shekina. Il y avait bien longtemps maintenant qu'il se sentait comme dépossédé de lui-même. Son cerveau n'arrivait plus à analyser quoi que ce soit de la situation qu'il vivait. Les paroles de Stolkien semblaient mettre une éternité à lui parvenir et, plus d'une fois, le policier se crut être un de ces danseurs des années psychédéliques subjugués par la voix de Jim Morrison et par la musique des Doors.

Ils marchèrent sans ralentir dans l'épaisse lumière blanche. L'imperturbable Stolkien poursuivait son conte :

– Voulant matérialiser le songe qu'il avait fait, Énoch projeta de construire sous terre neuf arches semblables à celles qui lui étaient apparues. Mathusalem, son fils aîné, fut désigné comme architecte de ce temple. Il ne connaissait pas la raison de sa construction. Le temple fut construit dans le pays de Canaan qui devint Terre promise ou Terre sainte.

En entendant les mots « temple » et « Terre sainte », Gibelain se revit plusieurs jours auparavant au sommet du mont des Oliviers. La lumière diminuait d'intensité et il se surprit à constater que son attention et ses sens étaient plus aiguisés. C'était comme s'il venait d'être purifié et éveillé à d'autres états de conscience. Il ferma les yeux une fraction de seconde et frissonna en réalisant qu'Énoch vivait en lui. Les images d'une vie antérieure alimentées par le récit de Stolkien défilèrent alors dans son esprit :

– Énoch cisela une plaque d'or triangulaire sertie de pierres précieuses. Il enchâssa cette plaque d'or dans une pierre d'agate de même forme qu'il transporta dans la neuvième arche. Sur la plaque d'or, il grava les mêmes caractères que ceux qui lui étaient apparus, puis il inséra le tout dans un piédestal de marbre blanc. Lorsque le temple sous terre fut achevé, Dieu apparut à nouveau à Énoch et lui dit : « Fais une trappe d'une seule pierre au sommet de la première arche. Tu y fixeras un anneau de fer afin de pouvoir la lever au besoin, car je dois faire périr tout ce qui respire sur terre. »

Oui, Gibelain se souvenait de tout aujourd'hui, de ces temps éloignés où l'humanité rejetait le Tout-Puissant, de ces jours sombres où lui seul connaissait l'existence du précieux trésor qui reposait dans la grande arche. Longtemps, il avait été l'unique homme à connaître la prononciation du vrai nom. Soudainement, sa voix forte interrompit celle de Stolkien et poursuivit le récit. Énoch revivait à travers les mots de Gibelain :

– La méchanceté des hommes sévissant davantage, Dieu décida de provoquer la destruction totale sur terre. Énoch, pressentant que la connaissance des arts libéraux serait à jamais perdue et désireux de transmettre cette connaissance à la postérité et à ceux que Dieu daignerait épargner, érigea deux grandes colonnes sur la plus haute montagne. L'une était d'airain pour résister à la force des flots, l'autre de marbre blanc pour résister au feu. Sur la colonne de marbre, il grava des hiéroglyphes afin de faire comprendre, dans la mesure du possible, que près de là, sous des voûtes souterraines, était enfoui un trésor consacré à Dieu.

Gibelain s'arrêta un instant pour reprendre son souffle, une impression vivifiante s'était délicieusement emparée de lui et s'exprimait à l'attention de tous. Il lui semblait être à la fois l'acteur et le spectateur d'une pièce grandiose. Sa voix qu'il ne reconnaissait plus reprit de plus belle :

– Le déluge eut lieu. La colonne de marbre fut détruite. La colonne d'airain résista à la force des eaux. La tradition d'Énoch se transmit à travers les âges, mais la prononciation correcte du nom fut perdue. Moïse eut pourtant connaissance du nom sur le mont Sinaï, mais il s'engagea à ne jamais le prononcer.

Il s'interrompit brutalement en pensant qu'il n'était plus lui-même. Quelque chose s'était emparé de sa personne, de sa mémoire. C'était à la fois sublime et effrayant. Oui, il se rappelait parfaitement que, au cours de l'histoire des hommes, la prononciation du nom avait été altérée par les traditions. Il se remémorait aussi que Dieu avait promis à Moïse que, lorsque les temps seraient venus, quelques-uns de sa postérité pourraient retrouver son nom gravé sur une plaque d'or. Il se souvenait encore que le plus sage des rois, le grand Salomon, avait compris que le nom de Dieu ne pouvait être retrouvé qu'après que son peuple eut pensé consacrer un temple à l'Éternel pour y déposer le plus précieux des trésors.

Une question, cependant, l'angoissait : était-ce réellement ses souvenirs à lui, Jean Gibelain, imprimés au plus profond de son âme, qui défilaient devant ses yeux ? Les images qui se succédaient sans fin dans son esprit le faisaient voyager au fil des millénaires. Celle d'un temple somptueux lui revenait sans cesse en mémoire. Avait-il aussi assisté, dans un lointain passé, aux travaux de construction du temple de Salomon ?

Il ne savait plus quoi en penser. Pourtant, il savait que, en creusant les fondations du temple sur la plus belle place de Jérusalem, les ouvriers du roi Salomon avaient trouvé les ruines d'un ancien édifice. Des vases d'or et d'argent, des colonnes de marbre, de porphyre et d'agate avaient été mis au jour, d'innombrables pièces précieuses avaient été exhumées et portées sans délai au grand roi. Il revoyait encore cet homme si vertueux leur affirmant que, parce qu'en ce lieu il y avait eu, bien avant le déluge, un temple dédié à quelque divinité, il importait de ne pas construire l'édifice sacré de l'Éternel en cet endroit, sous peine de sacrilège et de malédiction. Sous ses précieux conseils, ils avaient tous accepté de construire la demeure du Tout-Puissant à l'endroit même où David avait établi l'autel des sacrifices. Il se souvenait parfaitement que Salomon leur avait secrètement ordonné de construire sous terre une crypte qu'il appela « voûte secrète ». On y accédait par un souterrain qui la reliait au palais du roi en passant sous neuf arches.

Bien qu'incapable de savoir comment un tel secret était en sa possession, Gibelain avait toujours su que c'était dans ce saint lieu que Salomon, Hiram, roi de Tyr et Hiram Abi s'entretenaient des saints mystères.

Soudain, une grande porte d'airain émergea du brouillard lumineux et leur barra la route, Stolkien saisit alors le marteau qui faisait office de poignée et le laissa retomber douze fois avant que la lourde porte ne s'ouvre. Ils empruntèrent un couloir en pente rapide, éclairé par de puissantes torches, et parvinrent dans une petite crypte dont le centre était occupé par une table ronde en pierre sur laquelle Gibelain reconnut le dessin de la croix pattée des templiers.

– Nous sommes arrivés, déclara Shekina. Mes frères, lança-t-elle à l'adresse de Stolkien et du guerrier népalais, veuillez aider notre ami à accomplir ce qui doit être accompli.

Les deux hommes s'avancèrent vers la lourde table et la poussèrent de toutes leurs forces. Celle-ci pivota doucement sur elle-même, laissant apparaître un gros anneau en fer ainsi qu'un levier. Gibelain se joignit alors aux deux hommes et tous trois commencèrent à dégager l'anneau, pour constater qu'il était scellé à une dalle en forme de carré. Avec beaucoup de patience et de peine, ils parvinrent à le desceller puis, à l'aide du levier, à soulever la dalle. Celle-ci fermait une voûte souterraine en son sommet et dissimulait une grande profondeur.

Shekina fixa intensément Gibelain dans les yeux et lui lança brutalement :

–Jean, il te faut descendre seul maintenant, personne d'autre que toi n'est autorisé à le faire.

Gibelain hésita un court instant puis se décida à explorer la voûte. N'était-il pas venu à Tomar dans cette intention, après tout ?

Il haussa les épaules et se laissa nouer une large corde autour de la poitrine tandis que Shekina lui remettait un des flambeaux qui éclairaient la crypte. Il convint avec Stolkien et avec son compagnon que lorsqu'il tirerait par trois fois sur la corde, ils devraient le remonter aussitôt, puis il se laissa glisser dans le précipice.

À peine descendu sous la première voûte, Gibelain découvrit un passage donnant accès à une succession de nouvelles voûtes. À l'aide de son flambeau, il en compta jusqu'à neuf. Effrayé par la profondeur des lieux, il était sur le point de tirer sur la corde pour être remonté, quand quelque chose en lui ranima brutalement son courage et sa détermination. Serrant fort son flambeau, il descendit alors jusqu'à la neuvième voûte, mais à peine y fut-il arrivé qu'un morceau de pierre tomba sur sa précieuse torche et l'éteignit !

Au même instant, venu de nulle part, un rayon de lumière fit resplendir une stèle d'or en forme de triangle incrustée de pierres précieuses. Son éclat frappa si vivement Gibelain que celui-ci tomba sur ses deux genoux. Quelque chose de puissamment sacré émanait du bijou, à tel point qu'il s'approcha du triangle d'or avec le plus grand des respects. Il s'aperçut qu'il était enchâssé dans une pierre d'agate de même forme et qu'il portait des caractères mystiques. Gibelain comprit immédiatement que ces caractères n'étaient rien d'autre que le nom sacré de Dieu qui n'était connu que des plus grands initiés et, touché au plus profond de son être, il se prosterna.

Combien de temps resta-t-il dans cette position ? Il fut incapable de le dire. Mais, quand il se décida à remonter la pierre d'agate portant le delta d'or, des flots de larmes sillonnaient ses joues.

Il tira trois fois sur la corde et eut la nette impression d'être remonté rapidement, comme si une grande force l'aspirait vers la crypte. Quelle ne fut pas sa surprise quand, hissé hors de la première voûte, il constata que tout autour de la table ronde en pierre douze hommes entouraient Shekina vêtue d'une toge blanche.

Gibelain ne savait quelle attitude adopter, mais son intuition profonde lui révéla qu'elle ne courait aucun danger. Tous exécutèrent alors un mouvement qu'il assimila à un signe d'adoration quand ils aperçurent le triangle d'or, tandis que la voix de la jeune femme résonnait dans la vaste crypte :

– Mes frères, la promesse de Dieu est accomplie : celle faite à Noé, à Moïse et à David qu'un jour son vrai nom serait trouvé sur une plaque d'or triangulaire. C'est par ce nom qu'il veut être invoqué, mais il interdit de jamais le prononcer et enjoint de n'en épeler les lettres gravées qu'avec la plus grande circonspection.

Shekina se détacha de l'assemblée et se rendit auprès de Gibelain. Un regard doux parcourut ses yeux quand elle s'adressa au policier :

– Paix, sagesse et amour en toi.

Gibelain comprit qu'il s'agissait d'une formule consacrée et répéta celle-ci en guise de réponse.

Elle poursuivit :

– Au nom du Très-Haut, dont nous sommes les humbles serviteurs, peux-tu nous remettre le bijou sacré pour que notre cérémonie puisse se poursuivre ?

Sans aucune hésitation, Gibelain lui remit alors la stèle triangulaire, qu'elle emporta dans le fond de la salle. Là, elle enchâssa celle-ci dans une pierre d'agate de forme identique à celle présente au sein de la neuvième voûte. Gibelain s'étonna de ne pas l'avoir remarquée antérieurement, à son arrivée dans la crypte. Le même rayon de lumière qui l'avait aveuglé auparavant illumina alors la salle et l'assemblée. La voix de Shekina clama de nouveau :

– Du temps de nos pères, l'illustre Salomon, Hiram, roi de Tyr, et les trois grands maîtres architectes amenèrent le précieux trésor sous la voûte secrète, en utilisant le souterrain comprenant neuf arches et connu d'eux seuls. Ils travaillèrent tous ensemble à incruster la plaque d'or dans le piédestal. L'éclat de la plaque, la splendeur des diamants et des rubis dont elle était ornée, suffisaient à éclairer la voûte et dès que l'ouvrage fut terminé, ils rendirent tous hommage à Dieu.

À la prononciation du mot « Dieu », un chant retentit dans l'assemblée, Gibelain reconnut le mantra OM. Le chant cessa aussi brutalement qu'il était survenu et la voix de la jeune femme emplit l'espace :

– Après la consécration du temple, Salomon récompensa aussi les douze princes élus qui avaient présidé, après les patriarches, aux destinées des douze tribus d'Israël. Parmi ces derniers, il choisit les neuf plus zélés d'entre eux et leur confia la tâche de garder l'entrée des neuf arches qui conduisaient au palais de Salomon. Le plus ancien des gardiens se trouvait sous la neuvième arche, les autres étaient placés par rang d'ancienneté, le plus jeune gardant l'entrée située dans le palais. Ils n'accordaient l'accès qu'aux seuls grands élus, qui étaient obligés, sous peine de mort, de donner les signes ainsi que le nom inscrit sur chaque voûte.

Elle traça sur le sol poussiéreux chacun des noms qu'elle traduisit successivement :

« YOD : Le Principe
YAHO : Existant
YAH : Dieu Puissant
EHEYEH : Je serai
ELIYAH : Dieu Excellent
YAHEV : Dieu Bienveillant
ADONAÏ : Seigneur
EL KHANAN : Dieu Miséricordieux
YOVEL : La Gloire. »

Shekina poursuivit :

– D'autres maîtres qui avaient été actifs lors de la construction du temple, mais non honorés par le titre d'élu, furent jaloux des prérogatives de ces derniers. Leur rancune et leur ambition les poussèrent à envoyer une délégation à Salomon. Celui-ci écouta patiemment leurs plaintes et leur répondit, avec la plus grande douceur, que leur temps n'était pas encore venu. Insatisfaits de cette réponse, ces maîtres vains et orgueilleux décidèrent de fouiller les ruines de l'ancien temple. Dès leur arrivée, ils trouvèrent l'anneau de fer scellé à la pierre carrée et, munis de torches, ils descendirent dans les voûtes. Dieu voulut alors punir leur ambition et leur insolence et, dès que le dernier fut descendu, les voûtes s'écroulèrent les unes après les autres. C'est ainsi que la mémoire de ces maîtres impies fut ensevelie avec eux.

Gibelain scruta l'assemblée. Tous ses membres, debout, se recueillaient, la main droite placée sur le cœur. Il prêta de nouveau attention aux paroles de Shekina :

– Salomon, instruit de ces événements, envoya sur les lieux trois des douze princes élus. Ceux-ci, partis avant l'aube, ne retrouvèrent plus l'emplacement des anciennes voûtes à l'endroit de la catastrophe, tant le désastre avait bouleversé le terrain. Après avoir tout examiné avec la plus grande attention, ils trouvèrent quelques fragments de marbre sur lesquels étaient gravés des hiéroglyphes. Les ayant apportés à Salomon, ils apprirent que ces débris avaient appartenu au temple qu'Énoch avait bâti et consacré à l'Éternel avant le déluge. Il n'en avait subsisté que les voûtes, sous la dernière desquelles avait été déposé le précieux delta.

La voix cessa brutalement. Un long silence parcourut la crypte avant que ne retentisse la conclusion finale du récit :

– Le mot sacré est celui qui est gravé sur le delta. Nul ne pourra le prononcer à voix haute, mais seulement l'épeler, à la seule exception du maître de justice.

Elle se posta près du triangle d'or, dans le fond de la salle, et désigna les lettres hébraïques gravées sur le delta, en allant de droite à gauche. L'assemblée épela le mot du bout des lèvres sans que Gibelain ne puisse lire ou comprendre quoi que ce soit. Après avoir effacé le nom des neuf voûtes et salué le tétragramme, Shekina apostropha le commissaire :

– Il est temps maintenant que je te révèle qui je suis. Bien avant la naissance du Christ, les prêtres du temple de Salomon avaient instauré deux lignées pour régir le royaume de Yahvé.

La première de ces lignées avait pour fonction de maintenir la descendance de la branche royale, la branche du roi David, alors que l'autre assurait celle de Lévi, la branche sacerdotale. Chacune de ces branches était symbolisée à l'entrée du saint des saints par une colonne qui était désignée spécifiquement par son nom. Ainsi, la colonne royale était désignée sous le terme de *Mishpat* alors que la colonne sacerdotale était appelée *Tsedeq.*

Shekina ajouta, avec un grand sourire complice :

– Les francs-maçons leur ont, depuis, donné les noms de *Boaz* et de *Jakin.* L'une des lignées n'acceptait que des enfants mâles tandis que la seconde n'était composée que par des fillettes, dont les futurs enfants étaient confiés aux prêtres en charge de leur éducation. Cette tradition sut traverser les siècles et résista même à l'exil du peuple hébreu à Babylone. Libérés par Cyrus, dès leur retour à Jérusalem, Zorobabel et les siens lui redonnèrent d'ailleurs tout son éclat lorsqu'ils élevèrent sur les restes du temple de Salomon un second temple à l'Éternel. Après la destruction du temple d'Hérode, cette tradition dut, une nouvelle fois, s'adapter pour survivre en d'autres lieux qu'en Terre sainte.

Avant que la jeune femme ne puisse continuer son récit, Gibelain déclara subitement :

– Shekina, je connais cette histoire. C'est à quelque chose près celle d'un rabbin kabbaliste de Safed répondant au nom d'Abraham Louria. Connaîtrais-tu cet homme, par hasard ?

Shekina répondit, tout en ne laissant rien paraître de sa surprise :

– Rabbi Louria et moi-même appartenons chacun à l'une des lignées dont je viens de te parler.

Abasourdi, le policier chercha un instant ses mots :

– Tu veux dire que tu connaissais ce rabbin avant de me rencontrer ?

Shekina hocha la tête :

– La famille de Rabbi Louria et la mienne sont liées depuis la nuit des temps, comme je viens de te l'expliquer.

Soudain, Gibelain prit un air sceptique :

– Shekina, est-ce que notre rencontre était combinée à l'avance et, si oui, quel est le rôle de Macabone dans toute cette affaire ?

La jeune femme contint difficilement son envie de rire :

–Jean, lui dit-elle, tu fais fausse route. Ce dont je viens de te parler est un secret parfaitement bien gardé au fond des âmes. C'est pour cela qu'il a su résister au temps et à l'histoire des hommes. Ange Macabone était peut-être le meilleur ami de mon père mais il est étranger à nos coutumes et, malgré ses incontestables qualités humaines, il n'a pas le cœur d'un juste. Notre rencontre a seulement été le fruit de la décision du Très-Haut, comme me l'avait prédit Rabbi Louria bien avant qu'Ange ne te remette mes coordonnées.

Songeur, Gibelain commenta aussitôt les derniers propos de Shekina :

– Il est vrai que le hasard, ce n'est que le Grand Architecte se promenant incognito.

Shekina esquissa un nouveau sourire et poursuivit :

– Comme tu as pu le constater en cheminant jusqu'ici, Dieu s'est révélé à ton âme en t'offrant ce présent unique de faire revivre en toi les temps les plus glorieux de l'humanité comme il le faisait jadis à Qumran avec chaque maître de justice.

Elle se tourna vers l'assemblée et lui posa alors l'ultime question :

– Serais-tu disposé à consacrer ta vie à célébrer la gloire de l'éternel en devenant notre maître de justice ?

Elle ajouta :

– Car seul un juste pourra faire fusionner la branche royale et la branche sacerdotale de notre peuple et, que tu le veuilles ou non, Jean, tu es cette clé de voûte qui unira, grâce à la parole perdue, nos deux colonnes *Mishpat* et *Tsedeq*.

Le policier se surprit à repenser à la décision qu'il avait prise quelques heures plus tôt dans l'avion qui l'amenait au Portugal. Une nouvelle fois, une succession d'événements guidait sa vie de la manière la plus harmonieuse. C'était comme si toutes ces années passées à souffrir et à douter de lui s'étaient envolées à jamais. Depuis qu'il avait rencontré Shekina, il avait réussi à chasser sans aucun effort toutes ces illusions qui avaient eu, un temps, le mérite de le maintenir à la surface. Aujourd'hui, il n'avait plus besoin de se mentir. Il venait enfin de se libérer de ses chaînes. Voilà pourquoi il répondit, plus enthousiaste que jamais :

–J'accepte, en présence de cette noble assemblée, de consacrer ma vie au Très-Haut et de devenir votre maître de justice.

Shekina se jeta dans ses bras tandis que, brisé par l'émotion, il éclatait en sanglots.

Les ombres de Stolkien et de Shekina précédaient celle de Gibelain et s'agrandissaient démesurément sous la lueur des torches. Ému, le commissaire marchait tel un automate. Sous le coup des révélations de celle dont il était devenu éperdument amoureux et de sa décision de devenir le prochain maître de justice, il n'était plus qu'un boxeur KO debout, prêt à s'écrouler.

Dans l'obscurité du souterrain qui ramenait le petit groupe vers la rotonde, le policier était incapable de faire le tri parmi les bouleversantes émotions qui se succédaient à un rythme effréné. Son esprit était égaré entre une réalité déformée et un état de rêve éveillé. Pour tenter de chasser cette sensation d'ivresse, il glissa sa main droite dans la sacoche en cuir dans laquelle il venait soigneusement d'envelopper la stèle sacrée, puis il tâta la poche gauche de son veston. Le contact froid de l'or sur ses doigts balaya doucement l'état second dans lequel il était absorbé depuis la fin de la cérémonie, tandis que la saillie dessinée par la crosse du Glock le rassurait instantanément.

Il modéra cependant son optimisme quant à la poursuite de sa mission. La route pour Jérusalem était encore bien longue et Dieu sait quelles embûches il pouvait de nouveau rencontrer avant de remettre la parole perdue à Rabbi Abraham Louria. Il repensa longuement aux propos que lui avait tenus Shekina sur le trajet entre l'aéroport et la résidence de Don Simon. La jeune femme ne lui avait-elle pas alors affirmé que le rabbin kabbaliste avait pris toutes les dispositions auprès du Mossad pour qu'ils puissent voyager sous immunité diplomatique ? Il n'y avait aucune raison de s'inquiéter. D'ailleurs, qui aurait pu les menacer dans le labyrinthe de Tomar ? N'avait-il pas participé avec Lloyd à l'élimination de ses plus implacables ennemis ? Pourquoi donc n'arrivait-il pas à demeurer serein ? Peut-être avait-il, ces derniers jours, un peu trop tiré sur la corde ?

Stolkien pénétra le premier dans la rotonde. Il comprit, une fraction de seconde trop tard, son erreur de ne pas avoir vérifié que la voie était libre. Une large main s'aplatit soudainement sur sa nuque tandis que, simultanément, la seconde faisait pivoter son cou d'un mouvement bref et brutal. Une intense douleur vrilla ses vertèbres cervicales et précéda un horrible bruit de bois sec que l'on écrase. Il s'écroula sans réaliser qu'il venait de perdre la vie.

Shekina hurla mais ne fut pas assez prompte pour échapper à la main criminelle qui la propulsa violemment vers le mur. En chemin, elle heurta un prie-Dieu et s'étala de toute sa longueur. Avant même qu'elle ne réalise ce qu'il lui arrivait, l'ombre était déjà sur elle et la relevait sans ménagement en plaquant le canon d'une arme à feu sur sa tempe droite.

La violence de l'attaque surprit totalement Gibelain qui se maudit alors de ne pas avoir précédé la marche de ses deux compagnons. Il réagit instantanément et retrouva d'emblée ses automatismes de combattant. Il dégaina son Glock et bondit dans l'édifice en évitant le corps de Stolkien. En faisant irruption, il eut le temps d'apercevoir, dans un des coins de la rotonde, un second corps affalé. La dépouille du gardien népalais de l'entrée du souterrain gisait sans vie, repliée sur elle-même.

Il pivota spontanément sur sa droite en pointant son arme à hauteur des yeux et analysa froidement ce qui lui faisait face : cinq mètres devant lui, se tenait Shekina transformée en bouclier humain par l'infernal Jalâl !

Tout en conservant la tête du terroriste dans sa ligne de mire, il lâcha le sac en cuir et déclara :

– Jalâl ! La vermine ne crève donc jamais. Je pensais pourtant t'avoir expédié en enfer à Alamut.

Jalâl sourit en fixant le commissaire avec férocité. Il repensa à sa course effrénée dans le labyrinthe de galeries creusé sous la forteresse par Hassan ben Sabbah. Le Vieux de la montagne lui avait bel et bien sauvé la vie le jour où Alamut avait été engloutie dans un océan de flammes. Il pressa sadiquement la tête de Shekina dans le creux de son épaule. Malgré le Beretta prêt à lui faire exploser le crâne, elle ne laissa rien transparaître de sa douleur. Admiratif, Gibelain ne perdait des yeux aucun de ses mouvements, à l'affût de la moindre ouverture pour abattre l'ex-milicien du Hezbollah.

Le terroriste interpella haineusement le policier tout en faisant mine de crisper son doigt sur la gâchette de l'automatique :

– Espèce de chien, l'heure est venue pour toi d'expier tous les crimes que tu as commis contre l'islam et ses combattants.

La grossière provocation du chef des assassins demeura sans effet sur Gibelain qui dominait son mental. Il était comme un tigre prêt à bondir sur sa proie :

– L'islam n'a rien à voir avec les Martyrs d'Alamut. Vous n'êtes que des fanatiques n'utilisant la foi des désespérés que pour mieux répandre la mort. Je connais tes discours, Jalâl. Toi et tes semblables manipulez les démunis en prétendant que leurs sacrifices libéreront les vrais croyants des impérialistes. En fait, leur sort ne t'intéresse pas plus que celui de leurs victimes innocentes.

Le terroriste fit glisser le canon de son arme sur le front de Shekina :

– Qu'est-ce qu'un mécréant comme toi peut comprendre à notre lutte ? Tu mériterais que je lui fasse sauter la tête pour ce que tu viens de dire.

– Dans ce cas, répondit Gibelain, ta cause ne survivra pas longtemps à mes balles qui t'exploseront la cervelle.

Jalâl esquissa un sourire sadique :

– Aurais-tu oublié qu'un assassin met toujours un point d'honneur à ne jamais survivre à sa mission ?

Le commissaire ricana à son tour :

– Un assassin peut-être, mais tu n'es pas l'un d'entre eux. Tu te sers de leur aura comme tu as su te servir de la naïveté de ce gosse que tu as envoyé à Jérusalem pour me poignarder. Tes méthodes sont celles des nazis et des Jeunesses hitlériennes.

– Tu ne crois pas si bien dire, aboya Jalâl. Porc immonde, apprends que je suis un assassin qui s'est adapté à son siècle. Me crois-tu assez fou pour croire que le monde d'aujourd'hui est resté inchangé depuis l'époque du Vieux de la montagne ? Nous, les Martyrs d'Alamut, n'avons pas seulement construit un nouvel intégrisme, nous avons bâti une idéologie de destruction pour écraser les masses américano-sionistes, comme tu as pu le constater ces derniers jours.

Il éclata de rire en repensant aux images des attentats perpétrés par les siens à Londres et à Rome :

– Ceux que tu qualifies de nazis sont nos frères d'armes car l'histoire a montré combien nous avons toujours su être ensemble à la pointe du combat contre Israël et contre le grand Satan américain.

Gibelain comprit aussitôt le commentaire de l'islamiste. Un lointain souvenir familial l'avait, un temps, amené à s'intéresser à cette douloureuse époque des années de guerre qui avait vu le monde s'embraser. L'image jaunie d'une photo d'un homme jeune dans un uniforme *feldgrau*, la peine qui s'était dessinée sur le visage de son père quand celui-ci lui avait violemment arraché le portrait des mains, tout cela avait, ce jour-là, bouleversé son innocence d'enfant. Ce n'est que bien plus tard qu'il avait compris avec horreur tout le sens de l'engagement de son oncle parmi les réprouvés de la division Charlemagne. Voilà pourquoi, aujourd'hui, il saisissait parfaitement la monstrueuse allusion de Jalâl stigmatisant l'alliance infernale de la croix gammée et du croissant de l'islam. Il se souvint combien les exactions balkaniques des nouveaux tueurs du Reich avaient su rapidement susciter les compliments du maître de l'Ordre noir, Heinrich Himmler : « Toutes les religions détruisent la fierté guerrière de l'homme. Une seule me paraît possible : l'islam. La foi musulmane n'empêche pas les fidèles de se battre. Bien au contraire. »

Il se rappela surtout les images du grand mufti en visite à Auschwitz, sermonnant les gardiens des chambres à gaz...

Il n'y avait donc aucune humanité à attendre de Jalâl. L'islamisme des Martyrs d'Alamut et de leurs semblables n'existait que pour apporter à la haine un semblant de justification théologique.

Pas un seul instant, le doute n'effleura Gibelain quant à l'issue de sa confrontation avec le terroriste. Leur combat à mort s'était engagé le jour du brutal assassinat de monseigneur de Payen et s'achèverait ici, dans la rotonde des Templiers.

Comme pour confirmer la certitude du policier, Jalâl déclara :

– Je sais par ton calepin que tu es un franc-maçon. Sache que je hais les tiens autant que les juifs. Voilà d'ailleurs un autre des points que je partageais avec mes camarades de la Nouvelle-Thulé quand ils venaient s'entraîner dans nos camps de Beyrouth.

Les visages de Francis Arnaud et de Luc Bélial flashèrent aussitôt dans la mémoire du commissaire. Il contracta son diaphragme et inspira profondément. Les visages s'effacèrent comme par enchantement.

–Je vois que nous avons des amis en commun, lui lança-t-il À mon tour de te faire une confidence : apprends que, grâce à moi, la Nouvelle-Thulé n'est plus qu'un mauvais souvenir.

Il fanfaronna pour accentuer sa provocation :

–Eh oui, tu as devant toi celui qui a buté ces deux enfoirés de première qu'étaient Francis Arnaud et Luc Bélial.

Il ajouta ironiquement :

–C'est d'eux dont tu voulais parler, j'imagine ?

La haine déforma le visage de Jalâl, son Beretta glissa vers les lèvres de Shekina :

–Gibelain, je te tuerai de mes propres mains et quand j'aurai fini de t'égorger, ta tête sera le plus beau de mes trophées.

Ses yeux se fixèrent sur le sac en cuir du commissaire :

–Maintenant, cela suffit. Fais glisser doucement devant toi le sac ou je l'abats immédiatement.

Gibelain poussa du pied le sac d'où émergeait un coin du triangle d'or. Jalâl se déplaça lentement vers celui-ci, entraînant son otage, les yeux rivés sur la stèle en forme de delta. Arrivés à hauteur du sac, Shekina se baissa pour ramasser la stèle sacrée, la pointe du Beretta lui écrasa la nuque. Impassible, le policier continuait de pointer son arme vers le terroriste.

Jusqu'à présent, Jalâl n'avait laissé entrevoir aucune ouverture qui aurait permis au policier de faire usage de son Glock. Gibelain se prit à espérer que la vision de la parole perdue ferait perdre à l'ex-milicien son self-control suffisamment longtemps pour qu'il puisse l'abattre. Il n'avait besoin que d'une fraction de seconde pour sauver celle qui avait su donner un sens à sa vie et pour venger les victimes innocentes des attentats de Londres et de Rome.

Jalâl arracha la stèle des mains de son otage, il exultait :

–Hassan ben Sabbah et vous tous, pères de la nation d'Iran, je vais enfin pouvoir accomplir votre rêve. Le nom du Tout-Puissant sera bientôt mien, j'attirerai la pleine bénédiction d'Allah sur nous et la plus implacable des malédictions sur tous les mécréants.

Le terroriste interpella Gibelain :

–Maintenant, apprends-moi à prononcer correctement le tétragramme sacré ou sinon je tue cette chienne.

Incapable de répondre à la demande de Jalâl, le commissaire chercha à gagner du temps :

–Et qui me dit que tu ne tueras pas cette femme sitôt que je t'aurai donné le nom de Dieu ?

–C'est un risque à courir mais fais vite, ma patience a des limites, lança-t-il.

Soudain la bouche de Shekina s'anima silencieusement comme si elle cherchait à épeler quelque mot mystérieux. Gibelain comprit instantanément ce qu'il se passait : la jeune femme lui chuchotait le nom de Dieu !

Il se souvint aussitôt que seul l'élu, le maître de justice, pouvait prononcer à voix haute la parole perdue sans attirer la colère divine. Voilà pourquoi Shekina voulait qu'il lise sur ses lèvres. Il se concentra quelques instants et imprima mentalement la séquence sonore, puis il énonça distinctement chacune des lettres magiques en faisant retentir dans l'enceinte sa voix emplie de colère : « YOD HE VAV HE ».

À l'énonciation de la dernière lettre sacrée, les rayons du soleil illuminèrent la rotonde et embrasèrent les lettres du delta, brûlant instantanément les rétines de Jalâl. Sous l'emprise de la fulgurante douleur, le terroriste hurla et relâcha son étreinte. Shekina se libéra aussitôt et courut se réfugier derrière le policier, tandis que Jalâl portait ses mains à son visage en feu.

La stèle rayonna de plus belle et enflamma intégralement le corps de l'assassin dont les hurlements de souffrance devinrent insoutenables. Transformé en torche humaine, il se mit à arpenter la rotonde puis se lança dans leur direction en écartant ce qui restait de ses bras dévorés par de longues flammes.

L'index de Gibelain se crispa sur la gâchette du Glock et libéra à bout portant toute la puissance de feu de l'automatique autrichien. Sous l'effet de l'impact, la tête de Jalâl éclata comme un fruit pourri en libérant quelques parcelles de chair et de cervelle en feu qui se dispersèrent tout autour de lui.

Stoppée net dans sa course, la torche vivante parut, pendant une fraction de seconde, comme suspendue par un fil invisible. D'un geste vif, Gibelain libéra le premier chargeur, engagea le second et, sans se poser la moindre question, fit feu à nouveau.

Sous l'effet des nouveaux impacts, la flamme humaine fut propulsée contre l'autel. Elle glissa quelques instants le long de celui-ci puis s'affala lourdement sur le prie-Dieu.

Gibelain rengaina son arme dans le holster qui pendait à sa poitrine et déclara au cadavre de Jalâl qui achevait de se consumer :

–Je savais bien que tu n'avais rien à voir avec l'islam. D'ailleurs, Allah lui-même ne t'a pas reconnu.

Il se tourna alors vers Shekina, dont il prit délicatement la main, et embrassa longuement le front de la jeune femme. À l'extérieur de la rotonde, une colombe fit brusquement entendre son roucoulement mélodieux.

Hocmah

Paris
12 juin, 8 h 45

Gibelain accéléra le pas pour franchir le porche d'entrée du 36, quai des Orfèvres. Après un instant d'hésitation, le brigadier de faction le félicita pour sa toute prochaine attribution de la Légion d'honneur. Le commissaire le remercia d'un signe de tête et s'engagea dans les couloirs de la brigade criminelle. Décidément, les huiles de la Place Beauvau l'étonneraient toujours. Quand il s'agissait d'engendrer le moindre cirque médiatique, ils étaient sans pareils.

Depuis son retour, qui avait été l'objet d'un nouveau briefing à Matignon, il ne s'était pas écoulé une seule journée sans qu'il ne reçoive les eloges du ministère de l'Intérieur. Même le préfet y était allé de sa personne en commentant avec fracas le rôle déterminant joué par le commissaire principal Jean Gibelain dans l'assaut d'Alamut ! Bien évidemment, la nouvelle de sa participation aux côtés des forces spéciales britanniques et américaines s'était répandue comme une traînée de poudre avant de faire l'objet de plusieurs articles de presse.

Tout cela le laissait cependant de marbre même s'il admettait avoir connu quelques moments difficiles. La disparition des Martyrs d'Alamut et la mort de Jalâl ben Sabbah n'avaient effacé qu'en surface sa peine pour les victimes innocentes des attentats et les disparitions tragiques de Lloyd et d'Eliahn.

En sauvant Shekina des griffes du maître des Assassins à Tomar, il avait pourtant réussi à conquérir son Graal : la paix du cœur. La paix de l'esprit, quant à elle, il l'avait lue dans les larmes de Rabbi Louria à Safed lorsque, en présence du grand maître de la Grande Loge d'Israël, il lui avait rendu la parole perdue.

En se rapprochant du bureau de Macabone, son cœur palpita quand il réalisa combien le cours de sa vie allait bientôt radicalement changer. Pour la première fois depuis une éternité, il se sentit libre et, par-dessus tout, maître de sa destinée.

Il frappa légèrement à la porte.

– Entrez, fit Macabone.

Il venait à peine de refermer la porte isolante derrière lui que l'incompréhension du divisionnaire éclata dans la pièce :

« Nom de Dieu, Gibelain, mais qu'est-ce que c'est que cette lettre de démission ? Vous avez perdu la raison ou quoi ?

– Bien au contraire, patron. Je n'ai jamais été plus lucide qu'aujourd'hui, répondit-il avec sérénité.

– Écoutez-moi, fit le Corse. Je sais que vous venez de traverser des moments particulièrement difficiles mais vous avez réussi ce qu'aucun d'entre nous au Quai des Orfèvres ne fera jamais, pas plus dans cette vie que dans une autre. Non seulement je peux officieusement vous confirmer que vous êtes le prochain divisionnaire de la brigade criminelle, mais apprenez aussi que votre Légion d'honneur va vous ouvrir un maximum de portes dès que vous en aurez assez de ce bureau et de ses problèmes.

Devant l'indifférence du commissaire principal, Macabone renchérit :

– Réalisez-vous ce que cela signifie, Gibelain ? Vous allez finir, au mieux ministre, au pire député ou sénateur ! Alors voilà ce que nous allons faire : vous allez me prendre un bon mois de congé et me revenir en pleine forme. Croyez-moi, vous en aurez bien besoin pour affronter la paperasserie du ministère et de la préfecture. Pendant ce temps-là, vous pourrez compter sur moi pour tout mettre en ordre et vous laisser les clés de la maison sans aucune mauvaise surprise. Quant à votre lettre, considérons que je ne l'ai jamais reçue, fit-il en déchirant la feuille avec un sourire de satisfaction.

– Désolé, patron, mais je crois que vous ne m'avez pas bien compris, répliqua Gibelain. Toutes ces promotions et toutes ces promesses n'ont aujourd'hui plus aucun sens pour moi. Je vais même vous étonner en vous révélant que, depuis vingt-quatre heures, je n'appartiens plus à la franc-maçonnerie !

– Bon sang, Gibelain, mais qu'est-ce qui vous arrive ?

– Disons que je me suis enfin trouvé et que j'ai décidé de poursuivre ma vie autrement.

– Mais que faites-vous de la Légion d'honneur ? De la brigade criminelle ? Et de votre carrière ?

– Pour la Légion d'honneur, ne vous en faites pas, je m'en remettrai. Je l'ai d'ailleurs parfaitement expliqué dans ma lettre au Premier ministre.

– Vous avez fait quoi ? rugit Macabone en manquant de s'étrangler.

– Patron, calmez-vous et écoutez-moi une fois pour toutes, répliqua-t-il sèchement. Je n'ai pas à me justifier mais, en raison de l'amitié qui nous lie, je vous dirai que j'ai rencontré une femme extraordinaire et que, à quarante-cinq ans passés, j'ai envie de vivre auprès d'elle et de lui faire de beaux enfants.

– Gibelain, ne seriez-vous pas en train de me parler de Shekina ?

Son regard se figea quand il ajouta :

– Patron, vous nous connaissez suffisamment elle et moi pour comprendre combien cela est sérieux entre nous. Alors, regardez-moi bien dans les yeux et donnez-moi une seule raison qui puisse me faire renoncer à cette femme.

Macabone tourna nerveusement son stylo entre ses doigts, son regard se fit soudain aussi doux que le regard d'un père à qui l'on vient de demander la main de sa fille :

– Très bien, vous m'avez convaincu. J'accepte votre démission.

– Merci, déclara-t-il ému.

Gibelain se leva en sortant sa plaque de la poche intérieure de son veston puis il ôta le Glock du holster et déposa le tout, délicatement, sur le bureau du divisionnaire.

– Prenez bien soin de Shekina et, surtout, donnez-moi de vos nouvelles de temps en temps, fit alors Macabone.

– Vous pouvez compter sur moi, patron. Nous ne vous oublierons pas.

Il tourna les talons et sortit sans se retourner.

De retour au 5, square du Temple, il trouva plusieurs messages téléphoniques de Roland qui insistait pour le rencontrer au plus vite. À travers les mots et l'intonation de ce dernier, Gibelain perçut que, malgré la teneur de son récent courrier, le grand maître et le chevalier maçon refusaient d'admettre sa décision. L'idée qu'il allait devoir à nouveau se justifier l'irrita au plus haut point.

Il décrocha subitement le téléphone et tomba d'emblée sur la boîte vocale du chevalier. Gibelain hésita un court instant à lui laisser un message mais se ravisa aussitôt. Il invita son ami pour la fin de soirée. Satisfait, il s'installa alors devant son bureau et rédigea une nouvelle lettre de démission à l'intention de Macabone.

19 h 21

Dès son entrée dans l'appartement, Roland fut oppressé par l'atmosphère de vide qui se dégageait autour de lui. La vacuité des lieux lui fit comprendre instantanément l'expression finale de la réflexion et de la détermination du commissaire.

Le chevalier franc-maçon comprit l'inutilité de sa démarche mais se décida néanmoins à poursuivre la mission de confiance que lui avait assignée le grand maître.

Il prit place, sans plus tarder :

– Bien-aimé frère, fit-il, je ne te cacherai pas que nous sommes encore, et moi tout particulièrement, sous le coup de ta décision d'abandonner l'ordre maçonnique. Ton départ reste le plus grand échec de ma vie de maçon et rien ne pourra remplacer ma fierté et ma joie à t'armer chevalier bienfaisant de la Cité sainte le jour de la Saint-Jean d'hiver ! Pourrais-tu, au moins, m'expliquer ce qu'il t'arrive ?

Gibelain regarda son ami, un sourire flotta sur ses lèvres :

– Roland, excuse-moi pour la peine que je te cause mais que dirais-tu si, à mon tour, je répondais à ta question en mentionnant que les événements qui ont suivi la destruction d'Alamut m'ont élevé spirituellement beaucoup plus que je ne l'imaginais ?

– Jean, je ne comprends pas. Que veux-tu dire exactement ?

– Simplement que, depuis mon retour, j'ai évolué et dépassé le niveau de la simple foi et de la croyance commune !

– Continue, lança Roland intrigué.

– Comment t'expliquer cela autrement qu'en t'affirmant que je suis aujourd'hui dans cet état spirituel supérieur où la foi et la croyance se rejoignent dans une suprême vision intérieure où se révèle spontanément la connaissance absolue des mystères.

– Jean, serais-tu par hasard en train de me parler de la gnose ?

– Tout à fait, Roland. La gnose est aujourd'hui mon support de vie, celui-là même dans lequel cheminent les traditions hébraïques extraites des livres apocryphes et que le christianisme primitif et les templiers eurent en dépôt.

– Je sais tout cela, Jean, et même bien davantage, mais ceci ne m'explique toujours pas ta décision de nous quitter.

– Roland, me croirais-tu si je te disais que je viens d'entamer la montée des sphères angéliques, les fameux « états multiples de l'être » de René Guénon ?

– Bon sang, s'écria soudainement Roland, ce n'est pas possible ! Qui donc a pu te transmettre les trésors secrets du Christ ?

Le visage de Gibelain resplendit quand il prononça :

– Une femme, Roland. C'est une femme et elle porte le doux nom de Shekina. Son amour m'a propulsé dans une spire évolutive qui m'a fait franchir un nouveau palier spirituel.

– Oh, mon Dieu. Jean, réalises-tu que tu parles du legs sacré que notre Sauveur confia aux apôtres après sa résurrection et qui ne peut être communiqué qu'aux fils de lumière ?

– Parfaitement, et c'est pourquoi tout ce qui a fait mon quotidien pendant des années n'a plus aucun sens aujourd'hui. Même si je sais que je lui dois tout, ajouta-t-il, la franc-maçonnerie ne sera plus jamais ma raison de vivre.

– Cette Shekina, reprit Roland, qui est-elle ?

– Une cherchante passionnée par les Évangiles apocryphes et convertie à l'essénisme par le descendant du plus grand rabbin kabbaliste de l'école de Safed. Roland, insista-t-il, je ne sais comment l'expliquer mais, vois-tu, l'amour de cette femme pour moi est comme une caresse de Dieu.

Dans un ton passionné, Gibelain poursuivit :

– À son contact, j'ai vu celui que j'avais été hier, j'ai appris les mots de passe qui assurent aux âmes des vivants et des morts le franchissement des étapes célestes, j'ai senti la descente du Verbe depuis le monde de l'émanation jusqu'à celui de l'homme que je suis. Par tous ses dons, Shekina a fait de moi un homme achevé et bien plus encore : elle m'a conduit à ce terme de nous-même qui est sans fin et parfait, où nous est enseignée l'existence qui sera nôtre, selon le Très-Haut, avec les dieux.

Le silence de Gibelain surprit Roland. Le chevalier bienfaisant de la Cité sainte fixa un court instant celui qui avait été le plus loyal des écuyers novices et le plus courageux des frères de la Grande Loge régulière française. Puis, brutalement, il se leva et porta l'accolade fraternelle à l'ex-policier.

– Je suis heureux pour toi, lui lança-t-il, car tu es maintenant et à jamais l'expression vivante du véritable secret maçonnique.

– Oui, mon frère, répondit Gibelain en serrant bien fort son ami dans ses bras, grâce à Shekina, chante aujourd'hui en moi et tout autour de nous cette gnose qui est l'unique substance du secret incommunicable de tous les francs-maçons.

Roland se tourna vers lui une ultime fois et lui adressa son plus beau sourire puis, sans un mot, il sortit en refermant doucement la porte derrière lui.

Roissy
21 juin, 11 h 09

Gibelain vérifia une ultime fois le numéro du terminal du vol Paris-Tel-Aviv puis il gagna l'escalator et présenta son passeport au fonctionnaire de la police de l'air et des frontières.

Arrivé dans la vaste salle d'attente, la vue soudaine de l'appareil lui confirma instantanément qu'il venait d'achever le plus grand saut de sa vie. Il jeta un coup d'œil autour de lui et s'installa dans la première rangée des fauteuils métalliques.

Un dernier cordon de sécurité se mit en place à proximité des détecteurs disposés devant les couloirs d'entrée conduisant à l'appareil. L'équipage de l'Airbus fut alors passé au crible pendant qu'un frémissement saisissait le personnel du comptoir de la compagnie.

Estimant qu'il lui restait une bonne trentaine de minutes à tuer avant le début de l'embarquement, Gibelain se replongea dans la lecture de l'ouvrage que le grand maître lui avait offert pour son départ. Il s'imprégna aussitôt de la spiritualité des premiers esséniens : « C'est une croyance bien affermie chez eux que le corps est corruptible et la matière qui le compose inconsistante, mais que l'âme est immortelle et impérissable, qu'elle habitait l'éther le plus subtil, qu'attirée dans le corps comme dans une prison, elle s'unit à lui par une sorte de charme naturel, que cette âme une fois détachée des liens de la chair, débarrassée pour ainsi dire d'un long esclavage, prend son vol joyeux vers les hauteurs. »

Au fur et à mesure de sa lecture, l'ex-commissaire investit toute son attention dans chaque description formulée par Flavius Josèphe. Au début, il ne porta que peu d'attention au vague sentiment de familiarité qu'il ressentait en parcourant chaque ligne de l'auteur antique, mais soudain les mots l'interpellèrent : « D'accord avec les fils des Grecs, ils prétendent que seulement aux âmes pures est réservé un séjour au-delà de l'océan, un lieu que n'importunent ni les pluies, ni les neiges, ni les chaleurs excessives, mais que le doux zéphyr, soufflant de l'océan, vient toujours rafraîchir. Les âmes impures, au contraire, ils les relèguent dans un abîme ténébreux et agité par les tempêtes, foisonnant d'éternelles souffrances. C'est à ces îles de bienheureux, me semble-t-il, que les Grecs consacrent leurs vaillants, ceux qu'ils appellent héros et demi-dieux. Mais, aux âmes des méchants est consacré l'Hadès, la région de l'impiété où, d'après leurs légendes, les Sisyphe, les Tantale, les Ixion et les Tityos sont au supplice. »

La référence aux croyances des anciens Grecs libéra en lui ces vieux souvenirs qu'il pensait enfouis à jamais. Un court instant, il crut entendre la voix de son père lui narrant les exploits des dieux de l'Olympe.

Sous le coup de l'émotion, Gibelain entra dans un état second. Un violent spasme lui écrasa la gorge. Il demeura ainsi prostré pendant une dizaine de secondes avant de comprendre subitement la raison de tout cet enchaînement de circonstances : depuis l'au-delà, ses parents bénissaient sa décision de rejoindre Shekina et les siens !

Il poursuivit alors la lecture du texte de Flavius Josèphe jusqu'à l'instant précis où les mots lui dévoilaient sa destinée : « Il y en a même parmi eux qui se font fort de prévoir l'avenir à force de s'exercer, par l'étude des livres sacrés, les purifications variées et les paroles des prophètes, et il est rare qu'ils se trompent dans leurs prédictions... »

Heureux et serein, il referma le livre. Pendant quelques minutes, il se sentit entouré par une multitude de présences invisibles et bienfaisantes. Le coup de fil de Shekina le surprit à l'instant où l'hôtesse au sol appelait son numéro de siège.

Il rayonnait de bonheur quand les sanglots de joie de la jeune femme étouffèrent ses propres mots d'amour.

Kether

Désert d'Engaddi (mer Morte)

L'immense boule de feu illumina majestueusement l'horizon obscur, chassant d'un seul trait l'intense fraîcheur des dernières ombres du désert.

Devant la renaissance des forces de l'Univers, Gibelain se recueillit quelques instants puis il leva ses paumes vers le ciel tout en adressant à l'astre solaire la prière des anciens :

– Tu es béni, Seigneur, roi puissant et sublime, seigneur de toutes les créatures du ciel, roi des rois, Dieu de tout l'Univers, dont le règne, la domination et la majesté n'auront jamais de fin. De siècle en siècle, ton règne subsistera. Les cieux constituent ton trône à jamais et la Terre est ton marchepied d'éternité en éternité.

Depuis plus d'un an maintenant, il accomplissait chaque matin l'antique rituel essénien et s'émerveillait de constater combien il communiait avec chaque forme de la création.

Avant de gagner les champs et les serres de la communauté, il médita à nouveau sur les paroles qu'il venait de prononcer à voix haute. Comme chaque jour, elles confirmèrent en lui cette prescience qui l'avait libéré de ses propres cachots créés par les chimères d'un mode de vie et de pensée stérile et profane.

Grâce à leur sagesse ancestrale et à leurs connaissances en agronomie, géologie et climatologie, les disciples de Rabbi Louria avaient su établir quelques plantations de cultures maraîchères, ce qui leur permettait de subsister en toute autonomie et de limiter leurs contacts avec le monde extérieur et son matérialisme.

Gibelain s'était rapidement adapté aux nouvelles valeurs de cette existence monacale. Jusqu'en fin de matinée, il partait avec les autres membres de la fraternité travailler aux champs, ne ménageant pas sa peine. À l'heure du déjeuner, il se retrouvait avec toute la communauté et, dans un acte de purification, il se lavait le corps à l'eau froide avant de revêtir son vêtement de lin et gagner le réfectoire.

Installés en une longue tablée, tous les membres recevaient alors un petit pain tandis qu'ils gardaient le plus grand des silences dans l'attente de la bénédiction de Rabbi Louria, le « fils d'Aaron ».

Gibelain avait appris que cette appellation venait de l'appartenance directe des prêtres esséniens à la lignée du frère aîné de Moïse, l'ancêtre mythique de la caste sacerdotale d'Israël. Au cours de la prière, chacun faisait honneur à son mets puis, après avoir rendu grâce à Dieu, tous déposaient leurs robes blanches et retournaient aux vignes jusqu'à la tombée de la nuit.

De retour au réfectoire, les membres soupaient avec leurs proches en évitant la viande et les boissons fermentées. C'était généralement à cette occasion que Gibelain retrouvait Shekina et leur fils Emmanuel, quand elle n'était pas trop accaparée par ses responsabilités au sein de l'hôpital Hadassah et qu'elle pouvait quitter Jérusalem. Parfois, Rabbi Louria venait lui rendre visite et sa venue était alors l'occasion de pieux commentaires sur l'interprétation des ouvrages antiques qu'il étudiait scrupuleusement.

Au cours de leurs échanges qui se poursuivaient fort tard dans la nuit, Gibelain apprenait ainsi à reconnaître ces clés spirituelles ancestrales indispensables au bien de l'âme et du corps. Petit à petit, il comprenait pourquoi et comment, grâce à leur mode de vie, les anciens esséniens avaient su prolonger leurs existences jusqu'à des âges fort avancés.

À chacun de leurs entretiens, il s'étonnait également de constater combien la vision essénienne de l'homme et de Dieu différait de celle décrite dans le Nouveau Testament.

Un soir, profondément interpellé, il n'y tint plus et posa sa question sans détour :

– Rabbi, qu'est-ce qui explique que nos textes sacrés soient si peu conformes aux Évangiles ?

–Jean, lui répondit aussitôt le rabbin, je vais à mon tour te poser une énigme qui peut-être répondra à ton interrogation : n'as-tu jamais été intrigué par le fait que le Nouveau Testament n'ait pas été rédigé du vivant du Christ mais plusieurs décennies après sa disparition ?

– Bien évidemment et à de nombreuses reprises, Rabbi.

– Très bien et comment expliques-tu cela ?

–Je ne saurais te répondre avec exactitude mais je pense que les décisions prises au concile de Nicée y sont probablement pour beaucoup.

–Je ne te le fais pas dire, déclara Rabbi Louria avec un petit sourire ironique aux coins des lèvres. Le Nouveau Testament ne fut en fait rédigé qu'à partir d'une compilation d'écrits préalablement sélectionnés en l'an 325 de notre ère. Bien évidemment, tous les textes jugés peu compatibles avec les dogmes prônés par le concile furent systématiquement éliminés et il est inutile que je te précise que, parmi ces derniers, se trouvait un grand nombre d'écrits esséniens. Voilà pourquoi aujourd'hui il ne subsiste pas grand-chose de notre message dans les Évangiles.

Gibelain hocha la tête en guise de remerciement puis lança sa nouvelle question :

– Rabbi, d'où viennent les esséniens et leurs croyances ?

Le rabbin se recueillit quelques secondes :

– Notre origine se perd dans la nuit des temps. Certains d'entre nous soutiennent que le mot essénien lui-même découle du nom propre d'Énoch qui, d'après la légende, aurait bâti notre communauté après un voyage mystique au plus profond du monde angélique. Toujours est-il que, quelle que puisse être son origine, grande fut l'influence de la fraternité essénienne dans toute l'Antiquité.

– Rabbi, pourrais-tu me parler des grandes lignes de l'enseignement essénien ? Quand est-ce que celui-ci est apparu exactement ?

– Des plus vieux textes de l'humanité, c'est le *Zend Avesta* de Zarathoustra qui, dit-on, fut le premier à relater cet enseignement. Le grand sage en tira d'ailleurs un véritable mode de vie qui, aujourd'hui encore en Iran, reste suivi par quelques fidèles du zoroastrisme.

Le regard d'Abraham Louria se fit soudain plus lointain :

– Cependant, comme tu peux t'en douter, une aussi grande sagesse ne fut jamais le fruit d'un seul homme, pas plus que celui d'un groupe spirituel. Cet enseignement est un héritage que les plus grands maîtres se sont transmis tout au cours de l'histoire des hommes et cette sagesse reste celle de la loi fondamentale de l'Univers, la loi d'amour qui souligne, partout et à jamais, la sainteté de la vie.

– Je comprends, répondit Gibelain admiratif tandis que le rabbin poursuivait.

– Ainsi, cette sagesse voyagea tout au long de l'Antiquité et influença nombre de systèmes de pensées philosophiques et de croyances religieuses. Voilà pourquoi tu la trouveras en filigrane autant dans les Veda que dans la roue de vie tibétaine, mais elle est aussi présente dans les écrits kabbalistiques comme dans certains rituels maçonniques. Les pythagoriciens puis les gnostiques en firent également usage mais c'est Jésus qui lui donna ses plus belles lettres de noblesse dans les sept béatitudes du sermon sur la montagne.

Abraham Louria fit une nouvelle fois silence avant de reprendre :

– Comme tous les grands maîtres avant lui, le Christ adapta les enseignements de cette sagesse au degré d'éveil spirituel de son auditoire. L'enseignement exotérique, accessible aux plus nombreux, était formulé en termes de règles alors que son homologue ésotérique faisait l'objet d'une tradition orale perpétuée au sein de petits groupes d'initiés.

– Rabbi, interrompit Gibelain, où puis-je trouver trace de ces enseignements ?

– L'aspect exotérique de notre enseignement se trouve parfaitement exposé dans le livre I de l'Évangile essénien et, d'une manière générale, dans tous les manuscrits de la mer Morte exhumés à ce jour. Par contre, il te faudra expérimenter par toi-même la remontée de l'arbre de vie et le franchissement des sept chemins de la paix pour comprendre l'aspect ésotérique de cette sagesse.

– Mais comment puis-je faire cela ? répondit, intrigué, Gibelain.

Abraham Louria se redressa subitement et fit quelques pas en direction de la porte :

– Laisse évoluer les choses au rythme de l'Univers. Un jour viendra où tu seras maître de justice. Tu comprendras alors mieux que quiconque combien nous sommes entourés de forces angéliques dont le message n'a cessé de nous être répété par la voix des prophètes.

Il sortit et se tourna vers Gibelain avec un immense sourire tout en ajoutant :

– Garde juste patience et continue de t'instruire, je t'en prie, pour le salut de notre communauté.

Malgré l'intense chaleur de cette fin du mois de septembre qui dévastait les paysages arides de la mer Morte, Gibelain était sur un petit nuage. Pour rien au monde, il n'aurait échangé la sérénité d'Engaddi pour le rythme trépidant de Paris qu'il avait abandonné sans regrets, sept ans plus tôt.

Chaque nouveau jour passé parmi les néo-esséniens lui apportait un peu plus de cette sagesse vécue par les prophètes de l'Antiquité, même si Shekina et Emmanuel demeuraient les deux plus grands soleils de sa vie.

En effet, lorsqu'il ne se consacrait pas à l'étude des textes des grands maîtres, il adorait faire l'amour à celle qu'il comparait à Isis et se promener dans les lieux saints en compagnie d'Emmanuel, son petit Horus. Ces douces heures en compagnie de Shekina et ces moments privilégiés avec l'enfant, où il mêlait savamment jeux et instruction, lui étaient aussi sacrés que les journées passées à méditer sur les enseignements de Rabbi Louria, ceux-là mêmes qui le transformeraient bientôt en un nouveau maître de justice.

De la personnalité de l'ex-commissaire principal du Quai des Orfèvres, il ne restait rien car, dès son arrivée en Israël, il s'était obligé à collecter un ensemble de réflexions personnelles pour entamer un considérable travail sur lui-même. Cela avait exigé de sa part honnêteté et pardon mais, grâce à cette renaissance, il s'était définitivement libéré de tout ce qui avait encombré son cœur et son âme pendant ces décennies passées à côtoyer le crime, la cupidité et l'hypocrisie.

Innocents et paisibles, les mois s'écoulèrent ainsi jusqu'à l'arrivée du grand jour redoutable et redouté.

Gibelain perçut que l'événement était proche et profondément inscrit dans les esprits quand il réalisa la facilité avec laquelle les nouvelles habitudes de vie d'Abraham Louria furent adoptées par la communauté. Chaque matin depuis quarante jours, une partie des fidèles abandonnait le travail aux champs et rejoignait joyeusement le rabbin. Toutes les compétences étaient alors mises à contribution. Tandis que les charpentiers, les orfèvres et les drapiers aménageaient un vaste tabernacle, les menuisiers confectionnaient soixante-dix chaises dans le plus noble des argents.

Lorsque tout fut achevé, Abraham Louria vint lui demander de respecter le jeûne pour les trois prochains jours et les trois prochaines nuits et lui rappela que, pour la dernière d'entre elles, il l'accompagnerait dans son étude du rouleau des hymnes.

Le dernier soir, avant l'arrivée du rabbin, Gibelain s'isola dans sa chambre et se recueillit longuement avant de commencer sa lecture sainte en psalmodiant : «Je te rends grâce, ô Adonaï.»

Rabbi Louria le rejoignit quelques minutes plus tard puis tous deux occupèrent le reste de la nuit à repousser les assauts du sommeil en méditant sur chacun des hymnes du manuscrit essénien. Leur étude ne s'interrompit qu'au lever du soleil. Le rabbin acclama alors l'antique prophétie :

– Et dans les liens du Sheol va jaillir, du creuset de celle qui est enceinte, un merveilleux conseiller. Sa puissance délivrera chacun des flots grâce à celle qui est enceinte de lui.

Quelques dizaines de minutes après le départ du rabbin, Shekina et les membres de la communauté vinrent frapper à sa porte pour le conduire au sanhédrin. Tous portaient de longs vêtements en lin dont la blancheur éclatait sous les premiers rayons ardents de l'astre solaire.

Arrivé sur le parvis, Gibelain embrassa tendrement Shekina et serra Emmanuel dans ses bras, puis il pénétra dans la salle du conseil. Vêtu tel un ancien prêtre du temple de Salomon, Abraham Louria présidait le sanhédrin. Gibelain le salua avec grande révérence. Après lui avoir rendu son salut, le rabbin se leva et s'adressa à lui en ces termes précis :

– Souviens-toi devant Qui tu vas paraître et comprends que si tu ne respectes pas scrupuleusement ce qui t'a été enseigné, tu mourras à coup sûr. Examine encore ta conscience avec grande attention pour obtenir l'ultime pardon de tes fautes, de chacune d'entre elles, car cet instant est redoutable, toi qui t'apprêtes maintenant à te rendre devant le roi des rois, celui qui occupe le trône du Jugement et qui sait lire dans tous les cœurs.

La voix brisée par l'émotion, Gibelain répondit au conseil qu'il s'était pleinement repenti et qu'il était disposé à gagner le sanctuaire. Rabbi Louria donna alors ordre aux soixante-dix membres du sanhédrin de se lever, puis tous sortirent, l'abandonnant à ses ultimes réflexions.

Lorsqu'il n'y eut plus personne autour de lui, il sentit le vertige l'envahir et crut un court instant qu'il allait défaillir, mais il se ressaisit en apercevant l'intense regard de fierté que Shekina et Emmanuel lui lancèrent dès sa sortie. L'assemblée se mit en marche immédiatement. Tous cheminèrent en direction du tabernacle dans un ordre symbolique bien précis.

Les premiers membres du sanhédrin qui marchaient devant lui symbolisaient les descendant des rois d'Israël, puis suivaient les représentants de la famille royale de David et ceux de la maison de Lévi. Tous étaient précédés par les crieurs qui proclamaient la gloire de ces maisons, invitant le reste de la communauté à les honorer.

Après les représentants symboliques des maisons de l'ancien Israël, marchait Rabbi Louria dans ses apparats de prêtre du temple. Derrière lui cheminait Gibelain, seul. À chaque pas qui le rapprochait du tabernacle, les néo-esséniens l'imploraient en lui demandant d'intercéder auprès de l'Éternel pour que le Créateur puisse les soutenir dans leur amour et dans leur foi.

Ils arrivèrent ainsi sur le parvis extérieur du tabernacle qui était entouré par de larges colonnes en bois auxquelles était suspendue une immense tenture. La foule se prosterna et pria une dernière fois.

Après s'être relevé, Gibelain s'inclina vers les membres de la communauté et il ne put retenir ses larmes devant le sourire éclatant de Shekina. Rabbi Louria l'invita sans plus tarder à pénétrer dans le porche du sanctuaire. Ils pénétrèrent dans la deuxième enceinte du tabernacle que tous désignaient sous le terme vénéré de saint. Là, il lui remit solennellement le vêtement sacerdotal tissé d'or fin et la tiare que portait le grand prêtre de l'ancien Israël. Bouleversé par tant d'apparat, Gibelain trembla en s'habillant.

Une fois qu'il fut prêt, le rabbin le conduisit au pied de la troisième des enceintes : le saint des saints que lui seul était maintenant autorisé à pénétrer. Situé dans la moitié orientale du Tabernacle, Gibelain aperçut les parois du sanctuaire, toutes étaient en véritable bois d'acacia et recouvertes d'or ! Sur le point d'entrer, il écouta les propos de Rabbi Louria :

– Lorsque tu te tiendras face au propitiatoire, n'oublie jamais que tu te dois de prononcer le nom de l'Éternel le plus exactement possible, sous peine d'une mort immédiate. Emplis donc ton cœur de la plus grande des douceurs et clame ce nom sacré avec amour.

Gibelain hocha la tête, faisant signe qu'il avait parfaitement compris l'avertissement, puis il pénétra dans la troisième enceinte du tabernacle.

La première image qui le frappa, dès qu'il eut franchi l'ultime limite marquée d'un voile épais qui séparait le monde de la divinité du monde des hommes, fut celle de la parole perdue.

La stèle sacrée siégeait majestueusement sur une reproduction fidèle du réceptacle de l'arche d'alliance. Au-dessus de l'arche fidèlement reproduite, s'étalait un large dais au sommet duquel un toit recouvert de peaux de chèvres et de béliers descendait jusqu'au bas de la paroi du tabernacle.

Devant l'arche, trônait une longue table sur laquelle étaient posés les pains de proposition ainsi que l'autel à encens et le chandelier à sept branches. Enfin, sur le devant du dais, reposaient un autre petit autel pour les sacrifices et une cuve d'airain pour les bains rituels pendant l'office.

Gibelain se prosterna devant la stèle et demanda pardon une première fois pour les siens et pour lui-même. Une profonde appréhension le saisit quand vint l'instant de lire à voix haute le nom divin.

Il vida son cœur et prononça doucement :

– YOD HÉ VAV HÉ.

Jamais, il ne se rappela avoir si parfaitement exprimé la parole perdue, tout s'était si paisiblement déroulé qu'il en venait encore à s'interroger.

Il se souvint alors des mots de Rabbi Louria qui lui avait affirmé qu'il possédait le cœur d'un juste. Le souvenir des mots du rabbin lui apporta immédiatement la paix de l'esprit. Serein, il offrit aussitôt les quinze sacrifices du grand pardon en faisant brûler trois fois l'encens. À chaque étape de la cérémonie, il plongeait ses mains et ses pieds dans la cuve d'airain et chan geait ses vêtements, passant de l'or au lin et vice versa, puis il invoqua encore à deux reprises le nom de Dieu pour le pardon de la communauté et pour celui de tous les hommes.

Lors de la troisième prononciation du mot sacré, une douce nuée se dégagea lentement du propitiatoire et se dispersa dans le saint des saints. Lorsque l'enceinte fut intégralement emplie, il apparut au centre de la nuée une forme lumineuse qui s'immobilisa au dessus de la stèle.

Une étincelante lumière illumina alors le visage de Gibelain. Le monde se mit à tourbillonner autour de lui et ses sens s'égarèrent. Il se vit soudain environné par d'épais brouillards et contempla le mouvement des astres et des éclairs. Le tabernacle semblait s'être évanoui. Dans quel monde évoluait-il ? Il n'en avait plus aucune idée. Des vents formidables le soulevèrent subitement et accélérèrent sa course vers les cieux. Il arriva à hauteur d'une vaste demeure dont toutes les portes s'ouvrirent devant lui au milieu d'une flamme vibrante. Le pavé était en feu et, au-dessus, brillaient des éclairs et des étoiles errantes. Le fond était tout entier embrasé d'un feu étincelant. Il l'examina avec attention et vit qu'il y avait un trône élevé dont l'aspect ressemblait à de la grêle, avec un contour comme l'orbe éclatant du soleil. Il en sortait des voix de chérubins et s'en s'échappaient des torrents en flammes. Y était assis quelqu'un dont le vêtement était plus blanc que la neige. Il vit qu'aucun ange n'était capable de regarder en face le Glorieux et le Magnifique, ni de s'approcher de Lui, et comprit qu'aucun mortel ne pouvait le contempler. Il s'élevait devant Lui un feu d'une grande étendue, de sorte qu'aucun de ceux qui l'entouraient ne pouvait se rapprocher. Des myriades et des myriades étaient devant Lui. Il n'avait besoin ni de conseils, ni d'assistance mais les saints qui formaient sa cour ne le quittaient ni le jour ni la nuit.

Effrayé, Gibelain se vit approcher autant qu'il put en se voilant la face. Alors, une chose extraordinaire se produisit : le Seigneur daigna, de sa propre bouche, l'appeler par son nom :

– Approche, dit-Il, approche plus près et viens entendre ma sainte parole.

Et le Seigneur le prit et le fit pencher jusqu'à la porte pendant que Gibelain tenait ses yeux baissés vers la terre.

Et le Seigneur lui dit :

– Ô Énoch, regarde ce livre qui est descendu des cieux. Lis ce qu'il contient et cherche à comprendre tout.

Alors Gibelain aperçut tout ce qui venait du ciel et comprit que tout était écrit dans le Livre. En le lisant, il connut toutes les œuvres des hommes, toutes les œuvres des enfants de la chair, depuis le commencement jusqu'à la fin.

Et il loua le Seigneur, le roi de Gloire, l'ouvrier de toutes ces merveilles, et le célébra pour sa longanimité et pour sa miséricorde envers les enfants du monde. Ses pensées brillèrent dans son esprit comme des rubis étincelants quand il s'écria :

– Bienheureux est l'homme qui meurt dans la justice et le bien, auquel on ne peut opposer aucun méfait et qui n'a point connu l'iniquité.

Aussitôt, trois saints le saisirent et le transportèrent sur la terre en le déposant devant la stèle sacrée, puis ils lui dirent :

– Pendant une année entière, nous te laisserons avec tes enfants jusqu'à ce que tu recouvres ta force première et que tu sois en état d'instruire ta famille, d'écrire toutes les choses que tu as vues et de les expliquer à tes enfants. Mais au milieu de l'année prochaine, on t'enlèvera du milieu des tiens et ton cœur retrouvera sa première force, car l'élu découvrira à l'élu les secrets de la justice, le juste se réjouira avec le juste et ils confesseront Dieu ensemble.

Et Gibelain revint vers ses frères, en louant et en bénissant le Seigneur. Encore émerveillé et bouleversé, il se redressa péniblement et quitta le saint des saints en titubant. Dès qu'il apparut, Rabbi Louria se précipita vers lui et le saisit dans ses bras puis, tout en le soutenant, il l'aida à sortir du tabernacle.

Dehors la foule accueillit la sortie du nouveau maître de justice dans une joie et une ferveur sans nom. Shekina et Emmanuel l'arrachèrent aux bras du rabbin au point que Gibelain faillit perdre l'équilibre. Ils se jetèrent alors tous deux à son cou, le couvrant de mille baisers et de mille caresses tandis que l'immensité de l'*En Sof* scintillait dans leurs yeux.

Glossaire

A

Acacia : « l'acacia m'est connu », symbole du grade de maître, lié à la légende d'Hiram.

Agapes : repas pris en commun à la fin des travaux. Peuvent être rituelles (rite émulation) ou non.

Agharta : royaume mythique établi sous l'Himalaya par les survivants du continent hyperboréen et dont la capitale aurait été Shamballah.

Akhenaton : autre nom du pharaon Aménophis IV qui réorganisa le panthéon traditionnel en imposant un Dieu unique.

Alchimie : art de transmuter la matière.

Allégorie : métaphore utilisée pour transmettre un enseignement secret. Comporte obligatoirement un ou plusieurs sens cachés.

AMORC (Ancien et mystique ordre de la Rose-Croix) : mouvement initiatique rosicrucien.

Ahnenerbe : organisme nazi de recherche sur la « race nordique », fondé par Heinrich Himmler.

***Art de la guerre*.** un des plus célèbres ouvrages de stratégie militaire. Écrit par un Chinois, Sun Tsu, il a été utilisé par de nombreux hommes politiques et chefs de guerre.

Art royal : fait référence à l'art de bâtir des maçons opératifs, terme allégorique donné à la franc-maçonnerie quand elle est considérée comme une ascèse voire un idéal de vie.

Atelier : corps initiatique maçonnique, synonyme de Loge (aux trois premiers degrés) ou d'entité constituée (dans les hauts grades)

Ateliers capitulaires : nom donné aux Loges des 15e, 16e, 17e et 18e degrés du REAA.

Ateliers de perfection : nom donné aux ateliers du REAA qui vont du 4e au 14e degré.

B

BAC : brigade anticriminalite.

Batterie : applaudissements rituels effectués en tenue pour honorer des événements particuliers.

Beaucéant : nom de l'étendard du Temple, également cri de ralliement des templiers sur les champs de bataille.

Bijou : emblème maçonnique d'une fonction (vénérable, surveillant...) ou d'une qualité (maître écossais de Saint-André, compagnon de la sainte arche royale, maître maçon de marque).

B'nai B'rith : organisme international judaïque.

BRB : brigade de répression du banditisme.

Bushi (ou samouraï) : guerrier médiéval japonais.

Bushido : code d'honneur des samouraïs.

C

Cabinet de réflexion : lieu sombre et obscur où l'on enferme le profane avant la cérémonie d'initiation.

Cagliostro : né en 1743, de son vrai nom Giuseppe Balsamo. Aventurier, faussaire, franc-maçon et rose-croix, ce personnage hors du commun et très controversé était aussi un profond adepte des sciences occultes.

Calendrier maçonnique : l'année maçonnique commence le premier mars et a 4 000 ans d'avance sur le calendrier usuel.

Capitation : cotisation annuelle que les maçons doivent verser à leur Loge.

Chaîne d'union : chaîne humaine formée à la fin des travaux à laquelle se rattache une invocation au Grand Architecte de l'Univers. Communion spirituelle collective réalisée par tous les frères de la Loge.

Chaire du roi Salomon : présidence d'une Loge symbolique. Le vénérable est installé dans la chaire du roi Salomon au cours d'une cérémonie secrète.

Chapitre : Loge des hauts grades ou des degrés de perfection.

Charité : une des trois vertus théologales, avec la foi et l'espérance, qui figurent au grade de rose-croix. La charité est la plus importante des vertus selon saint Paul.

Chevalier bienfaisant de la Cité sainte : 6e et dernier grade du RER. L'armement du CBCS est considéré comme le plus proche des armements chevaleresques du Moyen Âge.

Chevalier kadosch : 30e grade du REAA. Grade templier dit « de vengeance ».

Chevalier de Malte : avant-dernier degré du rite d'York. Se réfère symboliquement à l'ordre de Malte.

Chevalier d'Orient : 6e grade du rite français et 15e grade du REAA.

Chevalier Rose-Croix : 7e grade du rite français (le dernier) et 18e grade du REAA. Grade fortement marqué par le christianisme. La cène du Jeudi saint y est commémorée.

Chevalier du Saint-Sépulcre : *side degree* de la maçonnerie anglaise.

Chevalier templier : dernier degré du rite d'York. Le plus proche de la symbolique templière d'origine.

Cistercien : moine de l'abbaye de Cîteaux, fondée en 1098, dont le plus célèbre représentant fut saint Bernard qui rédigea la règle de l'ordre du Temple.

Conseil philosophique : nom que porte l'atelier du 30e degré du REAA. Les membres y portent le titre de grand élu chevalier kadosch.

Consistoire : nom que porte la loge des princes du royal secret (32e du REAA).

Cordonite : terme péjoratif maçonnique utilisé pour désigner les maçons pressés d'accéder aux décorations, comme aux postes clés d'une Loge ou d'une obédience.

Couvreur : officier de la loge, placé à la porte du temple et chargé de veiller à ce qu'aucun profane ne puisse entrer dans le temple.

Croix ansée : symbole égyptien de la vie éternelle.

Crowley Alexander : membre de l'ordre hermétique de l'Aube dorée et grand adepte de la magie sexuelle. Il prétend dans ses *Confessions* qu'il a été initié au 33ᵉ degré maçonnique du rite écossais ancien et accepté. Il semble que cela ait eu lieu à Mexico, par un Suprême Conseil dont on sait peu de choses.

Cryptic degrees : degrés de perfection anglo-saxons. Se réfèrent à l'achèvement du temple de Salomon et à l'obligation de protéger ses secrets.

D

Décors : accessoires portés par les frères durant la tenue (colliers, bijou du grade).

Degré : synonyme de grade. Un des paliers de l'échelle maçonnique du rite pratiqué.

Delta : triangle qui se situe à l'orient au-dessus du vénérable maître. En fonction des rites, il peut porter en son centre un œil symbolique. Parfois, il apparaît sous l'aspect d'un triangle équilatéral vide d'où sortent des rayons lumineux par ses trois côtés et avec l'inscription latine de saint Jean : *et tenebras eam non comprehenderunt.* « Et les ténèbres ne l'ont point reçu. »

Député maître : au rite écossais rectifié, le député maître est un dignitaire inamovible qui représente la Grande Loge écossaise dans son département et préside la Loge de maître écossais de Saint-André.

Discours de Ramsay : écrit en 1737, ce discours marque l'éclosion du phénomène des hauts grades. Bien que jamais lu par son auteur en loge, le chevalier André Michel de Ramsay, il connut un immense retentissement dans le monde maçonnique de l'époque.

E

Échelle de Jacob : échelle que Jacob vit en songe. Symbole présent en maçonnerie au premier grade du rite émulation, mais aussi au 30ᵉ grade du REAA (chevalier kadosch), même si, à ce degré, elle se présente sous la forme d'une échelle double.

Écuyer novice : 5e degré du rite écossais rectifié et premier grade de l'ordre intérieur. Niveau préparatoire permettant l'accès à l'armement de chevalier bienfaisant de la Cité sainte (CBCS).

Égrégore : entité spirituelle qui s'exprime à partir du travail collectif de la Loge.

Éléments : au nombre de quatre en Occident – l'eau, l'air, la terre et le feu – ils sont cinq en Chine – l'eau, le bois, le feu, le métal et la terre. Au cours de l'initiation en maçonnerie, le récipiendaire est purifié par les éléments.

Élu : 4e grade du rite français.

Élus coëns : l'ordre des Chevaliers maçons élus coëns de l'Univers a été fondé en 1754 par Martines de Pasqually. Le principe de cet ordre est de réintégrer les adeptes dans leur divinité originelle. Cet ordre est structuré en dix grades.

Ésotérisme : connaissance cachée, ensemble de mystères réservés aux initiés.

G

GADLU : Grand Architecte de l'Univers.

Garant d'amitié : représentant d'une obédience auprès duquel un franc-maçon peut obtenir des contacts, par exemple lorsqu'il voyage en pays étranger.

GLUA : Grande Loge unie d'Angleterre dirigée par le duc de Kent.

Gnose : connaissance, vient du grec *gnosis.*

Golden Dawn (ordre hermétique de l'Aube dorée) : société secrète anglaise fondée en 1888 par William Westcott, chercheur en sciences occultes.

Graal : coupe contenant le sang du Christ, pierre d'émeraude tombée du ciel, symbole de la vérité.

Grades symboliques : apprenti, compagnon et maître, communs à tous les rites et à toutes les obédiences maçonniques.

Guénon, René : René-Jean-Marie-Joseph Guénon est né en 1886 à Blois, en France. Après des études de mathématiques, il entreprend la recherche de la parole perdue, en fréquentant tout d'abord les cercles occultistes, spirites, maçonniques et autres pseudo-écoles d'initiation afin de combattre leurs théories, puis en se frottant aux maîtres des grandes religions traditionnelles, hindouisme, taoïsme et islam notamment. En 1930, il quitte Paris pour Le Caire, où il finit par s'installer. Il épouse une Cairote en secondes noces, s'arabise tout à fait et mène une existence entièrement musulmane entre l'université al-Azhar, la revue *Al-Marifaah* et la poursuite de son œuvre sur la tradition universelle. Il meurt en 1951.

Gurdjieff Georges Ivanovitch : philosophe français d'origine arménienne, né à Aleksandropol le 28 décembre 1877 et décédé à Neuilly-sur-Seine, le 29 octobre 1949. Occultiste et théosophe du début du XXe siècle.

H

***Hagakuré* :** code de conduite et de morale pour les samouraïs. Il fut écrit entre 1710 et 1717 par Jocho Yamamoto.

Hauts grades : grades maçonniques faisant suite à celui de maître.

Hiérophante : patriarches du rite de Memphis-Misraïm.

Horus : dieu égyptien à tête de faucon, fils d'Osiris et d'Isis, souvent représenté par un œil. Il veille à la stricte exécution des rites et des lois.

Hyperborée : continent mythique de la mer du Nord.

I

IGS : inspection générale des services ou la police des polices, dont les membres sont désignés sous le terme familier de « bœufs carottes ».

Initiation : cérémonie durant laquelle un profane devient maçon ; passage de l'exotérisme à l'ésotérisme.

***INRI* :** *Igne natura renovatur integra* (« La nature est renouvelée entièrement par le feu »). Ou *Jesus Nazarenus rex judae orum* (« Jésus de Nazareth, roi des juifs »). Mot important au 18e grade du REAA (chevalier Rose-Croix).

Installation : cérémonie spécifique de prise de fonction d'un vénérable et de ses officiers.

Instruction (Loge d') : Loge spécialisée dans l'étude et la recherche rituélique. Composée uniquement de maîtres, elle n'a pas pour vocation d'initier.

Isis : déesse égyptienne représentée à la recherche d'Osiris son frère et époux défunt, qu'elle ressuscite de son souffle. Elle est la déesse suprême et universelle.

J

Jean (les deux saints) : saint Jean le Baptiste et saint Jean l'Évangéliste, tous deux sont les saints patrons de la franc-maçonnerie, d'où l'appellation de « Loges de saint Jean ».

Jérusalem céleste : symbole du royaume messianique chrétien. La Jérusalem céleste, décrite dans l'Apocalypse de saint Jean, est le nouvel ordre des choses qui remplacera le monde présent à la fin des temps. Thème important de la franc-maçonnerie, tout particulièrement au grade de maître écossais de Saint-André et à celui de sublime écossais (19e) au REAA.

K

Kabbale : connaissance ésotérique des quatre niveaux de l'interprétation de la Torah, connus sous le nom de Pardes. Mystique judaïque.

Kadosch : mot hébraïque qui signifie le saint, l'élu ou le sacré.

Krav Maga : méthode de close-combat utilisée par les forces spéciales israéliennes et par le GIGN.

L

***Landmarks* :** principes de base adoptés par les obédiences maçonniques régulières.

Légendes : trames des différentes cérémonies de la franc-maçonnerie. Elles diffèrent selon les rites et les grades, même si certaines peuvent être communes (la légende d'Hiram au grade de maître).

Livre de la Loi sacrée : la Bible ouverte au premier chapitre de l'Évangile de saint Jean sur laquelle sont posés l'équerre et le compas.

Livre de présence : registre placé dans le parvis où chaque maçon, membre de la Loge comme frère visiteur, doit apposer sa signature.

Lohengrin : preux chevalier, fils de Parsifal et héros d'un opéra de Richard Wagner.

Loge : assemblée de maçons au travail, qu'il ne faut pas confondre avec le temple qui est le lieu où elle se tient. Doit être composée d'au moins sept maçons.

Loge de Saint-André : atelier où se réunissent les maîtres écossais de Saint-André.

M

Maçonnerie bleue : maçonnerie des trois premiers grades.

Maître des cérémonies : officier de la loge chargé de la stricte observance du cérémonial.

Maître écossais de Saint-André : 4e grade du RER. Complément de grade de maître, il se distingue par un ésotérisme totalement chrétien.

Maître maçon de marque : *Side degree* d'origine anglo-saxonne. Son rituel fait référence aux maçons opératifs et la loge symbolise alors le chantier des bâtisseurs.

Maître parfait : franc-maçon du 5e degré du REAA.

Maître secret : franc-maçon du 4e degré du REAA.

Marconis de Nègre : fondateur du rite de Memphis en 1838.

Martinez de Pasqually : fondateur de l'ordre des Élus coëns.

Martinisme : ordre initiatique basé sur le christianisme ésotérique de Louis-Claude de Saint-Martin.

Mercure : symbole alchimique universel désignant le principe passif soumis au soufre, principe actif.

Midi-minuit : heures symboliques d'ouverture et de fermeture des travaux maçonniques.

Mots sacrés : paroles données à chaque grade de la franc-maçonnerie. La plupart des mots sacrés sont d'origine hébraïque.

N

Nautonier (de l'arche royale) : *side degree* anglo-saxon, basé sur le thème de l'arche de Noé.

Néophyte : profane en cours d'initiation, synonyme de récipiendaire.

Nombre d'or : proportion parfaite. Il est égal à 1,618.

Nombres : ils jouent un rôle très important dans la franc-maçonnerie. Héritages de Pythagore, ils caractérisent spécifiquement un grade maçonnique.

O

Obédience : organisme maçonnique au niveau national.

Orient éternel : l'au-delà maçonnique. Quand un maçon meurt, on dit qu'il est passé à l'Orient éternel.

Osiris : dieu égyptien identifié au soleil et symbolisant la continuité des naissances et des renaissances.

OTO : ordre du Temple d'Orient, ordre de magie cérémonielle.

Ouverture des travaux : démarrage d'une tenue maçonnique. Contraire : « fermeture des travaux ».

P

***Panzerfaust* :** lance-roquettes antichar allemand à charge creuse.

Paracelse : médecin et alchimiste.

Parrain : franc-maçon qui présente un candidat. S'engage sur son honneur à le suivre jusqu'à sa maîtrise.

Parvis : lieu qui se situe devant l'entrée de la salle où a lieu la tenue maçonnique.

Passé maître immédiat : nom du vénérable qui dirigeait la Loge juste avant l'installation du vénérable actuellement en charge.

Pavé mosaïque : pavé rectangulaire, constitué de carreaux noirs et blancs figurant sur le sol de la loge.

Pentagramme : étoile à cinq branches, appelée dans la tradition maçonnique l'étoile flamboyante ; elle est l'emblème du génie qui élève l'âme.

Phaleg : architecte de la tour de Babel. On le retrouve dans des rituels d'apprentis et de hauts grades suivant les rites.

Planche : exposé d'un franc-maçon en loge.

Préparateur : officier de la loge chargé de conduire le candidat dans le cabinet de réflexion et de le préparer aux différentes cérémonies (initiation, passage ou élévation).

Profane : celui qui n'est pas initié.

Q

Quator Coronati : célèbre Loge de recherche de la Grande Loge unie d'Angleterre.

R

Régularité maçonnique : ensemble de critères que doit suivre une obédience pour être reconnue par la Grande Loge unie d'Angleterre.

Rite écossais ancien et accepté (REAA) : rite maçonnique le plus pratiqué au monde pour ce qui a trait aux hauts grades. Créé en 1801 à Charleston, il s'implante en France en 1804 par l'intermédiaire du comte de Grasse-Tilly. Il s'articule en 33 degrés et fait référence à la spiritualité et à l'hermétisme.

Rite écossais fectifié : né sous l'impulsion de Jean-Baptiste Willermoz en 1778. Le régime comprend six grades et l'initié y passe de maçon à chevalier.

Rite émulation : créé en 1823, ce rite anglo-saxon s'articule autour des trois grades symboliques et d'un grade complémentaire, celui de compagnon de la sainte arche royale. La spécificité de ce rite réside dans son oralité et dans son côté résolument opératif.

Rite français : créé en 1786 par le Grand Orient, il se pratique en sept grades. Une version totalement déchristianisée est pratiquée par les obédiences irrégulières, alors que sous les auspices de la Grande Loge nationale française, il apparaît profondément symbolique et spirituel.

Rite ancien et primitif de Memphis-Misraïm : fondé par Garibaldi en 1876, il est la fusion des rites de Memphis et de Misraïm.

Rite d'York : le plus pratiqué dans le monde au niveau des grades symboliques. Rite des Grandes Loges américaines.

Rituel : ensemble de textes qui organisent les travaux d'une Loge. Corpus initiatique.

RSHA *(Reichssicherheitshauptamt)* **:** service central de sécurité du Troisième Reich.

Rune : écriture ancienne de l'Europe du Nord. L'alphabet des runes est un des plus grands alphabets magiques du monde. La rune la plus connue est la rune d'Odal.

S

Sagesse : un des trois piliers de la franc-maçonnerie avec la force et la beauté.

Saint-Martin (Louis-Claude de) : le « Philosophe inconnu » fut l'élève et le secrétaire particulier de Martinez de Pasqually.

Salaire (augmentation de) : passage à un grade supérieur.

Salle humide : nom donné à la pièce où se trouve le bar, ou à celle qui sert aux agapes.

SAS : *Special Air Service* ou commando de l'air de l'armée britannique.

Sceau de Salomon : étoile à six branches, composée de deux triangles équilatéraux entrecroisés. Se retrouve en maçonnerie sur le bijou de compagnon de la sainte arche royale et sur celui de maître écossais de Saint-André.

Seth : dieu égyptien identifié au principe du mal. C'est le démon dans la mythologie égyptienne.

Soufisme : ésotérisme musulman.

Suprême Conseil : organisme administratif qui dirige et coordonne le REAA.

Surveillants : officiers chargés de seconder le vénérable. Le 1er surveillant s'occupe plus particulièrement des compagnons et le 2e surveillant des apprentis.

Svastika : croix gammée, symbole ésotérique du feu naissant et du soleil qui donne vie.

Symboles : représentations analogiques en rapport avec un objet.

Syncrétisme : fusion de systèmes religieux ou coexistence de pratiques religieuses hétérogènes.

T

Table ronde : symbole du centre spirituel. Associée à la légende des chevaliers du roi Arthur, elle est présente au sein de certains rituels des hauts grades maçonniques.

Tablier : symbole du travail maçonnique, il varie selon les grades et les rites.

Tantra : nom donné à des manuels pratiques faisant appel à la magie.

Tantrisme : forme religieuse et synthétique issue des tantras hindouistes et bouddhistes.

Tempérance : une des quatre vertus cardinales avec la justice, la force et la prudence. La tempérance est une vertu essentielle au grade de compagnon du rite écossais rectifié.

Templier : membre de l'ordre du Temple. L'ordre fut initialement fondé en 1119 par neuf chevaliers de France, qui se firent d'abord appeler Pauvres Chevaliers du Christ et du temple du roi Salomon. Structuré en provinces et en commanderies, il était dirigé par un grand maître, un sénéchal, un maréchal, des commandeurs, fonctions que l'on retrouve dans de nombreux rituels maçonniques de hauts grades. L'ordre du Temple fut dissous par la papauté en 1314 après la mort de son dernier grand maître, Jacques de Molay, sur le bûcher.

Tenue : réunion rituelle des francs-maçons.

Tétragramme : YHWH. C'es le nom imprononçable de Dieu. On le traduit généralement par YAHWEH ou JEHOVAH, mais ce ne sont que des traductions phonétiques.

Tétraktys : pyramide symbolique représentant le nombre 10 (1+2+3+4=10).

Teutonique : ordre de chevalerie créé en 1198. À l'instar des templiers, les chevaliers Teutoniques portaient le manteau blanc, mais avec une croix noire. Demeurés en Terre sainte jusqu'en 1291, ils s'installent en Europe orientale et créent un véritable empire monastique jusqu'au milieu du XIVe siècle. La défaite de Tannenberg (1410) marque le déclin et l'éclatement de l'ordre. Aujourd'hui, l'ordre des chevaliers Teutoniques est revenu à sa mission hospitalière primitive.

Théosophie : connaissance de Dieu. C'est une doctrine à la fois religieuse et scientifique qui se base sur l'idée que la religion et la science ne devraient jamais être séparées. Les principaux théosophes sont H. P. Blavatsky, W. Q. Judge et A. Besant.

Thulé · cité magique des hyperboréens qui fut glorifiée par l'âge d'or.

Thule-Gesellschaft (Société Thulé) : société secrète pangermaniste.

Torah : littéralement « l'enseignement » ou « l'instruction », voire « la Loi ». Exprimée dans les cinq premiers livres de l'Ancien Testament (le Pentateuque).

Tuilage : examen qui permet de vérifier la qualité maçonnique d'une personne et son grade.

V

Vénérable : président d'une Loge. Maître élu par ses pairs pour une durée d'un ou deux ans.

Verbe : « Au commencement était le Verbe. » Lors des tenues maçonniques, la Bible est toujours ouverte au prologue de saint Jean.

Visiteur : maçon qui, muni de ses titres authentiques, prend part aux travaux d'un atelier autre que le sien.

***V.I.T.R.I.O.L.* :** *Visita interiora terrae rectificandoque invenies occultum lapidem* (« Visite l'intérieur de la terre et par la purification tu trouveras la pierre secrète »). Formule alchimique qui se trouve dans le cabinet de réflexion.

Volkssturm **:** milice populaire allemande instaurée dès septembre 1944 pour compenser les pertes de la Wehrmacht.

Voûte étoilée : plafond du temple maçonnique reproduisant le ciel au jour du solstice d'été.

W

Wakizashi : sabre court du samouraï.

Walhalla : paradis des héros dans la mythologie germanique.

Walkyries : nymphes du palais de Wotan. Messagères des dieux et guides des combats, elles sont souvent confondues avec les Amazones.

Willermoz : Lyonnais, fondateur du régime écossais rectifié (RER).

Bibliographie

AMBELAIN (Robert), *Franc-Maçonnerie d'autrefois*, Robert Laffont, 1988.

BAYARD (J.P.), *Le Symbolisme maçonnique des hauts grades*, édimaf.

BERGOT (Erwan), *La Légion*, Balland, 1972.

BERNADAC (Christian), *Montségur et le Graal*, Balland, 1972.

BERTEAUX (Raoul), *Le REAA, son symbolisme, ses degrés supérieurs*, édimaf.

BOUCHER (Jules), *Le Symbolisme maçonnique*, éditions Dervy, 1988.

CÉCILE (Jean-Jacques), *Les SAS, commandos secrets de Sa Majesté*, Histoire et collections, 1997.

CHAUVIN (Gérard), *B.A.-BA de la kabbale*, Pardès, 2005.

CLAVEL (F.-T.B.), *Histoire de la franc-maçonnerie*, Henri Veyrier éditeur, 1989.

COQUET (Michel), *Iaïdo, ou l'art de trancher l'égo*, Or du Temps, 1987.

COQUET (Michel), *Budo ésotérique ou la voie des arts martiaux*, Or du Temps.

COQUET (Michel), *La Vie de Jésus démystifiée*, Nouvelles Réalités, 2003.

DARMAN (Peter), *A-Z of the SAS*, Sidgwick and Jackson Limited, 1992.

DESGRIS (Alain), *L'Ésotérisme templier*, Guy Trédaniel éditeur, 1998.

GUIGUE (Christian), *La Formation maçonnique*, Guigue, 1993.

HABERSETZER (Roland), *Les Paladins du soleil levant*, Amphora, 1988.

GERSON (Werner), *Le Nazisme, société secrète*, Pierre Belfond, 1976.

KNIGHT (Christopher) et LOMAS (Robert), *La Clé d'Hiram*, Dervy, 1997.
KNIGHT (Christopher) et LOMAS (Robert), *Le Second Messie*, Dervy, 2000.
HERTEL (Peter), *Les Secrets de l'Opus Dei*, Golias, 1998.
HILLINGTON (Barry), *Wagner*, Fayard, 1996.
HOHNE (Heinz), *L'Ordre noir, histoire de la SS*, Casterman, 1966.
LACHAUD (René), *Templiers, chevaliers d'Orient et d'Occident*, Dangles, 1997.
LANDEMER (Henri), *Les Waffen SS*, Balland, 1972.
LHOMME (Jean), MAISONDIEU (Édouard), TOMASO (Jacob), *Ésotérisme et spiritualité maçonniques*, Dervy, 2002.
MARILLER (Bernard), *B. A.-BA des Templiers*, Pardès, 1998.
MASSIN (Jean et Brigitte), *Mozart*, Fayard, 1970.
MELLOR (Alec), *Dictionnaire de la franc-maçonnerie et des francs-maçons*, Belfond, 1979.
NAUDON (Paul), *Histoire générale de la franc-maçonnerie*, Office du Livre.
NAUDON (Paul), *Les Loges de saint Jean*, Dervy, 1974.
OUAKNIN (Marc-Alain), *Les Mystères de la kabbale*, Assouline, 2000.
DE PASQUALLY (Martines), *Traité de réintégration des êtres*, Diffusion rosicrucienne, 1995.
PICAR (Michel), *Les Templiers*, Ma éditions, 1985.
PRIEUR (Jean), *Hitler, médium de Satan*, Lanorbe, 2004.
RAVENSCROFT (Trévor), *La Lance de Longinus*, J'ai Lu, 1972.
RILEY-SMITH (Jonathan), *Atlas des croisades*, Autrement, 1996.
PLEE (Henri) et SAIKO (Fujita), *L'Art sublime et ultime des points vitaux*, Budo.
SCHMIDT (Michael), *Néonazis, la terrible enquête*, JC Lattès, 1993.
SCHULZ (Estrella), *La Sagesse du guerrier*, éditions de l'Éveil, 1999.
SEWARD (Jack), *Hara-Kiri*, Pardes, 1988
SINCLAIR (Andrew), *Le Graal retrouvé*, JC Lattès, 1998.
SOLIS (Jean), *Guide pratique de la franc-maçonnerie*, Dervy, 2001.
TOURNIAC (Jean), *Symbolisme maçonnique et tradition chrétienne*, Dervy.
TOURNIAC (Jean), *Principes et problèmes spirituels du rite écossais rectifié*, Dervy, 2001.

SEGOND Louis, *La Bible*, 1910.
SUN TSU, *L'Art de la guerre*, Économica, 1988.
VIOLETTE (Jean-Claude), *B.A.-BA des esséniens*, Pardès, 1999.
YAMAMOTO (Jocho), *Hagakuré*, Guy Trédaniel éditeur, 1984.

Chronique de la Seconde Guerre mondiale, Chronique, 1990.
La Puissance militaire des USA, Elsevier Sequoia, 1978.
Dieu et pharaons : l'Égypte ancienne, Duncan Baird Publisher, 1977.
Terre sainte, coll. « Guides », Gallimard.
Dictionnaire encyclopédique du judaïsme, Robert Laffont, 1998.

Le Crapouillot, hors-série n° 8 : « Les francs-maçons ».
Historia, hors-série n° 30 : « Les francs-maçons ».
Historia, hors-série n° 32 : « L'internationale SS ».
National Geographic : « Les pharaons du soleil », 2001.
Le Journal de la France : « Les années quarante », tome 3 et 4, Librairie Tallandier.

Webographie

http ://hautsgrades.over-blog.com
http ://les editionsfelix. com
http ://lorl.free.fr/christ.htm
http ://www.chez.com/eracless/foret.html
http ://membres.lycos.fr
www.globalresearch.ca
http ://www.checkpoint-online.ch
http ://www.ieer.org
http ://filoumektoub.free.fr
http ://le.cos.free.fr
http ://raid.admin.free.fr
http ://home.tiscali.be/meline/enoch.html
http ://www.historia.presse.fr/data/mag/659/65901801.html
http ://www.templiers.net/esoterisme/php/hassan_sabbah. php
http ://www.3itraductions.fr/archive/arte/tuer.htm
http ://www.aquiweb.com/templiers/tresor.htm
http ://www.aquiweb.com/templiers/annee.htm
http ://www.rennes-le-chateau-la-revelation.com/dossier7.htm
Largeur. com
http ://bibliorama.com/atlas/archeo_temple. htm
http ://www.templiers.org/dossiers/mermorte.html
http ://www.inter-zone.org/joinville.html
http ://www.lemonde.fr/article/0,5987,3210-6548-229377,00. html
http ://www.moncelon.com/chiisme1.htm
http ://membres.lycos.fr/metaphysis/shalom/socsecretes.htm
http ://janine.sefarad.org/index.php ?id=672
http ://www.lesmysteresdutemps.com/article_ordre_noir. htm

http ://www.3itraductions.fr/3Ien/archive/arte/mythes.htm
http ://www.lesmysteresdutemps.com/article_hitler_1.htm
www.chronicus.com
France-Mail-Forum Nr.27
http ://www.upjf.org
http ://www.radio.cz/fr/article/28475
30 Jours. La grande Allemagne, un rêve ésotérique. htm
Toc. Les Runes et la Magie runique. htm
http ://alnr.chez.tiscali.fr/presse13.html
http ://alnr.chez.tiscali.fr/esoextreme2.html
http ://alnr.chez.tiscali.fr/esoextreme3.ht
http ://alnr.chez.tiscali.fr/esoextreme7.html

Table des matières

Alpha

Omega